Ellesméra
El Bosque Guardián
Nädindel
Röna
Kirtan
Sílthrim
Ardwen
Río Gaena
Eldor
Desierto de Hadarac
Ceris
Ília Fëon
Río Edda
Hedarth
Az ragni
Buragh
Tarnag
FARTHEN DÛR
Orthíad
Río Diente de Oso
Montañas Beor
Dalgon
Galfni

Eragon

Eragon

Christopher Paolini

Traducción de
Silvia Kómet y Enrique de Hériz

Rocaeditorial

Título original: *Eragon*

This translation published by arrangement with Random House Children's Books,
a division of Random House, Inc.

Primera edición: septiembre 2006

Marquès de l'Argentera, 17. Pral. 1.ª
08003 Barcelona
correo@rocaeditorial.com
www.rocaeditorial.com

Impreso por EGEDSA
Rois de Corella, 12-16, nave 1
Sabadell (Barcelona)

Con la colaboración de Jorkigraf

ISBN: 84-96544-73-7
Depósito legal: B. 38.164-2006

Dedico este libro a mi madre por enseñarme la magia
del mundo; a mi padre, por revelarme al hombre
detrás de las cortinas. Y también a mi hermana,
Angela, por ayudarme cuando estoy triste.

Prólogo

Sombra de temor

El viento bramaba en plena noche transportando un aroma que cambiaría el mundo.

Sombra alzó la cabeza y olisqueó el aire. El ser, de elevada estatura y de aspecto humano salvo por el pelo carmesí y los ojos de color granate, parpadeó sorprendido. El mensaje era correcto: estaban allí. ¿O era una trampa? Sopesó las posibilidades y dijo fríamente:

—Dispersaos y ocultaos detrás de los árboles, entre los arbustos. Detened a quienquiera que venga... o morid.

Doce úrgalos, que llevaban espadas cortas y escudos de hierro redondos en los que habían pintado símbolos negros, se pusieron en movimiento arrastrando los pies alrededor del humano. Parecían hombres, aunque tenían las piernas arqueadas y los brazos gruesos y brutales, hechos para aplastar, y unos cuernos retorcidos que les salían por encima de las pequeñas orejas. Los monstruos se dirigieron deprisa hacia los arbustos y se escondieron gruñendo. Los crujidos se acallaron al cabo de un instante, y el bosque volvió a sumirse en el silencio.

Sombra miró al otro lado de un tupido árbol y buscó la pista. Estaba demasiado oscuro para la vista de un humano, pero para él la tenue luz de la luna era como si el sol brillara entre los árboles; cada detalle resultaba nítido y claro para su escrutadora mirada. El ser se quedó en absoluto silencio sosteniendo una larga espada muy clara en la mano. Una hendidura del grosor de un alambre fino recorría la hoja del arma, que tenía un filo perfecto para deslizarse entre las costillas y la robustez necesaria para atravesar la armadura más sólida.

Los úrgalos no tenían tan buena vista como Sombra, por lo que buscaban a tientas con sus espadas como pordioseros ciegos. El ululato de un búho desgarró el silencio, y nadie se tranquilizó hasta que el pájaro se alejó volando. Los monstruos se estremecieron en la gélida noche, y uno de ellos aplastó una ramita bajo su pesada bota. Sombra siseó enfadado, y los úrgalos retrocedieron y se quedaron inmóviles. El ser contuvo el asco que le daban —olían a carne fétida— y se apartó. Sólo eran herramientas, nada más.

Sombra reprimió la impaciencia a medida que los minutos se le hacían horas, puesto que el aroma debía de haber sido impulsado por el viento desde lejos precediendo a los que lo esparcían, y no permitió a los úrgalos que se levantaran ni que se dieran calor entre ellos, pero tampoco se concedió a sí mismo esas comodidades. Se quedó detrás del árbol acechando la pista: otra ráfaga de viento llegó a través del bosque, y esta vez el aroma era más fuerte. Entusiasmado, hizo una mueca con los delgados labios y emitió un gruñido.

—Preparaos —murmuró, temblándole todo el cuerpo. Trazó pequeños círculos con la punta de la espada. Le había costado muchas intrigas y mucho dolor llegar a donde estaba, y no pensaba perder el control precisamente en ese momento.

Los ojos de los úrgalos brillaron bajo las espesas cejas mientras apretaban con fuerza la empuñadura de las espadas. Delante de ellos, Sombra oyó un tintineo como si algo hubiera golpeado una piedra desprendida. Unas manchas, apenas perceptibles, emergieron de la oscuridad y avanzaron por el sendero.

Tres caballos blancos, con sus respectivos jinetes, avanzaban a medio galope hacia la emboscada. Orgullosos, mantenían la cabeza en alto, y el pelaje les brillaba a la luz de la luna como plata líquida.

En el primer caballo iba un elfo de orejas puntiagudas y elegantes cejas arqueadas. Era delgado pero fuerte como un estoque. Llevaba un imponente arco colgado a la espalda, una espada a un lado y un carcaj con flechas, rematadas con plumas de cisne, al otro.

El último jinete tenía el mismo distinguido rostro de rasgos angulosos que el primero. Sostenía una lanza de considerable longitud en la mano derecha y una daga blanca en el cinturón, y se cubría la cabeza con un casco de extraordinaria factura, labrado de ámbar y oro.

Entre ambos, cabalgaba una elfa de cabello negro como el azabache que vigilaba a su alrededor con aplomo. Los penetrantes ojos de la mujer, enmarcados por largos rizos negros, brillaban con una fuerza tremenda, y aunque su atuendo era sencillo, no mermaba su belleza. Llevaba una espada a un lado, un gran arco y un carcaj a la espalda y una bolsa sobre el regazo que vigilaba con insistencia, como si quisiera constatar que seguía allí.

Uno de los elfos dijo algo en voz baja, pero Sombra no alcanzó a oírlo. La dama respondió con evidente autoridad, y sus guardias se intercambiaron de sitio. El que llevaba el casco tomó la delantera y empuñó la lanza para tenerla más presta. Pasaron junto al escondite de Sombra y los primeros úrgalos sin sospecha alguna.

Sombra ya estaba saboreando su victoria cuando el viento cambió de dirección y comenzó a soplar hacia los elfos llevando el hedor de los úrgalos. Los caballos resoplaron asustados y bajaron la cabeza, y los jinetes se pusieron tensos y miraron de un lado a otro echando chispas por los ojos. Obligaron a sus corceles a dar la vuelta y se alejaron al galope.

El caballo de la dama salió disparado y dejó muy atrás a los guardias. Entre tanto los úrgalos abandonaron su escondite, se pusieron de pie y lanzaron un aluvión de flechas negras. Sombra saltó desde detrás del árbol, levantó la mano derecha y gritó:

—¡*Garjzla!*

Un rayo rojo le brilló en la palma de la mano en dirección a la elfa, iluminó los árboles con una luz sanguinolenta, golpeó al caballo de la dama y consiguió que el animal perdiera el equilibrio y cayera de bruces con un agudo relincho. La elfa saltó del corcel a una velocidad increíble y miró atrás en busca de sus guardias.

Las mortíferas flechas de los úrgalos abatieron a los dos elfos que cayeron de sus nobles cabalgaduras a tierra, cubiertos de sangre. Pero cuando las pestilentes criaturas se abalanzaron para rematarlos, Sombra gritó:

—¡Tras ella! ¡Es a ella a la que quiero!

Los monstruos rezongaron y se precipitaron por el sendero.

Un grito escapó de los labios de la elfa al ver a sus compañeros muertos. Dio un paso hacia ellos, pero maldiciendo a sus enemigos se internó en el bosque de un salto.

Mientras los úrgalos corrían con estrépito entre los árboles, Sombra se encaramó a un bloque de granito que sobresalía, desde donde veía el bosque que había alrededor. Entonces levantó una mano y gritó:

—¡*Böetq istalri!* —Y unos cuatrocientos metros del bosque estallaron en llamas.

Fue quemando con decisión una parte tras otra hasta crear un anillo de fuego de casi tres kilómetros alrededor del lugar de la emboscada. Las llamas parecían una corona turbulenta apoyada sobre el bosque. Sombra, satisfecho, observó con mucha atención el anillo de fuego por si éste decaía.

La banda de fuego se hizo más extensa, con lo que se redujo la zona por donde los úrgalos tenían que buscar. De repente, Sombra oyó chillidos y un grito ronco. Entre los árboles, vio a tres de sus soldados caídos uno sobre otro mortalmente heridos, y alcanzó a divisar a la elfa que huía del resto de los úrgalos.

La dama corría hacia el escarpado bloque de granito a una velocidad vertiginosa. El ser examinó el terreno que se extendía a unos seis metros por debajo de la roca, dio un salto y aterrizó con agilidad delante de ella. La elfa, cuya espada goteaba sangre negra de úrgalo y manchaba la bolsa que llevaba en la mano, lo esquivó y volvió al sendero.

Los monstruos con cuernos salieron del bosque, rodearon a la mujer y le bloquearon la única ruta de escape. La elfa giró la cabeza tratando de descubrir por dónde podía huir y, al no ver salida alguna, se detuvo con majestuoso desprecio. Sombra se acercó a ella con la mano levantada y se dio el lujo de disfrutar de su impotencia.

—¡Cogedla!

Mientras los úrgalos se abalanzaban, la elfa abrió la bolsa, metió una mano dentro y dejó caer la bolsa al suelo. La mujer sostenía en la mano un gran zafiro que reflejaba la iracunda luz de los fuegos. Elevó la gema pronunciando frenéticas palabras.

—*¡Garjzla!* —espetó Sombra, desesperado, y lanzó hacia la elfa una llamarada roja, rápida como una flecha, que le surgió de una mano.

Pero era demasiado tarde. Un resplandor de luz esmeralda iluminó de un fogonazo el bosque, y el zafiro desapareció. El fuego rojo golpeó a la elfa, y ésta se desplomó.

Sombra aulló furioso y cargó con su espada contra un árbol. Atravesó la mitad del tronco, y la espada se quedó allí clavada, vibrando. Disparó nueve rayos de energía con la palma de la mano, con los que mató al instante a los úrgalos, arrancó la espada y se acercó a grandes pasos hasta la elfa.

De la boca del ser salían profecías de venganza en un maligno idioma que sólo él conocía, mientras miraba fijamente al cielo con los puños apretados. Las frías estrellas le devolvieron la mirada, sin parpadear, como si fueran espectadoras de otro mundo. La repugnancia se dibujó en los labios de Sombra cuando se volvió hacia la inconsciente elfa.

La belleza de la mujer, que habría embelesado a cualquier mortal, no tenía interés alguno para él. Confirmó que el zafiro había desaparecido y fue a buscar su caballo, que estaba escondido entre los árboles. Tras atar a la elfa a la montura, subió al corcel y salió del bosque.

Fue apagando el fuego a su paso, pero dejó que se quemara el resto.

El descubrimiento

Eragon se arrodilló sobre un lecho de junco pisoteado y escrutó las huellas con ojo experto. Éstas le indicaban que los ciervos habían pasado por esa pradera hacía apenas media hora, y que pronto se echarían a dormir. El objetivo de Eragon, una hembra pequeña con una pronunciada cojera en la pata izquierda, aún seguía con la manada, y él se sorprendió de que el animal hubiera llegado tan lejos sin que lo atrapara un lobo o un oso.

El cielo estaba despejado y oscuro, pero soplaba una ligera brisa. Una nube plateada, cuyos bordes brillaban bajo la luz rojiza que derramaba la luna llena que se mecía entre dos cimas, flotaba sobre las montañas que rodeaban a Eragon. Los arroyuelos bajaban por las laderas desde los imperturbables glaciares y desde las hondonadas cubiertas de nieve, mientras que una inquietante bruma se arrastraba por la parte baja del valle, tan densa que Eragon casi no se veía los pies.

Eragon tenía quince años, de modo que sólo le faltaba uno para ser todo un hombre. Unas oscuras cejas le enmarcaban los intensos ojos castaños. Llevaba ropa de trabajo gastada, un cuchillo de monte con mango de hueso en el cinturón y un arco de madera de tejo, metido en una funda de gamuza que lo protegía de la humedad. También llevaba una mochila con el armazón de madera.

Los ciervos lo habían obligado a internarse en las Vertebradas, una agreste cadena montañosa que se extendía de un extremo a otro de Alagaësia y de donde procedían con frecuencia historias y hombres extraños, por lo general de mal agüero. Pero a pesar de ello, Eragon no temía a las Vertebradas, de modo que era el único cazador de Carvahall que se atrevía a seguir las huellas de las presas por esos escarpados parajes.

Era el tercer día de caza y se le había acabado la mitad de la comida. Si no lograba cobrar su ciervo, se vería obligado a regresar con las manos vacías, pero su familia necesitaba carne porque el invierno se acercaba deprisa y no podían permitirse el lujo de comprarla en Carvahall.

Eragon se puso de pie en silenciosa calma y echó a andar por el bosque hacia una cañada donde estaba seguro que descansaban los ciervos. Los árboles impedían ver el cielo y proyectaban sombras difusas sobre el terreno, pero el muchacho miraba las huellas sólo de vez en cuando porque conocía el camino.

Una vez en la cañada tensó el arco con un movimiento diestro, sacó tres flechas y colocó una de ellas sosteniendo las otras con la mano izquierda. La luz de la luna iluminaba unos veinte bultos inmóviles donde la cierva descansaba echada sobre la hierba. La hembra que él quería estaba al final de todo del rebaño y tenía la pata izquierda extendida con torpeza.

Eragon se acercó a rastras despacio, con el arco preparado. Su trabajo de los tres últimos días estaba a punto de culminar. Inspiró profundamente y... Una súbita explosión quebrantó la noche.

El rebaño echó a correr. Eragon se abalanzó sobre la hierba mientras un viento feroz le azotaba las mejillas. De pronto, se detuvo y disparó una flecha sobre la cierva que se alejaba saltando. Erró por muy poco, pero la flecha silbó en la oscuridad. El muchacho soltó una maldición, giró en redondo y colocó otra flecha instintivamente.

A su espalda, donde había estado la manada de ciervos, humeaba un gran círculo de hierba y de árboles. Muchos pinos permanecían en pie, pero desprovistos de sus hojas, y la hierba que rodeaba el exterior del círculo calcinado estaba aplastada, al tiempo que una voluta de humo se elevaba por el aire transportando el olor a quemado. En el centro de la zona devastada yacía una gema de color azul brillante sobre la cual se arremolinaban frágiles zarcillos impulsados por la neblina que serpenteaba por el chamuscado terreno.

Eragon se quedó al acecho del peligro durante varios minutos, pero lo único que se movía era la niebla. Aflojó la cuerda del arco con cuidado y avanzó. La luz de la luna proyectó una pálida sombra del cuerpo del muchacho cuando éste se detuvo delante de la gema. Eragon la empujó con una flecha y se echó atrás. Como no sucedió nada, la cogió con cautela.

La naturaleza jamás había pulido una piedra preciosa tan perfecta como ésa: la superficie era de un color azul oscuro impecable, salvo por las finas nervaduras blancas que la recorrían como una telaraña. Al tocarla con los dedos, Eragon notó que la gema estaba fría y que era completamente lisa, igual que la seda. Tenía una forma oval de unos treinta centímetros de longitud y debía de pesar algunos kilos, aunque era más liviana de lo que parecía.

A Eragon le pareció una gema tan bella como aterradora. ¿De dónde procedía? ¿Serviría para algo? En ese momento se le ocurrió una idea más perturbadora: ¿había llegado allí por casualidad o le había sido enviada por alguna razón? Si Eragon había aprendido algo de las viejas leyendas era a tratar la magia y a los que hacían uso de ella con mucha precaución.

Pero ¿qué debo hacer con esta gema?, se preguntó.

Si se la llevaba resultaría molesto y cabía la posibilidad de que fuera peligroso. Sería mejor dejarla. Tras un instante de indecisión, estuvo a punto de dejarla caer, pero algo se lo impidió.

Por lo menos servirá para comprar un poco de comida, decidió encogiéndose de hombros mientras la guardaba en la mochila.

La cañada estaba demasiado al descubierto para acampar con seguridad, por lo que volvió a internarse en el bosque y extendió su petate debajo de las descarnadas raíces de un árbol caído. Tras una cena fría de pan y queso, se arrebujó en las mantas y se quedó dormido pensando en lo que había sucedido.

El valle de Palancar

El sol salió a la mañana siguiente con una maravillosa mezcla de colores rosas y amarillos. El aire era fresco, agradable y muy frío; había hielo en las orillas de los arroyos y los charcos estaban completamente helados. Después de desayunar avena cocida, Eragon volvió a la cañada y examinó la zona chamuscada, pero la luz de la mañana no le reveló nuevos detalles, por lo que emprendió el camino de regreso.

Las desiguales huellas de las presas de caza estaban un poco borradas y, en algunos lugares, desaparecían. Como habían sido impresas por animales, a menudo volvían sobre sus pasos o daban largos rodeos. Pero a pesar de sus imperfecciones, seguían siendo el camino más rápido para salir de las montañas.

Las Vertebradas era el único lugar que el rey Galbatorix no podía considerar de su propiedad. Todavía se contaba la leyenda de que la mitad del ejército del rey había desaparecido al entrar en el bosque milenario de esas montañas. Una nube de desgracias y de mala suerte se cernía sobre ellas: a pesar de que había árboles muy altos y el cielo era luminoso, poca gente podía permanecer mucho tiempo allí sin sufrir algún accidente. Eragon era una de esas pocas personas, no porque poseyera un don especial, según él, sino gracias a una vigilancia constante y a unos agudos reflejos. Aunque hacía años que recorría las montañas, no se fiaba de ellas, y cada vez que creía que conocía todos sus secretos, sucedía algo que le hacía cambiar de opinión: esta vez el cambio lo había provocado la aparición de la gema.

Caminó a paso firme, y las leguas muy pronto quedaron atrás. Al anochecer llegó al borde de un escarpado barranco, a cuyos pies discurría el río Anora en dirección al valle de Palancar. Alimentado por cientos de arroyuelos, el río era una fuerza brutal que batallaba contra las piedras y las rocas que se interponían en su camino. Un rumor lejano llenaba el aire.

Eragon acampó en un matorral cercano al barranco y vio salir la luna antes de acostarse.

Durante el siguiente día y medio, cada vez hizo más frío. Eragon caminaba deprisa y prestaba poca atención a la desconfiada fauna. Poco después del mediodía oyó el monótono ruido de los miles de salpicaduras de las cataratas de Igualda que invadía el espacio. El sendero lo condujo hacia un promontorio de pizarra húmeda, por el que se precipitaba el río antes de lanzarse al aire y acabar cayendo sobre unos acantilados cubiertos de musgo.

Delante del muchacho se extendía el valle de Palancar que tenía el aspecto de un mapa desplegado. La base de las cataratas de Igualda, a unos ochocientos metros más abajo, era el extremo más septentrional del valle, y cerca de las cataratas se hallaba Carvahall, un conjunto de casas de color marrón de cuyas chimeneas salía humo blanco, como si desafiara al agreste paisaje de los alrededores. Desde esa altura, las granjas eran manchas cuadradas apenas más grandes que la yema de un dedo, y la tierra de alrededor era parda o arenosa, cubierta de hierba seca mecida por el viento. El río Anora serpenteaba desde las cataratas hasta el extremo meridional de Palancar, y reflejaba los rayos del sol. El curso del Anora continuaba a lo lejos pasando por el pueblo de Therinsford y por el solitario monte Utgard, pero a partir de allá, Eragon sólo sabía que el río giraba hacia el norte y seguía rumbo al mar.

Tras una pausa, Eragon dejó el promontorio y, sonriendo, echó a andar sendero abajo. Cuando llegó al valle, el crepúsculo descendía poco a poco sobre el lugar y desdibujaba las formas y los colores hasta convertirlos en masas grises. Las luces de Carvahall brillaban a la luz del atardecer y las casas proyectaban sombras alargadas. Además de Therinsford, Carvahall era el único pueblo del valle de Palancar; estaba aislado y rodeado de un paisaje duro pero bello. Pocas personas viajaban por allí, salvo algún mercader o algún cazador.

La aldea consistía en sólidas casas de troncos con techos bajos, algunos de paja y otros de tablillas, por cuyas chimeneas salía un humo que impregnaba el ambiente de olor a leña. Las casas tenían amplios porches donde la gente se reunía a conversar o a hacer negocios y, de vez en cuando, se iluminaba una ventana cuando alguien pasaba ante ella con una vela o un candil encendidos. Eragon oyó que los hombres hablaban en voz muy alta, mientras las mujeres iban de aquí para allá preparándoles la comida y riñéndoles porque llegaban tarde.

El muchacho fue en zigzag entre las viviendas hasta la tienda del carnicero, una casa amplia de gruesas vigas que, en lo alto, tenía una chimenea que dejaba escapar un humo negro.

Eragon abrió la puerta. La espaciosa estancia estaba caliente y bien iluminada por un fuego que crepitaba en la chimenea. Un mostrador vacío cruzaba la habitación de una punta a otra, y el suelo estaba cubierto de paja. Todo el lugar estaba escrupulosamente limpio, como si el dueño se pasara todo su tiempo libre rebuscando en oscuras rendijas la más minúscula partícula de suciedad. Detrás del mostrador estaba Sloan, el carnicero: un hombre de baja estatura que llevaba una camisa de algodón y un delantal muy largo, manchado de sangre, y de cuyo cinturón le colgaba un montón impresionante de cuchillos. La tez del hombre era amarillenta, picada de viruela, y los ojos, negros y de mirada desconfiada. En ese momento estaba limpiando el mostrador con un trapo.

Sloan hizo una mueca con la boca al ver a Eragon.

—Vaya, si tenemos aquí al gran cazador que ha decidido unirse al resto de los mortales. ¿Cuántas presas has cobrado esta vez?

—Ninguna —fue la seca respuesta de Eragon.

El carnicero nunca le había caído bien. Sloan siempre lo trataba con desdén, como si fuera alguien despreciable. El hombre era viudo, y parecía que sólo le importaba una persona: su hija Katrina, a la que adoraba.

—Me sorprende —replicó Sloan con fingido asombro, al tiempo que daba la espalda a Eragon para limpiar algo en la pared—. ¿Y por eso has venido a verme?

—Sí —reconoció Eragon, incómodo.

—En ese caso, enséñame el dinero que traes. —Sloan tamborileó los dedos mientras Eragon movía alternativamente los pies y permanecía en silencio—. Vamos, ¿tienes o no tienes? ¿Qué pasa?

—En realidad no llevo dinero, pero tengo...

—¿Qué? ¿No traes dinero? —lo interrumpió con brusquedad el carnicero—. ¡Y esperas comprar carne! ¿Acaso los otros comerciantes te regalan sus mercancías? ¿O crees que yo te voy a dar los víveres gratis? Además, ya es muy tarde —continuó, con el mismo tono antipático—. Vuelve mañana con dinero. Ahora ya está cerrado.

Eragon le echó una mirada de ira.

—No puedo esperar hasta mañana, Sloan. Pero valdría la pena que me escucharas: he encontrado algo con lo que puedo pagarte.

Sacó la gema de la mochila y la apoyó con suavidad sobre el mostrador, lleno de incisiones. La piedra preciosa brilló a la luz de las llamas que bailaban en la chimenea.

—Es probable que sea robada —murmuró Sloan mientras se inclinaba hacia delante con cara de interés.

Eragon pasó por alto el comentario y preguntó:

—¿Es suficiente con esto?

Sloan cogió la gema y calculó su peso especulativamente. Pasó las manos por la suave superficie e inspeccionó las blancas nervaduras. Luego volvió a depositarla con mirada calculadora.

—Es bonita, pero ¿cuánto vale?

—No lo sé —admitió Eragon—, aunque creo que nadie se habría tomado la molestia de pulirla si no tuviera algún valor.

—Eso es evidente —dijo Sloan con fingida paciencia—. Pero ¿cuánto vale? Como no lo sabes, te recomiendo que busques a un mercader que lo sepa o que aceptes mi oferta de tres coronas.

—¡Eso es una miseria! Debe de valer por lo menos diez veces más —protestó Eragon. Con tres coronas no podía comprar carne ni para una semana.

—Si no te interesa mi oferta —comentó Sloan con un gesto displicente—, espera hasta que lleguen los mercaderes. De todas maneras, ya estoy cansado de esta conversación.

Los mercaderes eran un grupo de comerciantes y de artistas nómadas que visitaban Carvahall en primavera y en invierno. Compraban los excedentes de cualquier producto que los aldeanos y los granjeros habían conseguido fabricar o cultivar, y les vendían lo que necesitaban para pasar otro año: semillas, animales, telas y otros productos como sal y azúcar.

Pero Eragon no quería esperar hasta que llegaran porque aún podían tardar, y su familia necesitaba la carne ya.

—De acuerdo, acepto —dijo.

—Bien, te daré la carne. No es que me importe, pero ¿dónde la encontraste?

—Hace dos noches en las Vertebradas...

—¡Sal de aquí! —ordenó Sloan apartando la gema. Se alejó de repente hasta la otra punta del mostrador y empezó a frotar un cuchillo para quitarle la sangre seca.

—¿Por qué? —preguntó Eragon mientras se acercaba a la piedra preciosa, como si la quisiera proteger de la cólera de Sloan.

—¡No quiero saber nada de lo que traigas de esas malditas montañas! Llévate tu gema embrujada a otra parte. —Sloan, al hacer un movimiento brusco, se cortó un dedo con el cuchillo, pero no pareció darse cuenta y siguió frotando y manchando la hoja con sangre fresca.

—¿Te niegas a venderme carne?

—Sí, a no ser que pagues con dinero contante —bramó, y levantando el cuchillo, lo apartó—. ¡Vete antes de que te mate!

De pronto, se abrió la puerta de golpe, y Eragon se volvió con rapidez, a punto para enfrentarse a nuevas dificultades. Entró ruidosamente Horst, un hombre descomunal, y detrás de él, la hija de Sloan, Katrina —una esbelta joven de dieciséis años—, con una expresión decidida en el rostro. Eragon se sorprendió al verla porque, por lo general, desaparecía cuando su padre discutía. Sloan los miró con recelo y empezó a acusar a Eragon.

—No quería...

—¡Silencio! —dijo Horst con voz de trueno mientras hacía crujir los nudillos. Era el herrero de Carvahall, como lo atestiguaban el grueso cuello del hombre y el delantal de cuero que usaba, lleno de marcas. Llevaba los potentes antebrazos al descubierto y, a través de la parte superior de la camisa, se le veía el musculoso y velludo pecho. Lucía una barba negra mal recortada, enmarañada y torcida como los músculos de las mandíbulas—. Sloan, ¿qué has hecho ahora?

—Nada. —Le lanzó a Eragon una mirada asesina—. Este chico... —espetó— entró y empezó a fastidiarme. Le dije que se largara, pero se plantificó ahí. Incluso lo amenacé, pero no me hizo caso.

Parecía que Sloan se encogía mientras miraba a Horst.

—¿Es verdad? —preguntó el herrero.

—¡No! —respondió Eragon—. Le ofrecí esta gema para pagarle un poco de carne, y aceptó. Pero cuando le dije que la había encontrado en las Vertebradas, se negó incluso a tocarla. ¿Qué importa de dónde venga?

Horst miró la piedra preciosa con curiosidad, y a continuación, dirigió la vista al carnicero.

—A mí personalmente no me gustan las Vertebradas, pero si la cuestión es el valor de la gema, yo mismo la respaldaré con mi dinero. ¿Por qué no llegas a un acuerdo con él, Sloan?

La pregunta se quedó flotando en el aire por un momento.

—Ésta es mi tienda —replicó Sloan pasándose la lengua por los labios—, y hago lo que quiero.

Katrina salió de detrás de Horst y se echó el cabello color caoba sobre los hombros, como una ráfaga de cobre fundido.

—Padre, Eragon está dispuesto a pagarte. Dale la carne, y después cenaremos.

—Vuelve a casa —contestó Sloan entornando los ojos amenazadoramente—. Esto no es asunto tuyo... ¡Vete!

El rostro de Katrina se endureció, y la joven salió de la habitación muy tensa.

Eragon contempló la escena con desaprobación, pero no se atrevió a intervenir. Horst se quedó mesándose la barba hasta que dijo con tono de reproche:

—Muy bien, puedes hacer negocios conmigo, Eragon. ¿Cuánto pensabas ganar? —La voz del herrero retumbó en la estancia.

—¡Lo máximo posible!

Horst sacó una bolsa y contó una pila de monedas.

—Dame tu mejor carne para asar y tus mejores filetes, y asegúrate de llenar la mochila de Eragon. —El carnicero dudó. Los ojos del hombre iban de Eragon a Horst y viceversa—. Y te aconsejo que a mí sí que me vendas la carne.

Sloan, con una mirada venenosa, se escabulló hacia la trastienda, desde donde les llegó el sonido de un frenético ruido de hachazos, y escucharon cómo envolvía algo a la vez que susurraba maldiciones. Al cabo de unos incómodos minutos, volvió con un montón de carne ya envuelta, aceptó el dinero de Horst con cara inexpresiva y se puso a limpiar el cuchillo como si ellos no existieran.

Horst recogió rápidamente la carne y salieron. Eragon, cargando la mochila y la gema, corrió detrás de él, mientras el vigorizante aire nocturno les refrescaba la cara después de soportar el sofocante ambiente de la tienda.

—Gracias, Horst. Tío Garrow estará encantado.

—No me lo agradezcas —contestó Horst riéndose en voz baja—. Hace tiempo que le tenía ganas. Sloan es un maldito pendenciero, y le va bien que lo humillen. Katrina oyó lo que estaba pasando y corrió a buscarme. Y suerte que vine... porque estabais a punto de pasar a las manos. Lamentablemente, dudo que vuelva a atenderte, ni a ti ni a ninguno de tu familia, la próxima vez que entréis en la tienda aunque llevéis dinero.

—¿Por qué explotó de esa manera? Nunca ha sido amable, pero siempre ha aceptado nuestras monedas. Y jamás lo vi tratar a Katrina así —dijo Eragon, y abrió su mochila.

—Pregúntaselo a tu tío —contestó Horst encogiéndose de hombros—. Sabe más de eso que yo.

Eragon guardó la carne en la mochila.

—Bueno, ahora tengo más motivos para volver corriendo a casa: resolver el misterio. Toma, esto es tuyo —dijo, y le tendió la gema.

—No —se rió Horst entre dientes—, guárdate tu extraña piedra preciosa. En cuanto al pago... resulta que Albriech piensa irse a Feinster la primavera próxima. Quiere ser maestro herrero, así que voy a necesitar un aprendiz. Puedes venir en tus días libres y trabajar hasta pagar la deuda.

Eragon hizo una leve reverencia, encantado. Horst tenía dos hijos: Albriech y Baldor, y ambos trabajaban en la forja. Ocupar el puesto de uno de ellos era una generosa oferta.

—¡Gracias de nuevo! Me encantará trabajar contigo.

A Eragon le complacía la posibilidad de pagarle a Horst porque su tío nunca aceptaría caridad. De repente, recordó lo que le había dicho su primo antes de que él se fuera a cazar.

—Roran me pidió que le diera un mensaje a Katrina, pero como no me es posible, ¿podrías dárselo tú?

—Claro.

—Quiere que sepa que volverá al pueblo en cuanto lleguen los mercaderes, y entonces la verá.

—¿Eso es todo?

Eragon estaba un poco incómodo.

—No, también quiere que sepa que la considera la muchacha más hermosa que ha visto en su vida, y que no piensa en nada más que en ella.

Horst soltó una carcajada y le guiñó un ojo a Eragon.

—Parece que la cosa va en serio, ¿no?

—Sí, señor —respondió deprisa Eragon devolviéndole la sonrisa—. ¿Podrías también darle las gracias a Katrina de mi parte? Fue un magnífico gesto por su parte plantarle cara a su padre por mí. Espero que no la castigue, pues Roran se pondría furioso si la meto en dificultades.

—Yo no me preocuparía. Sloan no sabe que fue ella la

que me llamó, así que no creo que sea muy duro. ¿Quieres beber algo conmigo antes de irte?

—Lo siento, pero no puedo. Garrow me está esperando —dijo Eragon, y cerró la mochila. Se la cargó al hombro, echó a andar por el camino y se despidió con la mano.

La carne pesaba y le hacía ir más despacio, pero como estaba ansioso por llegar a casa apretó el paso con renovadas fuerzas. El pueblo acababa bruscamente, por lo que las luces quedaron atrás muy pronto. La luna con su brillo nacarado se asomó por las montañas y derramó una fantasmagórica luz diurna sobre el campo. Todo parecía blanquecino y sin ninguna forma que sobresaliera.

Casi al final de su viaje, dejó el camino, que continuaba hacia el sur, y tomó un sendero que discurría entre unas hierbas tan altas que le llegaban hasta la cintura, y ascendía por un montículo, casi oculto bajo las sombras protectoras de los olmos. Al coronar la colina, vio una tenue luz que salía de su hogar.

La casa tenía el techo de tablillas, una chimenea de ladrillo y aleros que sobresalían de las paredes encaladas y proyectaban su sombra en el suelo. La leña, lista para hacer fuego, se apilaba en un extremo del porche cerrado. Y en el otro extremo había un montón de herramientas de labranza.

La casa llevaba abandonada medio siglo cuando se trasladaron a ella, tras la muerte de Marian, la esposa de Garrow. Quedaba a quince kilómetros de Carvahall, más alejada que ninguna. La gente la consideraba una distancia peligrosa porque la familia no podía contar con la ayuda de nadie del pueblo si se encontraban en algún apuro, pero el tío de Eragon hacía oídos sordos.

A treinta metros de la casa, en un descolorido establo, vivían dos caballos —*Birka* y *Brugh*—, algunos pollos y una vaca. A veces había un cerdo, pero ese año no habían podido permitirse el lujo de tener ninguno. También había un carro metido entre los departamentos del establo. En los límites de las tierras, una densa hilera de árboles discurría junto al río Anora.

Cuando Eragon, agotado, llegó al porche, vio que una luz oscilaba detrás de la ventana.

—Tío, soy yo, Eragon, ábreme.

Una pequeña contraventana se entreabrió sólo un segundo, y a continuación la puerta se abrió hacia dentro.

Garrow estaba de pie y apoyaba la mano en la puerta. La ropa que llevaba le colgaba como si fueran harapos suspendidos de una percha. Sin embargo, a pesar del rostro enjuto y de aspecto hambriento y del cabello entrecano, los ojos tenían una gran viveza. Parecía un hombre al que habían empezado a momificar, pero habían descubierto que aún estaba vivo.

—Roran está durmiendo —fue su respuesta a la mirada interrogante de Eragon.

Una lámpara oscilaba sobre una mesa de madera tan vieja que parecía que las vetas se extendían formando ondas diminutas como una gigantesca huella dactilar. Cerca de una cocina económica, había una hilera de utensilios colgados en la pared con clavos de fabricación casera. Una segunda puerta daba al resto de la casa; el suelo era de tablones, desgastados por las pisadas a lo largo de los años.

Eragon dejó la mochila y sacó la carne.

—¿Qué es esto? ¿Has comprado carne? ¿De dónde has sacado el dinero? —le preguntó su tío con dureza al ver los paquetes envueltos.

Eragon respiró profundamente antes de responder.

—No, nos la ha comprado Horst.

—¿Y le has dejado pagar? Te lo tengo dicho: yo no pido comida. Si no podemos alimentarnos solos, deberíamos irnos a la ciudad. Antes de que nos demos cuenta, estarán mandándonos ropa usada y preguntándonos si podemos pasar el invierno. —La cara de Garrow estaba pálida de ira.

—No he aceptado caridad —replicó Eragon—. Horst accedió a dejarme trabajar con él esta primavera para pagarle la deuda. Necesita a alguien que lo ayude porque Albriech se marcha.

—¿Y de dónde sacarás el tiempo para trabajar con él? ¿Acaso no piensas ocuparte de todo lo que hay que hacer aquí? —preguntó Garrow esforzándose en bajar la voz.

Eragon colgó el arco y el carcaj de unos ganchos en la puerta de entrada.

—No sé cómo lo haré —respondió, irritado—. Además, he encontrado algo que tal vez valga un poco de dinero. —Y dejó la piedra preciosa sobre la mesa.

Garrow se inclinó sobre ella; el aspecto hambriento del rostro del hombre se convirtió en voracidad mientras movía los dedos con un extraño temblor.

—¿La has encontrado en las Vertebradas?

—Sí —respondió Eragon, y le contó lo que había sucedido—. Y para colmo, perdí mi mejor flecha, así que pronto tendré que hacer otras. —Ambos se quedaron mirando la gema en la semipenumbra.

—¿Qué tal el tiempo? —preguntó el tío mientras levantaba la gema y la sostenía con fuerza, como si temiera que fuera a desaparecer de pronto.

—Frío —fue la respuesta de Eragon—. No nevó, pero heló todas las noches.

Garrow parecía preocupado por las novedades.

—Mañana tendrás que ayudar a Roran a acabar la siega de la cebada. Si también pudiéramos recoger las calabazas, no tendríamos que preocuparnos por las heladas. —Le pasó la gema a Eragon—. Guárdala. Cuando vengan los mercaderes, sabremos cuánto vale. Probablemente lo mejor será venderla porque cuanto menos nos metamos con la magia, mejor... ¿Por qué pagó Horst la carne?

Eragon no tardó nada en explicarle la pelea con Sloan.

—No sé por qué se enfadó tanto.

—La mujer de Sloan, Ismira, se cayó en las cataratas de Igualda un año antes de que tú llegaras aquí —explicó Garrow encogiéndose de hombros—. Desde entonces ni se acerca a las Vertebradas ni quiere oír hablar de ellas. Pero ésa no es razón para no querer aceptar un pago. Creo que sólo quería molestarte.

—¡Qué bien estar otra vez en casa! —exclamó Eragon balanceándose con ojos adormilados.

La mirada de Garrow se ablandó y asintió. Eragon llegó a trompicones a su habitación, metió la piedra preciosa debajo de la cama y se tumbó sobre el colchón. ¡Al fin en casa! Y por primera vez desde que había salido de cacería, se relajó completamente y el sueño se apoderó de él.

Cuentos de dragones

Al amanecer los rayos de sol entraron por la ventana y dieron calor al rostro de Eragon. El chico se frotó los ojos, se sentó en el borde de la cama y tocó con los pies el suelo de madera de pino, que estaba frío. Estiró las doloridas piernas y se frotó la espalda mientras bostezaba.

Junto a la cama había una estantería llena de diversos objetos que había ido recogiendo: trozos de madera retorcida, extraños pedazos de conchas, piedras partidas —cuyo interior brillaba— y hierbas secas que había atado entre sí. El resto de la habitación estaba vacío; sólo había un pequeño armario y una mesilla de noche.

Eragon se puso las botas y se quedó mirando el suelo, pensativo. Era un día especial: casi a esa misma hora, hacía dieciséis años, su madre, Selena, había vuelto a Carvahall sola y embarazada. Había estado ausente durante seis años y había vivido en la ciudad. Cuando regresó, llevaba ropa cara y una redecilla de perlas que le sujetaba el cabello. Venía en busca de su hermano, Garrow, al que le pidió que le permitiera quedarse con él hasta dar a luz. Al cabo de cinco meses nació su hijo, pero todo el mundo se quedó consternado cuando Selena, con lágrimas en los ojos, les rogó a Garrow y a Marian que criaran al niño. Cuando le preguntaron por qué, lo único que respondió entre sollozos fue: «Debo hacerlo». Sus ruegos eran cada vez más desesperados, hasta que ellos, finalmente, aceptaron. Entonces Selena le puso el nombre de Eragon. A la mañana siguiente partió muy temprano y no volvió jamás.

Eragon aún recordaba cómo se había sentido cuando Marian le contó la historia antes de morir. El hecho de enterarse de que Garrow y Marian no eran sus auténticos padres lo había trastornado profundamente, y de repente empezó a poner en duda todo aquello que hasta entonces había sido claro e incuestionable. Con el tiempo había aprendido a vivir con la nueva realidad, pero siempre había tenido la persistente sospecha de que no había satisfecho las expectativas de su madre.

Estoy seguro de que ella tuvo algún motivo para hacer lo que hizo, pero ojalá supiera cuál fue, se decía a sí mismo.

También había otra cosa que le inquietaba: ¿quién era su padre? Selena no se lo había dicho a nadie y, fuera quien fuese, nunca había ido a buscar a Eragon. El muchacho se habría conformado con saber el nombre porque así al menos conocería su procedencia.

Suspiró y se acercó a la mesilla de noche, se lavó la cara y sintió un escalofrío cuando el agua le bajó por el cuello. Una vez que se hubo lavado, sacó la gema de debajo de la cama y la puso en un estante. La luz de la mañana la acarició y proyectó su acogedor reflejo sobre la pared. Eragon la tocó otra vez y se apresuró para ir a la cocina, pues tenía ganas de ver a su familia. Garrow y Roran ya estaban allí comiendo pollo. El chico los saludó, y Roran se puso de pie con una sonrisa.

Era dos años mayor que Eragon, musculoso y robusto pero nada torpe. Si hubieran sido hermanos auténticos no habrían sido mejores amigos.

—Me alegro de que hayas vuelto —sonrió Roran—. ¿Qué tal el viaje?

—Difícil —respondió Eragon—. ¿Te ha contado el tío lo que pasó? —Se sirvió un trozo de pollo y lo devoró, hambriento.

—No —contestó Roran, por lo que Eragon tuvo que contar otra vez la historia rápidamente. Ante la insistencia de Roran, Eragon dejó la comida para enseñarle la gema, que impresionó profundamente a su primo, pero Roran, nervioso, le preguntó al fin—: ¿Has podido hablar con Katrina?

—No, no pude después de la discusión con Sloan, pero ella te esperará cuando vengan los mercaderes. Le di el mensaje a Horst, y él se lo transmitirá.

—¿Se lo has dicho a Horst? —preguntó Roran, incrédulo—. Era algo privado. Si hubiera querido que todos lo supieran, habría hecho una hoguera para comunicarlo con señales de humo. Si se entera Sloan, no me dejará volver a verla.

—Horst será discreto —lo tranquilizó Eragon—, no dejará que nadie caiga en las garras de Sloan, y menos tú.

Roran no pareció muy convencido, pero no discutió más. Volvieron a sus platos ante la taciturna presencia de Garrow. Cuando acabaron hasta el último trozo, los tres salieron a trabajar en el campo.

El sol era frío y pálido y calentaba poco. Bajo el ojo vigilante del astro, almacenaron la cebada en el granero. A continuación recogieron calabazas trepadoras, colinabos, remolachas, guisantes, nabos y alubias que guardaron en el sótano. Tras horas de trabajo, estiraron los agarrotados músculos, satisfechos de haber acabado la cosecha.

Durante los días siguientes encurtieron, salaron, desvainaron y prepararon los alimentos para el invierno.

Nueve días después del regreso de Eragon, una terrible tormenta de nieve bajó de las montañas y se instaló en el valle. La nieve caía como una espesa cortina y cubrió todo el campo de blanco. Garrow, Roran y Eragon sólo se aventuraban a salir de la casa para buscar leña y para dar de comer a los animales porque temían perderse en medio del viento huracanado y del desolado paisaje. Pasaron las horas apiñados junto a la cocina de leña mientras las ráfagas de viento hacían crujir los pesados postigos de las ventanas. Por fin, al cabo de unos días, paró la tormenta, pero había dejado un extraño paraje sembrado de blandos cúmulos de nieve.

—Me temo que este año tal vez los mercaderes no vengan a causa del tiempo tan malo que hace —dijo Garrow—. Y si vienen, será demasiado tarde. Sin embargo, les daremos una oportunidad y los esperaremos antes de ir a Carvahall. Pero si no llegan pronto, tendremos que comprar provisiones extra a la gente del pueblo. —Garrow tenía un semblante de resignación.

A medida que pasaban los días sin rastro de los mercaderes, crecía la ansiedad en la familia. Cada vez hablaban menos, y en la casa reinaba un ambiente depresivo.

A la octava mañana después de la tormenta, Roran fue hasta el camino y confirmó que los mercaderes aún no habían pasado, de modo que estuvieron todo el día preparando el viaje a Carvahall, y buscando algo para vender con expresiones sombrías. Esa noche, por pura desesperación, Eragon volvió al camino para ver si había novedades, y descubrió profundos surcos en la nieve y muchas huellas de caballos entre ellos. Regresó corriendo a la casa, eufórico y chillando de alegría, con nuevas fuerzas para los preparativos.

Antes del amanecer cargaron su excedente de víveres en el carro, y Garrow guardó el dinero que había ahorrado ese año en una bolsa de cuero y se la ató con cuidado al cinto. Por su parte, Eragon colocó la gema envuelta entre bolsas de grano para que no rodara con el traqueteo.

Después de un rápido desayuno, engancharon los caballos y partieron por el sendero hacia el camino. Los carros de los mercaderes ya habían roto los montones de nieve, lo que les permitió avanzar más deprisa, y al mediodía divisaron Carvahall.

Durante el día ese lugar era una pequeña aldea rural llena de gritos y de risas. Los mercaderes habían acampado en un terreno baldío en las afueras del pueblo, donde se extendían desordenadamente carros, tiendas y hogueras formando manchas de color sobre la nieve. Las cuatro tiendas de los trovadores estaban decoradas con colores chillones, y había un flujo constante de gente que unía el campamento con el pueblo.

El gentío se arremolinaba alrededor de las atractivas tiendas y de los puestos, y atascaba la calle principal, mientras que los caballos relinchaban a causa del ruido. El terreno se había aplanado al ser aplastada la nieve que, además, se derretía por todas partes con el calor de las fogatas, al tiempo que la fragancia de las avellanas tostadas añadía un rico aroma a los olores que flotaban en el aire en torno a la gente.

Garrow detuvo el carro y desenganchó los caballos.

—Daos algún gusto —dijo sacando unas monedas de su bolsa—. Roran, cómprate lo que quieras, pero asegúrate de estar en casa de Horst a la hora de cenar. Eragon, coge esa gema y ven conmigo.

Eragon sonrió a Roran y se guardó el dinero; ya tenía pensado cómo gastárselo.

Roran se alejó inmediatamente con expresión decidida y Garrow guió a Eragon entre la muchedumbre abriéndose paso a codazos. Las mujeres compraban ropa y, en cambio, los hombres examinaban cerraduras, ganchos y alguna herramienta nueva. Los niños corrían por el camino dando gritos de alegría. Aquí y allí se vendían cuchillos y especias, y las ollas estaban expuestas junto a las monturas de cuero.

Eragon miraba a los mercaderes con curiosidad. Parecían menos prósperos que el año anterior, y sus hijos tenían un aire asustado, desconfiado e iban con la ropa remendada. Los hombres, demacrados, llevaban espadas y dagas como si lo hubieran hecho toda la vida, y hasta las mujeres iban con puñales sujetos al cinto.

¿Qué debe de haberles ocurrido para que tengan ese aspecto? ¿Y por qué habrán llegado tan tarde?, se preguntó Eragon. Recordaba a los mercaderes como personas muy alegres, pero ya no lo eran. Garrow enfiló calle abajo en busca de Merlock, un comerciante especializado en chucherías extrañas y en joyas.

Lo encontraron en un puesto enseñando broches a un grupo de mujeres. Cada pieza que sacaba iba seguida de exclamaciones y de suspiros de admiración. Eragon intuyó que más de una bolsa pronto quedaría vacía. Merlock se crecía y se enorgulllecía cada vez que alababan sus artículos. El hombre usaba perilla, era desenvuelto y parecía mirar al resto del mundo con ligero desprecio.

El animado grupo impedía que Garrow y Eragon se acercaran al mercader, así que se apartaron y esperaron. Enseguida que Merlock quedó libre, se aproximaron.

—¿Y qué desean los señores? —preguntó el comerciante—. ¿Un amuleto o alguna alhaja para una dama? —Con un elegante movimiento sacó una rosa de plata labrada de excelente factura. El brillante y pulido metal atrajo la atención de Eragon que la miró apreciando su valor—. No cuesta ni tres coronas —prosiguió el mercader—, a pesar de que procede de los afamados artesanos de Belatona.

—No, no venimos a comprar —dijo Garrow en voz baja—, sino a vender. —Merlock guardó inmediatamente la rosa y los miró con renovado interés.

—Comprendo. Si el artículo posee algún valor, tal vez querríais cambiarlo por una o dos de estas exquisitas piezas. —Se quedó callado durante un momento, mientras Eragon y su tío esperaban incómodos, y añadió—: ¿Habéis traído el objeto en cuestión?

—Sí, pero nos gustaría enseñároslo en alguna otra parte —dijo Garrow con voz firme.

Merlock enarcó una ceja, pero habló con amabilidad.

—En ese caso, permitidme invitaros a mi tienda.

Recogió su mercancía, la guardó en un baúl reforzado de hierro, que cerró, y los condujo calle arriba hasta el campamento. Serpentearon entre los carros hasta una tienda alejada de las del resto de los mercaderes.

La parte superior de la tienda era de color carmesí y la inferior era negra con un entramado de triángulos de colores. Merlock desató la entrada y echó la tela a un lado.

Pequeñas chucherías y muebles raros, como una cama redonda y tres asientos hechos con troncos tallados, ocupaban el interior de la tienda. Una daga torcida con un rubí en el mango yacía sobre un cojín blanco.

Merlock cerró la tienda y se volvió hacia ellos.

—Sentaos, por favor —invitó el mercader y, una vez aposentados, añadió—: Bueno, enseñadme el objeto que nos ha obligado a reunirnos en privado—. Eragon desenvolvió la piedra y la depositó entre los dos hombres. Merlock, a quien le relucían los ojos, alargó la mano, pero se detuvo y preguntó—. ¿Puedo?

Tras el consentimiento de Garrow, la levantó.

Puso la piedra en su regazo, se inclinó hacia un lado para coger una pequeña caja y la abrió. En su interior había unas balanzas de cobre que el mercader dejó en el suelo. Después de pesar la gema, examinó la superficie con una lupa de joyero, la golpeó suavemente con un mazo de madera y apretó sobre ella la punta de una diminuta piedra transparente. Midió la longitud y el diámetro y apuntó unas cifras en una tablilla. Luego se quedó meditando un rato los resultados.

—¿Sabéis cuánto vale?

—No —admitió Garrow. Le temblaba la mejilla mientras se movía, incómodo, en su asiento.

—Desgraciadamente, yo tampoco —afirmó Merlock sonriendo—. Sin embargo, puedo deciros algo: las nervaduras blancas y la parte azul que las rodea son del mismo material, pero de diferente color. Aunque no tengo ni idea de qué material es. Es más duro que el de cualquier piedra preciosa que haya visto jamás, incluso más que el diamante. Quienquiera que la haya tallado, ha debido de usar herramientas que jamás he visto... o magia. Además, es hueca.

—¿Qué? —exclamó Garrow.

—¿Habéis oído alguna vez que una piedra preciosa suene como ésta? —Merlock tenía cierto tono de irritación en la voz. Entonces cogió la daga que estaba sobre el cojín y golpeó la gema con la parte plana de la hoja. Una nota diáfana se elevó por el aire y se desvaneció con suavidad, pero Eragon estaba asustado, pues temía que se hubiera estropeado. Merlock les devolvió la piedra preciosa—. No encontraréis marcas ni imperfección alguna donde la he tocado con la daga. Y dudo que pudiera hacerle algún daño aunque la golpeara con un martillo.

Garrow se cruzó de brazos, cauteloso, mientras reinaba el más absoluto silencio.

Yo sabía que la piedra había aparecido mágicamente en las Vertebradas, pero no que estuviera hecha por arte de magia. ¿Para qué y por qué?, se dijo Eragon, intrigado.

—Pero ¿cuánto vale? —preguntó el muchacho.

—No lo sé —dijo Merlock con voz afligida—. Estoy seguro de que hay gente que pagaría una fortuna por tenerla, pero esas personas no están en Carvahall, sino que habría que ir a las ciudades del sur para encontrar un comprador. Para la mayoría de la gente es una curiosidad, pero no es un objeto para gastar dinero cuando hacen falta cosas prácticas.

Garrow miró el techo de la tienda, como un jugador que calcula las probabilidades.

—¿Nos la compraríais?

—No vale la pena correr el riesgo —contestó inmediatamente el mercader—. Podría encontrar un comprador durante mis viajes de primavera, pero no estoy seguro. Y aunque lo hiciera, no podría pagaros hasta que volviera el año próximo. No, tendréis que buscar otro comprador. Sin embargo, tengo curiosidad... ¿Por qué habéis insistido en hablar en privado?

Eragon apartó la piedra antes de contestar.

—Porque... —Miró al hombre y se preguntó si explotaría como Sloan—. La encontré en las Vertebradas, y a la gente de aquí no le gusta eso.

Merlock le lanzó una mirada de susto.

—¿Sabes por qué mis compañeros y yo hemos llegado tarde este año? —Eragon dijo que no con la cabeza—. La mala suerte ha perseguido nuestros viajes y el caos reina en Alagaësia. No pudimos evitar enfermedades, asaltos y la más negra de las desgracias porque, debido al aumento de los ataques de los vardenos, Galbatorix ha obligado a las ciudades a mandar más soldados a las fronteras, pues necesita hombres para combatir a los úrgalos. Esas bestias han emigrado hacia el sudeste, al desierto de Hadarac. Nadie sabe el porqué ni a nadie le importaría con tal de que no pasaran por zonas habitadas, pero los han visto en los caminos y cerca de las ciudades. Lo peor de todo son los rumores que hablan de un Sombra, aunque no se han confirmado. No hay mucha gente que sobreviva a un encuentro de ese tipo.

—¿Y por qué no nos hemos enterado de nada? —exclamó Eragon.

—Porque esta situación ha empezado hace apenas unos pocos meses —contestó Merlock con tono grave—. Aldeas enteras se han visto obligadas a trasladarse porque los úrgalos destruyeron sus campos, y el hambre amenaza a los habitantes.

—Es absurdo —protestó Garrow—. No hemos visto ningún úrgalo; el único que anda por aquí tiene sus cuernos colgados en la taberna de Morn.

—Tal vez, pero éste es un pequeño pueblo oculto en las montañas, y no me sorprende que no os hayáis enterado —comentó Merlock arqueando una ceja—. Sin embargo, no creo que esto siga así. Os lo he contado porque aquí también suceden cosas extrañas, como haber encontrado semejante gema en las Vertebradas.

Y con esta aleccionadora declaración, los despidió con una reverencia y una sonrisa.

Garrow emprendió el camino a Carvahall, seguido de Eragon.

—¿Qué opinas? —le preguntó éste.

—Voy a buscar más información antes de decidirme. Lleva la gema al carro y después haz lo que quieras. Nos reuniremos para cenar en casa de Horst.

Eragon se abrió paso entre la gente y, contento, se dio prisa en regresar hasta el carro. Las transacciones comerciales le llevarían horas a su tío, así que él pensaba disfrutar plenamente durante ese tiempo. Escondió la gema debajo de las bolsas y emprendió el camino de vuelta al pueblo a paso firme.

A pesar de sus escasas monedas, fue de un puesto a otro evaluando las mercancías con ojo de comprador, y al hablar con los vendedores, éstos le confirmaban lo que les había dicho Merlock sobre la inestabilidad de Alagaësia. Una y otra vez le repetían lo mismo: el último año la seguridad había desaparecido, existían nuevos peligros y nadie estaba a salvo.

Más tarde, se compró tres barras de caramelo de malta y un trozo de pastel de cerezas que estaba quemando. Después de pasar tantas horas en la nieve, sentaba bien comer algo caliente. Relamió el jarabe pegajoso que tenía en los dedos, triste porque se le hubiera acabado, y se sentó en un porche a mordisquear uno de los caramelos. Allí cerca había dos chicos de Carvahall que se estaban peleando, pero no le apetecía hacerles caso.

A última hora de la tarde, los mercaderes continuaban sus negocios en las casas. Eragon ansiaba que llegara la noche porque entonces saldrían los trovadores para explicar historias y hacer trucos. Le encantaban los cuentos sobre magia, sobre dioses y, si eran realmente buenos, sobre los Jinetes de Dragones. Carvahall tenía su propio cuentacuentos, Brom, que era amigo de Eragon, pero con los años sus cuentos se habían quedado anticuados, mientras que los trovadores siempre ofrecían relatos nuevos que el muchacho escuchaba con impaciencia.

Eragon acababa de romper un carámbano de la parte inferior del porche cuando descubrió a Sloan, que estaba cerca. El carnicero no lo había visto, por lo que el chico agachó la cabeza y salió corriendo, doblando una esquina, rumbo a la taberna de Morn.

Hacía calor en el local y estaba lleno del humo grasiento de las velas que chisporroteaban. Los relucientes cuernos negros de un úrgalo, cuya longitud equivalía a la distancia de los brazos extendidos de Eragon, colgaban encima de la puerta. El mostrador de la taberna era largo y bajo, con una serie de peldaños en un extremo para que los clientes pudieran repartirse mejor. Morn, cuya parte inferior del rostro era corta y aplastada como si hubiera metido la barbilla en una rueda de molino, regentaba la taberna arremangado hasta los codos. La gente abarrotaba las sólidas mesas de roble y prestaba atención a dos mercaderes que habían acabado de trabajar y estaban tomando una cerveza.

—¡Eragon, que alegría verte! ¿Dónde está tu tío? —preguntó Morn apartando la vista de la jarra que limpiaba.

—Comprando —respondió Eragon—. Tardará un rato.

—Y Roran, ¿también ha venido? —inquirió Morn mientras le pasaba el trapo a otra jarra.

—Sí, este año no ha tenido que quedarse a cuidar a ningún animal enfermo.

—¡Qué bien!

Eragon señaló con la cabeza a los dos mercaderes.

—¿Quiénes son?

—Compradores de grano. Han adquirido las semillas de todos los del pueblo a un precio ridículamente bajo, y ahora están contando unas historias absurdas y esperan que les creamos.

Eragon comprendió por qué Morn estaba tan molesto. *La gente necesita ese dinero. No podemos arreglarnos sin él,* se dijo Eragon.

—¿Qué tipo de historias? —preguntó el muchacho.

—Dicen que los vardenos han hecho un pacto con los úrgalos, y están preparando un ejército para atacarnos —resopló Morn—. Aparentemente, sólo nos hemos salvado hasta ahora gracias a nuestro rey, como si a Galbatorix le importara un rábano que nos partiera un rayo... Ve a escucharlos. Yo ya tengo bastante que hacer como para tener que repetir sus mentiras.

El enorme contorno de uno de los mercaderes rebasaba la silla en la que se sentaba, que protestaba cada vez que el individuo se movía. El hombre no tenía ni un pelo en la cara, las regordetas manos eran suaves como las de un bebé y los protuberantes labios se le curvaban con altivez cada vez que bebía de su jarra. El otro mercader era rubicundo y tenía la piel de las mejillas reseca e hinchada, llena de quistes de grasa, como mantequilla dura y rancia. En contraste con el cuello y con los carrillos, el resto del cuerpo era anormalmente delgado.

El primer mercader trataba en vano de encoger sus extensos límites para que cupieran en la silla.

—No —decía—, no lo comprendéis. Sólo gracias a los incesantes esfuerzos del rey a vuestro favor, ahora podéis estar hablando con nosotros. Si él, con toda su sabiduría, os retirara ese apoyo, la aflicción caería sobre vosotros.

—Sí, claro —chilló alguien—, ¿por qué no nos dices ahora que los Jinetes han vuelto y que habéis matado a cien elfos cada uno? ¿Crees que somos niños para creer vuestros cuentos? Sabemos cuidarnos solos.

El grupo de gente rió.

El mercader iba a responder cuando su compañero lo hizo callar con la mano e intervino. Llevaba llamativos anillos en los dedos.

—Lo estáis entendiendo mal. Sabemos que el Imperio no puede ocuparse de cada uno de nosotros personalmente, como nos gustaría, pero puede evitar que los úrgalos y otras abominaciones invadan este... —buscaba la palabra adecuada— lugar.

»Estáis enfadados con el Imperio —continuó el mercader— porque trata al pueblo injustamente, una queja legítima, pero un gobierno no puede complacer a todo el mundo, y es inevitable que haya conflictos y discusiones. Sin embargo, la mayoría de nosotros no tiene nada de que quejarse. Ya se sabe que en cada nación siempre hay un pequeño grupo de descontentos que no está satisfecho con el equilibrio político.

—¡Sí —gritó una mujer—, y llamas a los vardenos un grupo pequeño!

—Ya os hemos explicado que los vardenos no tienen interés en ayudarnos —afirmó el mercader gordo dando un suspiro—. Es sólo una falsedad perpetuada por los traidores que intentan crear problemas en el Imperio y convencernos de que la auténtica amenaza está dentro, y no fuera, de nuestras fronteras. Lo único que quieren es destronar al rey y apoderarse de nuestras tierras. Tienen espías por todas partes mientras se preparan para invadir, pero es imposible saber quién trabaja para ellos.

Eragon no estaba de acuerdo, pero el mercader hablaba con tranquilidad, y la gente asentía.

—Y vosotros ¿cómo lo sabéis? —dijo el muchacho dando un paso al frente—. Yo puedo decir que las nubes son verdes, pero eso no significa que sea verdad. Demostradnos que no estáis mintiendo.

Los dos hombres lo miraron fijamente mientras los vecinos del pueblo esperaban la respuesta.

El mercader flaco habló primero evitando la mirada de Eragon.

—¿Aquí no enseñáis a los niños lo que es el respeto? ¿O pueden dudar de los adultos siempre que quieran?

La gente se inquietó, y todos miraron a Eragon. Hasta que un hombre dijo:

—Responded a la pregunta.

—Es sólo cuestión de sentido común —dijo el gordo con el labio superior cubierto de sudor.

La respuesta irritó a los aldeanos por lo que prosiguió la discusión.

Eragon volvió al mostrador con un regusto amargo en la boca. Era la primera vez que veía a alguien defender al Imperio y arremeter contra sus enemigos. En Carvahall, el odio al Imperio estaba firmemente arraigado, casi de manera hereditaria porque durante los años difíciles, cuando sus habitantes estaban casi muertos de hambre, el gobierno no los había ayudado nunca, y los recaudadores de impuestos eran implacables. El muchacho sentía que su desacuerdo con los mercaderes sobre la misericordia de Galbatorix estaba justificado, pero se quedó pensando en los vardenos.

Éstos eran un grupo rebelde que asolaba y atacaba constantemente al Imperio, pero consituían un misterio porque no se sabía quién era su líder ni quién había formado el grupo en los años posteriores al advenimiento al poder de Galbatorix, casi un siglo atrás. El grupo contaba con gran simpatía por eludir los intentos de Galbatorix de destruirlos, pero se sabía poco acerca de ellos, salvo que aceptaban a todos los fugitivos que debían ocultarse o a aquellos que odiaban al Imperio. No obstante, lo difícil era saber dónde encontrarlos.

Morn se inclinó sobre el mostrador y comentó:

—Increíble, ¿no? Son peores que los buitres que vuelan en círculos sobre un animal muerto. Si se quedan mucho más tiempo, habrá problemas.

—¿Para ellos o para nosotros?

—Para ellos —respondió Morn mientras voces enfadadas empezaban a elevarse por la taberna.

Eragon se marchó cuando la discusión amenazaba con volverse violenta. La puerta se cerró de golpe a sus espaldas, y el ruido se acalló. Estaba anocheciendo: el sol se ocultaba con rapidez al tiempo que las casas proyectaban largas sombras sobre el terreno. El muchacho enfiló calle abajo, y vio a Roran y a Katrina de pie en un callejón.

Roran dijo algo que Eragon no alcanzó a oír. Katrina se miraba las manos y respondía en voz baja. De pronto, se puso de puntillas, le dio un beso a Roran y se alejó a la carrera. Eragon se acercó al trote hasta donde estaba su primo.

—¿Qué? Pasándotelo bien, ¿eh? —bromeó.

Roran mascculló una vaga respuesta y echó a andar.

—¿Has oído las noticias de los mercaderes? —le preguntó Eragon.

La mayoría de los vecinos estaban en sus casas, hablando con los mercaderes o esperando a que se hiciera de noche para que los trovadores empezaran su actuación.

—Sí —respondió Roran, distraído—. ¿Qué piensas de Sloan?

—Creía que era evidente.

—Me parece que correrá la sangre entre nosotros cuando se entere de lo de Katrina y yo —afirmó Roran.

Un copo de nieve cayó sobre la nariz de Eragon, que levantó la vista. El cielo se había puesto gris. No se le ocurría nada que decir, pues Roran tenía razón. Cogió a su primo del hombro mientras andaban por el camino.

La cena en casa de Horst estuvo muy animada: se habló y se rió mucho. Los licores dulces y la potente cerveza corrían a raudales, lo que añadía aún más estrépito al ruidoso ambiente. Cuando acabaron, los invitados salieron de la casa y se dirigieron al campamento de los mercaderes donde, alrededor de un amplio descampado, había postes clavados en la tierra, coronados de velas, mientras al fondo ardían unas fogatas que dibujaban danzarinas sombras sobre el terreno. Los vecinos se iban reuniendo poco a poco alrededor del círculo y esperaban ansiosos, muertos de frío.

Los trovadores, vestidos con prendas adornadas con borlas, salieron de sus tiendas dando volteretas, seguidos de juglares de más edad y más señoriales que tocaban y contaban historias, mientras los trovadores jóvenes las interpretaban. Las primeras actuaciones fueron de puro entretenimiento: chistes subidos de tono, batacazos y personajes ridículos. Más tarde, sin embargo, mientras las velas chisporroteaban en sus candeleros y la concurrencia se acercaba para formar un círculo más compacto, el viejo cuentacuentos, Brom, dio un paso al frente. Una enmarañada barba blanca flotaba sobre el pecho del hombre, pero el resto del cuerpo quedaba oculto por una larga capa negra que llevaba alrededor de los encorvados hombros y que lo envolvía completamente. Brom extendió los brazos con las manos crispadas como garras, y recitó lo siguiente:

—El tiempo no se detiene, y los años pasan, queramos o no... pero nos queda el recuerdo. Y aquello que parece perdido, puede que aún perviva en la memoria. Lo que escucharéis a continuación será imperfecto y fragmentado, pero guardadlo como un tesoro porque sólo lo sabréis vosotros. Os contaré ahora un recuerdo olvidado que ha quedado oculto en la soñadora bruma de nuestro pasado.

Los bondadosos ojos de Brom recorrieron las caras que lo miraban con interés y, al final, se detuvieron en Eragon.

—Antes de que nacieran vuestros bisabuelos, y... sí, también antes de que nacieran vuestros tatarabuelos, se crearon los Jinetes de Dragones, cuya misión era proteger y vigilar, objetivo que durante miles de años consiguieron. Su poder en las batallas era inigualable, puesto que cada uno poseía la fuerza de diez hombres, y eran inmortales, a menos que una espada o un veneno les arrebatara la vida, porque sólo utilizaban su poder en defensa del bien. Bajo su tutela, se levantaron grandes ciudades y altas torres de piedra. Mientras ellos mantuvieron la paz, la tierra floreció y fue una época dorada. Los elfos eran nuestros aliados, los enanos, nuestros amigos. La riqueza corría por nuestras ciudades y los hombres prosperaban. Pero llorad... porque algo así no podía durar. —Brom bajó la cabeza en silencio, y una infinita tristeza invadió la voz del cuentacuentos.

»Aunque ningún enemigo podía destruirlos, no consiguieron protegerse de sus propios defectos. Y sucedió que, en el apogeo de su poder, un niño, llamado Galbatorix, nació en la provincia de Inzilbêth, que ya no existe. A la edad de diez años lo sometieron a una serie de pruebas, como se acostumbraba; y viendo que albergaba un gran poder, los Jinetes lo aceptaron como uno de los suyos.

»Galbatorix pasó por un período de aprendizaje y superó a los demás en destreza. Dotado de una mente aguda y de un cuerpo vigoroso, rápidamente ocupó un lugar entre las filas de los Jinetes, pero algunos vieron en el súbito ascenso de Galbatorix un signo de peligro, del cual advirtieron a los otros. No obstante, el poder había vuelto arrogantes a los Jinetes y no hicieron caso del aviso. ¡Ay, aquel día empezó la desdicha!

»Así pues, nada más terminar su aprendizaje, Galbatorix emprendió un temerario viaje con dos amigos. Volaron noche y día hacia el norte y entraron en el territorio que aún les quedaba a los úrgalos, pensando tontamente que sus nuevos poderes los protegerían. Allí, sobre una gruesa capa de hielo, que no se derretía ni siquiera en verano, sufrieron una emboscada mientras dormían. Aunque los amigos de Galbatorix y sus dragones fueron asesinados, y él mismo sufrió graves heridas, consiguió dar muerte a sus atacantes. Durante la lucha, una flecha perdida atravesó el corazón de su dragón, y como Galbatorix no poseía conocimientos para curarlo, el animal murió entre los brazos de su amo. De ese modo se sembraron las semillas de la locura de Galbatorix.

El cuentacuentos se estrujó las manos y miró lentamente a su alrededor mientras se le ensombrecía el desmejorado rostro. Las palabras que pronunció a continuación sonaron como el lastimero tributo de un réquiem:

—Solo, despojado de buena parte de su fuerza y medio loco por la pérdida, Galbatorix vagabundeó sin esperanza por los desolados parajes en busca de la muerte, pero ésta no hizo acto de presencia, a pesar de que él se lanzó sin miedo contra cualquier ser vivo. Muy pronto los úrgalos y otros monstruos comenzaron a huir de esa angustiada presencia. Entonces Galbatorix empezó a imaginar que tal vez los Jinetes le darían otro dragón, e impulsado por la idea, emprendió un arduo viaje a pie, de regreso por las Vertebradas, aunque tardó meses en atravesar el territorio sobre el que había volado sin esfuerzos montado en su dragón. Galbatorix sabía cazar utilizando la magia, pero con frecuencia caminaba por lugares por los que no había animales. De modo que, cuando consiguió salir de las montañas, estaba a las puertas de la muerte. Un campesino lo encontró desmayado en el lodo y llamó a los Jinetes.

»Lo llevaron inconsciente a sus tierras donde sanó físicamente, y al despertar, después de haber dormido durante cuatro días, no dio muestras de tener la mente trastocada. Cuando lo llevaron ante el consejo convocado para juzgarlo,

Galbatorix exigió un nuevo dragón. La apremiante petición puso de manifiesto su demencia, y el consejo vio con claridad en qué estado se hallaba. Rechazada su exigencia, Galbatorix, a través del espejo deformante de su locura, creyó que la muerte de su dragón era culpa de los Jinetes. Caviló sobre esta idea noche tras noche y trazó un plan para ejecutar su venganza. —Brom bajó la voz hasta convertirla en un susurro.

»Un Jinete se compadeció de él, y las insidiosas palabras de Galbatorix echaron raíces. Valiéndose de la insistencia y del uso de tenebrosos secretos que había aprendido de un Sombra, enardeció al Jinete contra los ancianos del consejo, y juntos tendieron una trampa traicionera a uno de ellos y lo asesinaron. Cometida la repugnante fechoría, Galbatorix se volvió contra su aliado y lo mató de improviso. Poco después los Jinetes lo hallaron con las manos manchadas de sangre, pero él, dando un alarido, huyó y desapareció en la oscuridad. Sin embargo, como la locura había aguzado su sagacidad, no pudieron encontrarlo.

»Estuvo escondido durante años en parajes desolados como un animal acosado, siempre en guardia contra sus perseguidores. Su atrocidad no se olvidó, pero con el correr de los años cesaron de buscarlo. En una ocasión la mala suerte quiso que se topara con un joven Jinete, Morzan, fuerte de cuerpo pero débil de mente, a quien Galbatorix convenció para que dejara abierta una puerta de la ciudadela Ilirea, que hoy en día se llama Urû'baen, por la que entró y robó un dragón recién nacido.

»Se ocultó con su nuevo discípulo en un lugar maligno donde los Jinetes no se aventuraban a entrar. Allí Morzan fue aleccionado en un tenebroso aprendizaje y se instruyó en secretos y magia prohibida que nunca debieron revelarse. Una vez terminada su instrucción, y cuando el dragón negro de Galbatorix, *Shruikan,* hubo alcanzado la madurez, el demente se presentó ante el mundo llevando a Morzan a su lado. Juntos combatieron a todos los Jinetes con los que se topaban, y con cada nuevo asesinato, aumentaba la fuerza de ambos. Otros doce Jinetes se unieron a Galbatorix con deseos de poder y de venganza a causa de supuestas injusticias. Esos doce hombres, junto con Morzan, se convirtieron en los Trece Apóstatas. Los Jinetes no estaban preparados y cayeron ante el violento ataque. Los elfos también lucharon encarnizadamente contra Galbatorix, pero fueron derrotados y obligados a huir a sus escondites, de los que no regresaron jamás.

»Sólo Vrael, el jefe de los Jinetes, consiguió resistir a Galbatorix y a los Apóstatas. Anciano y sabio, luchó para salvar todo lo que pudiera y evitó que el resto de los dragones cayera en manos de sus enemigos. En la última batalla, ante la puerta de Dorú Areaba, Vrael derrotó a Galbatorix, pero vaciló en el asalto final. Galbatorix aprovechó la oportunidad y lo embistió por un costado. Vrael, gravemente herido, huyó al monte Utgard para recobrar fuerzas, pero le fue imposible porque Galbatorix lo halló. Mientras peleaban, Galbatorix le dio una patada en la entrepierna, y gracias a ese golpe sucio, logró dominar a Vrael y cortarle violentamente la cabeza con la espada.

»Con semejante poder corriendo por sus venas, Galbatorix se consagró a sí mismo rey de toda la Alagaësia.

»Y desde entonces nos gobierna.

Al finalizar la historia, Brom se alejó con los trovadores, pero a Eragon le pareció ver que una lágrima le brillaba en la mejilla. La gente murmuraba en voz baja mientras se marchaba.

—Podéis consideraros afortunados —dijo Garrow a Eragon y a Roran—, yo sólo he oído esta historia dos veces en mi vida. Si el Imperio se entera de que Brom la ha contado, no vivirá para ver un nuevo amanecer.

Un regalo del destino

La noche en que regresaron de Carvahall, Eragon decidió someter la gema a las mismas pruebas que había hecho Merlock. Solo en su habitación, la depositó sobre la cama junto con tres herramientas. Empezó con una maza de madera con la que la golpeó con suavidad. La joya emitió una nota sutil. Satisfecho, cogió otra de las herramientas —un pesado martillo de cuero— y oyó un lastimero repique que resonó al golpear la gema. Por último, intentó martillearla con un pequeño cincel. El instrumento no rayó ni desportilló la piedra preciosa, pero ésta emitió un sonido mucho más claro. Mientras la nota se desvanecía, le pareció oír un débil chillido.

Merlock dijo que la gema estaba hueca; quizá haya algo valioso dentro, pero no sé cómo abrirla. Habrá habido alguna buena razón para que alguien la haya pulido y, quienquiera que la haya dejado en las Vertebradas, no se ha tomado la molestia de recuperarla o no sabe dónde está. No obstante, me cuesta creer que un mago, con suficiente poder para transportar la gema, no sea capaz de volver a encontrarla. ¿Acaso seré el elegido para tenerla?

Eragon no podía responder a esa pregunta. Resignado ante un misterio insoluble, guardó las herramientas y devolvió la piedra al estante.

ϒ

Aquella noche se despertó bruscamente y escuchó con atención, pero todo estaba en silencio. Preocupado, deslizó la mano debajo del colchón y cogió su cuchillo. Esperó unos minutos y después, poco a poco, volvió a dormirse.

Un chillido rompió el silencio y lo arrancó de nuevo del sueño. Eragon saltó de la cama, desenvainó el cuchillo, buscó a tientas las yescas y encendió una vela, pero la puerta de su habitación estaba cerrada. A pesar de que el chillido había sido demasiado alto para que fuera un ratón o una rata, miró debajo de la cama. Nada. Se sentó en el borde del colchón y se frotó los adormilados ojos. Retumbó otro chillido, y Eragon se asustó terriblemente.

¿De dónde venía ese ruido? En las paredes y en el suelo no podía haber nada, pues eran de madera maciza. Tampoco había nada en su cama y, además, si se hubiera metido algo en el colchón de paja durante la noche, se habría dado cuenta. El muchacho dirigió la mirada hacia la gema, la sacó del estante y la balanceó, distraído, mientras observaba la habitación. Otro chillido le resonó en los oídos y le vibró en las manos: ¡provenía de la gema!

Esa joya no le había proporcionado más que frustraciones y enfados, ¡y ahora ni siquiera lo dejaba dormir! No hizo caso del furioso resplandor de la gema, y se sentó, impertérrito, lanzándole de vez en cuando un vistazo. Entonces se oyó otro chillido realmente fuerte, y a continuación, silencio. Eragon la apartó con recelo y volvió a meterse en la cama. Guardara el secreto que guardara, tendría que esperar hasta la mañana.

La luna brillaba a través de la ventana cuando volvió a despertarse. La piedra preciosa se balanceaba con rapidez sobre el estante y se golpeaba contra la pared. Iluminada por la fría luz de la luna, emitía un resplandor blanco. Eragon saltó de la cama cuchillo en mano. La gema dejó de moverse, pero él siguió tenso. Entonces la piedra empezó a resquebrajarse y a moverse más deprisa que antes.

Eragon, lanzando una maldición, comenzó a vestirse. Por muy valiosa que fuese, iba a llevársela lejos y enterrarla. El movimiento se detuvo, y la gema se quedó en silencio; luego, temblando, rodó hacia el suelo y cayó con un ruido sordo. Eragon se dirigió a la puerta, asustado, mientras la gema se bamboleaba hacia él.

De repente, apareció una grieta en la superficie de la piedra, y otra, y otra más. Eragon, paralizado, se inclinó hacia delante sin soltar el cuchillo. En la superficie de la gema, donde se unían todas las grietas, un pequeño trozo empezó a oscilar, como si se balanceara sobre algo, hasta que se levantó y cayó al suelo. Tras otra serie de chillidos, una pequeña cabeza negra asomó por el agujero, seguida de un cuerpo extrañamente anguloso. Eragon apretó con fuerza el mango del cuchillo y se quedó muy quieto. Al cabo de un instante, la criatura había salido completamente de la gema. Por un momento no se movió, pero luego se deslizó bajo la luz de la luna.

Eragon retrocedió espantado: delante de él, lamiéndose la membrana que lo recubría, había un dragón.

El despertar

La longitud del dragón no era mayor que el antebrazo de Eragon, pero el animal tenía un aspecto digno y noble. Las escamas eran de un intenso color azul zafiro, el mismo que el de la gema. Bueno, una gema no, porque el muchacho había llegado a la conclusión de que se trataba de un huevo. El dragón agitó las alas, que parecía que habían estado muy retorcidas. Eran varias veces más largas que el cuerpo del animal y las surcaban finos fragmentos de hueso que se extendían desde el borde delantero de cada ala, de manera que formaban una línea de garras muy separadas entre sí. La cabeza era ligeramente triangular, y del maxilar superior le salían dos diminutos colmillos blancos, que parecían muy afilados. Las garras también eran blancas, como marfil pulido, y un poco dentadas en la parte interior. Una línea de pequeñas púas recorría el espinazo de la criatura, desde la base de la cabeza hasta la punta de la cola, y en el punto en que confluían el cuello y los hombros había un hueco que daba lugar a un espacio mayor que el normal entre las púas.

Eragon se movió un poco, y el dragón giró instantáneamente la cabeza. Unos ojos azules y fríos se clavaron en el muchacho que se quedó inmóvil; si el animal decidía atacarlo sería un enemigo temible.

El dragón perdió interés en Eragon y exploró con torpeza la habitación, chillando cada vez que se golpeaba con las paredes o con algún mueble. Batió las alas, subió de un salto a la cama y reptó hasta la almohada dando un agudo grito. Daba pena ver cómo abría la boca —semejante a la de un pichón— y enseñaba hileras de dientes puntiagudos. Eragon se sentó con cautela a los pies de la cama. El dragón le olfateó la mano y le picoteó la manga, pero él retiró enseguida el brazo.

Eragon esbozó una sonrisa mientras miraba a la pequeña criatura. El chico extendió la diestra con cuidado y le tocó un costado al dragón. Una descarga de energía helada le atravesó la mano y le subió por el brazo mientras le quemaba las venas como fuego líquido. Eragon se echó atrás con un grito terrible. Entonces oyó un sordo alarido de rabia y un tremendo ruido metálico, como si estuviera producido por un objeto de hierro. Aunque le dolía terriblemente todo el cuerpo, se esforzó por moverse, pero no pudo. Al cabo de lo que parecieron horas, el calor volvió a los miembros de Eragon en los que sentía un cosquilleo. El chico se puso de pie con un temblor incontrolado. Tenía la mano dormida y los dedos paralizados. Observó, asustado, que el centro de la palma de la mano resplandecía y se formaba en ella un óvalo blanco y difuso. La piel le escocía y le ardía como si lo hubiera picado una araña, mientras que el corazón le latía frenéticamente.

Eragon parpadeó tratando de comprender lo que sucedía. Entonces algo le rozó la conciencia, como si un dedo le acariciara la piel. Volvió a tener la misma sensación, pero esta vez se convirtió en una idea que se le enroscaba como un zarcillo y le provocaba una incesante curiosidad. Era como si el muro invisible que rodeaba sus pensamientos se hubiera venido abajo, y ahora él fuera libre para extenderse con la mente, pero temió que si no había nada que lo contuviera, podría salirse de su propio cuerpo, incapaz de volver atrás, y se convertiría en un espíritu etéreo. Asustado, Eragon se zafó de esa nueva sensación, que desapareció como si hubiera cerrado los ojos, y miró con desconfianza al inmóvil dragón.

Una pata cubierta de escamas le rascó un costado, y Eragon se echó atrás de un salto, pero la energía no volvió a golpearlo. Intrigado, le acarició la cabeza al dragón con la mano derecha. Un suave cosquilleo le recorrió el brazo, y el dragón se acurrucó contra él como un gato. También le acarició las delgadas membranas de las alas con un dedo: tenían la textura del pergamino viejo, aterciopelado y tibio, pero todavía estaban un poco húmedas; cientos de finas venas latían debajo.

Otra vez el zarcillo hizo acto de presencia en la mente de Eragon, pero esta vez, en lugar de curiosidad, sintió un hambre irresistible, voraz. Se levantó y suspiró: no cabía duda de que aquél era un animal peligroso. Sin embargo, parecía tan indefenso al arrastrarse por la cama de Eragon que el muchacho se preguntó si tendría algo de malo quedárselo. El dragón gimió con una nota aguda mientras buscaba comida, y el chico le rascó con rapidez la cabeza para mantenerlo callado.

Ya pensaré más tarde en esto, decidió, y salió de la habitación cerrando con cuidado la puerta.

Volvió con dos pedazos de carne seca, y descubrió al dragón sentado en el alféizar de la ventana mirando la luna. Cortó la carne en trozos cuadrados y le ofreció uno a la criatura, que lo olfateó cautelosamente, estiró la cabeza hacia delante como una serpiente, lo cogió de los dedos de Eragon y se lo tragó con una sacudida peculiar. Luego le dio un empujón a la mano de Eragon pidiéndole más.

Le dio de comer procurando que no le mordiera los dedos. Cuando sólo quedaba un trozo de carne, la barriga del dragón ya estaba llena. Le ofreció ese pedazo, el dragón se lo pensó y se lo zampó perezosamente. Acabada la comida, se le subió a la mano, se le acurrucó contra el pecho y empezó a roncar al tiempo que una bocanada de humo negro le salía de los orificios de la nariz. Eragon lo miró, maravillado.

Cuando ya creía que el animal estaba dormido, oyó un zumbido grave que le vibraba en la garganta. Lo llevó suavemente a la cama y lo depositó al lado de la almohada. El dragón, con los ojos cerrados, enroscó la cola en el soporte de la cama, satisfecho. Eragon se tumbó a su lado y flexionó la mano derecha en la semioscuridad.

El muchacho se enfrentaba a un terrible dilema: si criaba a un dragón, se convertiría en un Jinete. Los mitos y los cuentos sobre los Jinetes eran muy apreciados, y ser uno de ellos lo convertiría automáticamente en un personaje de leyenda. Sin embargo, si el Imperio descubría al dragón, él y su familia serían pasados por las armas a no ser que se uniera al rey. Nadie podría ni querría ayudarlos. La solución más sencilla era matar al dragón, pero la idea era repugnante y se la quitó de la cabeza. Ni siquiera quiso tenerla en cuenta porque reverenciaba demasiado a estos animales.

Además, ¿qué podría delatarnos?, pensó. *Vivimos en una zona alejada y nunca hemos hecho nada que haya llamado la atención.*

El problema era convencer a Garrow y a Roran para que le dejaran tener al dragón, aunque ninguno de los dos tendría que preocuparse porque el animal estuviera con ellos.

Podría criarlo en secreto. Dentro de un mes o dos será demasiado grande para que Garrow se deshaga de él, pero ¿lo aceptará? Y si lo acepta, ¿puedo conseguir suficiente comida para el dragón mientras esté escondido? Ahora no es más grande que un gato pequeño, ¡pero se ha comido un puñado entero de carne! Supongo que con el tiempo, él mismo podrá cazar, pero ¿cuánto tardará? ¿Podrá sobrevivir al aire libre con tanto frío?

A pesar de todo, quería el dragón, y cuanto más lo pensaba, más seguro estaba. Pasara lo que pasara con Garrow, él haría todo lo posible por protegerlo. Decidido, se quedó dormido con el animal acurrucado junto a él.

Cuando amaneció, la criatura estaba sentada encima del soporte de la cama, como un antiguo centinela que saluda al nuevo día. Eragon estaba maravillado del color del animal, pues nunca había visto un azul tan definido e intenso, mientras que las escamas parecían cientos de piedras preciosas. El muchacho notó que el óvalo blanco que se le había formado en la palma de la mano, en el punto con el que había tocado al dragón, tenía un resplandor plateado. Confiaba en que podría ocultarlo si mantenía las manos sucias.

El dragón se lanzó del soporte y se deslizó por el suelo. Eragon lo cogió en brazos con cautela y salió en silencio de la casa, pero se detuvo un instante para llevarse toda la carne que pudo, unas tiras de cuero y un montón de trapos. La fría mañana estaba hermosa, aunque una reciente capa de nieve cubría la granja. El chico sonrió mientras el pequeño animal miraba a su alrededor con interés desde la protección de los brazos de Eragon.

Atravesó deprisa los campos y se internó silenciosamente en el oscuro bosque en busca de un sitio seguro para dejar al dragón. Al cabo de un rato, encontró un serbal, que se alzaba sobre un montículo yermo, cuyas ramas cubiertas de nieve se elevaban hacia el cielo como dedos grisáceos. Depositó al dragón junto al tronco y sacudió una tira de cuero sobre el suelo.

Con movimientos diestros, le hizo un lazo corredizo y se lo pasó por la cabeza mientras el dragón exploraba los montones de nieve que rodeaban al árbol. La tira de cuero era vieja, pero serviría. Observó que el dragón daba vueltas alrededor del árbol, por lo que le desató el lazo del cuello e improvisó un arnés que le pasó entre las patas para que el animal no se estrangulara. Después recogió un puñado de leña, y en las ramas altas construyó una tosca cabaña, en cuyo interior extendió los trapos y acumuló la carne. Cada vez que Eragon agitaba el árbol, la nieve le caía en la cara.

Taponó también la entrada con trapos para mantenerla caliente. Complacido, contempló su obra.

—Bueno, ha llegado la hora de mostrarte tu nueva casa —dijo, y puso al dragón sobre las ramas. El animal agitó las alas tratando de liberarse, pero se metió en la cabaña donde comió un trozo de carne, se acurrucó y parpadeó con timidez—. Estarás bien, pero tienes que quedarte aquí —le explicó.

El dragón volvió a parpadear.

Eragon, convencido de que el animal no le había entendido, intentó concentrarse para percibir su conciencia, y de nuevo tuvo la terrible sensación de «abrirse»... a un espacio tan grande que lo oprimía como una pesada manta. Reuniendo todas las fuerzas de que fue capaz, se concentró otra vez en el dragón y trató de transmitirle una idea: *Quédate aquí.* El dragón dejó de moverse y ladeó la cabeza hacia él. Eragon insistió: *Quédate aquí.* Una débil señal de entendimiento llegó a tientas a través del vínculo, pero Eragon dudaba que realmente el dragón hubiera comprendido.

Después de todo, sólo es un animal.

Se retiró, aliviado, de aquel contacto y sintió que la seguridad de su propia mente volvía a protegerlo.

Eragon se alejó del árbol mirando constantemente hacia atrás. El dragón sacó la cabeza desde su refugio y observó con los ojos muy abiertos cómo se marchaba.

El muchacho regresó deprisa a casa y se metió a hurtadillas en la habitación para tirar los trozos del huevo. Estaba seguro de que ni Garrow ni Roran advertirían la ausencia de éste, pues desde que se habían enterado de que no podía venderse ya no habían vuelto a pensar en ello. Cuando se despertó la familia, Roran comentó que había oído algunos ruidos durante la noche pero, para alivio de Eragon, no siguió hablando del tema.

El entusiasmo de Eragon hizo que el día pasara velozmente. La marca de la palma de su mano era fácil de ocultar, así que dejó de preocuparse y, antes de que se diera cuenta, ya iba rumbo al serbal provisto de salchichas que había robado de la despensa. Se acercó al árbol con aprensión.

¿Podrá el dragón vivir al aire libre en invierno?

Su miedo era infundado: el dragón estaba encaramado a una rama royendo algo que tenía entre las patas delanteras, y en cuanto lo vio, empezó a chillar, entusiasmado. Eragon se alegró al comprobar que el animal se había quedado en el árbol, fuera del alcance de los depredadores. Tan pronto como dejó las salchichas junto al tronco, el dragón bajó. Mientras engullía con voracidad la comida, Eragon examinó el refugio. La comida había desaparecido, pero la cabaña estaba intacta y había un montón de plumas en el suelo.

¡Qué bien, es capaz de conseguir comida!

De pronto, se le ocurrió que no sabía si el dragón era macho o hembra, así que lo levantó y lo puso boca arriba haciendo caso omiso de sus gritos de protesta, pero no pudo encontrar nada que indicara su sexo.

Es como si no quisiera entregar ningún secreto sin luchar.

Pasó largo rato con el dragón. Lo desató, se lo puso en el hombro y fueron a explorar el bosque. Los árboles cubiertos de nieve los vigilaban como si fueran las solemnes columnas de una majestuosa catedral. En medio de esas soledades, Eragon le mostró al dragón lo que sabía del bosque, sin preocuparse de si entendía lo que quería decir. Era el sencillo acto de compartir lo que era importante de verdad. Le habló sin parar. El dragón lo miraba con ojos brillantes, como si absorbiera las palabras del muchacho. Eragon se sentó durante un rato con el animal entre los brazos y lo observó, maravillado, sin salir de su asombro por lo que sucedía. Al atardecer emprendió el camino de regreso a casa, consciente de que tenía dos ojos azules clavados en la espalda, indignados de que lo dejaran solo.

Esa noche se quedó pensando en todo lo que podía pasarle a un animal tan pequeño y desprotegido: la posibilidad de tormentas de nieve y la aparición de otros animales despiadados lo atormentaban. Tardó horas en dormirse, y soñó con zorros y con lobos negros que destrozaban al dragón con dientes ensangrentados.

Al alba Eragon salió corriendo de la casa con comida y más trapos, con los que mejoraría el aislamiento del refugio. Encontró al dragón despierto, sano y salvo, mirando el amanecer desde lo alto del árbol, y les dio las gracias fervorosamente a todos los dioses, conocidos y desconocidos. Al ver que se acercaba, el dragón bajó, saltó a los brazos del muchacho y se le acurrucó junto al pecho. El frío no lo había perjudicado, pero parecía asustado. Una bocanada de humo negro le salía de los orificios de la nariz. Eragon lo acarició para calmarlo, se sentó apoyado en el serbal y le habló en voz baja. Se quedó quieto mientras el dragón escondía la cabeza debajo del abrigo del chico. Al cabo de un rato, el animal salió de su cobijo y se le subió al hombro. Eragon le dio de comer y después puso otros trapos alrededor de la cabaña. Jugaron durante un rato, pero el muchacho tuvo que regresar a casa al cabo de poco tiempo.

Pronto se estableció una tranquila rutina. Todas las mañanas, Eragon corría hasta el árbol y le daba al dragón el desayuno, y luego regresaba a casa deprisa. Durante el día acometía sus tareas hasta que las acababa, y entonces podía visitar de nuevo al dragón. Tanto Garrow como Roran notaron su comportamiento y le preguntaron por qué pasaba tanto tiempo fuera, pero Eragon se limitó a encogerse de hombros aunque empezó a vigilar que no lo siguieran hasta el árbol.

Tras los primeros días, dejó de preocuparse de que el animal sufriera un contratiempo porque su crecimiento era imponente, y pronto estaría a salvo de la mayoría de los peligros. El dragón duplicó su tamaño en la primera semana, y cuatro días después, le llegaba al chico a las rodillas. Como ya no cabía en la cabaña del serbal, Eragon tuvo que hacerle un refugio en el campo que le llevó tres jornadas construir.

A los quince días, Eragon se vio obligado a dejarlo suelto porque la criatura necesitaba demasiada comida, pero sólo la fuerza de voluntad del muchacho evitó que el animal lo siguiera hasta la granja la primera vez que lo desató. Cada vez que el dragón lo intentaba, Eragon lo alejaba con su mente hasta que aprendió a evitar la casa y a los otros moradores.

Además, le inculcó la importancia de cazar sólo en las Vertebradas, donde había menos posibilidades de que lo vieran, porque si los animales de caza empezaban a desaparecer del valle de Palancar, los campesinos lo notarían. Sin embargo, el hecho de que el dragón estuviera tan lejos hacía que Eragon se sintiera seguro e intranquilo a la vez.

El contacto mental que compartía con el animal se hacía cada vez más estrecho. Eragon se dio cuenta de que, aunque el dragón no comprendía las palabras, podía comunicarse con él por medio de imágenes y de emociones. No obstante, era un método impreciso, y con frecuencia la criatura lo malinterpretaba. Rápidamente aumentó la distancia a la que ambos podían intercambiar pensamientos, pues muy pronto Eragon fue capaz de ponerse en contacto con el dragón en un radio de algo más de quince kilómetros, cosa que hacía a menudo, mientras que el dragón, a su vez, llegaba con suavidad a la mente del muchacho. Esas mudas conversaciones lo entretenían durante las horas de trabajo y siempre tenía una pequeña parte de su ser conectada al dragón que, a veces, no le hacía caso, pero nunca lo olvidaba. Cuando Eragon hablaba con la gente, este contacto lo distraía, como si tuviera una mosca zumbándole al oído.

A medida que el dragón crecía, sus chillidos se hicieron más graves hasta convertirse en un rugido, y la vibración de la garganta se convirtió en un suave rumor, pero el dragón no lanzaba fuego, lo que a Eragon le preocupaba. Le había visto echar bocanadas de humo cuando estaba enfadado, pero ni rastro de llamas.

Al cabo de un mes, los hombros del dragón llegaban al codo de Eragon. En ese breve tiempo, la pequeña y débil criatura se había convertido en una fornida bestia, cuyas resistentes escamas eran tan duras como una cota de malla y cuyos dientes parecían dagas.

Por las tardes Eragon daba largos paseos con el dragón que caminaba a su lado. Cuando encontraban un claro, el muchacho se apoyaba contra un árbol y observaba cómo el animal planeaba en el aire. Le encantaba verlo volar y se lamentaba de que aún no fuera lo suficientemente grande para montarlo. A menudo se sentaba junto a él, y al acariciarle el cuello, sentía la flexibilidad de los tendones y de las fibras de los músculos bajo la presión de los dedos.

A pesar de los esfuerzos del muchacho, el bosque que rodeaba a la granja estaba lleno de rastros del dragón. Era imposible borrar todas las huellas que dejaban sus cuatro garras que se hundían profundamente en la nieve, e incluso había renunciado a intentar esconder las gigantescas boñigas que había por todas partes. El dragón se frotaba contra los árboles, quitando la corteza de los troncos, y se afilaba las garras en los tocones dejándolos llenos de cortes de varios dedos de profundidad. Si Garrow y Roran se alejaban lo suficiente de los límites de la finca, lo descubrirían. A Eragon no se le ocurrió un manera peor de que la verdad saliera a la luz, de modo que decidió adelantarse y explicarles todo.

Pero antes quería hacer dos cosas: ponerle un nombre apropiado al animal y aprender un poco más sobre la especie en general. Para ello necesitaba hablar con Brom, experto en epopeyas y leyendas, únicos vestigios en los que perduraban las tradiciones de los dragones.

Así que cuando Roran tuvo que ir a Carvahall para que le repararan un cincel, Eragon se ofreció a acompañarlo.

La noche anterior a la partida, Eragon fue hasta el claro del bosque y llamó al dragón mentalmente. Al cabo de un momento, vio un puntito que se movía a toda velocidad en el cielo crepuscular. El dragón se lanzó hacia él, subió en picado y luego se colocó sobre los árboles. Eragon oyó un silbido grave mientras el aire se agitaba con el batir de alas. La criatura planeó despacio hacia la izquierda y descendió suavemente en círculos hasta el suelo. Agitó las alas hacia atrás para equilibrarse y, con un profundo y amortiguado ¡pum!, aterrizó.

Eragon abrió la mente, incómodo aún con la extraña sensación, y le explicó que se iba. El animal resopló inquieto. El muchacho intentó calmarlo con una imagen mental tranquilizadora, pero el dragón agitó la cola, insatisfecho. Eragon le puso la mano en los hombros tratando de irradiar paz y serenidad, aunque las escamas le golpeteaban los dedos mientras las acariciaba con suavidad.

Una palabra, profunda y clara, resonó en la mente del muchacho:

Eragon.

El dragón tenía un aspecto solemne y triste, como si hubieran sellado un pacto indisoluble. El chico lo miró, y un cosquilleo frío le recorrió el brazo.

Eragon.

Sintió que se le hacía un nudo en el estómago mientras unos insondables ojos de color azul zafiro lo miraban. Por primera vez no pensó en el dragón como un animal. Era otra cosa, algo... diferente. Corrió hacia la casa, tratando de escapar de la criatura.

Mi dragón.

Eragon.

Té para dos

Roran y Eragon se separaron en las afueras de Carvahall. Eragon caminó despacio hacia la casa de Brom; perdido en sus pensamientos, se detuvo en el umbral y levantó la mano para llamar.

—¿Qué buscas, muchacho? —preguntó una voz ronca.

Eragon se volvió. Brom estaba detrás de él, apoyado en un retorcido bastón adornado con extrañas tallas. Llevaba una túnica de color marrón con capucha, como un monje, y del cinturón de cuero repujado que se abrochaba a la cintura le colgaba una bolsa. Lucía barba blanca, pero el rasgo que predominaba en el rostro del anciano era la soberbia nariz aguileña que se curvaba sobre la boca. Mientras esperaba la respuesta escrutó a Eragon con una inquisitiva mirada y el entrecejo fruncido.

—Información —dijo Eragon—. Roran ha ido a arreglar un cincel y, como tenía tiempo, he venido a hacerte unas preguntas.

El hombre gruñó y abrió la puerta. Eragon se fijó en que llevaba un anillo de oro en la mano derecha con un reluciente zafiro, en cuya superficie destacaba un extraño símbolo grabado.

—Será mejor que entres; como no paras de hacer preguntas parece que hablaremos un buen rato.

El interior de la casa estaba más oscuro que el carbón, y se percibía un fuerte olor acre en el aire.

—A ver, un poco de luz —oyó Eragon que decía el anciano mientras se movía por la estancia. Luego escuchó una maldición cuando algo se rompió al caer al suelo—. ¡Ah, aquí está!

Se encendió una chispa blanca y empezó a oscilar una llama.

Brom estaba de pie sosteniendo una vela delante de la chimenea de piedra. De cara a la repisa había una silla de madera labrada, cuyo respaldo era muy alto, y sobre la que se apilaban un montón de libros; las cuatro patas de la silla tenían forma de garras de dragón, y tanto el asiento como el respaldo eran de cuero repujado con el dibujo de una rosa que daba la impresión de que giraba. Múltiples rollos de pergamino descansaban encima de un conjunto de sillas más pequeñas y, sobre el escritorio, había frascos de tinta y plumas.

—Acomódate donde puedas, pero por lo que más quieras, ten cuidado. Estas cosas son muy valiosas.

Eragon evitó pisar una serie de pergaminos escritos con runas muy picudas. Luego retiró con suavidad unos quebradizos rollos de una de las sillas y los depositó en el suelo. Al sentarse, levantó una nube de polvo y contuvo un estornudo.

Brom se agachó y encendió el fuego con la vela.

—¡Qué bien! No hay nada como sentarse junto al fuego a conversar. —Se quitó la capucha y quedó a la vista una cabellera que no era blanca, sino plateada; colgó una tetera sobre las llamas y se sentó en la silla de respaldo alto.

—Bueno, ¿qué quieres? —se dirigió a Eragon bruscamente, pero con amabilidad.

—Pues... —empezó Eragon planteándose cuál era la mejor manera de abordar el tema—. Hace mucho tiempo que oigo historias acerca de los Jinetes de Dragones y de sus supuestas hazañas, y parece que la mayoría de la gente desea que vuelvan, pero nunca he sabido cómo aparecieron, ni de dónde salieron los dragones, ni por qué los Jinetes eran tan especiales... independientemente de los dragones.

—Éste es un tema muy amplio sobre el que hablar —rezongó Brom, y observó con atención a Eragon—. Si te contara toda la historia, seguiríamos aquí sentados hasta el próximo invierno, así que tendré que resumirla lo máximo posible. Pero antes de empezar como es debido, necesito mi pipa.

Eragon esperó pacientemente mientras Brom apisonaba el tabaco en la pipa. Brom le caía bien. A veces era un anciano cascarrabias, pero daba la impresión de que siempre tenía tiempo para Eragon.

Una vez el muchacho le había preguntado de dónde había venido, y Brom le había contestado riendo: «De un pueblo como Carvahall, pero no tan interesante». Como la respuesta despertó su curiosidad, se lo preguntó también a su tío, pero Garrow sólo le explicó que Brom se había comprado una casa en Carvahall hacía quince años y que desde entonces vivía tranquilamente allí.

Brom usó las yescas para encender la pipa, y dio varias caladas hasta que al fin dijo:

—Bueno... no podremos parar más que para tomar un té. En cuanto a los Jinetes, o los Shur'tugal, como los llaman los elfos... ¿por dónde empezar? Su historia transcurre a lo largo de muchos años, y en el apogeo de su poder, sus dominios abarcaban el doble de las tierras del Imperio. Se han contado muchas historias sobre ellos, la mayoría ridículas. Pero si uno cree todo lo que se cuenta, supondría que tenían los mismos poderes que un dios menor. Hay estudiosos que dedican una vida entera a distinguir lo ficticio de lo real, pero es dudoso que lo logren. Sin embargo, no es una tarea imposible si nos limitamos a los tres aspectos que has mencionado: cómo aparecieron los Jinetes, por qué se los tenía en tan alta estima, y de dónde proceden los dragones. Empezaré por estos últimos.

Eragon se reclinó contra el espaldo y escuchó la hipnotizadora voz del hombre.

—Los dragones no tienen un comienzo, como no sea que se crearan al mismo tiempo que la propia Alagaësia. Y si tienen un final, llegará cuando este mundo desaparezca porque sufren tanto como la tierra. Ellos, los enanos y unas pocas criaturas más son los auténticos habitantes de estas tierras. Los dragones, fuertes y orgullosos en su sencillo esplendor, ya vivían aquí antes que los demás, y su entorno permaneció inmutable hasta que los primeros elfos se hicieron a la mar en sus barcos plateados.

—¿Dé dónde proceden los elfos? —interrumpió Eragon—. ¿Y por qué los llaman «el pueblo bello»? ¿Existen de verdad?

—¿Quieres que te conteste a tus preguntas iniciales o no? —lo riñó Brom—. Porque no podré hacerlo si quieres averiguar hasta el más mínimo detalle.

—Perdón —dijo Eragon bajando la cabeza para parecer arrepentido.

—Pues no te perdono —repuso Brom con cierta ironía. Dirigió la mirada hacia el fuego y observó cómo éste lamía la parte inferior de la tetera—. Por si te interesa, los elfos no son una leyenda, y los llaman el pueblo bello porque son más agraciados que cualquier otra raza. Proceden de un lugar llamado Alalea, aunque sólo ellos saben qué es e incluso dónde está.

»Prosigamos —dijo con una mirada feroz bajo las pobladas cejas para asegurarse de que no habría más interrupciones—. En aquel entonces, los elfos eran una raza orgullosa y muy diestra en la magia, y consideraron a los dragones simples animales; pero ése fue un error mortal. Un joven y atrevido elfo cazó un dragón, como habría hecho con un ciervo, y lo mató. Los dragones, ultrajados, tendieron una emboscada al elfo y lo asesinaron. Desgraciadamente, el derramamiento de sangre no acabó allí: los dragones se unieron y atacaron el país de los elfos. Éstos, consternados por el terrible malentendido, trataron de poner fin a las hostilidades, pero no encontraron la manera de comunicarse con los dragones.

»Para acabar de una vez con una enrevesada serie de sucesos, hubo una guerra muy larga y sangrienta, de la que ambos bandos se arrepintieron más tarde. Al principio los elfos sólo combatían para defenderse porque no querían intensificar la lucha, pero a la larga, la ferocidad de los dragones los obligó a atacar para poder sobrevivir. Esta situación duró cinco años, y habría continuado mucho más, si un elfo, llamado Eragon, no hubiera encontrado un huevo de dragón. —Eragon parpadeó asombrado—. ¡Ah, veo que no conocías el origen de tu nombre! —comentó Brom.

—No —respondió el muchacho. La tetera empezó a silbar con estridencia.

¿Por qué me pusieron el nombre de un elfo?, se dijo a sí mismo Eragon.

—Estoy seguro de que ahora la historia te parecerá más interesante —dijo Brom. El anciano retiró la tetera del fuego, echó agua hirviendo en dos tazas y le tendió una de ellas a Eragon—. Estas hojas no han de estar en infusión demasiado tiempo —le advirtió—, así que bébetelo rápido, antes de que sea demasiado fuerte.

Eragon dio un sorbo, pero se quemó la lengua. Brom dejó a un lado su taza y siguió fumando en pipa.

—Nadie sabe por qué abandonaron ese huevo. Algunos dicen que los elfos mataron a los padres; otros creen que los dragones lo dejaron allí a propósito. En cualquier caso, Eragon estaba convencido de que el hecho de criar a un dragón con cariño tendría una enorme trascendencia. Lo cuidaba en secreto, y según la costumbre del idioma antiguo, le puso el nombre de *Bid'Daum*. Cuando éste creció lo suficiente, viajaron juntos a la tierra de los dragones, y los convencieron de vivir en paz con los elfos. Las dos razas sellaron pactos, y para asegurar que nunca más habría una guerra, decidieron que era necesario crear a los Jinetes.

»En sus inicios, el propósito de los Jinetes sólo era servir de medio de comunicación entre los elfos y los dragones. Sin embargo, a medida que pasaba el tiempo, se reconoció su valor y se les concedió más autoridad. Con los años, establecieron su hogar en la isla de Vroengard y construyeron una ciudad en ella, Dorú Areaba. Antes de que Galbatorix los derrocara, los Jinetes tenían más poder que todos los reyes de Alagaësia... Bueno, creo que he respondido a dos de tus preguntas.

—Sí —dijo Eragon, distraído. Le parecía una coincidencia increíble llamarse como el primer Jinete. Por alguna razón, su nombre ya no le parecía el mismo—. ¿Qué quiere decir Eragon?

—No lo sé —respondió Brom—, es muy antiguo. Dudo que alguien lo recuerde salvo los elfos, y tendrá que sonreírte mucho la fortuna para que te encuentres con alguno. Aunque es un buen nombre; debes estar orgulloso de él. No todo el mundo tiene uno tan honroso.

Eragon prescindió de este tema y se concentró en lo que Brom le había explicado, pero faltaba algo.

—No comprendo. ¿Dónde estábamos nosotros cuando se crearon los Jinetes?

—¿Nosotros? —preguntó Brom enarcando una ceja.

—Sí, todos nosotros —Eragon señaló alrededor con un gesto vago—, los humanos en general.

—Somos tan nativos de esta tierra como los elfos —contestó Brom riendo—. Nuestros antepasados tardaron tres siglos en llegar y en unirse a los Jinetes.

—Eso no es posible —protestó Eragon—, siempre hemos vivido en el valle de Palancar.

—Puede que eso sea válido para algunas generaciones, pero no mucho más, no. Ni siquiera es válido para ti, Eragon —dijo Brom en voz baja—. Aunque te consideras parte de la familia de Garrow, y tienes razón en hacerlo, tu padre no era de aquí. Pregunta y verás que hay mucha gente que no hace tanto que vive en estas tierras. Este valle es muy antiguo, y no nos ha pertenecido siempre.

Eragon frunció el entrecejo y tragó el té. Todavía estaba caliente y le quemó un poco la garganta. ¡Éste era su hogar, independientemente de quién fuera su padre!

—¿Y qué pasó con los enanos después de la destrucción de los Jinetes?

—Nadie lo sabe muy bien. Combatieron junto a los Jinetes durante las primeras batallas, pero cuando se vio claro que Galbatorix iba a ganar, sellaron todas las entradas de sus túneles y desaparecieron bajo tierra. Por lo que sé, nadie ha vuelto a ver a ninguno de ellos desde entonces.

—¿Y los dragones? ¿Qué pasó con ellos? Seguro que no los mataron a todos.

—Hasta el presente ése es el mayor misterio en Alagaësia —respondió Brom con tristeza—, porque ¿cuántos dragones sobrevivieron a la sangrienta matanza de Galbatorix? El rey perdonó la vida a los que accedieron a servirlo, pero sólo los malvados dragones de los Apóstatas estuvieron de acuerdo en ayudarlo en su locura. Si, aparte de *Shruikan*, queda algún dragón vivo, se debe de haber escondido para que el Imperio no lo encuentre nunca.

¿De dónde ha salido entonces mi dragón?, se preguntó Eragon.

—¿Y los úrgalos ya estaban aquí cuando llegaron los elfos? —preguntó el muchacho.

—No, persiguieron a los elfos por mar, como garrapatas en busca de sangre. Y ese hecho fue uno de los motivos por los que se llegó a apreciar tanto a los Jinetes, no sólo por su destreza en la lucha sino también por su capacidad para mantener la paz... De esta historia puede aprenderse mucho. Pero es una lástima que el rey lo convierta en un asunto tan confuso —reflexionó Brom.

—Sí, escuché tu cuento la última vez que estuve en el pueblo.

—¡Cuento! —rugió Brom con un destello de enfado en la mirada—. Si es un cuento, entonces los rumores sobre mi muerte son ciertos y... ¡estás hablando con un fantasma! Respeta el pasado porque nunca se sabe cómo puede afectarte.

Eragon esperó hasta que el rostro de Brom se dulcificara.

—¿Eran muy grandes los dragones? —se atrevió al fin a preguntar.

Una oscura columnilla de humo se arremolinó sobre Brom como una nube de tormenta en miniatura.

—Más grandes que una casa. La envergadura de las alas, incluso la de los más pequeños, superaba los treinta metros; nunca paraban de crecer. Algunos de los más antiguos, antes de que el Imperio los matara, parecían montañas.

La consternación se dibujó en el semblante de Eragon.

¿Cómo lo haré para esconder a mi dragón en los próximos años?

—¿Y cuándo alcanzaban la madurez? —preguntó con voz serena aunque estaba sobre ascuas.

—Pues... —contestó Brom rascándose la barbilla—, no echaban fuego hasta los cinco o seis meses de edad, que es más o menos cuando pueden aparearse. Cuanto más viejo es un dragón, más fuego echa. Algunos podían mantener la llama durante varios minutos. —Brom formó una voluta de humo y observó cómo flotaba hacia el techo.

—He oído que sus escamas brillaban como piedras preciosas.

—Pues has oído bien —masculló Brom—. Y las tenían de todos los colores y matices. Se decía que un grupo de dragones parecía un arco iris viviente que cambiaba y brillaba constantemente. Pero ¿quién te lo ha dicho?

Eragon se quedó paralizado durante un instante.

—Un mercader —mintió.

—¿Cómo se llamaba? —preguntó Brom. Las enmarañadas cejas del anciano se unieron en una espesa línea blanca y la frente se le surcó de profundas arrugas. Sin darse cuenta se le apagó la pipa.

Eragon fingió que intentaba recordar el nombre.

—No lo sé. Hablaba en la taberna de Morn, pero no sé quién era.

—Qué lástima —murmuró Brom.

—También dijo que un Jinete podía oír los pensamientos de su dragón —añadió Eragon enseguida, con la esperanza de que su supuesto mercader lo librara de toda sospecha.

Brom entornó los ojos, cogió las yescas y frotó el pedernal. Dio una calada profunda a la pipa y expulsó el humo poco a poco.

—Se equivocaba —repuso con voz inexpresiva—; eso no está en ninguna historia, y las conozco todas. ¿Dijo algo más?

—No. —Brom estaba demasiado interesado en el mercader para que él siguiera mintiendo—. ¿Vivían mucho los dragones? —preguntó con indiferencia.

Brom no respondió enseguida, sino que hundió la barbilla sobre el pecho mientras tamborileaba sobre la pipa, pensativo. El anillo del anciano emitía reflejos de luz.

—Perdona, mi mente estaba en otra parte. Sí, vivían bastante, eternamente en realidad, siempre y cuando no los mataran o su Jinete no muriera.

—¿Y eso cómo se sabe? —objetó Eragon—. Si los dragones no sobrevivían a sus Jinetes, entonces sólo vivían sesenta o setenta años. En tu... narración dijiste que los Jinetes vivían cientos de años, pero eso es imposible. —Le inquietaba pensar que sobreviviría a su familia y a sus amigos.

Una discreta sonrisa asomó a los labios de Brom mientras decía con malicia:

—Que algo sea posible o no siempre es subjetivo. Hay quienes dicen que es imposible viajar por las Vertebradas y sobrevivir, pero sin embargo, tú lo haces. Es una cuestión de puntos de vista. Debes de ser muy sabio para saber tanto a tu edad. —Eragon se ruborizó, y el anciano rió entre dientes—. No te enfades, pero no lo sabes todo: te olvidas de que los dragones eran mágicos, y de que influían de forma muy extraña sobre lo que los rodeaba. De modo que como los Jinetes estaban muy unidos a los dragones, la mayoría de ellos experimentaron esa influencia al máximo. Así pues, el efecto secundario más común era que tenían una vida muy larga. La longevidad de nuestro rey es un ejemplo patente, aunque mucha gente lo atribuye a sus propios poderes mágicos. También se producían otros cambios menos evidentes: todos los Jinetes eran más fuertes de cuerpo, más bondadosos de mente y más sinceros de corazón que el resto de los hombres y, además, las orejas de un Jinete humano se iban haciendo puntiagudas poco a poco, aunque nunca tanto como las de un elfo.

Eragon tuvo que reprimir el impulso que sintió de tocarse las orejas.

¿De qué otra forma va a cambiar mi vida este dragón? ¡No sólo se me ha metido en la mente, sino que también va a cambiarme el aspecto físico!

—¿Eran listos los dragones?

—¡No has prestado atención a lo que acabo de explicarte! —protestó Brom—. ¿Cómo iban los elfos a establecer acuerdos y tratados de paz con bestias estúpidas? Eran tan inteligentes como tú o como yo.

—Pero eran animales —insistió Eragon.

—No eran más animales que nosotros —bramó Brom—. Por alguna razón, la gente apreciaba todo lo que hacían los Jinetes pero, sin embargo, no tenían en consideración a los dragones y daban por sentado que no eran más que un exótico medio de transporte para ir de un pueblo a otro. Pero no eran sólo eso, puesto que las grandes hazañas de los Jinetes fueron posibles únicamente gracias a los dragones. ¿Cuántos hombres desenvainarían sus espadas si no supieran que un lagarto gigante que despide fuego por la boca, con una astucia y una sabiduría innatas muy superiores a las que desearían muchos reyes, colaboraría en detener la violencia? ¿Eh? —Hizo otra voluta de humo y observó cómo se alejaba flotando.

—¿Has visto alguna vez alguno?

—No —respondió Brom—, todo eso sucedió en una época muy anterior a la mía.

A ver si ahora me ayudas con el nombre, pensó Eragon.

—He estado tratando de recordar el nombre de un dragón, pero no lo consigo. Creo que lo oí cuando los mercaderes estaban en Carvahall, aunque no estoy seguro. ¿Podrías ayudarme?

Brom se encogió de hombros y le recitó rápidamente una larga lista de nombres.

—*Jura, Hírador* y *Fundor,* el que combatió a la serpiente marina gigante. *Galzra, Briam, Ohen* el Fuerte, *Gretiem, Beroan, Roslarb...* —mencionó muchos otros, y al final añadió en voz tan baja que Eragon apenas lo oyó— ... y *Saphira.* —Brom vació la pipa en silencio—. ¿Era alguno de éstos?

—Me temo que no —respondió el muchacho. Brom le había dado que pensar mucho, y se le hacía tarde—. Bueno, creo que Horst ya habrá terminado con el encargo de Roran. Debo irme, ojalá pudiera quedarme.

Brom arqueó una ceja.

—¿Así que eso es todo? Creía que ibas a hacerme preguntas hasta que Roran viniera a buscarte. ¿No quieres saber nada sobre las tácticas de combate de los dragones o sobre las impresionantes batallas aéreas? ¿Ya hemos acabado?

—Por ahora —contestó Eragon riendo—. Ya sé lo que quería saber y mucho más. —Se puso de pie y Brom lo imitó.

—Pues muy bien. —El cuentacuentos acompañó al muchacho hasta la puerta—. Adiós. Cuídate. Y no olvides decirme el nombre del mercader si lo recuerdas.

—Lo haré. Gracias.

Eragon entrecerró los ojos al salir a la deslumbrante luz invernal, y se alejó despacio reflexionando sobre todo lo que acababa de escuchar.

Un nombre poderoso

—Hoy, en casa de Horst, había un desconocido de Therinsford —le contó Roran camino de casa.

—¿Cómo se llamaba? —preguntó Eragon.

El muchacho esquivó un charco helado y siguió caminando a paso rápido. Le ardían los ojos y las mejillas a causa del frío.

—Dempton. Ha venido para que Horst le forjara unas piezas —respondió. Al pisar un montón de nieve con sus robustas piernas, Roran dejó el camino libre para que pasara Eragon.

—¿Y Therinsford no tiene herrero?

—Sí, pero no es tan bueno como Horst. —Roran echó una mirada a Eragon, y añadió—: Dempton necesita esas piezas para su molino porque está ampliándolo. Me ofreció trabajo, ¿sabes? Si acepto, me iré con él cuando venga a buscar las piezas.

Los molineros trabajaban todo el año. Durante el invierno molían lo que la gente les llevaba, pero en épocas de cosecha, compraban trigo y vendían harina. Era un trabajo duro y peligroso, y los hombres a menudo perdían dedos o manos en las gigantescas muelas.

—¿Vas a decírselo a Garrow? —preguntó Eragon.

—Sí. —Una sonrisa forzada se dibujó en la cara de Roran.

—¿Y para qué? Ya sabes lo que piensa sobre el hecho de

que nos marchemos. Si le dices algo, sólo causarás malestar. Será mejor que te olvides, y así tendremos la cena en paz.

—No puedo; voy a aceptar el trabajo.

Eragon se detuvo.

—¿Por qué? —Se quedaron mirándose. El aliento de los dos muchachos formaba nubes de vapor—. Ya sé que es difícil ganar dinero, pero siempre nos las arreglamos para sobrevivir. No tienes por qué marcharte.

—No, ya lo sé. Pero necesito dinero. —Roran intentó reemprender la marcha, pero Eragon se negó a moverse.

—¿Y para qué lo quieres? —preguntó.

—Quiero casarme —respondió Roran, y tensó un poco los hombros.

El desconcierto y el asombro se apoderaron de Eragon. Recordaba haber visto que Katrina y Roran se besaban durante la visita de los mercaderes, pero... tanto como casarse...

—¿Katrina? —preguntó en voz baja, sólo para confirmarlo. Roran asintió—. ¿Ya se lo has pedido?

—Todavía no, pero lo haré la próxima primavera cuando construya una casa.

—Hay demasiado trabajo en la granja para que te vayas ahora —protestó Eragon—. Espera hasta que estemos preparados para la siembra.

—No —dijo Roran sonriendo—. Me necesitaréis más en primavera. La tierra estará lista para arar y sembrar. Y habrá que quitar las hierbas... por no mencionar todos los otros trabajos. No, ahora es el mejor momento para que me vaya mientras lo único que hacemos es esperar el cambio de estación. Garrow y tú podéis arreglaros sin mí. Si todo va bien, pronto estaré otra vez trabajando en la granja, pero con una esposa.

Eragon, de mala gana, reconoció que Roran tenía razón. Hizo un gesto con la cabeza, pero no sabía si de enfado o de asombro.

—Bueno, supongo que lo único que puedo hacer es desearte buena suerte, pero Garrow se lo tomará muy mal.

—Ya veremos.

Reemprendieron la marcha, aunque el silencio se alzaba como una barrera entre ellos. Eragon estaba confuso, y tardaría tiempo en mirar con buenos ojos ese cambio. Cuando llegaron a casa, Roran no le dijo nada a Garrow sobre sus planes, pero Eragon estaba seguro de que no tardaría en hacerlo.

Eragon fue a ver al dragón por primera vez desde que el animal le había hablado. Se acercó con aprensión, consciente de que trataba con alguien de su misma condición.

Eragon.

—¿Es lo único que sabes decir? —le soltó.

Sí.

El muchacho abrió los ojos de par en par ante la inesperada respuesta, y se sentó bruscamente.

Bueno, tiene sentido del humor. ¿Y qué más?

Llevado por un impulso, rompió una rama seca con el pie. El anuncio de Roran lo había puesto de mal humor. Eragon sintió que el dragón lo interrogaba mentalmente, así que le contó lo que había pasado, pero a medida que hablaba, lo hacía cada vez más alto, y acabó gritando inútilmente al aire. Despotricó hasta desahogarse y al final dio un puñetazo inútil en el suelo.

—No quiero que se vaya, eso es todo —dijo, desanimado.

El dragón lo observaba impasible, lo escuchaba y aprendía. Eragon soltó algunos insultos entre dientes y se frotó los ojos. Luego miró al dragón, pensativo.

—Necesitas un nombre. Hoy me han dado unos cuantos muy interesantes; a lo mejor te gusta alguno. —Repasó mentalmente la lista que le había recitado Brom hasta que se detuvo en dos de ellos que lo impresionaron por heroicos, nobles y que sonaban bien—. ¿Qué te parece *Vanilor,* o su sucesor, *Eridor*? Los dos fueron grandes dragones.

No —contestó el dragón. Parecía divertirse con los esfuerzos que hacía el muchacho—. *Eragon.*

—Ése es mi nombre; no puedes tener el mismo —dijo frotándose la barbilla—. Bueno, si los que te he dicho no te gustan, hay otros. —Continuó recitando la lista, pero el dragón rechazaba todos los que le proponía. Parecía reírse de algo que Eragon no comprendía, pero el chico no le hizo caso y siguió dando nombres—. También estaba *Ingothold,* el que mató a...

De pronto, se le ocurió una cosa y se calló.

¡Ya sé dónde está el problema! ¡Te he estado diciendo nombres masculinos, y eres hembra!

Sí. —La dragona plegó las alas, satisfecha.

Ahora que sabía lo que buscaba, se le ocurrieron media docena de nombres. Barajó la idea de *Miremel,* pero no le pegaba, porque al fin y al cabo había pertenecido a una dragona de color pardo. *Ofelia* y *Lenora* también quedaron descartados. Estaba a punto de darse por vencido cuando recordó el último nombre que Brom había mencionado. A él le gustaba, pero ¿y a la dragona?

—¿Eres Saphira? —le preguntó.

Ella le dirigió una mirada inteligente, y Eragon sintió en lo más profundo de la mente que a la dragona le gustaba.

Sí.

Algo hizo clic en el cerebro del muchacho, y oyó el eco de la voz de la dragona, como si viniera de muy lejos. Eragon le sonrió y Saphira empezó a ronronear.

Un futuro molinero

El sol ya se había puesto cuando se sirvió la cena. Un viento de borrasca silbaba fuera y azotaba la casa. Eragon miró a Roran con atención esperando lo inevitable.

—Me han ofrecido un trabajo en el molino de Therinsford —dijo Roran al fin—, que pienso aceptar.

Garrow terminó de masticar con deliberada lentitud y dejó con tranquilidad el tenedor en la mesa. Luego se reclinó en la silla al tiempo que cruzaba las manos sobre la nuca.

—¿Por qué? —preguntó escuetamente.

Roran se lo explicó mientras Eragon pinchaba la comida, distraído.

—Comprendo. —Fue el único comentario de Garrow. Y se quedó en silencio mirando el techo. Nadie se movió mientras esperaban su respuesta—. Bueno pues, ¿cuándo te vas?

—¿Qué? —preguntó Roran.

Garrow se echó hacia delante con ojos centellantes.

—¿Creías que no te dejaría? Espero que puedas casarte pronto porque estaría bien ver cómo esta familia crece otra vez. Será una suerte para Katrina tenerte como marido.

El asombro que se dibujó en la cara de Roran se transformó pronto en una sonrisa de alivio.

—¿Cuándo te vas? —repitió Garrow.

—Cuando Dempton vuelva a buscar las piezas para su molino —respondió Roran que había recuperado la voz.

—¿Y eso será...?

—Dentro de dos semanas.

—Bien, tendremos tiempo para prepararnos. No será lo mismo quedarnos solos en casa, pero si no ocurre nada malo, no será por demasiado tiempo. —Miró hacia el otro lado de la mesa y preguntó—: Eragon, ¿lo sabías?

—Me he enterado hoy... Es una locura —contestó el muchacho, incómodo.

Garrow se pasó una mano por la cara.

—Es el curso natural de la vida. —Se puso de pie—. Todo irá bien; el tiempo lo pone todo en su sitio. Pero ahora, será mejor que lavemos los platos.

Eragon y Roran lo ayudaron en silencio.

Los siguientes días fueron duros. Eragon estaba muy nervioso y no hablaba con nadie, salvo para contestar con sequedad alguna pregunta que le hacían directamente a él. Por todas partes había muestras evidentes de la partida de Roran: un petate que le había preparado Garrow, adornos que faltaban en las paredes y un extraño vacío que se palpaba en la casa. Al cabo de una semana se dio cuenta de que se había creado una extraña distancia entre su primo y él. Cuando hablaban, les costaba encontrar las palabras adecuadas, y las conversaciones eran incómodas.

Saphira era un bálsamo para la frustración de Eragon porque con ella podía hablar libremente. La mente de la dragona estaba abierta a las emociones del muchacho, y éste sentía que Saphira lo comprendía mejor que nadie. Durante las semanas anteriores a la partida de Roran, la dragona pegó otro estirón. Creció treinta centímetros más, y los hombros le llegaban a la altura de Eragon, quien se dio cuenta de que el pequeño hueco que tenía Saphira entre la nuca y los hombros era perfecto para sentarse. A menudo el muchacho descansaba allí durante el atardecer, y le rascaba el cuello mientras le explicaba el significado de las distintas palabras. Muy pronto Saphira empezó a entender todo lo que él le decía, y con frecuencia hacía comentarios.

Para Eragon, esta parte de la vida era maravillosa. Saphira era tan real y tan compleja como cualquier persona. Tenía una personalidad ecléctica y a veces completamente extraña, pero se entendían mutuamente en los aspectos más profundos. Las acciones y las ideas de la dragona ponían de manifiesto nuevos rasgos de su carácter. En una oportunidad, cazó un águila, y en lugar de comérsela, la soltó diciendo:

Ningún cazador del cielo debe acabar su vida como presa. Vale más morir volando que atrapado en tierra.

El plan que Eragon tenía para presentar a Saphira a su familia se desvaneció por el anuncio de Roran y por las palabras de advertencia de la dragona. Ella no quería que la viesen, y él, en parte por egoísmo, estuvo de acuerdo. En el momento en que se enteraran de su existencia, Eragon sabía que las protestas, las acusaciones y el miedo irían dirigidos contra él. Así que lo postergó y se dijo a sí mismo que esperaría hasta que fuera el momento oportuno.

La noche antes de la partida de Roran, Eragon fue a hablar con él, pero se detuvo en el pasillo, cerca de la puerta abierta de la habitación de su primo. Sobre la mesilla de noche había una lámpara de aceite que proyectaba una luz tibia y oscilante sobre las paredes mientras que las sombras alargadas de los soportes de la cama se reflejaban contra las estanterías vacías que llegaban hasta el techo. Roran, con los ojos bajos y con la nuca tensa, enrollaba su ropa y sus pertenencias en mantas. De pronto, se detuvo y recogió algo de la almohada que hizo rebotar entre las manos. Era una piedra pulida que le había regalado Eragon hacía años. Roran iba a embalarla con sus cosas, pero cambió de idea y la dejó en el estante. A Eragon se le hizo un nudo en la garganta y se marchó.

Forasteros en Carvahall

El desayuno estaba frío, pero no así el té. La capa de hielo del interior de las ventanas se había derretido con el fuego que se había encendido por la mañana, pero había empapado la madera del suelo y había formado en ella unas manchas como oscuros charcos. Eragon vio a Garrow y a Roran junto a la cocina económica y pensó con tristeza que era la última vez que los vería juntos durante unos meses.

Roran se sentó en una silla y se ató las botas. El repleto petate se hallaba en el suelo, a su lado. Garrow, ojeroso, estaba de pie con las manos metidas en los bolsillos y con la camisa fuera del pantalón. Aunque los muchachos trataron de convencerlo, se negó a acompañarlos. Cuando le preguntaron por qué, sólo dijo que así era mejor.

—¿Lo tienes todo? —le preguntó a Roran.

—Sí.

Garrow asintió y sacó una bolsa pequeña del bolsillo. Las monedas tintinearon mientras se las daba a Roran.

—He ahorrado esto para ti. No es mucho, pero será suficiente si quieres comprar alguna cosilla.

—Gracias, pero no pienso gastar dinero en chucherías —dijo Roran.

—Haz lo que quieras; es tuyo —replicó Garrow—. No tengo nada más que la bendición de un padre para darte. Tómala si quieres, aunque no vale mucho.

—Será un honor para mí —respondió Roran con voz entrecortada por la emoción.

—Pues vete en paz, hijo mío —dijo Garrow, y lo besó en la frente. Entonces se volvió y dijo en voz más alta—: No creas que me he olvidado de ti, Eragon. Las palabras que voy a pronunciar son para los dos, porque ahora que vais a salir al mundo ha llegado la hora de decirlas. Hacedles caso y os serán útiles. —Los miró con severidad—. En primer lugar, no dejéis que nadie gobierne vuestra mente ni vuestro cuerpo y emplead especial atención para no poner límites a vuestras ideas porque se puede ser un hombre libre a pesar de sufrir ataduras más fuertes que las de un esclavo. Escuchad a los hombres, pero no os entreguéis a ellos en cuerpo y alma. Sed respetuosos con los que ostentan el poder, pero no los sigáis ciegamente. Juzgad con lógica y con razón, pero no hagáis comentarios.

»No consideréis a nadie superior a vosotros, al margen del rango o de la posición que ocupen en la vida. Tratad a todos con justicia, porque si no intentarán vengarse de vosotros. Cuidad vuestro dinero. Aferraos con fuerza a vuestras creencias, y los demás os escucharán —y añadió más despacio—: en cuanto a las cuestiones de amor... mi único consejo es que seáis sinceros, pues es el arma más poderosa para abrir el corazón o ganar el perdón. Es todo lo que tengo que decir. —Garrow parecía un poco cohibido por el discurso. A continuación le tendió a Roran su petate—. Ahora debes irte. Está a punto de amanecer, y Dempton te estará esperando.

Roran se echó el petate al hombro y abrazó a su padre.

—Volveré lo antes posible —dijo.

—¡Bien! Pero ahora vete y no te preocupes por nosotros.

Se separaron con pesar. Eragon y Roran salieron, luego se giraron y saludaron con la mano. Garrow levantó una mano huesuda y, con mirada seria, observó cómo emprendían la marcha hacia el camino. Al cabo de un buen rato cerró la puerta, y Roran, al oír el ruido que había transportado el aire matutino, se detuvo.

Eragon se volvió y miró las tierras. Su mirada se detuvo en las solitarias construcciones, que parecían lastimosamente pequeñas y frágiles. La fina voluta de humo que se elevaba desde la casa era la única señal de que la granja, rodeada de nieve, estaba habitada.

—Ahí está todo nuestro mundo —comentó Roran con tristeza.

Eragon, impaciente, se estremeció.

—Un mundo bueno —protestó.

Roran asintió, se enderezó y echó a andar hacia su nuevo futuro. La casa desapareció de la vista mientras descendían la colina.

Era temprano cuando llegaron a Carvahall, pero las puertas de la herrería ya estaban abiertas. Dentro hacía un calorcillo agradable. Baldor trabajaba con dos fuelles grandes sujetos a ambos lados de la fragua, llena de brasas de carbón. Delante de la fragua, había un yunque negro y un tonel revestido de hierro con salmuera. De una hilera de largos palos que sobresalían de la pared, colgaban un montón de herramientas: tenazas gigantes, alicates, martillos de diversas formas y pesos, cinceles, ángulos, sacabocados, limas, escofinas, tornos, barras de hierro y acero (que esperaban que les dieran forma), tornillos de banco, cizallas, picos y palas. Horst y Dempton estaban junto a una mesa larga.

Dempton se acercó con una sonrisa bajo su exuberante bigote pelirrojo.

—¡Roran, cuánto me alegro de que hayas venido! Con las nuevas ruedas de molino tendré más trabajo del que puedo hacer. ¿Estás listo para partir?

Roran levantó el petate.

—Sí. ¿Nos vamos?

—Tengo que ocuparme de un par de cosas, pero nos marcharemos dentro de una hora. —Eragon se movió al ver que Dempton se volvía hacia él mientras se tironeaba la punta del bigote—. Tú debes de ser Eragon. Me gustaría ofrecerte un trabajo a ti también, pero Roran ha aceptado el único que tenía. Quizá dentro de uno o dos años, ¿eh?

Eragon, incómodo, sonrió y le estrechó la mano. El hombre era simpático. En otras circunstancias le habría caído bien, pero en ese momento deseaba amargamente que el molinero no hubiera aparecido nunca por Carvahall.

—Bien, muy bien —exclamó Dempton, y dirigiéndose de nuevo a Roran, empezó a explicarle cómo funcionaba un molino.

—Bueno, ya está todo listo —interrumpió Horst señalando varios fardos que estaban sobre la mesa—. Podéis recogerlos cuando queráis.

Los dos hombres se estrecharon las manos. Entonces Horst salió de la forja y llamó a Eragon con un gesto.

El muchacho, interesado, lo siguió y se encontró al herrero en la calle con los brazos cruzados. Eragon señaló con el dedo pulgar hacia atrás, que era donde se hallaba el molinero, y preguntó:

—¿Qué piensas de él?

—Es un buen hombre —respondió Horst con voz sonora—, se llevará bien con Roran. —Se sacudió los restos de metal del delantal con aire distraído y apoyó una mano enorme sobre el hombro de Eragon—. Muchacho, ¿recuerdas la pelea que tuviste con Sloan?

—Si me estás pidiendo el dinero que te debo por la carne, te diré que no lo he olvidado.

—No, confío en ti, chico. Lo que quería saber es si todavía tienes esa gema azul.

A Eragon le palpitó con fuerza el corazón.

¿Por qué quiere saberlo? ¡Quizá alguien ha visto a Saphira!

—Sí —respondió esforzándose por contener el pánico—. Pero ¿por qué quieres saberlo?

—En cuanto vuelvas a casa, deshazte de ella. —Horst no hizo caso de la exclamación de Eragon y continuó—: Ayer llegaron dos hombres, unos tipos muy raros, vestidos de negro y con espadas. Se me erizó la piel sólo de verlos. Anoche empezaron a preguntar a la gente si habían visto una gema como la tuya, y hoy siguen en ello. —Eragon palideció—. Nadie con dos dedos de frente les ha dicho nada porque la gente sabe ver dónde hay problemas, pero podría nombrarte a algunos que hablarán.

El miedo se apoderó de Eragon. Quienquiera que hubiera dejado la piedra en las Vertebradas le había seguido la pista. O quizá el Imperio se había enterado de la existencia de Saphira. No sabía qué era peor.

¡Piensa, piensa! El huevo ha desaparecido, así que es imposible que lo encuentren. Pero si sabían lo que era, será evidente lo que ha pasado y... ¡Saphira podría estar en peligro!

Tuvo que recurrir a toda su capacidad de autodominio para adoptar un aire de indiferencia.

—Gracias por decírmelo. ¿Sabes dónde están? —Se sintió orgulloso de que casi no le temblara la voz.

—¡No te he avisado para que fueras a ver a esos hombres! ¡Lárgate de Carvahall! ¡Vete a casa!

—De acuerdo —dijo Eragon para calmar al herrero—, si crees que eso es lo mejor.

—Sí. —La expresión del rostro de Horst se suavizó—. A lo mejor exagero, pero esos forasteros me dan mala espina. Lo mejor es que te quedes en casa hasta que se marchen. Trataré de mantenerlos alejados de tu granja, aunque quizá no lo consiga.

Eragon lo miró agradecido. ¡Ojalá pudiera hablarle de Saphira!

—Me voy —dijo, y regresó deprisa a donde estaba Roran. Le apretó el brazo a su primo y se despidió de él.

—¿No te quedas un rato? —le preguntó Roran, sorprendido.

Eragon casi soltó una carcajada. Por alguna razón la pregunta le pareció graciosa.

—No tengo nada que hacer aquí, y no voy a quedarme hasta que te vayas.

—Bueno —dijo Roran, indeciso—, supongo que no volveremos a vernos hasta dentro de unos meses.

—Estoy seguro de que no parecerán tantos —replicó Eragon con prisas—. Cuídate y vuelve pronto. —Le dio un abrazo a Roran y se marchó.

Horst seguía en la calle. Consciente de que el herrero lo observaba, Eragon se dirigió hacia las afueras del pueblo. Al perder de vista la herrería, se agachó detrás de una casa y volvió a escondidas al pueblo.

Se mantuvo oculto en las sombras mientras buscaba en cada calle y prestaba atención al más mínimo ruido. Sus pensamientos volaron hasta su habitación, donde estaba el arco colgado; ¡ay, si lo tuviera en la mano! Merodeó por Carvahall evitando encontrarse con nadie, hasta que oyó una voz sibilante que salía de detrás de una casa. Aunque tenía buen oído, tuvo que esforzarse para escuchar lo que decía.

—Y eso, ¿cuándo fue? —Las palabras eran muy suaves, tan suaves como si se tratara de una superficie de cristal, y parecía que se deslizaban serpenteando por el aire, con un extraño siseo que le puso los pelos de punta.

—Hace unos tres meses —respondió alguien. Eragon identificó la voz de Sloan.

¡Por la sangre de un Sombra, se lo está contando...!

Decidió que le daría un puñetazo a Sloan la próxima vez que lo viera.

En aquel momento habló una tercera persona. Tenía una voz profunda y cavernosa. Recordaba algo podrido que se arrastraba, en moho y en otras cosas que era mejor no pensar.

—¿Estáis seguro? Nos molestaría mucho pensar que os habéis equivocado. Podría suceder algo de lo más... desagradable.

Eragon se imaginaba muy bien a qué se referían. Pero ¿acaso había alguien más, que no fuera el Imperio, que se atreviera a amenazar así a una persona? Lo más probable era que no, pero quienquiera que hubiera dejado el huevo debía de ser lo suficientemente poderoso para usar la fuerza con impunidad.

—Sí, estoy seguro. Tenía esa piedra, y no miento. Mucha gente lo sabe. Preguntad por ahí. —Sloan parecía asustado. Dijo algo más que Eragon no logró entender.

—La gente ha sido muy poco... colaboradora. —Había cierto tono burlón en la voz. Se produjo un silencio—. Vuestra información ha sido de gran utilidad; no nos olvidaremos de vos.

Eragon les creía.

Sloan murmuró algo, y Eragon oyó que alguien se alejaba. Se asomó por la esquina para ver lo que sucedía. En la calle había dos hombres de elevada estatura que llevaban largas capas negras, cuyo borde se les levantaba por la presión que ejercían las vainas de las espadas. En la camisa lucían intrincadas insignias bordadas con hilos de plata; las capuchas les ocultaban los rostros y usaban guantes. Tenían una extraña joroba, como si hubieran metido algún tipo de relleno bajo la ropa.

Eragon se desplazó ligeramente para ver mejor: uno de los forasteros se puso tenso y lanzó un peculiar gruñido a su compañero. Los individuos giraron sobre los talones y se pusieron en cuclillas. Eragon contuvo el aliento mientras un miedo mortal se apoderaba de él. Miró con atención las caras ocultas de los hombres, y entonces un poder sofocante le invadió la mente y lo paralizó. Luchó contra esa fuerza y se gritó a sí mismo: *¡Muévete!* al tiempo que balanceaba las piernas, pero todo fue en vano. Los hombres se dirigían amenazadores hacia él con un andar rítmico y silencioso, y Eragon fue consciente de que en ese momento podían verle la cara, puesto que estaban casi en la esquina, con la mano en la empuñadura de las espadas...

—¡Eragon!

Se sobresaltó al oír su nombre. Por su parte, los forasteros se quedaron inmóviles y sisearon. De inmediato, apareció Brom por una calle lateral caminando deprisa hacia él, sin sombrero, bastón en mano, pero los forasteros quedaban fuera del alcance de la vista del anciano. Eragon trató de advertirle, pero tenía la lengua y los brazos paralizados.

—¡Eragon! —repitió Brom.

Los forasteros le echaron al muchacho una última mirada y desaparecieron entre las casas.

Eragon se desplomó temblando. El sudor le cubría la frente y le humedecía las palmas. El anciano le tendió la mano y lo ayudó a levantarse evidenciando que tenía fuerza en el brazo.

—Pareces enfermo; ¿estás bien?

Eragon tragó saliva y asintió, mudo. Entre parpadeos, miró a su alrededor en busca de algo fuera de lo normal.

—Me he mareado de repente... Ya... ya se me ha pasado. Ha sido muy extraño... no sé qué ha sucedido.

—Te pondrás bien —dijo Brom—, pero sería mejor que te fueras a casa.

Sí, debo irme a casa. Tengo que llegar antes que ellos.

—Creo que tienes razón. A lo mejor me estoy poniendo enfermo.

—Entonces donde mejor estarás es en casa. Es una buena caminata, pero estoy seguro de que te sentirás mejor cuando llegues. Déjame acompañarte hasta el camino.

Eragon no protestó mientras Brom lo cogía del brazo y lo alejaba de aquel lugar a paso rápido. El anciano aplastaba la nieve con su bastón al pasar por delante de las casas.

—¿Para qué me buscabas?

—Simple curiosidad —respondió Brom—. Me dijeron que estabas en el pueblo, y quería saber si habías recordado el nombre de ese mercader.

¿Mercader? ¿De qué está hablando?

Eragon miró al cuentacuentos sin comprender, pero su perplejidad no escapó a los sagaces ojos de Brom.

—No —dijo, y añadió—: Me temo que no consigo recordarlo.

Brom suspiró, como si se hubiera confirmado alguna sospecha, y se frotó sus ojos de águila.

—Bueno... si te acuerdas ven a decírmelo. Me interesa mucho ese mercader que pretende saber tanto sobre dragones.

Eragon asintió con aire distraído. Se dirigieron en silencio hacia el camino.

—Date prisa en volver a casa —dijo Brom al fin—, porque no me parece buena idea que te entretengas por el camino. —Y le tendió una deformada mano.

Eragon se la estrechó, pero en el momento de soltársela, Brom le apretó el mitón, se lo quitó sin querer y cayó al suelo. El anciano lo recogió.

—Qué torpe soy —se disculpó mientras le devolvía el guante.

En el momento en que el muchacho lo cogió, los fuertes dedos de Brom le cogieron la muñeca y se la giró. La palma de Eragon quedó un instante hacia arriba revelando la marca plateada. Los ojos de Brom relucieron con un destello, pero dejó que Eragon retirara la mano y volviera a ponerse el mitón.

—Adiós.

Eragon, perturbado, echó a andar deprisa por el camino mientras, detrás de él, oía a Brom que silbaba una alegre melodía.

Un golpe del destino

Mientras se apresuraba para regresar a casa, la mente de Eragon bullía. Corrió lo más rápido que pudo y ni siquiera se paró a descansar a pesar de que se estaba quedando sin aliento. Avanzó a zancadas por el helado camino mientras abría la mente en busca de Saphira, pero estaba demasiado lejos para poder ponerse en contacto con ella. Pensó también en lo que le diría a Garrow porque ya no había alternativa: tenía que revelar la presencia de la dragona.

Llegó a casa jadeante y con el corazón latiéndole con fuerza. En ese momento Garrow estaba junto al establo con los caballos, pero Eragon no sabía qué hacer.

¿Debo hablar ahora con él? Sin embargo, no me creerá a menos que Saphira esté aquí... Así pues, será mejor que primero la encuentre.

De modo que salió de la granja y se internó en el bosque.

¡Saphira! —gritó mentalmente.

Ya voy —fue la débil respuesta.

Eragon percibió por el tono que estaba asustada. La esperó, impaciente, pero muy pronto oyó el batir de las alas en el aire. La dragona se posó en el suelo en medio de una nube de humo.

¿Qué ha pasado? —le preguntó.

Eragon le acarició los hombros y cerró los ojos. El muchacho intentó calmarse y le contó deprisa lo que había sucedido. Cuando le mencionó a los forasteros, Saphira retrocedió, se encabritó, rugió ensordecedoramente y agitó la cola por encima de la cabeza de Eragon. El muchacho se tambaleó hacia atrás, sorprendido, y se agachó mientras la cola de la dragona golpeaba un cúmulo de nieve. Enormes oleadas de violencia y de miedo emanaban de ella.

¡Fuego! ¡Enemigos! ¡Muerte! ¡Asesinos!

¿Qué pasa? —le preguntó Eragon poniendo toda la fuerza de la que fue capaz en las palabras, pero una barrera de hierro rodeaba la mente de Saphira y le bloqueaba los pensamientos. La dragona lanzó otro terrible rugido y abrió un surco en la tierra helada con sus garras.

¡Detente! ¡Que te oirá Garrow!

¡Juramentos traicionados, seres asesinados, huevos destrozados! ¡Sangre por todas partes! ¡Asesinos!

Eragon, desesperado, cerró la mente a las emociones de Saphira y observó cómo movía la cola. En el momento en que un coletazo le pasó rozando, el muchacho corrió junto a ella, se cogió de una púa del lomo y trepó al hueco que tenía en la base del cuello, donde se agarró con fuerza mientras la dragona volvía a encabritarse.

—¡Basta, Saphira! —rugió Eragon, y el aluvión de pensamientos del animal cesó de repente. Eragon le pasó la mano por las escamas—. Todo irá bien.

Saphira se agachó, desplegó las alas y alzó vuelo. Planearon durante un instante, descendieron un poco y de golpe se lanzaron hacia el cielo.

Eragon gritó al ver que la tierra quedaba atrás mientras pasaban por encima de los árboles, y se sintió vapuleado por las turbulencias que lo dejaron sin respiración. Saphira hizo caso omiso de su terror y se ladeó en dirección a las Vertebradas. Eragon, con el estómago revuelto, vislumbró debajo la granja y el río Anora. Se agarró firmemente con los brazos al cuello de Saphira y se concentró en contemplar las escamas que le quedaban a la altura de los ojos para no vomitar mientras ella seguía ascendiendo. Cuando Saphira adoptó una posición horizontal, Eragon reunió el coraje suficiente para mirar a su alrededor, aunque el aire estaba tan frío que se le helaron las pestañas. Llegaron a las montañas más rápido de lo que se había imaginado. Desde el aire, las cumbres parecían gigantescos dientes afilados como cuchillas, dispuestos a destrozarlos. Saphira se bamboleó inesperadamente, y Eragon se inclinó hacia un lado. Él se limpió los labios, que sabían a bilis, y ocultó la cabeza en el cuello de la dragona.

Tenemos que regresar —le rogó Eragon—. *Los forasteros van camino de la granja. Tenemos que avisar a Garrow. ¡Vuelve!*

No hubo respuesta. Eragon trató de llegar a la mente de Saphira, pero estaba cerrada por una brutal barrera de miedo y de ira. Decidido a obligarla a que se diera la vuelta, penetró a la fuerza en la armadura mental de la dragona. Empujó las partes más débiles, debilitó las más fuertes y luchó para que lo escuchara, pero no consiguió nada.

Muy pronto estuvieron rodeados de montañas, que formaban impresionantes muros blancos interrumpidos por precipicios de granito. Entre las cumbres había glaciares azules como ríos congelados. Extensos valles y riachuelos se extendían a los pies de Eragon y de Saphira, y el muchacho oyó el asombrado graznido de los pájaros que volaban muy por debajo de la dragona, y divisó una manada de cabras montesas que saltaban de cornisa en cornisa sobre un risco.

Las ráfagas de viento provocadas por el aleteo de Saphira golpeaban a Eragon y, cada vez que ella movía el cuello, lo lanzaban de un lado a otro. La dragona parecía incansable y Eragon temió que volara durante toda la noche. Por fin, al oscurecer, giró y empezó a descender en picado.

Eragon miró hacia delante y vio que se dirigían hacia un pequeño claro en un valle. Saphira descendía en círculos sobrevolando la copa de los árboles. Frenó al acercarse a tierra, aleteó y aterrizó sobre las patas traseras contrayendo los potentes músculos para amortiguar la potencia del impacto. Luego posó las patas delanteras y dio algunos brincos para mantener el equilibro. Eragon bajó sin esperar a que plegara las alas.

En el momento que pisó tierra, se le doblaron las rodillas y cayó sobre la nieve. El muchacho dio un grito a causa del agudísimo dolor punzante que sentía entre las piernas, y los ojos se le llenaron de lágrimas mientras que los músculos, acalambrados por la prolongada tensión, le temblaban con violencia. Giró hasta quedarse de espaldas, y aunque estaba tiritando, trató de estirar los miembros en la medida de lo posible e hizo un esfuerzo para mirarse las piernas: tenía una gran mancha oscura en cada pernera de los pantalones a la altura de la parte interior de los muslos. Tocó la tela y notó que estaba húmeda. Asustado, se quitó la prenda e hizo una mueca de dolor: las escamas de Saphira le habían arrancado la piel y le habían dejado heridas en carne viva que palpó con cautela y con cara de dolor. Como sentía muchísimo frío, volvió a ponerse los pantalones, pero soltó un grito cuando le rozaron la parte lastimada. Y cuando intentó ponerse de pie, las piernas no lo sostuvieron.

La noche caía deprisa y oscurecía todo lo que había alrededor de Eragon; por otra parte, las montañas en sombra le resultaban desconocidas.

Estoy en las Vertebradas, aunque no sé dónde, en pleno invierno con una dragona enloquecida; no puedo caminar ni buscar refugio aunque se acerca la noche. Tengo que volver a la granja mañana, y el único modo de hacerlo es volando, pero no lo resistiría. Respiró hondo. *¡Ay, ojalá Saphira supiera exhalar fuego!*

Se volvió y la vio a su lado, acurrucada en el suelo. Le pasó una mano por el costado y notó que temblaba, pero la barrera de la mente de la dragona había desaparecido y, ya sin ella, el miedo de Saphira le llegaba a Eragon como una llamarada. Trató de quitárselo calmándola poco a poco con suaves imágenes.

¿Por qué te han asustado los forasteros?

Asesinos —siseó.

¡Garrow está en peligro, y tú me has secuestrado con este ridículo viaje! ¿Acaso no puedes protegerme? —Saphira gruñó y chasqueó las mandíbulas—. *Ah, entonces si crees que puedes, ¿por qué te has escapado?*

La muerte es un veneno.

Eragon se apoyó en el codo y contuvo su frustración.

Saphira, mira dónde estamos. Es de noche y durante el vuelo me has dejado las piernas como quien le quita las escamas a un pescado. ¿Era eso lo que querías?

No.

Entonces ¿por qué lo has hecho? —le preguntó.

A través de su vínculo con Saphira, Eragon percibió el arrepentimiento de la dragona por haberle provocado dolor, pero no por lo que ella había hecho. Saphira apartó la mirada y se negó a responder. La gélida temperatura estaba insensibilizando las piernas de Eragon, y aunque eso le calmaba el dolor, sabía que no era conveniente, así que cambió de táctica.

Me voy a congelar a menos que me hagas un refugio o un hueco donde pueda conservar el calor. Serviría incluso un montón de pinaza o ramas.

Parecía aliviada de que hubiera dejado de interrogarla.

No hace falta. Me acurrucaré contra ti y te taparé con las alas... El fuego que tengo dentro te mantendrá caliente.

Eragon volvió a apoyar pesadamente la cabeza en el suelo.

De acuerdo, pero quita la nieve de debajo para que esté más cómodo.

Saphira, en respuesta, rompió un cúmulo con la cola y despejó el terreno de un fuerte golpe. Enseguida volvió a barrer el lugar hasta eliminar todo rastro de nieve, pero Eragon miró con repugnancia la tierra sucia que había quedado a la vista.

No puedo andar por ahí encima. Me tendrás que ayudar.

La cabeza de Saphira, más grande que el torso del muchacho, se balanceó por encima de él y la apoyó a su lado. Eragon miró directamente a los grandes ojos de color zafiro de Saphira y se cogió a una de las marfileñas púas de la dragona. Ella levantó la cabeza y, poco a poco, arrastró a Eragon hasta el terreno despejado.

Despacio, despacio.

Vio las estrellas mientras pasaba por encima de una piedra, pero se las arregló para no soltarse. Cuando lo hizo, Saphira se tumbó a su lado dejando a la vista su cálida barriga. Eragon se hizo un ovillo contra las lisas escamas, y la dragona lo tapó con el ala derecha y lo dejó en completa oscuridad, como si estuviera dentro de una tienda viviente. Casi de inmediato el aire empezó a perder su gelidez.

Eragon sacó los brazos de las mangas del abrigo, se arrebujó en él y se cubrió el cuello con las mangas a modo de bufanda. Por primera vez sintió que el hambre le atenazaba el estómago, pero eso no lo distrajo de su preocupación fundamental: ¿Podría regresar a la granja antes que los forasteros? ¿Qué pasaría si no?

Aunque consiga montar otra vez a Saphira, no llegaremos hasta bien entrada la tarde, y los forasteros podrían haberse presentado allí mucho antes. Cerró los ojos y sintió que una única lágrima le caía por la mejilla. *¿Qué he hecho?*

La fatalidad de la inocencia

Cuando Eragon abrió los ojos por la mañana, creyó que el cielo se había caído: una superficie lisa y azul se extendía sobre la cabeza del muchacho y se curvaba por ambos extremos hacia el suelo. Medio dormido, estiró la mano y palpó una fina membrana con los dedos. Tardó un minuto entero en darse cuenta de lo que miraba. Inclinó un poco el cuello y vio el anca, cubierta de escamas, sobre la que había apoyado la cabeza. Poco a poco estiró las piernas para salir de la posición fetal en la que se hallaba, y las costras se le resquebrajaron. Le dolía menos que el día anterior, pero la sola idea de caminar lo acobardaba. Sin embargo, el hambre voraz le recordó que no había comido, de modo que reunió la energía necesaria para moverse y dio un golpe suave a Saphira en el costado.

—¡Eh, despierta! —gritó.

La dragona se movió y, al levantar el ala, dejó entrar un torrente de luz. Eragon entrecerró los ojos ante el resplandor de la nieve que lo cegó por un instante. A su lado, Saphira se desperezó como un gato y bostezó dejando a la vista una hilera de dientes blancos. Cuando los ojos de Eragon se acostumbraron a la luz, observó dónde estaban: unas montañas imponentes y desconocidas los rodeaban y proyectaban profundas sombras en el claro. Vio también que a un lado había un sendero que atravesaba la nieve y se internaba en el bosque, de donde procedía el ruido amortiguado de un arroyo.

Se puso de pie entre gemidos, se tambaleó y fue cojeando hasta un árbol. Se cogió a una de las ramas y apoyó todo su peso en ella, pero la rama se rompió con un sonoro crujido. Eragon le quitó las ramitas, se calzó el palo debajo del brazo y colocó el otro extremo en el suelo. Con la ayuda de esta improvisada muleta, fue también cojeando hasta el arroyo cubierto de hielo. Rompió la capa superior y ahuecó las manos para beber el agua, limpia y amarga. Saciada la sed, regresó al claro, y al salir de entre los árboles, reconoció al fin las montañas y el lugar donde habían aterrizado.

Había sido precisamente allí, en medio de un ruido ensordecedor, donde había encontrado el huevo de Saphira. Eragon se apoyó contra un rugoso tronco: no le cabía ninguna duda porque en ese momento vio los árboles grisáceos que habían sido despojados de sus hojas por la explosión.

¿Cómo sabía Saphira dónde estaba este lugar? Porque entonces todavía era un huevo. Quizá mis recuerdos debieron de darle suficiente información para encontrarlo.

El muchacho movió la cabeza en silencio, asombrado. Mientras tanto Saphira lo esperaba pacientemente.

¿Me llevarás a casa? —La dragona ladeó la cabeza—. *Ya sé que no quieres, pero debes hacerlo porque los dos estamos en deuda con Garrow, pues cuidándome a mí, ha hecho posible que yo me ocupara de ti. ¿Vas a pasar esa deuda por alto? ¿Y qué dirán de nosotros en los años venideros si no volvemos? ¿Que nos escondimos como cobardes mientras mi tío estaba en peligro? ¡Ya me imagino la historia del Jinete y su dragona cobarde! Si tiene que haber lucha, enfrentémonos a ella en lugar de rehuirla. ¡Eres una dragona! ¡Hasta un Sombra te tendría miedo! Pero te ocultas en las montañas como un conejo asustado.*

Eragon quería que la dragona se enfadara y lo logró. Un gruñido resonó en la garganta de Saphira que echó la cabeza hacia delante hasta casi tocar la del muchacho. Le enseñó los dientes y lo miró colérica mientras sacaba humo por los orificios de la nariz. Eragon esperaba no haberse pasado de la raya. De pronto, escuchó los pensamientos de Saphira:

La sangre atraerá sangre. Pero pelearé. Sin embargo, aunque nuestros caminos, nuestros destinos, nos unan, no me pongas a prueba. Te llevaré por la deuda que tenemos, pero volaremos hacia la necedad.

—Necedad o no —exclamó Eragon—, no tenemos alternativa... debemos ir.

Rompió su camisa en dos y metió un trozo en cada una de las perneras de los pantalones. Con mucho cuidado, se acomodó sobre Saphira y se cogió con fuerza del cuello de la dragona.

Esta vez —le dijo—, *vuela más bajo y más rápido. El tiempo es fundamental.*

No te sueltes —le aconsejó la dragona y despegó hacia el cielo.

Se elevaron por el bosque y se enderezaron de inmediato, un poco por encima de las ramas. A Eragon se le revolvió el estómago, que por suerte estaba vacío.

Más rápido, más rápido —la apremió.

Saphira no respondió, pero empezó a agitar las alas más deprisa. Eragon cerró los ojos con fuerza y se encorvó un poco más sobre el cuello de la dragona. Creía que el acolchado que había hecho con la camisa bajo los pantalones lo protegería, pero cada movimiento le producía punzadas de dolor en las piernas, y muy pronto comprobó que la sangre le corría por las pantorrillas. El muchacho percibía que la preocupación emanaba de Saphira, que iba cada vez más rápido y con las alas en tensión mientras la tierra pasaba deprisa por debajo, como si la empujaran bajo los pies de ambos. Eragon pensó que si alguien los miraba desde abajo, no vería más que una mancha borrosa.

A primera hora de la tarde, el valle de Palancar apareció ante ellos. Las nubes oscurecían la visibilidad hacia el sur; Carvahall estaba al norte. Saphira comenzó el descenso mientras Eragon buscaba la granja. Cuando la divisó, el miedo se apoderó de él: una columna de humo negro con llamas rojizas en la base se elevaba de su hogar.

—¡Saphira —gritó, y señaló la granja—, déjame aquí! ¡Ahora mismo!

La dragona cerró las alas y giró para iniciar un precipitado descenso a una velocidad de vértigo. Entonces alteró un poco el rumbo en dirección al bosque.

—¡Aterriza en los campos! —chilló Eragon para que Saphira lo oyera a pesar del ruido del viento. Y se agarró con más fuerza a ella mientras bajaban en picado.

Saphira esperó a estar a unos treinta metros del suelo para plegar las alas con varias sacudidas fuertes. Aterrizó con torpeza, y Eragon no pudo sostenerse y cayó. Se levantó tambaleándose y jadeante.

Habían arrasado la casa: las maderas y los tablones de las paredes y del techo estaban desparramados por una vasta zona; la madera estaba pulverizada, como si la hubieran aplastado con un martillo gigante; había tejas cubiertas de hollín por todas partes, y unos pocos platos retorcidos de metal eran lo único que quedaba de la cocina, mientras que la loza destrozada y los cachos de ladrillo de la chimenea perforaban la nieve. Un humo espeso y denso se elevaba del establo, que ardía ferozmente, y los animales, muertos o espantados, habían desaparecido.

—¡Tío! —Eragon corrió entre las ruinas de las habitaciones destruidas en busca de Garrow. No había ni rastro de él—. ¡Tío! —volvió a gritar.

Saphira dio una vuelta alrededor de la casa y se acercó al muchacho.

Aquí sólo hay pesadumbre, dijo.

—¡Esto no habría pasado si no te hubieras escapado conmigo!

Si te hubieras quedado, no estarías vivo.

—¡Mira esto! —gritó—. ¡Habríamos podido avisar a Garrow! ¡Es culpa tuya que no haya podido escapar!

Dio un puñetazo contra un poste y se lastimó los nudillos, de tal modo que cuando salió con paso airado de lo que quedaba de la casa, la sangre le chorreaba por los dedos. Se dirigió a trompicones por el sendero que llevaba al camino y se agachó para examinar la nieve. Había varias huellas marcadas, pero como tenía la vista borrosa, apenas las distinguió. *¿Me estaré quedando ciego?*, se preguntó. Con mano temblorosa se tocó las mejillas y descubrió que las tenía mojadas.

Entonces se proyectó la sombra de Saphira sobre él, y la dragona lo cobijó entre las alas.

Tranquilízate; puede que no esté todo perdido. —Eragon levantó la mirada, esperanzado—. *Examina el sendero; yo sólo veo dos pares de huellas, así que por aquí no se llevaron a Garrow.*

Eragon se concentró en las pisadas que había en la nieve: las huellas, apenas visibles, de dos pares de botas de cuero se dirigían a la casa. Encima de éstas había rastros de las mismas huellas pero en dirección contraria. Y quienesquiera que las hubieran dejado cargaban el mismo peso tanto a la ida como a la vuelta.

Tienes razón. ¡Garrow tiene que estar aquí! —Se enderezó de un salto y regresó deprisa a la casa.

Yo buscaré en el establo y en el bosque —dijo Saphira.

Eragon empezó a remover los restos de la cocina y a excavar frenéticamente una montaña de escombros. Quitaba como por arte de magia pesos enormes que normalmente no habría podido mover. Un armario, casi intacto, se le resistió durante un segundo, pero logró levantarlo y lo tiró por el aire. Mientras apartaba un tablón, algo hizo ruido a sus espaldas, y el muchacho se volvió de repente, preparado para un ataque.

Una mano extendida, debajo de un trozo de techo desprendido, se movía débilmente, y Eragon la estrechó lanzando un grito.

—Tío, ¿me oyes?

No hubo respuesta alguna. Eragon empezó a despedazar la madera sin hacer caso de las astillas que le lastimaban las manos. Enseguida quedó a la vista un brazo y un hombro, atrapados bajo una pesada viga. Trató de moverla con el hombro con todas las fuerzas de cada fibra de su ser, pero se le resistió.

—¡Saphira, te necesito!

La dragona llegó inmediatamente. La madera crujía bajo su peso mientras avanzaba sobre los restos de las paredes. Sin decir nada se acercó y apoyó un costado contra la viga, hundió las garras en lo que quedaba del suelo y tensó todos los músculos. Al levantar la viga, ésta chirrió, y el chico se precipitó debajo de ella: Garrow estaba boca abajo con la ropa desgarrada, y Eragon lo sacó de entre los escombros. En ese momento Saphira soltó la viga y dejó que se estrellara contra el suelo.

Eragon arrastró a Garrow fuera de la casa en ruinas y lo acomodó en el suelo. Consternado, tocó a su tío con suavidad. El hombre tenía la tez gris, inerte y seca, como si la fiebre lo hubiera consumido, los labios partidos y un largo arañazo en el pómulo. Pero eso no era lo peor: unas profundas e irregulares quemaduras le cubrían la mayor parte del cuerpo y un olor empalagoso y nauseabundo, como a fruta podrida, emanaba de él. Respiraba entrecortadamente, y cada exhalación parecía el estertor de la muerte.

Asesinos —masculló Saphira.

No digas eso. Aún podemos salvarlo. Tenemos que lle-

varlo a casa de Gertrude, pero yo no puedo llevarlo a Carvahall.

Saphira le transmitió a Eragon la imagen de Garrow colgado debajo de ella mientras volaba.

¿Puedes llevarnos a los dos?

Debo hacerlo.

Eragon rebuscó entre los escombros hasta que encontró una tabla y unas correas de cuero. A continuación le pidió a Saphira que perforara con una garra cada una de las esquinas de la tabla, pasó las correas por los agujeros y se las ató a las cuatro patas. Después de comprobar que los nudos eran fuertes, acostó a Garrow sobre la madera y lo amarró. En ese momento, de la mano de su tío cayó un trozo de tela negra, que era igual que la de la ropa que llevaban los forasteros. Eragon, rabioso, se lo guardó en el bolsillo, montó sobre Saphira y cerró los ojos mientras un dolor punzante le invadía el cuerpo.

¡Ahora!

Saphira se levantó de un salto mientras las patas traseras estaban todavía hundidas en tierra, arañó el aire con las alas cuando empezó a elevarse muy despacio, y mantuvo los tendones tensos y a punto de estallar al luchar contra la fuerza de la gravedad. Durante un interminable y doloroso instante no pasó nada, pero de pronto se lanzó hacia delante con gran potencia y levantaron el vuelo. Una vez más se hallaban sobre el bosque.

Sigue el camino —le dijo Eragon—, *así tendrás espacio suficiente si tienes que aterrizar.*

Pero me verán.

Eso ya no importa.

Saphira no discutió más, viró hacia el camino y se dirigió a Carvahall. Garrow se balanceaba salvajemente debajo de ellos; tan sólo las finas correas impedían que se cayera.

El exceso de peso hacía que Saphira no volara tan deprisa. Al poco rato sus fuerzas empezaron a flaquear y le salía espuma por la boca. Se esforzó por continuar, pero cuando todavía quedaban casi cinco kilómetros hasta Carvahall, la dragona plegó las alas y descendió hacia el camino.

Las patas traseras tocaron tierra y levantaron una lluvia de nieve. Eragon bajó descendiendo de costado para no hacerse daño en las piernas. Se puso de pie con dificultad y se afanó en desatar las correas de las patas de Saphira. La dragona jadeaba, muy agitada.

Busca un sitio seguro para descansar —le dijo Eragon—. *No sé cuánto tiempo tardaré, así que tendrás que arreglártelas sola.*

Esperaré —respondió ella.

Eragon apretó los dientes y empezó a arrastrar a Garrow por el camino. Los primeros pasos le produjeron un dolor insoportable. *No puedo hacerlo,* clamó al cielo, pero dio unos pasos más sin dejar de quejarse. Miró fijamente el terreno y se esforzó por mantener un paso firme. Era una lucha contra su propio cuerpo que se rebelaba, pero era una lucha que se negaba a perder. Los minutos pasaban a velocidad de vértigo. Cada metro parecía una legua. Se preguntó, desesperado, si Carvahall aún existía o si los forasteros también lo habrían incendiado. Al cabo de un rato, a través del atontamiento que le producía el dolor, oyó gritar y levantó la cabeza.

Brom corría hacia él con los ojos que se le salían de las órbitas, el cabello alborotado y con un lado de la cabeza cubierto de sangre seca. Agitó los brazos, enloquecido, antes de soltar sus cosas y de coger a Eragon por los hombros. Decía algo a gritos, pero Eragon parpadeaba sin comprender. De repente, el chico vio que el suelo se acercaba muy deprisa, sintió gusto a sangre en la boca y se desmayó.

El acecho de la muerte

Los sueños que alteraban la mente de Eragon se iniciaron y se desarrollaron obedeciendo a sus propias leyes: el muchacho observaba que un grupo de personas —algunas de las cuales tenían cabellos plateados y llevaban largas lanzas— iban montadas en altivos caballos y se acercaban a un río solitario donde las esperaba un extraño barco, aunque muy bello, que relucía bajo la luz de una brillante luna. Subieron despacio a bordo de la nave: dos de esas personas, de mayor estatura que las demás, caminaban cogidas del brazo, y Eragon habría podido asegurar que una de ellas era una mujer, aunque las capuchas les cubrían el rostro. Permanecieron de pie en la cubierta del barco mirando hacia la orilla, y allí, sobre la playa de guijarros, había un hombre solo, el único que no había subido a bordo, que echó la cabeza hacia atrás y lanzó un prolongado grito de dolor. A medida que el grito se desvanecía, el barco comenzó a deslizarse río abajo sin brisa ni remeros y se alejó por la llanura plana y vacía. La visión se hizo borrosa, pero justo antes de que desapareciera, Eragon divisó dos dragones en el cielo.

De lo primero que Eragon tomó conciencia fue de un crujido que se producía una y otra vez. El insistente ruido le hizo abrir los ojos y contempló un techo de paja. Una recia manta cubría su desnudez, y alguien le había vendado las piernas y le había atado un paño limpio alrededor de los nudillos.

Se hallaba en una cabaña de una sola habitación. En una mesa había un mortero, con su correspondiente mano, cazos y plantas, mientras que hileras de hierbas secas colgaban de las paredes que perfumaban el aire con sus aromas campestres. En la chimenea ardía un fuego, ante el que una voluminosa mujer estaba sentada en una mecedora: Gertrude, la sanadora del pueblo. Dormitaba con los ojos cerrados, y en el regazo tenía unas agujas de tejer y un ovillo de lana.

Aunque Eragon se sentía sin fuerzas, se esforzó en incorporarse, y eso lo ayudó a que la mente se le despejara. Repasó sus recuerdos de los últimos dos días. Primero pensó en Garrow y después en Saphira.

Espero que esté en un lugar seguro.

Trató de ponerse en contacto con ella, pero no pudo. Dondequiera que estuviera, era lejos de Carvahall.

Por lo menos Brom me trajo a Carvahall. ¿Qué le habrá pasado? Tenía tanta sangre.

Gertrude se meció y abrió los ojos.

—¡Ah —dijo—, estás despierto, qué bien! —Tenía una voz sonora y cálida—. ¿Cómo te sientes?

—Bastante bien. ¿Dónde está Garrow?

—En casa de Horst —contestó Gertrude que arrastró la silla junto a la cama—. Aquí no había suficiente sitio para los dos. Y te aseguro que no he parado ni un minuto de ir de un lado a otro para ver si los dos estabais bien.

Eragon se tragó sus preocupaciones y preguntó:

—¿Cómo está?

Gertrude se miró las manos y tardó un buen rato en responder.

—No muy bien. No le baja la fiebre ni se le curan las heridas.

—Tengo que verlo. —Eragon intentó levantarse.

—Primero debes comer —replicó ella en tono autoritario, y lo empujó hacia atrás—. No me he pasado todo este tiempo sentada a tu lado para que te levantes y te hagas daño otra vez. Tenías desolladas la mitad de las piernas y no te ha descendido la fiebre hasta anoche. No te preocupes por Garrow. Se pondrá bien porque es un hombre fuerte.

Gertrude colgó una tetera sobre el fuego y empezó a picar una chirivía para la sopa.

—¿Cuánto tiempo he pasado aquí?

—Dos días enteros.

¡Dos días! ¡Eso significaba que no comía desde el desayuno de hacía cuatro días! Sólo de pensarlo se sintió débil.

Y Saphira ha estado sola todo este tiempo. Espero que esté bien.

—Todo el pueblo quiere saber qué ha pasado porque unos hombres fueron a la granja y la encontraron destruida. —Eragon asintió; lo sabía—. Vuestro granero se ha quemado... ¿Fue así como se lastimó Garrow?

—No... lo sé —respondió Eragon—, no estaba allí cuando sucedió.

—Bueno, no importa, estoy segura de que todo se aclarará. —Gertrude retomó su labor mientras se cocía la sopa—. Menuda cicatriz tienes en la palma.

—Sí —dijo el chico, y cerró instintivamente la mano.

—¿Cuándo te la has hecho?

Se le pasaron por la cabeza varias respuestas posibles, pero eligió la más sencilla.

—No me acuerdo, la tengo desde siempre. Nunca le pregunté a Garrow cómo me la había hecho.

—Mmm.

Siguieron en silencio hasta que estuvo lista la sopa. Gertrude la sirvió en un cazo y se lo dio a Eragon con una cuchara, y él lo aceptó agradecido. La probó con cuidado: estaba deliciosa.

—¿Ahora puedo ir a visitar a Garrow? —preguntó al acabar.

—Estás decidido, ¿no? —suspiró Gertrude—. Bueno, si de verdad quieres ir, no puedo detenerte. Vístete e iremos juntos.

La mujer se volvió, y él se puso la camisa y los pantalones con gesto de dolor cuando las perneras le rozaron los vendajes. Gertrude lo ayudó a ponerse de pie: sentía las piernas débiles, pero no le dolían como antes.

—Da unos pasos —le ordenó la mujer—; por lo menos no tendrás que ir de rodillas —comentó secamente.

Una vez en la calle, un viento tempestuoso les arrojó el humo de las casas vecinas a la cara. Nubes de tormenta ocultaban las Vertebradas y cubrían el valle al tiempo que una cortina de nieve avanzaba hacia el pueblo y oscurecía las estribaciones de las montañas. Eragon caminaba apoyado con fuerza en Gertrude mientras atravesaban Carvahall.

Horst había levantado su casa de dos pisos en una colina, de modo que disfrutaba de buenas vistas de las montañas. Había prodigado todo su talento en ella: el techo de pizarra protegía un balcón con barandilla que disponía de un gran ventanal en el segundo piso. Cada desagüe tenía forma de una feroz gárgola, y en los marcos de todas las puertas y ventanas había esculturas de serpientes, venados, cuervos y enredaderas.

Elain, la mujer de Horst, una mujer menuda, esbelta, de refinadas facciones y cabello rubio y sedoso recogido en un moño, les abrió la puerta. Llevaba un vestido recatado y pulcro, y se movía con elegancia.

—Adelante, por favor —dijo en voz baja.

Cruzaron el umbral y entraron en una habitación grande y bien iluminada. Una escalera con la barandilla bruñida ascendía en semicírculo y las paredes estaban pintadas de color miel. Elain le sonrió a Eragon con tristeza, pero se dirigió a Gertrude.

—Estaba a punto de mandar a buscarla porque Garrow no está bien. Debería verlo enseguida.

—Elain, por favor, ayude a Eragon por la escalera —pidió Gertrude, y ella empezó a subir los escalones de dos en dos.

—No se preocupe, puedo hacerlo yo solo.

—¿Estás seguro? —preguntó Elain. Eragon asintió, pero a la mujer le pareció que dudaba—. Bueno, cuando hayas acabado, ven a verme a la cocina porque tengo un pastel recién hecho que estoy segura de que te gustará.

En cuanto la mujer salió, él se recostó contra la pared, agradecido por el apoyo. Subió la escalera despacio, pues cada peldaño era un suplicio. Cuando llegó arriba, se encontró en un largo pasillo lleno de puertas. La última estaba entreabierta. Respiró hondo y se dirigió hacia allí.

Katrina estaba delante de la chimenea hirviendo unos paños. Al oír a Eragon, levantó la vista, murmuró una condolencia y volvió a su trabajo. Gertrude estaba al lado de la muchacha moliendo hierbas para un emplasto. A los pies de la sanadora había un cubo lleno de nieve que se derretía convirtiéndose en agua helada.

Garrow estaba en la cama cubierto con un montón de mantas. El sudor le cubría la frente y, aunque parpadeaba, no veía nada. Tenía la piel de la cara encogida como la de un cadáver, y permanecía inmóvil, salvo por los sutiles temblores que le provocaba la entrecortada respiración. Con la sensación de que aquello no podía ser real, Eragon tocó la frente de su tío: estaba ardiendo. Levantó con aprensión las mantas y vio las heridas de Garrow tapadas con tiras de tela. Las quemaduras que tenía al aire, porque le estaban cambiando los vendajes, ni siquiera habían empezado a curar. Eragon miró a Gertrude con desesperación.

—¿No puede hacer nada?

La mujer sumergió un paño en agua helada y se lo pasó a Garrow por la frente.

—Lo he probado todo: ungüentos, emplastos, tinturas... pero no ha servido nada. Si se cerraran las heridas, quizá tu tío tendría más posibilidades. Sin embargo, las cosas pueden cambiar para mejor: es un hombre fuerte y resistente.

Eragon se fue a un rincón y se dejó caer al suelo. *Esto no debería estar pasando*. El silencio engulló sus pensamientos, y el chico se quedó en blanco mirando la cama. Al cabo de un rato, notó que Katrina se había arrodillado a su lado y lo cogía de los hombros, pero al ver que el muchacho no respondía, se marchó discretamente.

Más tarde abrieron la puerta, y entró Horst. Habló con Gertrude en voz baja y se acercó al muchacho.

—Ven, necesitas salir de aquí.

Antes de que Eragon pudiera protestar, Horst lo ayudó a ponerse de pie y lo sacó de la habitación.

—Quiero quedarme —se quejó.

—Necesitas respirar un poco de aire fresco. No te preocupes, podrás volver enseguida.

Eragon dejó a regañadientes que el herrero lo ayudara también a bajar la escalera, y entraron en la cocina. Un penetrante aroma de diferentes platos, condimentados con hierbas y especias, inundaba el ambiente. Albriech y Baldor estaban allí hablando con su madre mientras ésta amasaba pan. Los hermanos se quedaron en silencio al ver a Eragon, pero éste había oído lo suficiente para saber que se referían a Garrow.

—Ven, siéntate —dijo Horst ofreciéndole una silla.

Eragon se dejó caer, agradecido.

—Gracias —contestó.

Como le temblaban ligeramente las manos, las entrecruzó en el regazo.

—No tienes por qué comer si no quieres —dijo Elain sirviéndole un plato lleno de comida—, pero te lo pongo por si te apetece. —Y regresó a su trabajo mientras Eragon levantaba el tenedor.

Apenas consiguió tragar unos pocos bocados.

—¿Cómo te sientes? —le preguntó Horst.

—Terriblemente mal.

El herrero esperó un poco antes de continuar.

—Sé que éste no es el mejor momento, pero tenemos que saber lo... que pasó.

—La verdad es que no me acuerdo.

—Eragon —dijo Horst inclinándose hacia delante—, yo soy uno de los que han ido a la granja. Tu casa no sólo se vino abajo, sino que algo la destrozó completamente. Alrededor había huellas de un animal gigante que nunca había visto en mi vida, y los demás también las vieron. Si hay un Sombra o un monstruo acechando, debemos saberlo. Eres el único que puedes decírnoslo.

Eragon sabía que tenía que mentir.

—Cuando me fui de Carvahall hace... —contó mentalmente— cuatro días, había unos... forasteros en el pueblo preguntando por una gema como la que yo había encontrado. —Le hizo un gesto a Horst—. Me hablaste de ellos, y por eso me marché a casa deprisa. —Todos los ojos estaban puestos en él. Eragon se humedeció los labios—. Esa noche no... no pasó nada. A la mañana siguiente, cuando acabé mi trabajo, fui andando al bosque. Al cabo de un rato oí una explosión y vi humo que se elevaba por encima de los árboles. Volví corriendo lo más pronto que pude, pero quienquiera que lo hubiera hecho ya se había marchado. Excavé entre los escombros y... encontré a Garrow.

—¿Lo pusiste sobre la tabla y lo arrastraste hasta aquí? —preguntó Albriech.

—Sí —respondió Eragon—, pero antes de marcharme inspeccioné el sendero que lleva al camino y vi huellas de dos pares de botas de hombre. —Se metió la mano en el bolsillo y sacó el trozo de tela negra—. Garrow tenía esto en la mano. Creo que es la misma tela de la ropa que llevaban los forasteros. —La dejó sobre la mesa.

—Así es —dijo Horst. Parecía pensativo y enfadado al mismo tiempo—. ¿Y cómo te lastimaste las piernas?

—No estoy seguro —contestó Eragon—. Creo que me lo hice mientras trataba de sacar a Garrow de debajo de los escombros, pero no lo sé. No lo noté hasta que la sangre empezó a chorrearme por ellas.

—¡Es terrible! —exclamó Elain.

—Debemos perseguir a esos hombres —afirmó Albriech con vehemencia—. No podemos permitir que se salgan con la suya. Con un par de caballos podríamos cogerlos mañana y traerlos aquí.

—Quítate esa insensatez de la cabeza —replicó Horst—. Probablemente te cogerían como a una criatura y te arrojarían contra un árbol. ¿Recuerdas lo que le ha pasado a la casa? Es mejor que ni siquiera nos topemos con esa gente. Además, ahora ya tienen lo que quieren. —Miró a Eragon—. Se han llevado la gema, ¿no?

—En la casa no estaba.

—Entonces, si ya la tienen, no hay razón para que vuelvan. —Clavó una penetrante mirada en Eragon—. No has dicho nada de esas extrañas huellas. ¿No sabes de dónde salían?

—No las vi —aseguró Eragon.

—Todo esto me huele muy mal —intervino de pronto Baldor—, suena a brujería. ¿Quiénes son esos hombres? ¿Sombras? ¿Para qué querían la gema y cómo pudieron destruir la casa si no fue mediante poderes malignos? Quizá tengas razón, padre, y la gema era lo único que querían, pero creo que volveremos a verlos.

Todos se quedaron en silencio después de las palabras de Baldor.

Eragon tenía la sensación de que había algo que habían pasado por alto, aunque no sabía de qué se trataba. Repentinamente, cayó en la cuenta, y con el corazón encogido, preguntó:

—Roran no sabe nada, ¿verdad?

¿Cómo he podido olvidarme de él?

Horst dijo que no con la cabeza.

—Dempton y él se fueron poco después que tú —explicó—. Y a menos que hayan tenido alguna dificultad por el camino, habrán llegado a Therinsford hace un par de días. Íbamos a mandarle un mensaje, pero ayer y anteayer hacía demasiado frío.

—Baldor y yo estábamos a punto de marcharnos cuando despertaste —intervino Albriech.

—Id —dijo Horst pasándose la mano por la barba—. Os ayudaré a ensillar los caballos.

—Se lo diré con suavidad —le prometió Baldor a Eragon antes de salir de la cocina, detrás de Horst y de Albriech.

Eragon se quedó allí sentado con los ojos fijos en un nudo de la madera de la mesa. Cada detalle le resultaba terriblemente claro: la textura irregular, la protuberancia asimétrica, tres pequeñas ondas con un punto de color... El nudo tenía una inmensidad de pormenores, y cuanto más lo miraba, más cosas veía. El muchacho buscaba respuestas en él, pero si había alguna, lo esquivaba.

Una débil señal se abrió paso entre el torbellino de pensamientos que cruzaban la mente de Eragon. Parecía un grito que provenía del exterior, pero Eragon no hizo caso.

Deja que otro se ocupe de esto.

Al cabo de unos minutos volvió a oírlo, pero esta vez más alto. Enfadado, cerró la mente y no lo dejó entrar.

¿Por qué no se callan? ¿No ven que Garrow está descansando?

Miró a Elain, pero no parecía que ella oyera nada.

¡ERAGON!

El grito sonó tan fuerte que el muchacho casi se cayó de la silla. Miró a su alrededor asustado, pero no había cambiado nada. De pronto, comprendió que los gritos le llegaban desde el interior de la cabeza.

¿Saphira? —preguntó ansioso.

Sí, sordo como una tapia —le respondió tras una pausa.

Eragon sintió un alivio enorme.

¿Dónde estás?

La dragona le transmitió la imagen de un bosquecillo. *He intentado ponerme en contacto contigo muchas veces, pero estabas fuera de mi alcance.*

He estado enfermo... pero ahora estoy mejor. ¿Por qué no te he percibido antes?

Después de dos noches de espera, el hambre se apoderó de mí y tuve que ir a cazar.

¿Conseguiste algo?

Un cervatillo. Era listo y sabía protegerse de los depredadores de la tierra, pero no de los del cielo. Cuando lo atrapé entre mis fauces, pateó vigorosamente y trató de escapar. Pero yo era más fuerte, así que cuando vio que la derrota era inevitable, se rindió y murió. ¿También Garrow opone resistencia a lo inevitable?

No lo sé. —Y le contó los detalles—. *Pasará un tiempo hasta que podamos volver a casa, si es que volvemos alguna vez. Será mejor que te busques un buen sitio para guarecerte.*

Haré lo que me dices —dijo Saphira con tristeza—. *Pero no tardes demasiado.*

Se separaron de mala gana. Eragon miró por la ventana y se sorprendió de que el sol ya se hubiera puesto. Estaba muy cansado y se acercó cojeando hasta Elain, que estaba envolviendo un pastel de carne con un paño.

—Me voy a casa de Gertrude a dormir —le dijo.

La mujer acabó su tarea y le sugirió:

—¿Por qué no te quedas con nosotros? Estarás más cerca de tu tío, y Gertrude podrá volver a dormir en su cama.

—¿Tenéis sitio? —preguntó, vacilante.

—Claro. —Elain se secó las manos—. Ven conmigo que te prepararé la cama. —Lo acompañó escaleras arriba hasta una habitación libre. Una vez allí, Eragon se sentó en el borde de la cama—. ¿Necesitas algo más? —le preguntó Elain. Eragon negó con la cabeza—. Bueno, estaré abajo. Llámame si necesitas algo.

El muchacho la oyó bajar la escalera, abrió la puerta y se escurrió por el pasillo hasta el cuarto de Garrow. Gertrude le sonrió mirándolo por encima de sus veloces agujas de tejer.

—¿Cómo está? —preguntó Eragon.

—Está débil —contestó la mujer con voz ronca de cansancio—, pero le ha bajado un poco la fiebre y algunas quemaduras están mejor. Tendremos que esperar a ver, pero podría significar que está recuperándose.

Eragon, más animado, volvió a su habitación. La oscuridad no le pareció muy acogedora mientras se deslizaba debajo de las mantas. Al cabo de un rato se quedó dormido intentando curar las heridas que habían sufrido su cuerpo y su alma.

La locura de la vida

Todavía era de noche cuando Eragon se incorporó de golpe en la cama respirando agitado. La habitación estaba helada, y se le puso la carne de gallina en los brazos y en los hombros. Faltaban unas horas para el amanecer, el momento en que nada se mueve y la vida espera los primeros toques tibios de la luz solar.

El corazón le palpitó con fuerza mientras una premonición terrible se apoderaba de él. Era como si una mortaja hubiera descendido sobre el mundo, y su punto más oscuro estuviera encima de su habitación. Se levantó de la cama, se vistió en silencio y se precipitó por el pasillo, temeroso. Cuando vio que la puerta de la habitación de Garrow estaba abierta y que había gente dentro, sintió una punzada de miedo.

Garrow yacía pacíficamente en la cama. Estaba vestido con ropa limpia, peinado hacia atrás y con el rostro tranquilo. Podría haber estado durmiendo a no ser por el amuleto de plata que llevaba al cuello y por el ramo de cicuta que tenía sobre el pecho: los últimos regalos de los vivos a los muertos.

Katrina estaba al lado de la cama, pálida y con la cabeza gacha. Eragon la oyó murmurar:

—Me habría gustado llamarlo padre algún día...

Llamarlo padre, pensó con amargura, *un derecho que ni yo tengo.*

Eragon se sentía como un fantasma, despojado de toda su vitalidad. Todo parecía irreal, salvo la cara de Garrow. Las lágrimas le corrieron por las mejillas y le temblaron los hombros, pero no lloró en voz alta. Su madre, su tía, su tío... los había perdido a todos. El peso del dolor lo aplastaba como una fuerza monstruosa que lo hacía tambalearse. Alguien lo llevó de vuelta a su habitación con palabras de consuelo.

Se tumbó en la cama, ocultando la cara entre los brazos, y se echó a llorar convulsivamente. Sintió que Saphira se ponía en contacto con él, pero la apartó y se dejó llevar por su pena. No podía aceptar que Garrow se hubiera ido porque si lo hacía, ¿en qué más podría creer? Sólo en un mundo cruel y despiadado que apagaba vidas humanas como el viento las velas. Frustrado y aterrorizado, volvió el rostro empapado de lágrimas hacia los cielos y gritó:

—¿Qué dios es capaz de hacer algo así? ¡Muéstrate! —Oyó que alguien corría hacia su habitación, pero no llegó ninguna respuesta desde lo alto—. ¡Garrow no se lo merecía!

Unas manos consoladoras lo acariciaron, y vio a Elain sentada a su lado. La mujer lo abrazó mientras él lloraba hasta que, al cabo de un rato, exhausto, el sueño lo venció.

La espada de un Jinete

Eragon se despertó lleno de angustia, y aunque mantenía los ojos cerrados, no podía contener las lágrimas que le brotaban de ellos. Intentó pensar en alguna idea o esperanza que lo mantuviera cuerdo.

—No puedo vivir con esta pena —gimió.

Entonces no lo hagas —le retumbaron las palabras de Saphira en la mente.

¿Cómo? ¡Garrow se ha ido para siempre! Y, con el tiempo, me enfrentaré al mismo destino: amor, familia, logros... todo se destroza, nada perdura. ¿Qué valor tiene lo que hacemos?

El valor está precisamente en hacerlo, pero el valor desaparece cuando uno abandona la voluntad de cambiar y de vivir la vida. Las alternativas están delante de ti: elige una y dedícate a ella. Las acciones te darán nuevas esperanzas y un sentido a tu vida.

Pero ¿qué puedo hacer?

Únicamente tu corazón te guiará de verdad, y sólo su supremo deseo puede ayudarte.

Saphira lo dejó pensar en lo que le había dicho. Eragon examinó sus emociones y se sorprendió al comprobar que, más que dolor, sentía una virulenta ira.

¿Qué quieres que haga...? ¿Perseguir a los forasteros?

Sí.

La franca respuesta de la dragona lo dejó confundido. Respiró hondo, tembloroso.

¿Por qué?

¿Recuerdas lo que dijiste en las Vertebradas? ¿Te acuerdas de que me recordaste mi deber de dragona, y regresé contigo a pesar del impulso de mi instinto? Así pues, tú también debes aprender a dominarte. He pensado largo y tendido durante los últimos días y me he dado cuenta de lo que significa ser dragón y ser Jinete: nuestro destino es intentar lo imposible, llevar a cabo grandes hazañas a pesar del miedo. Es nuestra responsabilidad ante el futuro.

Me da igual lo que digas; no son razones válidas para marcharse —exclamó Eragon.

Entonces te daré otras: han visto mis huellas, y la gente está al tanto de mi presencia. Con el tiempo me descubrirán. Además, aquí no queda nada para ti: ni familia, ni granja, ni...

¡Roran no está muerto! —replicó el muchacho con vehemencia.

Pero si te quedas, tendrás que decirle la verdad de lo que ha pasado. Tiene derecho a saber cómo y por qué murió su padre. ¿Y qué haría si se enterara de mi presencia?

Las razones de Saphira le daban vueltas en la cabeza, pero retrocedía ante la idea de abandonar el valle de Palancar porque era su hogar. Sin embargo, la idea de vengarse de los forasteros era de lo más consoladora.

¿Acaso soy lo suficientemente fuerte para vengarme?

Me tienes a mí.

Las dudas lo asediaban. Hacer algo así era una locura, un acto desesperado. El desprecio que sentía por su propia indecisión le dibujó una dura sonrisa en los labios. Saphira tenía razón: lo único que importaba era la acción en sí. *Lo que cuenta es hacerlo.* ¿Y qué iba a darle más satisfacción que perseguir a esos forasteros? Una fuerza y una energía terribles empezaron a crecer en el interior del muchacho donde se reunieron todas sus emociones y se fundieron en una sólida barra de ira con una única palabra grabada en ella: venganza. Parecía que la cabeza le iba a explotar cuando dijo con convicción:

Lo haré.

Cortó el contacto con Saphira mientras se levantaba de la cama con la sensación de que un manantial le surgía del cuerpo. Aún era muy temprano; Eragon había dormido pocas horas.

No hay nada más peligroso que un enemigo que no tiene nada que perder, pensó, *y en eso me convertiré.*

El día anterior había tenido dificultades para caminar recto, pero ya se movía con seguridad, sostenido por su voluntad de hierro. Desafió el dolor que el cuerpo le transmitía y no le hizo caso.

Salió a hurtadillas de la casa y oyó el murmullo de dos personas que hablaban. Se detuvo con cautela y escuchó.

—... un lugar para estar —decía Elain con su característica voz suave—. Tenemos una habitación.

Horst le respondió en voz muy baja, como un rumor inaudible.

—Sí, pobre chico —contestó Elain.

Esta vez Eragon oyó la respuesta de Horst.

—Quizá... —Hubo un prolongado silencio—. He estado pensando en lo que nos dijo Eragon y no estoy seguro de que nos lo haya contado todo.

—¿Qué quieres decir? —preguntó Elain con tono de preocupación.

—Cuando fuimos a la granja, el camino mostraba las marcas de la tabla con la que arrastró a Garrow, pero después llegamos a un punto donde la nieve estaba pisoteada y revuelta. Las huellas de Eragon y las de la madera se acababan allí, pero también vimos las mismas huellas gigantes que en la granja. ¿Y qué me dices de las piernas del chico? No me creo que no se haya dado cuenta de que se desollaba. Hasta el momento no he querido presionarlo con preguntas, pero creo que ahora lo haré.

—Quizá vio algo que lo asustó tanto que no quiera hablar de ello —sugirió Elain—. ¿Notaste lo alterado que estaba?

—Sí, pero eso no explica cómo se las arregló para traer a Garrow todo el camino hasta aquí sin dejar huellas.

Saphira tenía razón. Pensó Eragon. *Ha llegado la hora de partir. Demasiadas preguntas de demasiada gente. Tarde o temprano descubrirán las respuestas.*

Y cruzó la casa deteniéndose cada vez que crujía el suelo.

Las calles estaban vacías, pues había poca gente levantada a esa hora. Se detuvo durante un minuto y se concentró en sus pensamientos:

No quiero un caballo. Saphira será mi corcel, pero necesita una silla. Ella puede cazar para los dos, así que no tengo que preocuparme por la comida... aunque será mejor que consiga un poco. Todo lo demás que me haga falta puedo encontrarlo bajo los escombros de mi casa.

Se dirigió hacia la curtiduría de Gedric, en las afueras de Carvahall. El repugnante olor le dio asco, pero a pesar de todo, siguió hacia la barraca que había en la ladera de la colina donde se guardaban las pieles curtidas. Cortó tres largas tiras de cuero de buey de las pieles que colgaban del techo. El robo lo hacía sentir culpable, pero...

No es realmente un robo, razonó, *algún día se lo devolveré a Gedric y también le pagaré a Horst.*

Enrolló las gruesas tiras de cuero y las llevó a un bosquecillo, lejos del pueblo. Las metió entre las ramas de un árbol y volvió a Carvahall.

Ahora la comida.

Se dirigió a la taberna con intención de entrar, pero sonrió apretando los dientes y volvió sobre sus pasos. Si iba a robar comida, lo mejor sería que fuera la de Sloan. Entró a hurtadillas en la casa del carnicero. La puerta principal estaba cerrada con barrotes cuando Sloan no estaba, pero la lateral sólo tenía una delgada cadena, que rompió sin dificultad. El interior estaba a oscuras, de modo que se movió a tientas hasta que tocó unos trozos de carne apilados, envueltos en telas. Se metió todos los que pudo debajo de la camisa, regresó deprisa a la calle y cerró furtivamente la puerta.

Una mujer que estaba cerca gritó su nombre. Eragon se aguantó los faldones de la camisa para que no se le cayera la carne, giró por una esquina y se agachó. Sintió un escalofrío al ver que Horst se acercaba entre dos casas a menos de tres metros de distancia.

Eragon echó a correr para perder a Horst de vista. Las piernas le ardían mientras se precipitaba por un callejón camino del bosquecillo. Se metió entre los troncos y se volvió para ver si lo seguían: no había nadie. Suspiró aliviado y alargó la mano hacia las ramas para coger las tiras de cuero. Pero no estaban.

—¿Vas a alguna parte?

Eragon se volvió de repente. Brom lo miraba enfadado con el entrecejo fruncido. Tenía una herida profunda en una de las sienes y llevaba una espada corta, enfundada en una vaina de color marrón, que le colgaba del cinto. Sostenía las cintas de cuero en las manos.

Eragon, irritado, entrecerró los ojos. ¿Cómo se las había arreglado el viejo para pillarlo? Estaba todo tan tranquilo que el chico habría jurado que no había nadie.

—Devuélvemelas —le gritó.

—¿Para qué? ¿Es que quieres escaparte incluso antes de que entierren a Garrow? —La acusación era grave.

—¡No es asunto tuyo! —le soltó Eragon, encolerizado—. ¿Por qué me has seguido?

—No lo he hecho —gruñó Brom—. Te estaba esperando aquí. Y ahora ¿adónde vas?

—A ninguna parte. —Eragon arremetió para quitarle las tiras de cuero a Brom de las manos. El anciano no hizo nada para detenerlo.

—Espero que tengas bastante carne para alimentar a tu dragón.

Eragon se quedó inmóvil.

—¿De qué estás hablando?

—No me engañes —advirtió Brom cruzándose de brazos—. Sé de dónde sale esa marca que tienes en la mano; es la *gedwëy ignasia,* es decir, la palma brillante: has tocado a un dragón al salir del cascarón. También sé por qué viniste a verme con todas esas preguntas y sé que llegan de nuevo los Jinetes.

Eragon soltó las tiras de cuero y la carne.

Al fin ha sucedido... ¡Debo irme! No puedo correr más rápido que él con las piernas lastimadas, pero si... ¡Saphira! —llamó.

Durante unos segundos de agonía no hubo respuesta hasta que...

Sí.

¡Nos han descubierto! ¡Te necesito!

Le envió una imagen de donde se hallaba, y ella partió de inmediato. Solamente tenía que entretener un poco a Brom.

—¿Cómo lo has descubierto? —le preguntó con voz apagada.

Brom miró a lo lejos y movió los labios en silencio, como si hablara con otra persona.

—Había signos y pistas por todas partes —dijo al fin—; sólo era necesario prestar atención. Cualquiera que tuviera los conocimientos apropiados habría hecho lo mismo. Dime, ¿cómo está tu dragón?

—Mi dragona —corrigió Eragon—. Bien. No estábamos en la granja cuando llegaron los forasteros.

—O sea que tus piernas... ¿Estabais volando?

¿Cómo lo había descubierto Brom? ¿Y si los forasteros lo han obligado a hacer esto? Quizá quieran saber adónde vamos para tendernos una emboscada. Pero ¿dónde está Saphira? La buscó mentalmente y vio que estaba sobrevolando el lugar. *¡Ven!*

No, me quedaré vigilando un rato.

¿Por qué?

A causa de la masacre de Dorú Areaba.

¿Qué?

—He hablado con ella y ha accedido a quedarse ahí arriba hasta que zanjemos nuestras diferencias. —Brom se apoyó contra un árbol con un amago de sonrisa—. Como puedes ver, no tienes más alternativa que contestar a mis preguntas. Ahora explícame, ¿adónde vais?

Eragon, perplejo, se llevó la mano a la sien. *¿Cómo era posible que Brom hablara con Saphira?* Le latía la nuca y un montón de ideas se le agolpaban en la cabeza, pero siempre llegaba a la misma conclusión: tenía que decirle algo al anciano.

—A buscar un sitio seguro en el que permanecer mientras me curo —le respondió.

—¿Y después?

No podía hacer caso omiso de la pregunta. Cada vez sentía más punzadas en la cabeza y le resultaba imposible pensar: ya no tenía nada claro. Lo único que quería hacer era contarle a alguien todo lo que había pasado durante los últimos meses porque le corroía la idea de que su secreto hubiera provocado la muerte de Garrow. Por fin se rindió y dijo con voz trémula:

—Voy a perseguir a los forasteros y a matarlos.

—Una tarea imponente para alguien tan joven —comentó Brom con toda naturalidad, como si Eragon le hubiera planteado que iba a hacer una cosa de lo más corriente—. Sin duda una proeza valiosa y, además, eres adecuado para llevarla a cabo, aunque me asombra que no quieras aceptar ayuda. —Alargó la mano hasta detrás de un arbusto, sacó un petate y añadió con seriedad—: De todos modos, no pienso quedarme atrás mientras un mozalbete va por ahí con un dragón.

¿Me está ofreciendo ayuda de verdad o es una trampa? Eragon tenía miedo de lo que sus misteriosos enemigos pudieran hacer. *Pero Brom convenció a Saphira de que tuviera confianza en él y han hablado mentalmente. Si ella no está preocupada...* Decidió, momentáneamente, dejar sus sospechas de lado.

—No necesito ayuda —dijo Eragon, y añadió a regañadientes—: pero puedes venir.

—Entonces será mejor que nos vayamos —replicó el anciano—. Me parece que tu dragona está esperando que le hables otra vez.

Saphira —la llamó Eragon.

Dime.

El muchacho se aguantó las ganas de hacerle más preguntas.

¿Te reunirás con nosotros en la granja?

Sí. ¿De modo que habéis llegado a un acuerdo?

Me parece que sí.

La dragona interrumpió el contacto y se alejó volando. Eragon miró hacia Carvahall y vio gente que corría de una casa a otra.

—Creo que me están buscando.

—Seguramente. ¿Nos vamos?

—Me gustaría dejar un mensaje para Roran —dijo Eragon, dubitativo—. No me parece bien largarme sin decirle por qué.

—Ya me he ocupado de eso. He dejado una carta a Gertrude para él explicándole algunas cosas. También le advierto que ha de estar en guardia ante ciertos peligros. ¿Te parece adecuado?

Eragon asintió. Envolvió la carne en las pieles y echaron a andar. Tuvieron mucho cuidado de mantenerse fuera de la vista hasta que llegaron al camino, donde apretaron el paso, ansiosos por alejarse de Carvahall. El muchacho avanzaba con decisión a pesar de tener las piernas doloridas, y el ritmo mecánico de la caminata le liberaba la mente del torbellino de pensamientos.

Cuando lleguemos a casa, no pienso seguir con Brom hasta que no responda a algunas preguntas, se dijo con firmeza. *Espero que pueda explicarme algo más sobre los Jinetes y sobre contra quién estoy luchando.*

Cuando vieron los restos de la granja destrozada, Brom enarcó las pobladas cejas con enfado y Eragon se quedó perplejo al ver lo rápido que la naturaleza se apoderaba de la granja: la nieve y el polvo cubrían lo que había sido el interior de la vivienda ocultando la violencia del ataque de los forasteros. Lo único que quedaba del granero era un rectángulo de hollín que se erosionaba deprisa.

Brom levantó de golpe la cabeza al oír el ruido de las alas de Saphira por encima de los árboles. La dragona pasó por detrás de ellos casi rozándoles la cabeza, y los dos se tambalearon a causa de la ráfaga de aire que los zarandeó. Las escamas de Saphira brillaron mientras viraba sobre las ruinas de la granja y aterrizaba con elegancia.

Brom dio un paso al frente con expresión solemne y dichosa a la vez. Le relucían los ojos, y una lágrima se le deslizó por la mejilla antes de desaparecer en la barba. El anciano se quedó allí un buen rato respirando agitado mientras contemplaba a Saphira; ésta le devolvió la mirada. Eragon oyó que Brom murmuraba algo y se acercó para escuchar.

—Así que... empieza otra vez. Pero ¿cómo y dónde acabará? Mis ojos están velados, y no sé si esto es una tragedia o una farsa porque ambos elementos están presentes... Como quiera que sea, mi puesto sigue siendo el mismo, y yo...

Cualquier otra cosa que hubiera añadido se desvaneció mientras Saphira se acercaba orgullosa. Eragon pasó junto a Brom, haciendo ver que no lo había oído, y la saludó, aunque algo había cambiado entre ellos: era como si ahora se conocieran más íntimamente, pero siguieran siendo extraños. El muchacho le acarició el cuello y sintió un cosquilleo en la palma cuando las mentes de ambos se pusieron en contacto. La dragona emitía una fuerte curiosidad.

No he visto otros humanos más que tú y Garrow, y él tenía heridas muy graves —le dijo.

Has visto personas a través de mis ojos.

No es lo mismo. —Se acercó un poco más y giró la enorme cabeza para poder inspeccionar a Brom con un gran ojo azul—. *Sois unas criaturas muy extrañas* —dijo críticamente, y continuó observándolo.

Brom se quedó inmóvil mientras la dragona olisqueaba el aire, y a continuación el anciano estiró la mano hacia Saphira, que bajó la cabeza despacio y dejó que la tocara en la frente, pero de pronto resopló, se echó hacia atrás y se escondió detrás de Eragon dando coletazos.

¿Qué pasa? —le preguntó el muchacho. Pero no hubo respuesta.

—¿Cómo se llama? —preguntó Brom en voz baja volviéndose hacia él.

—Saphira. —Una rara expresión se dibujó en la cara de Brom, que apretó el extremo de su bastón con tal fuerza que los nudillos se le pusieron blancos—. De todos los nombres que me sugeriste, fue el único que le gustó. Y creo que le va bien —añadió Eragon rápidamente.

—Sí, le va bien.

Había un tono en la voz de Brom que Eragon no lograba identificar: ¿sorpresa, emoción, miedo, envidia? No estaba seguro, y a lo mejor no era nada de eso.

Brom levantó la voz y dijo:

—Salud, Saphira, encantado de conocerte. —Torció la mano de una manera extraña e hizo una reverencia.

Me cae bien —dijo Saphira en voz baja.

Claro, a todo el mundo le gusta que lo alaben.

Eragon le tocó los hombros a la dragona y se dirigió a la casa en ruinas. Saphira lo siguió junto con Brom, que estaba exultante y lleno de vida.

Eragon trepó hacia la casa y se arrastró por debajo de una puerta hasta lo que quedaba de su habitación, que apenas la reconoció bajo los montones de madera destrozada. Guiándose por la memoria, buscó dónde había estado el tabique y encontró su mochila vacía. Parte del armazón estaba roto, pero tenía fácil arreglo. Siguió rebuscando y, al cabo de un rato, dio con la punta de su arco, que aún estaba en su funda de gamuza. Aunque ésta tenía marcas y raspones, se alegró al ver que la lubricada madera estaba intacta. *Por fin un poco de suerte,* se dijo. Tensó el arco y tiró de la cuerda para probarlo. El arma se arqueó con suavidad, sin ningún chasquido ni crujido. Satisfecho, Eragon buscó el carcaj, que encontró enterrado allí cerca, aunque muchas flechas estaban rotas.

El chico quitó la cuerda del arco y se lo dio a Brom junto con el carcaj.

—Hace falta un brazo fuerte para tensar esto —le dijo el anciano.

Eragon aceptó el cumplido en silencio y continuó buscando en la casa otros objetos útiles y los dejó todos junto a Brom; no había gran cosa.

—¿Y ahora qué? —preguntó Brom con una mirada aguda e inquisitiva. Eragon apartó la vista.

—Buscaremos un lugar para escondernos.

—¿Tienes algo pensado?

—Sí. —Envolvió todo en un fardo bien atado, salvo el arco, y se lo colgó al hombro—. Por ahí —dijo señalando al bosque.

Saphira, tú nos seguirás volando. Tus huellas son muy fáciles de identificar y de seguir.

De acuerdo. —Y partió detrás de ellos.

El lugar adonde iban estaba cerca, pero Eragon dio un gran rodeo para despistar a cualquier perseguidor. Pasó más de una hora antes de que llegaran a un zarzal bien escondido.

El irregular claro que había en el centro de aquel sitio era apenas lo suficientemente grande para hacer un fuego y para que cupieran dos personas y un dragón. Unas ardillas rojas correteaban por entre los árboles protestando por la intrusión. Brom consiguió soltarse de una enredadera y miró a su alrededor con interés.

—¿Conoce alguien más este lugar? —preguntó.

—No, lo descubrí cuando nos mudamos aquí. Tardé una semana en abrirme paso hasta el centro y otra semana en sacar las ramas secas.

Saphira aterrizó junto a ellos, y al plegar las alas, procuró evitar las espinas. A continuación se tumbó en el suelo, aplastando las ramitas con sus recias escamas, y apoyó la cabeza en la tierra. Los impenetrables ojos de la dragona seguían de cerca a los dos hombres.

Brom se apoyó en su bastón y se la quedó mirando atentamente. Sin embargo, esa forma de observarla puso nervioso a Eragon, que a su vez se quedó contemplándolos hasta que el hambre lo obligó a ponerse en movimiento. Entonces hizo fuego, llenó una cacerola con nieve y la puso sobre las llamas para que se derritiera. Cuando empezó a hervir, echó unos trozos de carne y un puñado de sal en el agua.

No es una gran comida, pensó malhumorado, *pero nos quitará el hambre. Como seguramente tendré que comer esto mismo durante una temporada será mejor que me acostumbre.*

El estofado se cocía a fuego lento y llenaba el claro de un rico aroma. Saphira sacó la punta de la lengua y probó el sabor que había en el ambiente. Una vez la carne estuvo tierna, Brom se acercó y Eragon sirvió el guiso. Comieron en silencio evitando mirarse. Después Brom sacó la pipa y la encendió sin prisas.

—¿Por qué quieres viajar conmigo? —le preguntó Eragon.

Una nube de humo salió de los labios de Brom y ascendió en volutas a través de los árboles hasta que desapareció.

—Tengo interés personal en que sigas con vida.

—¿A qué te refieres?

—Para decirlo sin rodeos: resulta que soy un cuentacuentos y creo que la tuya será una historia digna de contarse, pues eres el primer Jinete que existe fuera del control del rey en más de cien años. ¿Qué pasará, pues? ¿Perecerás como un mártir? ¿Te unirás a los vardenos? ¿O matarás al rey Galbatorix? Son preguntas fascinantes. Y yo estaré ahí viendo todo lo que pase, cueste lo que cueste.

A Eragon se le hizo un nudo en el estómago. No se imaginaba haciendo ninguna de esas cosas y mucho menos convirtiéndose en mártir.

Quiero vengarme, pero por lo demás... no tengo ambiciones.

—Quizá sea así —respondió Eragon—, mas dime: ¿cómo es que puedes hablar con Saphira?

Brom se tomó su tiempo para añadir más tabaco a la pipa.

—Pues bien —dijo cuando volvió a ponérsela en la boca y a encenderla—, si ésa es la respuesta que buscas, ésa es la que tendrás, aunque tal vez no sea de tu agrado.

Brom se puso de pie, acercó su petate al fuego y de él sacó un objeto largo, envuelto en una tela. Tendría aproximadamente un metro y medio de longitud y, por la manera en que lo manipulaba, era bastante pesado.

Le quitó la tela, tira a tira, como si desenvolviera una momia. Eragon, pasmado, observó que se trataba de una espada: el pomo de oro tenía forma de lágrima, y sus lados, que estaban cortados, dejaban ver un rubí del tamaño de un huevo pequeño; la empuñadura estaba rodeada de hilo de plata, tan bruñido que brillaba como una estrella, y la funda era de color granate y suave como un cristal, adornada solamente con el grabado de un extraño símbolo negro. Junto a la espada había un cinturón con una pesada hebilla. Al acabar de quitar la última tira, Brom le tendió la espada a Eragon.

Al cogerla, la empuñadura le encajó tan perfectamente en la mano que parecía que había sido fabricada para él. El muchacho la desenfundó despacio, y la espada se deslizó de su vaina sin hacer ningún ruido: la hoja era plana, de color rojo iridiscente, y brillaba a la luz de la lumbre; los afilados bordes se curvaban con elegancia y terminaban en una aguda punta, mientras que el mismo símbolo de la funda estaba grabado también en el metal. El equilibrio de la espada era perfecto, y parecía que ésta era la prolongación del propio brazo, a diferencia de las toscas herramientas de la granja que Eragon estaba acostumbrado a manejar. Se percibía que poseía un gran poder, como si estuviera dominada por una fuerza interior incontenible, y aunque había sido creada para manejarla con violentas sacudidas en las batallas y para acabar con vidas humanas, albergaba una profunda belleza.

—En otra época esta arma había pertenecido a un Jinete —explicó Brom con seriedad—. Cuando un Jinete acababa su formación, los elfos le regalaban una espada, aunque sus métodos para forjarla han permanecido siempre en secreto, pero lo cierto es que las espadas elfas se mantienen eternamente afiladas y nunca se manchan. La costumbre era que la espada fuera del color del dragón del Jinete, pero creo que en este caso puedo hacer una excepción. Esta espada se llama

Zar'roc. Sin embargo, no sé lo que significa; seguramente debe de ser algo personal, referido al Jinete que la poseía.

Brom observó que Eragon hacía movimientos con la espada.

—¿De dónde la has sacado? —preguntó Eragon mientras volvía a enfundar el arma de mala gana.

Hizo el gesto de devolvérsela a Brom, pero éste ni intentó cogerla.

—Eso no importa —le respondió—. Lo único que puedo decir es que tuve que correr una serie de aventuras difíciles y peligrosas para conseguirla. Considérala tuya. Tienes más derecho que yo a poseerla y, hasta que todo haya concluido, creo que la necesitarás.

La oferta cogió desprevenido a Eragon.

—¡Es un regalo espléndido! ¡Gracias! —Sin saber qué más decir, pasó la mano por la vaina y preguntó—: ¿Qué significa este símbolo?

—Era el emblema personal del Jinete. —Eragon trató de interrumpirlo, pero Brom le clavó la mirada y lo obligó a callarse—. Bien, por si te interesa saberlo, te diré que cualquiera puede hablar con un dragón si tiene la preparación adecuada. Y... —levantó el índice enfáticamente— no significa nada. Yo sé más sobre los dragones y sus aptitudes que casi ningún otro ser viviente y, en cambio, por tu cuenta tardarías años en aprender lo que puedo enseñarte yo, de modo que te ofrezco mis conocimientos como un atajo. Y prefiero no decir por qué sé tanto.

Saphira se levantó, mientras Brom acababa de hablar, y se acercó a Eragon, que desenfundó la espada de nuevo y se la enseñó.

Tiene poder —dijo la dragona tocando la punta del arma con la nariz. El color iridiscente del metal ondeó como el agua en el momento en que se puso en contacto con las escamas de Saphira, que levantó la cabeza y resopló satisfecha mientras la espada recuperaba su color habitual. Eragon volvió a guardarla, inquieto.

—Me estaba refiriendo a este tipo de cosas —afirmó Brom arqueando una ceja—: los dragones sorprenden constantemente y a su alrededor pasan cosas... misteriosas, cosas que es imposible que sucedan en ninguna otra parte. Aunque los Jinetes trabajaron con los dragones durante siglos, nunca llegaron a entender del todo sus aptitudes. Algunos dicen que ni siquiera los dragones conocen el alcance de sus propios poderes, pero están ligados a esta tierra de tal forma que les permite superar grandes obstáculos. Lo que Saphira acaba de hacer ilustra lo que te he dicho: hay muchas cosas que no sabes.

Se produjo una larga pausa.

—Es posible —replicó Eragon—, pero puedo aprender. Y, en este momento, lo más importante es que sepa cosas sobre los forasteros. ¿Tienes idea de quiénes son?

—Se llaman los Ra'zac —contestó Brom respirando hondo—. Nadie sabe si es el nombre de su raza o el que ellos mismos han elegido. Sea como fuere, si tienen nombres individuales, los mantienen ocultos. Nunca se había visto a los Ra'zac hasta que Galbatorix llegó al poder. Debió de conocerlos durante sus viajes y los puso a su servicio, pero se sabe poco o nada sobre ellos. Sin embargo, puedo decirte que no son humanos porque, cuando le vi fugazmente la cabeza a uno de esos seres, observé que tenía una especie de pico y ojos negros grandes como mi puño. Lo que es un misterio para mí es cómo han aprendido nuestra lengua. Sin duda el resto del cuerpo de los Ra'zac es igual de extraño, y por eso se cubren siempre con una capa, independientemente del tiempo que haga.

»En cuanto a sus facultades, te diré que son más fuertes que ningún hombre y pueden saltar unas alturas increíbles, pero no saben usar la magia. Y tienes que estar agradecido por ello, porque si supieran utilizarla, ya estarías en sus garras. También sé que tienen una gran aversión a la luz del sol, aunque eso no los detendrá si están decididos a actuar. Por otra parte, no cometas el error de subestimar a los Ra'zac porque son sagaces y muy astutos.

—¿Cuántos hay? —inquirió Eragon, que se preguntaba cómo era posible que Brom supiera tantas cosas.

—Por lo que sé, sólo los dos que has visto. Puede que haya más, pero nunca he oído hablar de ellos. Tal vez sean los últimos de una raza en vías de extinción. Son los cazadores de dragones personales del rey porque cada vez que le llega a Galbatorix el rumor de que hay un dragón en el reino, manda a los Ra'zac a investigar, y a menudo dejan una estela de muerte a su paso. —Brom hizo una serie de volutas de humo y miró cómo se elevaban entre las zarzas.

Eragon no hizo caso de las volutas hasta que notó que cambiaban de color y flotaban veloces. Brom le guiñó un ojo con picardía.

Eragon estaba seguro de que nadie había visto a Saphira, pero entonces ¿cómo podía conocer Galbatorix su existencia?

—Tienes razón —respondió Brom al escuchar sus objeciones—, parece improbable que alguien de Carvahall informara al rey. ¿Por qué no me dices dónde encontraste el huevo y cómo criaste a Saphira? Eso podría aclararnos el asunto.

Eragon titubeó, pero le contó todo lo que había sucedido desde que había encontrado el huevo en las Vertebradas. Era maravilloso poder por fin confiar en alguien. Brom le hizo algunas preguntas, pero casi todo el rato lo escuchó con atención. El sol estaba a punto de ponerse cuando Eragon acabó su relato, y los dos hombres se quedaron en silencio mientras las nubes adquirían un tinte rosado claro. Finalmente, fue Eragon quien rompió el silencio.

—¡Ojalá supiera de dónde viene! Pero Saphira no lo recuerda.

—No lo sé... —dijo Brom ladeando la cabeza—. Pero me has aclarado muchas cosas. Estoy seguro de que nadie más que nosotros ha visto a la dragona. Los Ra'zac deben de tener otra fuente de información fuera de este valle, de alguien que probablemente ahora esté muerto... Has logrado muchas cosas y has pasado por algo muy difícil. Estoy impresionado.

Eragon miró a lo lejos sin comprender.

—¿Qué te pasó en la cabeza? —preguntó—. Parece como si te hubieran golpeado con una piedra.

—No, pero no andas lejos. —Chupó con fuerza la pipa—. Fui a merodear al campamento de los Ra'zac por la noche para ver si podía enterarme de algo, pero me descubrieron en la oscuridad. Fue una buena trampa, pero me subestimaron y logré ahuyentarlos. Sin embargo —añadió con ironía—, tuve que pagar el precio de mi estupidez: aturdido, me caí y perdí el conocimiento hasta el día siguiente. Para entonces ya habían llegado a tu granja, y era demasiado tarde para detenerlos, pero en todo caso fui tras ellos. Fue ahí cuando nos encontramos en el camino.

¿Quién es en realidad este hombre para pensar que podía coger a los Ra'zac él solo? Le tienden un emboscada en la oscuridad, ¿y únicamente se queda «aturdido»?

—Cuando viste la marca en mi palma, la *gedwëy ignasia*, ¿por qué no me dijiste quiénes eran los Ra'zac? —preguntó Eragon, intranquilo—. Habría ido a avisar a Garrow en lugar de ir primero a ver a Saphira, y podríamos haber huido los tres.

—En ese momento no sabía muy bien qué hacer —suspiró Brom—. Creía que podría mantener a los Ra'zac lejos de ti y, cuando se hubieran marchado, hablaríamos de Saphira. Pero fueron más listos que yo. Cometí un error que lamento profundamente y que te ha costado mucho.

—¿Quién eres? —inquirió Eragon sintiéndose molesto de repente—. ¿Cómo es posible que un simple cuentacuentos de pueblo tenga la espada de un Jinete? ¿Cómo conoces la existencia de los Ra'zac?

Brom dio un golpecito a la pipa.

—Pensaba que ya había dejado claro que no iba a hablar de ello.

—Mi tío ha muerto por ello. ¡Muerto! —exclamó Eragon lanzando un puñetazo al aire—. Hasta ahora he confiado en ti porque Saphira te respeta, ¡pero se ha acabado! Tú no eres la persona que conozco desde hace años en Carvahall. ¡Explícame quién eres!

Durante un buen rato Brom se quedó mirando las volutas de humo que ascendían entre ellos, mientras se le marcaban unas profundas arrugas en la frente, pero el único movimiento que hizo fue dar otra calada a la pipa.

—Probablemente —dijo al fin—, nunca se te ha ocurrido pensar que he pasado la mayor parte de mi vida fuera del valle de Palancar. Sólo en Carvahall asumí el papel de cuentacuentos, pero he tenido muchos papeles diferentes y un pasado... complicado. Y si he llegado aquí es, en parte, por el deseo de escapar de él. Así es que no, no soy el hombre que tú crees que soy.

—¡Vaya! —soltó Eragon—. Entonces ¿quién eres?

—Estoy aquí para ayudarte, y no desprecies estas palabras porque son las más ciertas que he dicho en mi vida —afirmó Brom sonriendo con dulzura—. Pero no voy a responder a tus preguntas. A estas alturas, no necesitas saber mi historia ni te has ganado aún el derecho a oírla. Sí, en efecto, sé cosas que Brom, el cuentacuentos, no sabría, y soy más importante que él. Tendrás que aprender a vivir con ese hecho y con el de que no explico mi vida a cualquiera que me pregunta.

Eragon lo miró ceñudo.

—Me voy a dormir —dijo, y se alejó del fuego.

Brom no pareció sorprenderse, pero tenía una expresión de pena en la mirada. Extendió sus mantas junto al fuego, mientras Eragon se tumbaba junto a Saphira. Un gélido silencio cayó sobre el campamento.

La silla de montar

Cuando Eragon se despertó, el recuerdo de la muerte de Garrow se apoderó de él. Se tapó la cabeza con las mantas y lloró en silencio en esa tibia oscuridad. Le gustaba estar allí, escondido del mundo exterior. Al cabo de un rato cesaron las lágrimas, y maldijo a Brom. Se secó las mejillas a regañadientes y se levantó.

Brom estaba preparando el desayuno.

—Buenos días —saludó.

Eragon respondió con un gruñido. Se metió los helados dedos en los sobacos y se quedó acurrucado junto al fuego hasta que el desayuno estuvo listo. Comieron deprisa tratando de acabárselo antes de que se enfriara. Cuando terminaron, Eragon limpió su cazo con nieve y después desplegó sobre el suelo las piezas de cuero que había robado.

—¿Qué vas a hacer con eso? —preguntó Brom—. No podemos llevarlo con nosotros.

—Voy a construir una silla para montar a Saphira. ¿Sabes qué aspecto tenían? —preguntó Eragon.

—Mmm. —Brom se acercó—. Bueno, los dragones solían tener dos clases de sillas. Una de ellas era rígida y moldeada, como las monturas de los caballos, pero hacen falta tiempo y herramientas para fabricarla, y no tenemos ninguna de las dos cosas. Y la otra clase de silla era delgada y ligeramente acolchada, que apenas suponía una ligera separación entre el Jinete y el dragón. Éstas eran las que se utilizaban cuando la flexibilidad y la velocidad eran importantes, aunque no eran tan cómodas como las otras. Pero sé algo más que todo eso: sé hacerlas.

—Entonces hazla, por favor —dijo Eragon, y se apartó.

—Muy bien, pero presta atención porque quizá algún día tendrás que fabricar una tú solo.

Con el permiso de Saphira, le midió el cuello y el pecho. Después cortó cinco franjas de cuero sobre las que dibujó unas doce formas distintas. Una vez las hubo recortado, cortó a su vez el resto de las pieles en largas tiras.

Brom utilizó estas tiras para coser las piezas entre sí, pero para cada puntada tenía que hacer dos agujeros en el cuero. Eragon lo ayudó en esa tarea. En lugar de hebillas, hicieron complejos nudos y dejaron las tiras con la longitud suficiente para que la silla le fuera bien a Saphira en los meses siguientes.

La parte principal de la silla constaba de tres secciones idénticas cosidas con un acolchado entre ellas. En la parte delantera, había un grueso nudo que se ajustaba perfectamente a una de las púas del cuello de Saphira, mientras que dos tiras anchas, cosidas a los dos lados de esa parte, hacían de cinchas y le pasaban por debajo de la barriga. A modo de estribos, había una serie de lazos a ambos lados que, una vez apretados, sujetarían las piernas de Eragon en su sitio. Una de las tiras largas serviría para que pasara entre las patas delanteras de la dragona, se dividiera en dos y llegara hasta la silla.

Mientras Brom trabajaba, Eragon reparó su mochila y organizó las provisiones. Pasaron el día haciendo esas tareas hasta que todo estuvo listo. Brom, cansado del trabajo, ensilló a Saphira y comprobó que las tiras estuvieran bien adaptadas. Hizo unos pequeños arreglos y quitó la silla, satisfecho.

—Buen trabajo —admitió Eragon de mala gana.

—Se hace lo que se puede. Te será útil; el cuero es bastante fuerte.

¿No vas a probarla? —preguntó Saphira.

Quizá mañana —respondió Eragon, y guardó la silla con sus mantas—, *ahora es muy tarde.*

En realidad no estaba muy ansioso por volver a volar, especialmente después del desastroso resultado de su último intento.

Prepararon deprisa la comida; sabía bien, aunque era muy sencilla. Mientras comían, Brom miró a Eragon por encima del fuego y le preguntó:

—¿Partimos mañana?

—No hay ninguna razón para que nos quedemos.

—Supongo que no... Eragon —cambió de tema—, debo disculparme por todo lo que ha pasado. No era mi intención que sucediera esto. Tu familia no se merecía semejante tragedia, y si yo pudiera hacer algo por deshacer lo ocurrido, lo haría. Ésta es una situación terrible para todos. —Eragon se quedó en silencio evitando la mirada de Brom, que añadió—: Vamos a necesitar caballos.

—Tal vez los necesites tú, yo tengo a Saphira.

—No hay caballo que pueda dejar atrás a un dragón que vuele, y Saphira es demasiado joven para llevarnos a los dos. Además, será más seguro que nos mantengamos juntos, y a caballo se va más deprisa que a pie.

—Pero eso hará más difícil que alcancemos a los Ra'zac —protestó Eragon—. Montando a Saphira podría encontrarlos en un día o dos, pero si vamos a caballo tardaremos mucho más tiempo, si es que es posible tomarles la delantera sobre el terreno.

—Es un riesgo que tendrás que correr —dijo Brom despacio—, si quieres que te acompañe.

—De acuerdo —refunfuñó después de pensárselo—,

conseguiremos caballos. Pero tendrás que comprarlos; yo no tengo dinero y no quiero volver a robar. No está bien.

—Eso depende de tu punto de vista —lo corrigió Brom con un amago de sonrisa—. Antes de lanzarte a esta aventura, recuerda que tus enemigos, los Ra'zac, son los sirvientes del rey y estarán protegidos dondequiera que vayan. Las leyes no los detienen. Y en las ciudades tendrán acceso a muchos recursos y a servidores dispuestos a ayudarlos. Ten en cuenta también que, para Galbatorix, lo más importante es reclutarte o matarte, aunque todavía no sepa que existes. Cuanto más tiempo logres eludir a los Ra'zac, más desesperado estará el rey porque sabrá que cada día que pase, serás más fuerte y tendrás mayor oportunidad de unirte a sus enemigos. Debes tener mucho cuidado, ya que es muy fácil que pases de cazador a presa. —Eragon, anonadado por estas contundentes palabras, se quedó pensativo mientras hacía girar una ramita entre los dedos—. Bueno, basta de charla —dijo Brom—. Es tarde y me duelen los huesos. Mañana seguiremos hablando.

Eragon asintió y echó más leña al fuego.

Therinsford

Amaneció gris y nublado, y el viento era cortante. Sin embargo, el bosque estaba en silencio. Tras un ligero desayuno, Brom y Eragon apagaron el fuego y cargaron sus cosas, preparados para marcharse. Eragon colgó el arco y el carcaj de un lado de la mochila, de donde le sería fácil cogerlos. Saphira tenía puesta la silla y debía llevarla hasta que consiguieran caballos. Eragon le sujetó también a *Zar'roc* al lomo porque él no quería llevar excesivo peso. Además, en sus manos, la espada no le serviría de mucho más que un garrote.

En el claro del zarzal, Eragon se sentía a salvo, pero fuera de ese lugar avanzaba con cautela. Saphira despegó y sobrevoló en círculos. El bosque se iba haciendo menos espeso conforme regresaban a la granja.

Volveré a ver este lugar, intentó convencerse mientras miraba la casa destruida. *No es posible que me vaya a un exilio permanente. Algún día, cuando esté a salvo, volveré...* Echando los hombros hacia atrás, miró hacia el sur, hacia donde se extendían territorios bárbaros y desconocidos.

Mientras caminaban, Saphira viró al oeste, en dirección a las montañas, y se perdió de vista. Eragon se sintió incómodo al verla alejarse. Ni siquiera ahora que no había nadie podían estar juntos, pues la dragona debía mantenerse oculta por si se encontraban con algún otro viajero.

Las huellas de los Ra'zac apenas se veían sobre la nieve,

pero a Eragon no le preocupaba. Era poco probable que hubieran abandonado el camino, que era la forma más fácil de salir del valle para internarse en la espesura. Sin embargo, una vez fuera del valle, el camino se dividía en varios senderos, lo que les dificultaría saber cuál de ellos habían tomado los forasteros.

Caminaban en silencio, concentrados en la marcha. Las piernas de Eragon aún sangraban en los puntos en que se cuarteaban las costras, de modo que el muchacho empezó a hablar con Brom para no fijarse en ese malestar.

—¿Qué pueden hacer exactamente los dragones? —preguntó—. Me dijiste que conocías algunas de sus aptitudes.

Brom rió. El anillo de zafiro centelleaba mientras el anciano movía las manos.

—Desgraciadamente, sé muy poco comparado con lo que me gustaría saber. Hace siglos que la gente trata de responder a tu pregunta, así que ten en cuenta que lo que voy a responderte es, necesariamente, incompleto. Los dragones siempre han sido misteriosos, aunque quizá no lo hagan a propósito.

»Antes de que pueda responder de verdad a tu pregunta, necesitas unos conocimientos básicos sobre estos animales porque resulta desconcertante empezar a tratar a medias un tema tan complejo, sin comprender las bases en las que se apoya. Así pues, comenzaré por el ciclo vital de un dragón y, si no te cansa, seguiré con otro tema.

Brom empezó por explicar cómo se apareaban los dragones y lo que hacía falta para que se incubara el huevo.

—Verás: cuando una dragona pone un huevo, el polluelo que hay dentro ya está listo para salir del cascarón. Pero espera, a veces durante años, a que se den las circunstancias adecuadas. Cuando los dragones vivían en libertad, a menudo la disponibilidad de comida era lo que dictaba esas circunstancias. Sin embargo, desde que establecieron la alianza con los elfos, cada año les entregaban a los Jinetes cierta cantidad de huevos, por lo general, no más de uno o dos de ellos. Esos huevos, o mejor dicho los polluelos que estaban en su interior, no salían del cascarón hasta que una persona destinada a ser un Jinete se acercaba a ellos, pero no se sabe cómo lo percibían. La gente solía hacer cola para tocar los huevos, esperando ser la elegida.

—¿Quieres decir que, tal vez por mi culpa, Saphira podría no haber salido del cascarón? —preguntó Eragon.

—Si no le hubieras gustado, es muy posible.

El muchacho se sintió muy honrado de que lo hubiera elegido a él de entre toda la gente de Alagaësia, y le hubiera gustado saber cuánto tiempo hacía que la dragona esperaba, aunque sintió un escalofrío al imaginarse a sí mismo encerrado en un huevo, rodeado de oscuridad.

Brom continuó su disertación. Le explicó qué y cuándo comían los dragones: un dragón, completamente adulto y sedentario, podía pasar meses sin tomar alimento, pero en la temporada de apareamiento tenían que comer todas las semanas. También le dijo que algunas plantas los curaban, mientras que otras les hacían daño, y que había varias maneras de cuidarles las garras y de limpiarles las escamas.

Asimismo, le explicó las técnicas para defenderse del ataque de un dragón y qué hacer si uno combatía contra alguno de ellos, ya fuera a pie, a caballo o montado en otro dragón. Se debía tener en cuenta que llevaban la barriga protegida, pero las axilas no. Eragon lo interrumpía constantemente para hacerle preguntas, y Brom parecía complacido. Pasaron las horas sin que lo notaran mientras conversaban.

A última hora de la tarde llegaron cerca de Therinsford. Al caer la noche, y mientras buscaban un lugar para acampar, Eragon preguntó:

—¿A qué Jinete perteneció *Zar'roc*?

—A un poderoso guerrero —respondió Brom—, muy fuerte y temido en su época.

—¿Cómo se llamaba?

—No te lo diré. —Eragon protestó, pero Brom se mantuvo firme—. No es que quiera mantenerte en la ignorancia, ni mucho menos, pero por ahora saber ciertos detalles sólo sería peligroso y te distraería. No hay razón para que te preocupes de algunas cosas hasta que tengas el tiempo y el poder suficientes para enfrentarte a ellas. Sólo deseo protegerte de aquellos que te usarían para el mal.

Eragon lo miró con ferocidad.

—¿Sabes una cosa? Creo que te gusta hablar dando rodeos. Pues estoy pensando en dejarte, y para que no me fastidies más con todo eso. Si quieres decir algo, dilo de una vez en lugar de estar dando vueltas con frases vagas.

—Haya paz. Todo se dirá en su momento —dijo Brom en voz baja. Eragon refunfuñó, poco convencido.

Finalmente, encontraron un lugar cómodo para pasar la noche y montaron el campamento. Saphira se unió a ellos cuando la comida estaba en el fuego.

¿Has tenido tiempo para cazar? —le preguntó Eragon.

Si hubierais ido un poco más despacio, habría tenido tiempo de hacer un viaje de ida y vuelta cruzando el mar, y no me habría quedado atrás —resopló la dragona, divertida.

No tienes por qué ser ofensiva. Además, cuando tengamos caballos iremos más rápido.

Quizá —replicó lanzando una bocanada de humo—, *pero ¿podremos coger a los Ra'zac? Nos llevan varios días y muchas leguas de ventaja. Y me temo que sospechan que los seguimos. ¿Por qué iban a destruir la granja de esa manera tan espectacular si no querían provocarte para que los persiguieras?*

No lo sé —respondió Eragon, confuso.

Saphira se echó al lado del muchacho, y él se apoyó en la

barriga de la dragona acogiendo el calorcillo que le daba. Brom se sentó al otro lado del fuego y se puso a sacar punta a dos palos largos. De repente, le lanzó uno de ellos a Eragon por encima de las llamas que crepitaban, y el chico lo cogió por reflejo mientras el palo giraba.

—¡Defiéndete! —le espetó Brom poniéndose de pie.

Eragon miró el palo que tenía en la mano y vio que tenía la forma de una tosca espada. ¿Brom quería pelear con él? ¿Y creía el anciano que tenía alguna posibilidad de ganar?

Si el viejo quiere jugar, que así sea, pero si cree que me va a ganar, menuda sorpresa se llevará.

Se levantó mientras Brom daba vueltas alrededor del fuego. Durante un instante se quedaron frente a frente, hasta que Brom cargó blandiendo su palo. Eragon trató de detener el ataque, pero fue demasiado lento, y dio un grito en el momento en que Brom le asestaba un golpe en las costillas que lo hizo retroceder a trompicones.

Eragon, sin pensarlo, arremetió, pero Brom esquivó sin dificultad el golpe. A continuación el chico lanzó una estocada con el palo hacia la cabeza de Brom, que la desvió en el último momento, y luego intentó golpearle el costado. El chasquido de las maderas que chocaban entre sí resonó en el campamento.

—Improvisación... ¡Muy bien! —exclamó Brom brillándole los ojos.

El brazo del anciano trazó una imprecisa filigrana que concluyó con una explosión de dolor en la sien de Eragon, que se desplomó, aturdido, como un saco vacío.

Una salpicadura de agua fría lo despejó, y se incorporó muerto de rabia. Le zumbaba la cabeza y tenía sangre seca en la cara. Brom se inclinó hacia él sosteniendo un cazo de nieve derretida.

—No tenías por qué hacer algo así —dijo Eragon, enfadado, y se puso de pie. Estaba mareado y aturdido.

—¿Ah, no? —exclamó Brom con gesto de sorpresa—. Un enemigo auténtico no te dará golpecitos, y yo tampoco. ¿Quieres que te consienta tu... incompetencia para que estés contento? No me parece buena idea. —Recogió el palo que Eragon había tirado y se lo tendió—. Y ahora... ¡defiéndete!

Eragon, incrédulo, miró el palo de madera y dijo que no con la cabeza.

—Olvídalo; ya he tenido suficiente.

Se dio la vuelta, pero trastabilló cuando le dieron un garrotazo en la espalda. Eragon se volvió chillando.

—¡Jamás des la espalda a un enemigo! —le soltó Brom, que le lanzó el palo y atacó, mientras Eragon retrocedía hasta el fuego ante la arremetida—. Estira los brazos y mantén las rodillas flexionadas —gritaba Brom.

Continuó dando instrucciones, aunque se detuvo para enseñarle cómo ejecutar exactamente determinado movimiento.

—Hazlo de nuevo, pero esta vez despacio.

Repitieron los gestos con movimientos exagerados antes de reemprender la furiosa batalla. Eragon aprendía rápido, pero por mucho que lo intentaba, no podía rechazar más que unos pocos golpes de Brom.

Cuando acabaron, Eragon se tumbó sobre las mantas quejándose. Le dolía todo; Brom no había sido muy benévolo con su palo. Saphira dejó escapar un gruñido prolongado y entrecortado e hizo una mueca con la boca que dejó a la vista una impresionante hilera de dientes.

¿Qué te pasa? —le preguntó Eragon, irritado.

Nada —respondió ella—, *me divierte ver a un mozuelo como tú derrotado por un viejo.*

Y volvió a hacer el mismo ruido. Eragon se puso colorado al ver que se reía de él y, tratando de conservar cierta dignidad, se puso de lado y se durmió.

Al día siguiente incluso se sentía peor. Tenía los brazos

cubiertos de moratones y casi no podía moverse del dolor. Brom levantó la mirada de la papilla de harina que preparaba, y sonrió.

—¿Cómo te sientes?

Eragon soltó un gruñido y devoró el desayuno.

Ya en el camino, apretaron el paso para llegar a Therinsford antes del mediodía. Al cabo de unos cinco kilómetros el camino se ensanchaba, y vieron humo a lo lejos.

—Será mejor que le digas a la dragona que se adelante volando y nos espere al otro lado de Therinsford —dijo Brom—. Ahí debe tener cuidado, pues de lo contrario la gente la verá.

—¿Por qué no se lo dices tú? —lo desafió Eragon.

—Es de mala educación interferir con el dragón de otro.

—En Carvahall no pareció importarte.

—Hice lo que tenía que hacer —respondió Brom con un amago de sonrisa.

Eragon lo miró con recelo, pero le dio las instrucciones a Saphira.

Tened cuidado —adviritió la dragona—, *los siervos del Imperio pueden ocultarse en cualquier parte.*

A medida que los surcos del camino se hacían más profundos, Eragon distinguió más huellas, y las granjas indicaban que se acercaban a Therinsford, que era un pueblo más grande que Carvahall, pero que había crecido de manera caótica y cuyas casas se alzaban sin ningún orden.

—¡Qué revoltijo! —opinó Eragon que no veía el molino de Dempton.

Seguramente Baldor y Albriech ya habrán venido a buscar a Roran, se dijo. De todas formas, no deseaba encontrarse con su primo.

—Es feo, nada más —coincidió Brom.

Entre ellos y el pueblo fluía el río Anora sobre el que había un sólido puente que lo cruzaba. Al acercarse, un hombre de aspecto sucio salió de detrás de un arbusto y les bloqueó el camino. Como llevaba una camisa demasiado corta, le sobresalía una barriga roñosa por encima de un cinto de cuerda. Tenía los labios partidos, y por ellos asomaban los dientes que se desmoronaban como lápidas.

—Aquí no se puede parar. Es mi puente, y tenéis que pagar.

—¿Cuánto? —preguntó Brom con voz de resignación. Acto seguido sacó una bolsa, y los ojos del guardián del puente se iluminaron.

—Cinco coronas —respondió el hombre lanzando una amplia sonrisa.

Eragon se indignó ante lo exorbitante del precio y empezó a protestar, enfadado. Pero Brom lo hizo callar con una rápida mirada y le dio las monedas al hombre sin decir palabra.

—...chas gracias —dijo el hombre en tono burlón mientras guardaba las monedas en una bolsa que le colgaba del cinto y se apartaba.

Brom dio un paso al frente, tropezó y se cogió al guardián del puente para sostenerse.

—Mira dónde pisas —le espetó el mugriento individuo apartándose a un lado.

—Lo siento —dijo Brom, y siguió cruzando el puente junto a Eragon.

—¿Por qué no has regateado? ¡Te ha robado vilmente! —exclamó Eragon cuando se alejaron lo suficiente del hombre—. Lo más seguro es que no sea el dueño del puente, y podríamos haberle dado un empujón y pasar tranquilamente.

—Es muy probable —coincidió Brom.

—Entonces ¿por qué le has pagado?

—Porque no se puede discutir con todos los tontos del mundo. Es más fácil dejar que se salgan con la suya y después engañarlos cuando no se lo esperan. —Brom abrió una mano, y un puñado de monedas brilló en la palma.

—¿Le has cortado la bolsa? —preguntó, incrédulo.

Brom se guardó el dinero y le guiñó un ojo.

—¡Y tenía una buena cantidad! Debería tener más cuidado y no guardar tantas monedas en un único lugar. —De pronto, escucharon un grito de angustia en la otra orilla—. Diría que nuestro amigo acaba de darse cuenta. Si ves algún guardia, avísame. —Cogió por el hombro a un chiquillo que corría entre las casas, y le preguntó—: ¿Sabes dónde podemos comprar caballos? —El niño los miró dándose importancia y señaló un establo en las afueras de Therinsford—. Gracias —le dijo Brom, y le lanzó una moneda pequeña.

Las puertas dobles del establo estaban abiertas y dejaban a la vista dos hileras de caballerizas. La pared del otro extremo estaba cubierta de sillas de montar, arneses y otros arreos, y al fondo había un hombre de brazos musculosos, cepillando con fuerza un semental blanco, que les indicó con la mano que pasaran.

—¡Qué hermoso animal! —dijo Brom mientras se acercaban.

—Así es. Se llama *Nieve de Fuego*, y yo, Haberth —dijo el hombre tendiéndoles una recia mano y estrechándoles con fuerza las suyas, mientras esperaba educadamente que ellos se presentaran—. ¿Qué deseáis? —preguntó después de escuchar sus nombres.

—Necesitamos dos caballos y arreos completos para ambos —respondió Brom—. Queremos que sean rápidos y resistentes para un largo viaje.

Haberth se quedó pensando un momento.

—No tengo muchos animales de ese tipo y los que poseo no son baratos.

El semental se movió, nervioso, pero se calmó tras algunas caricias del dueño.

—El precio no ha de ser un problema. Me llevaré los mejores que tengáis —dijo Brom.

Haberth asintió en silencio y llevó al semental a una caballeriza. Luego se acercó a la pared y empezó a descolgar unas sillas y otros arreos. Al cabo de un rato había preparado dos montones idénticos. Después se dirigió a las caballerizas y sacó dos caballos: uno era un zaino claro y el otro un ruano. El zaino tironeaba de la cuerda.

—Éste es un poco arisco, pero con mano firme no tendréis dificultades con él —dijo Haberth mientras le daba la cuerda a Brom.

Brom dejó que el caballo le olfateara la mano, y el animal le permitió que le acariciara el cuello.

—Nos lo llevamos —dijo Brom mientras echaba una mirada al otro—. En cuanto al ruano, no estoy muy seguro.

—Tiene buenas patas.

—Mmm... ¿Cuánto pedís por *Nieve de Fuego*?

Haberth miró al semental con cariño.

—Preferiría no venderlo; es el mejor caballo que he criado... Y espero obtener una buena descendencia de él.

—Pero si estuvierais dispuesto a separaros de él, ¿cuánto me costaría cubrir esas expectativas? —preguntó Brom.

Eragon trató de acariciar al zaino como había hecho Brom, pero el animal se apartó. Inconscientemente, el muchacho se puso en contacto mental con el caballo para tranquilizarlo y se quedó atónito al ver que llegaba a la conciencia del animal. No era un contacto claro e intenso como con Saphira, pero podía comunicarse con el zaino hasta cierto punto. Probó a hacerle entender que era un amigo, y el caballo se calmó y lo miró con sus ojos de color castaño claro.

Haberth sumó con los dedos el precio de la compra.

—Doscientas coronas, ni un céntimo menos —dijo con una sonrisa, seguro de que nadie pagaría tanto.

Brom abrió su bolsa en silencio y contó el dinero.

—¿Alcanza con esto? —preguntó.

Hubo un prolongado silencio mientras Haberth miraba alternativamente a *Nieve de Fuego* y las monedas.

—Es vuestro —dijo al fin con un suspiro—, aunque lo hago a mi pesar.

—Lo trataré bien, como si fuera hijo de *Gildintor*, el corcel más espléndido de la leyenda —dijo Brom.

—Vuestras palabras me reconfortan —respondió Haberth inclinando ligeramente la cabeza. Los ayudó a ensillar los caballos y, una vez listos, se despidió diciendo—: Adiós. Por el bien de *Nieve de Fuego*, espero que ninguna desgracia caiga sobre vosotros.

—No temáis; lo cuidaré bien —le prometió Brom mientras se marchaban—. Toma —dijo tendiéndole las riendas de *Nieve de Fuego* a Eragon—, ve al otro lado de Therinsford y espérame allí.

—¿Por qué? —preguntó Eragon, pero Brom ya se alejaba.

Salió de Therinsford de mal humor con los dos caballos y se detuvo junto al camino. Observó el brumoso perfil del monte Utgard, que se alzaba como un monolito gigantesco al final del valle y cuya cumbre perforaba las nubes y se perdía de vista, elevándose sobre las montañas de menor altura que lo rodeaban. Su oscuro y tenebroso aspecto le produjo escalofríos a Eragon.

Brom regresó poco después e hizo señas a Eragon de que lo siguiera. Anduvieron hasta que Therinsford quedó oculto detrás de los árboles.

—Evidentemente, los Ra'zac han pasado por este camino —afirmó Brom—. Parece ser que se detuvieron aquí para conseguir caballos, igual que nosotros, pues he encontrado a un hombre que los ha visto y, aunque muy asustado, me los ha descrito y me ha dicho que salieron de Therinsford al galope como demonios perseguidos por un santo.

—Por lo visto, causaron profunda impresión en los aldeanos.

—Sí, sin duda.

Eragon acarició los caballos.

—Cuando estábamos en el establo, me puse en contacto por casualidad con la mente del zaino. No sabía que fuera posible hacer algo así.

—Es raro que alguien tan joven como tú tenga esa aptitud —respondió Brom—. La mayoría de los Jinetes tienen que entrenarse durante años para lograr el poder suficiente para comunicarse con otra criatura que no sea su dragón. —Se quedó serio mientras examinaba a *Nieve de Fuego*—. Sácalo todo de tu mochila —dijo al fin—, ponlo en las alforjas y después átale la mochila encima.

Eragon hizo lo que le pedía, mientras Brom montaba a *Nieve de Fuego*.

El muchacho miró indeciso al zaino: era tanto o más pequeño que Saphira, y por un momento se preguntó si podría aguantar su peso. Con un suspiro, subió con torpeza a la silla, pues sólo había montado caballos a pelo y para recorrer distancias cortas.

—¿No me lastimaré las piernas como cuando monté a Saphira? —le preguntó Eragon a Brom.

—¿Cómo estás ahora?

—Bastante bien, pero creo que un galope intenso provocará que se me abran otra vez las heridas.

—Iremos despacio —le prometió Brom.

El anciano dio a Eragon algunas indicaciones, y emprendieron la marcha a paso lento. Poco después el paisaje empezó a cambiar, a medida que los campos cultivados daban paso a las tierras vírgenes: una maraña de zarzas y de malas hierbas bordeaba el camino, junto con matas de rosas trepadoras que se pegaban a la ropa, mientras que unas elevadas rocas se inclinaban sobre el terreno, como testigos grises de la presencia de hombres y caballos. Se percibía una sensación desagradable en el ambiente, como de animosidad contra los intrusos.

En lo alto, y haciéndose más grande a cada paso, se asomaba el Utgard, que tenía unos escarpados precipicios surcados de cañones, cubiertos de nieve, y cuya roca de color negro absorbía la luz como una esponja y oscurecía la zona circundante. Entre el Utgard y la línea de montañas que formaban el lado oriental del valle del Palancar, había una profunda hendidura, que era la única forma práctica de salir del valle. El camino llevaba hacia allí.

Los cascos de los caballos repiqueteaban sobre la grava, y el camino se iba angostando hasta convertirse en una estrecha senda que bordeaba la base del Utgard. Eragon miró hacia la cumbre que se elevaba por encima de ellos, y se sorprendió al ver allí una puntiaguda torre. A pesar de que estaba derruida y descuidada seguía siendo un centinela sobre el valle.

—¿Qué es eso? —preguntó señalándola.

Brom ni siquiera la miró, sino que respondió con tristeza y amargura:

—Un puesto de avanzada de los Jinetes, uno de los que han perdurado desde su fundación. Ahí fue donde Vrael se refugió, y donde, por medio de la traición, Galbatorix lo encontró y lo derrotó. Pero cuando cayó Vrael, la zona quedó mancillada. El bastión se llamaba Edoc'sil, que quiere decir «Inconquistable», porque el monte es tan empinado que nadie podía llegar a la cima como no fuera volando. Tras la muerte de Vrael, el pueblo empezó a llamarlo Utgard, pero tiene también otro nombre: Ristvak'baen, o sea, «Lugar de la pena». Y así lo llamaban los últimos Jinetes antes de que el rey los asesinara.

Eragon miró el monte, sobrecogido. Era un vestigio tangible de la gloria de los Jinetes, empañada por el implacable paso del tiempo. Le sorprendió también verificar lo antiguos que eran los Jinetes y sintió que asumía un legado de tradición y heroísmo que se remontaba hasta la antigüedad.

Viajaron durante horas alrededor del Utgard, que formaba una sólida pared a la derecha, cuando entraron en la hondonada que dividía la cadena de montañas. Eragon se levantó sobre los estribos, pues estaba impaciente por ver qué había fuera de Palancar, pero aún estaban demasiado lejos. Durante un trecho, avanzaron por un paso en pendiente que serpenteaba por la montaña y por el barranco y seguía el curso del río Anora. Más tarde, cuando ya el sol estaba muy bajo, ascendieron y vieron lo que había al otro lado de los árboles.

Eragon se quedó helado. En efecto, había montañas, pero debajo de ellos se extendía una llanura inmensa que se fundía con el cielo en el lejano horizonte. Se trataba de una planicie de un uniforme color canela, como el de la hierba marchita, sobre la que unas alargadas aunque tenues nubes, que los fuertes vientos hacían cambiar de forma, barrían el cielo.

En ese momento comprendió por qué Brom había insistido en proveerse de caballos. Habrían tardado semanas o meses en cubrir esa vasta distancia a pie. A lo lejos, vio a Saphira volar en círculos a suficiente altura para que la confundieran con un pájaro.

—Esperaremos a mañana para iniciar el descenso —dijo Brom—. Y como nos llevará casi todo el día, deberíamos acampar ahora.

—¿Cuánto se tarda en cruzar esta llanura? —preguntó Eragon, asombrado.

—De dos o tres días a dos semanas; depende de qué dirección tomemos. A excepción de las tribus nómadas que deambulan por esta parte de la planicie, está tan deshabitada como el desierto de Hadarac hacia el este. Por lo tanto, no vamos a encontrar muchos pueblos. No obstante, más al sur, las llanuras son menos áridas y están más pobladas.

Salieron del sendero y desmontaron a orillas del río Anora. Mientras desensillaban los caballos, Brom señaló al zaino.

—Tienes que ponerle un nombre.

Eragon lo pensó mientras ataba el caballo.

—Bueno, no se me ocurre nada tan noble como *Nieve de Fuego*, pero quizá éste servirá. —Apoyó la mano sobre el zaino y dijo—: A partir de ahora te llamarás *Cadoc*. Era el nombre de mi abuelo, así que llévalo con dignidad.

Brom estuvo de acuerdo, pero Eragon se sintió un poco tonto. Cuando Saphira aterrizó, el muchacho le hizo una pregunta:

¿Cómo son las llanuras?

Aburridas; sólo hay conejos y matorrales por todas partes.

Después de la cena, Brom se puso de pie.

—Cógelo —gritó.

Eragon apenas tuvo tiempo de levantar el brazo y atrapar el palo antes de que éste le golpeara en la cabeza. El chico dio un gemido porque adivinó que se trataba de otra espada improvisada.

—No, otra vez no —se quejó.

Brom sonreía y lo llamaba haciéndole señas con la mano, y Eragon se puso de pie a regañadientes. Giraron en medio de una confusión de chasquidos de madera, hasta que el muchacho se echó atrás con un brazo dolorido.

La sesión de entrenamiento duró menos que la primera, pero aun así fue lo suficientemente larga para que Eragon acumulara una nueva colección de moretones. Cuando acabó la práctica, tiró el palo, indignado, y se alejó del fuego para curarse las heridas.

El rugido del trueno y el destello del relámpago

A la mañana siguiente Eragon no quiso acordarse de ninguno de los recientes sucesos: le resultaban demasiado dolorosos. En cambio, centró su energía en pensar cómo podría encontrar y matar a los Ra'zac.

Lo haré con el arco, decidió, y se imaginó el aspecto que tendrían esos seres, envueltos en sus capas, con flechas clavadas por todas partes.

El muchacho se mantenía en pie con dificultad, le dolían los músculos al menor movimiento y tenía un dedo hinchado y caliente. Una vez que estuvieron preparados para partir, montó a *Cadoc.*

—Si esto sigue así, me vas a hacer pedazos —le dijo a Brom con mordacidad.

—No te azuzaría de esta manera si no pensara que eres lo bastante fuerte.

—Pues por una vez, no me importaría que me consideraras un poco más débil —murmuró Eragon.

Cadoc se movió nervioso cuando se acercó Saphira, que lo miró con cierta expresión de disgusto.

En las llanuras no hay dónde esconderse, así que no voy a molestarme en tratar de que no me vean, y a partir de ahora volaré encima de vosotros —sentenció la dragona.

Saphira despegó, y ellos comenzaron el empinado descenso. Como en muchos trozos el sendero desaparecía por completo, se vieron obligados a abrirse un camino para continuar descendiendo. A veces tenían que bajar de los caballos, conducirlos mientras ellos iban a pie y cogerse de los árboles para evitar caerse por la pendiente. El suelo estaba lleno de piedras sueltas y eso daba lugar a que la marcha fuera traicionera. El esfuerzo y la fatiga los ponía irritables y les hacía tener calor, a pesar del frío.

Hacia el mediodía, al llegar abajo, pararon para descansar. El río Anora viraba a la izquierda y seguía su curso hacia el norte. Un viento implacable barría la llanura y los azotaba sin piedad, y como el suelo estaba reseco, les entraba polvo en los ojos.

Aquel terreno tan plano ponía nervioso a Eragon, pues no había montículos ni ondulaciones, y él, que había pasado toda su vida rodeado de montañas y de colinas, se sentía expuesto y vulnerable sin ellas, como un ratón bajo el ojo avizor de un águila.

En la llanura, el sendero se dividía en tres. El primero giraba hacia el norte, en dirección a Ceunon, una de las grandes ciudades septentrionales; el segundo atravesaba recto la llanura y el último iba hacia el sur. Examinaron los tres en busca de huellas de los Ra'zac hasta que las encontraron en el que iba directamente a las praderas.

—Parece que han ido a Yazuac —dijo Brom, desconcertado.

—Y eso ¿dónde está?

—Hacia el este y a cuatro días de camino, si todo va bien. Es un pueblo pequeño junto al río Ninor. —Señaló en dirección al Anora, que se alejaba de ellos hacia el norte—. Tendremos que aprovisionarnos de agua aquí porque no hay más hasta que lleguemos. Llenaremos los odres antes de emprender la travesía de la llanura. De aquí a Yazuac no hay ninguna laguna ni ningún arroyo.

El entusiasmo de la persecución empezaba a surgir en Eragon. En pocos días, quizá en menos de una semana, podría usar sus flechas para vengar la muerte de Garrow. Y después... pero no quería pensar en lo que pasaría después.

Llenaron los odres de agua, dieron de beber a los caballos y ellos bebieron también toda el agua del río que pudieron. Saphira los acompañó y tomó unos tragos de agua. Con nuevas fuerzas, giraron hacia el este y emprendieron el cruce de la llanura.

Eragon pensó que era el viento lo que lo volvía loco. Todo lo que le fastidiaba —los labios cortados, la boca reseca y los ojos irritados— tenía que ver con el viento, pues las incesantes ráfagas lo persiguieron a lo largo del día. Al atardecer el viento sopló con mayor fuerza en lugar de amainar.

Como no había refugio alguno, se vieron obligados a acampar al raso. Eragon encontró unos matorrales, plantas fuertes y chaparras que crecían en esas duras condiciones, y los arrancó. Los apiló cuidadosamente y trató de prenderles fuego, pero los leñosos tallos sólo se ahumaban y echaban un olor acre.

—No consigo encenderlos con este maldito viento. —Le arrojó, frustrado, las yescas a Brom—. A ver si tú puedes; si no, la cena tendrá que ser fría.

Brom se arrodilló junto a la maleza y la examinó con seriedad. Volvió a colocar algunas ramas y frotó las yescas de las que saltó una cascada de chispas sobre las plantas. Se produjo humo, pero nada más. El anciano frunció el entrecejo y volvió a intentarlo, pero no tuvo más suerte que Eragon.

—¡*Brisingr!* —exclamó, enfadado, y frotó otra vez el pedernal. Las llamas surgieron de repente, y el hombre dio un paso atrás con expresión complacida—. Ahora sí; seguramente había brasas dentro.

Practicaron con las falsas espadas mientras se hacía la comida. Ambos acusaban la fatiga, por lo que la sesión fue breve. Después de cenar, se tumbaron junto a Saphira y se durmieron, agradecidos del cobijo que ésta les daba.

El mismo viento frío, que barría las espantosas llanuras, los recibió por la mañana. A Eragon se le habían agrietado aún más los labios durante la noche, de modo que cada vez que reía o hablaba se le llenaban de gotas de sangre, y si se los chupaba, sólo los empeoraba. Lo mismo le pasaba a Brom. Antes de montar, dieron de beber profusamente a los caballos de la reserva de agua que llevaban. El día se convirtió en una incesante y laboriosa caminata.

Al tercer día, el hecho de despertarse descansado y que el viento hubiera parado fueron dos cosas que le pusieron a Eragon de muy buen humor, pero sólo le duró hasta ver los nubarrones que oscurecían el cielo que tenían delante.

Brom miró las nubes e hizo una mueca.

—En otra situación no me dirigiría hacia una tormenta como ésa, pero ahora, hagamos lo que hagamos, ya la tenemos encima, así que será mejor que avancemos un poco.

El día aún estaba sereno cuando llegaron al frente de tormenta. Cuando estuvieron bajo su sombra, Eragon miró hacia arriba: la nube de tormenta tenía una estructura rara, pues parecía una catedral natural con un enorme techo abovedado. Con un poco de imaginación, se podían ver columnas, vitrales, gradas que se elevaban, intrincadas gárgolas... y todo ello de una belleza salvaje.

En el momento en que el muchacho bajaba la mirada, una ola gigante se abalanzó sobre ellos y aplastó la hierba. Eragon tardó sólo un segundo en comprender que la ola era una tremenda ráfaga de viento. Brom también la vio, y ambos se encorvaron para hacer frente a la tormenta.

El vendaval estaba casi sobre ellos cuando Eragon tuvo

un presentimiento horrible y se movió inquieto en su silla, gritando tanto con la voz como con la mente:

—¡Saphira, aterriza!

Brom se puso pálido. En lo alto, vieron a la dragona que se dirigía precipitadamente hacia el suelo.

¡No lo conseguirá!

Saphira giró hacia el camino por el que ellos avanzaban para ganar tiempo, pero mientras la observaban, la cólera de la tormenta los golpeó como un martillazo. Eragon luchó por respirar y se agarró a la silla al tiempo que el aullido frenético del viento le estallaba en los oídos. *Cadoc*, con las crines alborotadas, se tambaleó y clavó los cascos en tierra. El viento les desgarraba las ropas como si tuviera dedos invisibles mientras el ambiente se oscurecía con nubes cargadas de polvo.

Eragon entrecerró los ojos intentando divisar a Saphira y la vio aterrizar pesadamente y agacharse aferrándose al terreno con las garras. El viento la alcanzó en el preciso instante en que empezaba a plegar las alas, se las desplegó de un tirón y la arrastró por el aire. Durante un momento, Saphira se quedó allí suspendida por el ímpetu de la tormenta, que volvió a tirarla al suelo de espaldas.

Eragon tironeó salvajemente de *Cadoc* para que diera la vuelta y galopó de vuelta al sendero, espoleando al animal con los estribos y con la mente.

—¡Saphira! —gritó—. ¡Intenta quedarte ahí; ahora voy!

Percibió una oscura respuesta de la dragona. Al acercarse a Saphira, *Cadoc* se paró en seco, por lo que Eragon saltó y corrió hacia ella.

El arco le golpeaba la cabeza y una fuerte ráfaga le hizo perder el equilibrio y se estrelló boca abajo. Derrapó, aunque volvió a ponerse de pie con un gruñido sin hacer caso de los profundos raspones que se había hecho.

Saphira estaba sólo a tres metros de distancia, pero él no

podía acercarse porque la dragona estaba batiendo las alas, pues se esforzaba por plegarlas a pesar del poderoso vendaval. Eragon se precipitó hacia el ala derecha con intención de bajársela, mas el viento golpeó de pleno a Saphira que dio una voltereta sobre el muchacho. Las púas del espinazo pasaron rozando la cabeza de Eragon, y Saphira se cogió con las garras al suelo tratando de mantenerse firme.

Otra vez empezaron a levantársele las alas, pero antes de que éstas movieran de un tirón a la dragona, Eragon se arrojó sobre el ala izquierda. El ala se plegó por las articulaciones, y Saphira la apretó contra el cuerpo. El muchacho saltó por encima del lomo y cayó sobre la otra ala que, inesperadamente, se levantó a causa del viento y lo hizo caer al suelo. El chico amortiguó el golpe con una voltereta, saltó y volvió a sujetar el ala. Saphira empezó a plegarla mientras él apretaba con todas sus fuerzas. El viento forcejeó con ellos durante un segundo, pero con un último impulso lo vencieron.

Eragon, jadeando, se apoyó contra la dragona.

¿Estás bien? —Notaba que Saphira temblaba.

Ella tardó un rato en contestar.

Ss... sí, creo que sí. —Parecía conmocionada—. *No me he roto ningún hueso... No podía hacer nada, el viento no me dejaba. Me sentía tan indefensa...* —Y se quedó callada temblando todavía.

Tranquila, ya estás a salvo —la calmó mirándola preocupado.

El muchacho vio a *Cadoc* a lo lejos, de espaldas al viento, y le dio instrucciones mentales para que volviera donde estaba Brom. Montó entonces a Saphira, que se arrastró por el camino contra el vendaval llevando a Eragon cogido con fuerza del lomo mientras mantenía la cabeza agachada.

Al acercarse a Brom, éste le gritó a pesar del ruido de la tormenta:

—¿Se ha hecho daño?

Eragon hizo un gesto negativo y desmontó. *Cadoc* trotó hacia él relinchando, y mientras el muchacho le acariciaba el cuello, Brom señaló una cortina de lluvia ondulante y gris que se dirigía hacia ellos.

—¡Lo que faltaba! —exclamó Eragon, y se arrebujó en la ropa e hizo una mueca de disgusto al tiempo que la tromba de agua los alcanzaba.

El aguijoneo de la lluvia era frío como el hielo y, al cabo de un instante, estaban empapados y temblaban.

Aparecía y desaparecía el resplandor de los relámpagos que perforaban el cielo: unos larguísimos rayos azules cruzaban el horizonte seguidos de truenos que sacudían la tierra. Era hermoso pero peligroso. Los rayos incendiaban por doquier la hierba reseca, aunque la lluvia la apagaba inmediatamente.

La ferocidad de los elementos tardó en aplacarse, pero a medida que pasaba el día, se fue alejando hacia otro lugar, y una vez más, el cielo se despejó y el sol crepuscular brilló esplendoroso. Mientras los rayos de luz teñían las nubes de deslumbrantes colores, todo adquirió un contraste definido: unas zonas estaban muy iluminadas y otras en profundas sombras; los objetos parecían una masa compacta; los tallos de la hierba eran como sólidas columnas de mármol y las cosas más vulgares adquirían una belleza sobrenatural. Eragon se sintió como si estuviera sentado dentro de un cuadro.

La tierra rejuvenecida olía a fresco, despejaba la mente de los viajeros y les reconfortaba el ánimo. Saphira se desperezó, estiró el cuello y rugió feliz, aunque los caballos se alejaron de ella, asustados, pero Eragon y Brom sonrieron ante la euforia de la dragona.

Antes de que oscureciera, se detuvieron para pasar la noche en una hondonada poco profunda, y como estaban demasiado cansados para luchar, se fueron a dormir directamente.

Una revelación en Yazuac

Aunque habían conseguido volver a llenar parcialmente los odres de agua durante la tormenta, bebieron lo último que les quedaba por la mañana.

—Espero que vayamos en la dirección correcta —comentó Eragon estrujando el odre vacío—, porque nos veremos en apuros si no llegamos hoy a Yazuac.

—Ya he hecho este camino antes —contestó Brom, que no parecía preocupado—. Tendremos Yazuac a la vista antes de que anochezca.

—Quizá veas algo que no veo yo —contestó Eragon soltando una carcajada de duda—. ¿Cómo puedes saberlo si todo tiene el mismo aspecto en leguas a la redonda?

—Porque no me guío por el terreno, sino por las estrellas y por el sol, que no dejan que uno se extravíe. ¡Vamos, vamos! Es una tontería afligirse sin motivos. Yazuac estará allí.

Sus palabras eran ciertas. Saphira fue la primera que vio el pueblo, pero no fue hasta más tarde que Brom y Eragon lo distingieron como un bulto oscuro sobre el horizonte. Yazuac aún estaba muy lejos, y sólo se veía gracias a que la llanura era uniformemente plana. A medida que se acercaban, se hizo visible una línea serpenteante a ambos lados del pueblo que desaparecía a lo lejos.

—El río Ninor —dijo Brom señalándolo.

Eragon detuvo a *Cadoc*.

—Si Saphira se queda con nosotros más tiempo, la verán. ¿Tendría que ocultarse mientras estamos en Yazuac?

Brom se rascó la barbilla y miró hacia el pueblo.

—¿Ves ese recodo del río? Dile que espere allí. Está lo bastante lejos de Yazuac para que nadie la encuentre, pero lo suficientemente cerca para que no se quede atrás. Nosotros iremos al pueblo, buscaremos lo que necesitamos y luego nos reuniremos con ella.

No me gusta —dijo Saphira cuando Eragon le explicó el plan—. *Me molesta tener que esconderme siempre como una delincuente.*

Sabes muy bien lo que pasaría si nos descubrieran.

La dragona rezongó, pero cedió y voló bajo hasta el lugar.

Ellos, por su parte, apretaron el paso, ansiosos por la comida y la bebida que pronto disfrutarían. A medida que se acercaban a las pequeñas casas, observaron el humo que salía de algunas chimeneas, pero en las calles no había nadie. Un silencio anormal se cernía sobre el pueblo. Por acuerdo tácito, se detuvieron delante de la primera casa.

—No hay ningún perro que ladre —dijo Eragon de pronto.

—No.

—Aunque eso no significa nada.

—No...

—A estas alturas alguien tendría que habernos visto —comentó Eragon después de una pausa.

—Sí.

—Entonces, ¿por qué no sale nadie?

—Quizá tienen miedo —respondió Brom entrecerrando los ojos al mirar al sol.

—Es posible —dijo Eragon, y se quedó callado un momento—. ¿Y si es una trampa? Tal vez los Ra'zac nos estén esperando.

—Necesitamos agua y provisiones.

—Tenemos el río Ninor.

—Pero seguimos necesitando provisiones.

—Es cierto. —Eragon miró a su alrededor—. ¿Qué? ¿Entramos?

Brom sacudió las riendas.

—Sí, pero no seamos tontos. Ésta es la entrada principal de Yazuac, y si nos tienden una emboscada, será aquí, pero nadie nos esperará si llegamos por otro camino.

—¿Vamos por ese lado? —preguntó Eragon.

Brom asintió y sacó la espada que apoyó sobre la silla. Eragon sacó también el arco y le colocó una flecha.

Trotaron despacio dando un rodeo al pueblo, y entraron en él con cautela. Las calles estaban vacías, con la excepción de un pequeño zorro que salió disparado en cuanto se acercaron, y las casas, que tenían los postigos de las ventanas cerrados, estaban a oscuras y no presagiaban nada bueno. Muchas puertas se balanceaban sobre bisagras rotas. Los caballos miraban de aquí para allá, nerviosos, y a Eragon le picaba la palma, pero se aguantó la necesidad de rascarse. Cuando entraron en el centro del pueblo, apretó su arco con fuerza y se quedó pálido.

—Por todos los dioses —murmuró.

Una montaña de cuerpos se alzaba delante de ellos, inmóviles cadáveres con muecas de dolor. La ropa que llevaban y la tierra revuelta a su alrededor estaban empapadas de sangre. Los hombres asesinados yacían sobre las mujeres a las que habían tratado de proteger, las madres aún llevaban a sus hijos en brazos, y los amantes que habían intentado escudarse mutuamente descansaban en el frío abrazo de la muerte. Todos los cuerpos tenían clavadas flechas negras. No se había salvado nadie: ni jóvenes ni viejos. Pero lo peor de todo era la terrible lanza que coronaba la cima de esa montaña con el cuerpo de un bebé atravesado.

Las lágrimas nublaron la vista de Eragon que intentó

apartar la mirada, pero la cara de los muertos atraía su atención. Miraba los ojos abiertos de aquella gente y se preguntaba cómo era posible que la vida se extinguiera con tanta facilidad. *¿Qué significa nuestra existencia si la vida puede acabar así?* Una oleada de desesperación se apoderó de él.

Un cuervo descendió del cielo, como una sombra negra, y se encaramó a la lanza. Ladeó la cabeza mientras miraba con avidez el cadáver del bebé.

—¡No, eso no! —gruñó Eragon, mientras tensaba la cuerda del arco y la soltaba produciendo el sonido característico.

El pájaro cayó hacia atrás con la flecha clavada en el pecho y un revuelo de plumas. Eragon colocó otra flecha en la cuerda, pero sintió una náusea que le subía del estómago y lo obligó a vomitar a un lado de *Cadoc.*

Brom le dio una palmada en la espalda.

—¿Quieres esperarme fuera de Yazuac? —le preguntó con amabilidad cuando Eragon se hubo recuperado.

—No... me quedaré —respondió, tembloroso, y se secó la boca al tiempo que evitaba mirar el atroz espectáculo que tenía delante—. ¿Quién ha podido...? —Pero no le salían las palabras.

—Los que disfrutan con el dolor y con el sufrimiento ajeno —repuso Brom bajando la cabeza—. Tienen muchas caras y disfraces, pero sólo hay un nombre para ellos: el mal. No es posible entenderlo, y sólo podemos apiadarnos y honrar a las víctimas.

Bajó de *Nieve de Fuego,* dio una vuelta e inspeccionó con atención la tierra pisoteada.

—Los Ra'zac han pasado por aquí —dijo despacio—, pero esto no es obra suya. Lo han hecho los úrgalos: la lanza es la prueba de que han sido ellos. Una compañía, unos cien quizá, ha estado en este pueblo, pero es extraño porque sólo sé de unos pocos casos en los que se han reunido en semejante... —Se arrodilló y examinó una huella con mucho cuidado y, lanzando una maldición, corrió hasta *Nieve de Fuego* y saltó sobre el caballo—. ¡Al galope! —soltó con los dientes apretados mientras espoleaba al caballo—. ¡Todavía hay úrgalos en este lugar!

Eragon apretó los estribos contra *Cadoc,* y el caballo salió a todo galope tras *Nieve de Fuego*. Pasaron precipitadamente junto a las casas, y casi al final del pueblo, a Eragon volvió a picarle la palma de la mano. Entonces el muchacho vio un movimiento fugaz a su derecha, y a continuación un puño gigante se estrelló contra él y lo tiró de la silla. Salió disparado del caballo y se estrelló contra una pared, sin soltar el arco sólo por instinto. Jadeante y aturdido, se levantó tambaleándose, mientras se apretaba un costado con una mano.

Tenía delante de él a un úrgalo con una mirada asesina dibujada en la cara. El monstruo era alto, grueso y más ancho que una puerta, de piel gris y amarillentos ojos porcinos; los músculos le sobresalían de los brazos y del pecho, y este último estaba cubierto con un peto demasiado pequeño; llevaba un casco de hierro sobre un par de cuernos de carnero, que le salían en forma de círculo desde las sienes, y un escudo redondo en el brazo, mientras que la imponente mano sostenía una espada corta y temible.

Eragon vio detrás de él a Brom que tiraba de las riendas de *Nieve de Fuego* y retrocedía, pero la aparición de otro úrgalo, provisto de un hacha, lo detuvo.

—¡Huye, no seas tonto! —gritó Brom a Eragon mientras atacaba a su enemigo.

El úrgalo que Eragon tenía delante rugió y blandió la espada con fuerza. El muchacho se echó atrás con un grito de susto mientras el arma le pasaba silbando junto a la mejilla, se dio la vuelta y echó a correr hacia el centro de Yazuac con el corazón palpitándole de manera salvaje.

El úrgalo fue tras él, y el sonido de sus pesadas botas resonó por el camino. Eragon lanzó un grito desesperado para pedir ayuda a Saphira y puso todo su empeño en ir aún más rápido, pero el úrgalo, que enseñaba unos colmillos enormes entre los cuales parecía que se escapaba un aullido silencioso, ganaba cada vez más terreno a pesar de los esfuerzos del muchacho. Eragon, que ya tenía al úrgalo casi sobre él, colocó una flecha, se detuvo, apuntó y disparó. El monstruo levantó el brazo y la rechazó con el escudo, y antes de que Eragon pudiera volver a dispararle, chocó con el muchacho y cayeron al suelo con los cuerpos entrelazados en un confuso revoltijo.

Eragon se puso de pie de un salto y corrió hacia Brom, que intercambiaba feroces golpes con su oponente desde lo alto de *Nieve de Fuego*.

¿Dónde está el resto de los úrgalos?, se preguntó el muchacho, desesperado. *¿Estos dos son los únicos que quedan en Yazuac?*

De pronto, se oyó un sonoro chasquido, y *Nieve de Fuego* retrocedió relinchando al mismo tiempo que Brom se doblaba sobre la silla y le empezaba a salir sangre a borbotones del brazo. El úrgalo que tenía al lado lanzó un aullido de triunfo y levantó el hacha para asestar el golpe mortal.

Eragon lanzó un grito ensordecedor mientras arremetía contra el úrgalo, que se detuvo asombrado y lo miró con desprecio blandiendo el hacha. El chico agachó la cabeza para esquivar los dos hachazos, pero arañó al úrgalo en un costado y le dejó surcos sanguinolentos. El úrgalo, furioso, hizo una mueca y le lanzó otro golpe, que Eragon evitó echándose a un lado para después huir a trompicones por un callejón, pues su intención era alejar a los úrgalos de Brom.

Se metió en un estrecho pasaje entre dos casas, y al darse cuenta de que no tenía salida, se detuvo. Entonces trató de volver sobre sus pasos, pero vio que los úrgalos bloqueaban la entrada y avanzaban hacia él echando maldiciones en su característico tono cascajoso. Eragon giraba la cabeza de un lado a otro en busca de una salida, pero no había ninguna.

Mientras plantaba cara a los úrgalos, una sucesión de imágenes le cruzó por la mente: los aldeanos muertos, apilados alrededor de la lanza, y el inocente bebé que nunca se convertiría en adulto. Al pensar en el terrible destino de esas personas, un poder feroz y ardiente le empezó a bullir en cada parte del cuerpo. Era mucho más que el deseo de justicia: era su ser entero que se rebelaba contra el hecho de la muerte... contra el hecho de dejar de existir. El poder se hacía cada vez más fuerte hasta que se sintió preparado para dar rienda suelta a su fuerza contenida.

Se irguió y se puso tenso sin miedo alguno mientras levantaba tranquilamente el arco. Los úrgalos se reían mientras se protegían con los escudos. Eragon estiró la cuerda como había hecho cientos de veces y alineó la punta de la flecha con el blanco. La energía que tenía dentro le quemaba, y tenía que liberarla porque de lo contrario lo consumiría. De pronto, una palabra acudió espontáneamente a sus labios, y disparó gritando:

—*¡Brisingr!*

La flecha silbó por el aire con un chisporroteo de luz azul y se clavó en la frente del primer úrgalo. En ese momento resonó una explosión. Un estallido azul destrozó la cabeza del monstruo y mató instantáneamente al otro ser. La onda expansiva alcanzó a Eragon sin darle tiempo a reaccionar, pero pasó a través de él sin hacerle daño y se disipó contra las casas.

Eragon se quedó inmóvil, jadeante, y se miró la palma de la mano que estaba helada: la *gedwëy ignasia* brillaba como metal al rojo vivo pero, mientras la observaba, volvió a la normalidad. El muchacho movió el puño y notó que una oleada de agotamiento lo recorría por completo, al mismo tiempo que se sentía extraño y débil, como si hiciera días que no comía. Le temblaban las rodillas y tuvo que apoyarse contra una pared.

Las advertencias

Cuando recuperó un mínimo de fuerzas, Eragon salió tambaleándose del callejón esquivando a los monstruos muertos. No había andado mucho cuando *Cadoc* se le acercó al trote.

—Qué bien, no estás herido —murmuró el chico.

Notó, sin darle mucha importancia, que las manos le temblaban violentamente y que se movía con torpeza. Pero, además, se sentía desligado del entorno, como si todo lo que viera le estuviera sucediendo a otra persona.

Encontró a *Nieve de Fuego* con los orificios nasales dilatados y las orejas aplastadas contra la cabeza, haciendo cabriolas junto a una casa, a punto de desbocarse mientras Brom seguía desplomado, inmóvil sobre la silla del caballo. Eragon conectó con la mente del caballo y lo tranquilizó. Una vez calmado el animal, se acercó a Brom.

Tenía una herida muy larga en el brazo derecho que sangraba con profusión, pero no era ancha ni profunda. A pesar de todo, Eragon sabía que debía vendársela antes de que el anciano perdiera demasiada sangre. Acarició a *Nieve de Fuego* durante un momento y bajó a Brom de la silla, pero pesaba demasiado para él, por lo que Brom cayó pesadamente al suelo. Eragon se asombró de su propia debilidad.

Un grito de rabia le resonó en la cabeza: Saphira bajó en picado del cielo y aterrizó con violencia delante de él manteniendo las alas semiabiertas. Bufaba enfadada, tenía ojos de furia y daba coletazos.

¿Estás herido? —le preguntó. La ira bullía en la voz de la dragona.

No —la tranquilizó el muchacho mientras colocaba a Brom de espaldas.

¿Quién ha hecho esto? ¡Los haré pedazos! —aulló.

No hace falta; ya están muertos —respondió Eragon señalando con cansancio el callejón.

¿Los has matado tú? —Saphira parecía sorprendida.

Más o menos —asintió Eragon.

En pocas palabras le explicó lo sucedido mientras buscaba en las alforjas las telas con las que estaba envuelta *Zar'roc.*

Te has hecho mayor —comentó Saphira, muy seria.

Eragon soltó un refunfuño. Enseguida encontró un trozo de tela largo y arremangó a Brom con cuidado. Con movimientos secos sacudió la tela, y después puso a Brom un apretado vendaje en el brazo.

¡Ojalá estuviera en el valle de Palancar! —le dijo a Saphira—. *Allí, por lo menos, conocía las plantas medicinales, pero aquí no tengo ni idea de las que sirven.*

Recogió la espada de Brom del suelo, la limpió y volvió a ponerla en la funda que el anciano tenía en el cinturón.

Debemos irnos —dijo Saphira—, *puede haber más úrgalos merodeando por aquí.*

¿Puedes llevar a Brom? Tu silla lo mantendrá sujeto, y lo protegerás.

Sí, pero no voy a dejarte solo.

De acuerdo, vuela cerca de mí. ¡Salgamos de aquí de inmediato!

Ató la silla a Saphira, cogió a Brom por debajo de los brazos y trató de levantarlo, pero sus menguadas fuerzas volvieron a fallarle.

Saphira... ayúdame.

La dragona metió la cabeza por debajo de Brom y lo cogió por la espalda sujetándole la ropa con los dientes. Luego arqueó la cabeza, levantó al anciano, como haría una gata con una cría, y se lo depositó sobre el lomo. A continuación Eragon pasó las piernas de Brom entre las correas y las ató, pero en ese momento levantó la vista, ya que el anciano gimió y se movió.

Brom parpadeó con ojos legañosos y se llevó la mano a la cabeza. Luego miró a Eragon con preocupación.

—¿Ha llegado a tiempo Saphira?

—Te lo explicaré más tarde —contestó asintiendo—. Tienes el brazo herido, y te lo he vendado lo mejor que he podido, pero necesitamos encontrar un sitio seguro para que descanses.

—Sí —dijo Brom tocándose el brazo con cuidado—. ¿Sabes dónde está mi espada? ¡Ah, ya veo! La has encontrado.

Eragon acabó de atar las cinchas.

—Saphira va a llevarte, y me seguirá por el aire.

—¿Estás seguro de que quieres que la monte? —preguntó Brom—. Puedo ir en *Nieve de Fuego*.

—Con ese brazo, no. De esta forma, aunque te desmayes, no te caerás.

—De acuerdo. Es un honor para mí.

Se cogió con el brazo sano al cuello de Saphira, y ésta alzó el vuelo de golpe y se elevó hacia el cielo. Eragon retrocedió, impulsado por el remolino que producían las alas, y volvió a donde estaban los caballos.

Ató a *Nieve de Fuego* detrás de *Cadoc*, y salieron de Yazuac. Regresaron al sendero y enfilaron hacia el sur. El camino, a cuyos lados crecían helechos, musgos y pequeños arbustos, discurría por una zona rocosa, giraba a la izquierda y continuaba junto a la orilla del río Ninor. Bajo los árboles hacía una temperatura agradablemente fresca, pero Eragon no dejó que esa placidez lo arrullara y provocara que se sintiera seguro. Cuando se detuvo un momento para llenar los odres y para que los caballos bebieran, echó un vistazo al camino y vio el rastro de los Ra'zac.

Por lo menos vamos en la dirección correcta.

Saphira sobrevolaba en círculos sin perderlo de vista.

Le preocupaba que tan sólo hubieran visto a dos úrgalos, puesto que tenía que haber sido una numerosa horda la que había asesinado a los aldeanos y había saqueado Yazuac, pero ¿dónde estaba?

Quizá los dos monstruos que encontramos eran la retaguardia o una trampa por si a alguien se le ocurría seguir al grueso de la tropa.

Después recordó cómo había matado a los úrgalos, y, poco a poco, una idea, una revelación, cobró vida en la mente del muchacho: él, Eragon, un joven campesino del valle de Palancar, había hecho servir la magia... ¡La magia! Era la única palabra que se podía atribuir a lo que había pasado. Parecía imposible, pero no podía negar lo que había visto. *¡De alguna forma me he convertido en mago o en brujo!* Pero no sabía cómo volver a usar ese nuevo poder ni qué límites o peligros tenía. *¿Cómo es posible que posea esa aptitud? ¿Era común entre los Jinetes? Y si Brom lo sabía, ¿por qué no me lo ha dicho?* Movió la cabeza, maravillado y perplejo a la vez.

Acto seguido, conversó con Saphira para saber cómo se encontraba Brom y para explicarle a la dragona lo que pensaba. Saphira estaba tan desconcertada como él sobre la magia de Eragon.

Saphira, ¿por qué no buscas un lugar para que nos paremos? Desde aquí no veo mucho más allá.

Mientras la dragona buscaba un sitio, él siguió su marcha junto al río.

El aviso le llegó cuando empezaba a oscurecer.

Ven.

Saphira le mandó la imagen de un claro escondido entre

los árboles junto al río. Eragon hizo girar a los caballos hacia la nueva dirección y los puso al trote. Con la ayuda de Saphira, le resultó fácil encontrar el lugar, pero estaba tan bien oculto que dudaba que alguien más fuera capaz de verlo.

Un pequeño fuego que no despedía humo ya estaba encendido cuando Eragon llegó. Brom, sentado junto a él, se cuidaba el brazo que lo tenía en una incómoda posición, y Saphira estaba echada al lado del anciano, pero mantenía el cuerpo en tensión. Al ver a Eragon, lo miró fijamente y le preguntó: *¿Seguro que no estás herido?*

No, por lo menos por fuera... del resto no estoy muy seguro.

Tendría que haber llegado antes.

No te culpes. Hoy todos hemos cometido errores. El mío fue no estar más cerca de ti.

Eragon percibió la gratitud de la dragona por el comentario.

—¿Cómo estás? —le preguntó a Brom.

—Es un arañazo grande y me duele mucho —respondió el anciano mirándose el brazo—, pero se curará bastante rápido. Aunque necesito un vendaje nuevo porque éste no ha durado tanto como esperaba. —Hirvieron agua para lavar la herida, y luego el mismo Brom se la vendó con un trozo de tela—. Tengo que comer algo —dijo—, y tú también pareces hambriento. Primero preparemos la comida; ya hablaremos después.

Después de llenar el estómago y de haberse calentado con el fuego, Brom encendió su pipa.

—Bueno, creo que ha llegado el momento de que me cuentes qué sucedió mientras yo estaba inconsciente. Tengo una gran curiosidad. —La faz de Brom reflejaba el baile de las llamas y las pobladas cejas le sobresalían mucho.

Eragon entrecruzó las manos, nervioso, y contó la historia sin alardear. Brom permaneció en silencio durante el relato, con rostro inescrutable. Cuando Eragon acabó, el anciano bajó la mirada, y durante un largo rato, lo único que se oyó fue el crepitar del fuego hasta que por fin Brom reaccionó.

—¿Has usado ese poder anteriormente?

—No. ¿Sabes algo de él?

—Un poco. —El anciano se quedó pensativo—. Creo que estoy en deuda contigo porque me has salvado la vida, y espero que pueda pagártela un día con algún favor. Tendrías que estar orgulloso, pues muy pocos escapan intactos después de matar a su primer úrgalo. Pero la manera en que lo has hecho es muy peligrosa: podrías haber destruido todo el pueblo y aniquilarte a ti mismo.

—Tampoco tenía alternativa —se defendió Eragon—. Los úrgalos estaban casi sobre mí. ¡Si hubiera esperado, me habrían cortado en pedazos!

Brom mordió la pipa con fuerza.

—No tenías ni idea de lo que hacías.

—Explícamelo, entonces —lo desafió Eragon—. He intentado buscar respuestas a este misterio, pero no consigo sacar nada en claro. ¿Qué pasó? ¿Cómo es posible que me haya servido de la magia? Nadie me ha enseñado jamás ninguna fórmula ni ningún hechizo.

—¡No es algo que debas saber... y mucho menos usar! —le contestó Brom con una mirada fulgurante.

—Pues lo he hecho, y quizá deba volver a utilizarla para luchar. Pero no podré hacerlo si no me ayudas. ¿Qué tiene de malo? ¿Hay algún secreto que no debo saber hasta que sea viejo y sabio? ¡O a lo mejor es que tú no sabes nada de magia!

—¡Muchacho! —rugió Brom—. Exiges respuestas con una insolencia nunca vista. Si supieras lo que estás pidiendo, no preguntarías tan rápido. No me provoques. —Se calló y, después de tranquilizarse, el semblante de Brom se tornó más benévolo—. El conocimiento que deseas tener es mucho más complejo que tu entendimiento.

Eragon, enfadado, se puso de pie en señal de protesta.

—Me siento como si me hubieran empujado a un mundo con extrañas reglas que nadie me explica.

—Lo comprendo —dijo Brom mientras jugueteaba con una hierba—. Es tarde y debemos dormir, pero antes te diré algunas cosas para que dejes de atormentarte: esta magia, porque se trata de magia, tiene reglas como cualquier cosa en el mundo, pero si las rompes, el castigo es, sin remedio, la muerte. Tus acciones están limitadas por tu fuerza, por las palabras que sabes y por tu imaginación.

—¿A qué te refieres al decir «palabras»?

—¡Más preguntas! —exclamó Brom—. Por un momento confié en que se te habrían acabado, pero tienes razón en preguntar. Cuando disparaste a los úrgalos, dijiste algo, ¿verdad?

—Sí, *brisingr*.

El fuego se avivó, y un escalofrío recorrió a Eragon. Había algo en esa palabra que lo hacía sentirse increíblemente vivo.

—Lo que me imaginaba: *brisingr* proviene de un antiguo idioma que solían hablar todos los seres vivos. Sin embargo, con el tiempo fue olvidado y dejó de emplearse durante millones de años en Alagaësia, hasta que los elfos lo volvieron a traer cuando vinieron por mar. Se lo enseñaron a las otras razas, que lo utilizaron para hacer cosas poderosas. Ese idioma tiene un nombre para cada cosa, siempre y cuando uno lo sepa.

—Pero ¿qué tiene que ver con la magia? —interrumpió Eragon.

—¡Todo! Es la base de todo el poder. Es un idioma que describe la auténtica naturaleza de las cosas y no el aspecto superficial que la gente en general percibe. Por ejemplo, el fuego se llama *brisingr*, pero no es sólo un nombre cualquiera para describir el fuego, sino que es «el» nombre de este elemento. Y si eres lo bastante fuerte, puedes usar la palabra *brisingr* para dirigir el fuego a voluntad. Y eso es lo que ha pasado hoy.

—¿Y por qué el fuego era azul? ¿Cómo es posible que hiciera exactamente lo que yo quería, si lo único que dije fue «fuego»? —preguntó Eragon después de meditar un momento.

—El color varía de una persona a otra, es decir, depende de quien diga la palabra. Y en cuanto a que el fuego hiciera lo que tú querías, es una cuestión de práctica. La mayoría de los principiantes tienen que explicar con detalle lo que quieren que suceda, pero a medida que tienen más experiencia, ya no hace falta. Un auténtico maestro podría decir sencillamente «agua» y crear algo que no tuviera nada que ver, como una piedra preciosa, y uno no comprendería cómo lo ha hecho, pero el maestro habría visto la conexión entre el «agua» y la piedra para usar esa idea como el punto donde se concentra su poder. Créeme, la práctica, más que cualquier otra cosa, es un arte. De modo que lo que hiciste es extremadamente difícil.

Saphira interrumpió los pensamientos de Eragon.

¡Brom es un mago! Por eso pudo encender el fuego en la llanura. ¡No es que sepa magia solamente, sino que sabe cómo usarla!

¡Tienes razón! —contestó Eragon abriendo los ojos de par en par.

Pregúntale por sus poderes, pero ten cuidado con lo que dices porque no es muy aconsejable jugar con los que saben esas cosas. Si es un mago o un brujo, ¿quién sabe por qué razón se instaló en Carvahall?

Eragon tuvo presente el consejo y dijo con cautela:

—Saphira y yo acabamos de darnos cuenta de algo: sabes hacer magia, ¿verdad? Y así fue como encendiste el fuego el primer día que estuvimos en la llanura.

—Domino el tema hasta cierto punto —comentó Brom ladeando un poco la cabeza.

—Entonces, ¿por qué no luchaste con los úrgalos sirviéndote de la magia? En realidad se me ocurren muchos ejemplos en que habría sido útil: habrías podido protegernos de la tormenta y del polvo que nos entraba en los ojos.

—Por razones muy sencillas —repuso Brom, después de llenar la pipa de nuevo—. Para empezar, no soy un Jinete, lo que significa que, incluso en tus momentos más débiles, eres más fuerte que yo. Y además, ya no soy joven ni tan fuerte como antes, y cada vez que hago uso de la magia, más difícil me resulta.

—Lo siento —dijo Eragon, que bajó la mirada, avergonzado.

—No lo sientas —respondió Brom cambiando el brazo de posición—, le pasa a todo el mundo.

—¿Dónde aprendiste a hacer magia?

—Eso es algo que me callaré... Sólo diré que fue en un lugar lejano y que tuve un muy buen maestro. Por lo menos puedo transmitir sus enseñanzas. —Brom apagó la pipa con una piedrecita—. Sé que tienes más preguntas y las contestaré, pero tendrás que esperar hasta mañana. —Se echó hacia atrás con un destello en la mirada—. Hasta entonces, te diré lo siguiente para disuadirte de otros experimentos: la magia consume tanta energía como si hicieras ejercicio con los brazos y con la espalda. Por eso estabas tan cansado después de destruir a los úrgalos, y por eso yo me enfadé tanto. Fue un riesgo espantoso por tu parte porque si la magia hubiera consumido más energía de la que tenías en tu cuerpo, te habría matado. Hay que usar la magia sólo para tareas que no pueden llevarse a cabo de otro modo.

—¿Y cómo se sabe si un hechizo va a consumir toda tu energía? —preguntó Eragon, asustado.

—La mayor parte de las veces no se sabe —respondió Brom levantando las manos—. Por ese motivo, los magos deben conocer bien sus limitaciones e incluso así han de tener cuidado. Cuando uno se compromete con una tarea y libera la magia, no puede echarse atrás, aunque corra el riesgo de morir. Te lo advierto: no pruebes nada hasta que hayas aprendido más. Bueno, por hoy ya es suficiente.

Mientras desplegaban las mantas, Saphira comentó con satisfacción:

Cada vez somos más poderosos, Eragon, tanto tú como yo. Pronto no habrá nadie que pueda interponerse en nuestro camino.

Sí, pero ¿cuál es nuestro camino?

El que queramos —respondió con petulancia mientras se acomodaba para pasar la noche.

La magia es lo más sencillo que hay

—¿Por qué crees que esos dos úrgalos estaban aún en Yazuac? —preguntó Eragon cuando ya se hallaban en camino desde hacía un rato—. No parece haber ninguna razón para que se hubieran quedado rezagados.

—Sospecho que desertaron de la columna principal para saquear el pueblo —respondió Brom—. Sin embargo, ese hecho resulta extraño porque, por lo que sé, los úrgalos sólo se han reunido en gran número dos o tres veces en la historia, así que es inquietante que lo hagan ahora.

—¿Crees que los Ra'zac son los responsables del ataque?

—No lo sé. Lo mejor que podemos hacer es seguir alejándonos de Yazuac lo más deprisa que podamos. Además, ésta es la dirección hacia donde han ido los Ra'zac, el sur.

Eragon estuvo de acuerdo con Brom.

—Pero aún necesitamos provisiones —comentó el muchacho—. ¿Hay algún otro pueblo cerca?

—No, pero si estamos dispuestos a sobrevivir a base de carne, Saphira puede cazar para nosotros. Esta franja de árboles quizá te parezca muy pequeña, pero hay muchos animales que habitan en ella. Y como el río es la única fuente de agua en muchas leguas, la mayor parte de los animales de las llanuras vienen aquí a beber. No pasaremos hambre.

Eragon se quedó en silencio, satisfecho con la respuesta de Brom. Por el camino, pájaros cantarines revoloteaban a su alrededor y el río discurría pacíficamente. Era un lugar bullicioso, lleno de vida y de energía.

—¿Cómo te cogió ese úrgalo? —le preguntó Eragon a Brom—. Todo sucedió tan deprisa que no lo vi.

—Por mala suerte, la verdad —murmuró Brom—. Yo era un buen oponente para él, así que le dio una patada a *Nieve de Fuego*, pero el idiota del caballo retrocedió y me hizo perder el equilibrio. Era lo único que necesitaba el úrgalo para hacerme este corte. —Se rascó la barbilla—. Bien, supongo que te estarás haciendo preguntas sobre la magia... El hecho de que lo hayas descubierto supone un espinoso problema. Verás... aunque pocas personas lo saben, todos los Jinetes podían hacer magia, pero con diferente intensidad. Sin embargo, guardaron esa aptitud en secreto, incluso en el apogeo de su poder, porque les daba ventaja sobre sus enemigos. En cambio, si todo el mundo lo hubiera sabido, les habría resultado difícil tratar con el vulgo. Por otra parte, mucha gente cree que el rey Galbatorix tiene poderes mágicos porque es brujo o mago, pero no es verdad; se debe a que es un Jinete.

—¿Cuál es la diferencia? ¿El hecho de poder hacer magia no me convierte en mago?

—¡De ninguna manera! Un brujo, como un Sombra, usa los espíritus para hacer lo que desea. Y eso es completamente diferente de tus poderes. Tampoco es mago aquel que tiene poderes sin la ayuda de los espíritus o de un dragón. Y, sin duda, no eres un hechicero, que es el que obtiene su poder gracias a diferentes pócimas o hechizos.

»Lo que me lleva otra vez al punto de partida: el problema que has planteado. Los jóvenes Jinetes, como tú, eran sometidos a un duro entrenamiento, destinado a fortalecer el cuerpo y a aumentar el control mental, que duraba muchos meses, a veces años, hasta que eran considerados lo bastante responsables para hacer magia. Hasta entonces, a ningún aprendiz se le hablaba de su poder potencial, y si alguno de ellos —ya fuera hombre o mujer— descubría la magia por casualidad, era inmediatamente apartado y recibía una tutela privada. Era raro que un Jinete descubriera la magia por su cuenta —inclinó la cabeza hacia Eragon—, aunque nunca se veían expuestos a presiones como las que has experimentado tú.

—¿Cómo los preparaban entonces para hacer magia? —preguntó Eragon—. No comprendo cómo se puede enseñar. Si me lo hubieras explicado hace unos días, no habría comprendido nada.

—Los aprendices debían enfrentarse a una serie de ejercicios sin sentido destinados a frustrarlos. Por ejemplo, les ordenaban mover montones de piedras usando sólo los pies, llenar cubas de agua agujereadas y otras cosas imposibles. Al cabo de un tiempo, estaban lo suficientemente furiosos para emplear la magia. Y la mayor parte de las veces con éxito.

»Lo que significa —continuó Brom— que siempre estarás en desventaja si te topas con un enemigo que tuvo esa preparación. Todavía viven algunos de esos Jinetes aunque son muy viejos: el rey, por ejemplo, por no mencionar a los elfos. Cualquiera de ellos podría destrozarte con facilidad.

—¿Qué puedo hacer, entonces?

—No hay tiempo para que recibas una instrucción rigurosa, pero aprenderás mucho mientras viajamos —dijo Brom—. Conozco gran número de técnicas que, al practicarlas, te darán fuerza y control, aunque no puedes adquirir la disciplina de los Jinetes de la noche a la mañana. Tendrás que conseguirla sobre la marcha. —Miró, divertido, a Eragon—. Al principio resultará difícil, pero la recompensa será grande. Quizá te alegre saber que ningún Jinete de tu edad ha usado jamás la magia de la forma que lo hiciste ayer con esos dos úrgalos.

Eragon sonrió, halagado.

—Gracias. ¿Tiene nombre ese idioma?

Brom soltó una carcajada.

—Sí, pero nadie lo sabe. Sería una palabra de increíble poder mediante la cual se podría controlar el idioma completo y a todos aquellos que lo usan. Hace mucho que la gente la busca, pero nadie la ha encontrado.

—Sigo sin comprender cómo funciona esta magia —dijo Eragon—. ¿Cómo la uso exactamente?

—¿No lo he dejado claro? —le preguntó Brom mirándolo asombrado.

—No.

Brom respiró hondo antes de responder.

—Para hacer magia, hay que tener cierto poder innato, que en nuestros tiempos se da muy poco en la gente. También debes tener la capacidad de invocar ese poder a voluntad, pero una vez que se ha invocado, hay que usarlo o dejar que se desvanezca. ¿Lo entiendes? Ahora bien, si deseas emplear ese poder, debes utilizar la palabra o la frase en ese idioma antiguo que describe tu intención. Por ejemplo, si ayer no hubieras dicho *brisingr*, no habría pasado nada.

—Entonces, ¿estoy limitado por mis conocimientos de ese idioma?

—Exactamente —aprobó Brom—. Además, cuando uno habla el idioma antiguo, es imposible engañar.

—Eso no puede ser. La gente siempre miente, y el sonido de antiguas palabras no puede evitar que lo hagan.

En respuesta, Brom arqueó una ceja y dijo:

—*Fethrblaka, eka weohnata néiat haina ono. Blaka eom iet lam.* —Un pájaro salió volando de una rama y se posó en la mano del anciano. Revoloteó y los miró con unos ojos que parecían dos relucientes gotitas. Al cabo de un momento, Brom añadió—: *Eitha.* —Y el pájaro volvió a revolotear y se alejó.

—¿Cómo lo has hecho? —preguntó Eragon, estupefacto.

—Le he prometido que no le haría daño. Tal vez no ha entendido exactamente el significado de mis palabras, pero en el idioma del poder, el sentido era evidente. El pájaro ha tenido confianza porque sabía lo que saben todos los animales: que los que hablan ese idioma están comprometidos con lo que dicen.

—¿Y los elfos también lo hablan?

—Sí.

—¿Y nunca mienten?

—No mucho —admitió Brom—. Ellos sostienen que no lo hacen, y, en cierto modo, es verdad, pero han perfeccionado el arte de decir una cosa y querer decir otra. Uno nunca conoce exactamente cuáles son sus intenciones, o si las ha interpretado correctamente. Muchas veces revelan sólo parte de la verdad y se guardan el resto. Hace falta refinamiento y una mente sutil para tratar con la cultura elfa.

Eragon se quedó pensando.

—¿Y qué significan los nombres de las personas en ese idioma? ¿Conceden poder a la gente?

—Sí, así es. —A Brom le brillaron los ojos de aprobación—. Los que hablan el idioma tienen dos nombres: el primero es el que se utiliza en la vida diaria y tiene poco poder, pero el segundo es el nombre auténtico y solamente lo conocen unas pocas personas de confianza. Hubo una época en que nadie ocultaba su nombre auténtico, pero ahora las cosas no están tan bien. Quienquiera que sepa tu verdadero nombre tendrá un poder enorme sobre ti; es como poner tu vida en manos de otra persona. Todo el mundo tiene un nombre oculto, pero pocos saben cuál es.

—¿Y cómo se entera uno de su nombre real? —preguntó Eragon.

—Los elfos saben el suyo instintivamente, pero nadie más tiene ese don. Los Jinetes humanos, por lo general, debían salir en su búsqueda para descubrirlo o encontrarse con un elfo que se lo dijera, lo que era excepcional, porque los elfos no proporcionan esa información desinteresadamente —respondió Brom.

—Me gustaría conocer el mío —le dijo Eragon con nostalgia.

—Ten cuidado —advirtió Brom, preocupado—. Puede ser un conocimiento terrible porque enterarse de quién es uno sin engaños ni compasión es un descubrimiento del que nadie sale intacto. Algunos se han visto empujados a la locura ante la cruda realidad, aunque la mayoría trata de olvidarla. Porque así como el nombre da poder a los demás, uno también adquiere poder sobre sí mismo, si la verdad no lo destruye.

Y yo estoy segura de que eso no sucederá —afirmó la dragona.

—A pesar de todo, me gustaría saberlo —dijo Eragon, convencido.

—No es fácil disuadirte, aunque eso es bueno porque sólo los decididos descubren su propia identidad, pero no puedo ayudarte. Es una búsqueda que tendrás que emprender por ti mismo. —Brom movió el brazo lastimado e hizo una mueca de dolor.

—¿Por qué tú o yo no podemos curar el brazo con magia? —preguntó Eragon.

—No hay ninguna razón... Lo que ocurre es que nunca me lo he planteado porque está más allá de mis poderes. Sin embargo, si utilizaras la palabra apropiada, probablemente tú podrías lograrlo, pero no quiero que te agotes.

—Podría ahorrarte mucho dolor y molestias —protestó Eragon.

—Soy capaz de aguantarlo —dijo Brom, cansado—. Emplear la magia para curar una herida consume tanta energía como si se cura sola, de modo que no quiero que estés cansado en los próximos días. Por el momento, no deberías intentar una tarea tan difícil.

—Pero, si es posible curarte el brazo, ¿podría devolverle la vida a un muerto?

La pregunta sorprendió a Brom, pero respondió enseguida.

—¿Recuerdas que te expliqué que había empresas que podrían matarte? Pues ésa es una de ellas. Por su propia seguridad, los Jinetes tenían prohibido resucitar a los muertos. Más allá de la vida existe un abismo donde la magia no significa nada, y si penetras en él, tu fuerza te abandonará y tu alma se desvanecerá en la oscuridad. Tanto magos como brujos o Jinetes... han fracasado y han muerto en el empeño. Mantente firme en lo que es posible que logres realizar: cuchilladas, golpes, quizá algún hueso roto... pero no intentes nada con los muertos.

—Esto es mucho más complejo de lo que creía —dijo Eragon, ceñudo.

—¡Exactamente! —respondió Brom—. Y si no comprendes lo que estás haciendo, a lo mejor intentarías algo excesivo y morirías. —Se agachó sobre la silla de montar y recogió un puñado de guijarros del suelo. A continuación se enderezó con esfuerzo y tiró todas la piedrecitas menos una—. ¿Ves este guijarro?

—Sí.

—¡Cógelo! —Eragon lo hizo y se lo quedó mirando: era una piedra común y corriente, de color negro opaco, lisa y del tamaño de la yema de su pulgar. Había un montón de guijarros iguales en el sendero—. Éste es tu entrenamiento.

Entonces Eragon, confuso, dirigió la mirada hacia Brom.

—No comprendo.

—Claro que no —dijo Brom, impaciente—. Por eso soy yo el que te enseña a ti, y no al revés. Ahora deja de hablar o no llegaremos a ninguna parte. Lo que quiero que hagas es que sostengas la piedra en la palma de tu mano, la levantes y la mantengas en el aire el máximo tiempo posible. Las palabras que vas a usar son *stenr reisa*. Dilas.

—*Stenr reisa.*

—Bien, ahora hazlo.

Eragon, molesto, se concentró en el guijarro tratando de buscar en la mente algún indicio de la energía que le había bullido en su fuero interno el día anterior. Pero la piedra ni se movió mientras la observaba, sudoroso y frustrado.

¿Cómo tengo que hacerlo?

—Es imposible —espetó al fin cruzando los brazos.

—No —replicó Brom con aspereza—, soy yo el que dirá cuándo algo es imposible o no lo es. ¡Lucha por ello y no te rindas con tanta facilidad! ¡Inténtalo otra vez!

Eragon, con el entrecejo fruncido, cerró los ojos tratando de apartar todos los pensamientos que lo pudieran distraer. Respiró hondo y llegó a los rincones más recónditos de su conciencia e intentó averiguar dónde yacía su poder. En la búsqueda, sólo encontró pensamientos y recuerdos hasta que sintió algo diferente: un pequeño obstáculo que formaba parte de él y, al mismo tiempo, no lo formaba. Entusiasmado, siguió explorando en ese lugar y procuró ver lo que escondía: sintió una resistencia, una barrera en la mente, pero se dio cuenta de que el poder se hallaba al otro lado. Trató de atravesar el obstáculo, pero se le resistía a pesar de sus esfuerzos. Cada vez más enfadado, arremetió contra la barrera con todo su ímpetu hasta que se hizo añicos como un cristal y le inundó la mente con un río de luz.

—*Stenr reisa* —murmuró, y la piedra se le elevó sobre el suave resplandor de la palma de la mano.

Luchó para mantenerla en el aire, pero el poder se le escapó y se ocultó tras la barrera. Por su parte, la piedra cayó con un ¡paf! amortiguado sobre la palma, que dejó de brillar y volvió a la normalidad. Eragon se sintió un poco cansado, pero sonrió por haberlo logrado.

—Para ser la primera vez, no está mal —dijo Brom.

—¿Por qué me brilla la palma como una pequeña linterna?

—Nadie lo sabe muy bien —admitió Brom—. Los Jinetes siempre preferían canalizar su poder a través de la mano que tenía la *gedwëy ignasia*. No obstante, también puedes usar tu otra palma, pero no es tan fácil. —Se quedó mirando a Eragon durante un minuto—. Te compraré unos guantes en el próximo pueblo, si no está destrozado, porque aunque sabes ocultar la marca bastante bien, no conviene que nadie la vea por descuido. Además, habrá veces en que no quieras alertar a tu enemigo con el resplandor.

—¿Tú también tienes una marca?

—No, sólo los Jinetes la tienen. Otra cosa que debes saber es que la distancia influye sobre la magia, igual que ocurre cuando se arroja una flecha o una lanza. Si tratas de levantar o mover algo que está a más de un kilómetro, te exigirá mayor energía que si estuviera cerca. De modo que si ves que los enemigos te persiguen a esa distancia, deja que se acerquen antes de hacer magia. Bien, ahora volvamos al trabajo: trata de levantar de nuevo la piedra.

—¿De nuevo? —preguntó Eragon pensando en el esfuerzo que le había costado hacerlo la primera vez.

—¡Sí, y ahora, más rápido!

Siguieron con los ejercicios durante la mayor parte del día, y cuando al fin Eragon dejó de practicar, estaba cansado y de mal humor. En esas horas había llegado a odiar la piedra y todo lo relacionado con ella. Estaba a punto de arrojarla, pero Brom le dijo:

—¡No! ¡Guárdala!

Eragon le clavó la mirada y, de mala gana, se la metió en el bolsillo.

—Aún no hemos acabado —le advirtió Brom—, así que no te pongas cómodo. —Le señaló una planta pequeña—. Se llama *delois*. —A partir de entonces empezó a instruirlo en el idioma antiguo enseñándole palabras para que las memorizara, como por ejemplo, *vöndr*, un palo delgado y recto, o *Aiedail*, la estrella matutina.

Esa noche lucharon alrededor del fuego y, aunque Eragon lo hizo con la mano izquierda, su destreza no disminuyó.

Los días siguieron de la misma manera. Primero, Eragon se esforzaba por aprender las palabras antiguas y por manipular el guijarro. Después, al anochecer, luchaba contra Brom con falsas espadas. El muchacho estaba constantemente incómodo, pero poco a poco empezó a cambiar, casi sin notarlo, de tal manera que muy pronto la piedra dejó de tambalearse cuando la levantaba. Eragon llegó a dominar los primeros ejercicios que Brom le había enseñado y acometió otros más difíciles, de modo que su conocimiento del idioma antiguo fue aumentando.

En la lucha, Eragon adquirió confianza y velocidad, y atacaba como una serpiente. Sus golpes se hicieron más contundentes, y ya no le temblaba el brazo cuando paraba las arremetidas. El chocar de las espadas duraba más a medida que aprendía a rechazar a Brom, y cuando se iban a dormir, Eragon ya no era el único que tenía moretones.

Saphira también seguía creciendo, pero más despacio que antes. Sus prolongados vuelos junto con sus periódicas cacerías la mantenían sana y en forma. Ya era más alta que los caballos y de una longitud mucho mayor, aunque también era mucho más visible a causa del tamaño y de las brillantes escamas. Brom y Eragon estaban preocupados por ese motivo, pero no conseguían convencerla de que se dejara ensuciar la centelleante piel para oscurecerla.

Continuaron hacia el sur, tras las huellas de los Ra'zac,

aunque Eragon se sentía frustrado porque, por muy rápido que viajaran, los Ra'zac siempre les llevarían uno o dos días de ventaja. A veces tenía ganas de abandonar, pero entonces encontraban algún indicio o alguna huella que les hacía recuperar la esperanza.

No había rastros de vida humana a lo largo del Ninor ni en las llanuras, de modo que los tres compañeros viajaron durante días sin que nadie los molestara. Al fin se acercaron a Daret, el primer pueblo desde Yazuac.

La noche antes de la llegada al pueblo, los sueños de Eragon fueron especialmente reales: vio a Garrow y a Roran en casa, sentados en la cocina destruida, que le pedían ayuda para reconstruir la granja, pero él sólo se limitaba a hacer un gesto negativo al tiempo que sentía una punzada de dolor en el corazón.

Voy tras vuestros asesinos —le susurró a su tío.

Garrow lo miraba con recelo y le preguntaba:

¿Te parece que estoy muerto?

No puedo ayudarte —le respondió Eragon en voz baja con los ojos llenos de lágrimas.

De pronto, sonó un bramido, y Garrow se transformó en los Ra'zac: *¡Muere entonces!*, mascullaron, y se abalanzaron sobre él.

Al despertarse con muchas náuseas, Eragon observó que las estrellas se apagaban en el cielo.

Todo irá bien, pequeño —le dijo Saphira con dulzura.

Daret

Daret estaba a orillas del río Ninor, como debía estar para que sus moradores sobrevivieran. El pueblo era pequeño y tenía aspecto desolado, sin rastro de habitantes. Eragon y Brom se acercaron con mucho cuidado y, esta vez, Saphira se escondió cerca de allí porque, si surgía algún problema, estaría junto a ellos en pocos segundos.

Entraron a caballo en Daret procurando cabalgar en silencio. Brom sujetó su espada con la mano del brazo sano mientras vigilaba con ojo avizor todos los lugares, y Eragon llevaba el arco a medio sacar de la funda cuando pasaron entre las silenciosas casas. Ambos se miraban el uno al otro con aprensión.

Esto no tiene buen aspecto —le comentó Eragon a Saphira, que no contestó, pero el muchacho percibió que la dragona estaba preparada para precipitarse en su ayuda. Eragon miró al suelo y se tranquilizó al ver huellas recientes de niños.

¿Dónde estarán?

Brom se puso tenso cuando entraron en el centro de Daret, y lo encontraron vacío. El viento soplaba sobre el pueblo desierto y el polvo se arremolinaba. Dio media vuelta con *Nieve de Fuego*.

—Salgamos de aquí. Esto no me gusta nada. —Espoleó al caballo que empezó a galopar, seguido de Eragon que también puso a *Cadoc* al galope.

Habían avanzado unos pocos pasos cuando unos carros, que salieron de detrás de las casas, volcaron y les bloquearon el camino. *Cadoc* resopló y se paró en seco resbalando hasta detenerse junto a *Nieve de Fuego*. Un hombre de piel morena, que llevaba una espada ancha colgada de un costado y un arco en las manos, subió de un salto a un carro y se les plantificó delante. Eragon también sacó su arco y apuntó al desconocido, que les ordenó:

—¡Alto! ¡Dejad vuestras armas! ¡Estáis rodeados por sesenta arqueros que dispararán si os movéis.

En ese preciso instante, una hilera de hombres se pusieron de pie en los tejados de las casas de alrededor.

¡No te acerques, Saphira —gritó Eragon—. *Son demasiados, y si vienes, dispararán sobre ti. ¡Mantente alejada!*

La dragona lo escuchó, pero él no sabía si lo obedecería, así que se preparó para hacer magia.

Tendré que parar las flechas antes de que nos alcancen a Brom o a mí.

—¿Qué queréis? —preguntó Brom sin perder la calma.

—¿A qué habéis venido? —preguntó a su vez el hombre.

—A comprar provisiones y a enterarnos de las novedades. Nada más. Vamos de camino a la casa de mi primo en Dras-Leona.

—Pero vais muy bien armados.

—Vosotros también —respondió Brom—. Son tiempos peligrosos.

—Es cierto. —El hombre los miró con cautela—. No creo que vengáis con malas intenciones, pero hemos tenido demasiados encuentros con úrgalos y bandidos para confiar sin más en vuestra palabra.

—Si da igual lo que digamos, ¿qué podemos hacer entonces? —replicó Brom.

Los hombres de los tejados no se habían movido, por lo

que Eragon dedujo que eran muy disciplinados... o temían por su vida. Esperaba que fuera esto último.

—Si, como dices, sólo queréis provisiones, ¿accederíais a quedaros donde estáis mientras os traemos lo que necesitáis, luego nos pagáis y os marcháis inmediatamente?

—Sí.

—De acuerdo —dijo el hombre que bajó el arco, aunque no la guardia. Hizo una seña a uno de los arqueros, que descendió y corrió hacia ellos—. Decidle qué necesitáis.

Brom enumeró una breve lista y añadió:

—Y, si tenéis un par de guantes que os sobren para mi sobrino, también me gustaría comprarlos. —El arquero asintió y echó a correr.

—Mi nombre es Trevor —dijo el hombre que tenían delante—. En otras circunstancias os estrecharía la mano, pero en éstas creo que es mejor mantener las distancias. Decidme, ¿de dónde venís?

—Del norte —respondió Brom—, pero no hemos vivido tiempo suficiente en un lugar concreto para considerarlo nuestro hogar. ¿Os veis obligados a tomar estas medidas por culpa de los úrgalos?

—Sí —respondió Trevor—, y por culpa de desalmados peores. ¿Tenéis noticias de otros pueblos? Pocas veces nos enteramos de lo que ocurre, pero nos han dicho que otros lugares también han sido sitiados.

—Ojalá no fuéramos nosotros los que tuviéramos que daros estas noticias —contestó Brom, muy serio—, pero hace casi quince días pasamos por Yazuac y lo encontramos saqueado. Los habitantes habían sido asesinados y apilados en un montón. Nos hubiera gustado enterrarlos dignamente, pero dos úrgalos nos atacaron.

Trevor, conmocionado, dio un paso atrás con lágrimas en los ojos.

—¡Ay, qué día tan triste! Pero no entiendo cómo dos úrgalos pudieron derrotar a todo Yazuac. Era un pueblo luchador... donde tenía algunos buenos amigos.

—Por las huellas, dedujimos que una columna de úrgalos había saqueado la ciudad —respondió Brom—. Creo que los dos monstruos que encontramos eran desertores.

—¿Era muy numerosa la columna?

Brom jugueteó con las alforjas durante un instante.

—Lo bastante numerosa para barrer Yazuac del mapa, pero lo suficientemente pequeña para pasar inadvertida por el país. No debían de ser más de cien, pero tampoco menos de cincuenta, y si no me equivoco, cualquiera de los dos números que te he dicho tendrá efectos catastróficos sobre vosotros. —Trevor asintió, abatido—. Así que tendríais que considerar la posibilidad de marcharos. Esta zona se ha vuelto demasiado peligrosa para vivir en paz.

—Lo sé, pero la gente se niega a marcharse. Éste es su hogar, y el mío, aunque sólo llevo aquí un par de años, y para ellos es más importante que su propia vida. —Trevor lo miró con seriedad—. Hemos rechazado a algunos úrgalos aislados, y eso ha dado a la gente del pueblo una excesiva confianza en su capacidad para vencerlos. Me temo que una mañana nos despertaremos todos degollados.

El arquero salió de una casa con una pila de provisiones en los brazos. Las dejó al lado de los caballos, y Brom le pagó.

—¿Por qué te eligieron para defender Daret? —preguntó Brom mientras el hombre se alejaba.

—Tal vez porque estuve unos años en el ejército del rey —respondió Trevor.

Brom rebuscó entre las provisiones, le tendió a Eragon el par de guantes y guardó el resto de las cosas en las alforjas. El muchacho se puso los guantes, procurando mantener la palma hacia abajo, y luego flexionó los dedos. La piel parecía buena y fuerte, aunque estaba desgastada por el uso.

—Bueno —dijo Brom—, como prometimos, nos marchamos.

—De acuerdo —dijo Trevor, y añadió—: Cuando lleguéis a Dras-Leona, ¿podríais hacernos un favor? Avisad al Imperio de nuestra difícil situación y de la de otros pueblos. Si el rey todavía no sabe nada, es motivo de preocupación. Pero si lo sabe y ha decidido no hacer nada, también lo es.

—Llevaremos vuestro mensaje. Que vuestras espadas conserven el filo —dijo Brom.

—Y las vuestras también.

Retiraron los carros del camino y salieron de Daret hacia el bosque, junto al curso del río Ninor. Eragon le mandó mentalmente un mensaje a Saphira:

Estamos en camino. Todo ha salido bien. Pero la única respuesta de la dragona fue una expresión de rabia a punto de estallar.

—El Imperio está en peores condiciones de lo que me imaginaba —afirmó Brom mesándose la barba—. Cuando los mercaderes visitaron Carvahall, trajeron noticias del malestar que reinaba, pero yo no creía que estuviera tan extendido. Con tanto úrgalo por en medio, parece como si se estuviera atacando al mismísimo Imperio, aunque el rey no ha enviado tropas ni soldados. Es como si no le importara defender sus dominios.

—Es extraño —coincidió Eragon.

Brom agachó la cabeza al pasar por debajo de una rama baja.

—¿Has usado alguno de tus poderes mientras estábamos en Daret?

—No ha hecho falta.

—Te equivocas —lo corrigió Brom—. Tendrías que haber percibido las intenciones de Trevor. A pesar de mis limitadas capacidades, yo las puse en práctica porque, si los habitantes del pueblo hubieran pretendido matarnos, no me habría quedado allí sentado. Sin embargo, me di cuenta de que había posibilidades razonables de hablar con ellos y de salir del lugar, y eso fue lo que hice.

—¿Y cómo iba a saber lo que pensaba Trevor? —preguntó Eragon—. ¿Se supone que puedo leer el pensamiento de la gente?

—¡Vamos, chico —lo reprendió Brom—, deberías conocer la respuesta a esa pregunta! Podrías haber descubierto las intenciones de Trevor de la misma manera que te comunicas con *Cadoc* o con Saphira, pues la mente de los hombres no es tan diferente de la de un caballo o de la de un dragón. Es muy sencillo hacerlo, pero es un poder que debes usar poco y con mucho cuidado porque la mente de una persona es su último refugio, y jamás debes violarlo a no ser que te obliguen las circunstancias. Los Jinetes tenían reglas muy estrictas al respecto, y si no se cumplían sin una causa debida, el castigo era muy severo.

—¿Y es algo que se puede hacer aunque uno no sea un Jinete? —preguntó Eragon.

—Como ya te he dicho, con la debida instrucción cualquiera puede comunicarse mentalmente, aunque con diferentes grados de éxito. Sin embargo, es difícil decir si eso es magia. La capacidad para la magia, o para tener un vínculo con un dragón, sin duda es un detonante de ese talento, pero he conocido muchas personas que lo han aprendido por su cuenta. Piensa en ello: puedes comunicarte con cualquier ser sensible, aunque quizá el contacto no sea muy claro. Uno podría pasarse el día entero escuchando los pensamientos de un pájaro u observando cómo se siente una lombriz un día de lluvia. Pero los pájaros nunca me han parecido muy interesantes, así que te sugiero que empieces con los gatos; tienen una personalidad muy peculiar.

Eragon jugueteó con las riendas de *Cadoc* mientras pensaba en las consecuencias de lo que acababa de decir Brom.

—Pero si puedo meterme en la mente de alguien, ¿significa que los demás pueden hacer lo mismo conmigo? ¿Cómo sé si alguien está husmeando en mis pensamientos? ¿Hay forma de parar ese proceso?

¿Cómo sé si Brom sabe lo que estoy pensando en este momento?

—Pues, sí. ¿Acaso Saphira no te ha impedido alguna vez que penetraras en su mente?

—De vez en cuando —admitió Eragon—. Cuando me llevó a las Vertebradas, no había forma de hablar con ella. Era como si no me hiciera caso; creo que ni siquiera me escuchaba: había una especie de barreras alrededor de su mente que yo no podía atravesar.

Brom se arregló el vendaje del brazo y se lo subió un poco.

—Muy pocas personas saben si alguien les ha entrado en la mente, y únicamente algunas de ellas pueden impedirlo. Es cuestión de entrenamiento y de saber cómo has de pensar. No obstante, con tus poderes mágicos, siempre sabrás si alguien está en tu mente, y una vez que te hayas dado cuenta, sólo es cuestión de que te concentres en algo concreto y que excluyas todo lo demás si quieres bloquearles el paso. Por ejemplo, si sólo piensas en una pared de ladrillos, eso es lo que un enemigo encontrará en tu mente. Sin embargo, hace falta una enorme cantidad de energía y de disciplina para impedir el paso a alguien durante mucho tiempo, y si uno se distrae aunque sea con algo insignificante, la barrera se tambalea, y el oponente puede filtrarse a través del fallo.

—¿Y cómo puedo aprender a hacerlo? —preguntó Eragon.

—Sólo hay una manera: práctica, práctica y más práctica. Por ejemplo, imagínate algo, mantenlo en tu mente y expulsa todos los otros pensamientos durante el máximo tiempo que puedas. Ésta es una aptitud muy avanzada que sólo un puñado de gente domina.

—No necesito perfección, sino sólo seguridad —replicó Eragon.

Si consiguiera entrar en la mente de alguien, ¿acaso podría cambiar lo que piensa? Cada vez que aprendo algo sobre la magia, menos me fío de ella.

Cuando llegaron donde estaba Saphira, ésta los sobresaltó porque se plantó bruscamente ante ellos. Los caballos retrocedieron nerviosos, y la dragona, a quien los ojos le echaban chispas, miró atentamente a Eragon y resopló. A su vez Eragon, preocupado, miró a Brom porque nunca había visto a Saphira tan enfadada.

¿Hay algún problema? —le preguntó.

Tú eres el problema —rezongó ella.

Eragon frunció el entrecejo y bajó de *Cadoc*. En cuanto puso los pies en el suelo, Saphira le dio un coletazo en las piernas y lo cogió con sus garras.

—¿Qué haces? —gritó Eragon tratando de quitársela de encima, pero la dragona era mucho más fuerte que él.

Brom observaba con atención, todavía montado en *Nieve de Fuego*.

Saphira le acercó la cara a Eragon y lo miró a los ojos. El muchacho se sintió incómodo bajo la férrea mirada de la dragona.

¡Sí, tú! Cada vez que te alejas de mi vista te metes en problemas. Pareces uno de esos mocosos que mete las narices en todo. Pero ¿qué pasará el día que te devuelvan el golpe? ¿Cómo crees que te las arreglarás? Porque yo no podré ayudarte si estoy a leguas de distancia. Me he quedado escondida para que no me viera nadie, ¡pero se ha acabado! Sobre todo si el hecho de que yo permanezca oculta puede costarte la vida.

No entiendo por qué estás tan enfadada —dijo Eragon—,

porque soy mucho mayor que tú y puedo cuidar de mí mismo. Si alguien necesita protección, eres tú.

Saphira dio un gruñido y le lanzó un dentellada junto a la oreja.

¿De veras crees eso? —le preguntó—. *Mañana irás montado encima de mí y no en ese lamentable animal que llamas caballo porque, de lo contrario, te llevaré cogido a mis garras. ¿Eres un Jinete de Dragón o no? ¿Es que acaso no te importo?*

La pregunta fulminó a Eragon, que bajó la mirada. Sabía que ella tenía razón, pero le daba miedo montarla porque las veces que había volado sobre Saphira había sido la cosa más dolorosa que había padecido en su vida.

—¿Qué ocurre? —preguntó Brom.

—Quiere que mañana vaya montado en ella —respondió Eragon con poca convicción.

Brom se quedó pensando en esa posibilidad mientras los ojos le centellaban.

—Bueno, tienes la silla; y supongo que si os mantenéis fuera de la vista, no tendremos dificultades.

Saphira miró a Brom y después otra vez a Eragon.

—Pero ¿y si te atacan o tienes un accidente? —insinuó Eragon—. No llegaré a tiempo y...

Saphira le oprimió el pecho con más fuerza obligándolo a callarse.

Precisamente lo mismo que decía yo, muchacho.

—Vale la pena correr el riesgo —admitió Brom que pareció que sonreía disimuladamente—. A pesar de todo, tienes que aprender a montar a Saphira, y considerándolo desde el lado positivo, ten en cuenta que si te adelantas volando y miras hacia abajo, podrás divisar cualquier trampa, emboscada o sorpresa inesperada.

Entonces Eragon volvió a mirar a Saphira y le dijo:

De acuerdo, lo haré. Pero ahora quítate de encima.

Dame tu palabra.

¿Es necesario? —preguntó Eragon, y la dragona parpadeó en señal de asentimiento—. *Bueno, te doy mi palabra de que volaré mañana contigo. ¿Satisfecha?*

Me alegro.

Saphira se apartó y, dándose impulso con la patas traseras, alzó el vuelo, al tiempo que un escalofrío recorría el cuerpo de Eragon mientras la observaba girar en el aire. El muchacho regresó refunfuñando hasta donde se hallaba *Cadoc* y siguió a Brom.

Acamparon casi con la puesta de sol y, como siempre, Eragon se batió con Brom antes de la cena. Durante la lucha, el muchacho asestó un golpe tan potente que los dos palos se quebraron como si fueran finas ramitas, cuyos trozos volaron en medio de la oscuridad formando una nube de astillas.

—Bueno, hemos acabado con estos trastos —dijo Brom mientras tiraba lo que quedaba de su palo al fuego—. Ya puedes arrojar también el tuyo. Hemos practicado todo lo que se puede hacer con palos, y sabes mucho, pero ya no aprenderás nada más con ellos, así que ha llegado la hora de que uses la espada. —Sacó a *Zar'roc* de la funda que llevaba Eragon y se la entregó.

—Acabaremos hechos picadillo —protestó Eragon.

—No tanto. Vuelves a olvidarte otra vez de la magia —replicó Brom. Entonces enarboló su propia espada y la giró para que la luz del fuego brillara sobre el borde. Puso un dedo en uno de los lados de la hoja y se concentró profundamente mientras se le marcaban todas las arrugas de la frente. Durante un momento no pasó nada, hasta que al fin pronunció—: *¡Gëuloth du knífr!*

Una chispa roja le surgió entre los dedos, y Brom los deslizó de arriba abajo de la espada mientras la chispa saltaba de una parte a otra de la hoja. Después le dio la vuelta e hizo lo mismo por el otro borde. La chispa desapareció en el momento en que Brom separó los dedos del metal.

Brom estiró la mano con la palma hacia arriba y le asestó un sablazo. Eragon intentó detenerlo de un salto, pero fue demasiado lento, y se quedó perplejo al ver a Brom que, con una sonrisa, levantaba la mano intacta.

—¿Qué has hecho? —preguntó Eragon.

—Palpa el filo —contestó Brom. Eragon lo tocó con los dedos, y notó que una superficie invisible lo reseguía. La barrera tenía aproximadamente medio centímetro de anchura y era muy resbaladiza—. Ahora haz lo mismo con *Zar'roc* —le indicó—. Tu bloqueo será un poco diferente del mío, pero tendrá el mismo efecto.

Le explicó cómo pronunciar las palabras y lo guió en el proceso. Eragon tuvo que probar varias veces, pero enseguida consiguió proteger el filo de *Zar'roc*. Confiado, se puso en posición de lucha, pero antes de que comenzaran, Brom le advirtió:

—Estas espadas no nos cortarán, pero no obstante podrían rompernos algún hueso. Como comprenderás, preferiría evitarlo, así que no muevas los brazos como acostumbras. Un golpe en el cuello sería mortal.

Eragon asintió y atacó sin avisar. Saltaron chispas de la hoja de su espada, y el sonido del entrechocar del metal llenó el campamento mientras Brom esquivaba las embestidas. Después de haber peleado con palos durante tanto tiempo, a Eragon la espada le parecía lenta y pesada, y como era incapaz de mover a *Zar'roc* lo suficientemente deprisa, recibió un golpe en la rodilla.

Ambos lucían largos verdugones cuando pararon, aunque Eragon tenía más que Brom. Sin embargo, el muchacho estaba maravillado al ver que *Zar'roc* no se había rayado ni mellado pese a los fuertes golpes.

A través del ojo de un dragón

A la mañana siguiente Eragon se despertó lleno de agujetas y de moretones, y al ver que Brom llevaba la silla a Saphira, trató de reprimir su inquietud. Cuando el desayuno estuvo servido, el anciano ya había atado la silla y había colgado las alforjas de Eragon.

El muchacho se acabó el desayuno, recogió su escudilla y se dirigió en silencio hacia Saphira.

—Recuerda —le dijo Brom—: agárrate con las rodillas, guíala con tus pensamientos y mantente lo más agachado que puedas. Si no te asustas, todo irá bien.

Eragon asintió, guardó el arco sin la cuerda en su funda de gamuza, y Brom lo ayudó a montar.

Saphira esperaba impaciente mientras Eragon se apretaba las tiras alrededor de las piernas.

¿Estás preparado? —preguntó.

El muchacho aspiró el aire fresco de la mañana.

No, pero ¡adelante!

La dragona respondió con entusiasmo, y cuando se hubo agachado, él se le agarró con fuerza. Saphira se dio impulso con las poderosas patas traseras, y el aire silbó en los oídos de Eragon de tal manera que le cortó el aliento. Remontaron el vuelo con tres suaves aleteos y empezaron el ascenso.

La última vez que Eragon había montado a Saphira, cada batir de alas le había provocado una gran tensión. Pero esta vez la dragona volaba con tranquilidad y sin esfuerzos, y aunque se ladeaba cuando cambiaba de dirección, el muchacho permanecía bien cogido al cuello de Saphira. El río se convirtió en una tenue línea gris debajo de ellos y las nubes flotaban a su alrededor.

Cuando se enderezaron, a mucha altura sobre la planicie, los árboles apenas se veían como unas manchas y el aire era puro, frío y perfectamente claro.

—Es maravilloso... —Las palabras de Eragon se desvanecieron porque Saphira se inclinó y dio una vuelta completa. Entonces la tierra empezó a girar en círculos enloquecidos, y Eragon tuvo un ataque de vértigo—. ¡No hagas eso porque tengo la sensación de que voy a caerme! —gritó.

Debes acostumbrarte. Si me atacan en el aire, ésta es una de las maniobras más sencillas que tendré que hacer —respondió Saphira.

Como no se le ocurrió nada que contestarle, se concentró en controlar el estómago. A continuación Saphira se lanzó hacia abajo y, lentamente, se acercó al suelo.

Aunque a Eragon se le encogía el estómago con cada bamboleo, empezó a disfrutar. Relajó un poco los brazos y estiró el cuello hacia atrás mientras observaba el paisaje. Saphira lo dejó disfrutar un rato hasta que dijo:

Déjame que te muestre lo que es volar de verdad.

¿Qué? —exclamó Eragon.

Tranquilízate y no tengas miedo.

La mente de Saphira atrajo la de Eragon y se la sacó del cuerpo. Durante un instante Eragon opuso resistencia, pero enseguida abandonó el control. El muchacho tenía la vista borrosa y se dio cuenta de que veía a través de los ojos de Saphira. Todo estaba distorsionado: los colores tenían matices raros, exóticos; los azules resaltaban mucho, mientras que los verdes y los rojos eran más suaves. Eragon intentó girar la cabeza y el cuerpo, pero comprobó que no podía. Se sentía como un fantasma escapado del éter.

Saphira irradiaba puro placer a medida que se elevaba por el cielo, pues le encantaba la libertad de poder ir a cualquier parte. En un momento dado, muy lejos de la tierra, volvió la cabeza y miró a Eragon, y él se vio a sí mismo igual que la dragona lo veía: agarrado a ella y con la mirada perdida en el vacío. El muchacho percibía que el cuerpo de la dragona se tensaba y aprovechaba las corrientes de aire para elevarse, de tal modo que los músculos de Saphira parecían los suyos. Eragon también sintió que la cola del animal se balanceaba en el aire como un timón gigante para corregir el rumbo, y se sorprendió al comprobar que Saphira dependía en gran manera de ese movimiento.

La conexión fue creciendo hasta que no hubo diferencia entre ambas identidades: plegaron las alas juntos y descendieron en picado, como una lanza arrojada desde lo alto, pero Eragon no sintió miedo alguno, absorbido como estaba por la euforia de Saphira. El aire les azotaba la cara con fuerza, y al mismo tiempo la cola de ambos daba latigazos al aire mientras las mentes unidas se deleitaban con la experiencia.

Ni siquiera tuvieron miedo de chocar cuando se lanzaron veloces hacia el suelo: desplegaron las alas en el momento justo y detuvieron el descenso con la fuerza combinada de los dos. Y después de trazar un círculo gigante, volvieron a remontar el vuelo.

Cuando se enderezaron, las mentes del muchacho y la de la dragona empezaron a separarse, y cada uno de ellos recuperó de nuevo su respectiva personalidad. Durante una fracción de segundo, Eragon sintió su propio cuerpo y el de Saphira. Después volvió a tener la vista borrosa, jadeó y se desplomó sobre la silla de montar. Pasaron unos minutos hasta que el corazón dejó de latirle con fuerza, y recobró el aliento. Una vez recuperado, exclamó:

¡Ha sido increíble! ¿Cómo soportas aterrizar si te gusta tanto volar?

Porque tengo que comer —respondió ella con cierta ironía—, *pero me alegro de que hayas disfrutado.*

No encuentro palabras para definir esta experiencia y lamento no haber volado contigo antes. Jamás pensé que sería así. ¿Siempre lo ves todo tan azul?

Sí, soy así. ¿Volaremos juntos más a menudo?

¡Sí, cada vez que podamos!

Bien —respondió Saphira, contenta.

Intercambiaron muchos pensamientos durante el vuelo y charlaron como no lo habían hecho desde hacía varias semanas atrás. Saphira le enseñó cómo se servía de las montañas y de los árboles para ocultarse y cómo podía esconderse en la sombra de una nube. Luego ambos exploraron el sendero en busca de Brom, lo que resultó más difícil de lo que Eragon esperaba porque el sendero no se divisaba a no ser que Saphira volara muy bajo, en cuyo caso se arriesgaba a que la vieran.

Cerca del mediodía, Eragon empezó a notar un zumbido molesto en los oídos y una extraña presión en la mente. Movió la cabeza tratando de librarse de esa molestia, pero la tensión era cada vez mayor. Recordó de golpe las palabras de Brom acerca de cómo la gente podía penetrar en la mente de otra persona, y trató frenéticamente de clarificar sus pensamientos. Así pues, se concentró en una de las escamas de Saphira y se esforzó por ignorar todo lo demás. La presión se desvaneció durante un momento, pero regresó con más fuerza que antes. Entonces, al sacudir una ráfaga de viento a Saphira, Eragon perdió la concentración, y antes de que lograra levantar nuevas defensas, la fuerza se abrió paso. Sin embargo, en lugar de descubrir que otra mente había invadido la suya, sólo se topó con estas palabras:

¿Qué demonios haces? Baja porque he encontrado algo importante.

¿Brom? —preguntó.

Sí —respondió el anciano, irritado—. *Dile a esa lagarti-*

ja gigante que aterrice. Estoy aquí... y mandó una imagen de donde se hallaba.

Eragon le dijo enseguida a Saphira adónde debía ir, y ella viró hacia abajo, en dirección al río. Mientras tanto Eragon colocó la cuerda en el arco y sacó varias flechas.

Si hay problemas, estaré preparado.

Yo también —dijo Saphira.

Cuando se acercaron a donde estaba Brom, Eragon lo vio de pie en un claro agitando los brazos. Saphira aterrizó y el muchacho saltó de su montura en busca del peligro. Los caballos estaban atados a un árbol en el borde del claro, pero no había nadie más. Eragon corrió hasta Brom.

—¿Qué sucede? —le preguntó.

Brom se rascó la barbilla al tiempo que lanzaba una serie de maldiciones.

—No vuelvas a impedirme la entrada a tu mente. Ya es bastante difícil llegar a ti sin tener que luchar para que me escuches.

—Lo siento.

Brom resopló.

—Estaba un poco más adelante, río abajo, cuando de pronto noté que se acababan las huellas de los Ra'zac. Volví sobre mis pasos hasta que encontré dónde desaparecían. Mira al suelo y dime lo que ves.

Eragon se arrodilló y examinó un revoltijo de huellas, difícil de descifrar, pues había un montón de ellas superpuestas. Pertenecían a los Ra'zac, y Eragon supuso que hacía pocos días que estaban allí, pero encima de esas huellas había unos extensos y profundos agujeros socavados en la tierra, que le resultaban conocidos aunque no sabía de qué.

Se puso de pie y movió la cabeza.

—No tengo idea de que... —En ese momento miró a Saphira y comprendió de qué se trataban los agujeros: cada vez que la dragona despegaba, las garras de las patas traseras hacían el mismo tipo de agujeros en la tierra—. No tiene sentido, pero lo único que se me ocurre es que los Ra'zac huyeron montados en dragones, o en algún pájaro gigante, y desaparecieron en el cielo. Si tienes una explicación mejor, dímela.

Brom se encogió de hombros.

—He oído que los Ra'zac van de un lado a otro a una velocidad increíble, pero es la primera prueba que tengo de ese hecho. De modo que, si es cierto que tienen corceles voladores, será casi imposible encontrarlos. Sin embargo, no son dragones; de eso estoy seguro porque un dragón nunca accedería a transportar a un Ra'zac.

—¿Qué hacemos, pues? Saphira no puede seguirles la pista por el cielo y, aunque pudiera, tendríamos que dejarte atrás.

—Este enigma no tiene fácil solución. Vamos a almorzar mientras lo pensamos, y quizá nos llegue la inspiración mientras comemos.

Eragon, desanimado, fue a buscar las provisiones a las alforjas, y comieron en silencio mientras contemplaban el desértico cielo.

Una vez más, Eragon pensó en su hogar y en lo que estaría haciendo Roran. Lo asaltó la imagen de la granja quemada, y el dolor amenazó con apoderarse de él. *¿Qué haré si no puedo encontrar a los Ra'zac? ¿Cuál será mi objetivo entonces? Podría regresar a Carvahall.* Cogió una ramita del suelo y la rompió con los dedos. *O seguir viajando con Brom y continuar mi educación.* Dirigió la vista hacia la llanura con la esperanza de aquietar sus pensamientos.

Cuando Brom terminó de comer, se puso de pie, se quitó la capucha y dijo:

—He pensado en todos los trucos que conozco, en cada palabra de poder que poseo y en todos los talentos que tengo, pero sigo sin saber cómo podemos encontrar a los Ra'-

zac. —Eragon se apoyó sobre la dragona, desesperado—. Saphira podría dejarse ver en algún pueblo, y eso atraería a los Ra'zac como moscas a la miel, pero sería una jugada sumamente arriesgada. Los Ra'zac traerían soldados, y hasta el rey estaría lo suficientemente interesado para venir en persona, lo que nos garantizaría una muerte segura, a ti y a mí.

—¿Qué hacemos entonces? —preguntó Eragon con un gesto de impotencia—. *¿Tienes alguna idea, Saphira?*

No.

—Depende de ti —le dijo Brom—. Ésta es tu cruzada.

Eragon apretó los dientes y se alejó de Brom y de Saphira. En el momento en que estaba a punto de entrar en el bosque, su pie golpeó algo duro. En el suelo había una cantimplora de metal con una correa de cuero para colgársela al hombro, en cuya parte interior había grabada en plata una insignia que Eragon reconoció como el emblema de los Ra'zac.

Entusiasmado, recogió la cantimplora y desenroscó la tapa. Del recipiente emanó un olor empalagoso, el mismo que había percibido cuando encontró a Garrow bajo los escombros de la casa. Inclinó la cantimplora y le cayó una gota de un líquido transparente y brillante sobre un dedo. En el acto empezó a arderle, como si lo tuviera en el fuego. Eragon gritó y se frotó la mano sobre la tierra. Al cabo de un momento se le calmó el dolor que se convirtió en un latido, pero el líquido le había quemado un trozo de piel.

Haciendo muecas de dolor, corrió hasta donde estaba Brom.

—¡Mira lo que he encontrado!

Brom cogió la cantimplora, la examinó y vertió un poco de líquido en la tapa.

—Cuidado, te quemará la... —empezó a decir Eragon.

—La piel, ya sé —dijo Brom—. Y supongo que tú, sin pensarlo, te echaste el líquido sobre la mano. Ah, ¿el dedo?

Bueno, por lo menos tuviste la sensatez de no beberlo, porque habrías quedado reducido a un charco.

—¿Qué es? —preguntó Eragon.

—Aceite de pétalos de *seithr,* una planta que crece en una pequeña isla de los gélidos mares del norte. En su estado natural, este aceite se usa para conservar las perlas, les da lustre y las hace resistentes. Pero cuando se pronuncian determinadas palabras sobre ese líquido, acompañadas de un sacrificio cruento, adquiere la propiedad de corroer cualquier tipo de carne. Esta particularidad no tendría nada de especial, puesto que hay muchos ácidos que disuelven los tendones y los huesos, pero la diferencia es que deja intacto todo lo demás: puedes meter cualquier cosa en el aceite y sacarlo sin que se haya alterado, salvo que sea parte de un animal o de un ser humano. Esa característica lo convierte en el arma favorita de tortura y de asesinato. Se puede impregnar una pieza de madera con ese aceite, mojar con él la punta de una lanza o verterlo sobre unas sábanas, de modo que la persona que entre en contacto con el material que lo contenga se queme viva. Se lo puede usar de millones de maneras, limitadas sólo por tu ingenuidad. Las heridas que causa cicatrizan muy lentamente, y es bastante escaso y caro, especialmente en esta forma.

Eragon recordó las terribles quemaduras de Garrow.

Eso fue lo que usaron, se dio cuenta, horrorizado.

—Me pregunto por qué lo dejaron los Ra'zac si es tan valioso.

—Se les habrá caído cuando huyeron.

—Pero ¿por qué no han vuelto a buscarlo? Dudo que el rey se alegre de que lo hayan perdido.

—No, seguro que no —dijo Brom—, pero más le disgustará que se demoren para llevarle noticias de ti. De hecho, si los Ra'zac ya están con él, ten la certeza de que el rey sabe tu nombre. Y eso significa que deberemos tener mucho más cuidado cuando vayamos a los pueblos porque habrá carteles y bandos sobre ti por todo el Imperio.

Eragon se quedó pensando.

—¿Tan raro es este aceite?

—Como un diamante en la pocilga de un cerdo —respondió Brom, y al cabo de un instante, añadió—: En realidad, el aceite en su estado natural es usado por los joyeros, pero sólo por aquellos que pueden permitírselo.

—¿Hay gente entonces que comercia con él?

—Quizá uno o dos.

—Perfecto —dijo Eragon—. Entonces, en los pueblos de la costa, ¿queda constancia de los cargamentos?

—Por supuesto. —Los ojos de Brom se iluminaron—. Si podemos acceder a esos documentos, sabremos quién llevó el aceite al sur y adónde se envió desde allí.

—¡Y los registros de compra del Imperio nos dirán dónde viven los Ra'zac! —concluyó Eragon—. No sé cuánta gente puede pagar este aceite, pero no creo que sea muy difícil descubrir a los que no trabajan para el Imperio.

—¡Eres un genio! —exclamó Brom sonriendo—. ¡Ojalá se me hubiera ocurrido esa idea hace años: me habría ahorrado muchos dolores de cabeza! La costa está llena de ciudades y de pueblos a los que pueden llegar los barcos. Supongo que Teirm es el sitio para comenzar, ya que controla la mayor parte del comercio. —Brom hizo una pausa, y continuó—. Por las últimas noticias que tuve, mi amigo Jeod aún seguía viviendo allí, y aunque hace mucho tiempo que no nos vemos, quizá esté dispuesto a ayudarnos. Y como es mercader, es posible que tenga acceso a esos archivos.

—¿Cómo llegaremos a Teirm?

—Tendremos que dirigirnos al suroeste hasta llegar a un puerto de alta montaña en las Vertebradas, y una vez al otro lado, seguiremos por la costa hasta Teirm. —Una suave brisa agitó el cabello de Brom.

—¿Podremos llegar a ese puerto en una semana?

—Sí, seguro. Si nos alejamos del Ninor hacia la derecha, mañana ya veremos las montañas.

Eragon se acercó a Saphira y montó.

—De acuerdo, nos veremos a la hora de cenar.

Cuando remontaron el vuelo, le dijo a Saphira:

Mañana voy a montar a Cadoc. *Y, antes de que protestes, quiero que sepas que lo hago porque tengo que hablar con Brom.*

Debes ir a caballo con él un día sí y un día no. De esa forma, puedes seguir con tu aprendizaje, y yo tendré tiempo de cazar.

¿No te molesta?

Es necesario.

Cuando aterrizaron al final del día, Eragon se alegró al descubrir que no le dolían las piernas, pues la silla lo protegía bien de las escamas de Saphira.

Eragon y Brom sostuvieron su lucha nocturna, pero sin mucha energía, ya que ambos estaban preocupados por los acontecimientos del día. Cuando acabaron, al muchacho le ardían los brazos porque no estaba acostumbrado al peso de *Zar'roc*.

Una canción para el camino

Al día siguiente, mientras cabalgaban, Eragon preguntó a Brom:

—¿Cómo es el mar?

—Seguramente ya habrás oído alguna descripción —respondió Brom.

—Sí, pero ¿cómo es en realidad?

La mirada de Brom se enturbió, como si estuviera contemplando una escena recóndita.

—El mar es la encarnación de la emoción: ama, odia y llora; desafía todos los intentos de que lo capturen con palabras y rechaza todas las cadenas. Digas lo que digas sobre él, siempre queda algo que no se puede explicar. ¿Recuerdas que te conté que los elfos habían venido por el mar?

—Sí.

—Aunque vivían muy lejos de la costa, sentían una gran fascinación y pasión por el océano. El ruido de las olas al romper en la orilla y el aroma de la sal en el aire los afecta profundamente y han inspirado algunas de sus canciones más bellas. Hay una que habla de ese amor, ¿te gustaría escucharla?

—Sí, mucho —respondió Eragon, interesado.

Brom se aclaró la garganta y dijo:

—La traduciré del idioma antiguo lo mejor que pueda. No será perfecta, pero te dará una idea de cómo sonaba la versión original. —Tiró de las riendas de *Nieve de Fuego* para que se detuviera y cerró los ojos. Se quedó en silencio durante una rato y luego cantó en voz baja:

¡Oh, liquidez tentadora bajo el cielo azur,
tu extensión dorada me llama, me llama...!
Porque me haría a la mar de ahora en adelante,
si no fuera por la doncella elfa
que me llama, me llama.
Y ata mi corazón con un lazo de azucena,
que jamás se romperá si no fuera por el mar,
siempre desgarrado entre los árboles y las olas.

Las palabras resonaron de forma inolvidable en la mente de Eragon.

—Sólo he recitado una estrofa, pero esa canción, *Du Silbena Datia,* dice mucho más: cuenta la triste historia de dos enamorados, Acallamh y Nuada, que estaban separados por su anhelo del mar. Para los elfos es una historia con gran significado.

—Es muy bonita —dijo con sencillez Eragon.

Cuando se detuvieron aquella noche, las Vertebradas eran un contorno apenas visible sobre el horizonte.

En cuanto llegaron al pie de las montañas, giraron y las siguieron hacia el sur. Eragon se alegraba de estar otra vez cerca de las Vertebradas: eran un reconfortante límite con el mundo. Al cabo de tres días llegaron a un camino ancho en el que había huellas de ruedas de carros.

—Ésta es la ruta principal entre la capital, Urû'baen, y Teirm —dijo Brom—. Es una ruta muy transitada y la favorita de los mercaderes, así que debemos tener más cuidado. Aunque no sea la época más ajetreada del año, habrá gente que pasará por ella.

Los días transcurrieron deprisa mientras recorrían las Vertebradas en busca del puerto de montaña. Eragon no podía quejarse de aburrimiento: cuando no estudiaba el idioma de los elfos, aprendía a cuidar a Saphira o a practicar la magia. También aprendía a cazar por medio de la magia, lo que les permitía ganar tiempo: sostenía una piedra pequeña con la mano y se la disparaba a su presa. Era imposible errar. Todas las noches los resultados de sus esfuerzos terminaban asados en el fuego y, tras la cena, luchaba con Brom con la espada y, de vez en cuando, con los puños.

Las prolongadas jornadas y el trabajo extenuante eliminaron el exceso de grasa del cuerpo de Eragon. De ese modo los brazos del muchacho se volvieron fibrosos y la bronceada piel se tensó sobre los proporcionados músculos.

Todo en mí se está poniendo fuerte, pensó escuetamente.

Cuando al fin llegaron al puerto de montaña, Eragon vio que un río surgía impetuoso de él y cruzaba el camino.

—Es el Toark —explicó Brom—. Lo seguiremos hasta llegar al mar.

—¿Cómo es posible si sale de las Vertebradas en esta dirección? —se rió Eragon—. Es imposible que acabe en el océano, a menos que vuelva por donde ha venido.

Brom giró el anillo que llevaba en el dedo.

—Porque en medio de las montañas está el lago Woadark del que surge un río en cada extremo, y ambos se llaman Toark. Ahora vemos el que fluye en dirección al este, que después forma un recodo hacia el sur y cruza la maleza hasta llegar al lago Leona. En cambio, el otro río va hasta el mar.

Al cabo de dos días de transitar por las Vertebradas, llegaron a un promontorio desde el que se veía perfectamente el otro lado de las montañas. Eragon notó cómo el paisaje se hacía más llano a lo lejos, y refunfuñó al comprobar la distancia que les faltaba por recorrer.

—Ahí abajo —señaló Brom—, hacia el norte, está Teirm. Es una ciudad antigua, y algunos dicen que fue el primer lugar de la Alagaësia al que llegaron los elfos. Jamás ha sido derrotada su ciudadela, ni vencidos sus guerreros.

Espoleó a *Nieve de Fuego* y se alejó del promontorio.

Hasta el mediodía del día siguiente, no consiguieron descender por las laderas y llegar al otro lado de las montañas, donde las tierras boscosas se aplanaban bruscamente, y como ya no había montañas tras las cuales ocultarse, Saphira volaba cerca del suelo y usaba todas las anfractuosidades del terreno para esconderse.

Al salir del bosque, notaron un cambio: los campos estaban cubiertos de hierba y de brezo, y al caminar sobre ellos, se les hundían los pies. El musgo recubría las piedras y las ramas, y bordeaba los arroyos que serpenteaban por el lugar. El camino estaba lleno de charcos de lodo que los caballos pisoteaban y, al cabo de poco rato, Eragon y Brom quedaron recubiertos de salpicaduras de barro.

—¿Por qué es todo tan verde? —preguntó Eragon—. ¿No hay invierno aquí?

—Sí, pero es suave y, además, la humedad y la neblina que provienen del mar mantienen la vegetación muy viva. A algunos les gusta este clima, pero yo lo considero triste y deprimente.

Al caer la noche instalaron el campamento en el lugar más seco que encontraron.

—Deberías seguir montando a *Cadoc* —comentó Brom mientras comían— hasta que lleguemos a Teirm. Ahora que salimos de las Vertebradas, es probable que nos encontremos con otros viajeros y será mejor que estés conmigo. Un anciano que viaja solo despertaría sospechas, pero si te tengo a mi lado, nadie hará preguntas. Además, no quiero que, al entrar en la ciudad, alguien que haya visto que no iba acompañado te vea aparecer de repente.

—¿Usaremos nuestros nombres? —preguntó Eragon.

Brom se quedó pensando.

—No creo que podamos engañar a Jeod porque sabe el mío, y me fío de él para decirle el tuyo, pero para los demás, yo seré Neal, y tú, mi sobrino Evan. Si cometemos un error y nos delatamos, no creo que sea muy grave, pero no quiero que todo el mundo sepa cómo nos llamamos. La gente tiene la fastidiosa costumbre de recordar lo que no debe.

El sabor de Teirm

Tras dos días de viaje hacia el norte, en dirección al océano, Saphira divisó Teirm. Sin embargo, Brom y Eragon no podían ver la ciudad porque había una niebla tan espesa, aferrada al suelo, que se lo impedía, hasta que una brisa procedente del oeste la dispersó. El muchacho se quedó boquiabierto en el momento que Teirm se reveló de pronto ante ellos, acurrucada a orillas de un mar resplandeciente en el que atracaban espléndidas naves que tenían las velas plegadas. A lo lejos se oía el sordo tronar de las olas.

La ciudad se alzaba detrás de una muralla blanca, de más de treinta metros de altura y nueve metros de grosor, coronada por hileras de almenas —de forma rectangular y acabadas en forma de flecha— en cuya parte superior había una pasarela para los soldados y para los vigías. La lisa superficie de la muralla estaba interrumpida por dos puertas levadizas de hierro, una frente al mar occidental y la otra encarada hacia el sur, frente al camino. Más allá de la muralla, y enclavada en la parte nororiental, se levantaba la enorme ciudadela, construida con piedras gigantes y que tenía muchos torreones. En la torre más alta brillaba resplandeciente la luz de un faro, pero el castillo era lo único que se veía por encima de las fortificaciones.

Los soldados que vigilaban la puerta meridional sostenían las picas sin prestar ninguna atención.

—Ésta es nuestra primera prueba —dijo Brom—. Esperemos que el Imperio no les haya proporcionado información sobre nosotros, y no nos detengan. Pero pase lo que pase, no te asustes ni te comportes de manera sospechosa.

Aterriza ahora en alguna parte y escóndete. Vamos a entrar —le dijo Eragon a Saphira.

Ya estás otra vez metiendo las narices donde no te llaman —respondió ésta, irritada.

Lo sé, pero Brom y yo tenemos algunas ventajas que la mayoría de la gente no tiene. No te preocupes.

Si te pasa algo, te engancharé a mi silla y no dejaré que te separes de mí.

Yo también te quiero.

Entonces te ataré más fuerte que nunca.

Tratando de no despertar sospechas, Eragon y Brom cabalgaron hacia la puerta sobre la que ondeaba una banderola amarilla con el dibujo de un león rugiente y un brazo que sostenía un lirio. Al acercarse a la muralla, Eragon preguntó, asombrado:

—¿Es muy grande este lugar?

—Más grande que todas las ciudades que hayas visto en tu vida —respondió Brom.

En la entrada de Teirm, los soldados se pusieron en posición de firmes y bloquearon la puerta con sus picas.

—¿Cómo te llamas? —preguntó uno de ellos con tono de aburrimiento.

—Me llamo Neal —respondió Brom con voz entrecortada, que caminaba inclinado hacia un lado poniendo cara de idiota feliz.

—¿Y el otro? —preguntó también el guardia.

—Justo iba a decírselo. Es mi sobrino Evan, el hijo de mi hermana, no es...

—Bien, bien... —El guardia asintió con impaciencia—. ¿Y qué quieres?

—Va a visitar a un viejo amigo —intervino Eragon con

un acento muy cerrado—. Voy con él para que no se pierda, no sé si me entiende. Ya no es tan joven como antes, y en su juventud le dio demasiado el sol. Un poco de fiebre cerebral, ya sabe.

Brom asintió, complacido.

—De acuerdo, pasad —dijo el guardia haciendo un gesto con la mano, y bajó la pica—. Pero aseguraos de no causar problemas.

—¡Ah, no, no causará ninguno! —prometió Eragon.

Espoleó a *Cadoc,* y entraron en Teirm. Los cascos de los caballos resonaron en la calle empedrada.

Una vez lejos de los guardias, Brom se puso derecho.

—Así que un poco de fiebre cerebral, ¿eh? —rezongó.

—No podía dejarte toda la diversión a ti —bromeó Eragon.

Brom se aclaró la garganta con aspavientos y miró hacia otro lado.

Las casas eran lúgubres y no presagiaban nada bueno. Tenían unos ventanucos que apenas dejaban pasar algunos rayos de luz, estrechas puertas, que estaban muy retiradas hacia el interior del edificio, y tejados planos —salvo donde había un enrejado metálico— cubiertos por tejas de pizarra. Eragon comprobó que las casas que estaban más cerca de la muralla de Teirm sólo tenían una planta, pero a medida que se alejaban de ella, eran más altas. En cambio, las que estaban más cerca de la ciudadela eran las de mayor altura, aunque seguían siendo insignificantes en comparación con la fortaleza.

—Este lugar parece preparado para la guerra —comentó el chico.

—En efecto —asintió Brom—. Teirm tiene una larga historia de ataques de piratas, úrgalos y otros enemigos, pues desde hace mucho tiempo es un centro comercial, y ya se sabe que siempre que los ricos acumulan tanto con semejante abundancia se producen conflictos. De modo que la población se ha visto obligada a tomar medidas extraordinarias para que no los invadan, aunque también les sirve de ayuda que Galbatorix les haya dado soldados para defender la ciudad.

—¿Por qué algunas casas son más altas que otras?

—Mira la ciudadela —señaló Brom—: desde ella se ve Teirm sin ningún obstáculo. Si se abriera una brecha en la muralla desde el exterior, se apostarían arqueros en todos los tejados, y como las casas de la periferia, las que están junto a la muralla, son más bajas, los hombres que estuvieran detrás de ellas podrían disparar sobre los invasores sin temor a alcanzar a sus conciudadanos. Además, si el enemigo quisiera tomar esas casas y colocar a sus propios arqueros sobre ellas, sería fácil dispararles.

—Nunca he visto una ciudad tan bien planificada como ésta —comentó Eragon, maravillado.

—Sí, pero la reconstruyeron de esta forma tras una incursión pirata que casi la quemó por completo.

Mientras avanzaban por la calle, la gente los miraba inquisitivamente, pero sin gran interés.

Comparada con Daret, aquí nos han dado la bienvenida con los brazos abiertos. Quizá Teirm ha escapado al interés de los úrgalos, pensó Eragon.

Pero cambió de idea cuando un hombre fornido pasó junto a ellos con una espada colgada de la cintura. Había también otros signos más sutiles de tiempos adversos: no se veían niños jugando en las calles, la gente tenía una expresión ceñuda y había muchas casas abandonadas, con marañas de hierbas que crecían entre las grietas de los patios empedrados.

—Parece que han tenido dificultades —dijo Eragon.

—Lo mismo que en todas partes —respondió Brom con tristeza—. Debemos buscar a Jeod.

Guiaron a los caballos al otro lado de la calle, hacia una taberna, y los ataron a un poste.

—El Castaño Verde... maravilloso —murmuró Brom mirando el maltrecho cartel que colgaba en lo alto mientras entraban en el establecimiento.

El sombrío lugar no parecía muy seguro. En la chimenea ardía un fuego, aunque nadie se molestaba en echarle más leña, mientras en los rincones de la sala había unas pocas personas solitarias con expresión sombría que apuraban sus tragos. Un hombre, al que le faltaban dos dedos, se miraba los temblorosos muñones en una mesa de la otra punta. El tabernero, con una mueca cínica, seguía frotando un vaso a pesar de que estaba roto.

Brom se inclinó sobre el mostrador.

—¿Sabe dónde puedo encontrar a un hombre llamado Jeod?

Eragon estaba a su lado jugueteando con la punta del arco que le llegaba a la cintura. Lo llevaba cruzado sobre la espalda, pero en ese momento deseó tenerlo en las manos.

—No —respondió el tabernero con voz exageradamente alta—. ¿Por qué tendría que saberlo? ¿Cree que sigo el rastro a todos los patanes sarnosos de este lugar abandonado?

Eragon hizo una mueca mientras todas las miradas se volvían hacia ellos, pero Brom siguió hablando con tranquilidad.

—¿Y no podría hacer el esfuerzo de recordar? —dijo mientras depositaba unas monedas sobre el mostrador.

El hombre se animó y dejó el vaso.

—Tal vez —respondió bajando la voz—, pero mi memoria necesita un buen estímulo.

Brom puso mala cara, pero deslizó unas monedas más sobre la barra. El tabernero se relamió la comisura de los labios, indeciso.

—De acuerdo —dijo al fin, y alargó el brazo para coger las monedas.

Antes de que llegara a tocarlas, el hombre al que le faltaban los dos dedos gritó desde su mesa.

—Gareth, ¿qué demonios haces? Cualquiera que pase por la calle podría decirles dónde vive Jeod. ¿Por qué les cobras?

Brom se apresuró a guardar otra vez las monedas en su saco, mientras Gareth le lanzaba una ponzoñosa mirada al hombre de la mesa, se giraba y volvía a coger el vaso.

Brom se acercó al desconocido.

—Gracias. Me llamo Neal y él es Evan.

El hombre levantó la jarra en señal de brindis.

—Martin, y, por lo que veo, ya conocéis a Gareth. —Tenía una voz grave y ronca—. Venid, sentaos —dijo señalando unas sillas vacías—. No tengo ningún inconveniente.

Eragon acomodó su asiento para quedar de espaldas a la pared y de cara a la puerta. Martin levantó una ceja, pero no hizo comentario alguno.

—Me habéis ahorrado unas coronas —dijo Brom.

—Ha sido un placer. Aunque uno no puede culpar a Gareth porque, últimamente, los negocios no van muy bien. —Martin se rascó la barbilla—. Jeod vive en la parte oeste de la ciudad, justo al lado de la herboristería de Angela. ¿Tenéis negocios con él?

—Más o menos —respondió Brom.

—Pues no creo que quiera comprar nada porque acaba de perder otro barco hace unos días.

Brom se interesó enseguida por la noticia.

—¿Qué ha pasado? No habrán sido los úrgalos, ¿verdad?

—No —respondió Martin—. Se han marchado de la zona. Hace casi un año que nadie ve a ninguno de esos monstruos, pues al parecer todos se han ido al sur y al este. Así que el problema no son ellos. Mirad, como seguramente sabéis, la mayor parte de nuestros negocios consisten en el comercio por mar. Pues bien —se detuvo para tomar un trago—, desde hace varios meses alguien ataca nuestros barcos, pero no se trata de la piratería habitual porque sólo son atracados los barcos que transportan los productos de ciertos mercaderes. Y Jeod es uno de ellos. La situación ha empeorado tanto que ningún capitán acepta transportar artículos de esos comerciantes, lo que dificulta la vida en este lugar, en especial, porque algunos de ellos tienen los negocios marítimos más prósperos del Imperio. De modo que se han visto obligados a mandar las mercancías por tierra, y ese hecho ha elevado espantosamente los precios, y aun así, las caravanas no siempre llegan.

—¿Tenéis idea de quién es el responsable? Habrá testigos —dijo Brom.

—Nadie sobrevive a los ataques —explicó Martin con un gesto negativo—. Los barcos zarpan, después desaparecen y nadie vuelve a verlos. —Se inclinó hacia ellos, y añadió en tono confidencial—: Los marineros dicen que es magia. —Asintió, guiñó un ojo y volvió a reclinarse.

Brom parecía preocupado por lo que acababa de oír.

—¿Y qué pensáis vos?

—No lo sé —respondió Martin encogiéndose de hombros con cierto desinterés—. Y creo que no lo sabré a menos que tenga la desgracia de estar en uno de esos barcos capturados.

—¿Sois marinero? —preguntó Eragon.

—No —soltó Martin—. ¿Por qué? ¿Lo parezco? Los capitanes me contratan para defender sus barcos de los piratas, pero esa escoria ladrona no ha estado muy activa últimamente. A pesar de todo, es un buen trabajo.

—Pero peligroso —dijo Brom.

Martin volvió a encogerse de hombros y se acabó la jarra de cerveza. Brom y Eragon se marcharon y enfilaron hacia la parte oeste de la ciudad, la zona más bonita de Teirm. Las casas eran grandes, limpias y estaban arregladas. La gente por las calles iba bien vestida, con prendas caras, y caminaba con aplomo. Eragon se sentía fuera de lugar, como si llamara la atención.

Un viejo amigo

Como la herboristería tenía un colorido cartel, fue fácil encontrarla. En la puerta estaba sentada una mujer de baja estatura y de cabello rizado. Con una mano sostenía una rana y con la otra escribía. Eragon supuso que era Angela, la herbolaria. A cada lado de la tienda había una casa.

—¿Cuál crees que es la de Jeod? —inquirió el muchacho.

—Vamos a averiguarlo —dijo Brom, pensativo. Se acercó a la mujer y preguntó educadamente—. ¿Podríais decirnos cuál es la casa de Jeod?

—Sí, podría —respondió sin dejar de escribir.

—¿Y nos lo diréis?

—Sí. —Pero se quedó en silencio mientras escribía más deprisa que nunca.

La rana que tenía en la mano croó y los miró con ojos torvos. Brom y Eragon esperaron incómodos, pero la mujer no dijo nada más. Eragon estaba a punto de soltar algo, cuando Angela levantó la vista.

—¡Por supuesto que os lo diré! Lo único que tenéis que hacer es preguntarlo. La primera pregunta fue si «podría» o no decirlo, y la segunda, si lo «haría». Pero en realidad no me habéis hecho la pregunta.

—Pues dejadme que os la haga adecuadamente —dijo Brom con una sonrisa—. ¿Dónde vive Jeod? ¿Y por qué tiene usted una rana?

—Bueno, ahora sí que nos entenderemos —bromeó la

mujer—. La casa de Jeod es la de la derecha. En cuanto a la rana... (bien, en realidad es un sapo) estoy intentando demostrar que los sapos no existen... que sólo hay ranas.

—¿Cómo es posible que no existan los sapos si ahora mismo tenéis uno en la mano derecha? —interrumpió Eragon—. Además, ¿para qué sirve demostrar que sólo hay ranas?

La mujer movió la cabeza con fuerza y los oscuros rizos rebotaron.

—No, no, no comprendéis. Si demuestro que los sapos no existen, entonces este bicho es una rana y nunca fue un sapo. Por lo tanto, el sapo que ves ahora no existe. Y —levantó el meñique— si demuestro que sólo hay ranas, los sapos no podrán hacer nada malo, como provocar que se caiga un diente, que salgan verrugas, o envenenar y matar a las personas. Además, las brujas no podrán usar ninguno de sus hechizos porque, naturalmente, no habrá ningún sapo.

—Comprendo —dijo Brom con delicadeza—. Parece interesante y me gustaría que me lo explicarais mejor, pero ahora debo ir a ver a Jeod.

—Claro —dijo ella, y agitó la mano mientras volvía a su escritura.

Cuando se alejaron de la herbolaria, Eragon comentó:

—¡Está loca!

—Es posible —dijo Brom—, pero nunca se sabe. A lo mejor descubre algo útil, así que no la critiques. Quién sabe... ¡los sapos en realidad podrían ser ranas!

—Y mis zapatos, de oro —replicó Eragon.

Se detuvieron delante de una puerta que tenía una aldaba de hierro forjado y un umbral de mármol. Brom llamó tres veces, pero nadie respondió. Eragon se sentía un poco tonto.

—A lo mejor no es esta casa. Probemos en la otra —dijo. Brom no le hizo caso y volvió a llamar, esta vez más fuerte.

De nuevo, no hubo respuesta. Eragon se apartó nervioso, pero en ese momento oyó que alguien se acercaba: una mujer joven, de tez pálida y cabello rubio claro abrió una rendija. Tenía los ojos hinchados, como si hubiera estado llorando, pero su voz era perfectamente firme.

—¿Qué deseáis?

—¿Vive aquí Jeod? —preguntó Brom con amabilidad.

La mujer agachó un poco la cabeza.

—Sí, es mi marido. ¿Os está esperando? —No abrió más la puerta.

—No, pero tenemos que hablar con él —dijo Brom.

—Está muy ocupado.

—Hemos venido desde muy lejos. Es muy importante que lo veamos.

—Está ocupado —repitió con expresión dura.

Brom se puso nervioso, pero no perdió el tono amable.

—Puesto que no está disponible, ¿podríais darle un mensaje? —La mujer hizo una mueca con la boca, pero accedió—. Decidle que un amigo de Gil'ead lo espera fuera.

—Muy bien —respondió la mujer, aunque con expresión de desconfianza. Y cerró la puerta bruscamente.

—No ha sido muy educada —comentó Eragon mientras la oía alejarse.

—Guárdate tus opiniones —le soltó Brom—. Y no digas nada. Déjame hablar a mí.

Se cruzó de brazos y empezó a tamborilear con los dedos. Por su parte, Eragon cerró la boca y miró hacia otro lado.

De repente, se abrió la puerta de par en par, y un hombre de elevada estatura salió de la casa. Las prendas que vestía eran caras, pero estaban muy ajadas; tenía el pelo canoso y ralo, y el rostro, en el que destacaban unas cejas muy pequeñas, reflejaba una expresión de tristeza. Una larga cicatriz le cruzaba el cráneo hasta la sien.

Al verlos, los ojos se le desorbitaron y se apoyó en el vano de la puerta, estupefacto. Abrió y cerró la boca varias veces como un pez agonizante.

—¿Brom...? —preguntó en voz baja, incrédula.

Brom se llevó el índice a los labios y se acercó a estrechar la mano del hombre.

—¡Me alegro de verte, Jeod! Y me alegro también de que no te falle la memoria, pero no uses ese nombre. Sería una desgracia que alguien supiera que estoy aquí.

Jeod miró a su alrededor con expresión de angustia.

—Pensaba que estabas muerto —murmuró—. ¿Qué ha pasado, Brom? ¿Por qué no te has puesto en contacto conmigo antes?

—Te lo explicaré todo. ¿Tienes algún lugar donde podamos hablar con tranquilidad?

Jeod dudó mientras miraba alternativamente a Brom y a Eragon con expresión impenetrable.

—Aquí no es posible —dijo al fin—, pero si esperas un momento te llevaré a un sitio donde podremos hacerlo.

—De acuerdo —dijo Brom, y Jeod desapareció por la puerta.

Espero enterarme de parte del pasado de Brom, pensó Eragon.

Cuando reapareció, Jeod llevaba un estoque y una chaqueta finamente bordada sobre los hombros, a juego con un sombrero de plumas. Brom echó una mirada crítica a todas esas galas, pero Jeod se encogió de hombros con timidez.

Los condujo a través de Teirm hacia la ciudadela. Eragon iba con los caballos detrás de los dos hombres. Al fin Jeod les señaló su destino.

—Risthart, el señor de Teirm, ha decretado que todos los comerciantes tengan sus despachos en el castillo. A pesar de que la mayoría hacemos los negocios en otra parte, tenemos que alquilar habitaciones allí. Es absurdo, pero lo acatamos para mantenerlo tranquilo. Allí estaremos a salvo de oídos indiscretos; los muros son muy gruesos.

Pasaron por la puerta principal de la fortaleza y accedieron a la torre. Jeod se dirigió a una puerta lateral y señaló un aro de hierro.

—Puedes atar ahí los caballos. Nadie los molestará.

Una vez atados *Nieve de Fuego* y *Cadoc*, abrió la puerta con una llave de hierro y los hizo pasar.

Se trataba de un corredor largo y vacío, iluminado por antorchas colgadas en las paredes. Eragon se sorprendió del frío y de la humedad que hacía, y al tocar las paredes, los dedos se le deslizaron sobre una capa de lodo que le dio escalofríos.

Jeod cogió una antorcha del soporte y los guió por el pasillo. Se detuvieron delante de una pesada puerta de madera; Jeod la abrió y los hizo pasar a una habitación, cuyo suelo estaba cubierto por una alfombra de piel de oso sobre la que había unas sillas tapizadas. Unas estanterías, atestadas de ejemplares encuadernados en cuero, cubrían las paredes.

Puso leña en la chimenea y metió la antorcha debajo. El fuego empezó a arder enseguida.

—Bueno, viejo, me debes algunas explicaciones.

—¿A quién llamas viejo? —dijo Brom sonriendo—. La última vez que te vi no tenías ni una cana, y en cambio, ahora tu cabellera parece que está en su fase final de descomposición.

—Y tú estás igual que hace casi veinte años. Al parecer, el tiempo te ha conservado como un viejo cascarrabias que castiga a cada nueva generación con su sabiduría. ¡Bueno, ya basta! Cuéntame, ya que siempre ha sido algo que se te ha dado bien —dijo Jeod con impaciencia, al mismo tiempo que Eragon aguzaba el oído y, ansioso, se disponía a escuchar lo que Brom iba a decir.

Brom se acomodó en la silla y sacó la pipa. Formó despacio una voluta de humo que se volvió verde, se desplazó hacia la chimenea y ascendió por ella.

—¿Te acuerdas de lo que hacíamos en Gil'ead?

—Por supuesto —respondió Jeod—. Ese tipo de cosas no se olvida.

—Y te quedas corto, pero es verdad a pesar de todo —replicó Brom—. Cuando... nos separaron, no logré encontrarte y, en medio del tumulto, fui a parar por casualidad a una pequeña habitación donde no había nada extraordinario, sólo cajones y cajas, pero me puse a revolver en ellos por pura curiosidad, y la fortuna me sonrió porque encontré lo que habíamos estado buscando. —El asombro se dibujó en la cara de Jeod—. Una vez que lo tuve en mis manos, no pude esperarte. Habrían podido descubrirme en cualquier momento, y todo se hubiera perdido. Así pues, me disfracé lo mejor que pude, huí de la ciudad y corrí hasta el... —Brom vaciló, miró a Eragon y añadió—: hasta nuestros amigos. Lo guardaron en un sótano, para que estuviera a salvo, y me hicieron prometer que cuidaría de quienquiera que lo recibiera, pero yo debía desaparecer hasta el momento en que mis habilidades fueran requeridas. Nadie tenía que saber que yo estaba vivo, ni siquiera tú, aunque me dolió hacerte sufrir innecesariamente. Así que me marché al norte, y me oculté en Carvahall.

Eragon apretó las mandíbulas, rabioso de que Brom lo mantuviera a ciegas a propósito.

—Entonces, ¿nuestros... amigos han sabido siempre que estabas vivo? —preguntó Jeod frunciendo el entrecejo.

—Sí.

—Supongo que la artimaña era imprescindible —dijo con un suspiro—, pero ojalá me lo hubieran dicho. ¿No está Carvahall más hacia el norte, al otro lado de las Vertebradas? —Brom asintió, y Jeod, por primera vez, prestó atención a Eragon, y los ojos grises del hombre lo examinaron detalladamente. Después levantó las cejas y señaló—: Supongo, entonces, que estás cumpliendo con tu deber.

Brom hizo un gesto negativo.

—No, no es tan sencillo. Lo robaron tiempo atrás, al menos eso es lo que presumo, porque no he vuelto a tener noticias de nuestros amigos y supongo que sus mensajeros fueron detenidos, así que decidí averiguar por mi cuenta lo que pudiera. Y como resulta que Eragon viajaba en la misma dirección, estamos juntos desde hace algún tiempo.

Jeod parecía intrigado.

—Pero si no han enviado ningún mensaje, ¿cómo sabes que lo...?

—El tío de Eragon —lo interrumpió deprisa Brom— fue brutalmente asesinado por los Ra'zac, luego incendiaron la casa y casi lo cogen a él. Un hecho así merece vengarse, pero nos han dejado sin pistas que seguir, y necesitamos ayuda para encontrarlos.

—Comprendo... —La duda desapareció del rostro de Jeod—. Pero ¿por qué has venido aquí? No sé dónde pueden ocultarse los Ra'zac, y si alguien lo sabe no te lo dirá.

Brom se puso de pie, metió la mano dentro de su túnica, sacó la cantimplora y se la pasó a Jeod.

—Contiene aceite de *seithr*, del peligroso. Lo llevaban los Ra'zac, pero lo perdieron en el sendero, y nosotros lo encontramos por casualidad. De modo que tenemos que ver los archivos de los cargamentos de Teirm para seguir la pista de las compras de aceite del Imperio. Y eso nos llevará a la guarida de los Ra'zac.

Jeod se quedó reflexionando mientras la cara se le surcaba de arrugas.

—¿Ves todo eso? —preguntó señalando los libros de los estantes—. Son los documentos de mi negocio. ¡De un solo negocio! Te has metido en un proyecto que podría llevarte meses y, además, hay otro problema mayor aún: los libros de contabilidad que solicitas se guardan en este castillo, pero solamente Brand, el administrador de cuentas de Risthart, los examina con regularidad. A los mercaderes como yo no se nos permite manipularlos porque temen que falsifiquemos los resultados y engañemos al Imperio para evadir sus apreciados impuestos.

—No tengo problemas de tiempo —dijo Brom—, puesto que necesitamos descansar unos días para pensar en los procedimientos.

—Parece que ahora me ha llegado el turno de ayudarte a ti —dijo Jeod sonriendo—. Desde luego, mi casa es tuya. ¿Usarás otro nombre mientras estés aquí?

—Sí. Yo soy Neal, y el muchacho es Evan.

—Eragon —dijo Jeod, pensativo—. Tienes un nombre único, pues a muy pocos se les ha puesto el nombre del primer Jinete. En mi vida, sólo he sabido de tres personas que lo llevaran.

Eragon se sorprendió de que Jeod supiera el origen de su nombre.

—¿Puedes ir a ver si los caballos están bien? —dijo Brom mirando a Eragon—. Creo que no he dejado muy bien atado a *Nieve de Fuego*.

Me parece que están tratando de ocultarme algo. En cuanto salga van a hablar de ello.

A pesar de todo, Eragon se levantó de la silla y salió de la habitación dando un portazo. *Nieve de Fuego* ni se había movido, pues el nudo que lo sujetaba estaba perfectamente bien. El muchacho se apoyó de mal humor contra la pared mientras acariciaba el cuello de los caballos.

No es justo, se quejó en silencio. *¡Ojalá pudiera escuchar lo que dicen!* De repente, entusiasmado, se enderezó. En una ocasión, Brom le había enseñado unas palabras que podían mejorar su capacidad auditiva. *Un oído agudo no es exactamente lo que quiero, pero debería ser capaz de conseguir* *que las palabras cumplan su cometido. Después de todo, ¡no estuvo mal lo que logré con* brisingr*!*

Se concentró y se puso en contacto con su poder. Cuando lo alcanzó, dijo:

—¡*Thverr stenr un atra eka hórna!* —Y cargó las palabras con su voluntad.

Mientras el poder surgía de él, oyó un tenue murmullo, pero nada más. Desilusionado, se echó hacia atrás, pero se sobresaltó al escuchar a Jeod que decía:

—... y hace casi ocho años que me dedico a eso.

Eragon miró a su alrededor: no había nadie, salvo unos pocos guardias apoyados contra la pared del otro extremo de la torre. Sonrió y se sentó en el patio con los ojos cerrados.

—Jamás me imaginé que te convertirías en mercader —dijo Brom—. ¡Después de pasar tanto tiempo con los libros y de haber encontrado el pasadizo de esa manera! ¿Qué fue lo que te hizo dedicarte a los negocios en lugar de continuar con el estudio?

—Después de Gil'ead, perdí el interés en seguir sentado en húmedas habitaciones leyendo pergaminos, y decidí ayudar a Ajihad lo mejor que podía, pero no soy un guerrero. Mi padre también era mercader, como recordarás, y me ayudó en los comienzos. Sin embargo, el grueso de mi negocio no es más que una tapadera para introducir bienes en Surda.

—Pero, por lo que he oído, las cosas van muy mal —comentó Brom.

—Sí, últimamente no se ha conseguido pasar ninguno de los cargamentos, y Tronjheim se está quedando sin suministros. De alguna forma el Imperio, o por lo menos yo creo que son ellos, ha descubierto a los que ayudábamos a Tronjheim. Sin embargo, no estoy del todo convencido de que se trate del Imperio, pues nadie ha visto ningún soldado. No lo comprendo. Quizá Galbatorix ha contratado mercenarios para destruirnos.

—Me han dicho que hace poco has perdido un barco.

—Sí, el último que me quedaba —respondió Jeod con amargura—. Todos los hombres a bordo eran leales y valientes. Dudo que los vuelva a ver... La única opción que me queda es enviar caravanas a Surda o a Gil'ead, y sé que no llegarán por muchos guardias que contrate, o bien alquilar el barco de otra persona para llevar las mercancías. Pero ahora nadie querrá hacerlo.

—¿Cuántos mercaderes te han ayudado? —preguntó Brom.

—¡Ah, un buen número, de un lado a otro del litoral, y todos ellos se han visto asediados por los mismos problemas! Sé lo que estás pensando: yo mismo he cavilado sobre ello más de una noche, pero me resisto a la idea de que haya un traidor tan poderoso y que sepa tanto. Si hubiera alguno, todos estaríamos en peligro. Deberías volver a Tronjheim.

—¿Y llevar allí a Eragon? —lo interrumpió Brom—. Lo destrozarían. Hoy por hoy, es el peor lugar en el que podría estar. Quizá sea adecuado dentro de unos meses o, mejor, dentro de un año. ¿Te imaginas cómo reaccionarían los enanos? Todo el mundo trataría de influir sobre él, especialmente Islanzadi. Él y Saphira no estarían a salvo en Tronjheim hasta que yo haya conseguido que pasen, como mínimo, por el *tuatha du orothrim.*

¡Enanos!, pensó Eragon, entusiasmado. *¿Dónde está eso de Tronjheim? ¿Y por qué le ha hablado a Jeod de Saphira? ¡No debió hacerlo sin pedirme permiso!*

—Sin embargo, tengo la sensación de que necesitan tu poder y tu sabiduría.

—¿Sabiduría? —soltó Brom—. Sólo soy lo que has dicho antes: un viejo cascarrabias.

—Muchos no estarían de acuerdo.

—Déjalos, no tengo por qué explicar nada de mí mismo. No, Ajihad tendrá que arreglárselas sin mí. Lo que estoy haciendo ahora es mucho más importante, pero la perspectiva de la existencia de un traidor despierta dudas muy perturbadoras. Me gustaría saber si ése fue el medio por el que el Imperio sabía dónde... —Su voz se desvaneció.

—Y me pregunto por qué no se pusieron en contacto conmigo por este asunto —dijo Jeod.

—A lo mejor lo intentaron. Pero si hay un traidor... —Brom se calló—. Tengo que avisar a Ajihad. ¿Tienes algún mensajero digno de confianza?

—Creo que sí. Depende de adónde tenga que ir.

—No lo sé —dijo Brom—. He estado aislado demasiado tiempo, mis contactos probablemente han muerto o se han olvidado de mí. ¿Puedes mandarlo a visitar a quienes reciben tus cargamentos?

—Sí, pero es peligroso.

—¿Y qué no lo es últimamente? ¿Cuándo puede partir?

—Por la mañana. Lo mandaré a Gil'ead. Será más rápido —dijo Jeod—. ¿Qué puede llevar para convencer a Ajihad de que el mensaje procede de ti?

—Toma, dale a tu hombre mi anillo y dile que si lo pierde, yo mismo le arrancaré el hígado. Me lo dio la reina.

—¡Qué sentido del humor!

Brom soltó un gruñido.

—Será mejor que vayamos a ver a Eragon —dijo tras un prolongado silencio—. Estoy inquieto cuando está solo porque el muchacho tiene la anormal tendencia de estar allí donde hay problemas.

—¿Te sorprende?

—La verdad es que no.

Eragon oyó el ruido de las sillas cuando las corrieron hacia atrás al levantarse. Desconectó enseguida la mente y abrió los ojos.

¿Qué está sucediendo?, murmuró para sí mismo. *Jeod y otros mercaderes están en apuros por ayudar a gente que el*

Imperio no favorece. Y Brom encontró algo en Gil'ead y fue a Carvahall para esconderse. ¿Qué era tan importante para que dejara que su amigo creyera que había muerto hace casi veinte años? Además, ha mencionado a una reina, aunque no hay ninguna en los reinos que se conocen, y ha nombrado a los enanos, quienes, según él mismo me dijo, desaparecieron bajo tierra hace mucho tiempo.

¡Quería respuestas! Sin embargo, ahora no le plantearía nada a Brom para no poner en peligro la misión que llevaban entre manos. No, esperaría hasta que se marcharan de Teirm y entonces insistiría hasta que el anciano le contara sus secretos. Los pensamientos aún le daban vueltas por la cabeza cuando se abrió la puerta.

—¿Estaban bien los caballos? —preguntó Brom.

—Perfectos —respondió Eragon.

Los desataron y salieron del castillo.

—Dime, Jeod —dijo Brom mientras regresaban al centro de Teirm—, así que al fin te has casado. Y —le guiñó un ojo— con una joven muy guapa. Felicidades.

Jeod no pareció alegrarse por el halago, sino que hundió los hombros y se quedó mirando el pavimento.

—Si las felicitaciones corresponden o no es algo discutible. Helen no es muy feliz.

—¿Por qué? ¿Qué es lo que quiere? —preguntó Brom.

—Lo normal —dijo Jeod haciendo un gesto de resignación—: un buen hogar, hijos alegres, comida en la mesa y una compañía agradable. La cuestión es que proviene de una familia pudiente y su padre ha hecho fuertes inversiones en mi negocio. Si sigo sufriendo estas pérdidas, no habrá suficiente dinero para mantener el estilo de vida al que está acostumbrada.

»Pero, por favor —continuó Jeod—, no quiero que mis problemas sean los tuyos. No hay que importunar a un invitado con las propias preocupaciones, así que mientras estés en mi casa, no dejaré que te moleste nada más que un estómago demasiado lleno.

—Gracias —dijo Brom—. Agradecemos tu hospitalidad. Hemos viajado mucho sin ningún tipo de comodidades. Por cierto, ¿sabes por casualidad dónde puedo encontrar una tienda barata? Esta cabalgata ha destrozado nuestra ropa.

—Naturalmente. Es mi trabajo —contestó Jeod con alegría.

Hablaron animadamente sobre precios y tiendas hasta que llegaron a la casa.

—¿Te importaría que fuéramos a comer a alguna otra parte? —preguntó Jeod—. Sería inoportuno que entrarais ahora.

—Como quieras —respondió Brom.

—Gracias. —Jeod pareció aliviado—. Dejemos los caballos en mi establo.

Así lo hicieron, y luego lo siguieron hasta una taberna muy grande. A diferencia de El Castaño Verde, ésta era bulliciosa, limpia y estaba llena de ruidosos clientes. Cuando llegó el segundo plato, un lechón relleno, Eragon atacó la carne con voracidad, pero saboreó especialmente la guarnición de patatas, zanahorias, nabos y manzanas dulces, pues hacía tiempo que sólo comía presas de caza.

Se demoraron horas con la comida, mientras Brom y Jeod intercambiaban historias. A Eragon no le importó. Sentía calorcillo, una melodía alegre resonaba al fondo de la estancia y había comida más que suficiente. El animado murmullo de la taberna le resultaba agradable a los oídos.

Cuando al fin salieron del lugar, el sol ya estaba casi sobre el horizonte.

—Vosotros seguid, yo tengo que ir a comprobar algo —dijo Eragon. Quería ver a Saphira y asegurarse de que estaba bien escondida.

—Ten cuidado y no tardes mucho —accedió Brom, distraído.

—Espera —dijo Jeod—. ¿Vas a salir de Teirm? —Eragon dudó y asintió de mala gana—. Asegúrate de volver a la ciudad antes de que sea de noche porque cierran las puertas, y los guardias no te dejarán entrar hasta la mañana.

—No tardaré —prometió Eragon.

Se dio la vuelta y corrió por una calle lateral hacia la muralla exterior de Teirm. Una vez fuera de la ciudad, respiró hondo disfrutando del aire fresco.

¡Saphira! —llamó—. *¿Dónde estás?* —Ella lo fue guiando hasta un acantilado cubierto de musgo y rodeado de arces. Eragon vio que asomaba la cabeza por encima de los árboles y le hacía señas con la pata—. *¿Cómo quieres que suba hasta allí?*

Busca un claro, y bajaré a recogerte.

No —replicó él al ver el acantilado—, *no es necesario. Ya subiré yo.*

Es muy peligroso.

Y tú te preocupas demasiado. Déjame que me divierta un poco.

Eragon se quitó los guantes y empezó el ascenso. El muchacho disfrutaba del esfuerzo físico, y como la pared estaba llena de rocas a las cuales podía agarrarse, le resultaba fácil subir. Pronto dejó atrás los árboles, y al llegar a un saliente, se detuvo para recobrar el aliento.

Una vez recuperadas las fuerzas, se estiró para agarrarse a otra roca, pero el brazo no le llegaba. Chasqueado, buscó alguna grieta o protuberancia de la que cogerse, pero no había ninguna. Entonces intentó retroceder, pero las piernas no le llegaban al último saliente. Saphira lo observaba sin parpadear. Por fin el chico se rindió y dijo:

Bueno, acepto tu ayuda.

Es culpa tuya.

Sí, ya sé. ¿Vas a venir a buscarme o no?

Si yo no estuviera por aquí, te verías en apuros.

No hace falta que me lo digas. —Eragon miró hacia arriba.

Tienes razón. Después de todo, ¿cómo puede una simple dragona decirle a un hombre como tú lo que tiene que hacer? En realidad, todo el mundo debería quedarse impresionado por tu genial idea de encontrar el único camino sin salida. Vaya, si hubieras avanzado un poco hacia cualquiera de los dos lados, el camino hasta aquí arriba habría estado despejado. —Ladeó la cabeza y lo miró echando chispas por los ojos.

De acuerdo. Me equivoqué. Ahora ¿puedes sacarme de aquí, por favor? —le rogó.

La dragona retiró la cabeza del borde del acantilado.

¿Saphira? —la llamó al cabo de un momento, pero en lo alto sólo se veían árboles que se agitaban.

—¡Saphira! —rugió—. ¡Vuelve!

Con un ruido sordo, Saphira salió disparada de lo alto del acantilado y dio una vuelta por el aire. Planeó hacia Eragon como un murciélago gigante, y al cogerlo de la camisa con las garras, le arañó la espalda. Eragon se soltó de la roca mientras la dragona lo elevaba por el aire y, tras un breve vuelo, lo depositó con suavidad en lo alto del acantilado y lo soltó.

Qué tontería —dijo Saphira en voz baja.

Eragon miró hacia otro lado y examinó el paisaje. El acantilado ofrecía una vista espléndida de los alrededores, especialmente del mar cubierto de espuma, y al mismo tiempo era una protección ideal de miradas inoportunas. Sólo los pájaros podían ver a Saphira en aquel lugar: era perfecto.

¿Es digno de confianza el amigo de Brom? preguntó la dragona.

No lo sé. —Eragon le contó los acontecimientos del día—. *Hay fuerzas que nos rodean de las que no somos conscientes. A veces me pregunto si alguna vez llegaremos a enten-*

der las auténticas motivaciones de la gente que tenemos a nuestro alrededor. Todos parecen guardar secretos.

Así es la vida. No hagas caso de las intrigas y ten confianza en la naturaleza de cada persona. Brom es bueno y no pretende hacernos daño. No tenemos por qué tener miedo de sus planes.

Eso espero —respondió Eragon mirándose las manos.

Pero, realmente, eso de encontrar a los Ra'zac a través de documentos escritos es una extraña manera de seguirles la pista. ¿No habría algún modo de usar la magia para ver los libros de contabilidad sin tener que estar en esa habitación? —preguntó Saphira.

No estoy seguro. Tendría que combinar la palabra «ver» con «de lejos»... o quizá «luz» con «lejos». En todo caso, parece bastante difícil, pero se lo preguntaré a Brom.

Sería sensato.

Se sumieron en un tranquilo silencio.

¿Sabes una cosa? Es posible que tengamos que quedarnos un tiempo aquí.

Y, como siempre, yo tendré que esperar fuera —respondió Saphira con tono de enfado.

No es eso lo que yo deseo, pero pronto volveremos a viajar juntos.

¡Ojalá ese día llegue enseguida!

Eragon sonrió y la abrazó. En ese momento se dio cuenta de que estaba oscureciendo deprisa.

Debo irme ahora, antes de que me dejen fuera de Teirm. Mañana ve a cazar y te veré por la tarde.

Saphira desplegó las alas.

Ven, te llevaré hasta abajo.

Eragon montó sobre el lomo cubierto de escamas y se agarró con fuerza mientras Saphira despegaba sobre el borde del acantilado, sobrevolaba los árboles y aterrizaba sobre una loma. Eragon le dio las gracias y regresó corriendo a Teirm.

Vio los rastrillos de las murallas en el momento en que empezaban a bajar. Gritó que lo esperaran, apretó el paso y consiguió pasar apenas unos segundos antes de que las puertas se cerraran de un golpe.

—Has llegado un poco justo —observó uno de los guardias.

—No volverá a pasar —aseguró Eragon mientras se agachaba para recuperar el aliento.

Serpenteó por las oscuras callejuelas de la ciudad hasta la casa de Jeod. Un fanal colgaba fuera como un faro.

Un mayordomo regordete atendió su llamada y lo acompañó por la casa sin decir palabra. Las paredes de piedra estaban cubiertas de tapices, mientras que alfombras de intrincados dibujos estaban distribuidas por el suelo de lustrosa madera, que brillaba a la luz de tres candelabros de oro que pendían del techo donde se acumulaba el humo que flotaba en el aire.

—Por aquí, señor. Vuestro amigo ya está en el estudio.

Pasaron por delante de montones de puertas hasta que el mayordomo abrió una que daba a un estudio. Las paredes estaban llenas de estanterías con libros. Pero, a diferencia de los del despacho de Jeod, éstos eran de diferentes formas y tamaños. Un hogar con leña encendida calentaba la habitación, y Brom y Jeod estaban sentados a un escritorio oval hablando amistosamente. Brom levantó la pipa y dijo con voz jovial:

—¡Ah, ya estás aquí! Empezábamos a preocuparnos por ti. ¿Qué tal el paseo?

Me pregunto por qué estará de tan buen humor. ¿Por qué no sale y me pregunta cómo está Saphira?

—Agradable, pero los guardias casi me dejan fuera de la ciudad. Y Teirm es grande. Me costó encontrar la casa.

Jeod rió.

—Cuando hayas visto Dras-Leona, Gil'ead o, incluso,

Kuasta, no te impresionarás tan fácilmente con esta pequeña ciudad marítima, aunque a mí me gusta. Cuando no llueve, Teirm es realmente muy bonita.

Eragon se volvió hacia Brom.

—¿Tienes idea de hasta cuándo nos quedaremos aquí?

—Es difícil decirlo —contestó Brom alzando las palmas de las manos—. Depende de si podemos ver los libros o no, y del tiempo que tardemos en encontrar lo que buscamos. Todos tenemos que contribuir; será un trabajo enorme. Mañana hablaré con Brand y veré si nos deja examinar los libros.

—No creo que yo pueda ayudar —dijo Eragon moviéndose inquieto.

—¿Por qué no? —preguntó Brom—. Habrá mucho trabajo para ti.

—No sé leer —afirmó Eragon bajando la cabeza.

Brom se puso tenso, sin creérselo.

—¿Quieres decir que Garrow no te enseñó?

—¿Acaso él sabía leer? —preguntó Eragon, intrigado. Jeod los miraba con interés.

—¡Claro que sabía! —soltó Brom—. El tonto orgulloso... ¿qué se creía? Tendría que haberme imaginado que no te había enseñado. Probablemente lo consideraba un lujo innecesario. —Frunció el entrecejo y se tiró de la barba, enfadado—. Eso retrasa un poco mis planes, pero no de forma irreparable. Tendré que enseñarte a leer. No tardarás mucho en aprender si te esfuerzas.

Eragon hizo una mueca. Las lecciones de Brom solían ser intensas y brutalmente directas.

¿Cuántas cosas más puedo aprender de golpe?

—Creo que es necesario —dijo el muchacho, arrepentido.

—Te gustará. Puedes aprender muchas cosas de los libros y de los pergaminos —dijo Jeod señalando las paredes—. Estos libros son mis amigos, mis compañeros. Me hacen reír o llorar y le dan un sentido a mi vida.

—Parece interesante —reconoció Eragon.

—Vaya, siempre has sido un estudioso, ¿no? —preguntó Brom.

—Ya no: me temo que he degenerado en bibliófilo —respondió Jeod.

—¿En qué? —preguntó Eragon.

—En una persona que ama los libros —le explicó Jeod, y retomó la conversación con Brom.

Eragon, aburrido, se puso a examinar los estantes. Un bello libro con adornos de oro le llamó la atención, lo sacó del estante y lo miró con curiosidad.

Estaba encuadernado en piel negra y tenía grabadas misteriosas runas. Eragon pasó los dedos por la cubierta y disfrutó de la agradable suavidad. Las letras del texto estaban impresas con una brillante tinta rojiza, y el muchacho deslizó los dedos sobre las páginas. Entonces se fijó en una columna escrita al margen, cuyas palabras eran de gran tamaño, como si flotaran, y estaban escritas con trazos muy bellos y puntiagudos.

Eragon le llevó el libro a Brom.

—¿Qué es esto? —preguntó señalando la extraña caligrafía.

Brom miró con atención la página y enarcó las cejas, sorprendido.

—Jeod, veo que has ampliado tu colección. ¿Dónde lo has conseguido? Hacía siglos que no lo veía.

Jeod estiró el cuello para ver el libro.

—¡Ah, sí, el *Domia abr Wyrda*! Hace unos años un hombre pasó por aquí e intentó venderlo a un mercader de los muelles. Por suerte, dio la casualidad de que yo estaba allí y pude salvar el libro y la vida del individuo, que no tenía ni idea de lo que era.

—Es extraño, Eragon, que precisamente hayas cogido este libro, *El predominio del destino* —dijo Brom—. De todos los que hay en esta casa, probablemente sea el más valioso. Detalla la historia completa de Alagaësia desde mucho antes de la llegada de los elfos hasta hace tan sólo unas décadas. Es un libro muy curioso y el mejor en su género. Cuando se publicó, el Imperio lo condenó por blasfemo e hizo quemar al autor, Heslant el Monje. No sabía que aún hubiera ejemplares. Los caracteres por los que me has preguntado pertenecen al idioma antiguo.

—¿Y qué dicen? —preguntó Eragon.

Brom tardó un momento en leer la escritura.

—Es parte de un poema elfo que habla de los años en los que lucharon al lado de los dragones, y este fragmento describe a uno de sus reyes, Ceranthor, que galopa hacia la batalla. Los elfos aman este poema y lo recitan con frecuencia, aunque hacen falta tres días para hacerlo, con el fin de no repetir los errores del pasado. A veces, lo cantan de una forma tan bella que hasta las piedras lloran.

Eragon volvió a su silla sosteniendo el libro con suavidad.

Es asombroso lo que una persona muerta puede explicarle a la gente a través de estas páginas porque, siempre y cuando sobreviva el libro, perduran las ideas del autor. Me gustaría saber si tiene información sobre los Ra'zac.

Hojeó el ejemplar mientras Brom y Jeod hablaban. Pasaron las horas, y Eragon empezó a adormilarse. Jeod, en consideración al agotamiento de sus huéspedes, les deseó las buenas noches.

—El mayordomo os enseñará vuestras habitaciones.

Mientras subían, el criado dijo:

—Si necesitan algo, junto a la cama hay una campanilla. —Se detuvo delante de un conjunto de tres puertas, hizo una reverencia y se retiró.

—¿Puedo hablar contigo? —preguntó Eragon a Brom mientras éste entraba en la habitación de la derecha.

—Acabas de hacerlo, pero entra.

Eragon cerró la puerta a sus espaldas.

—Saphira y yo tenemos una idea. ¿Hay...?

Brom le hizo callar haciendo un gesto con la mano, y corrió las cortinas de las ventanas.

—Cuando hables de esas cosas, harías bien en cerciorarte de que no hay oídos indiscretos cerca.

—Lo siento —se disculpó Eragon reprendiéndose a sí mismo por el descuido—. ¿Es posible invocar una imagen de algo que uno no puede ver?

Brom se sentó en el borde de la cama.

—¡Ah, te refieres a la criptovisión! Pues sí, es posible y muy útil en determinadas situaciones, pero tiene algunas dificultades graves: sólo se puede ver gente, lugares y cosas que ya hayas visto. De modo que si quieres ver a los Ra'zac, los verás, pero no sabrás dónde están. También hay otros problemas: por ejemplo, si quieres ver una página de un libro que ya hayas contemplado, el libro tiene que estar abierto por esa página, pero si está cerrado cuando lo intentas, la página aparecerá completamente negra.

—¿Por qué no se pueden ver objetos que no se hayan visto anteriormente? —preguntó Eragon. A pesar de las limitaciones, se dio cuenta de que la criptovisión podía ser muy útil. *Me pregunto si podría ver a leguas de distancia y usar la magia para influir sobre lo que sucede en ese lugar.*

—Porque para utilizar la criptovisión —dijo Brom pacientemente—, tienes que saber lo que buscas y adónde dirigir tu poder. Aunque te describieran a un desconocido, sería completamente imposible que lo vieras y mucho menos observar dónde está y qué cosas lo rodean. Uno tiene que saber qué es lo que quiere ver antes de poder hacerlo. ¿Responde eso a tu pregunta?

Eragon se quedó pensando un momento.

—Pero ¿cómo se hace? ¿Uno invoca la imagen en el aire?

—En general no —dijo Brom moviendo negativamente la canosa cabeza—. Eso exige más energía que proyectar la imagen sobre una superficie reflectante, como una charca de agua o un espejo. Algunos Jinetes solían viajar sin cesar para tratar de ver lo máximo posible. Después, cuando sobrevenía una guerra u otra calamidad, podían ver los acontecimientos a través de toda Alagaësia.

—¿Puedo probarlo? —preguntó Eragon.

—No, ahora no —contestó Brom mirándolo con atención—. Estás cansado, y la criptovisión exige mucha fuerza. Te diré las palabras, pero debes prometerme que no lo intentarás esta noche. Y me gustaría que esperaras a que nos marchemos de Teirm; tengo más cosas que enseñarte.

—Lo prometo —dijo Eragon con una sonrisa.

—Muy bien. —Brom se inclinó y susurró en voz muy baja al oído de Eragon—: *Draumr kópa*.

Eragon memorizó las palabras.

—Cuando nos vayamos de Teirm, podría «criptover» a Roran porque desearía saber cómo está. Tengo miedo de que los Ra'zac lo persigan.

—No quiero asustarte, pero es una posibilidad —dijo Brom—. Aunque casi todo el tiempo que los Ra'zac estuvieron en Carvahall, Roran no se hallaba allí, estoy seguro de que hicieron preguntas sobre él. Quién sabe, a lo mejor se toparon con tu primo cuando fueron a Therinsford. En todo caso, dudo que hayan saciado su curiosidad. A fin de cuentas tú sigues prófugo, y, probablemente, el rey los ha amenazado con castigos terribles si no te encuentran. Si se sienten muy frustrados, volverán e interrogarán a Roran. Es sólo cuestión de tiempo.

—Si es así, entonces la única forma de mantener a salvo a Roran es que los Ra'zac se enteren de dónde estoy y vengan a por mí en lugar de buscarlo a él.

—No, eso tampoco daría resultado. No piensas —lo reprendió Brom—. Si no comprendes a tus enemigos, ¿cómo quieres adelantarte a ellos? Aunque revelaras tu paradero, los Ra'zac perseguirían a Roran. ¿Sabes por qué?

Eragon se enderezó y trató de examinar todas las posibilidades.

—Si me ocultara durante bastante tiempo, se sentirían tan decepcionados que capturarían a Roran para obligarme a salir. Y si eso no funcionara, lo matarían sólo por hacerme daño. Además, si me convierto en un enemigo público del Imperio, podrían usarlo como señuelo para prenderme. Y si fuera a ver a Roran, y ellos se enterasen, lo torturarían para averiguar dónde estoy.

—Muy bien. Lo has deducido perfectamente —dijo Brom.

—Pero ¿cuál es la solución? ¡No puedo dejar que lo maten!

—La solución es bastante obvia —respondió Brom juntando las manos—. Roran tendrá que aprender a defenderse. Aunque parezca despiadado, no puedes arriesgarte a reunirte con él, como has indicado. Tal vez no lo recuerdes porque estabas casi desvariando cuando nos marchamos de Carvahall, pero te dije entonces que había dejado una carta de advertencia a Roran para que no estuviera totalmente desprevenido ante el peligro. Si tiene un poco de criterio, la próxima vez que los Ra'zac aparezcan por Carvahall, seguirá mi consejo y huirá.

—No me gusta todo esto —dijo Eragon con tristeza.

—¡Ah, pero olvidas algo!

—¿Qué? —preguntó.

—Pues que hay algo bueno en esta situación: el rey no puede permitirse que haya otro Jinete que vague por el mundo, y que él no controle. Galbatorix es el único Jinete conocido con vida, además de ti, pero le gustaría tener a otro

Jinete bajo sus órdenes. Por eso te ofrecerá la oportunidad de servirlo, antes de matar a Roran. Desgraciadamente, si alguna vez se acerca lo suficiente para hacerte esa proposición, será demasiado tarde para que la rechaces y sigas vivo.

—¡Y a eso lo llamas bueno!

—Es lo único que protege a Roran. Hasta que el rey no sepa de qué lado estás, no se arriesgará a alejarte matando a tu primo. Tenlo siempre presente. Los Ra'zac asesinaron a Garrow, pero creo que fue una decisión que no reflexionaron en absoluto. Por lo que sé sobre Galbatorix, él no la hubiera aprobado a menos que ganara algo con ella.

—¿Y cómo podré rechazar los deseos del rey si me amenaza con la muerte? —preguntó Eragon de repente.

Brom suspiró. Se acercó a la mesilla de noche y se humedeció los dedos en un cuenco con agua de rosas.

—Galbatorix desea tu servicial cooperación. Sin ella, eres más que inútil para él. La pregunta entonces es la siguiente: si alguna vez te enfrentas a esa disyuntiva, ¿estarías dispuesto a morir por lo que crees? Porque ése es el único motivo por el que podrás negarte. —La pregunta se quedó flotando en el aire—. Es una pregunta difícil —añadió al fin Brom—, y no se puede responder hasta que uno se enfrenta a ella. Ten presente que mucha gente ha muerto por sus creencias; en realidad es algo bastante común. El auténtico valor es vivir y sufrir por lo que uno cree.

La bruja y el hombre gato

Eragon se despertó tarde. Se lavó la cara en la jofaina y se vistió, luego sostuvo el espejo y se cepilló el cabello, pero al contemplar su propia imagen algo hizo que se detuviera y que se mirara con mayor atención. Desde su partida de Carvahall hacía poco tiempo, le había cambiado la cara: le había desaparecido la redondez infantil del rostro, debido al viaje, a la lucha y al entrenamiento; los pómulos eran más prominentes y las líneas de las mandíbulas más marcadas, y un ligero estrabismo, cuando miraba de cerca, le daba al semblante una apariencia salvaje y extraña. Sostuvo el espejo con el brazo estirado y su cara retomó el aspecto habitual, aunque a pesar de todo seguía sin parecer él mismo.

Un poco alterado, se colgó el arco y el carcaj a la espalda y salió de la habitación. Antes de llegar a la sala, lo alcanzó el mayordomo y le dijo:

—Señor, Neal se marchó con mi amo al castillo muy temprano y dijo que hoy hiciera usted lo que quisiese porque él no volvería hasta el atardecer.

Eragon le agradeció el mensaje y empezó a explorar Teirm con impaciencia. Vagó por las calles durante horas, entrando en cada tienda que le llamaba la atención, y habló con distintas personas. Al cabo de un rato, el estómago vacío y la falta de dinero lo obligaron a volver a casa de Jeod.

Cuando llegó a la calle donde vivía el mercader, se detuvo en la herboristería de al lado. Era un lugar raro para una tienda, pues el resto de los comercios se hallaban junto a las murallas de la ciudad en vez de estar encajonados entre dos elegantes viviendas. Intentó mirar por las ventanas, pero estaban tapadas por unas espesas enredaderas que crecían en el interior. La curiosidad lo empujó a entrar.

Al principio no vio nada porque la tienda estaba muy oscura, pero después la vista se le acostumbró a la tenue luz verdosa que se filtraba por las ventanas. Un pájaro de muchos colores, que tenía una cola de anchas plumas y un afilado y fuerte pico, lo miraba inquisitivamente desde una jaula junto a una de las ventanas. Las paredes estaban cubiertas de plantas, y las enredaderas que trepaban hasta el techo lo hubieran dejado todo en penumbra a no ser por un candelabro dorado. En el suelo había una maceta grande con una flor amarilla, y sobre el mostrador se veían una colección de morteros con sus respectivas manos para machacar, una serie de cuencos de metal y una bola de cristal del tamaño de la cabeza de Eragon.

Se acercó al mostrador pisando con cuidado entre complicadas máquinas, cajones con piedras, pilas de pergaminos y otros objetos que no reconoció. La pared de detrás del mostrador estaba cubierta de cajones de todos los tamaños, algunos de los cuales eran tan pequeños como su dedo meñique, y otros, grandes como un tonel. En las estanterías de arriba de todo había un espacio de unos treinta centímetros de ancho.

De repente, un par de ojos rojos destellaron desde ese oscuro hueco, y un gato, enorme y feroz, saltó sobre el mostrador. El animal era flaco, pero tenía unos potentes cuartos delanteros y las zarpas eran enormes; una poblada melena le rodeaba la angulosa cara, las orejas estaban coronadas de mechones negros y unos colmillos blancos sobresalían de las mandíbulas. En conjunto no se parecía a ningún gato que

Eragon hubiera visto. El animal lo examinó con perspicacia y movió la cola con desprecio.

Eragon tuvo el capricho de entrar en contacto mental con el gato y alcanzó la conciencia del animal. Lo acarició suavemente con sus pensamientos tratando de hacerle comprender que era un amigo.

No hagas eso.

Eragon miró a su alrededor, asustado. El gato lo ignoró y se lamió una zarpa.

¿Saphira? ¿Dónde estás? —preguntó el muchacho.

No hubo respuesta. Intrigado, Eragon se apoyó en el mostrador y alargó la mano hacia lo que parecía un bastón de madera.

No me parece buena idea.

Basta de bromas, Saphira —le espetó, y levantó el bastón.

Una descarga eléctrica le recorrió el cuerpo y lo tiró al suelo donde se retorció. El dolor fue cediendo despacio, pero lo dejó jadeante. Entonces el gato saltó a su lado y lo miró.

No eres demasiado listo para ser un Jinete de Dragón. Te avisé.

¡Eres tú el que ha hablado! —exclamó Eragon.

El gato bostezó, se desperezó y se paseó por el suelo esquivando los objetos.

¿Quién si no?

¡Pero si eres sólo un gato! —objetó el muchacho.

El gato maulló, volvió a acechar a Eragon, aterrizó de un salto sobre el pecho del muchacho y se agazapó allí mirando al chico con unos ojos que echaban chispas. Eragon trató de incorporarse, pero el animal gruñó enseñándole los colmillos.

¿Tengo el mismo aspecto que los demás gatos?

No...

¿Qué te hace pensar entonces que soy un gato? —Eragon estaba a punto de decir algo, pero el animal le hundió las

zarpas en el pecho—. *Es evidente que no te han educado muy bien. Para sacarte de tu error, te diré que soy un hombre gato. Ya no quedan muchos, pero creo que hasta un muchacho campesino tendría que haber oído hablar de nosotros.*

No sabía que fuerais reales —respondió Eragon, fascinado.

¡Un hombre gato! ¡Qué suerte tenía! Siempre aparecían brevemente al final de los cuentos sin intervenir demasiado, aunque de vez en cuando daban algún consejo. Si las leyendas eran ciertas, tenían poderes mágicos, vivían más que los humanos y, por lo general, sabían más de lo que decían.

El hombre gato parpadeó perezosamente.

Saber no tiene nada que ver con ser. Yo no sabía que tu existías hasta que tropezaste por aquí y me echaste a perder la siesta. Pero eso no significa que no fueras real antes de despertarme.

Eragon se sintió perdido con ese razonamiento.

Lamento haberte molestado.

En todo caso, ya estaba a punto de despertarme —dijo. Saltó otra vez al mostrador y empezó a lamerse una pata—. *Yo en tu lugar soltaría ese bastón. Te dará otra descarga en unos segundos.*

Eragon dejó enseguida el bastón donde lo había encontrado.

¿Qué es? —preguntó.

Un artefacto común y sin interés, a diferencia de mí.

Pero ¿para qué sirve?

¿No lo has visto?

El hombre gato acabó de limpiarse la pata, se estiró una vez más y volvió de un salto al lugar donde había estado durmiendo. Se sentó, metió las patas debajo del pecho y cerró los ojos ronroneando.

Espera —dijo Eragon—. *¿Cómo te llamas?*

Uno de los ojos rasgados del hombre gato se entreabrió.

Tengo muchos nombres, pero si estás buscando el correcto, tendrás que hacerlo en otra parte. —Y cerró el ojo. Eragon se dio por vencido y se volvió para marcharse—. *Sin embargo, puedes llamarme* Solembum.

Gracias —respondió Eragon con seriedad, y *Solembum* empezó a ronronear más fuerte.

De pronto, se abrió la puerta de la tienda dejando entrar un rayo de sol, y apareció Angela con una bolsa de tela llena de plantas. Miró a *Solembum* parpadeando ligeramente, y pareció que se sobresaltaba.

—El gato dice que has hablado con él.

—¿Tú también puedes hacerlo? —preguntó Eragon.

—Claro, pero eso no significa que él me conteste. —Angela dejó las plantas sobre el mostrador, se puso detrás de éste y se encaró a Eragon—. Dice que le caes bien, y eso es algo bastante raro porque la mayor parte de las veces *Solembum* no aparece cuando hay clientes. En realidad dice que prometes, si te lo tomas en serio.

—Gracias.

—Viniendo de él, es un halago. Eres la tercera persona que ha entrado en este lugar que ha sido capaz de charlar con él. La primera fue una mujer, hace muchos años; la segunda, un pordiosero ciego, y ahora tú. Pero no tengo una tienda para estar de cháchara. ¿Quieres algo? ¿O sólo has entrado a mirar?

—Sólo a mirar —respondió Eragon que seguía pensando en el hombre gato—. Además, no necesito ninguna hierba.

—No sólo vendo hierbas —dijo Angela con una risita—. Esos tontos ricos me pagan para que les prepare pociones de amor y esas cosas. Yo nunca aseguro que den resultado, pero por alguna razón vuelven. Sin embargo, no creo que tú necesites esas argucias. ¿Quieres que te adivine la suerte? También lo hago para todas las damas ricas.

—No, me temo que mi suerte es bastante ilegible —rió Eragon—. Y encima no tengo dinero.

Angela miró a *Solembum* con curiosidad.

—Creo... —señaló la bola de cristal que había sobre el mostrador—, que es sólo para presumir; de todas formas, no sirve para nada. Pero lo que sí tengo... Espera aquí, enseguida vuelvo. —Y se metió deprisa en una habitación al fondo de la tienda.

Volvió sin aliento con una bolsa de piel que depositó sobre el mostrador.

—Hace tanto que no la uso que ni me acordaba dónde estaba. A ver, siéntate aquí delante y te mostraré por qué me he tomado tantas molestias.

Eragon cogió un taburete y se sentó. A *Solembum* le brillaban los ojos mientras permanecía en el hueco que había entre los cajones.

Angela extendió una tela gruesa sobre el mostrador y echó encima un puñado de huesos lisos, apenas un poco más largos que un dedo, que tenían runas y símbolos inscritos a ambos lados.

—Son los huesos de los nudillos de un dragón —afirmó Angela mientras los acariciaba suavemente—. No me preguntes de dónde los he sacado porque es un secreto que no revelaré. Pero, a diferencia de las hojas de té, las bolas de cristal o incluso las cartas adivinatorias, estos huesos tienen poder de verdad y no mienten, aunque comprender lo que dicen es... complicado. Si quieres, te los echaré y los leeré para ti, pero debes saber que conocer el propio destino puede ser algo terrible. Así que has de estar seguro de tu decisión.

Eragon miró los huesos con temor.

Ahí yace un congénere de Saphira. Saber el destino de uno... ¿Cómo puedo tomar la decisión si no sé lo que me aguarda ni si me gustará o no? La ignorancia, efectivamente, es la felicidad.

—¿Por qué me lo ofreces? —preguntó.

—Por *Solembum*. Quizá haya sido maleducado, pero el hecho de que te haya hablado te convierte en alguien especial. Al fin y al cabo es un hombre gato. También se lo ofrecí a las otras dos personas que hablaron con él, pero sólo la mujer aceptó. Se llamaba Selena. Y también se arrepintió porque su suerte era sombría y dolorosa. No me pareció que creyera... por lo menos al principio.

La emoción se apoderó de Eragon y se le llenaron los ojos de lágrimas.

Selena, murmuró para sus adentros. Era el nombre de su madre. *¿Sería ella? ¿Tan horrible fue su destino que tuvo que abandonarme?*

—¿Recuerdas algo de su destino? —preguntó Eragon a punto de sentir náuseas.

Angela hizo un gesto negativo y suspiró.

—Hace tanto tiempo que los detalles se han desvanecido de mi memoria, que ya no es tan buena como solía ser, pero además, no te contaría lo que recuerdo. Lo que le dije era para ella y sólo para ella, aunque era triste. Nunca olvidaré la expresión de su rostro.

Eragon cerró los ojos y se esforzó por dominar sus emociones.

—¿Por qué te quejas de tu memoria? —preguntó para distraerse—. No eres tan vieja.

Unos hoyuelos se dibujaron en las mejillas de Angela.

—Me halagas, pero no te engañes; soy mucho más vieja de lo que parezco. Probablemente, el aspecto juvenil se debe a que tengo que comer mis propias hierbas en épocas de vacas flacas.

Eragon sonrió y respiró hondo.

Si ella era mi madre y pudo soportar que le adivinaran la suerte, yo también puedo.

—Tírame los huesos —dijo con solemnidad.

Angela se puso seria mientras sostenía los huesos con ambas manos. Cerró los ojos y empezó a mover los labios en un murmullo casi imperceptible hasta que dijo con voz potente:

—*¡Manin! ¡Wyrda! ¡Hugin!* —Y tiró los huesos sobre la tela. Cayeron todos juntos y relucieron bajo la tenue luz.

Las palabras resonaron en los oídos de Eragon. El muchacho reconoció que pertenecían al idioma antiguo y se dio cuenta con aprensión de que si Angela las usaba para la magia, debía de ser bruja. No le había mentido: era una auténtica adivinación del futuro. Mientras la mujer estudiaba los huesos, los minutos pasaban despacio.

Al fin, Angela se echó hacia atrás y lanzó un suspiro prolongado. Se secó la frente y sacó un odre de debajo del mostrador.

—¿Quieres un poco? —le ofreció a Eragon, pero éste dijo que no con la cabeza. Ella se encogió de hombros y bebió con avidez—. Ésta es la lectura más difícil que he hecho en mi vida —dijo enjugándose la boca—. Tenías razón, tu suerte es casi imposible de descifrar. Jamás he visto el destino de una persona tan enmarañado y confuso. Sin embargo, podré sacar algunas respuestas.

Solembum saltó sobre el mostrador y se sentó allí, observándolos. Eragon entrelazó las manos mientras Angela señalaba uno de los huesos.

—Empezaré por aquí —dijo despacio— porque es el más claro de comprender. —El símbolo sobre el hueso era una larga línea horizontal con un círculo encima—. Infinito o una vida larga —continuó Angela en voz baja—. Es la primera vez que veo que este símbolo sale en el futuro de un ser vivo. La mayoría de las veces aparece el álamo o el olmo, que son los símbolos de que una persona vivirá un número normal de años. Sin embargo, no estoy segura si significa que vivirás para siempre o que sólo tendrás una vida extraordinariamente larga. Pero prediga lo que prediga, puedes estar seguro de que tienes muchos años por delante.

Bueno, eso no es una sorpresa... porque soy un Jinete, pensó Eragon. ¿Iba Angela a decirle sólo cosas que ya sabía?

—Ahora los huesos son más difíciles de leer, ya que están en un montón confuso. —Angela tocó tres huesos—. Aquí están juntos el camino errante, el relámpago y el barco de vela. Y éste es un esquema del que he oído hablar, pero que nunca he visto. El camino errante muestra que tienes muchas posibilidades en el futuro, a algunas de las cuales te estás enfrentando ya. Asimismo, veo importantes batallas —algunas se entablan en tu nombre— que se desencadenan a tu alrededor, y veo también poderosas fuerzas de esta tierra que luchan por controlar tu voluntad y tu destino. Infinidad de posibles futuros te aguardan, todos ellos marcados por la sangre y por los conflictos, pero sólo uno te brindará felicidad y paz. Cuídate de no perder tu rumbo, porque eres uno de los pocos auténticamente libres de escoger su destino, y ten en cuenta que la libertad es un don, pero también es una responsabilidad más pesada que las cadenas.

»Pero, sin embargo —el rostro de la mujer se tornó triste—, para contrarrestar todo eso, aquí está el relámpago, que es un augurio terrible: existe una condena sobre ti, aunque no sé de qué tipo. Parte de ella surge de una muerte, que se avecina deprisa y causará mucho dolor. Por lo demás, te aguarda un gran viaje. Mira con atención este hueso: ¿ves cómo acaba y cómo se apoya en ese barco de vela? Es imposible malinterpretarlo: tu destino es partir de esta tierra para siempre. No sé dónde acabarás, pero nunca más volverás a Alagaësia. Este hecho es ineludible y sucederá aunque trates de evitarlo.

Las palabras de la mujer asustaron a Eragon.

Otra muerte... ¿a quién voy a perder ahora? Sus pensamientos se dirigieron inmediatamente hacia Roran. Después pensó en su tierra natal. *¿Qué podría obligarme a partir? ¿Y adónde iré? Si hay tierra al otro lado del mar o hacia el Oriente, sólo los elfos la conocen.*

Angela se frotó las sienes y respiró profundamente.

—El siguiente hueso es fácil de interpretar y quizá un poco más agradable. —Eragon lo examinó y vio un capullo de rosa grabado entre los extremos de una media luna—. Hay un romance épico en tu futuro —dijo Angela con una sonrisa—; será extraordinario, como indica la luna, que es un símbolo mágico, y lo suficientemente sólido para que sobreviva a diferentes imperios. No sé si la pasión acabará bien, pero tu amada es de noble cuna y linaje, y también es poderosa, sabia e incomparablemente bella.

¿De noble cuna?, pensó Eragon, sorprendido. *¿Cómo es posible? No tengo otra posición social que la del más pobre de los campesinos.*

—Ahora veamos los dos últimos huesos: el árbol y la raíz de espino, que se entrecruzan con fuerza... Ojalá no estuvieran porque sólo significan más problemas, pero la traición está clara. Y provendrá de tu familia.

—¡Roran jamás haría algo así! —objetó bruscamente Eragon.

—No lo sé —respondió Angela con precaución—, pero los huesos nunca mienten, y eso es lo que dicen.

La duda corroía la mente de Eragon, pero trató de no hacer caso. ¿Por qué razón Roran lo iba a traicionar? Angela le pasó una mano por el hombro para consolarlo y volvió a ofrecerle el odre. Esta vez Eragon aceptó la bebida y se sintió mejor.

—Después de todo, a lo mejor me alegro de recibir a la muerte —bromeó, nervioso.

¿Una traición de Roran? ¡Imposible! ¡No!

—Podría ser —dijo Angela con solemnidad y se rió entre dientes—. Aunque no deberías inquietarte por lo que aún no ha sucedido, puesto que la única forma que tiene el futuro para dañarnos es lograr que nos preocupemos. Te aseguro que te sentirás mejor una vez que salgas fuera y te dé el sol.

—Quizá. *Desgraciadamente,* reflexionó con ironía, *nada de lo que ha dicho tendrá sentido hasta que haya sucedido. Si es que sucede,* se corrigió—. Has empleado palabras de poder —señaló Eragon en voz baja.

—Lo que no he logrado ver es cómo acaba el resto de tu vida —dijo Angela con un destello en los ojos—. Sabes hablar con los hombres gato, conoces la lengua antigua y tienes un futuro de lo más interesante. Además, muy pocos jóvenes con los bolsillos vacíos y unos harapos como atavío de viaje podrían esperar que una noble se enamorara de ellos. ¿Quién eres?

Eragon se dio cuenta de que el hombre gato no le había dicho a Angela que era un Jinete. Estaba a punto de contestar: «Evan», pero cambió de idea y afirmó:

—Soy Eragon.

—¿Eres o te llamas Eragon? —preguntó Angela, sorprendida.

—Las dos cosas —respondió el muchacho con una ligera sonrisa mientras pensaba en su tocayo, el primer Jinete.

—Ahora estoy mucho más interesada en ver cómo se desarrolla tu vida. ¿Quién era ese hombre vestido con harapos que te acompañaba ayer?

Eragon decidió que un nombre más no haría ningún daño.

—Se llama Brom.

Angela lanzó una risotada doblándose a causa de las carcajadas. Se secó los ojos, tomó un trago de vino y contuvo otro ataque de risa. Al fin, jadeante, logró articular:

—¡Ay... es él! ¡No tenía ni idea!

—¿Qué ocurre? —preguntó Eragon.

—No, no te enfades —replicó Angela ocultando una sonrisa— Sólo que... bueno, es muy conocido en mi profesión. Me temo que el destino del pobre hombre, o el futuro si quieres, es como una broma para nosotros.

—¡No lo insultes! ¡Es el mejor hombre que he conocido! —soltó Eragon.

—Que haya paz —lo calmó Angela, divertida—. Ya lo sé. Si volvemos a vernos en el momento oportuno, me aseguraré de hablarte de ello. Pero mientras tanto deberías... —Dejó de hablar cuando *Solembum* empezó a caminar entre ellos.

El hombre gato miró a Eragon sin parpadear.

¿Qué quieres? —preguntó Eragon, irritado.

Escúchame con atención y te diré dos cosas: cuando llegue el momento y necesites un arma, busca debajo de las raíces del árbol Menoa; y cuando todo parezca perdido y tu poder sea insuficiente, ve a la roca de Kuthian y pronuncia tu nombre para abrir la Cripta de las Almas.

Antes de que Eragon pudiera preguntar lo que *Solembum* quería decir, el hombre gato se alejó meneando la cola con mucha elegancia. Por su parte, Angela ladeó la cabeza, y los tirabuzones de su cabello le cubrieron la frente.

—No sé qué ha dicho, pero tampoco quiero saberlo. Te ha hablado a ti y sólo a ti. No se lo digas a nadie.

—Creo que debo irme —dijo Eragon, conmocionado.

—Vete si quieres. —Angela volvió a sonreír—. Aunque puedes quedarte aquí el tiempo que desees, especialmente si me compras algo, márchate si lo prefieres; estoy segura de que te he dicho muchas cosas que tienes que pensar.

—Sí. —Eragon se acercó deprisa a la puerta—. Gracias por adivinarme el futuro.

Eso creo.

—De nada —respondió Angela sin dejar de sonreír.

Eragon salió de la tienda y se quedó en la calle con los

ojos entrecerrados mientras se adaptaban a la luz, al mismo tiempo que dejaba pasar unos minutos antes de pensar con tranquilidad en lo que acababan de decirle. Luego empezó a andar, sin darse cuenta de que lo hacía cada vez más rápido, hasta que salió de Teirm y echó a correr hacia el escondite de Saphira.

La llamó desde la base del acantilado. Al cabo de un instante la dragona planeó hacia él y lo llevó arriba. Cuando los dos estuvieron a salvo sobre el suelo, Eragon le contó lo que había pasado.

Así que —concluyó— *creo que Brom tiene razón: siempre estoy donde hay problemas.*

Tienes que recordar lo que te ha dicho el hombre gato; es importante.

¿Cómo lo sabes? —preguntó con curiosidad.

No estoy segura, pero los nombres que ha utilizado parecen poderosos. Kuthian... —dijo arrastrando la palabra—. *No, no debemos olvidar lo que ha dicho.*

¿Crees que debería contárselo a Brom?

Eso depende de ti, pero piensa que no tiene derecho a saber tu futuro. Si le hablas de Solembum *y de sus palabras, te hará preguntas que quizá no quieras responder. Y si sólo le preguntas qué significan esas palabras, querrá saber dónde las aprendiste. ¿Crees que puedes mentirle sin que se dé cuenta?*

No —reconoció Eragon—. *Tal vez no le cuente nada. Aunque podría ser demasiado importante para ocultarlo.*

Se quedaron hablando hasta que ya no hubo nada más que decir. Entonces se sentaron amistosamente y observaron los árboles mientras empezaba a atardecer.

Eragon volvió deprisa a Teirm y muy pronto llamó a la puerta de Jeod.

—¿Ha vuelto Neal? —le preguntó al mayordomo.

—Sí, señor. Creo que está en el estudio.

—Gracias —dijo Eragon. Fue hasta la habitación y se asomó por la puerta—. ¿Qué tal ha ido? —preguntó.

—¡Espantoso! —mascullló Brom con la pipa en la boca.

—¿Así que has hablado con Brand?

—No ha servido de nada. Ese «administrador» es un burócrata de los peores. Se atiene a todas las leyes, disfruta saliéndose con la suya aunque cause molestias y, al mismo tiempo, cree que es muy útil.

—Entonces, ¿no nos dejará consultar los archivos? —preguntó Eragon.

—No —soltó Brom, exasperado—. No ha habido manera de convencerlo. ¡Hasta se ha negado a aceptar sobornos! Y sobornos sustanciosos. Nunca me había imaginado que me toparía con un noble que no fuera corrupto, pero ahora que me ha sucedido, creo que prefiero que sean unos desgraciados codiciosos. —Dio furiosas caladas a la pipa mientras mascullaba una retahíla de contundentes insultos.

—¿Y ahora qué hacemos? —preguntó Eragon, vacilante, cuando al fin pareció que Brom se calmaba.

—Voy a emplear la semana que viene para enseñarte a leer.

—¿Y después?

Una sonrisa se dibujó en la cara de Brom.

—Después le daremos a Brand una sorpresa desagradable.

Eragon insistió para que le explicara los detalles, pero Brom se negó a decir nada más.

La cena se sirvió en una sala suntuosa. Jeod estaba en una punta de la mesa, y Helen, que mantenía una severa mirada, en la otra. Brom y Eragon estaban entre ellos, uno a cada lado de la mesa, una situación que al muchacho le parecía peligrosa. Eragon tenía sillas vacías a ambos lados, pero no le importaba que hubiera ese espacio porque lo ayudaba a protegerse de las miradas hostiles de su anfitriona.

La comida se sirvió en silencio, y Jeod y Helen empezaron a comer sin decir palabra.

Creo que hasta en un funeral es más alegre la comida.

Y así había sido en Carvahall. Recordaba muchos entierros tristes, sí, pero no tanto. Esto era diferente; durante toda la cena percibió el rencor que emanaba de Helen.

Sobre lecturas y conspiraciones

Utilizando un carboncillo, Brom trazó una runa sobre un pergamino y se la enseñó a Eragon.

—Ésta es la letra «a» —dijo—, apréndela.

Con esa primera lección, Eragon emprendió la tarea de alfabetizarse. Era difícil y extraño, y le obligaba a esforzar su intelecto al máximo, pero le gustaba. Sin otra cosa que hacer y con un buen maestro, aunque a veces impaciente, avanzaba deprisa.

Muy pronto se estableció una rutina: todos los días, Eragon se levantaba, desayunaba en la cocina e iba al estudio a tomar sus clases, en las que se esforzaba por memorizar los sonidos de las letras y las reglas de escritura, hasta tal punto que, cuando cerraba los ojos, las letras y las palabras le bailaban en la mente. Durante esos ratos, apenas pensaba en nada más.

Antes de la cena, Brom y él iban detrás de la casa de Jeod y luchaban. Los criados, junto con algunos chiquillos a quienes se les desorbitaban los ojos por el asombro, solían ir a mirar. Si después quedaba tiempo, Eragon practicaba magia en su habitación, con las cortinas bien cerradas.

La única preocupación del muchacho era Saphira. La iba a visitar todas las tardes, pero el rato que pasaban juntos no era suficiente para ninguno de los dos. Durante el día, la dragona pasaba la mayor parte del tiempo a leguas de distancia en busca de alimento, pues no podía cazar cerca de Teirm sin despertar sospechas. Eragon hacía lo que podía para ayudarla, pero sabía que la única solución tanto para el hambre como para la soledad de Saphira era que la dragona se alejara mucho de la ciudad.

Día tras día llegaban más noticias sombrías a Teirm. Los mercaderes que arribaban contaban terribles historias de ataques a lo largo de la costa. Se hablaba de gente importante que desaparecía de su casa por la noche y, a la mañana siguiente, se encontraban sus cadáveres destrozados. Eragon escuchaba a menudo a Jeod y a Brom hablar en voz baja del tema pero, cuando él aparecía, se callaban.

Los días pasaban deprisa, y muy pronto transcurrió la semana. Los conocimientos de Eragon eran rudimentarios, pero podía leer páginas enteras sin ayuda de Brom y, aunque lo hacía despacio, sabía que la velocidad era una cuestión de tiempo.

—No importa —lo animaba Brom—, harás bien lo que tengo planeado.

Una tarde Brom llamó a Jeod y a Eragon al estudio.

—Ahora que puedes ayudarnos —dijo señalando a Eragon—, creo que ha llegado la hora de que nos pongamos manos a la obra.

—¿Qué tienes pensado? —preguntó el chico.

Una sonrisa maligna asomó a la cara de Brom.

—¡Ay, que conozco esa expresión —se quejó Jeod—; para empezar, es la de meternos en problemas!

—Eso es un poco exagerado —replicó Brom—, pero no del todo injustificado. Pues bien, esto es lo que haremos...

Nos vamos esta noche o mañana —le dijo Eragon a Saphira desde su habitación.

Es algo inesperado. ¿Estarás a salvo durante la aventura?

No lo sé. Tal vez acabemos huyendo de Teirm con los soldados pisándonos los talones. —Sintió la preocupación de la dragona y trató de tranquilizarla—. *Todo saldrá bien. Brom y yo sabemos hacer magia y somos buenos luchadores.*

Estaba tumbado en la cama mirando el techo. Le temblaban ligeramente las manos y tenía un nudo en la garganta. A medida que el sueño se apoderaba de él, sentía una oleada de confusión. De pronto, se dio cuenta de que no quería marcharse de Teirm.

El tiempo que he pasado aquí ha sido casi... ¡normal! ¡Qué daría por no seguir siendo un desarraigado! Sería maravilloso quedarme aquí y ser como una persona cualquiera. En ese momento se le cruzó otro pensamiento por la cabeza. *Pero si está Saphira, no podré hacerlo nunca. Jamás.*

Los sueños se apoderaron de la conciencia del muchacho, la vapulearon y la manejaron a su antojo. A veces Eragon temblaba de miedo; otras, reía de placer. Entonces algo cambió, como si abriera los ojos por primera vez, y un sueño, más claro que ninguno, llegó hasta él: vio a una mujer joven, encorvada por el dolor, que estaba encadenada en una fría y lúgubre celda. Un rayo de luna que entraba por una ventana con barrotes, que había en lo alto del muro, iluminaba la cara de la mujer por la que corría una única lágrima, como un diamante líquido.

Eragon se levantó de un salto y comprobó que él estaba llorando desconsoladamente. Después volvió a sumirse en un sueño intranquilo.

Ladrones en el castillo

Eragon se despertó de la siesta en medio de un dorado atardecer, mientras los rayos del sol, rojos y anaranjados, que entraban en la habitación y se proyectaban sobre la cama, le daban un agradable calorcillo en la espalda y lo invitaban a que no se moviera. Volvió a dormitar, pero los rayos se desplazaron y tuvo frío. Entonces el sol se hundió en el horizonte y llenó el mar y el cielo de color. ¡Era casi la hora!

Se colgó el arco y el carcaj a la espalda, pero dejó a *Zar'roc* en la habitación; la espada no haría más que entorpecerlo y era reacio a usarla. Si tenía que inutilizar a alguien, podía hacerlo con magia o con una flecha. Se puso el chaleco sobre la camisa y se lo ató.

Eragon esperó nervioso en la habitación hasta que oscureció. Poco después, cuando entró en el vestíbulo, hizo un movimiento con los hombros para colocarse cómodamente el carcaj atravesado en la espalda. Enseguida se presentó Brom, que llevaba su espada y su bastón.

Jeod, vestido con jubón y calzas negras, los esperaba fuera. De la cintura le colgaba un elegante estoque y una bolsa de piel. Brom echó un vistazo al estoque y comentó:

—Esa púa despreciable es demasiado fina para una lucha de verdad. ¿Qué vas a hacer si alguien te persigue con un sable o con un flamberge?

—Sé realista —replicó Jeod—. Ningún guardia tiene ese

tipo de espada de filo ondulado. Además, esta «púa despreciable» es más rápida que un sable.

—Al fin y al cabo, es tu cuello el que está en juego —dijo Brom.

Caminaron despreocupadamente por la calle, pero evitaron a los guardias y a los soldados. Eragon continuaba estando nervioso y le latía el corazón. Al pasar por delante de la herboristería de Angela, un movimiento veloz en el tejado atrajo la atención del muchacho, aunque no vio a nadie. Entonces le picó la palma de la mano. Volvió a mirar hacia el tejado, pero seguía vacío.

Brom abría la marcha mientras caminaban a lo largo de la muralla de Teirm. Cuando llegaron al castillo, el cielo ya estaba negro. Los sólidos muros de la fortaleza hicieron temblar a Eragon, pues le espantaba la idea de que lo metieran preso en aquel lugar. Jeod tomó en silencio la delantera y se acercó a las puertas, tratando de parecer relajado. Llamó y esperó.

Se abrió una pequeña reja por la que asomó un guardia de aspecto hosco.

—¿Qué? —preguntó con brusquedad. Eragon le olió el aliento a ron.

—Tenemos que entrar —respondió Jeod.

El guardia lo examinó más detenidamente.

—¿Para qué?

—El muchacho se olvidó algo muy valioso en mi despacho. Tenemos que recuperarlo de inmediato.

Eragon bajó la cabeza, avergonzado.

El guardia frunció el entrecejo, impaciente por volver a la botella.

—Bueno, lo que sea —dijo balanceando el brazo—. Pero aseguraos de darle una buena tunda de mi parte.

—Lo haré —dijo Jeod mientras el guardia quitaba el cerrojo a una portezuela encastada en la puerta principal. Accedieron a la torre, y Jeod le dio unas monedas al guardia.

—Gracias —murmuró el hombre, y se alejó.

En cuanto se marchó, Eragon sacó el arco de la funda y le puso la cuerda. Jeod los condujo deprisa hacia el ala principal del castillo, y se apresuraron rumbo a su destino mientras aguzaban el oído por si había soldados patrullando. Al llegar a la sala de los archivos, Brom trató de abrir la puerta, pero estaba cerrada. Entonces el anciano apoyó la mano sobre la puerta y susurró una palabra que Eragon no reconoció: la puerta se abrió de golpe con un suave clic. Brom cogió una antorcha de la pared, y se precipitaron dentro; luego cerraron la puerta en silencio.

La habitación, que tenía el techo muy bajo, estaba repleta de estanterías de madera llenas de rollos de pergamino. En la pared opuesta había una ventana con barrotes. Jeod se abrió paso entre las estanterías mientras recorría los rollos con la mirada, y se detuvo al fondo de la sala.

—Aquí —dijo. Eragon y Brom se le acercaron rápidamente—. Éstos son los registros de los cargamentos de los últimos cinco años. Se ven las fechas en los sellos de lacre que hay en un extremo.

—¿Y ahora qué hacemos? —preguntó Eragon, contento de haber llegado hasta allí sin que los hubieran descubierto.

—Empezar de arriba abajo —dijo Jeod—. Algunos pergaminos sólo contienen información sobre los impuestos, pero ésos no hace falta que los miremos. Hay que buscar cualquiera que mencione el aceite de *seithr*. —Sacó de su bolsa un pergamino muy largo, lo extendió en el suelo y puso un frasco de tinta y una pluma de ganso al lado—. Aquí podemos apuntar todo lo que descubramos —explicó.

Brom sacó un montón de pergaminos del estante de arriba y los dejó en el suelo. Se sentó y desenrolló el primero.

Eragon se puso a hacer lo mismo colocándose de forma de pudiera ver la puerta. Ese tedioso trabajo le resultaba especialmente difícil porque la apretada caligrafía de los pergaminos era diferente de las letras de imprenta que le había enseñado Brom.

Sólo con el nombre de los barcos que zarpaban hacia las regiones del norte, podían descartar muchos pergaminos. Pero aun así, avanzaban despacio y apuntaban únicamente los cargamentos de aceite de *seithr* a medida que los localizaban.

Fuera de la habitación, el silencio solamente se rompía al pasar algún guardia de vez en cuando. De pronto, sintió que le hormigueaba el cuello. Intentó seguir trabajando, pero la sensación de intranquilidad no lo abandonaba. Levantó la vista con irritación y dio un salto, asombrado: sobre el alféizar de la ventana había un chiquillo agachado. Tenía los ojos rasgados y llevaba una rama de acebo entrelazada con el enmarañado y negro cabello.

¿Necesitas ayuda? —preguntó una voz en la mente de Eragon, que abrió los ojos, asustado. Parecía la voz de *Solembum*.

¿Eres tú? —le preguntó, incrédulo.

¿Acaso soy otro?

Eragon tragó saliva y se concentró en el pergamino.

Si mis ojos no me engañan, eres tú.

El chiquillo sonrió dejando a la vista unos dientes puntiagudos.

El aspecto que tengo no cambia quien soy. ¿Crees que me llaman el hombre gato sin motivo?

¿Qué haces aquí? —le preguntó Eragon.

El hombre gato ladeó la cabeza y se quedó pensando si valía la pena contestar.

Eso depende de lo que tú estés haciendo aquí. Si lees esos pergaminos por entretenimiento, supongo que no hay ninguna razón para mi visita. Pero si lo que haces es ilegal y no quieres que te descubran, podría ser que estuviera aquí para avisarte de que el guardia al que habéis sobornado acaba de contárselo a su relevo, y que éste, que es segundo oficial del Imperio, ha mandado soldados a buscaros.

Gracias por avisarme —respondió Eragon.

Creo que te he dicho algo importante, ¿no? Así que te sugiero que hagas uso de ello.

El chiquillo se puso de pie y se echó atrás la revuelta cabellera.

¿Qué quisiste decir la última vez con lo del árbol y la cripta? —preguntó Eragon de pronto.

Exactamente lo que dije.

Eragon trató de hacer más preguntas, pero el hombre gato desapareció de la ventana.

—Los soldados nos buscan —señaló Eragon con brusquedad.

—¿Cómo lo sabes? —inquirió Brom.

—He oído a uno de los guardias. El relevo acaba de mandar unos hombres a buscarnos, así que tenemos que salir de aquí. Probablemente, ya habrán visto que no hay nadie en el despacho de Jeod.

—¿Estás seguro? —preguntó Jeod.

—¡Sí! —dijo Eragon con impaciencia—. Ya están en camino.

Brom cogió otro pergamino del estante.

—No importa. ¡Tenemos que terminar esto ahora!

Trabajaron desenfrenadamente durante los siguientes minutos examinando los pergaminos lo más deprisa posible. Cuando acabaron con el último, Brom lo tiró sobre el estante y Jeod guardó en la bolsa el que servía para apuntar, junto con la tinta y la pluma. Eragon cogió la antorcha.

Salieron corriendo de la habitación y cerraron la puerta; en ese momento oyeron las sonoras pisadas de las botas de los soldados al final del pasillo. Se dieron la vuelta para marcharse, pero Brom masculló furioso:

—Maldición, no está cerrada. —Y apoyó una mano sobre la puerta, que se cerró con un clic precisamente en el instante en que aparecían tres soldados armados.

—¡Eh! ¡Apartaos de esa puerta! —gritó uno de los guardias.

Brom dio un paso atrás con cara de sorpresa, y los tres soldados corrieron hacia ellos.

—¿Estáis intentando entrar en el archivo? —preguntó el más alto.

Eragon cogió con fuerza el arco y se preparó para huir.

—Me temo que nos hemos perdido. —La tensión era evidente en la voz de Jeod al tiempo que una gota de sudor le bajaba por el cuello.

El soldado los miró con desconfianza.

—Comprobad la sala de archivos —ordenó a uno de sus hombres.

Eragon contuvo la respiración mientras el soldado se acercaba a la puerta, trataba de abrirla y la golpeaba con un puño cubierto con una malla.

—Está cerrada, señor.

—De acuerdo —dijo el oficial rascándose la barbilla—. No sé qué buscabais, pero si la puerta está cerrada supongo que podéis marcharos. ¡Vamos!

Los soldados los rodearon y los acompañaron hasta la torre.

No me lo puedo creer, pensó Eragon. *¡Nos acompañan hasta la salida!*

—Marchaos por allí —dijo el soldado señalando la puerta de entrada— y no intentéis nada porque estaremos vigilando. Si tenéis que volver, hacedlo por la mañana.

—Desde luego —prometió Jeod.

Eragon era consciente de que los ojos de los guardias les perforaban la espalda mientras se alejaban aprisa del castillo. En el momento en que las puertas se cerraron detrás de ellos, una sonrisa de triunfo asomó en el rostro del muchacho, que dio un salto. Pero Brom le lanzó una mirada de advertencia.

—Camina con normalidad hasta la casa. Allí podrás celebrarlo —masculló.

Eragon, tras la reprimenda, adoptó un aire de formalidad aunque por dentro bullía de alegría. Una vez que entraron en la casa y se dirigieron al estudio, Eragon exclamó:

—¡Lo logramos!

—Sí, pero ahora tenemos que ver si ha valido la pena el esfuerzo —dijo Brom.

Jeod sacó un mapa de Alagaësia de la estantería y lo desenrolló sobre el escritorio.

A la izquierda del mapa, se extendía el océano hacia el ignoto occidente, mientras que a lo largo de la costa se hallaban las Vertebradas, una enorme región montañosa. El desierto de Hadarac ocupaba el centro del mapa, pero en el extremo oriental había un espacio en blanco. En alguna parte de esa zona desocupada se ocultaban los vardenos. Al sur estaba Surda, un pequeño país que se había separado del Imperio después de la caída de los Jinetes; a Eragon le habían dicho que ese país apoyaba en secreto a los vardenos.

Cerca de la frontera oriental de Surda había una cordillera, las montañas Beor. Eragon había oído muchas historias sobre ella: se decía que tenía diez veces la altura de las Vertebradas, aunque él, personalmente, creía que era una exageración. El mapa estaba vacío al este de las Beor.

Cerca de la costa de Surda había cinco islas: Nía, Parlim, Uden, Illium y Beirland. Nía era apenas un afloramiento rocoso, pero en Beirland, la más grande, existía un pequeño pueblo. Más arriba, cerca de Teirm, había una isla escarpada, llamada Diente de Tiburón, y más hacia el norte, otra isla, enorme y con forma de mano huesuda. Eragon sabía su nombre sin tener que mirarlo: Vroengard, la tierra ancestral de los Jinetes, un lugar otrora glorioso, pero en la actualidad era una isla saqueada, desierta y asolada por extraños animales. En el centro de Vroengard estaba la ciudad abandonada de Dorú Areaba.

Carvahall era un pequeño punto en lo alto del valle de Palancar. A la misma altura, pero al otro lado de las llanuras, se extendía el bosque Du Weldenvarden, cuyo extremo oriental no aparecía en el mapa, igual que sucedía con esa misma parte de las montañas Beor. Algunas zonas del borde occidental de Du Weldenvarden habían sido colonizadas, pero el centro seguía siendo un misterio inexplorado. Ese bosque era más agreste que las Vertebradas, de tal manera que los pocos valientes que se habían aventurado a entrar en sus profundidades a menudo volvían completamente locos, o no volvían.

Eragon tuvo un escalofrío al ver Urû'baen en el centro del Imperio desde donde el rey Galbatorix reinaba con el dragón negro, *Shruikan*, a su lado.

—Seguro que los Ra'zac tienen un escondite aquí —dijo Eragon poniendo un dedo sobre Urû'baen.

—Esperemos que no sea éste su único refugio —dijo Brom con voz cansada—. Porque si no, nunca te acercarás a ellos. —Y alisó el mapa con sus manos surcadas de arrugas.

—Por lo que he visto en los archivos —dijo Jeod mientras sacaba el pergamino de la bolsa—, en los últimos cinco años han salido cargamentos de aceite de *seithr* hacia todas las ciudades importantes del Imperio, y me parece que podrían haber sido encargados por ricos joyeros, pero si no tenemos más información, no sé cómo reduciremos la lista.

—Creo que podremos eliminar algunas ciudades —señaló Brom pasando una mano sobre el mapa—, porque los Ra'zac tienen que viajar a dondequiera que los envíe el rey, y estoy seguro de que los mantiene ocupados. Si estos individuos han de estar disponibles en todo momento para ir a cualquier parte, el único lugar razonable para que se hayan establecido es una encrucijada, desde donde puedan llegar al punto que sea del país con bastante facilidad. —Empezó a entusiasmarse y a caminar por la habitación—. La encrucijada debe ser lo bastante grande para que los Ra'zac pasen desapercibidos, y también ha de tener suficiente actividad comercial para que cualquier pedido poco frecuente —comida especial para sus corceles—, por ejemplo, no llame la atención.

—Tiene sentido —asintió Jeod—. Con esas condiciones, podemos desechar la mayoría de las ciudades del norte. De modo que las únicas grandes son Teirm, Gil'ead y Ceunon. Sé que no están en Teirm y dudo que se haya enviado aceite más allá de Narda... es demasiado pequeña. Y como Ceunon está muy aislada... sólo queda Gil'ead.

—Los Ra'zac deben de estar allí —admitió Brom—. Lo que sería una ironía.

—Sin duda —reconoció Jeod en voz baja.

—¿Y las ciudades del sur? —preguntó Eragon.

—Bueno, evidentemente, tenemos Urû'baen —repuso Jeod—, pero es un lugar poco probable. Si alguien muriera por culpa del aceite de *seithr* en la corte de Galbatorix, a un conde o a algún otro noble le resultaría muy fácil descubrir que el Imperio ha estado comprando ingentes cantidades de aceite. Pero aún quedan otras muchas ciudades, y cualquiera podría ser la que buscamos.

—Sí —dijo Eragon—, pero no habrán mandado aceite a todas. En el pergamino sólo figuran Kuasta, Dras-Leona, Aroughs y Belatona. Kuasta no les serviría a los Ra'zac porque se halla en la costa y está rodeada de montañas, y Aroughs se encuentra tan aislada como Ceunon, aunque es un centro comercial. Por lo tanto, nos quedan Belatona y Dras-Leona, que están bastante cerca una de otra. De las dos, creo que Dras-Leona es la más probable, pues es más grande y está mejor situada.

—Y por allí pasan casi todos los productos del Imperio en un momento u otro, incluidos los de Teirm —confirmó Jeod—. Sería un buen escondite para los Ra'zac.

—Así que... Dras-Leona —comentó Brom mientras se sentaba y encendía la pipa—. ¿Qué indican los archivos?

Jeod miró el pergamino.

—Aquí está. A principios de año, se enviaron tres cargamentos de aceite de *seithr* a Dras-Leona con sólo dos semanas de diferencia entre uno y otro, y todos fueron transportados por el mismo mercante. Lo mismo sucedió el año pasado y el anterior. Dudo que ningún joyero, o ni siquiera un grupo de ellos, tenga dinero para tanto aceite.

—¿Y qué me dices de Gil'ead? —preguntó Brom enarcando una ceja.

—No tiene el mismo acceso al resto del Imperio. Y, fíjate —Jeod golpeteó el pergamino—, sólo recibió dos cargamentos de aceite en los últimos años. —Pensó un instante y añadió—: Además, creo que nos olvidamos de algo: Helgrind.

—¡Ah, sí, las Puertas Tenebrosas! —asintió Brom—. Hacía muchos años que no pensaba en ello. Tienes razón, eso convertiría a Dras-Leona en el sitio perfecto para los Ra'zac. Supongo que está decidido entonces: allí es donde tenemos que ir.

Eragon se sentó de golpe, tan exhausto por la emoción que ni siquiera fue capaz de preguntar qué era Helgrind.

Creía que me alegraría de retomar la persecución, pero en cambio me siento como si estuviera delante de un abismo. ¡Dras-Leona! Está tan lejos...

El pergamino crujió, mientras Jeod volvía a enrollar despacio el mapa.

—Me temo que lo necesitarás —dijo tendiéndoselo a Brom—. Tus expediciones suelen llevarte por tétricas regiones. —Brom asintió y cogió el mapa—. No me gusta que te vayas sin mí —añadió dándole una palmada en el hombro—.

Mi corazón desearía ir, pero el resto de mi ser me recuerda mi edad y mis responsabilidades.

—Comprendo —dijo Brom—. Tú tienes una vida en Teirm, y ha llegado el momento de que la siguiente generación tome el relevo. Ya has cumplido con tu parte, así que puedes sentirte feliz.

—Y tú ¿qué? —preguntó Jeod—. ¿Terminará el viaje alguna vez para ti?

Una carcajada escapó de los labios de Brom.

—Lo veo venir, pero por ahora no. —Apagó la pipa, y todos se marcharon a sus habitaciones, agotados.

Eragon, antes de dormirse, se puso en contacto con Saphira para contarle las aventuras de la noche.

Un costoso error

Por la mañana Eragon y Brom recuperaron sus alforjas, que estaban en el establo, y se prepararon para partir. Jeod saludó a Brom mientras Helen observaba desde la entrada. Con mirada seria, los dos hombres se estrecharon la mano.

—Te echaré de menos, viejo amigo —dijo Jeod.

—Y yo a ti —respondió Brom con afecto. Inclinó la canosa cabeza y se volvió hacia Helen—. Gracias por vuestra hospitalidad; habéis sido de lo más amable. —El rostro de la mujer se ruborizó, y Eragon creyó que iba a darle una bofetada a Brom, que continuó hablando, imperturbable—. Tenéis un buen marido; cuidadlo. Hay pocos hombres tan valientes y decididos como Jeod, pero hasta él necesita el apoyo de los seres queridos para sobrellevar las dificultades. —Volvió a hacer una reverencia y dijo con gentileza—. Es sólo una sugerencia, querida señora.

Eragon observó cómo la indignación y el dolor se imprimían en el rostro de Helen. Los ojos de la mujer centellearon en el momento en que cerró la puerta con brusquedad, y Jeod, con un suspiro, se pasó la mano por el cabello. Eragon le agradeció la gran ayuda que les había prestado y montó sobre *Cadoc*. Tras las últimas despedidas, él y Brom partieron.

En la puerta sur de Teirm, los guardias los dejaron salir sin ninguna objeción. Pero mientras cabalgaban bajo la gigantesca muralla, Eragon percibió un movimiento en las sombras: *Solembum* estaba allí agachado y moviendo la cola. El hombre gato los siguió con una mirada impenetrable. Al tiempo que la ciudad iba quedando atrás, Eragon preguntó:

—¿Qué son los hombres gato?

—¿A qué viene esa súbita curiosidad? —Brom parecía sorprendido por la pregunta.

—Oí que alguien los mencionaba en Teirm. No son reales, ¿verdad? —fingió ignorancia.

—Son bastante reales. Durante los años de gloria de los Jinetes, fueron tan famosos como los dragones. Los reyes y los elfos los tenían como acompañantes, aunque los hombres gato tenían libertad de hacer lo que quisieran. Nunca se ha sabido mucho de ellos y me temo que, últimamente, su especie es bastante escasa.

—¿Sabían hacer magia? —preguntó Eragon.

—Nadie lo sabe con certeza, pero sin duda podían hacer cosas insólitas. Parecía que siempre sabían lo que pasaba y, de una forma u otra, se las arreglaban para participar en los asuntos. —Brom se puso la capucha para protegerse del viento helado.

—¿Qué es Helgrind? —preguntó Eragon, después de pensar un rato.

—Ya lo verás cuando lleguemos a Dras-Leona.

Cuando Teirm quedó fuera de la vista, Eragon expandió su mente y llamó:

¡Saphira! —La fuerza de su grito mental fue tal que *Cadoc* agitó las orejas, nervioso.

Saphira respondió y voló hacia ellos a toda velocidad. Eragon y Brom se quedaron observando mientras el oscuro punto salía de una nube, hasta que oyeron el sordo batir de las alas desplegadas. El sol brillaba tras las delgadas membranas translúcidas en las que contrastaban las oscuras venas. Saphira aterrizó provocando una ráfaga de aire.

Eragon le pasó las riendas de *Cadoc* a Brom.

—Te veré a la hora del almuerzo.

Brom asintió, pero parecía preocupado.

—Que te diviertas —dijo, y le sonrió a Saphira—. Me alegro de verte.

Yo también.

Eragon montó sobre el cuello de la dragona y se cogió con fuerza mientras ésta alzaba el vuelo. Soplando el viento de cola, Saphira se deslizaba por el aire.

Agárrate —le avisó a Eragon antes de lanzar un salvaje aullido y remontar el vuelo dando una vuelta de campana. Eragon chilló, entusiasmado, mientras soltaba los brazos y se cogía sólo con las piernas.

No sabía que podía sostenerme sin estar amarrado a la silla cuando tú hacías esto —le dijo riendo.

Yo tampoco —reconoció Saphira con su risa característica. Eragon se abrazó a ella con fuerza y volaron en línea recta como si fueran los dueños del cielo.

Al mediodía tenía las piernas irritadas por montar a pelo, y las manos y la cara entumecidas por el aire frío. Las escamas de Saphira estaban siempre tibias, pero no lo bastante para evitar que el muchacho se helara. Cuando aterrizaron para comer, Eragon metió las manos debajo de la ropa y encontró un lugar al sol para sentarse. Mientras él y Brom comían, le preguntó a Saphira:

¿Te importa si monto a Cadoc? —Había decidido interrogar a Brom un poco más acerca del pasado del anciano.

No, pero cuéntame lo que te diga.

A Eragon no le sorprendió que Saphira supiera sus planes, pues era casi imposible ocultarle nada cuando estaban conectados mentalmente. Cuando acabaron de comer, ella se alejó volando mientras Eragon se acercaba a Brom por el sendero. Al cabo de un rato, aflojó el paso de *Cadoc* y dijo:

—Tengo que hablar contigo. Quería hacerlo al llegar a Teirm, pero decidí esperar hasta ahora.

—¿Sobre qué? —preguntó Brom.

Eragon se quedó callado un momento y luego comentó:

—Hay muchas cosas que no comprendo. Por ejemplo, ¿quiénes son tus «amigos» y por qué te escondiste en Carvahall? Te he confiado mi vida (por eso sigo viajando contigo) pero tengo que saber más sobre ti, quién eres y a qué te dedicas. ¿Qué robaste en Gil'ead y qué es el *tuatha du orothrim* por el que me haces pasar? Creo que después de todo lo que ha sucedido, merezco una explicación.

—Nos has escuchado a escondidas.

—Sólo una vez —respondió Eragon.

—Veo que aún debes aprender buenos modales —dijo Brom en tono serio mientras se tiraba de la barba—. ¿Qué te hace pensar que esto tiene que ver contigo?

—Nada, la verdad —dijo Eragon encogiéndose de hombros—. Sólo que es una extraña coincidencia que tú te escondieras en Carvahall cuando encontré el huevo de Saphira y que supieras tanto sobre los dragones. Cuanto más lo pienso, menos probable me parece. También hubo otras pistas que, en general, pasé por alto, pero ahora, al mirar atrás, me parecen evidentes. Por ejemplo, para empezar, ¿cómo conocías la existencia de los Ra'zac, y por qué huyeron cuando te acercaste? Y, por otra parte, no puedo dejar de preguntarme si tuviste algo que ver con la aparición del huevo de Saphira. Es mucho lo que no nos has contado, y Saphira y yo no podemos permitirnos seguir ignorando cosas que podrían ser peligrosas.

Profundas arrugas aparecieron en la frente de Brom mientras tiraba de las riendas para frenar a *Nieve de Fuego*.

—No quieres esperar, ¿verdad? —Eragon negó con tozudez y Brom suspiró—. Si no fueras tan desconfiado, no pasaría nada, pero supongo que tampoco perdería el tiempo contigo si fueras de otra manera. —Eragon no supo si tomarlo como un cumplido. Brom encendió la pipa y lanzó una columna de humo al aire—. Te lo diré, pero debes comprender que no puedo revelarlo todo. —Eragon iba a empezar a protestar, pero Brom lo interrumpió—. No es que quiera retener información, sino que no voy a revelar secretos que no son míos porque hay otras historias entrelazadas en este relato. De modo que tendrás que hablar con los otros implicados para descubrir el resto.

—Muy bien. Explícame lo que puedas.

—¿Estás seguro? —preguntó Brom—. Créeme, tengo razones para ser reservado. He tratado de protegerte escudándote de fuerzas que podrían destrozarte, pero una vez que las conozcas y sepas sus propósitos, ya nunca tendrás la oportunidad de vivir con tranquilidad. Tendrás que tomar partido y resistir. ¿De verdad quieres saber?

—No puedo vivir en la ignorancia —dijo Eragon en voz baja.

—Un objetivo digno... Muy bien. Verás, hay una guerra en Alagaësia entre los vardenos y el Imperio. Su lucha, sin embargo, va mucho más allá que los conflictos armados fortuitos: están enzarzados en una titánica lucha de poder... centrada alrededor de ti.

—¿De mí? —replicó Eragon, incrédulo—. Es imposible. No tengo nada que ver con ninguno de los dos.

—Todavía no —dijo Brom—, pero tu existencia propiamente dicha es el nudo de sus batallas. Los vardenos y el Imperio no pelean para sojuzgar esta tierra o a sus gentes, sino que su objetivo es controlar a la siguiente generación de Jinetes, de la que tú eres el primero. Quien domine a esos Jinetes se convertirá en el señor indiscutible de Alagaësia.

Eragon trató de comprender las afirmaciones de Brom, pero parecía incomprensible que tanta gente estuviera interesada en él y en Saphira, puesto que nadie, aparte de Brom, había pensado que él era importante. Y como la idea de que el Imperio y los vardenos estaban luchando por su causa era demasiado abstracta para que la entendiera del todo, un montón de objeciones le acudieron rápidamente a la mente.

—Pero todos los Jinetes fueron asesinados, salvo los Apóstatas, que se unieron a Galbatorix. Por lo que sé, hasta ellos están muertos. Y en Carvahall me dijiste que nadie sabe si quedan dragones en Alagaësia.

—Te mentí sobre los dragones —dijo Brom fríamente—. Aunque los Jinetes ya no existan, todavía quedan tres huevos de dragón, todos ellos en posesión de Galbatorix. En realidad ahora hay sólo dos porque Saphira ya ha nacido. El rey se hizo con los tres en la última gran batalla contra los Jinetes.

—¿Así que pronto habrá dos nuevos Jinetes leales al rey? —preguntó Eragon con tristeza.

—Exactamente —dijo Brom—. Empieza a surgir una raza mortífera. Galbatorix trata de encontrar desesperadamente a las personas que hagan salir del cascarón a los dragones, mientras que los vardenos emplean todos los medios posibles para matar a los candidatos o para robar los huevos.

—Pero ¿de dónde procede el huevo de Saphira? ¿Cómo es posible que alguien le haya arrebatado un huevo de dragón al rey? ¿Y cómo sabes tú todo eso? —preguntó Eragon, desconcertado.

—Demasiadas preguntas —se rió Brom con amargura—. Todo eso es otro capítulo y tuvo lugar mucho antes de que nacieras. Por entonces, yo era un poco más joven, aunque quizá no tan sabio. Odiaba al Imperio, por razones que prefiero guardarme, y quería hacerle daño a toda costa. Mi fervor me llevó hasta un erudito, Jeod, que afirmaba que había descubierto un libro que describía un pasadizo secreto hasta el castillo de Galbatorix. Entusiasmado, llevé a Jeod ante los vardenos, que son mis «amigos» y organizaron el robo de los huevos.

¡Los vardenos!, repitió mentalmente Eragon.

—Sin embargo, algo salió mal, y nuestro ladrón consiguió solamente un huevo. Por alguna razón huyó con él, pero no regresó con los vardenos. Al ver que no volvía, nos mandaron a Jeod y a mí a buscarlo para que les lleváramos el huevo. —La mirada de Brom era cada vez más distante y hablaba con una voz extraña—. Fue el comienzo de una de las búsquedas más grandiosas de la historia. Nos lanzamos contra los Ra'zac y contra Morzan, el último de los Apóstatas y el servidor más fiel del rey.

—¡Morzan! —interrumpió Eragon—. ¡Pero si fue el que traicionó a los Jinetes por Galbatorix!

¡Y eso sucedió hace mucho tiempo! Morzan debía de ser muy viejo. Le molestaba que le recordaran la longevidad de los Jinetes.

—¿Y? —preguntó Brom—. Sí, era viejo, pero fuerte y cruel. Fue uno de los primeros seguidores del rey y, de lejos, el más leal. Como ya había corrido la sangre entre nosotros, la búsqueda del huevo se convirtió en una batalla personal. Cuando fue localizado en Gil'ead, me precipité hacia allí y luché con Morzan por su posesión. Fue un combate terrible, pero al final le di muerte. Durante la lucha, perdí la pista a Jeod, pero como no tenía tiempo de buscarlo, cogí el huevo y se lo llevé a los vardenos, que me pidieron que entrenara al que se convirtiera en el nuevo Jinete. Accedí y decidí ocultarme en Carvahall, donde ya había estado varias veces, hasta que los vardenos se pusieran en contacto conmigo. Pero nunca me llamaron.

—Entonces, ¿cómo apareció el huevo de Saphira en las Vertebradas? ¿O era otro huevo robado al rey? —preguntó Eragon.

—Eso es poco probable —gruñó Brom—. Galbatorix tiene los otros dos tan bien guardados que sería un suicidio intentar robárselos. No, alguien arrebató el huevo a los vardenos, y creo que sé cómo. Para protegerlo, su guardián debió de intentar mandármelo por arte de magia.

»Los vardenos no se han puesto nunca en contacto conmigo para explicarme cómo perdieron el huevo, pero sospecho que sus emisarios fueron interceptados por el Imperio, que mandó a los Ra'zac en su lugar. Estoy seguro de que estaban impacientes por pillarme, ya que me las había arreglado para frustrar muchos de sus planes.

—Entonces, ¿los Ra'zac no sabían nada de mí cuando llegaron a Carvahall? —preguntó Eragon, asombrado.

—Así es —respondió Brom—. Si el imbécil de Sloan hubiera mantenido la boca cerrada, no se habrían enterado de tu existencia, y las cosas habrían sido de manera bastante diferente. En cierto modo, debo estarte agradecido porque te debo la vida. Si los Ra'zac no se hubieran preocupado tanto por ti, me habrían cogido desprevenido y habría sido el fin de Brom, el cuentacuentos. La única razón de que huyeran es porque soy más fuerte que ellos, especialmente durante el día. Por eso debieron de planear drogarme durante la noche y después interrogarme sobre el huevo.

—¿Les has mandado algún mensaje a los vardenos hablándoles de mí?

—Sí. Estoy seguro de que quieren que te lleve a verlos lo antes posible.

—Pero no lo harás, ¿verdad?

—No, no lo haré.

—¿Por qué? Estar con los vardenos tiene que ser más seguro que perseguir a los Ra'zac, especialmente para un Jinete nuevo.

Brom largó una risotada y miró a Eragon con cariño.

—Los vardenos son peligrosos. Si vamos a verlos, te involucrarán en sus maquinaciones y en sus asuntos políticos; a lo mejor los líderes te encomendarían alguna misión sólo para dejar clara su autoridad, aunque no fueras lo suficientemente fuerte para llevarla a cabo. Quiero que estés bien preparado antes de acercarte a ellos. Por lo menos, mientras perseguimos a los Ra'zac, no tengo que preocuparme de que alguien te eche veneno en el agua. Es el menor de los dos males. Y —añadió con una sonrisa— como mínimo estás contento mientras te entreno. *Tuatha du orothrim* es sólo una fase de tu instrucción. Te ayudaré a encontrar, y quizá a matar, a los Ra'zac, porque son tan enemigos míos como tuyos, pero después tendrás que tomar una decisión.

—¿La decisión de...? —preguntó Eragon con cautela.

—De unirte a los vardenos o no —respondió Brom—. Si matas a los Ra'zac, las únicas soluciones de escapar a la cólera de Galbatorix serán buscar la protección de ese pueblo, huir a Surda o implorar la misericordia del rey y unirte a sus fuerzas. Sin embargo, aunque no mates a los Ra'zac, con el tiempo tendrás que enfrentarte a esta decisión.

Eragon sabía que la mejor manera de encontrar refugio sería unirse a los vardenos, pero no quería pasarse la vida luchando contra el Imperio como ellos. Caviló sobre los comentarios de Brom intentando sopesarlos desde distintos puntos de vista.

—Todavía no me has explicado por qué sabes tanto sobre los dragones.

—No, no lo he hecho, ¿verdad? —comentó Brom con una cínica sonrisa—. Eso tendrá que esperar hasta otro momento.

¿Por qué yo?, se preguntó el muchacho. *¿Qué tengo de especial para convertirme en Jinete?*

—¿Conociste a mi madre? —soltó de repente.

—Sí, la conocí. —Brom se puso serio.

—¿Cómo era?

—Una mujer llena de dignidad y de orgullo, como Garrow —suspiró el anciano—. En última instancia ésa fue su desgracia pero, sin embargo, uno de sus mayores dones...

Siempre ayudaba a los pobres y a los más desgraciados, cualquiera que fuese la situación en la que ella se encontrara.

—¿La conociste bien? —preguntó Eragon, sobresaltado.

—Lo suficientemente bien para echarla de menos cuando se marchó.

Mientras *Cadoc* avanzaba al paso, Eragon trató de acordarse de cuando pensaba que Brom era sólo un viejo cascarrabias que contaba cuentos. Por primera vez comprendió lo ignorante que había sido.

El muchacho le contó a Saphira lo que el anciano le había dicho, y la dragona se quedó intrigada por las revelaciones de Brom, pero sintió repugnancia ante la idea de haber sido una de las pertenencias de Galbatorix.

¿Estás contento de no haberte quedado en Carvahall? —le preguntó Saphira al fin—. *¡Piensa en todas las experiencias interesantes que te habrías perdido!*

No obstante, Eragon refunfuñó haciéndose el afligido.

Cuando acabaron el viaje de la jornada, Eragon fue a buscar agua mientras Brom preparaba la cena. Se frotó las manos para calentárselas mientas daba un rodeo en busca de un arroyuelo o de un manantial. El paisaje entre los árboles era sombrío y húmedo.

Encontró un arroyo muy lejos del campamento, se agachó en la orilla y observó el agua que corría sobre las piedras mientras metía la punta de los dedos. El agua helada de las montañas hacía remolinos alrededor de ellos, entumeciéndolos.

Al agua no le importa lo que nos sucede, ni a nosotros ni a nadie, pensó. Sintió un escalofrío y se puso de pie.

Entonces le llamó la atención una extraña huella que había al otro lado del arroyo. Tenía una forma rara y era muy grande. Cruzó a la otra orilla con curiosidad y saltó sobre una roca. En ese momento resbaló sobre un trozo de musgo húmedo, trató de sostenerse de una rama, pero ésta se rompió. Alargó el brazo para amortiguar la caída y sintió un crujido en la muñeca al tiempo que se desplomaba. El dolor le subió con fuerza por el brazo.

Se le escapó una retahíla de improperios entre los dientes apretados mientras procuraba no gritar. Enloquecido de dolor, se acurrucó en el suelo cogiéndose el brazo.

¡Eragon! —le llegó la voz asustada de Saphira—. *¿Qué ha pasado?*

Me he roto la muñeca... hice una estupidez y me caí.

Ahora voy —dijo Saphira.

No, ya me las arreglaré para volver. No vengas... Los árboles están muy juntos para... las alas.

Ella le envió una fugaz imagen de cómo destrozaría el bosque con tal de llegar hasta él, y le dijo:

Date prisa.

Se tambaleó gimiendo al ponerse de pie. La huella penetraba profundamente en el terreno, a pocos centímetros de distancia: era la marca de una pesada bota tachonada de clavos. Eragon recordó al instante las huellas que rodeaban la pila de cadáveres de Yazuac.

—Úrgalos —masculló, y deseó tener a *Zar'roc* consigo, puesto que no podía usar el arco con una sola mano.

Levantó de golpe la cabeza y gritó con la mente:

¡Saphira! ¡Úrgalos! ¡Protege a Brom!

Eragon volvió a cruzar de un salto el arroyuelo y corrió hacia el campamento mientras desenvainaba su cuchillo de monte. Veía posibles enemigos detrás de cada árbol y de cada arbusto. *Espero que sea un úrgalo nada más.* Irrumpió en el campamento agachando la cabeza para protegerse de un coletazo de Saphira.

—¡Para, soy yo! —gritó.

¡Huy! —dijo Saphira. Tenía las alas plegadas delante del pecho como un muro.

—¿Huy? —protestó Eragon corriendo hacia ella—. ¡Habrías podido matarme! ¿Dónde está Brom?

—¡Estoy aquí! —dijo Brom detrás de las alas de Saphira—. Dile a tu dragona loca que me suelte; no quiere escucharme.

—¡Suéltalo! —dijo Eragon, exasperado—. ¿No se lo has dicho?

No —respondió ella, avergonzada—, *sólo me dijiste que lo protegiera.* Levantó las alas, y Brom salió, enfadado.

—He encontrado la huella de un úrgalo. Y es reciente.

Brom se puso serio de inmediato.

—Ensilla los caballos. Nos vamos. —Apagó el fuego, pero Eragon no se movió—. ¿Qué te pasa en el brazo?

—Me he roto la muñeca —dijo tambaleándose.

Brom soltó una maldición, ensilló a *Cadoc* en lugar de que lo hiciera Eragon y lo ayudó a montar.

—Tenemos que entablillártela en cuanto podamos, así que intenta no moverla hasta entonces. —Eragon cogió firmemente las riendas con la mano izquierda, mientras Brom se dirigía a Saphira—: Es casi de noche. Tendrás que volar recto por encima de nosotros. Si aparecen los úrgalos, se lo pensarán dos veces antes de atacarnos si estás cerca.

Más les vale, porque si no, no volverán a pensar —dijo Saphira mientras remontaba el vuelo.

La noche caía deprisa, y los caballos estaban cansados, pero los espolearon sin piedad. La muñeca de Eragon, roja e hinchada, seguía palpitándole. Cuando estuvieron a algo más de un kilómetro del campamento, Brom se detuvo.

—Escucha —dijo.

Eragon oyó el débil sonido de un cuerno de caza detrás de ellos. Cuando todo volvió a quedar en silencio, el pánico se apoderó de él.

—Deben de haber descubierto el lugar en que estábamos —dijo Brom— y, seguramente, las huellas de Saphira. Ahora nos perseguirán, pues jamás dejan escapar a una presa porque eso no forma parte de su modo de ser. —Volvieron a sonar dos cuernos: estaban más cerca. Eragon sintió un escalofrío—. Nuestra única oportunidad es huir —añadió Brom. Miró hacia el cielo y se puso pálido mientras llamaba a Saphira.

La dragona salió de la oscuridad y aterrizó junto a ellos.

—Deja a *Cadoc* y ve con ella. Estarás más seguro —ordenó Brom.

—¿Y tú? —protestó Eragon.

—Yo estaré bien. ¡Vete!

Eragon, incapaz de reunir la energía suficiente para discutir, montó a Saphira mientras Brom fustigó a *Nieve de Fuego* y se alejó llevándose a *Cadoc*. Tras ellos iba la dragona que agitaba las alas por encima de los caballos que galopaban.

Eragon se agarró a la dragona lo mejor que pudo, pero hacía muecas de dolor cada vez que Saphira le tocaba la muñeca al moverse. Los cuernos sonaban cada vez más cerca, como si fueran una nueva oleada de terror. A su vez Brom se abría paso entre la maleza forzando los caballos al límite. En un momento dado los cuernos de caza resonaron al unísono y a continuación se quedaron súbitamente en silencio.

Pasaron los minutos.

¿Dónde están los úrgalos?, se preguntó Eragon. Volvió a resonar un cuerno, pero a lo lejos. El muchacho suspiró aliviado y descansó sobre el cuello de Saphira, mientras Brom aflojaba el paso en su precipitada carrera. *Estuvimos cerca* —dijo Eragon.

Sí, pero no podemos parar hasta que...

De nuevo el sonido de un cuerno, que esta vez se oyó directamente debajo de ellos, interrumpió a Saphira. Eragon dio un respingo de sorpresa y Brom retomó su frenética huida. Cornudos úrgalos, que gritaban con voces roncas, galopaban deprisa por el sendero y ganaban terreno rápidamente. Tenían a Brom casi a la vista, pero el anciano no conseguía dejarlos atrás.

¡Tenemos que hacer algo! —exclamó Eragon.

¿Qué?

¡Bajar delante de los úrgalos!

¿Estás loco? —exclamó Saphira.

¡Baja! Sé lo que hago —ordenó Eragon—. *No hay tiempo para nada más. ¡Van a alcanzar a Brom!*

Muy bien.

Saphira adelantó a los úrgalos, dio la vuelta y se preparó para posarse sobre el sendero. Eragon fue en busca de su poder, pero sintió la habitual resistencia en la mente que lo separaba de la magia. Sin embargo, no intentó alcanzarla todavía. Pero su nerviosismo le produjo una contracción en un músculo del cuello.

Mientras los úrgalos avanzaban ruidosamente por el sendero, gritó:

—¡Ahora!

Saphira plegó las alas con brusquedad, descendió directamente desde encima de los árboles y aterrizó levantando una nube de polvo y de piedras.

Los úrgalos gritaron asustados y tiraron de las riendas de los caballos, que resbalaron y chocaron entre sí, pero los monstruos volvieron a organizarse deprisa para enfrentarse a Saphira con las armas desenfundadas. El odio se imprimía en los rostros de los úrgalos mientras miraban a la dragona con hostilidad. Eran doce, y todos tenían el aspecto de unas espantosas y burlonas bestias. Eragon se preguntó por qué no huían, pues se había imaginado que, al ver a Saphira, se asustarían y se sentirían impulsados a escapar.

¿Por qué esperan? ¿Van a atacar o no?

Eragon se quedó paralizado cuando el úrgalo más grande avanzó y masculló:

—Nuestro señor desea hablar contigo, humano. —El monstruo tenía una voz grave y gutural.

Es una trampa —le advirtió Saphira antes de que Eragon dijera nada—. *No lo escuches.*

Por lo menos veamos qué tienen que decir —razonó con curiosidad, pero con gran cautela.

—¿Y quién es tu señor? —preguntó el muchacho.

—Alguien tan vil como tú no merece saber su nombre —replicó el úrgalo con desprecio—. Gobierna el cielo y domina la tierra. Para él, no eres más que una hormiga perdida. Sin embargo, ha ordenado que te llevemos a su presencia, vivo. Alégrate de ser digno de semejante trato.

—¡Jamás iré contigo ni con ninguno de mis enemigos! —declaró Eragon pensando en Yazuac—. Me da igual que sirvas a un Sombra, a un úrgalo o a algún otro demonio contrahecho del que no tenga noticias, pero no deseo parlamentar con él.

—Eso es un grave error —gruñó el úrgalo enseñando los colmillos—. No hay manera de escapar de nuestro señor y, a la larga, acabarás ante él. Si te resistes, se ocupará de que tus días sean una agonía.

Eragon se preguntó quién tendría el poder de reunir a los úrgalos bajo su bandera. ¿Había una tercera fuerza suelta en el territorio, además de los vardenos y del Imperio?

—Guárdate tu oferta y dile a tu señor que me encantaría que los cuervos le comieran las entrañas.

La furia recorrió a los úrgalos. Y el jefe aulló haciendo rechinar los dientes.

—¡Te arrastraremos ante él, entonces! —Hizo una seña con la mano, y los úrgalos se precipitaron sobre Saphira.

Eragon levantó la diestra y gritó:

—*¡Jierda!*

¡No! —exclamó Saphira, pero era demasiado tarde.

Los monstruos se tambalearon mientras la palma de la

mano de Eragon brillaba y lanzaba rayos de luz que se estrellaban en la tripa de los atacantes. Los úrgalos salieron disparados por el aire y chocaron contra los árboles antes de caer al suelo, inconscientes.

Muy pronto la fatiga despojó a Eragon de su fuerza, y el muchacho se cayó de Saphira. Tenía la mente confusa y torpe. Mientras Saphira se inclinaba sobre él, pensó que tal vez había ido demasiado lejos porque la energía que había necesitado para levantar y lanzar a doce úrgalos había sido enorme. El miedo se apoderó de él mientras se esforzaba por mantenerse consciente.

Con el rabillo del ojo vio que uno de los úrgalos se tambaleaba y se ponía de pie, espada en mano. Eragon trató de advertírselo a Saphira, pero estaba demasiado débil. *No...* pensó sin energía. El úrgalo se acercó despacio a Saphira hasta sobrepasar la cola de la dragona, y levantó la espada para cortarle el cuello. *¡No...!* Saphira se giró rápidamente encarándose con el monstruo, y rugió con ferocidad. De inmediato, le lanzó un zarpazo a una velocidad de vértigo, y empezó a salir sangre a chorros mientras partía en dos al úrgalo.

Saphira cerró las mandíbulas con un chasquido y regresó hasta donde se hallaba Eragon. Pasó las zarpas con suavidad alrededor del torso del muchacho, dio un rugido y remontó el vuelo. La noche se desdibujó en un haz lleno de dolor, mientras el hipnótico sonido del batir de las alas sumió a Eragon en un nebuloso trance, arriba, abajo, arriba, abajo...

Cuando por fin la dragona aterrizó, Eragon casi no tuvo conciencia de que Brom hablaba con ella. No comprendía qué decían, pero debieron de tomar una decisión porque Saphira volvió a despegar.

El estupor del muchacho dio paso al sueño que lo cubrió como una mullida manta.

La imagen de la perfección

Eragon se acurrucó debajo de las mantas, sin ganas de abrir los ojos, y se adormiló, pero un pensamiento difuso entró en su mente... *¿Cómo he llegado aquí?* Confundido, tiró más fuerte de las mantas y sintió algo duro en el brazo derecho. Trató de mover la muñeca, pero sintió una dolorosa punzada. *¡Los úrgalos!* Y se incorporó de golpe.

Yacía en un pequeño claro en el que sólo había un fuego de campaña sobre el que se cocía un estofado en una cacerola, mientras una ardilla tableteaba sobre una rama. Al lado de las mantas estaban su arco y el carcaj. El muchacho hizo una mueca de dolor al intentar levantarse, pues tenía los músculos débiles y doloridos y el brazo derecho con un pesado entablillado.

¿Dónde están todos?, se preguntó con sensación de abandono. Intentó llamar a Saphira, aunque no la percibía, y eso lo alarmó. Un hambre voraz se apoderó de él, de modo que se puso a comer el estofado, y como seguía con hambre, se imaginó que quizá en las alforjas habría un trozo de pan, pero no había ni rastro de las alforjas ni de los caballos en el claro. *Estoy seguro de que esto tiene una explicación*, pensó tratando de reprimir su ansiedad.

Dio una vuelta por el claro, pero volvió a donde estaban las mantas y se envolvió con ellas. Sin nada mejor que hacer, se apoyó contra un árbol y observó las nubes del cielo. Pasaron las horas, pero no aparecieron ni Brom ni Saphira.

Espero que todo vaya bien.

A medida que avanzaba la tarde, Eragon, cada vez más aburrido, empezó a explorar el bosque de alrededor. Cuando se cansó, descansó debajo de un abeto, que se inclinaba sobre una roca que tenía un hueco lleno de agua clara de rocío.

Eragon miró el agua y recordó las instrucciones que Brom le había dado sobre la criptovisión.

A lo mejor puedo ver dónde está Saphira. Brom dijo que la criptovisión requería mucha energía, pero soy más fuerte que él...

Respiró hondo, cerró los ojos y formó en la mente la imagen de Saphira creándola de la forma más verosímil posible. Era más difícil de lo que esperaba.

—*¡Draumr kópa!* —dijo, y miró el agua.

La superficie se aplanó por completo, como congelada por una fuerza invisible, los reflejos desaparecieron y el agua se tornó absolutamente diáfana. En ella brilló la imagen de Saphira: estaba en medio de una mancha de color de un blanco purísimo, pero Eragon vio que volaba. Brom iba montado sobre ella, con la barba al viento y la espada sobre las rodillas.

Cansado, dejó que la imagen se desvaneciera.

Por lo menos están bien. Se tomó unos minutos para recuperarse y se inclinó de nuevo sobre el agua. *Roran, ¿cómo estás?*

Vio mentalmente a su primo con toda claridad. Dejándose llevar por un impulso, recurrió otra vez a la magia y pronunció las palabras.

El agua se aquietó, y una imagen se formó sobre la superficie: apareció Roran, sentado sobre una silla invisible; estaba rodeado de color blanco, igual que Saphira, y tenía nuevas arrugas en el rostro, lo que hacía que se pareciera más que nunca a Garrow. Eragon retuvo la imagen en su sitio todo lo que pudo.

¿Está Roran en Therinsford? Sin duda se halla en un lugar que no conozco.

La tensión que exigía el uso de la magia le había llenado la frente de gotas de sudor. Suspiró y, durante un buen rato, se contentó solamente con permanecer sentado. De pronto, una absurda idea le cruzó por la mente:

¿Y si sólo he criptovisto algo creado por mi imaginación o algo que he contemplado en un sueño? Sonrió. *Quizá sólo veo el reflejo de mi conciencia.*

Era una idea demasiado tentadora para pasarla por alto, de modo que se arrodilló una vez más junto al agua.

¿Qué debo buscar?

Pensó algunas cosas, pero las desechó todas hasta que recordó el sueño de la mujer en la celda.

Tras fijar la escena en la mente, pronunció las palabras consabidas y observó el agua con intensidad. Esperó, pero no sucedió nada. Desilusionado, estaba a punto de abandonar la magia cuando un remolino de una profunda negrura cruzó el agua y cubrió la superficie. La imagen de una vela osciló en la oscuridad e iluminó una celda de piedra: la mujer del sueño de Eragon estaba acurrucada en un catre en un rincón. Ella levantó la cabeza —una cabellera negra le caía sobre la espalda— y miró directamente a Eragon, que se quedó paralizado, pues la fuerza de esa mirada lo dejó inmóvil. Un escalofrío le recorrió la columna cuando sus ojos se encontraron. En aquel momento la mujer tuvo un estremecimiento y cayó inerte.

El agua volvió a aclararse, y Eragon retrocedió jadeando.

—No es posible.

No puede ser real. ¡Sólo soñé con ella! ¿Cómo sabía que la miraba? ¿Y cómo es posible que yo haya criptovisto una mazmorra que nunca he contemplado?

Eragon se preguntó si alguno de sus otros sueños también habían sido visiones.

El rítmico batir de las alas de Saphira interrumpió los pensamientos del muchacho, que se apresuró a volver al claro, adonde llegó justo cuando ella tocaba tierra. Brom iba encima, tal como Eragon había visto, pero tenía la espada llena de sangre y el rostro crispado. El borde de la barba también estaba salpicado de sangre.

—¿Qué ha pasado? —preguntó Eragon, temeroso de que estuviera herido.

—¿Que qué ha pasado? —rugió el anciano—. ¡He ido a arreglar el lío que has montado! —Dio un mandoble con la espada que salpicó sangre en la trayectoria—. ¿Sabes lo que has hecho con ese truquillo? ¿Lo sabes?

—Impedí que los úrgalos te cogiesen —respondió Eragon, que sintió que se le hacía un nudo en el estómago.

—Sí —bramó Brom—, pero ese truco mágico casi te mata. Has estado durmiendo durante dos días. Había doce úrgalos. ¡Doce! Pero eso no te detuvo y aun así intentaste mandarlos hasta Teirm, ¿no? ¿En qué estabas pensando? Habría sido más inteligente tirarles una piedra a cada uno en la cabeza, pero no, tenías que dejarlos inconscientes para que pudieran huir poco después. Me he pasado los últimos dos días tratando de encontrarlos. Incluso con la ayuda de Saphira, ¡se han escapado tres!

—No quería matarlos —dijo Eragon, que se sentía como si se hubiera encogido.

—Pues en Yazuac no te importó.

—Allí no tuve opción y no sabía controlar la magia. Esta vez me pareció... muy exagerado.

—¡Exagerado! —exclamó Brom—. No es exagerado; ellos no habrían tenido la misma misericordia contigo. ¿Y por qué, ay, por qué, te plantaste ante ellos?

—Dijiste que habían encontrado las huellas de Saphira, así que ya no importaba que me viesen —contestó Eragon a la defensiva.

Brom clavó la espada en tierra.

—Dije que «probablemente» habrían encontrado las huellas —soltó Brom—. No que las habían visto con certeza. Podrían haber creído que perseguían a unos viajeros extraviados, pero ¿por qué van a pensar eso ahora? Después de todo, ¡fuiste tú el que aterrizó justo delante de ellos! Y como los has dejado escapar con vida, ¡van de un lado a otro del país con cuentos fantásticos! ¡A lo mejor ya han llegado a oídos del Imperio! —Levantó las manos al cielo—. ¡Después de esto, muchacho, ni mereces llamarte Jinete! —Brom arrancó la espada clavada en el suelo y se dirigió hasta el fuego pisando muy fuerte. Rasgó un trozo de tela del forro de su túnica y empezó a limpiar la hoja, muy enfadado.

Eragon estaba perplejo. Trató de pedirle consejo a Saphira, pero lo único que ella le dijo fue:

Habla con Brom.

Titubeante, se acercó al fuego.

—¿Serviría de algo si te dijera que lo siento? —preguntó.

Brom suspiró y envainó la espada.

—No, no serviría. Tus sentimientos no pueden cambiar lo sucedido. —Clavó el índice en el pecho de Eragon—. Has tomado algunas decisiones muy equivocadas que podrían tener peligrosas repercusiones. Y una de ellas, y no poco importante, es que casi te mueres. ¡Podrías estar muerto, Eragon! De ahora en adelante tendrás que pensar. Para eso hemos nacido con cerebro, y no con piedras, en la cabeza.

Eragon asintió, avergonzado.

—Pero no es tan grave como piensas. Los úrgalos ya sabían quién era: ¡tenían órdenes de capturarme!

El asombro le hizo abrir a Brom los ojos de par en par. Luego se metió la pipa apagada en la boca.

—No, no es tan grave como pienso, es aún peor. Saphira me contó que habías hablado con los úrgalos, pero no me mencionó eso.

Eragon describió alborotadamente el enfrentamiento.

—Así que ahora tienen una especie de jefe, ¿eh? —preguntó Brom. Eragon asintió—. ¿Y tú has desobedecido sus deseos, lo has insultado y has atacado a sus tropas? —Brom hizo un gesto de desesperación—. No se me ocurre nada peor. Si hubieras matado a los úrgalos, tu grosería habría pasado desapercibida, pero ahora es imposible ignorarla. Felicidades, acabas de ganarte uno de los más poderosos enemigos de Alagaësia.

—Muy bien, he cometido un error —replicó Eragon, resentido.

—Sí, así es —coincidió Brom con mirada acusadora—. Aunque lo que me preocupa es quién será el jefe de los úrgalos.

—¿Y qué pasará ahora? —preguntó Eragon en voz baja sintiendo un escalofrío.

Hubo un silencio incómodo.

—Como tardarás por lo menos un par de semanas en curarte el brazo, usaremos ese tiempo para enseñarte a ser mínimamente sensato. Supongo que, en parte, es culpa mía porque te he enseñado cómo hacer las cosas, pero no si debes hacerlas o no. Es necesaria la discreción, algo de lo que, evidentemente, careces. Ni toda la magia de Alagaësia te ayudará si no sabes cuándo hacer uso de ella.

—Pero seguimos yendo a Dras-Leona, ¿no?

—Sí, seguiremos buscando a los Ra'zac, pero aunque los encontremos, no servirá de nada hasta que te hayas curado. —Brom miró a uno y otro lado y empezó a desensillar a Saphira—. ¿Estás bien para montar?

—Creo que sí.

—Bueno, entonces hoy todavía podremos avanzar unos cuantos kilómetros.

—¿Dónde están *Cadoc* y *Nieve de Fuego*?

Brom señaló hacia un lado del claro.

—Por ahí. Los llevé a un lugar en el que había hierba.

Eragon se preparó para marchar y siguió a Brom hasta los caballos.

Si me hubieras explicado lo que pensabas hacer —le dijo Saphira con mordacidad—, *nada de esto habría sucedido, pues te habría dicho que era mala idea no matar a los úrgalos. ¡Accedí a hacer lo que me pedías porque, en cierto modo, supuse que era razonable!*

No quiero hablar de ello.

Como quieras —replicó la dragona con desdén.

Mientras cabalgaban, cada sacudida o irregularidad en el sendero hacía que Eragon apretara los dientes, incómodo. Si hubiera estado solo, se habría detenido, pero yendo con Brom, ni se atrevió a quejarse. Además, el anciano empezó a pincharlo con diferentes escenas en las que intervenían úrgalos, magia y Saphira. Las peleas imaginarias eran muchas y variadas, en las que a veces incluso participaban un Sombra u otros dragones. Por lo tanto, Eragon descubrió que era posible que le torturaran el cuerpo y la mente al mismo tiempo. Asimismo, respondía mal a la mayoría de las preguntas y se sentía cada vez más frustrado.

Cuando al fin se detuvieron para pasar la noche, Brom refunfuñó con sequedad:

—Bueno, al menos es un comienzo. —Y Eragon supo que el anciano se sentía decepcionado.

El señor de la espada

El día siguiente fue más fácil para ambos, ya que Eragon estaba mejor y más descansado, y respondió correctamente a más preguntas de Brom. Después de un ejercicio especialmente difícil, Eragon mencionó la criptovisión de la mujer. Brom se tiró de la barba, curioso.

—¿Dices que estaba presa?

—Sí.

—¿Le viste la cara? —preguntó, interesado.

—No muy claramente. La iluminación era mala, pero a pesar de todo sé que era bella. Es extraño; no tuve ninguna dificultad en verle los ojos. Y ella me miró.

—Por lo que sé —dijo Brom haciendo un gesto negativo—, nadie puede saber si lo están criptoviendo.

—¿Sabes de quién se trata? —preguntó Eragon, asombrado por la ansiedad de su propia voz.

—La verdad es que no —reconoció Brom—. Si me obligaran, podría hacer algunas conjeturas, pero ninguna demasiado probable. Ese sueño tuyo es muy peculiar. De alguna manera te las arreglaste para criptover en sueños algo que no habías visto nunca... y sin pronunciar las palabras de poder. Los sueños, de vez en cuando, se ponen en contacto con el reino de lo espiritual, pero esto es diferente.

—Quizá para entenderlo deberíamos buscar en cada prisión y en cada mazmorra hasta dar con la mujer —bromeó Eragon.

En realidad pensaba que era una buena idea. Brom se rió, y siguieron adelante.

A medida que los días se convertían poco a poco en semanas, el estricto entrenamiento al que Brom sometía a Eragon ocupó casi todas las horas. Debido al brazo entablillado, el muchacho se veía obligado a usar la mano izquierda cada vez que luchaban, pero al cabo de poco tiempo, podía batirse con esa mano tan bien como con la derecha.

Cuando cruzaron las Vertebradas y llegaron a las llanuras, la primavera ya había llegado a Alagaësia con una explosión de flores. Los pelados árboles de hoja caduca estaban llenos de brotes rojizos, la hierba empezaba a despuntar entre los tallos marchitos del año anterior, y los pájaros volvían después de su ausencia invernal para aparearse y construir sus nidos.

Los viajeros siguieron el río Toak hacia el sudeste, al pie de las Vertebradas. A medida que el Toak recibía las aguas de los afluentes que llegaban de todos lados, su curso se hacía más firme y caudaloso. Cuando el río alcanzó alrededor de cinco kilómetros de anchura, Brom señaló las islas de cieno que se esparcían por el agua.

—Nos hallamos cerca del lago Leona: está a poco más de diez kilómetros.

—¿Crees que podemos llegar antes de que anochezca? —preguntó Eragon.

—Podemos intentarlo.

Muy pronto el crepúsculo hizo que la senda resultara difícil de seguir, pero el ruido del río los guiaba, y cuando salió la luna, el luminoso astro los alumbró lo suficiente para ver lo que había delante.

El lago Leona parecía una hoja de plata fina sobre la tierra, y sus aguas eran tan tranquilas y lisas que no parecía que fueran líquidas. Aparte de un brillante haz de luz de luna que iluminaba un trozo de la superficie, el resto no se distinguía de la tierra. Saphira estaba en la orilla rocosa agitando las alas para secárselas. Eragon la saludó.

El agua es maravillosa.... profunda, fresca y clara —dijo ella.

Quizá mañana nade un poco —le respondió él.

Instalaron el campamento bajo una hilera de árboles y se fueron a dormir pronto.

Al amanecer Eragon corrió a ver el lago a la luz del día: la blanca superficie del agua se rizaba en forma de abanico allí donde soplaba la brisa. Además, el tamaño del lago en sí era una delicia. Eragon chilló y corrió hacia el agua.

Saphira, ¿dónde estás? Ven, vamos a divertirnos. —En el momento en que Eragon se le subió encima, la dragona despegó por encima del lago. Planearon hacia arriba volando en círculos por encima del agua, pero incluso desde esa altura no se veía la orilla opuesta—. *¿Te gustaría darte un baño?* —le preguntó Eragon con indiferencia.

Saphira sonrió encantada.

¡Agárrate! —Cerró las alas y descendió hacia las olas arañando las crestas con las garras, mientras que el agua que levantaban al deslizarse brillaba bajo la luz del sol. Eragon volvió a chillar de alegría, y entonces Saphira plegó las alas y se zambulló en el lago. La cabeza y el cuello de la dragona entraron limpiamente, como una lanza.

El agua golpeó a Eragon como una pared helada, le cortó la respiración y casi lo desmontó de Saphira, pero el muchacho se agarró con fuerza mientras ella nadaba hacia la superficie. Con tres fuertes patadas, la dragona asomó la cabeza y lanzó un chorro de reluciente agua hacia el cielo. Eragon tomó aire y se sacudió el cabello mientras Saphira se deslizaba por el lago usando la cola como timón.

¿Preparado?

Eragon asintió e inspiró profundamente poniendo firmes los brazos. Esta vez avanzaron con suavidad debajo del agua. La visibilidad era perfecta en la líquida transparencia mientras Saphira giraba y daba vueltas describiendo círculos fantásticos en el agua como una anguila. Eragon se sentía como si montara a una serpiente de mar de leyenda.

En el momento en que los pulmones del muchacho empezaron a necesitar aire, Saphira arqueó el lomo y levantó la cabeza de golpe. Una explosión de gotitas dibujó un halo alrededor de ellos al tiempo que Saphira emergía de un salto y abría las alas de par en par. Con dos potentes aleteos ganó altura.

¡Caramba! ¡Eso sí que ha sido fantástico! —exclamó Eragon.

Sí —dijo Saphira alegremente—. *Aunque es una lástima que no seas capaz de aguantar más tiempo la respiración.*

Sí, pero no puedo hacer nada —respondió escurriéndose el agua del pelo. Tenía la ropa empapada, y la corriente de aire que producían las alas de Saphira lo estaba helando. Entonces se tironeó el entablillado del brazo porque le picaba la muñeca.

Una vez se hubo secado, Eragon y Brom ensillaron los caballos y emprendieron viaje alrededor del lago Leona de buen humor, mientras Saphira, juguetona, entraba y salía del agua.

Antes de la comida, Eragon inutilizó el filo de *Zar'roc* para el habitual combate de entrenamiento con Brom, pero ninguno de los dos se movió mientras esperaba que el otro atacara primero. El muchacho observó el entorno en busca de cualquier cosa que le pudiera dar ventaja: un palo que estaba cerca del fuego le llamó la atención.

Eragon se inclinó de golpe, recogió el palo y se lo tiró a Brom, pero el anciano lo esquivó sin dificultad y se abalanzó sobre el muchacho blandiendo la espada. Eragon agachó la cabeza en el preciso instante en que la hoja le pasaba silbando por encima, rugió y tumbó a Brom con ferocidad.

Se enzarzaron en el suelo, y cada uno de ellos se esforzó por mantenerse encima del otro. Eragon giró hacia un lado y deslizó la espada por el suelo hacia la espinilla de Brom. Éste detuvo el golpe con la empuñadura de su espada y se puso de pie de un salto. Eragon también se levantó con una torsión y volvió a atacar haciendo describir a *Zar'roc* una extraña trayectoria, al mismo tiempo que saltaban chispas sin cesar al entrechocar las espadas. Brom detenía cada golpe con el rostro tenso por la concentración, pero Eragon se dio cuenta de que el anciano empezaba a cansarse. Continuó el incesante golpeteo mientras tanto uno como otro intentaban romper la defensa del contrario.

En ese momento Eragon percibió un cambio en el combate: golpe a golpe fue ganando ventaja, y las paradas de Brom se hicieron cada vez más lentas. En cambio, Eragon detuvo con facilidad una estocada. Las venas latían en la frente del anciano, y tenía los tendones del cuello hinchados por el esfuerzo.

Con súbita confianza, Eragon blandió a *Zar'roc* más rápido que nunca tejiendo un red de acero alrededor de la espada de Brom. Con un movimiento veloz, golpeó la parte plana de su espada contra la guardia de Brom y le tiró la espada al suelo. Antes de que el anciano reaccionara, Eragon le apoyó *Zar'roc* en la garganta.

Se quedaron inmóviles jadeando, mientras la punta roja de *Zar'roc* continuaba apoyada en el cuello de Brom. Eragon bajó despacio el brazo y retrocedió. Era la primera vez que vencía al anciano sin recurrir a algún truco. Brom recogió su espada del suelo y la enfundó.

—Por hoy es suficiente —dijo sin dejar de respirar agitadamente.

—Pero si acabamos de empezar —replicó Eragon, asustado.

—Ya no puedo enseñarte nada más con la espada. De todos los combatientes que he conocido, sólo tres habrían podido vencerme de esta manera, y dudo que ninguno de ellos lo hubiera logrado con la mano izquierda. —Sonrió, compungido—. Puede que ya no sea tan joven como antes, pero lo que sí sé es que eres un espadachín talentoso y excepcional.

—¿Significa que ya no vamos a luchar todas las noches? —preguntó Eragon.

—No, no vas a librarte de eso —se rió Brom—. Pero ahora lo haremos más fácil, pues ya no importa que nos saltemos una noche de vez en cuando. —Se enjugó la frente—. Sin embargo, si tienes la desgracia de combatir con un elfo —esté entrenado o no, o ya sea de sexo femenino o masculino— ten por seguro que perderás porque los elfos, junto con los dragones y otras criaturas mágicas, muchas veces son más fuertes de lo que la naturaleza les hace. Hasta el elfo más débil podría derrotarte. Y eso mismo es válido para los Ra'zac porque no son humanos y se cansan mucho menos que nosotros.

—¿Hay alguna forma de llegar a estar a su altura? —preguntó Eragon sentándose con las piernas cruzadas al lado de Saphira.

Has combatido bien —le dijo ella, y él sonrió.

Brom también se sentó y se encogió de hombros.

—Unas pocas, pero ninguna es accesible para ti en estos momentos. La magia te permitirá derrotar a todos los enemigos, menos a los más fuertes, pero para vencer a éstos necesitarás la ayuda de Saphira, además de una buena dosis de suerte. Recuerda: cuando las criaturas mágicas hacen uso de la magia, pueden hacer cosas que matarían a un humano porque tienen más aptitudes.

—¿Y cómo se lucha con magia? —preguntó Eragon.

—¿A qué te refieres?

—Bueno —dijo el muchacho apoyándose en un codo—, supón que me ataca un Sombra: ¿cómo podría interceptar su magia? Como resulta que la mayoría de los hechizos se producen de manera instantánea, eso te impide reaccionar a tiempo, pero aunque lo consiguiera, ¿cómo podría neutralizar la magia de un enemigo? Parece como si se tuvieran que conocer las intenciones de un oponente «antes» de que actúe. —Eragon se calló un momento—. No sé cómo se puede lograr porque quienquiera que ataque primero, gana.

—Estás hablando de... un duelo de magos, lo que es extremadamente peligroso —afirmó Brom dando un suspiro—. ¿Te has preguntado alguna vez cómo logró Galbatorix vencer a todos los Jinetes tan sólo con la ayuda de un puñado de traidores?

—No, nunca he pensado en ello —reconoció Eragon.

—Hay varias maneras. Algunas las sabrás más adelante, pero la principal es que Galbatorix era, y sigue siendo, un maestro para penetrar en la mente de la gente. Verás, en un duelo de magos rigen estrictas reglas que ambas partes deben respetar porque si no los dos contendientes mueren. Para empezar, nadie hace uso de la magia hasta que uno de los combatientes accede a la mente del otro.

Saphira enroscó la cola cómodamente alrededor de Eragon y preguntó:

¿Por qué se ha de esperar? Si un enemigo se da cuenta de que lo has atacado, ya es demasiado tarde para que actúe.

Eragon repitió la pregunta en voz alta.

—No, no lo es. Si yo de pronto usara mi poder contra ti, Eragon, seguramente morirías, pero en ese breve instante antes de tu destrucción, habría tiempo para un contraataque.

Por lo tanto, a menos que un contendiente tenga deseos de morir, ninguna de las dos partes ataca hasta que una de ellas haya penetrado las defensas de la otra.

—¿Y qué pasa entonces? —inquirió Eragon.

—Una vez que estás dentro de la mente de un enemigo —respondió Brom—, es bastante fácil prever lo que hará e impedirlo. Sin embargo, incluso con esa ventaja, sigue siendo posible perder si no sabes cómo contrarrestar el hechizo. —Llenó la pipa y la encendió—. Y eso requiere una velocidad de pensamiento extraordinaria porque, antes de defenderse, hay que comprender la índole exacta de las fuerzas dirigidas contra uno. Si te atacan con calor, tienes que saber cómo lo transmiten contra ti: si por aire, fuego, luz o por algún otro medio. Y sólo cuando lo has averiguado, puedes combatir la magia, por ejemplo, helando el material recalentado.

—Parece difícil.

—Extremadamente. Es raro que la gente sobreviva más de unos segundos a un duelo de este tipo —confirmó Brom, mientras una voluta de humo se elevaba de su pipa—. El enorme esfuerzo y el talento que exige condena a una muerte rápida a cualquiera que carezca de la formación adecuada. Cuando hayas progresado, empezaré a enseñarte los métodos necesarios, pero mientras tanto, si te enfrentas alguna vez a un duelo de magos, te aconsejo que salgas corriendo lo más rápido que puedas.

El fango de Dras-Leona

Almorzaron en Fasaloft, un bullicioso pueblo a orillas del lago. Era un sitio encantador que se levantaba en una colina con vistas al lago. Mientras comían en el salón de la posada, Eragon prestó mucha atención a los chismes y se sintió aliviado al no escuchar rumores sobre Saphira ni sobre él.

Durante los dos últimos días, el sendero, que ya se había convertido en una ruta, estaba cada vez peor porque las ruedas de los carros y las herraduras de hierro de los caballos se habían conspirado para destrozar el terreno y lo habían dejado intransitable en muchas partes. Al mismo tiempo el aumento de viajeros obligó a Saphira a esconderse durante el día para después, por la noche, alcanzar a Brom y a Eragon.

Siguieron viaje durante días hacia el sur bordeando la orilla del amplio lago Leona, aunque Eragon empezaba a preguntarse si alguna vez lograrían recorrerlo, de modo que se animó cuando se encontraron con unos hombres que les dijeron que Dras-Leona estaba, aproximadamente, a un día a caballo.

A la mañana siguiente Eragon se levantó temprano. Le cosquilleaban los dedos ante la idea de encontrar al fin a los Ra'zac.

Tened mucho cuidado los dos —dijo Saphira—. *Los Ra'zac podrían tener espías apostados en busca de viajeros que respondan a vuestra descripción.*

Haremos lo posible para no llamar la atención —la tranquilizó Eragon.

La dragona agachó la cabeza hasta que le quedó a la altura de los ojos de Eragon, y lo miró.

Quizá, pero ten en cuenta que no podré protegerte como cuando te enfrentaste a los úrgalos, pues estaré muy lejos para acudir en tu ayuda y, además, tampoco sobreviviría mucho en esas callejuelas. Sigue a Brom en esta cacería; él es sensato.

Lo sé —respondió Eragon con seriedad.

¿Irás con Brom a donde están los vardenos? Una vez muertos los Ra'zac, querrá llevarte hasta ellos. Y, puesto que Galbatorix estará furioso por la muerte de los Ra'zac, sería lo más seguro que podríamos hacer.

Eragon se frotó los brazos.

No quiero combatir siempre contra el Imperio, como los vardenos, porque la vida es algo más que una batalla constante. Después de que los Ra'zac hayan desaparecido, tendremos tiempo para pensarlo.

No estés tan seguro —le advirtió, y partió a ocultarse hasta que llegara la noche.

El camino estaba atestado de campesinos que llevaban sus productos al mercado de Dras-Leona, de modo que Brom y Eragon se vieron obligados a aflojar el paso de los caballos y esperar que pasaran los carros que interceptaban el camino.

Aunque antes del mediodía vieron humo a lo lejos, tuvieron que avanzar un poco más de cinco kilómetros hasta que vieron con claridad la ciudad. A diferencia de Teirm, una ciudad planificada, Dras-Leona era un laberinto enmarañado que se extendía al lado del lago. Edificios destartalados se levantaban en calles serpenteantes, y el centro de la ciudad estaba rodeado de una sucia muralla de adobe de color amarillento.

A varios kilómetros al este, un monte de roca pelada horadaba el cielo con sus picos y con sus cumbres, a modo de un tenebroso barco de pesadilla. Las paredes casi verticales se elevaban desde el suelo, como si a la tierra le hubiera salido un trozo de hueso mellado.

—Mira, el Helgrind —señaló Brom—. Por tal motivo se construyó originariamente Dras-Leona, pues la gente estaba fascinada por esa montaña, aunque es un sitio maligno y malsano. —Entonces le indicó las construcciones que había dentro de la muralla de la ciudad—. Primero debemos ir al centro.

A medida que avanzaban por el camino hacia Dras-Leona, Eragon vio que el edificio más alto de la ciudad era una catedral que se asomaba detrás de las murallas. Era asombrosamente parecida al Helgrind, cspecialmente cuando los arcos y las puntiagudas torres reflejaban la luz.

—¿A quién adoran estas gentes? —preguntó Eragon.

—Sus oraciones van dirigidas al Helgrind —afirmó Brom haciendo una mueca de disgusto—. Practican una religión cruel. Beben sangre humana y ofrendan su propia carne. A los sacerdotes a menudo les faltan partes del cuerpo porque creen que cuanto mayor es la renuncia a uno mismo, menos apegado se está al mundo mortal. Además, pasan gran parte del tiempo discutiendo cuál de las tres cumbres del Helgrind es la más alta y la más importante, y si hay que incluir a la cuarta, la más baja, en los ritos de adoración.

—Es horrible —dijo Eragon temblando.

—Sí —coincidió Brom con tono grave—, pero no se lo digas a un creyente porque te cortarán la mano enseguida, como «penitencia».

Cuando estuvieron en las enormes puertas de Dras-Leona, guiaron los caballos entre una gran aglomeración de gente. A cada lado de las puertas había diez soldados que miraban con indiferencia al gentío. Eragon y Brom entraron en la ciudad sin incidentes.

Las casas al otro lado de la muralla eran altas y estrechas para compensar la falta de espacio, y las que estaban junto a la muralla, prácticamente, se apoyaban en ella. La mayoría de las edificaciones se levantaban en callejuelas estrechas y serpenteantes, y tapaban el cielo, de manera que resultaba difícil saber si era de día o de noche. Casi todas ellas estaban construidas con la misma madera, basta y oscura, lo que ennegrecía aún más la ciudad. El aire apestaba a cloaca y las calles estaban asquerosas.

Un grupo de chiquillos harapientos corrían entre las casas peleándose por unos mendrugos de pan, mientras que deformes pordioseros pedían limosna agachados junto a las puertas, cuyos ruegos de ayuda parecía un coro de condenados.

Nosotros no tratamos así ni a los animales, pensó Eragon con los ojos desorbitados de ira.

—No me quedaré aquí —dijo, rebelándose contra lo que veía.

—El interior de la ciudad es un poco mejor —dijo Brom—. Ahora debemos encontrar una posada y trazar una estrategia porque Dras-Leona puede ser un lugar peligroso hasta para el más cauto. No quiero estar en la calle más que lo necesario.

Se internaron en la ciudad y dejaron atrás la sórdida entrada.

¿Cómo es posible que esta gente viva tranquilamente cuando el sufrimiento a su alrededor es tan evidente?, pensó Eragon a medida que entraban en las partes más ricas de Dras-Leona.

Encontraron alojamiento en El Globo de Oro, que era barato, pero no estaba destartalado. Había una cama estrecha apretujada contra una pared del cuarto, una mesilla desvencijada y una pila al lado. Eragon echó un vistazo al colchón y dijo:

—Yo dormiré en el suelo. Esa porquería seguramente estará tan llena de bichos que me comerán vivo.

—Bueno, yo no quiero privarlos de una buena comida —sonrió Brom dejando sus bolsas sobre el colchón.

Eragon, a su vez, dejó las suyas en el suelo y sacó el arco de la funda.

—¿Y ahora qué? —preguntó.

—Vamos a buscar comida y cerveza y después, a dormir. Mañana empezaremos a buscar a los Ra'zac. —Antes de que salieran del cuarto, Brom le advirtió—: Pase lo que pase, asegúrate de no irte de la lengua porque si nos descubren, tendremos que marcharnos de inmediato.

La comida de la posada era pasable, pero la cerveza, excelente. Cuando volvieron a trompicones a la habitación, a Eragon le daba vueltas la cabeza placenteramente. Desenrolló las mantas en el suelo y se metió debajo, mientras Brom caía sobre la cama.

Justo antes de dormirse, Eragon se puso en contacto con Saphira.

Nos quedaremos aquí unos días, pero supongo que no será tanto tiempo como en Teirm. Cuando descubramos dónde están los Ra'zac, podrás ayudarnos a cogerlos. Hablaré contigo mañana por la mañana porque ahora mismo no tengo la cabeza muy despejada.

Has estado bebiendo —le llegó el pensamiento acusador. Eragon lo pensó durante un instante y tuvo que reconocer que ella tenía razón. La desaprobación de la dragona era evidente, pero lo único que le dijo fue—: *Seguro que mañana por la mañana no te envidiaré.*

No —refunfuñó Eragon—, *pero Brom seguro que sí, porque ha bebido el doble que yo.*

El rastro del aceite

Pero *¿en qué habría estado pensando?*, se preguntó Eragon a la mañana siguiente. Le latía la cabeza y tenía la lengua espesa y pastosa. El chico hizo una mueca de asco al oír el ruido de una rata que corría debajo del suelo.

¿Qué tal estamos? —preguntó Saphira con ironía.

Eragon no le hizo caso.

Al cabo de un momento, Brom se levantó de la cama con un gruñido, se roció la cara con agua fría de la jofaina y salió de la habitación. Eragon lo siguió por el pasillo.

—¿Adónde vas? —le preguntó.

—A recuperarme.

—Yo también.

En la taberna, Eragon descubrió que el método de recuperación de Brom consistía en tomar ingentes cantidades de té caliente y agua helada y bajarlo todo con coñac. Cuando volvieron a la habitación, Eragon ya podía funcionar un poco mejor.

Brom se calzó la espada al cinto y se alisó las arrugas de la ropa.

—Lo primero que tenemos que hacer son algunas preguntas discretas. Quiero averiguar a qué lugar de Dras-Leona fue enviado el aceite de *seithr* y adónde lo llevaron desde allí. Lo más probable es que en el transporte participaran soldados o trabajadores, así que tenemos que saber quiénes son y entablar relación con alguno de ellos para hablar sobre el tema.

En un desesperado intento por salvar el precioso huevo de dragón, la elfa mensajera Arya lo teletransporta momentos antes de ser capturada por una Sombra, Durza.

Eragon descubre una misteriosa piedra azul mientras caza en los bosques cerca de su casa.

Eragon no es el único interesado en la piedra. El malvado rey Galbatorix ordena a Durza que la busque.

Cuando la piedra resulta ser el huevo de un dragón, la vida de Eragon está a punto de cambiar para siempre.

Eragon emprende una expedición para vengar a su tío, acompañado del cuentacuentos del pueblo, Brom, quien le da clases de esgrima.

Brom le regala a Eragon una asombrosa espada llamada *Zar'roc*.

Mientras persigue a los Ra'zac, los letales asesinos del rey, Eragon sufre una emboscada por parte del enemigo al que está siguiendo la pista.

En el camino, Angela, una misteriosa bruja, lee el destino de Eragon.

A Eragon le gusta cada vez más volar con Saphira.

Arya sufre a manos de Durza en una prisión de la ciudad de Gil'ead.

Con la ayuda de un esquivo desconocido, Murtagh, Eragon rescata a Arya. Ambos emprenden el viaje hacia Farthen Dûr, el bastión de los vardenos…

… donde Eragon conoce al líder de los vardenos, Ajihad, y su hija, Nasuada.

Saphira saluda al rey de los enanos, Hrothgar.

Farthen Dûr se convierte en un campo de batalla cuando el rey Galbatorix manda a sus soldados de elite y un ejército de úrgalos para sitiarlo.

Eragon y Arya usan sus poderes durante la batalla.

Después de la batalla, Eragon y Arya se encuentran una vez más antes de separarse.

Salieron de El Globo de Oro y buscaron almacenes a los que podría haber llegado el aceite. Cerca del centro, las calles empezaban a ascender hacia un palacio de granito pulido, que estaba construido sobre una loma, de modo que descollaba sobre todos los edificios menos la catedral.

El patio del palacio era de mosaico y madreperla, y algunas partes de los muros tenían incrustaciones de oro. También había unas hornacinas con estatuas de color negro, en cuyas manos sostenían barras de incienso, y soldados apostados cada cuatro metros, aproximadamente, que vigilaban con atención a los transeúntes.

—¿Quién vive ahí? —preguntó Eragon, impresionado.

—Marcus Tábor, el gobernador de esta ciudad, quien sólo da explicaciones ante el rey y ante su propia conciencia, que últimamente no ha estado muy activa.

Caminaron alrededor de la plaza observando las ornamentadas casas, cercadas con verjas, que la rodeaban.

Al mediodía aún no se habían enterado de nada útil, así que pararon a almorzar.

—Esta ciudad es muy grande para que la rastreemos juntos —dijo Brom—. Busca por tu cuenta y reúnete conmigo en El Globo de Oro al atardecer. —Lo fulminó con la mirada y añadió—: Confío en que no hagas ninguna estupidez.

—No la haré —prometió Eragon.

Brom le dio unas monedas y se marchó en dirección opuesta.

Durante el resto del día Eragon habló con tenderos y trabajadores tratando de ser lo más simpático y encantador posible. Sus preguntas lo llevaron de una punta a otra de la ciudad sin parar, pero nadie parecía saber nada del aceite. Y fuera donde fuese, la catedral lo miraba desde lo alto y era imposible escapar de sus elevadas agujas.

Al final dio con un hombre que había ayudado a descargar el aceite de *seithr* y recordaba a qué almacén lo había llevado. Eragon, entusiasmado, fue a mirar el lugar y regresó a El Globo de Oro, pero pasó más de una hora hasta que volvió Brom, agotado.

—¿Has averiguado algo? —preguntó Eragon.

Brom se echó la blanca cabellera hacia atrás.

—Me he enterado de un montón de cosas interesantes y de cierta importancia: Galbatorix vendrá a visitar Dras-Leona dentro de una semana.

—¿Qué? —exclamó Eragon.

Brom se dejó caer contra la pared mientras profundas arrugas le surcaban la frente.

—Parece que Tábor se ha tomado demasiadas libertades gracias a su poder, de modo que Galbatorix ha decidido venir a darle una lección de humildad. Es la primera vez que el rey sale de Urû'baen en más de diez años.

—¿Crees que sabe de nuestra existencia? —preguntó Eragon.

—Por supuesto, pero estoy seguro de que no le han dicho dónde estamos porque, si lo supiera, ya estaríamos en las garras de los Ra'zac. Por lo tanto, significa que hagamos lo que hagamos con esas criaturas, tenemos que acabar con ellos antes de la llegada de Galbatorix, pues más vale que no estemos a menos de cien kilómetros a la redonda de él. Lo único a nuestro favor es que no cabe duda de que los Ra'zac están aquí y que se están preparando para la visita del rey.

—Quiero pillar a los Ra'zac —exclamó Eragon con los puños apretados—, pero si eso significa luchar contra el rey, no lo deseo porque seguramente me destrozaría.

El comentario pareció divertir a Brom.

—Muy bien, pues ten mucho cuidado. Y además, estás en lo cierto: no tendrías la más mínima oportunidad contra Galbatorix. Ahora dime lo que has averiguado hoy. Podría confirmar lo que yo he oído.

—Sólo han sido tonterías, pero he hablado con un hombre que sabía adónde llevaron el aceite: se trata de un viejo almacén. Aparte de eso, no he descubierto nada útil.

—Mi día ha sido un poco más fructífero que el tuyo, pues me he enterado de lo mismo que tú, pero fui al almacén y hablé con los trabajadores. No me costó mucho engatusarlos para que revelaran que las cajas de aceite de *seithr* fueron enviadas del almacén al palacio.

—Y entonces ha sido cuando has decidido venir —concluyó por él Eragon.

—¡No, no fue así! ¡No interrumpas! Después me dirigí al palacio y me hice invitar al ala de los criados en calidad de vate. Durante varias horas di vueltas por el lugar divirtiendo a las doncellas y a los demás con canciones y poemas, y... haciendo preguntas sin parar. —Brom llenó despacio la pipa de tabaco—. Es asombroso lo que saben los criados. ¿Quieres creer que uno de los condes tiene tres amantes y todas viven en la misma ala del palacio? —Hizo un gesto negativo con la cabeza y encendió la pipa—. Además de estos fascinantes chismes, me dijeron, casi por casualidad, adónde llevan el aceite desde el palacio.

—¿Y lo llevan a...? —preguntó Eragon con impaciencia.

—Fuera de la ciudad, naturalmente —contestó Brom, después de dar una calada a la pipa y formar una voluta de humo—. Cada luna llena mandan dos esclavos a la base del Helgrind con provisiones para un mes, y todas las veces que llega aceite de *seithr* a Dras-Leona, lo envían junto con las provisiones. Nadie vuelve a ver nunca más a los esclavos, y la única vez que alguien los siguió, también desapareció.

—Pensaba que los Jinetes habían abolido la esclavitud —dijo Eragon.

—Por desgracia ha florecido bajo el reinado de Galbatorix.

—Así que los Ra'zac están en el Helgrind —dijo Eragon pensando en la montaña rocosa.

—Allí o en alguna parte cercana.

—Si están en el Helgrind, se hallarán abajo, protegidos por una gruesa puerta de piedra, o arriba del todo, donde sólo sus monturas voladoras, o Saphira, puedan llegar. Pero ya sea arriba o ya sea abajo, sin duda su guarida debe de estar disimulada. —Se quedó pensando un momento—. Por lo tanto, si Saphira y yo volamos alrededor del Helgrind, seguro que los Ra'zac nos ven, y, evidentemente, todo Dras-Leona también.

—En efecto, es un problema —coincidió Brom.

—¿Y si nos hacemos pasar por los dos esclavos? —sugirió Eragon frunciendo el entrecejo—. No falta mucho para la luna llena, y sería la oportunidad perfecta para acercarnos a los Ra'zac.

Brom se tironeó de la barba, pensativo.

—Es muy arriesgado porque si matan a los esclavos desde lejos, estaremos en apuros. No podemos hacerles nada a los Ra'zac si no los vemos.

—Pero no sabemos si es cierto que matan a los esclavos —señaló Eragon.

—Yo estoy seguro de ello —dijo Brom con rostro serio. En ese momento los ojos del anciano chispearon, y él formó otra voluta de humo—. Sin embargo, es una idea interesante. Si podemos llevarla a cabo con Saphira, que se puede esconder por allí cerca, y con un... —Se quedó callado—. Podría funcionar, pero tenemos que actuar deprisa. Con la llegada del rey, no tenemos mucho tiempo.

—¿Vamos al Helgrind y echamos un vistazo? Estaría bien ver el terreno a la luz del día, y así no nos sorprendería ninguna emboscada.

Brom toqueteó el bastón.

—Lo haremos más adelante. Mañana volveré al palacio y trataré de averiguar cómo podemos reemplazar a los esclavos. Aunque debo tener cuidado de no despertar sospechas, puesto que los espías y los cortesanos que están al tanto de los Ra'zac podrían descubrirme con facilidad.

—No me lo puedo creer: ya los hemos encontrado —dijo Eragon en voz baja.

Las imágenes de su tío muerto y de la granja quemada pasaron fugazmente por la mente del muchacho, que apretó las mandíbulas.

—Todavía falta lo más duro, pero sí, lo hemos hecho bien —afirmó Brom—. Si la suerte nos sonríe, es posible que pronto puedas vengarte, y los vardenos se desharán de un enemigo peligroso. Lo que suceda a partir de entonces, depende de ti.

Eragon abrió la mente y le dijo a Saphira, alborozado:

¡Hemos encontrado la guarida de los Ra'zac!

¿Dónde? —Eragon le explicó con rapidez lo que habían averiguado—. *Helgrind* —murmuró la dragona—: *un lugar perfecto para ellos.*

Eragon estuvo de acuerdo con Saphira.

Cuando hayamos acabado aquí, quizá podríamos ir a hacer una visita a Carvahall.

¿Eso es lo que quieres? —preguntó de pronto Saphira con amargura—. *¿Volver a tu vida de antes? Sabes que eso no sucederá, así que deja de soñar con ello. En algún momento tendrás que decidir con qué comprometerte. ¿Te esconderás durante el resto de tu vida o ayudarás a los vardenos? Son las únicas opciones que te quedan, a menos que decidas aliarte con Galbatorix, cosa que yo no acepto ni nunca aceptaré.*

Si debo elegir —dijo él en voz baja—, *uniré mi destino al de los vardenos, como bien sabes.*

Sí, pero a veces tienes que oírtelo decir a ti mismo —y lo dejó para que pensara en esas palabras.

Los adoradores de Helgrind

Cuando Eragon despertó, estaba solo en la habitación, pero garabateada sobre la pared, había una nota escrita con un trozo de carboncillo que decía:

> *Eragon:*
>
> *Estaré fuera esta noche hasta bastante tarde. Debajo del colchón hay monedas para que compres comida. Explora la ciudad, disfruta, pero... ¡no llames la atención!*
>
> *Brom*
>
> *P.D. Evita el palacio. ¡No vayas a ninguna parte sin tu arco! Tenlo encordado.*

Eragon limpió la pared, sacó el dinero de debajo de la cama y se colgó el arco a la espalda.

¡Ojalá no tuviera que ir siempre armado!, pensó.

Salió de El Globo de Oro y deambuló por las calles deteniéndose a observar todo lo que le llamaba la atención. Había muchas tiendas interesantes, aunque ninguna lo era tanto como la herboristería de Angela, en Teirm. A veces miraba las oscuras y claustrofóbicas casas que le inspiraban el deseo de estar lejos de la ciudad. Cuando tuvo hambre, se compró un trozo de queso y un pan y se los comió sentado en el bordillo.

Más tarde, en la otra punta de Dras-Leona, oyó que un

subastador enumeraba rápidamente una lista de precios. Se dirigió con curiosidad hacia el sitio de donde procedía la voz y llegó hasta un amplio espacio entre dos edificios. Allí había diez hombres que permanecían de pie sobre una plataforma que se alzaba hasta la altura de la cintura de una persona. Delante de los hombres, esperaba una multitud ricamente ataviada, pintoresca y bulliciosa a la vez.

¿Dónde están los productos que se venden?, se preguntó Eragon.

El subastador acabó de cantar su lista y se dirigió a un joven que estaba detrás de la plataforma para que lo acompañara. El hombre subió con torpeza arrastrando cadenas en las manos y en los pies.

—Y aquí tenemos nuestro primer artículo —exclamó el vendedor—. Un hombre sano del desierto de Hadarac, capturado el mes pasado y en excelentes condiciones. Mirad estas piernas y estos brazos: ¡es fuerte como un toro! Sería perfecto como escudero; sin embargo, si no confiáis en él para esa labor, también sirve para el trabajo duro. Pero dejadme que os diga, damas y caballeros, que eso sería un derroche porque siempre da en el clavo, si uno consigue arrancarle una palabra en un idioma civilizado.

La gente rió, pero Eragon apretó los dientes, furioso. Los labios del muchacho empezaron a pronunciar una palabra, que liberaría al esclavo, mientras levantaba el brazo, todavía entablillado. Le brillaba la marca de la palma. Estaba a punto de hacer magia, pero recapacitó: *¡El esclavo no logrará huir!* Lo cogerían antes de que llegara a la muralla de la ciudad. Si Eragon intentaba ayudarlo, sólo empeoraría la situación de ese hombre, de modo que bajó el brazo y maldijo en silencio.

¡Piensa! ¡Del mismo modo te metiste en dificultades con los úrgalos!

Eragon observó con impotencia cómo vendían al esclavo

a un hombre de elevada estatura y nariz aguileña. La siguiente esclava era una niña pequeña, que no tendría más de seis años, a la que arrancaron de los brazos de su madre que lloraba. Mientras el vendedor empezaba la subasta, Eragon se obligó a marcharse, tenso de rabia y de indignación.

Tuvo que alejarse varias calles hasta dejar de oír los sollozos.

No quisiera estar en la piel del ladrón que se atreviese a cortarme ahora el saco de monedas, pensó con enfado, casi deseando que sucediera. Frustrado, dio un puñetazo contra una pared y se hizo daño en los nudillos. *Si combatiera al Imperio, acabaría con este tipo de cosas*, se dijo. *Con Saphira a mi lado, podría liberar a los esclavos. Dado que se me ha concedido la gracia de tener poderes especiales, sería egoísta de mi parte no usarlos en beneficio de los demás. Si no lo hiciera, es muy probable que ni siquiera fuera digno de ser un Jinete.*

Pasó un rato hasta que se orientó pero, para su sorpresa, descubrió que estaba delante de la catedral. Las retorcidas torres estaban recubiertas de estatuas y volutas, y a lo largo de los aleros, se agazapaban unas feroces gárgolas; en las paredes se debatían animales fantásticos, mientras que en los frisos de la parte inferior desfilaban héroes y reyes, inmóviles sobre el helado mármol; en las fachadas laterales se alineaban arcos apuntados y altos vitrales junto con columnas de diferentes tamaños, y una solitaria torrecilla coronaba el edificio, como un mástil.

Empotrada en las sombras de la fachada frontal, había una puerta con marco de hierro en la que estaba grabada una hilera de caracteres plateados, que Eragon reconoció como pertenecientes al idioma antiguo. Los leyó lo mejor que pudo. Decían:

QUIERA YO, AL ENTRAR EN ESTE LUGAR, COMPRENDER MI TRANSITORIEDAD Y OLVIDAR MI APEGO A TODO AQUELLO QUE AMO.

El edificio le producía escalofríos a Eragon porque tenía aspecto amenazador, como si fuera un predador agazapado en la ciudad esperando a su próxima víctima.

Una ancha escalinata llevaba a la entrada de la catedral. Eragon subió con solemnidad y se detuvo ante la puerta.

Me gustaría saber si puedo entrar.

Casi con un sentimiento de culpabilidad, empujó la puerta que se abrió suavemente deslizándose sobre unas engrasadas bisagras, y entró.

En el vacío recinto reinaba el silencio de una tumba olvidada, y el ambiente era helado y seco; las desnudas paredes se elevaban hacia el techo abovedado, que era tan alto que hacía que Eragon se sintiera pequeño como una hormiga; los vitrales, que representaban escenas de ira, de odio y de remordimiento, horadaban las paredes, mientras espectrales rayos de luz bañaban algunas partes de los bancos de granito con colores transparentes y dejaban el resto en sombras. Las manos de Eragon habían adquirido un matiz azul oscuro.

Entre las ventanas había estatuas que tenían las cuencas yertas y vacías. Eragon les devolvió la severa mirada y avanzó despacio hacia el pasillo central, temeroso de romper el silencio. Sus botas de cuero apenas hacían ruido sobre el suelo de piedra pulida.

El altar era un gran bloque de piedra, carente de toda ornamentación, sobre el cual caía un solitario haz de luz que iluminaba las motas de polvo dorado que flotaban en el aire. Detrás del altar, los tubos de un órgano atravesaban el techo y se abrían a la intemperie. Seguramente, el instrumento tocaba su música sólo cuando un vendaval azotaba Dras-Leona.

Por respeto, Eragon se arrodilló ante el altar y bajó la cabeza. No rezaba, pero rendía homenaje a la catedral en sí, de cuyas piedras emanaban tanto las desdichas de los vivos que el muchacho había presenciado como el desagradable aspecto de la intrincada pompa plasmada en las paredes. Era un lugar prohibido, desnudo y gélido, pero en ese ambiente helado se vislumbraban la eternidad y, quizá, los poderes que allí yacían.

Al fin inclinó la cabeza y se levantó. Tranquilo y serio, murmuró para sí unas palabras en el idioma antiguo y se volvió para salir. De pronto se quedó paralizado, y el corazón empezó a martillearle como un tambor.

En la entrada del templo estaban los Ra'zac observándolo. Llevaban las espadas desenfundadas, cuyo afilado borde parecía ensangrentado bajo la luz rojiza. Un siseo sibilante salió del Ra'zac de menor estatura, pero ninguno de ellos se movió.

La furia se apoderó de Eragon. Hacía tantas semanas que los perseguía que el dolor por sus sangrientos asesinatos casi se había aliviado en su interior, pero en ese momento la venganza estaba al alcance de su mano. El odio explotó dentro de él como un volcán, alimentado por la rabia reprimida que le había producido la terrible situación de los esclavos, y un bramido le salió de la boca. El sonido resonó como un trueno, mientras echaba mano al arco que llevaba a la espalda. Calzó una flecha sobre la cuerda con destreza y la disparó. Y, al cabo de un instante, salieron otras dos más.

Los Ra'zac las esquivaron de un salto con inhumana velocidad y sisearon mientras corrían por el pasillo entre los bancos, al tiempo que sus capas ondeaban como alas negras. Eragon sacó otra flecha, pero la cautela detuvo su mano.

Si sabían dónde encontrarme... ¡Brom también está en peligro! ¡Debo advertírselo!

En ese momento, para terror de Eragon, una hilera de soldados entró en la catedral, y el muchacho logró vislumbrar un conjunto de uniformes que se apretujaban en la entrada por la parte exterior del templo.

Eragon miró con avidez a los Ra'zac, que estaban dispuestos a atacar, y recorrió el lugar con la vista en busca de una vía de escape: un vestíbulo a la izquierda del altar atrajo su atención. Saltó a través del pasadizo abovedado y corrió por un pasillo que llevaba hacia las dependencias del prior donde había un campanario. El retumbar de las pisadas de los Ra'zac que lo perseguían le hizo apretar el paso hasta que se topó bruscamente con una puerta cerrada.

La golpeó tratando de abrirla a la fuerza, pero la madera era demasiado sólida. Los Ra'zac estaban casi sobre él. Frenético, contuvo el aliento y gritó:

—*¡Jierda!* —Y con un destello, la puerta se hizo añicos y cayó al suelo.

Entró de un salto en una pequeña habitación y continuó su carrera.

Pasó por varias cámaras y asustó a un grupo de sacerdotes. Oyó gritos e insultos detrás de él, así como el repique de la campana de aquella zona que daba la alarma. Eragon cruzó deprisa una cocina, esquivó a un par de monjes y se escurrió por una puerta lateral. Dio un resbalón hasta que pudo detenerse en un jardín rodeado de una elevada pared de ladrillos que no tenía ningún punto de apoyo. No había otra salida.

Se dio la vuelta para huir, pero se encontró con el siseo de un Ra'zac que empujaba la puerta con el hombro. El muchacho, desesperado, se precipitó hacia la pared agitando los brazos. Sin embargo, la magia no podía ayudarlo en la situación en que se hallaba porque, si la empleaba para romper la pared, después estaría demasiado cansado para seguir corriendo.

Dio un salto, pero a pesar de tener los brazos estirados, sólo llegó al borde de la pared con la punta de los dedos, mientras el resto del cuerpo se estrellaba contra los ladrillos y le cortaba la respiración. Se quedó allí colgado jadeando y se esforzó para no caerse. Los Ra'zac merodearon por el jardín girando la cabeza de un lado a otro, como lobos que olisquean a la presa.

Eragon sintió que se acercaban e hizo fuerza con los brazos: los hombros le crujieron de dolor mientras trepaba y saltaba al otro lado. Tropezó, recuperó el equilibrio y echó a correr por un callejón en el momento en que los Ra'zac saltaban la pared. Impulsado por sus perseguidores, apretó aún más el paso.

Corrió más de un kilómetro hasta que tuvo que parar para recobrar el aliento. Sin saber si había despistado a los Ra'zac, se sorprendió en un mercado atestado y se metió debajo de un carro estacionado.

¿Cómo me han encontrado?, se preguntó, jadeante. *No hay forma de que supieran dónde estaba... a menos que le haya pasado algo a Brom.* Se puso en contacto mental con Saphira y le dijo: *¡Los Ra'zac me han encontrado! ¡Estamos en peligro! Comprueba si Brom está bien. Si así es, avísale y dile que se reúna conmigo en la posada. Y tú prepárate para volar aquí lo antes posible. Tal vez necesitemos ayuda para huir.*

Saphira se quedó en silencio.

Se reunirá contigo en la posada —dijo al fin sucintamente—. *No pares de moverte; estás en grave peligro.*

—Como si no lo supiera —murmuró mientras salía de debajo del carro.

Se dio prisa hasta El Globo de Oro, preparó rápidamente su equipaje, ensilló los caballos y los llevó a la calle. Brom llegó enseguida, bastón en mano, con el entrecejo fruncido peligrosamente.

—¿Qué ha pasado?

—Estaba en la catedral, y aparecieron los Ra'zac buscándome —contestó Eragon mientras subía a *Cadoc*—. Corrí hasta aquí lo más rápido que pude, pero pueden llegar en cualquier momento. Saphira se reunirá con nosotros en cuanto abandonemos Dras-Leona.

—Tenemos que salir de las murallas de la ciudad antes de que cierren las puertas, si no las han cerrado ya. Si lo han hecho, nos resultará completamente imposible marcharnos. Hagas lo que hagas, no te separes de mí.

Eragon se quedó inmóvil mientras una fila de soldados impedía el paso en un extremo de la calle.

Brom maldijo, fustigó a *Nieve de Fuego* con las riendas y se alejó al galope. Eragon se inclinó sobre *Cadoc* y lo siguió. Durante la salvaje y peligrosa cabalgata estuvieron varias veces a punto de chocar mientras se lanzaban a través del gentío que atestaba las calles en las proximidades de las murallas de la ciudad. Cuando al fin vieron las puertas, Eragon tiró de las riendas de *Cadoc*, consternado. Las puertas estaban casi cerradas y una hilera doble de hombres con picas les bloqueaba el paso.

—Nos harán pedazos —exclamó el muchacho.

—Tenemos que intentarlo y hacerlo —dijo Brom en voz muy alta—. Yo me ocuparé de los hombres, pero tú mantén las puertas abiertas para que pasemos.

Eragon asintió, apretó los dientes y espoleó a *Cadoc*.

Se lanzaron hacia la férrea línea de soldados, que bajaron las picas hacia el pecho de los caballos y apoyaron el mango en el suelo. Aunque los animales resoplaban asustados, Eragon y Brom los mantuvieron en su sitio. Eragon oyó que los soldados gritaban, pero mantuvo su atención en las puertas que se cerraban poco a poco.

Al acercarse a las afiladas picas, Brom levantó la mano y habló. Las palabras golpearon con precisión, y los soldados cayeron de lado, como si les hubieran cortado las piernas. El espacio entre las puertas disminuía a cada instante. Eragon, con esperanzas de que el esfuerzo no fuera excesivo para él, reunió su poder y gritó:

—*¡Du grind huildr!*

Las puertas temblaron con un chirrido profundo y se detuvieron. La multitud y los guardias se quedaron en silencio, mientras miraban con asombro. Brom y Eragon, acompañados del estruendo de los cascos de los caballos, pasaron al otro lado de la muralla de Dras-Leona, y en el momento en que estuvieron libres, Eragon soltó las puertas, que dieron una sacudida y acabaron de cerrarse estrepitosamente.

El muchacho se balanceó a causa de la esperada fatiga, pero logró seguir galopando. Brom lo miró con preocupación. Continuaron la huida hasta las afueras de Dras-Leona mientras sonaban trompetas de alarma en las murallas de la ciudad. Saphira los esperaba en el límite de la ciudad, escondida detrás de unos árboles. La dragona echaba chispas por los ojos y agitaba la cola de un lado a otro.

—Monta a Saphira —ordenó Brom—. Y esta vez, me pase lo que me pase, mantente en el aire. Me dirigiré hacia el sur. Vuela cerca; no me importa que vean a Saphira.

Eragon montó deprisa, y mientras el suelo se iba alejando debajo de él, observó que Brom galopaba por el camino.

¿Estás bien? —preguntó Saphira.

Sí —respondió Eragon—, *pero sólo porque hemos tenido mucha suerte.*

Una bocanada de humo salió de la nariz de la dragona. *Todo el tiempo que hemos dedicado a buscar a los Ra'zac ha sido inútil.*

Lo sé —respondió el muchacho que apoyó la cabeza sobre las escamas de Saphira—. *Si los Ra'zac hubieran sido los únicos enemigos, me habría quedado y habría luchado, pero con todos esos soldados a su lado, no era un combate muy parejo.*

¿Sabes que hablarán de nosotros? Ésta no ha sido una huida muy discreta, así que ahora escapar del Imperio resultará más difícil que nunca. —Tenía un tono brusco al que Eragon no estaba acostumbrado.

Lo sé.

Volaron bajo y deprisa sobre el camino. El lago Leona iba quedando atrás mientras el paisaje se volvía más pedregoso y se poblaba de arbustos, resistentes y achaparrados, y de altos cactus. Las nubes oscurecían el cielo y los relámpagos destellaban a lo lejos. Cuando el viento comenzó a rugir, Saphira viró bruscamente y descendió hacia Brom, que detuvo los caballos y preguntó:

—¿Qué ocurre?

—El viento es demasiado fuerte.

—No, no tanto —objetó Brom.

—Ahí arriba sí —replicó Eragon señalando el cielo.

Brom soltó una maldición y le tendió las riendas de *Cadoc.* Continuaron al trote mientras Saphira los seguía a pie, aunque por tierra le costaba mantener el ritmo de los caballos.

El vendaval era cada vez más fuerte y levantaba mucho polvo, que se arremolinaba como un derviche. Los dos hombres se envolvieron la cara con pañuelos para protegerse los ojos, aunque la túnica de Brom flameaba al viento y la barba se le agitaba como si tuviera vida propia. Aunque les dificultaría la huida, Eragon deseaba que lloviera para que se borraran las huellas.

Al poco rato la oscuridad los obligó a detenerse. Con las estrellas como único guía, dejaron el camino y acamparon debajo de dos rocas, pero como era demasiado peligroso encender fuego, tuvieron que comer cosas frías mientras Saphira los guarecía del viento.

Tras la escasa cena, Eragon preguntó sin rodeos:

—¿Cómo nos han descubierto?

Brom empezó a encender su pipa, pero pensándoselo mejor, lo dejó correr.

—Uno de los criados del palacio me avisó de que había espías entre ellos. Así que, de algún modo, llegó a oídos de Tábor la noticia sobre mi presencia y sobre mis preguntas... y por medio de él, a los Ra'zac.

—No podemos volver a Dras-Leona, ¿verdad? —preguntó Eragon.

—No, en varios años.

Eragon se cogió la cabeza con las manos.

—Entonces deberíamos hacer que los Ra'zac salieran de la ciudad, ¿no te parece? Si dejamos que vean a Saphira, irán corriendo dondequiera que ella esté.

—Sí, y cuando lo hagan, habrá cincuenta soldados con ellos —repuso Brom—. En todo caso, no es éste el momento de discutirlo. Ahora tenemos que concentrarnos en mantenernos vivos. Esta noche será la más peligrosa porque los Ra'zac nos perseguirán en la oscuridad, que es cuando son más fuertes. Tendremos que turnarnos las guardias hasta que amanezca.

—De acuerdo —dijo Eragon poniéndose de pie.

Titubeó y entrecerró los ojos porque había captado un movimiento fugaz, una pequeña mancha de color que destacaba de la negrura de alrededor. Entonces fue hasta el borde del campamento e intentó ver mejor.

—¿Qué sucede? —preguntó Brom mientras desenrollaba las mantas.

Eragon se quedó mirando la oscuridad, pero regresó.

—No lo sé, pero me había parecido ver algo. Habrá sido un pájaro.

De pronto, sintió un dolor agudo en la nuca. Saphira rugió y Eragon se desplomó, inconsciente.

La venganza de los Ra'zac

Un latido punzante despertó a Eragon, quien a cada nueva pulsación sanguínea sentía una oleada dolorosa en la cabeza. Abrió apenas un ojo e hizo también un gesto de dolor, mientras las lágrimas le acudían a los ojos, deslumbrados por la brillante luz de un farol. Parpadeó y apartó la mirada. Al tratar de incorporarse, se dio cuenta de que tenía las manos atadas a la espalda.

Se volvió, aletargado, y vio los brazos de Brom. El muchacho se sintió aliviado al darse cuenta de que estaban atados juntos. ¿Por qué le aliviaba? Se esforzó por averiguarlo hasta que comprendió de repente que los captores no atarían a un muerto. Pero ¿quiénes eran? Giró la cabeza un poco más y se detuvo cuando un par de botas negras entraron en su campo visual.

Eragon levantó la vista y tropezó con el encapuchado rostro de un Ra' zac. Sintió una sacudida de terror y fue en busca de la magia, pero al querer expresar una palabra que mataría al Ra'zac, se detuvo, confundido, porque no era capaz de recordar la expresión adecuada. Desesperado, lo intentó de nuevo, pero lo único que sintió es que la palabra se le escapaba de su control.

En lo alto sonó la risa escalofriante de un Ra'zac.

—La droga funciona, ¿a que ssssí? Creo que ya no volverás a molestarnos.

Oyó un ruido a la izquierda y se quedó espantado al ver

que el segundo Ra'zac estaba poniendo un bozal en la boca de Saphira. La dragona tenía las alas inmovilizadas a los lados con unas cadenas negras, y llevaba grilletes en las patas. Eragon trató de ponerse en contacto con ella, pero no sintió nada.

—Se mostró más cooperadora cuando la amenazamos con matarte —siseó el Ra'zac. Éste, agachado al lado del farol, rebuscaba en las bolsas de Eragon. Examinó y desechó varias cosas hasta que sacó a *Zar'roc*—. Qué cosa tan bonita para alguien... tan insignificante. Quizá me la quede. —Se inclinó sobre el muchacho y añadió con desdén—: O quizá, si te portas bien, nuestro señor te dejará sacarle brillo. —El húmedo aliento del Ra' zac le olía a carne cruda.

El individuo dio la vuelta a la espada entre las manos y lanzó un chillido al ver el símbolo en la funda. Su compañero se acercó corriendo, y se quedaron mirando la espada siseando y chasqueando la lengua. Luego se volvieron hacia Eragon.

—Servirás muy bien a nuestro señor, ssssí.

Eragon se esforzó en hablar a pesar de lo pastosa que tenía la lengua.

—Si lo hago, os mataré.

Se rieron entre dientes fríamente.

—No, no, somos demasiado valiosos. En cambio, tú eres... desechable.

Saphira lanzó un bufido ronco y le salió humo de la nariz, pero a los Ra'zac no pareció importarles porque su atención estaba puesta en Brom, que en aquel momento gimió y se giró hacia un lado. Uno de los Ra'zac lo cogió de la camisa y lo levantó sin esfuerzo.

—Se le essstá pasando el efecto.

—Dale más.

—Matémossslo —dijo el más bajo de los Ra'zac—. Ya nos ha causado muchos problemas.

El de mayor estatura pasó un dedo por su espada.

—Un buen plan. Pero acuérdate de que las instrucciones del rey eran que los lleváramos vivos.

—Podemos decir que lo matamosss al cogerlo.

—¿Y éssste? —preguntó el Ra'zac señalando a Eragon con la espada—. ¿Qué passsa si habla?

Su compañero rió y sacó una daga terrible.

—No se atreverá.

Hubo un prolongado silencio.

—De acuerdo —dijo el otro.

Arrastraron a Brom hasta el centro del campamento y lo pusieron de rodillas. Brom cayó hacia un lado. Eragon observaba la escena cada vez con más miedo.

¡Tengo que soltarme! Tiró de las cuerdas, pero estaban demasiado apretadas.

—Ni se te ocurra —dijo el Ra'zac de elevada estatura pinchándolo con la espada. El ser olisqueó el aire y olfateó a fondo: algo parecía preocuparlo.

El otro Ra'zac dio un gruñido, tiró hacia atrás la cabeza de Brom y le acercó la daga a la garganta. En ese preciso instante, se oyó un zumbido quedo, seguido del aullido del Ra'zac. Le habían clavado una flecha en el hombro. El Ra'zac que estaba más cerca de Eragon se tiró al suelo y a duras penas evitó una segunda flecha. Se arrastró hacia su compañero herido, y ambos miraron con odio a la oscuridad siseando furiosos. Ni intentaron detener a Brom que se puso de pie tambaleante.

—¡Agáchate! —le gritó Eragon.

Brom titubeó y fue dando tumbos hacia Eragon. Las flechas atravesaban el campamento silbando, disparadas por atacantes ocultos. Los Ra'zac se escondieron detrás de unas rocas. Después de una pausa, las flechas empezaron a llegar en dirección opuesta. Los Ra'zac, cogidos por sorpresa, reaccionaron despacio. Tenían las capas perforadas en varios lugares, y una flecha rota estaba clavada en el brazo de uno de ellos.

Con un grito salvaje, el Ra'zac más bajo huyó hacia el camino y, al pasar junto a Eragon, le dio una patada brutal en el costado. Su compañero dudó, después recogió la daga del suelo y echó a correr detrás del otro Ra'zac, pero mientras salía del campamento, lanzó el cuchillo contra Eragon.

Un brillo extraño iluminó de pronto la mirada de Brom, que se tiró delante de Eragon con la boca abierta en un grito sordo. La daga lo golpeó con un ruido amortiguado, y el anciano cayó pesadamente sobre el hombro. La cabeza le colgaba inerte.

—¡No! —chilló Eragon, a pesar de que estaba doblado por el dolor. Oyó pasos, después cerró los ojos y no supo nada más.

Murtagh

Durante un buen rato, Eragon sólo fue consciente del terrible dolor que sentía en el costado, de tal forma que hasta le costaba respirar, y tenía la sensación de que, en vez de haber apuñalado a Brom, lo habían herido a él. Su noción del tiempo era imprecisa, pues le costaba saber si habían pasado semanas o sólo unos minutos. Cuando por fin volvió en sí, abrió los ojos y observó con curiosidad una fogata a unos centímetros de distancia. Aún tenía las manos atadas, pero se le había pasado el efecto de la droga porque podía pensar con claridad otra vez.

¿Saphira, estás herida?

No, pero Brom y tú sí. Estaba agachada sobre Eragon con las alas desplegadas protectoramente a cada lado del muchacho.

Saphira, tú no has hecho ese fuego, ¿verdad? Y tampoco pudiste librarte de esas cadenas sola.

No.

Ya me parecía.

Eragon se puso de rodillas con esfuerzo y vio a un joven, sentado al otro lado del fuego.

El desconocido, vestido con maltrechas ropas, emanaba calma y tenía aspecto de seguridad. Tenía un arco en las manos y una espada de larga empuñadura a su lado, mientras que un cuerno blanco con adornos de plata yacía en su regazo y de una bota le sobresalía el mango de una daga. Tenía el rostro serio y unos rizos castaños le caían alrededor de los ojos de mirada intensa. Parecía unos años mayor que Eragon y un poco más alto. Detrás del joven, había un caballo de batalla de color gris, atado a una estaca. El desconocido miraba a Saphira con cautela.

—¿Quién eres? —preguntó Eragon esforzándose por respirar.

El joven apretó las manos sobre el arco.

—Murtagh. —Tenía una voz grave, controlada, pero extrañamente emotiva.

Eragon sacó las manos por debajo de las piernas y se las puso delante. Apretó los dientes al volver a sentir un dolor punzante en el costado.

—¿Por qué nos has ayudado?

—No sois los únicos enemigos de los Ra'zac. Los estaba siguiendo.

—¿Sabes quiénes son?

—Sí.

Eragon se concentró en las cuerdas que le ataban las muñecas y recurrió a la magia. Dudó, consciente de que Murtagh lo miraba, pero decidió que no importaba.

—*¡Jierda!* —mascull ó, y las cuerdas saltaron. Eragon se frotó las manos para que la sangre circulara por ellas.

Murtagh respiró hondo. Eragon se apoyó para ponerse de pie, pero las costillas le abrasaban con un dolor lacerante. Cayó hacia atrás jadeando con los dientes apretados. Murtagh trató de acercarse para ayudarlo, pero Saphira lo detuvo con un gruñido.

—Hace rato que te habría auxiliado, pero tu dragón no me deja acercarme.

—Se llama Saphira —explicó Eragon, tenso.

¡Déjalo pasar! No puedo hacerlo solo. Además, nos ha salvado la vida.

Saphira volvió a gruñir, pero plegó las alas y retrocedió. Murtagh la miró de reojo mientras se acercaba.

Cogió a Eragon por el brazo y lo sostuvo para que se levantara con suavidad. Eragon se quejó; desde luego se habría caído sin apoyo. Se acercaron al fuego, donde Brom yacía de espaldas.

—¿Cómo está? —preguntó Eragon.

—Mal —respondió Murtagh, y lo ayudó a sentarse—. Le dieron una puñalada entre las costillas. Después nos ocuparemos de él, pero primero sería mejor ver lo que los Ra'zac te han hecho a ti. —Lo acompañó a quitarse la camisa y lanzó un silbido—. ¡Ay!

—¡Ay! —coincidió Eragon en voz baja.

Tenía un tremendo moretón que se le extendía por el costado izquierdo, y la piel, roja e hinchada, estaba lastimada en varias partes. Murtagh apoyó la mano sobre el moretón y apretó suavemente. Eragon gritó y Saphira lanzó un nuevo gruñido de advertencia.

Murtagh le echó una mirada a la dragona mientras cogía una manta.

—Creo que tienes algunas costillas rotas. No sé cuántas, por lo menos dos, aunque pueden ser más. Tienes suerte de no toser sangre.

Desgarró la manta en tiras y le vendó el pecho. Eragon volvió a ponerse la camisa.

—Sí... tengo suerte.

Respiró y se acercó con cuidado a Brom. Vio que Murtagh había cortado un lado de la túnica y le había vendado la herida. Con dedos temblorosos levantó las vendas.

—Yo no lo haría —le advirtió Murtagh—; sin vendas se desangraría.

Eragon no le hizo caso y las retiró. Tenía una herida fina y estrecha que no dejaba ver su profundidad y de la que manaba mucha sangre. Como sabía por lo que le había pasado a Garrow, las heridas infligidas por los Ra'zac tardaban mucho en curar.

Se quitó los guantes mientras buscaba con rabia en la mente las palabras que Brom le había enseñado.

Ayúdame, Saphira —imploró—. *Estoy demasiado débil para hacerlo solo.*

Saphira se agachó a su lado con la mirada fija en Brom.

Estoy aquí, Eragon.

Mientras la mente de la dragona se unía a la del muchacho, éste sintió que le infundía nuevas fuerzas en el cuerpo. Eragon recurrió a la suma de sus energías y se concentró en las palabras. Le temblaban las manos mientras las sostenía sobre la herida.

—¡*Waisé heill!* —dijo. Le brilló la palma de la mano, y la herida de Brom se cerró como si nunca hubiera existido.

Murtagh observó el proceso que concluyó muy deprisa. A medida que la luz de la palma desaparecía, Eragon sintió náuseas.

Nunca habíamos hecho algo así —dijo.

Juntos podemos hacer hechizos que, por separado, están fuera de nuestro alcance —asintió Saphira.

Murtagh examinó el costado de Brom.

—¿Está completamente curado? —preguntó.

—Yo sólo puedo curar la superficie, pues todavía no sé lo suficiente para sanar el daño interno. Ahora depende de él. He hecho todo lo que he podido. —Eragon cerró los ojos durante un instante, exhausto—. Siento... como si la cabeza me flotara entre las nubes.

—Seguramente necesitas comer —dijo Murtagh—. Prepararé una sopa.

Mientras el joven se afanaba en preparar la comida, Eragon se preguntó quién sería ese desconocido. El arco y la espada de Murtagh eran de magnífica factura, así como el cuerno. O era un ladrón o estaba acostumbrado a tener dinero... y mucho.

¿Por qué perseguía a los Ra'zac? ¿Qué le habían hecho

para granjeárselo como enemigo? Me pregunto si trabajará para los vardenos.

Murtagh le tendió un cuenco de caldo. Eragon metió dentro la cuchara, y preguntó:

—¿Cuánto hace que huyeron los Ra'zac?

—Unas horas.

—Tenemos que marcharnos antes de que regresen con refuerzos.

—Es posible que tú seas capaz de viajar, pero él —señaló a Brom— no puede. Nadie se sube a un caballo y se aleja al galope con una puñalada en las costillas.

Si hacemos una camilla, ¿podrías llevar a Brom con tus garras como hiciste con Garrow? —le preguntó a Saphira.

Sí, pero no me resultará fácil aterrizar.

Bueno, mientras te sea posible hacerlo...

—Saphira lo llevará —le dijo Eragon a Murtagh—, pero necesitamos una camilla. ¿Podrías construir una? Yo no tengo fuerzas.

—Espera aquí.

Murtagh salió del campamento espada en mano. Eragon fue cojeando hasta sus bolsas y recogió el arco de donde lo habían tirado los Ra'zac. Lo encordó, buscó el carcaj y recuperó a *Zar'roc,* que estaba escondida en las sombras. Por último, buscó una manta para la camilla.

Murtagh regresó con dos troncos de árbol joven. Los puso paralelos sobre el suelo, ató la manta entre los palos, y después sujetó con cuidado a Brom sobre la improvisada camilla. Saphira cogió los palos con las garras y, trabajosamente, remontó el vuelo.

—Nunca pensé que vería algo así —dijo Murtagh con un tono extraño.

Mientras Saphira desaparecía en la negrura del cielo, Eragon se acercó renqueado a *Cadoc* y se subió con mucho dolor a la silla.

—Gracias por ayudarnos, pero ahora debes irte. Aléjate al galope todo lo que puedas porque si el Imperio te encuentra con nosotros, tu vida estará en peligro. No podemos protegerte, y no quiero que te suceda nada por nuestra culpa.

—Bonito discurso —dijo Murtagh mientras apagaba el fuego—, pero ¿adónde iréis? ¿Hay algún sitio en el que podáis descansar seguros?

—No —admitió Eragon.

Los ojos de Murtagh brillaron mientras señalaba la empuñadura de su espada.

—En ese caso, creo que os acompañaré hasta que estéis fuera de peligro. No tengo mejor sitio adonde ir. Además, si voy contigo, es posible que vuelva a toparme con los Ra'zac antes que si fuera solo. No hay duda de que junto a un Jinete pasan cosas interesantes.

Eragon dudaba. No sabía si aceptar ayuda de un perfecto desconocido. Pero al mismo tiempo, muy a su pesar, era consciente de que estaba demasiado débil para forzar la situación.

Si Murtagh demuestra que no es de fiar, Saphira siempre puede obligarlo a marcharse.

—Ven con nosotros, si lo deseas —dijo encogiéndose de hombros.

Murtagh asintió y montó a su caballo de batalla de color gris. Eragon cogió las riendas de *Nieve de Fuego* y se alejaron del campamento para internarse en la espesura. Una luna creciente alumbraba apenas, pero Eragon sabía que ese tenue resplandor serviría para que los Ra'zac pudieran seguirles la pista con mayor facilidad.

Aunque quería hacer más preguntas a Murtagh, guardó silencio para conservar energía para el viaje. Poco antes del amanecer, Saphira le dijo:

Debo parar. Tengo las alas cansadas, y Brom necesita cuidados. He encontrado un buen lugar, a unos tres kilómetros de donde estáis.

Encontraron el sitio en la base de una amplia formación de roca arenisca que se elevaba como un monte, en cuyas laderas había cuevas de distintos tamaños. El terreno estaba salpicado de montañas de ese tipo. Saphira parecía satisfecha de sí misma.

He hallado una cueva que no se ve desde abajo. Es bastante grande y cabemos todos, incluidos los caballos. Sígueme.

La dragona se dio la vuelta y trepó por la roca clavando sus afiladas garras en la ladera. En cambio, a los caballos les costaba mucho, ya que los cascos resbalaban sobre la arenisca, de modo que Eragon y Murtagh tuvieron que tirar de ellos y empujarlos durante una hora hasta llegar a la cueva.

La caverna contaba con unos buenos treinta metros de profundidad y más de seis de anchura, pero tenía una abertura pequeña que los protegería del mal tiempo y de las miradas indiscretas. El extremo de la cueva estaba envuelto en la oscuridad que se aferraba a las paredes como marañas de lana negra y blanda.

—¡Impresionante! —comentó Murtagh—. Voy a buscar leña para encender un fuego.

Eragon se precipitó hacia Brom. Saphira lo había depositado en un saliente de piedra al fondo de la cueva. Le cogió la mano inerte y miró con ansiedad el curtido rostro del anciano. Al cabo de unos minutos, suspiró y se dirigió al fuego que Murtagh había encendido.

Comieron en silencio y después trataron de dar agua a Brom, pero el anciano no bebía. Frustrados, desplegaron las mantas y se fueron a dormir.

El legado de un Jinete

Eragon, despierta. —El muchacho se removió y rezongó—. *Necesito tu ayuda. ¡Tenemos problemas!* —Eragon trató de no hacer caso de la voz y siguió durmiendo—. *¡Arriba!*

Vete —refunfuñó.

¡Eragon! —Un bramido resonó en la cueva.

Eragon se incorporó de un salto buscando a tientas el arco. Saphira estaba agachada sobre Brom, que había rodado hasta bajar del saliente y se movía convulsivamente en el suelo de la cueva. Tenía el rostro crispado y los puños apretados. Eragon se precipitó hacia él temiendo lo peor.

—¡Ayúdame a sujetarlo! ¡Se va a hacer daño! —le gritó a Murtagh mientras cogía a Brom de los brazos.

Le dolía terriblemente el costado cuando Brom hacía aquellos movimientos espasmódicos. Entre los dos jóvenes consiguieron dominarlo hasta que cesaron las convulsiones. Después, nuevamente, lo llevaron con cuidado al saliente de roca.

Eragon le tocó la frente. Estaba tan caliente que sentía el calor casi sin apoyar los dedos.

—Tráeme agua fría y un paño —pidió, preocupado.

Murtagh se los trajo, y Eragon le pasó suavemente el paño por la cara a Brom tratando de enfriarlo un poco. Cuando la cueva volvió a quedarse en silencio, Eragon se dio cuenta de que el sol brillaba fuera.

¿Cuánto hemos dormido? —le preguntó a Saphira.

Un buen rato, pero he estado vigilando a Brom casi todo el tiempo. Estaba bien hasta hace un instante, en que empezó a trastocarse. Te he despertado cuando se ha caído al suelo.

Eragon se desperezó e hizo una mueca por la punzada de dolor que sintió en las costillas. De pronto, una mano lo agarró del hombro: Brom tenía los ojos abiertos y vidriosos y la mirada clavada en Eragon.

—¡Tráeme la bota de vino! —jadeó.

—¡Brom! —exclamó Eragon, contento de oírlo hablar—. No puedes beber vino ahora, te empeorará.

—Tráela, muchacho... tráela —suspiró Brom. La mano se le resbaló del hombro de Eragon.

—Espera, ahora mismo vuelvo. —Eragon se precipitó sobre las alforjas y rebuscó en ellas frenéticamente—. ¡No la encuentro! —dijo mirando alrededor, desesperado.

—Toma, coge la mía —ofreció Murtagh tendiéndole su bota de vino.

Eragon la aceptó y se la llevó a Brom.

—Tengo el vino —dijo arrodillándose.

Murtagh se alejó hacia la entrada de la cueva para que pudieran estar a solas.

—Bien, ahora... —Las palabras de Brom eran débiles y confusas—. Ahora —dijo moviendo con debilidad el brazo—, lávame la mano derecha con el vino.

—¿Qué...? —Eragon iba a empezar a preguntar.

—¡No hagas preguntas! ¡No tengo tiempo!

Eragon, desconcertado, destapó la bota, vertió vino en la palma de Brom y le frotó la mano. Primero entre los dedos y después el dorso.

—Más —exigió con voz ronca Brom.

Eragon volvió a verter vino sobre la mano y se la frotó vigorosamente mientras de la palma de Brom surgía un matiz marrón. El muchacho se detuvo con la boca abierta de asombro. Allí, en la palma de Brom, estaba la *gedwëy ignasia*.

—¿Eres un Jinete? —preguntó, incrédulo.

Una sonrisa de dolor asomó a los labios del anciano.

—Sí, allá lejos y hace tiempo... pero ya no. Cuando era joven, más joven que tú ahora, los Jinetes me eligieron para que me uniera a sus filas. Durante mi entrenamiento, me hice amigo de otro aprendiz... Morzan, antes de que se convirtiera en un Apóstata. —Eragon se quedó helado; eso había pasado hacía más de cien años—. Pero después nos traicionó por Galbatorix... y en la lucha en Dorú Areaba, la ciudad de Vroengard, asesinaron a mi joven dragona. Se llamaba... Saphira.

—¿Por qué no me lo has dicho antes? —preguntó Eragon en voz baja.

—Porque... no era necesario. —Brom rió, pero enseguida se calló. Le costaba respirar y tenía las manos crispadas—. Soy viejo, Eragon... muy viejo. A pesar de la muerte de mi dragona, mi vida ha sido más larga que la de la mayoría de las personas. No sabes lo que es llegar a mi edad, mirar atrás y darte cuenta de que no recuerdas mucho el pasado. Y después mirar adelante y saber que te quedan aún muchos años... Después de todo este tiempo, todavía lloro la pérdida de mi Saphira.... y odio a Galbatorix por habérmela arrebatado. —Los ojos afiebrados de Brom se clavaron en los de Eragon mientras le decía—: No dejes que te suceda lo mismo. ¡No! Protege a Saphira con tu vida porque sin ella casi no vale la pena vivir.

—No hables así. No le va a pasar nada a Saphira —dijo Eragon, preocupado.

Brom giró la cabeza a un lado.

—A lo mejor desvarío. —Dirigió la mirada hacia Murtagh, pero pasó de largo sin verlo y luego enfocó la vista sobre Eragon—. ¡Eragon! —dijo levantando la voz—. No voy a durar mucho más. Ésta... es una herida muy grave que está socavando mis fuerzas, y no tengo la energía necesaria para combatirla... Pero antes de que me vaya, ¿quieres que te dé mi bendición?

—Te pondrás bien —dijo Eragon con lágrimas en los ojos—. No tienes que pensar en eso.

—Así son las cosas... Debo hacerlo. ¿Aceptas mi bendición? —Eragon agachó la cabeza y asintió, vencido, y Brom le apoyó una mano temblorosa sobre la frente—. Entonces te la doy: que los años venideros te proporcionen gran felicidad. —Se movió para que Eragon se acercara más y pronunció siete palabras en el idioma antiguo en voz baja y, en voz más baja aún, le dijo su significado—. Es todo lo que puedo darte... Úsalas sólo en caso de gran necesidad. —Brom miró al techo con la vista velada—. Y ahora... —murmuró— voy en pos de la mayor aventura de todas...

Eragon, llorando, le cogió la mano, y lo consoló lo mejor que supo. Veló al enfermo de manera constante e inquebrantable sin moverse ni para beber ni para comer. A medida que pasaban las horas, una palidez gris empezó a apoderarse de Brom mientras su mirada se iba apagando lentamente. Las manos se le quedaron cada vez más frías, y el aire a su alrededor adquirió una consistencia espesa. Impotente para ayudar al anciano, Eragon no podía hacer nada más que ser testigo de cómo la herida de los Ra'zac se cobraba su precio.

Empezaba a oscurecer, y las sombras a alargarse cuando Brom, de pronto, se quedó inmóvil. Eragon lo llamó y pidió ayuda a gritos a Murtagh, pero no pudieron hacer nada. Mientras un silencio sepulcral caía sobre la cueva, Brom clavó su mirada en la de Eragon. La satisfacción se dibujó en el rostro del anciano, y un quedo murmullo escapó de su boca. Y así se murió Brom, el cuentacuentos.

ϒ

Eragon, con dedos temblorosos, le cerró los ojos y se quedó allí de pie. Saphira, que se hallaba detrás de él, levantó la cabeza y aulló lastimeramente al cielo con un hondo lamento. Las lágrimas corrían por las mejillas de Eragon mientras una sensación de terrible pérdida recorría todo su ser.

—Tenemos que enterrarlo —dijo con voz entrecortada.

—Podrían vernos —advirtió Murtagh.

—¡No me importa!

Murtagh titubeó y después sacó el cuerpo de Brom de la cueva, junto con su espada y su bastón. Saphira los siguió.

—A la cima —ordenó Eragon con tono angustiado, y señaló la cumbre del monte de arenisca.

—No podemos cavar una tumba en la roca —objetó Murtagh.

—Yo puedo.

Eragon subió con dificultad a la cima debido a sus costillas rotas, y allí Murtagh depositó el cuerpo de Brom sobre la roca.

Eragon se secó los ojos, miró fijamente la arenisca y, haciendo un gesto con la mano, pronunció:

—*¡Moi stenr!*

La roca se onduló y se elevó, como si se tratase de agua surgente. Luego, en la cumbre, formó una cavidad del tamaño de un cuerpo. A continuación, moldeando la arenisca como si fuera arcilla, Eragon levantó unas paredes alrededor que le llegaban a la altura de la cintura.

Depositaron a Brom dentro de la incompleta tumba de arenisca con su bastón y su espada. Eragon, dio un paso atrás y volvió a moldear la piedra haciendo uso de la magia. La arenisca cerró la sepultura sobre la cara inerte de Brom y levantó una alta columna de muchas facetas. Como último tributo, Eragon grabó la siguiente inscripción en la piedra:

AQUÍ DESCANSA BROM,
Jinete de Dragón,
y un padre
para mí.
Que su nombre perdure en la gloria.

El muchacho agachó la cabeza y dio rienda suelta a su llanto. Y se quedó como una estatua viviente hasta el anochecer cuando la luz ya se había esfumado del paisaje.

Esa noche soñó otra vez con la mujer cautiva.

Eragon se daba cuenta de que algo le pasaba a esa mujer porque respiraba de forma irregular y temblaba, aunque él no sabía si era de frío o de dolor. En la semipenumbra de la celda, lo único que estaba iluminado con claridad era una mano de la cautiva, que colgaba del catre. Un líquido oscuro le manaba de la punta de los dedos, y él supo que era sangre.

La tumba de diamante

Cuando Eragon despertó, tenía los ojos irritados y el cuerpo rígido. Excepto los caballos, no había nadie en la cueva. La camilla había desaparecido y no quedaban rastros de Brom. El muchacho se dirigió hacia la entrada y se sentó sobre la roca estriada.

Así que la bruja Angela tenía razón: había una muerte en mi futuro, pensó mirando con tristeza el paisaje. El sol de color ámbar proporcionaba un calor seco a la temprana mañana.

Una lágrima se le deslizó por el lánguido rostro y se evaporó dejándole una huella de sal en la mejilla. Cerró los ojos y se dejó calentar por el sol mientras intentaba vaciar la mente. Empezó a rascar la arenisca con la uña sin pensar. Al mirar, se dio cuenta de que había escrito: «¿Por qué yo?»

Seguía allí cuando Murtagh subió a la cueva con un par de conejos. Sin pronunciar palabra se sentó junto a Eragon.

—¿Cómo estás? —se interesó Murtagh.

—Mal.

—¿Te recuperarás? —le preguntó con mucha delicadeza. Eragon se encogió de hombros—. Me disgusta hacerte esta pregunta ahora —dijo Murtagh tras unos instantes de reflexión—, pero debo saberlo... ¿Era tu Brom, «el Brom», el que ayudó a robarle el huevo de dragón al rey, el que persiguió a Morzan por todo el Imperio y le dio muerte en un duelo? Te oí pronunciar su nombre y leí la inscripción de su tumba, pero debo estar seguro. ¿Era él?

—Sí —respondió Eragon en voz baja, al tiempo que una expresión de preocupación aparecía en el rostro de Murtagh—. ¿Cómo sabes todo eso? Hablas de cosas muy secretas para la mayoría de la gente e ibas tras los Ra'zac cuando necesitamos tu ayuda. ¿Eres un vardeno?

Los ojos de Murtagh eran inescrutables.

—Estoy huyendo, como tú. —Había un pesar contenido en sus palabras—. No pertenezco ni a los vardenos ni al Imperio, y no debo lealtad a ningún hombre más que a mí mismo. En cuanto a que te rescaté... debo admitir que escuché historias a media voz sobre un nuevo Jinete y pensé que si seguía a los Ra'zac podría descubrir si eran ciertas.

—Pensaba que querías matarlos —dijo Eragon.

—Sí, quería, pero si lo hubiera hecho, no te habría conocido —repuso Murtagh sonriendo con tristeza.

Pero Brom seguiría con vida... ¡Ojalá estuviera aquí! Porque él sabría si se puede confiar en Murtagh.

Eragon recordó cómo Brom había percibido las intenciones de Trevor en Daret y se preguntó si él podría hacer lo mismo con Murtagh. De modo que trató de llegar a la conciencia de éste, pero su tentativa se topó bruscamente con una pared de hierro, que Eragon trató de sortear. La mente de Murtagh estaba fortificada por completo.

¿Cómo ha aprendido a hacer eso? Brom me dijo que muy pocas personas, o casi ninguna, conseguían que los demás no les penetraran en la mente sin entrenamiento previo. ¿Quién es, entonces, Murtagh que posee esta habilidad?

Eragon, pensativo y solo, le preguntó:

—¿Dónde está Saphira?

—No lo sé. Me siguió durante un rato mientras estaba cazando y después se fue volando sola. No la he visto desde la mañana. —Eragon se puso de pie y entró en la cueva. Murtagh lo siguió—. ¿Qué vas a hacer ahora?

—No estoy seguro. *Y tampoco quiero pensar en ello.*

Eragon enrolló sus mantas y las ató a las alforjas de *Cadoc*. Le dolían las costillas. Mientras tanto Murtagh se puso a preparar los conejos. Al arreglar las cosas de sus bolsas, Eragon sacó a *Zar'roc*, cuya funda roja relucía vivamente. El muchacho la desenfundó y la sostuvo entre las manos.

Nunca la había llevado en un combate ni la había usado, excepto cuando Brom y él se entrenaban, porque no quería que la gente la viera. Pero ya no le importaba. Aparentemente, los Ra'zac se habían sorprendido y se habían asustado al ver la espada; y eso ya le bastaba para llevarla. Con un estremecimiento, sacó también el arco y lo ató a *Zar'roc*.

A partir de ahora, seré fiel a esta espada. Que el mundo vea quién soy. No tengo miedo. Ya soy un Jinete completo y cabal.

Rebuscó en las bolsas de Brom, pero sólo encontró ropa, unos pocos objetos extraños y un pequeño saco de monedas. Eragon cogió el mapa de Alagaësia, apartó las bolsas y se agachó junto al fuego. Murtagh entrecerró los ojos y levantó la vista del conejo que estaba despellejando.

—¿Puedo ver esa espada? —preguntó mientras se limpiaba las manos.

Eragon dudó porque no le gustaba la idea de desprenderse del arma ni por un instante, pero asintió. El joven estudió con atención el símbolo grabado sobre la hoja, y la cara se le ensombreció.

—¿De dónde la has sacado?

—Me la dio Brom. ¿Por qué?

Murtagh le devolvió la espada y se cruzó de brazos, enfadado. Respiraba agitadamente.

—En otro tiempo —dijo, emocionado—, esta espada fue tan conocida como su dueño. El último Jinete que la usó fue Morzan... un hombre feroz y brutal. Creía que eras enemigo del Imperio... ¡pero veo que llevas una de las sangrientas espadas de los Apóstatas!

Eragon miró a *Zar'roc*, impresionado, y comprendió que Brom debió de habérsela quitado a Morzan después del combate en Gil'ead.

—Brom nunca me dijo de dónde procedía —contestó con franqueza—. No tenía idea de que fuera de Morzan.

—¿Nunca te lo dijo? —preguntó Murtagh con cierta incredulidad en su voz. Eragon negó con la cabeza—. Es extraño. No veo por qué razón te lo ocultó.

—Yo tampoco. Pero, bueno, tenía muchos secretos —explicó Eragon.

Le producía desasosiego llevar la espada de un hombre que había traicionado a los Jinetes por Galbatorix.

En su época, esta hoja seguramente mató a muchos Jinetes, pensó con repugnancia. *Y peor aún... ¡incluso dragones!*

—No obstante, voy a llevarla. Hasta que llegue el momento de tener una mía, usaré a *Zar'roc*.

Murtagh retrocedió al oír el nombre.

—Como quieras —respondió, y siguió despellejando los conejos con la vista baja.

Cuando la comida estuvo lista, Eragon comió despacio a pesar de que tenía bastante hambre. El plato caliente lo reconfortó.

—Tengo que vender mi caballo —dijo mientras acababa de rebañar su cuenco.

—¿Por qué no el de Brom? —preguntó Murtagh. Parecía que el joven había superado el mal humor.

—*¿Nieve de Fuego?* Porque Brom prometió cuidarlo y puesto que él... ya no está, debo hacerlo yo.

—Si eso es lo que quieres —comentó Murtagh apoyando el plato en su regazo—, estoy seguro de que encontraremos comprador en algún pueblo o en alguna ciudad.

—¿Encontraremos? —preguntó Eragon.

Murtagh lo miró de soslayo de manera calculadora.

—No te aconsejo que te quedes aquí mucho más tiempo, porque si los Ra'zac andan cerca, la tumba de Brom será como un faro para ellos. —Eragon no había pensado en eso—. Y tardarás en curarte las costillas. Ya sé que puedes defenderte solo con la magia, pero necesitas un compañero que pueda levantar cosas de peso y usar la espada. Te pido que me dejes viajar contigo, al menos por ahora. Pero debo advertirte que el Imperio me busca, y a la larga correrá la sangre.

Eragon rió muy flojo, pero aun así le produjo tanto dolor que se le saltaron las lágrimas.

—No me importa que te busque todo el ejército —dijo una vez recuperado—. Tienes razón: necesito ayuda. Me gustaría que me acompañaras, pero debo hablar de ello con Saphira. También he de advertirte que tal vez Galbatorix mande a su ejército tras de mí, así que no estarás más a salvo con Saphira y conmigo que si siguieras solo.

—Lo sé —dijo Murtagh con una sonrisa fugaz—, pero de todas formas eso no me detendrá.

—Muy bien. —Eragon sonrió, agradecido.

Mientras hablaban, Saphira entró en la cueva y saludó a Eragon. Estaba contenta de verlo, pero había una gran tristeza en las palabras y en los pensamientos de la dragona. Apoyó la gran cabeza azul en el suelo y preguntó:

¿Ya estás bien?

No del todo.

Echo de menos al anciano.

Yo también... ¡Jamás sospeché que Brom fuera un Jinete! Era muy viejo... Viejo como los Apóstatas. Toda la magia que me enseñó debió de aprenderla de los Jinetes.

Yo lo supe en cuanto me tocó en tu granja.

¿Y por qué no me lo dijiste? ¿Por qué?

Porque me pidió que no lo hiciera —contestó ella con sencillez.

Eragon decidió no insistir en el tema. Saphira no había pretendido hacerle daño.

Brom tenía muchos secretos —le dijo—. *Ahora comprendo por qué no me explicó de dónde procedía* Zar'roc *cuando me la dio. De haberlo hecho, probablemente habría huido de él a la primera oportunidad.*

Harías bien en desprenderte de esa espada —le dijo la dragona con disgusto—. *Sé que es un arma única, pero estarías mejor con una espada normal antes que con ese instrumento asesino de Morzan.*

Quizá. Saphira, ¿cuál será nuestro camino a partir de ahora? Murtagh se ha ofrecido a acompañarnos. No sé de dónde viene, pero parece bastante honrado. ¿Debemos ir en busca de los vardenos? Aunque no sé dónde encontrarlos. Brom nunca nos lo dijo.

Me lo dijo a mí —confesó Saphira.

Eragon estaba cada vez más enfadado.

¿Por qué confiaba en ti y no en mí con todo lo que sabía?

Las escamas de la dragona crujieron ligeramente sobre la roca seca mientras lo miraba a los ojos con intensidad.

Después de que nos marchamos de Teirm y de que nos atacaran los úrgalos, me contó muchas cosas, algunas de las cuales no mencionaré a menos que sea necesario. Le preocupaba su muerte y lo que pasaría contigo después. Una de las cosas que me dijo fue el nombre de un hombre, Dormnad, que vive en Gil'ead y que puede ayudarnos a encontrar a los vardenos. Brom también quería que supieras que, de toda la población de Alagaësia, creía que tú eras el más indicado para heredar el legado de los Jinetes.

Los ojos del muchacho se llenaron de lágrimas. Era el halago más grande que podía recibir de Brom.

Una responsabilidad que asumiré con honor.

Muy bien.

Entonces vamos a Gil'ead —afirmó Eragon; la fuerza y la determinación habían vuelto a él—. *¿Y qué hacemos con Murtagh? ¿Crees que debe venir con nosotros?*

Le debemos la vida —dijo Saphira—. *Pero aunque no fuera así, ya nos ha visto, a ti y a mí. Nos guste o no, debemos tenerlo cerca para que no informe al Imperio de nuestro paradero y dé nuestra descripción.*

Eragon estaba de acuerdo. Después le contó su sueño a Saphira.

Esa imagen me ha perturbado. Creo que a la mujer se le acaba el tiempo, y pronto le sucederá algo espantoso. La cautiva corre peligro de muerte, estoy seguro, ¡pero no sé cómo encontrarla! Podría estar en cualquier parte.

¿Qué te dice el corazón? —le preguntó Saphira.

Mi corazón hace tiempo que ya no me dice nada —dijo Eragon con un toque de humor negro—. *Sin embargo, creo que debemos ir al norte, a Gil'ead. Con suerte, la mujer estará prisionera en uno de los pueblos o en alguna ciudad que haya por el camino. Me temo que la próxima vez que sueñe con ella, veré una tumba. No lo soportaría.*

¿Por qué?

No estoy seguro —respondió encogiéndose de hombros—. *Pero cuando la veo, siento como si fuera alguien muy valioso a quien no debería perder... Es muy raro.*

Saphira abrió la gran boca y se rió en silencio enseñando unos relucientes colmillos.

¿De qué te ríes? —soltó Eragon, pero ella no dijo nada, movió la cabeza y se alejó en silencio.

Eragon refunfuñó entre dientes y después le contó a Murtagh lo que habían decidido.

—Si encuentras al tal Dormnad y sigues viaje hacia los vardenos, entonces me iré. Toparme con ellos sería tan peligroso para mí como entrar desarmado en Urû'baen con una fanfarria de trompetas anunciando mi llegada.

—No nos separaremos muy pronto —dijo Eragon—. Hay un largo camino hasta Gil'ead. —Su voz se quebró ligeramente, y entrecerrando los ojos, miró al sol para distraerse—. Debemos partir antes de que llegue la tarde.

—¿Estás en condiciones de viajar? —preguntó Murtagh, ceñudo.

—Tengo que hacer algo, porque si no me volveré loco —respondió Eragon bruscamente—. Hacer prácticas de lucha o de magia, o sentarme a mirarme el ombligo no son buenas alternativas en estos momentos, así que prefiero cabalgar.

Apagaron el fuego, guardaron sus cosas y sacaron a los caballos de la cueva. Eragon le tendió las riendas de *Cadoc* y de *Nieve de Fuego* a Murtagh, y le dijo:

—Adelántate. Enseguida bajaré.

Murtagh empezó poco a poco el descenso desde la cueva.

Eragon trepó con dificultad hasta la cima tomándose algún descanso cuando el dolor del costado le impedía respirar. Al llegar arriba, Saphira ya estaba allí. Ambos se quedaron de pie ante la tumba de Brom y le rindieron sus últimos respetos.

No puedo creer que se haya ido... para siempre.

Mientras Eragon se volvía para marcharse, Saphira estiró el largo cuello y tocó la sepultura con la punta de la nariz. Los flancos de la dragona se estremecieron mientras un quedo sollozo se expandía por el aire.

La arenisca que había alrededor de la nariz de Saphira brilló como rocío dorado y dio paso a unos bailarines reflejos plateados. Eragon observó, maravillado, cómo unos zarcillos de diamante blanco se retorcían sobre la superficie de la tumba formando una increíble filigrana. A continuación unas sombras centelleantes cayeron sobre la tierra y reflejaron manchas de brillantes colores que se movían de forma deslumbradora mientras la arenisca no cesaba de transformarse. Con un bufido de satisfacción, Saphira dio un paso atrás y examinó su obra.

El mausoleo de arenisca esculpida se había transformado en una bóveda de piedras preciosas fulgurantes, debajo de la cual se veía el rostro intacto de Brom. Eragon observó con añoranza al anciano, que parecía dormir.

—¿Qué has hecho? —le preguntó, sobrecogido, a Saphira.

Le he hecho el único regalo que podía. Ahora el tiempo no lo devastará y descansará en paz por toda la eternidad.

Gracias.

Eragon le acarició un costado, y se marcharon juntos.

La captura en Gil'ead

Montar a caballo le resultaba a Eragon de lo más doloroso —las costillas rotas no le dejaban cabalgar más que al paso— y le costaba respirar hondo sin sentir una punzada terrible. Sin embargo, se negó a parar. Saphira volaba cerca, con la mente ligada a la del muchacho para darle fuerza y tranquilidad.

Murtagh montaba con seguridad junto a *Cadoc*, acompañando con suavidad los movimientos del caballo. Eragon se quedó mirando un rato al animal de color gris...

—Tienes un caballo muy hermoso. ¿Cómo se llama?

—*Tornac*, en reconocimiento al hombre que me enseñó a luchar. —Murtagh dio unas palmadas al cuello del corcel—. Me lo dieron cuando era un potrillo. Y difícilmente encontrarás un animal más valiente e inteligente en toda Alagaësia. Salvo, Saphira, claro.

—Es espléndido —dijo Eragon con admiración.

—Sí —afirmó Murtagh riendo—, pero no he visto nunca un caballo que esté tan a su altura como *Nieve de Fuego*.

Aunque ese día cubrieron una distancia muy corta, Eragon se sentía dichoso de estar otra vez en marcha porque le daba la oportunidad de mantener los pensamientos lejos de otras cuestiones malsanas. Cabalgaban por tierras sin colonizar, pues el camino a Dras-Leona estaba a varios kilómetros a la izquierda. De camino a Gil'ead, que estaba casi tan al norte como Carvahall, rodearían la ciudad dejando un amplio margen de seguridad.

Vendieron a *Cadoc* en un pueblo pequeño. Mientras el caballo se alejaba con su nuevo dueño, Eragon, con pesar, se metió en el bolsillo las pocas monedas que había conseguido con la transacción. Era difícil renunciar a *Cadoc* después de haber cruzado media Alagaësia y de haber vencido a los úrgalos montándolo.

Mientras el reducido grupo viajaba por esos parajes solitarios, los días pasaban sin que se dieran cuenta. Eragon se alegró de descubrir que Murtagh y él tenían muchos intereses comunes: pasaban horas conversando sobre detalles precisos del tiro con arco y de la caza.

Había un tema, sin embargo, que ambos evitaban por consentimiento tácito: sus respectivos pasados. Eragon no le explicó a Murtagh cómo había encontrado el huevo de Saphira, ni cómo había conocido a Brom ni de dónde venía él. Y Murtagh también guardaba silencio sobre las razones por las que el Imperio lo perseguía. Era un acuerdo sencillo, pero funcionaba.

No obstante, por el hecho de ir juntos, era inevitable que aprendieran el uno del otro. Eragon estaba intrigado por los conocimientos de Murtagh sobre las luchas políticas y de poder en el Imperio. Parecía saber lo que hacía cada noble y cada cortesano y cómo afectaba eso a los demás. Eragon lo escuchaba con atención, mientras las sospechas le daban vueltas por la cabeza.

La primera semana pasó sin ningún indicio de la presencia de los Ra'zac, lo que aplacó algunos de los miedos de Eragon. No obstante, siguieron haciendo guardia por las noches. Eragon también esperaba encontrar úrgalos camino de Gil'ead, pero no había ni rastro de ellos.

Suponía que estas tierras tan aisladas iban a estar llenas de monstruos, pensaba. *Pero, evidentemente, no me quejo de que hayan decidido irse a otra parte.*

Eragon no volvió a soñar con la mujer, y aunque trató de verla mediante la criptovisión, sólo divisó una celda vacía. Siempre que pasaban por un pueblo o por una ciudad, averiguaba si había allí una cárcel. Si así era, se disfrazaba y la visitaba, pero no encontró a la mujer. Sus disfraces eran cada vez más complicados, ya que se topó con carteles colgados en varios pueblos, en los que salía su nombre y su descripción y se ofrecía una cuantiosa recompensa por su captura.

El avance hacia el norte los obligaba a encaminarse a la capital, Urû'baen. Era una zona densamente poblada donde resultaba difícil pasar desapercibido, pues los soldados patrullaban las rutas y hacían guardia en los puentes. Les llevó varios días de tensión y de fastidio rodear la capital.

Una vez que lograron pasar a salvo Urû'baen, se encontraron al inicio de una enorme llanura: era la misma que Eragon había cruzado después de dejar el valle de Palancar, salvo que ahora estaba en el lado opuesto. Así pues, bordearon la llanura y continuaron hacia el norte siguiendo el río Ramr.

Durante el viaje, llegó y pasó el decimosexto cumpleaños de Eragon. En Carvahall, la celebración hubiera significado su entrada en la vida adulta, pero estando en aquellos páramos, ni siquiera se lo mencionó a Murtagh.

Por su parte, Saphira, con casi seis meses de edad, era muy grande: las alas eran enormes, pero necesitaban cada centímetro de su superficie para alzar el musculoso cuerpo de pesados huesos de la dragona. Los colmillos, que sobresalían de las fauces y cuyas puntas eran tan afiladas como *Zar'roc,* tenían más o menos el mismo diámetro que los puños de Eragon.

Por fin llegó el día en que Eragon se quitó las vendas del torso por última vez. Las costillas se le habían curado completamente, y sólo le quedaba una cicatriz donde la bota del Ra'zac lo había golpeado. Mientras Saphira lo observaba, se desperezó con cuidado, y cuando vio que ya no le dolía, lo hizo con más vigor. Flexionó los músculos, complacido. En otro momento, lo habría hecho con una sonrisa, pero tras la muerte de Brom, esas expresiones no le salían con mucha facilidad.

Se puso la chaqueta y se acercó al pequeño fuego que habían preparado, junto al cual estaba sentado Murtagh sacando punta a un trozo de madera. Eragon sacó a *Zar'roc* y Murtagh se puso en tensión, pero se mantuvo tranquilo.

—Ahora que estoy otra vez fuerte, ¿te gustaría luchar conmigo? —le preguntó.

Murtagh dejó la madera a un lado.

—¿Con espadas afiladas? Podríamos matarnos.

—Vamos, dame tu espada —dijo Eragon. El joven dudó pero le tendió su espada de larga empuñadura. Eragon inutilizó los dos filos mediante magia, como le había enseñado Brom, y mientras Murtagh examinaba la hoja, le indicó—: Puedo deshacer el hechizo cuando terminemos.

Murtagh comprobó el equilibrio de su arma. Parecía satisfecho.

—Servirá —dijo.

Eragon inutilizó también el filo de *Zar'roc,* se agachó y blandió la espada hacia el hombro de Murtagh. Las dos hojas se encontraron en el aire. Eragon liberó la suya con un airoso ademán, la echó hacia delante y lanzó una estocada, que Murtagh esquivó con un paso de baile.

Es rápido, pensó Eragon.

Avanzaban y retrocedían tratando de batirse mutuamente. Tras una serie de golpes especialmente fuertes, Murtagh se echó a reír. No sólo era imposible que alguno de los dos lograra ventaja, sino que eran tan parejos que se cansaban al mismo tiempo. Reconociendo con una sonrisa sus mutuos talentos, continuaron la lucha hasta que sintieron que el brazo les pesaba y que estaban empapados de sudor.

—¡Basta, es suficiente! —gritó al fin Eragon.

Murtagh paró un golpe a medio camino y se sentó entre jadeos, mientras Eragon, tambaleante, se echaba en el suelo respirando agitadamente. Ninguna de sus luchas con Brom había sido tan encarnizada.

—¡Eres asombroso! —exclamó Murtagh intentando recuperar el aliento—. He estudiado el manejo de la espada toda mi vida, pero nunca he luchado con alguien como tú. Podrías ser el primer espadachín del rey si quisieras.

—Tú también eres muy bueno —observó Eragon, sin resuello aún—. El hombre que te enseñó, Tornac, podría hacer una fortuna con una escuela de esgrima. Iría gente de toda Alagaësia a aprender con él.

—Ha muerto —se limitó a decir Murtagh.

—Lo siento.

Así fue como adoptaron la costumbre de luchar por las tardes, lo que los mantuvo tan ágiles y en forma como un par de espadas afiladas. Además, Eragon, una vez recuperado, también retomó sus prácticas de magia, por cuyo funcionamiento Murtagh tenía curiosidad, y muy pronto demostró que sabía una sorprendente cantidad de cosas sobre el tema, aunque le faltaban los detalles precisos y no sabía hacer uso de ella. Cada vez que Eragon practicaba palabras del idioma antiguo, el joven escuchaba en silencio y, de vez en cuando, preguntaba el significado de alguna de ellas.

En las afueras de Gil'ead, detuvieron los caballos uno al lado del otro. Habían tardado casi un mes en llegar hasta allí, y a lo largo de ese tiempo, la primavera había acabado de expulsar los restos del invierno. Eragon era consciente de los cambios que se habían producido en él durante el viaje: era un joven más fuerte y más tranquilo, y aunque todavía pensaba en Brom y hablaba de él con Saphira, en general procuraba no evocar recuerdos dolorosos.

Desde lejos observaron que la ciudad era un lugar inhóspito y tosco, repleto de casas, construidas con troncos de madera, y de perros que daban agudos ladridos, y en cuyo centro se alzaba una destartalada fortaleza de piedra. Había bruma y contenía una especie de humillo azul. Gil'ead parecía más un lugar provisional para hacer transacciones comerciales que una ciudad donde vivir de forma permanente. A unos ocho kilómetros de allí, se hallaba el brumoso contorno del lago Isenstar.

Decidieron acampar a unos tres kilómetros de la ciudad por cuestiones de seguridad.

—No sé muy bien si deberías entrar en Gil'ead —le dijo Murtagh a Eragon mientras preparaban la comida en el fuego.

—¿Por qué? Puedo disfrazarme bastante bien. Y Dormnad querrá ver la *gedwëy ignasia* como prueba de que soy de verdad un Jinete.

—Quizá —replicó Murtagh—, pero el Imperio te busca más a ti que a mí. Si me cogen, podría escaparme. Pero si te atrapan a ti, te arrastrarán ante el rey, donde te espera una muerte lenta por tortura, a menos que te unas a sus fuerzas. Además, Gil'ead es uno de los puestos más importantes del ejército. Eso de allí no son casas, sino barracones, y entrar ahí sería ofrecerte al rey en bandeja de plata.

Eragon le pidió a Saphira que le diera su opinión. La dragona enroscó la cola alrededor de las piernas del muchacho y se sentó a su lado.

No deberías ni preguntármelo porque él ha hablado con sensatez. Y yo le puedo decir unas palabras a Murtagh que convencerán a Dormnad de la veracidad de lo que afirma. Además, tiene razón en una cosa: si alguien debe correr el riesgo de que lo capturen, tendría que ser él porque sobreviviría.

Eragon hizo una mueca.

Me disgusta la idea de que corra peligro por nosotros.

—De acuerdo —dijo Eragon de mala gana—, puedes ir. Pero si te pasa algo, iré a buscarte.

Murtagh rió.

—Sería perfecto para una leyenda: la historia de un Jinete solitario que se enfrentó al ejército del rey sin ayuda de nadie. —Rió otra vez entre dientes y se puso de pie—. ¿Debo saber algo más antes de irme?

—¿No deberíamos descansar y esperar hasta mañana? —preguntó Eragon con cautela.

—¿Para qué? Cuanto más nos quedemos aquí, más probabilidades tenemos de que nos descubran. Si el tal Dormnad puede llevarte hasta los vardenos, tenemos que encontrarlo lo antes posible. Ninguno de nosotros debe quedarse cerca de Gil'ead más que unos pocos días.

Otra vez vuelve a hacer gala de sensatez, se limitó a decir Saphira. Le transmitió a Eragon las palabras que había que decirle a Dormnad, y él se las dijo a Murtagh.

—Muy bien —dijo Murtagh calzándose la espada—. Si no hay ningún problema, estaré de vuelta en un par de horas. Asegúrate de dejarme un poco de comida.

Saludó con la mano, montó a *Tornac* de un salto y se alejó al galope. Eragon se quedó sentado junto al fuego tocando la empuñadura de *Zar'roc* con aprensión.

Pasaron las horas, pero Murtagh no volvía. Eragon caminaba sin parar alrededor del fuego con *Zar'roc* en la mano, mientras Saphira miraba hacia Gil'ead con atención. La dragona sólo movía los ojos. Ninguno de los dos expresaba en voz alta sus preocupaciones, pero Eragon se preparaba discretamente para marcharse, en caso de que un destacamento de soldados saliera de la ciudad en dirección al campamento.

Mira —dijo Saphira.

Eragon se volvió bruscamente hacia Gil'ead, alerta. A lo lejos, vio un jinete que salía de la ciudad y galopaba velozmente en dirección al campamento.

No me gusta —dijo el muchacho mientras se subía a Saphira—. *Prepárate para volar.*

Estoy preparada para más que eso.

A medida que el jinete se acercaba, Eragon reconoció a Murtagh, que cabalgaba inclinado sobre *Tornac*. Al parecer, no lo perseguía nadie, aunque no aminoraba el desenfrenado paso. El joven galopó hasta llegar al campamento, donde bajó de un salto y desenfundó la espada.

—¿Qué ocurre? —le preguntó Eragon.

—¿Me ha seguido alguien desde Gil'ead? —preguntó con el entrecejo fruncido.

—No hemos visto a nadie.

—Bien. Entonces déjame comer y después te lo explico; me estoy muriendo de hambre. —Cogió un cuenco y se puso a comer con entusiasmo. Tras engullir con torpeza unas cucharadas, empezó a hablar con la boca llena—. Dormnad ha accedido a reunirse con nosotros mañana al amanecer fuera de Gil'ead. Si comprueba que realmente eres un Jinete, y no es una trampa, te llevará hasta los vardenos.

—¿Dónde vamos a encontrarnos con él? —preguntó Eragon.

—En una pequeña colina al otro lado del camino —contestó Murtagh señalando hacia el oeste.

—Entonces, ¿qué ha pasado?

Murtagh se sirvió más comida.

—Algo bastante sencillo, pero terriblemente peligroso. Alguien que me conoce me vio en la calle. Hice lo único que podía: salir corriendo, pero era demasiado tarde porque me reconoció.

Era un incidente desafortunado, pero Eragon no sabía hasta qué punto era tan malo.

—Como no conozco a tu amigo, debo preguntarte si se lo dirá a alguien.

—Si lo conocieras, no tendría necesidad de responderte —contestó Murtagh con una tensa carcajada—. Es incapaz de mantener la boca cerrada y suelta todo lo que se le pasa por la cabeza. La pregunta no es si lo contará, sino a quién. Si la información llega a oídos equivocados, estaremos en apuros.

—Dudo que manden a los soldados a buscarte en la oscuridad —señaló Eragon—. Así que podemos contar con estar a salvo hasta la mañana, y entonces, si todo va bien, partiremos con Dormnad.

—No, lo acompañarás tú solo. Como ya te he dicho, no quiero ir con los vardenos.

Eragon lo miró con tristeza, pues quería que Murtagh se quedara. Se habían hecho amigos durante el viaje, y le costaba aceptar la idea de separarse. Iba a empezar a protestar, pero Saphira lo hizo callar y le dijo con amabilidad:

Déjalo para mañana; ahora no es el momento.

De acuerdo —accedió, apenado.

Conversaron hasta que salieron las estrellas y después se durmieron mientras Saphira hacía la primera guardia.

Eragon se despertó dos horas antes del amanecer; le hormigueaba la palma. Todo estaba tranquilo y en silencio, pero algo lo intranquilizaba, como una picazón en la mente. Se colgó la espada y se puso de pie con cuidado de no hacer ruido. Saphira lo miró con curiosidad, con los ojos grandes y brillantes.

¿Qué sucede? —le preguntó.

No lo sé —respondió Eragon. No veía nada fuera de lo común.

Saphira olisqueó el aire con curiosidad. Resopló con suavidad y levantó la cabeza.

Huelo caballos cerca, pero no se mueven. Apestan con un hedor desconocido.

Eragon se arrastró hasta Murtagh y le tocó el hombro. El joven se despertó sobresaltado, sacó una daga de debajo de las mantas y miró a Eragon socarronamente. Éste le hizo señas de que guardara silencio y susurró:

—Hay caballos cerca.

Murtagh, sin pronunciar palabra, sacó su espada, y los dos jóvenes se situaron en silencio a ambos lados de Saphira, preparados para el ataque. Mientras esperaban, el lucero del alba apareció por el este anunciando el amanecer, y una ardilla parloteó.

En ese momento, un furioso gruñido obligó a Eragon a volverse en redondo, con la espada en alto. Un corpulento

úrgalo estaba en el extremo del campamento y llevaba un azadón que tenía un tremendo pico.

¿Por dónde han venido? ¡No hemos visto sus huellas en ninguna parte!, pensó Eragon.

El úrgalo rugió, agitó el arma, pero no atacó.

—*¡Brisingr!* —bramó Eragon apuñalándolo con magia.

La cara del úrgalo se contrajo de terror mientras explotaba en medio de un destello de luz azul. La sangre salpicó a Eragon y una masa pardusca voló por el aire. Detrás de él, Saphira rugió, asustada, y retrocedió. Eragon dio una vuelta brusca. Mientras se ocupaba del primer úrgalo, un grupo de ellos había llegado corriendo por un lado.

¡He caído en el truco más estúpido de todos!

Se oyó el sonoro ruido de espadas que chocaban cuando Murtagh atacó a los úrgalos. Eragon trató de unirse a él, pero cuatro monstruos le bloquearon el paso. El primero le lanzó una estocada sobre el hombro, pero Eragon esquivó el golpe y mató al úrgalo con magia. Al segundo le atravesó

Zar'roc en la garganta, luego giró bruscamente sobre sí mismo y le dio al tercero en el corazón. En aquel momento, el cuarto úrgalo se abalanzó sobre él enarbolando un pesado garrote.

Eragon lo vio venir y trató de levantar la espada para interceptar el garrotazo, pero fue un segundo demasiado lento. En el momento en que el garrote caía sobre su cabeza, gritó:

—¡Vuela, Saphira!

Un estallido de luz le explotó en los ojos, y perdió la conciencia.

Du Súndavar Freohr

Lo primero que Eragon notó fue que estaba caliente y seco, y que tenía la mejilla apoyada contra una tela áspera y las manos desatadas. Se movió inquieto, pero pasaron unos minutos antes de que pudiera incorporarse y examinar dónde se hallaba.

Estaba sentado en un catre estrecho e irregular, dentro de una celda. En lo alto de la pared había una ventana con rejas del mismo tipo que la pequeña ventanilla que había en la parte superior de una puerta de sólido hierro, que estaba cerrada.

Cuando Eragon se movió, se le cuarteó la sangre seca que tenía en la cara, pero tardó un rato en darse cuenta de que esa sangre no era suya. Le dolía la cabeza terriblemente, lo que era de esperar teniendo en cuenta el golpe que había recibido, y tenía la mente confusa de un modo muy raro. Intentó hacer uso de la magia, pero no lograba concentrarse lo necesario para recordar alguna de las palabras del idioma antiguo.

Seguramente me han drogado, concluyó al fin.

Se levantó con un gemido, notando que le faltaba el peso familiar de *Zar'roc* en la cadera, y se lanzó hacia la ventana de la pared. Consiguió ver el exterior poniéndose de puntillas, pero tardó un rato en adaptarse a la luminosidad que había fuera. La ventana estaba al nivel del suelo de una calle llena de gente que pasaba deprisa y, al otro lado de la calzada, había hileras de idénticas casas de troncos de madera.

Como se sentía débil, se deslizó por el suelo y se quedó mirándolo sin comprender: lo que había visto fuera lo había perturbado, pero no sabía por qué. Maldijo su torpeza mental y echó atrás la cabeza tratando de aclararse la mente. Entonces un hombre entró en la celda y dejó una bandeja de comida y una jarra de agua sobre el catre.

¡Que detalle de su parte!, pensó con una sonrisa.

Tomó unas cucharadas de sopa de col y pan duro, pero se le revolvió el estómago.

¡Ojalá me hubiera traído algo mejor!, se quejó, y soltó la cuchara.

De pronto, se dio cuenta de lo que pasaba.

No fueron hombres los que me capturaron, ¡sino úrgalos! ¿Cómo he acabado aquí?

El aturdido cerebro de Eragon forcejeó con la paradoja sin éxito, de tal modo que la mente lo desechó, y el muchacho prescindió del descubrimiento durante un rato hasta que supiera qué hacer con él.

Se sentó en el catre y miró a lo lejos. Al cabo de unas horas le dejaron más comida.

Justo cuando empezaba a tener hambre, pensó con dificultad.

Esta vez logró comer sin sentir náuseas. Cuando acabó, decidió que era el momento de dormir un poco. Después de todo, estaba en una cama; ¿qué otra cosa iba a hacer?

La mente le empezó a flotar, y el sueño se apoderó de él. En ese momento se oyeron el ruido de una puerta, que se abría en alguna parte, y el de unas botas con refuerzos de acero que resonaban en el suelo de piedra. El ruido era cada vez más fuerte hasta que acabó atronando como si alguien golpeara una cacerola en la cabeza de Eragon.

¿Por qué no me dejan descansar en paz?, refunfuñó el muchacho para sí.

Poco a poco una confusa curiosidad venció al agotamiento, de modo que se arrastró hasta la puerta parpadeando como un búho.

Por la ventana vio un pasillo, de unos diez metros de anchura, y una serie de celdas similares a la suya en la pared opuesta. Una columna de soldados marchaba por el pasillo con las espadas desenvainadas y prestas a ser utilizadas. Todos los hombres llevaban la misma armadura, tenían idéntica expresión de severidad en el rostro y caminaban golpeando el suelo simultáneamente, con mecánica precisión. Era un ruido hipnótico y representaba un despliegue de fuerza impresionante.

Eragon observó a los soldados hasta que empezó a aburrirse, pero en ese momento vio que en el centro del destacamento había un hueco: dos corpulentos hombres llevaban a una mujer inconsciente.

La cabellera, negra como el azabache, le tapaba la cara, a pesar de que llevaba una tira de cuero alrededor de la cabeza para sujetarle el pelo hacia atrás; vestía blusa y pantalones oscuros también de cuero, y alrededor del esbelto talle llevaba un brillante cinturón del que colgaba la funda vacía de una espada sobre la cadera derecha; tenía los pies pequeños y calzaba unas botas altas que le llegaban hasta las rodillas.

A la mujer le colgaba la cabeza hacia un lado, y al verla, Eragon se quedó sin aire, como si le hubieran dado un puñetazo en el estómago: era la cautiva de sus sueños. El bello rostro era perfecto como un retrato: la barbilla redondeada, los pómulos altos y las largas pestañas le daban un aire exótico. La única mácula en su belleza era una cicatriz en la mandíbula, pero a pesar de todo, era la mujer más hermosa que Eragon había visto en su vida.

Al muchacho le hirvió la sangre mientras la miraba, y algo se despertó en su interior, algo que no había sentido jamás: era como una obsesión, pero más fuerte, casi como una locura febril. Entonces algún movimiento hizo ondear la cabellera de la mujer y dejó a la vista unas orejas puntiagudas. Un escalofrío recorrió el cuerpo de Eragon: era una elfa.

Los soldados siguieron marchando y se la llevaron. A continuación pasó un hombre alto, orgulloso, que lucía una capa negra que ondeaba detrás de él. El rostro del personaje era de una blancura mortal y el cabello, rojo; rojo como la sangre.

Al pasar por delante de la celda de Eragon, volvió la cabeza y lo miró a la cara. Los ojos del individuo eran de color granate y el labio superior se le tensaba en una sonrisa salvaje que revelaba unos dientes puntiagudos y afilados. Eragon se encogió porque sabía lo que era ese hombre: un Sombra.

¡Auxilio... un Sombra!

El desfile prosiguió, y Sombra desapareció de la vista.

Eragon se echó al suelo abrazándose. A pesar del estado de aturdimiento en el que se encontraba, sabía que la presencia de un Sombra significaba que se había desatado el mal sobre la tierra, pues siempre que esos seres aparecían, a continuación corrían ríos de sangre.

¿Qué hace aquí un Sombra? ¡Los soldados deberían haberlo matado nada más verlo! En ese momento pensó de nuevo en la elfa, y extrañas emociones volvieron a apoderarse de él. *Tengo que escapar.*

Pero con la mente obnubilada como la tenía, su determinación se desvaneció rápidamente, volvió al catre y, cuando el pasillo quedó otra vez en silencio, se durmió.

En cuanto abrió los ojos, se dio cuenta de que algo había cambiado: le resultaba más fácil pensar y recordó que estaba en Gil'ead.

Cometieron un error; los efectos de la droga se me están pasando.

Con nuevas esperanzas, trató de ponerse en contacto con Saphira y de hacer uso de la magia, pero ambas actividades estaban aún fuera de su alcance. Una honda preocupación invadió el espíritu de Eragon mientras se preguntaba si Saphira y Murtagh habrían logrado escapar. Estiró los brazos y miró por la ventana: la ciudad empezaba a despertarse, aunque la calle estaba vacía y en ella sólo había dos pordioseros.

Alargó la mano para coger la jarra al tiempo que pensaba en la elfa y en Sombra. Mientras bebía, notó que el agua tenía un olor suave, como si le hubieran echado unas gotas de perfume rancio.

Quizá tenga droga, y la comida también.

Recordó que cuando los Ra'zac lo drogaron, había tardado horas en despertar.

Si consigo no beber ni comer durante el tiempo suficiente, seré capaz de volver a hacer magia y podré rescatar a la elfa...

La idea lo hizo sonreír, y se sentó en un rincón a soñar cómo lo llevaría a cabo.

El fornido carcelero entró en la celda al cabo de una hora con una bandeja con comida. Eragon esperó hasta que se marchó y llevó la bandeja hasta la ventana. La comida sólo constaba de pan, queso y una cebolla, pero sólo el olor consiguió que el estómago le hiciera ruidos de hambre. Resignándose a pasar un día deprimente, tiró la comida a la calle por la ventana esperando que nadie lo viera.

Entonces, el muchacho se dedicó a vencer los efectos de la droga. Le costaba concentrarse aunque fuera un instante, pero a medida que avanzaba el día, su agudeza mental iba mejorando. Empezó a recordar algunas de las palabras del idioma antiguo, aunque cuando las pronunciaba, no pasaba nada. Quería gritar de frustración.

Cuando le trajeron el almuerzo, lo tiró por la ventana igual que había hecho con el desayuno. El hambre lo perturbaba, pero era la falta de agua lo que más lo ponía a prueba: tenía la garganta reseca. El deseo de beber agua fresca lo torturaba porque cada vez que respiraba se le secaba más la boca y la garganta. A pesar de todo, se esforzó en no hacer caso de la jarra.

De pronto, un revuelo en el pasillo lo distrajo de su incomodidad. Un hombre discutía en voz muy alta:

—¡No podéis entrar! Las órdenes fueron muy claras: ¡no puede verlo nadie!

—¿De veras? ¿Y seréis vos, capitán, el que muera tratando de detenerme? —replicó el otro con voz suave.

—No, pero el rey... —Se percibía cierto sometimiento en el tono.

—Ya me las arreglaré yo con el rey —interrumpió la segunda voz—. ¡Vamos, abrid la puerta!

Tras una pausa, unas llaves tintinearon fuera de la celda de Eragon. El muchacho trató de adoptar una expresión de letargo.

Tengo que comportarme como si no comprendiera lo que está pasando. Diga lo que diga esa persona, no puedo mostrar sorpresa.

Se abrió la puerta, y Eragon contuvo el aliento mientras contemplaba la cara de Sombra. Era como mirar la máscara de un muerto o un lustroso cráneo cubierto de piel para que pareciera vivo.

—Salud —dijo Sombra con una sonrisa fría enseñando los afilados dientes—. Hace mucho tiempo que espero para conocerte.

—¿Quién... quién eres? —preguntó Eragon arrastrando las palabras.

—Nadie de importancia —respondió Sombra; la amenaza contenida ardía en los ojos de color granate del individuo. Se sentó haciendo una floritura con su capa—. Mi nombre no es importante para alguien que está en la situación en que tú te encuentras. De todas formas, no significaría nada para ti; eres tú el que me interesa. ¿Quién eres tú?

La pregunta había sido planteada con suficiente inocencia, pero Eragon sabía que debía de ocultar alguna trampa, aunque se le escapaba cuál. Simuló que se esforzaba por comprenderla y, al fin, respondió despacio con el entrecejo fruncido:

—No estoy seguro... Me llamo Eragon, pero eso no es todo lo que soy, ¿verdad?

Sombra estiró los delgados labios tensándolos mucho mientras lanzaba una sonora carcajada.

—No, no es todo. Tienes una mente interesante, mi joven Jinete. —Se inclinó hacia delante. La piel de la frente era fina y translúcida—. Parece que debo ser más directo. ¿Cómo te llamas?

—Era...

—¡No! ¡Ese nombre no! —lo interrumpió Sombra haciendo un ademán de desdén con la mano—. ¿No tienes otro? ¿Uno que usas muy raramente?

¡Quiere saber mi auténtico nombre para poder controlarme!, reflexionó Eragon. *Pero no puedo decírselo porque ni siquiera yo lo sé.* Pensaba deprisa tratando de inventar algún engaño que ocultara su ignorancia. *¿Y si me invento un nombre?*

Dudó, pues podía delatarse fácilmente, pero se apresuró a inventar un nombre que resistiera un examen. En el momento en que estaba a punto de pronunciarlo, decidió correr el riesgo y tratar de asustar a Sombra. Cambió con destreza unas pocas letras y asintió tontamente mientras decía:

—Brom me lo dijo una vez. Era... —La pausa se alargó unos segundos, y después se le iluminó la cara como si acabara de recordarlo—. Era Du Súndavar Freohr. —El nombre significaba casi literalmente «muerte a los Sombra».

Un frío siniestro se posó sobre la celda mientras Sombra

permanecía inmóvil con los ojos velados. Parecía muy concentrado en sus pensamientos mientas cavilaba sobre lo que acababa de escuchar. Eragon se preguntó si no habría ido demasiado lejos y esperó hasta que Sombra se movió y entonces preguntó con ingenuidad:

—¿Por qué estás aquí?

Sombra lo miró con un brillo de desprecio en los ojos rojos, y sonrió.

—Para deleitarme, naturalmente. ¿Para qué sirve la victoria si uno no puede disfrutarla? —Hablaba con seguridad, pero parecía intranquilo, como si sus planes se hubieran desbaratado. De pronto, se puso de pie—. Debo ocuparme de ciertas cuestiones; pero mientras estoy fuera, harías bien en pensar al servicio de quién prefieres estar: ¿a las órdenes de un Jinete que traicionó a su propia orden o a las de un congénere como yo, aunque muy versado en las artes de lo secreto? Cuando llegue el momento de elegir, no habrá neutralidad posible. —Se volvió para marcharse, pero en ese momento echó un vistazo a la jarra de agua de Eragon y se detuvo con el rostro pétreo como el granito—. ¡Capitán! —llamó.

Un hombre de anchas espaldas se precipitó en la celda, espada en mano.

—¿Qué sucede, señor? —preguntó, alarmado.

—Quitad de ahí ese cachivache —ordenó Sombra. Se giró hacia Eragon y dijo en voz mortalmente baja—: El muchacho no ha bebido ni gota de agua. ¿Cómo es eso?

—He hablado con el carcelero hace un rato, y me ha dicho que ha retirado todos los cuencos y los platos limpios.

—Muy bien —se calmó Sombra—. Pero aseguraos de que empiece a beber otra vez.

Se inclinó sobre el capitán y le dijo algo al oído. Eragon sólo pudo escuchar las últimas palabras: «... dosis extra, por si acaso». El capitán asintió y Sombra volvió a dirigirse al muchacho.

—Hablaremos mañana cuando no tenga tanta prisa. Me gustaría que sepas que tengo una fascinación sin límites por los nombres, así que tendré mucho placer en hablar sobre el tuyo mucho más detalladamente.

Lo dijo de una manera que hizo desfallecer a Eragon. Cuando se marcharon, se acostó y cerró los ojos. En ese momento Eragon comprobó lo que valían las lecciones de Brom: dependía de ellas para no caer en el pánico y para tranquilizarse.

Se me ha dado todo lo que necesito; sólo tengo que saber aprovecharlo.

El ruido que hacían los soldados al acercarse interrumpió sus pensamientos.

Se acercó con aprensión a la puerta, y vio que dos soldados arrastraban a la elfa por el pasillo. Cuando la perdió de vista, Eragon se tiró al suelo y trató de ponerse en contacto otra vez con la magia, pero al ver que no lograba dominarla, profirió todo tipo de maldiciones.

Miró la ciudad por la ventana, y apretó los dientes. Apenas era media tarde. Tomó aire para calmarse e intentó esperar pacientemente.

La lucha contra las sombras

La celda de Eragon estaba a oscuras cuando se incorporó de un salto, electrificado: el problema había desaparecido. Durante horas había sentido la magia al alcance de su conciencia, pero cada vez que trataba de hacer uso de ella, no pasaba nada. Echando chispas por los ojos y con una energía nerviosa, entrelazó las manos y dijo:

—¡*Nagz reisa!* —Y la manta del catre voló por el aire con un aleteo, se arrugó, formando una bola del tamaño del puño del muchacho, y aterrizó en el suelo con un ruido amortiguado.

Lleno de alegría, Eragon se puso de pie. Estaba débil por su ayuno forzoso, pero su excitación superaba al hambre. *Ahora vamos a hacer la auténtica prueba.*

Se concentró mentalmente y percibió la cerradura de la puerta. En lugar de intentar romperla o cortarla, lo único que hizo fue empujar el mecanismo interno para que se abriera: la puerta se movió con suavidad hacia dentro haciendo un clic.

La primera vez que había utilizado la magia para matar a los úrgalos en Yazuac, ésta había consumido casi toda su energía, pero desde entonces era mucho más fuerte. Lo que en otra época lo habría agotado, ahora sólo lo cansaba ligeramente.

Salió con cuidado al pasillo.

He de buscar a Zar'roc *y a la elfa. Ella debe de estar en una de estas celdas, pero no tengo tiempo de mirar en todas. Y, por otra parte, seguro que Sombra guarda a* Zar'roc *consigo.* Se dio cuenta de que su pensamiento seguía confuso. *¿Para qué estoy aquí fuera? Si vuelvo a la celda y abro la ventana por magia, podría escaparme ahora mismo. Pero no podría rescatar a la elfa... Saphira, ¿dónde estás? Necesito tu ayuda.*

Se reprendió en silencio por no haberse puesto en contacto con ella antes. Tendría que haberlo hecho nada más recuperar su poder.

La dragona respondió con asombrosa rapidez.

¡Eragon! Estoy sobre Gil'ead. No hagas nada. Murtagh está en camino.

¿Qué...?

Unas pisadas lo interrumpieron. Se volvió a toda prisa y se agachó al ver un pelotón de seis soldados que marchaban por el pasillo. Ellos se detuvieron bruscamente al ver a Eragon y la puerta de la celda abierta, y se quedaron lívidos.

Perfecto, saben quién soy. A lo mejor puedo asustarlos, y no tendremos que luchar.

—¡A la carga! —gritó uno de los soldados lanzándose hacia delante. El resto de los hombres desenfundaron las espadas, y sus pasos resonaron por el pasillo.

Era una locura luchar contra seis hombres en esas condiciones, desarmado y débil, pero el recuerdo de la elfa lo mantuvo en su sitio. No podía abandonarla. Sin saber si sería capaz de resistir su propio esfuerzo, recurrió a su poder y levantó la mano con la *gedwëy ignasia* que relucía. El miedo asomó a los ojos de los soldados, pero eran hombres duros y no aflojaron el paso. Mientras Eragon abría la boca para pronunciar las palabras mortales, se oyó un zumbido, y un destello cruzó el aire. Uno de los hombres se estrelló contra el suelo con una flecha clavada en la espalda, y otros dos fueron abatidos antes de que ninguno comprendiera lo que pasaba.

Al final del pasillo, por donde habían llegado los soldados, había un hombre andrajoso y barbudo con un arco. Tenía una muleta a sus pies, aparentemente innecesaria, ya que estaba derecho y erguido.

Los tres soldados restantes se volvieron para enfrentarse a la nueva amenaza. Eragon aprovechó la confusión.

—¡*Thrysta!* —gritó.

Uno de los hombres se agarró el pecho y cayó, pero Eragon se tambaleó. La magia se cobraba su precio. Otro soldado se desplomó con una flecha atravesada en el cuello.

—¡No lo mates! —gritó Eragon al ver que su salvador apuntaba al último soldado. El barbudo bajó el arco.

Eragon se concentró en el soldado que tenía delante. El hombre respiraba agitadamente mientras los ojos se le salían de las órbitas, pues al parecer comprendía que le estaban perdonando la vida.

—Ya has visto lo que puedo hacer —dijo Eragon con aspereza—. Si no respondes a mi pregunta, pasarás el resto de tu vida afligido y atormentado. Dime dónde está mi espada, que es la que tiene la funda y la hoja rojas, y cuál es la celda de la elfa.

El hombre mantuvo la boca cerrada.

La palma de la mano de Eragon brilló sin presagiar nada bueno mientras él se ponía en contacto con la magia.

—Tu respuesta ha sido la equivocada —dijo con brusquedad—. ¿Sabes el daño que puede causar un grano de arena si se te incrusta al rojo vivo en el estómago? ¡Especialmente si no se enfría durante los siguientes veinte años, y poco a poco va abriéndose camino hasta los dedos de los pies! Cuando al fin salga de tu cuerpo, serás un anciano. —Se detuvo para que sus palabras hicieran efecto—. A menos que me digas lo que quiero saber.

El soldado tenía los ojos abiertos como platos, pero continuó guardando silencio. Eragon rascó ligeramente el suelo de piedra y comentó con indiferencia:

—Esto es un poco más grande que un grano de arena, pero por si te sirve de consuelo, te quemará más rápido. No obstante, el agujero que te hará también será mayor. —Pronunció una palabra y, aunque la arenilla se puso al rojo vivo, no le quemó en la mano

—¡De acuerdo, pero no me metas eso dentro! —gritó el soldado—. La elfa está en la última celda, a la izquierda. Pero no sé dónde está tu espada, aunque seguramente estará en el cuarto de la guardia, arriba. Todas las armas están allí.

Eragon asintió con la cabeza y murmuró:

—*Slytha*. —El soldado puso los ojos en blanco y se desplomó, inerte.

—¿Lo has matado?

Eragon miró al desconocido, que estaba a pocos pasos de distancia. Entrecerró los ojos tratando de ver detrás de la barba.

—¡Murtagh! ¿Eres tú? —exclamó.

—Sí —respondió el joven mientras se levantaba la falsa barba y dejaba a la vista la cara afeitada—. No quiero que me vean la cara. ¿Lo has matado?

—No, está durmiendo. ¿Cómo has entrado?

—No hay tiempo para explicarlo. Tenemos que ir al piso de arriba antes de que alguien nos descubra porque allí hay una ruta para que escapemos en pocos minutos. No debemos perderla.

—¿No has oído lo que he dicho? —preguntó Eragon señalando al soldado dormido—. Hay una elfa en prisión. ¡La he visto! Tenemos que rescatarla, pero necesito tu ayuda.

—¡Una elfa...! —Murtagh corrió por el pasillo refunfuñando—. Es un error. Debemos huir mientras tengamos la oportunidad. —Se detuvo delante de la celda que el soldado había indicado y sacó un manojo de llaves de debajo de la andrajosa capa—. Se las quité a uno de los guardias —explicó.

Eragon alargó la mano para coger las llaves. Murtagh se encogió de hombros y se las dio. El muchacho buscó la adecuada y abrió la puerta. Un único rayo de luna entraba por la ventana iluminando el rostro de la elfa con un frío resplandor plateado.

La elfa lo miró a la cara, tensa y al acecho, preparada para enfrentarse a lo que fuera. Mantuvo la cabeza en alto, con porte de reina, y clavó los ojos de color verde oscuro, casi negro, y ligeramente rasgados —como los de un gato—, en los de Eragon, que sintió escalofríos en todo el cuerpo.

La elfa le sostuvo la mirada durante un instante y, a continuación, tembló y se desplomó sin ruido. Eragon consiguió cogerla antes de que tocara el suelo. Era asombrosamente liviana, y un aroma a agujas de pino recién molidas emanaba de ella.

—¡Qué hermosa es! —exclamó Murtagh que había entrado en la celda.

—Pero está herida.

—Más adelante nos ocuparemos de cuidarla. ¿Estás lo suficientemente fuerte para llevarla? —Eragon negó con la cabeza—. Entonces lo haré yo —dijo mientras cargaba a la elfa sobre los hombros—. ¡Ahora vamos arriba!

Le tendió una daga a Eragon, y corrieron por el pasillo donde estaban esparcidos los cuerpos de los soldados.

Caminando con aplomo, Murtagh guió a Eragon hacia una escalera excavada en la roca al final del pasillo.

—¿Cómo vamos a salir sin que nos vean? —preguntó Eragon mientras subían.

—Nos verán —masculló Murtagh.

Esa respuesta, naturalmente, no disipó los miedos de Eragon, quien, ansioso, prestaba atención a cualquier ruido que delatara la presencia de soldados o de alguien que estuviera cerca, atemorizado por lo que pasaría si se topaban con Sombra. Al final de la escalera había un salón de banquetes, lleno de amplias mesas de madera. De la pared colgaban escudos alineados, y unas vigas curvadas sostenían el techo de madera. Murtagh depositó a la elfa sobre una mesa, y miró el techo, preocupado.

—¿Puedes hablar con Saphira por mí?

—Sí.

—Dile que espere cinco minutos más.

Se oyeron gritos a lo lejos, y pasaron soldados por delante de la entrada del salón de banquetes. Eragon hizo una mueca con la boca por la tensión contenida.

—No sé cuáles son tus planes, pero no tenemos mucho tiempo.

—Limítate a decírselo y no dejes que te vean —replicó Murtagh, y salió corriendo.

Mientras Eragon transmitía el mensaje, se asustó al oír que los hombres subían por la escalera. De modo que reunió fuerzas para combatir el hambre y el agotamiento, sacó a la elfa de la mesa y la escondió debajo. Luego se agachó a su lado y aguantó la respiración sosteniendo la daga bien cogida.

Entraron diez soldados en el salón. Lo registraron deprisa, miraron sólo debajo de algunas mesas y siguieron su camino. Eragon se apoyó contra la pata de la mesa con un suspiro. De pronto, la tregua le hizo tomar conciencia de que le ardía el estómago y de que tenía la garganta reseca. Su mirada se posó en una jarra de cerveza y en un plato con sobras de comida que estaban en la otra punta de la habitación.

Se precipitó hacia ellos desde su escondite, cogió la comida y volvió a ocultarse debajo de la mesa. En la jarra había cerveza dorada que se bebió de dos grandes tragos. Sintió un alivio instantáneo mientras el fresco líquido le bajaba por la garganta y le calmaba la irritación de los tejidos. Aguantó un eructo antes de atacar con voracidad un trozo de pan.

Murtagh regresó con *Zar'roc*, un extraño arco y una elegante espada sin funda, y le entregó *Zar'roc* a Eragon.

—He encontrado la otra espada y el arco en el cuarto de guardia. Nunca he visto armas como éstas, por lo que deduzco que son de los elfos.

—Comprobémoslo —dijo Eragon con la boca llena de pan. La espada, fina, liviana y con una hoja ligeramente curvada que era muy puntiaguda, encajaba perfectamente en la vaina de la elfa. No había forma de saber si el arco también era suyo, pero tenía una forma tan elegante que Eragon dudaba que pudiera ser de otra persona—. ¿Y ahora qué? —preguntó metiéndose más comida en la boca—. No podemos quedarnos aquí para siempre. Tarde o temprano, los soldados nos descubrirán.

—Ahora debemos esperar —respondió Murtagh mientras cogía su arco y calzaba una flecha—. Como ya he dicho, nuestra huida está preparada.

—No lo comprendes, ¡hay un Sombra aquí! Si nos encuentra, estamos perdidos.

—¡Un Sombra! —exclamó Murtagh—. En ese caso, dile a Saphira que venga de inmediato. Íbamos a esperar hasta el cambio de guardia, pero hasta esa demora podría ser peligrosa.

Eragon le pasó el mensaje sucintamente a Saphira evitando distraerla con preguntas.

—Has desbaratado mis planes escapándote solo —protestó Murtagh mientras vigilaba las entradas del salón.

—Quizá debería haber esperado —dijo Eragon sonriendo—, pero tu llegada fue perfectamente oportuna. Si me hubiera visto obligado a luchar contra todos esos soldados recurriendo a la magia, no habría podido ni arrastrarme después.

—Me alegro de haber sido útil —comentó Murtagh, que se puso tenso al oír a unos hombres que corrían cerca—. Esperemos que Sombra no nos encuentre.

Una gélida risa resonó en el salón de banquetes.

—Me temo que es demasiado tarde para eso.

Murtagh y Eragon se giraron en redondo. Sombra estaba de pie, solo, en un extremo de la habitación, y sostenía en la mano una espada muy clara con una fina hendidura en la hoja. Se desató el prendedor que sujetaba la capa y dejó que ésta cayera al suelo. Tenía el cuerpo de un atleta, delgado y prieto, pero Eragon recordó las advertencias de Brom y advirtió que la apariencia de Sombra era un engaño: tenía mucha más fuerza que un ser humano normal.

—Pues bien, mi joven Jinete, ¿quieres medir tus fuerzas contra mí? —preguntó con desdén—. No debí confiar en el capitán cuando me dijo que te habías acabado toda la comida. No volveré a cometer ese error.

—Yo me ocuparé de él —dijo Murtagh en voz baja mientras bajaba el arco y desenfundaba la espada.

—No —replicó Eragon también en voz baja—. A ti no te quiere vivo, pero a mí sí. Puedo entretenerlo durante poco rato, así que mientras tanto sería mejor que tú buscaras la manera de que saliéramos de aquí.

—Muy bien, adelante —dijo Murtagh—. No tendrás que resistir demasiado tiempo.

—Espero que no —dijo Eragon con desaliento.

Desenfundó a *Zar'roc* y avanzó despacio. La luz de las antorchas de la pared se reflejaba sobre la hoja roja.

Los ojos de color granate de Sombra brillaban como brasas ardientes. Se rió en voz baja.

—¿De veras piensas que puedes derrotarme, Du Súndavar Freohr? ¡Qué nombre tan lamentable! Esperaba algo más sutil de tu parte, pero supongo que no eres capaz de nada más.

Eragon no se dejó provocar. Miraba el rostro de Sombra pendiente de un brillo en los ojos o un movimiento en la boca del individuo que delatara su siguiente jugada.

No puedo usar la magia porque tengo miedo de provocarlo y que él también lo haga. Tiene que creer que puede ganarme sin necesidad de recurrir a ella... lo que probablemente sea cierto.

Antes de que ninguno de los dos se moviera, el techo retumbó y estalló. Una nube de polvo gris descendió por el aire, mientras pedazos de madera caían alrededor de ambos hombres y se hacían añicos al estrellarse contra el suelo. En lo alto se oían gritos y el ruido metálico de espadas que chocaban. Eragon, temeroso de que las vigas le rompieran la cabeza, miró hacia arriba, y Sombra aprovechó su distracción y lo atacó.

A duras penas Eragon consiguió levantar su espada e interceptar una estocada directa a las costillas. El golpe de las espadas al chocar le hizo rechinar los dientes y le insensibilizó el brazo.

¡Por todos los demonios! ¡Qué fuerza tiene!

Cogió a *Zar'roc* con ambas manos y la blandió con todas sus fuerzas en dirección a la cabeza de Sombra, que interceptó el golpe sin esfuerzo haciendo una filigrana con su espada más veloz de lo que Eragon creía posible.

Unos chirridos terribles resonaban encima de ellos, como púas de hierro que arañaban la roca, hasta que tres largas grietas, por las que empezaron a caer tejas de pizarra, aparecieron en el techo. Eragon no hizo caso, ni siquiera cuando una se estrelló a sus pies. Aunque había aprendido de Brom, maestro de la espada, y practicado con Murtagh, un preciso espadachín, jamás lo habían superado de tal manera. Sombra jugaba con él.

Eragon retrocedió hacia Murtagh con los brazos temblorosos mientras paraba los golpes del individuo. Cada nuevo golpe que rechazaba era más fuerte que el anterior, y aunque lo hubiera querido, ya no le quedaban fuerzas ni para invocar la ayuda de la magia. En ese momento, con un desdeñoso giro de la muñeca, Sombra arrancó a *Zar'roc* de las manos de Eragon. La fuerza del golpe lo tiró al suelo de rodillas, donde se quedó jadeando, mientras los chirridos sonaban más fuertes que nunca. Fuera lo que fuese, cada vez estaba más cerca.

Sombra lo miró con altanería.

—Puede que seas una pieza poderosa en el juego que se ha entablado, pero me desilusiona que esto sea todo lo que puedas hacer. Si los otros Jinetes hubieran sido tan débiles, habrían controlado el Imperio por puro azar.

Eragon miró hacia arriba y asintió: había descubierto el plan de Murtagh.

Saphira, éste es el momento.

—No, te olvidas de algo.

—¿De qué, si se puede saber? —preguntó Sombra, burlón.

Se oyó una vibración atronadora al mismo tiempo que se desgajaba un trozo entero de techo y quedaba al descubierto el cielo nocturno.

—¡De los dragones! —rugió Eragon por encima del estrépito mientras huía del alcance de Sombra.

Éste gruñó furioso y blandió la espada despiadadamente. Atacó, pero falló por poco, y la sorpresa se pintó en el rostro de la criatura mientras una de las flechas de Murtagh se le clavaba en el hombro.

Sombra lanzó una carcajada y se arrancó la flecha con dos dedos.

—Hace falta algo mejor que esto para detenerme.

La siguiente flecha se le clavó en el entrecejo. El ser aulló, desesperado de dolor, y se retorció tapándose la cara, mientras la piel se le volvía gris y se formaba una bruma a su alrededor que le ocultó la figura. Entonces se oyó un grito desgarrador, y la nube desapareció.

En el lugar donde había estado Sombra, no quedaba más que una pila de ropa en el suelo.

—¡Lo has matado! —exclamó Eragon, que sabía que sólo dos héroes de leyenda habían sobrevivido tras dar muerte a un Sombra.

—No estoy seguro —dijo Murtagh.

—Aquí están —gritó un hombre—. Ha fallado. ¡Entrad y cogedlos!

Los soldados, que llevaban redes y lanzas, entraron por ambos extremos del salón de banquetes, mientras Eragon y Murtagh retrocedían contra la pared arrastrando con ellos a la elfa. Los hombres formaron un semicírculo amenazador alrededor de ellos, pero en ese momento, Saphira asomó la cabeza por el agujero del techo y rugió. Agarró el borde de la abertura con sus poderosas garras y arrancó de cuajo otra parte del techo. Tres soldados se dieron la vuelta y salieron corriendo, pero el resto se mantuvo firme.

Con un sonoro estallido crujió la viga central del techo y cayó una lluvia de pesadas tejas, al tiempo que la confusión se apoderaba de los soldados que trataban de esquivar el mortífero aluvión. Eragon y Murtagh se apretaron contra la pared para guarecerse de los escombros que caían. Saphira volvió a rugir y los soldados huyeron; algunos de ellos acabaron aplastados en la escapada.

Con un esfuerzo titánico final, Saphira arrancó el resto del techo antes de saltar dentro de la sala de banquetes con las alas plegadas, y debido a su peso, destrozó una mesa con un sonoro crujido. Eragon, lanzando un grito de alivio, se abrazó a la dragona, que murmuró con satisfacción:

Te he echado de menos, pequeño.

Yo también. Hay alguien más con nosotros. ¿Puedes llevarnos a los tres?

Por supuesto —respondió mientras apartaba con las garras tejas y maderas para poder despegar. Murtagh y Eragon sacaron a la elfa del escondite.

¡Una elfa! —exclamó Saphira, asombrada, cuando la vio.

Sí, es la mujer que veía en sueños —dijo Eragon mientras recogía a *Zar'roc*.

Ayudó a Murtagh a atar a la elfa a la silla de la dragona, y a continuación los dos montaron a Saphira.

He oído una pelea en el techo. ¿Hay hombres allí arriba?

Había, pero ya no los hay. ¿Estáis listos?

Sí.

Saphira salió de un salto del salón de banquetes y se posó en el techo de la fortaleza, donde yacían desparramados los cuerpos de los guardias.

—¡Mira! —exclamó Murtagh señalando una hilera de arqueros que había en una torre al otro lado del salón sin techo.

—Saphira, tienes que despegar ahora mismo. ¡Ya! —advirtió Eragon.

La dragona desplegó las alas, corrió hasta el borde del edificio y se lanzó dándose impulso con las poderosas patas traseras. El peso extra que llevaba la hizo descender de manera alarmante. Mientras se esforzaba por ganar altura, Eragon oyó el tañido musical de las cuerdas de los arcos al soltarse.

Las flechas zumbaban hacia ellos en la oscuridad. Saphira lanzó un gemido de dolor cuando una la alcanzó y viró deprisa hacia la izquierda para evitar la siguiente descarga. Nuevas flechas horadaron el cielo, pero la noche los protegía del mortífero pinchazo de sus puntas. Eragon, preocupado, se inclinó sobre el cuello de Saphira.

¿Dónde te han herido?

Me han perforado las alas... una de las flechas no ha conseguido atravesar la membrana y está ahí clavada. Respiraba con dificultad, pesadamente.

¿Hasta dónde puedes llevarnos?

Lo suficientemente lejos.

Eragon sostuvo a la elfa con fuerza mientras pasaban por encima de Gil'ead, dejaban atrás la ciudad y viraban hacia el este volando alto a través de la noche.

Un guerrero y un sanador

Saphira descendió hasta un claro, aterrizó en la cresta de una colina y apoyó las alas desplegadas en el suelo. Eragon notó cómo temblaba el cuerpo de la dragona debajo del suyo. Apenas estaban a tres kilómetros de Gil'ead.

Nieve de Fuego y *Tornac*, que permanecían de guardia en el claro, resoplaron nerviosos ante la llegada de Saphira. Eragon descendió hasta el suelo y, de inmediato, se concentró en las heridas de la dragona mientras Murtagh preparaba los caballos.

Como no podía ver bien en la oscuridad, Eragon tanteó a ciegas con las manos las alas de Saphira, y encontró tres puntos en los que las flechas habían quebrado la fina membrana donde habían quedado unos agujeros ensangrentados del grosor de un pulgar. Además, en el borde trasero del ala izquierda se había desgarrado un pequeño fragmento. El muchacho, con voz cansada, curó las heridas con palabras del idioma antiguo. Luego se concentró en la flecha que se había clavado en uno de los grandes músculos del ala, por cuya parte inferior asomaba la punta de la flecha y por donde goteaba sangre caliente.

Entonces Eragon llamó a Murtagh y le dio instrucciones:

—Mantén el ala abajo porque he de arrancar esta flecha. —Y le indicó a Murtagh por dónde debía agarrarla.

Te va a doler —le advirtió a Saphira—, *pero durará poco. Intenta no resistirte, o nos harás daño.*

Ella alargó el cuello y agarró un pimpollo bastante alto entre los curvos dientes. Con un tirón de la cabeza, arrancó el árbol de raíz y lo apretó con firmeza entre las mandíbulas.

Estoy preparada.

—De acuerdo —dijo Eragon—. Aguanta —susurró a Murtagh.

El muchacho partió la punta de la flecha y, esforzándose por no causar daños mayores, sacó el astil de un rápido tirón. Cuando la flecha salió del músculo, Saphira echó la cabeza atrás y soltó un quejido a través del tronco que sostenía en la boca mientras daba un aletazo involuntario, que golpeó a Murtagh en la barbilla y lo envió al suelo.

Con un gruñido, Saphira agitó el árbol y llenó de tierra a los dos jóvenes antes de soltarlo. Tras tapar la herida, Eragon ayudó a Murtagh a levantarse.

—Me ha cogido por sorpresa —admitió Murtagh, al tiempo que se tocaba el rasguño de la barbilla.

Lo siento.

—No pretendía hacerte daño —le aseguró Eragon, y a continuación se fijó en la elfa inconsciente.

Tendrás que cargar un poco más con ella —le dijo a Saphira—. *Si la llevamos a caballo, no podremos ir tan rápido; y ahora que te he arrancado la flecha, debería resultarte más fácil volar.*

Lo haré —afirmó Saphira agachando la cabeza.

Gracias —repuso Eragon, y la abrazó con todas sus fuerzas—. *Lo que has hecho es increíble. Nunca lo olvidaré.*

A Saphira se le dulcificó la mirada.

Ahora me voy.

Eragon se apartó al ver que alzaba el vuelo formando un remolino de aire, mientras la melena de la elfa ondeaba hacia atrás. Al cabo de unos segundos habían desaparecido. Eragon corrió hacia *Nieve de Fuego*, se montó en la silla y se lanzó al galope junto a Murtagh.

Mientras cabalgaban, Eragon intentó recordar lo que sabía de los elfos: éstos vivían mucho tiempo —había oído ese dato a menudo—, pero no sabía cuánto. Hablaban el idioma antiguo y muchos sabían usar la magia, pero tras la caída de los Jinetes, los elfos se habían recluido. Desde entonces, nadie los había visto en el Imperio.

Entonces, ¿qué hace esta elfa aquí? ¿Y cómo se las ha arreglado el Imperio para capturarla? Si ella no ha podido recurrir a la magia, tal vez estuviera drogada, como yo.

Viajaron toda la noche, sin detenerse siquiera cuando las fuerzas les flaquearon, aunque el avance se volvió más lento. Siguieron adelante por mucho que les ardieran los ojos y se les entorpeciera el movimiento. Tras ellos, filas de hombres a caballo con antorchas escudriñaban los alrededores de Gil'ead en pos de sus huellas.

Después de muchas horas de extenuación, el alba iluminó el cielo, y de tácito acuerdo, Eragon y Murtagh detuvieron los caballos.

—Hemos de acampar —dijo Eragon, agotado—. Tengo que dormir, aunque nos atrapen.

—De acuerdo —concedió Murtagh frotándose los ojos—. Haz que Saphira aterrice. La iremos a buscar.

Siguieron las instrucciones de Saphira y la encontraron bebiendo en un arroyo, al pie de una pequeña colina. La elfa seguía tumbada en la grupa de la dragona. Saphira los saludó con un suave resoplido mientras Eragon desmontaba.

Murtagh lo ayudó a retirar a la elfa de la silla de Saphira y a bajarla al suelo. Luego se dejaron caer, exhaustos, sobre la roca mientras la dragona examinaba a la elfa con curiosidad.

Me gustaría saber por qué no se ha despertado, pues han pasado horas desde que salimos de Gil'ead.

A saber qué le habrán hecho —dijo Eragon en tono grave.

Murtagh siguió la mirada de ambos y comentó:

—Que yo sepa, es el primer miembro de la raza de los elfos que el rey ha capturado. Desde que éstos se recluyeron, los ha buscado en vano... hasta ahora. De modo que, o bien ha dado con su refugio, o bien capturó a esta mujer por casualidad. Y yo creo que ha sido casualidad porque si hubiera encontrado el escondite de los elfos, les habría declarado la guerra y habría enviado a su ejército contra ellos. Como eso no ha ocurrido, se nos plantea la siguiente pregunta: ¿consiguieron los hombres de Galbatorix que ella les dijera el escondrijo de los elfos antes de que la rescatáramos?

—No lo sabremos hasta que recobre la conciencia. Pero ahora dime qué pasó cuando me apresaron a mí. ¿Cómo fui a parar a Gil'ead?

—Los úrgalos trabajan para el Imperio —contestó Murtagh de inmediato mientras se apartaba el pelo de la cara—. Y, al parecer, Sombra también. Saphira y yo vimos cómo los úrgalos te entregaban a ese individuo —aunque entonces yo no sabía que eras tú— y a un grupo de soldados. Fueron ellos quienes te llevaron a Gil'ead.

Es verdad —dijo Saphira acurrucándose al lado de los dos muchachos.

La mente de Eragon recordó las palabras que había cruzado con los úrgalos en Teirm, quienes habían mencionado a un «amo».

¡Se referían al rey! ¡Insulté al hombre más poderoso de Alagaësia!, pensó, aterrado, al darse cuenta. Luego recordó también el horror de los aldeanos masacrados en Yazuac, y una sensación, mareante y rabiosa, se emponzoñó en su estómago. *¡Los úrgalos seguían órdenes de Galbatorix! ¿Por qué habría de cometer semejante atrocidad con sus propios súbditos?*

Porque es maligno —afirmó llanamente Saphira.

—¡Esto significará la guerra! —exclamó Eragon con el

entrecejo fruncido—. En cuanto se entere la gente del Imperio, se rebelarán y apoyarán a los vardenos.

Murtagh apoyó la barbilla en una mano.

—Aunque se enteraran de esa atrocidad, pocos llegarían hasta los vardenos porque, mientras tenga a los úrgalos a sus órdenes, el rey dispone de suficientes guerreros para cerrar las fronteras del Imperio y conservar el control, por mucho que se rebele la gente. Bajo el dominio del terror, podrá tratar al Imperio como quiera. Y aunque los súbditos lo odien, pueden movilizarse para apoyarlo si les ofrece un enemigo común.

—¿Y quién sería ese enemigo? —preguntó Eragon, confundido.

—Los elfos y los vardenos. Por medio de los rumores adecuados se los puede presentar como si fueran los más despreciables monstruos de Alagaësia, diablos dispuestos a arrebatar tierras y riquezas. El Imperio podría incluso decir que los úrgalos han sido víctimas de un malentendido durante todo este tiempo y que en realidad son nuestros amigos y aliados contra tan terribles enemigos. Lo único que quisiera saber es qué les ha prometido el rey en pago a sus servicios.

—No daría resultado —dijo Eragon negando con la cabeza—. Nadie se dejaría engañar tan fácilmente por Galbatorix y por los úrgalos. Además, ¿para qué lo necesita? Ya tiene el poder.

—Pero se percata de que los vardenos, que caen bien a la gente, desafían su autoridad. Y por otra parte, también está Surda, que lo ha retado desde que se separó del Imperio. Galbatorix se siente fuerte dentro del Imperio, pero fuera de él se ve muy debilitado. En cuanto a que la gente se percate de su engaño... creerán lo que a él más le convenga. Ya ha pasado otras veces.

Murtagh guardó silencio y dejó que una melancólica mirada se le perdiera en la distancia. Las palabras del joven preocuparon a Eragon, con quien Saphira se puso en contacto mental:

¿Adónde ha enviado Galbatorix a los úrgalos?

¿Qué?

Tanto en Carvahall como en Teirm oíste que los úrgalos abandonaban la zona y se desplazaban hacia el sudeste, como si fueran a arrasar el desierto de Hadarac. Si es cierto que el rey los controla, ¿por qué los envía en esa dirección? Quizá esté reuniendo a un ejército de úrgalos para su uso privado, o tal vez se esté formando una ciudad de úrgalos.

Eragon se echó a temblar sólo de pensarlo.

Estoy demasiado cansado para adivinarlo. Sean cuales fueran los planes de Galbatorix, no nos traerán más que problemas. ¡Ojalá supiéramos dónde están los vardenos! Deberíamos ir ahí, pero sin Dormnad estamos perdidos. Hagamos lo que hagamos, el Imperio nos encontrará.

No abandones —dijo la dragona para estimularlo, pero luego añadió con sequedad—: *Aunque es probable que tengas razón.*

Gracias.

A continuación Eragon se dirigió a Murtagh:

—Has arriesgado tu vida para salvarme, de modo que estoy en deuda contigo. Yo solo no habría podido escapar.

Sin embargo, no se trataba únicamente de agradecimiento sino que había un nexo más fuerte entre ambos jóvenes: ahora los unía un lazo, urdido en la hermandad de la batalla y atemperado por la lealtad que había exhibido Murtagh.

—Me alegro de haber podido ayudar. Era... —Murtagh titubeó y se frotó la cara—. Lo que más me preocupa es cómo vamos a viajar con tantos hombres en nuestra busca. Los soldados de Gil'ead saldrán mañana al acecho y cuando encuentren las huellas de los caballos, sabrán que no te has ido volando con Saphira.

Eragon asintió con desánimo.

—¿Cómo lograste entrar en el castillo? —preguntó.

—Pagando un soborno enorme y arrastrándome por un asqueroso vertedero de la despensa —contestó Murtagh soltando una leve risa—. Pero el plan no habría funcionado sin Saphira. Ella... —Se detuvo y dirigió sus palabras a la dragona—: O sea, tú eres la única razón de que saliéramos con vida.

Eragon le apoyó una mano en el escamoso cuello, y mientras Saphira murmuraba contenta, él miró fijamente la cara de la elfa, cautivado. A regañadientes, logró levantarse.

—Deberíamos prepararle un lecho.

Murtagh se levantó y extendió una manta para la elfa. Mientras la tumbaban, el puño de una manga de la mujer se enganchó en una rama, y cuando Eragon pellizcó la tela para desprenderla, dio un respingo.

El brazo de la elfa estaba salpicado de una serie de rasguños y de cortes; algunos estaban medio curados, mientras que otros, todavía frescos, sangraban. Eragon movió la cabeza, rabioso, y levantó más la manga: las heridas llegaban hasta el hombro. Con dedos temblorosos, soltó la blusa por la parte trasera, temeroso de ver lo que habría debajo.

Cuando la blusa de cuero se deslizó, Murtagh soltó una maldición. La espalda de la elfa era fuerte y musculosa, pero estaba cubierta de costras que convertían su piel en una especie de barro seco y cuarteado. La habían sometido al látigo sin piedad y le habían marcado la piel con hierros candentes con forma de zarpas. Allí donde la piel seguía intacta, estaba amoratada y oscurecida por los numerosos golpes. En el hombro izquierdo tenía un tatuaje grabado con tinta de color índigo: era el mismo símbolo que habían visto en el zafiro del anillo de Brom. Eragon juró en silencio que mataría a quien fuera responsable de haber torturado a la elfa.

—¿Puedes curarla? —preguntó Murtagh.

—Eh... No lo sé —contestó Eragon tragando saliva para superar las náuseas—. Hay tantas heridas...

Eragon —dijo Saphira con voz cortante—. *Es una elfa. No se puede permitir que muera. Por muy cansado que estés, por mucha hambre que tengas, has de curarla. Fundiré mis fuerzas con las tuyas, pero eres tú quien debe ejercer la magia.*

Sí, tienes razón —murmuró Eragon, incapaz de apartar la mirada de la elfa. Decidido, se quitó los guantes y se dirigió a Murtagh:

—Esto nos llevará algo de tiempo. ¿Puedes conseguir comida? También necesito que hiervas unos trapos para hacer vendas porque no podré curar todas las heridas.

—No podemos encender un fuego sin que nos vean —objetó Murtagh—. Tendrás que usar trapos sucios, y la comida estará fría.

Eragon hizo una mueca, pero asintió. Cuando apoyó cuidadosamente una mano en la espina dorsal de la elfa, Saphira se instaló a su lado y fijó en ella sus relucientes ojos. Eragon respiró hondo, recurrió a la magia y empezó a trabajar. A continuación pronunció las palabras del idioma antiguo:

—¡*Waisé heill!*

Una luz brilló en la palma de la mano del muchacho, y una nueva piel impecable empezó a fluir de ella y cubrió una cicatriz. Eragon descartó las magulladuras y las heridas que no amenazaban la vida de la elfa, pues ocuparse de ellas habría consumido la energía que necesitaba para curar las heridas más graves. Mientras trabajaba, Eragon se maravilló de que la elfa siguiera con vida porque la habían torturado una y otra vez hasta el límite de la muerte con una precisión que lo sobrecogió.

A pesar de que intentó preservar la intimidad de la elfa,

no pudo evitar percatarse de que, bajo la desfiguración de las heridas, el cuerpo de la mujer era excepcionalmente hermoso. Eragon estaba agotado y no se detuvo en esas sensaciones, aunque en algún momento se le sonrosaron las orejas, y deseó fervientemente que Saphira no se diera cuenta de lo que estaba pensando.

Trabajó hasta el alba y sólo se detuvo de vez en cuando para comer y beber, intentando recuperarse del ayuno, de la huida y del esfuerzo por curar a la elfa. Saphira permaneció a su lado prestándole su fuerza siempre que podía. Cuando al fin Eragon se levantó, gimiendo mientras estiraba los músculos, el sol ya estaba en lo alto del cielo. El muchacho tenía las manos cenicientas y sentía como si tuviera los ojos resecos y llenos de granitos de arena. Fue tambaleándose hasta las sillas de montar y bebió un largo trago de la bota de vino.

—¿Ya está? —preguntó Murtagh.

Eragon asintió, tembloroso, pero no se sentía capaz de hablar. El campamento daba vueltas ante él; estaba a punto de desmayarse.

Lo has hecho muy bien —le dijo Saphira con dulzura.

—¿Vivirá? —preguntó Murtagh

—No lo... no lo sé —contestó con voz exhausta—. Los elfos son fuertes, pero ni siquiera ellos pueden soportar impunemente semejante abuso. Si supiera más sobre la curación tal vez sería capaz de resucitarla, pero... —Gesticuló, desesperado. Le temblaba tanto la mano que derramó un poco de vino. Bebió otro trago para recuperar la estabilidad—. Será mejor que cabalguemos de nuevo.

—¡No! Tienes que dormir —protestó Murtagh.

—Lo haré en la silla de montar, pero no podemos quedarnos aquí porque los soldados se nos echarán encima.

Aunque a Murtagh le costó aceptar lo que Eragon decía, cedió.

—En ese caso, yo guiaré a *Nieve de Fuego* mientras duermes.

Ensillaron los caballos, ataron a la elfa a lomos de Saphira y abandonaron el campamento. Eragon comió mientras cabalgaba, intentando recuperar las energías consumidas, antes de recostarse en *Nieve de Fuego* y de cerrar los ojos.

Agua de arena

Al anochecer, cuando se detuvieron, Eragon no se encontraba mejor y estaba de peor humor. Habían pasado la mayor parte del día dando largos rodeos para evitar que los soldados detectaran su presencia con los perros de caza. Eragon desmontó de *Nieve de Fuego* y preguntó a Saphira:

¿Cómo está la elfa?

Creo que no está peor que antes. Se ha estremecido un poco unas cuantas veces, pero eso es todo.

Saphira se agachó para permitirles desmontar a la elfa de la silla. Durante un instante, el suave cuerpo de la mujer estuvo en contacto con el de Eragon, pero el muchacho la dejó en el suelo a toda prisa.

Él y Murtagh prepararon algo de comida, aunque se daban cuenta de que tenían una necesidad urgente de dormir. Después de comer, Murtagh dijo:

—No podemos seguir a este ritmo porque no les estamos sacando ventaja a los soldados. En uno o dos días más, seguro que nos alcanzarán.

—¿Qué otra cosa podemos hacer? —contestó Eragon con brusquedad—. Si estuviéramos los dos solos y a ti no te importara abandonar a *Tornac,* Saphira podría sacarnos de aquí volando. Pero... con la elfa, es imposible.

Murtagh lo miró con mucha atención.

—Si te quieres ir por tu cuenta, no te detendré. No puedo esperar que Saphira y tú os quedéis y os arriesguéis a ser encerrados.

—No me ofendas —murmuró Eragon—. Tú eres la única razón de que esté libre, así que no te voy a abandonar en manos del Imperio. ¡Triste gratitud sería ésa!

Murtagh hizo una inclinación de cabeza.

—Tus palabras me reconfortan... —se detuvo— pero no arreglan el problema.

—¿Y cómo se puede arreglar? —preguntó Eragon, y gesticuló en dirección a la elfa—. ¡Ojalá fuera capaz de decirnos dónde están los elfos! Quizá podríamos refugiarnos con ellos.

—Teniendo en cuenta cómo se protegen, dudo que nos revelara su escondite, y si lo hiciera, tal vez los de su raza no nos recibirían bien. ¿Por qué iban a querer darnos asilo? Los últimos Jinetes con quienes tuvieron contacto fueron Galbatorix y los Apóstatas, y no creo que guarden muy buenos recuerdos. Además, yo ni siquiera tengo el dudoso honor de ser un Jinete como tú. No, a mí no me aceptarían.

Sí, nos aceptarían —dijo Saphira con confianza mientras movía las alas en busca de una postura más cómoda.

—Aun en el supuesto de que nos protegieran, no podemos encontrarlos, y es imposible preguntárselo a la elfa mientras no recupere la conciencia —afirmó Eragon—. Hemos de huir, pero no sabemos en qué dirección. ¿Norte, sur, este u oeste?

Murtagh apretó los puños y se llevó los pulgares a las sienes.

—Creo que lo único que podemos hacer es abandonar el Imperio porque los pocos lugares seguros que quedan en él están demasiado lejos, y sería difícil llegar a ellos sin que nos atrapen o nos persigan. No tenemos nada al norte, aparte del bosque Du Weldenvarden, en el que tal vez podríamos escondernos, pero no me hace ninguna gracia volver a cruzar

Gil'ead. Al oeste, sólo hallaremos el Imperio y el mar. Al sur está Surda, donde tal vez encuentres a alguien que te encamine hacia los vardenos. En cuanto al este... —Se encogió de hombros—. Al este, el desierto de Hadarac se interpone entre nosotros y cualquiera que sea la tierra más allá de él. Los vardenos están por ahí, pero sin alguien que nos dirija, podría llevarnos años encontrarlos.

Sin embargo, estaríamos a salvo —señaló Saphira—, *siempre que no nos encontráramos con los úrgalos.*

Eragon frunció el entrecejo. El dolor de cabeza amenazaba con enterrarle los pensamientos entre ardientes punzadas.

—Ir a Surda es demasiado peligroso —aseguró Eragon—. Tendríamos que atravesar casi todo el Imperio evitando los pueblos y las ciudades porque, entre Surda y nosotros, hay demasiada gente para intentar pasar inadvertidos.

—Entonces, ¿quieres cruzar el desierto? —preguntó Murtagh enarcando las cejas.

—No veo que haya otra opción. Además, así podremos abandonar el Imperio antes de que lleguen los Ra'zac. Con sus corceles alados, probablemente, llegarán a Gil'ead dentro de un par de días, de modo que no nos queda mucho tiempo.

—Aunque llegáramos al desierto antes de que aparezcan —dijo Murtagh—, nos alcanzarían. Será muy difícil ganarles terreno.

Eragon le rascó el costado a Saphira y sintió la dureza de las escamas de la dragona en los dedos.

—Eso suponiendo que puedan seguirnos el rastro. De todos modos, para atraparnos tendrían que dejar atrás a los soldados, lo cual supone una ventaja para nosotros. Si llegáramos a pelear, creo que entre los tres podríamos vencerlos... siempre y cuando no nos tiendan una emboscada como nos hicieron a Brom y a mí.

—Y si llegamos salvos al otro lado del Hadarac —dijo

Murtagh lentamente—, ¿adónde iremos? Esas tierras quedan muy lejos del Imperio, y habrá pocas ciudades, si es que hay alguna. Por otra parte, está el propio desierto. ¿Qué sabes de él?

—Sólo que es caluroso, seco y está lleno de tierra —confesó Eragon.

—No es un mal resumen —contestó Murtagh—. Pero, además, está lleno de plantas venenosas e incomestibles, serpientes letales, escorpiones y el sol te llaga la piel. ¿Te fijaste en la gran llanura cuando íbamos hacia Gil'ead?

Aunque era una pregunta que tenía una respuesta obvia, Eragon contestó:

—Sí, y ya la había visto antes.

—Entonces te harás una idea de la inmensidad de su extensión: cubre todo el corazón del Imperio. Ahora imagínate que la multiplicas por dos, o por tres, y eso te dará una idea de la vastedad del desierto de Hadarac. Eso es lo que pretendes cruzar.

Eragon intentó visualizar una extensión de terreno tan gigantesca, pero fue incapaz de invocar esa clase de distancias. Entonces sacó de una alforja el mapa de Alagaësia. Mientras desenrollaba el pergamino en el suelo, percibió su olor a humedad. Inspeccionó las llanuras e hizo un gesto de puro asombro.

—No me extraña que el Imperio se termine al llegar al desierto, porque todo lo que queda al otro lado está demasiado lejos para que lo controle Galbatorix.

Murtagh pasó una mano sobre el lado derecho del pergamino.

—Toda la tierra que queda más allá del desierto, la que aparece sin marcar en el mapa, pertenecía al mismo dominio mientras vivieron los Jinetes. Si el rey consiguiera alzar a los nuevos Jinetes bajo sus órdenes, expandiría el Imperio hasta alcanzar una extensión sin precedentes. Pero no es eso lo que intentaba decir. El desierto de Hadarac es tan gigantesco y contiene tantos peligros que es muy poco probable que podamos cruzarlo y salir ilesos. Para tomar ese camino hay que estar desesperado.

—Es que estamos desesperados —dijo Eragon con firmeza. —El muchacho estudió el mapa con atención—. Si cabalgáramos por el corazón del desierto, podría costarnos más de un mes, o incluso dos, cruzarlo. Pero si nos dirigiéramos hacia el sudeste, hacia las montañas Beor, atajaríamos mucho más deprisa. Luego podríamos seguir por las Beor hacia el este y meternos en la zona agreste, o ir por el oeste hasta Surda. Si este mapa es correcto, la distancia entre aquí y las Beor es más o menos igual que la que recorrimos para llegar a Gil'ead.

—¡Es que eso nos costó casi un mes!

—El camino a Gil'ead fue lento por culpa de mis heridas —dijo Eragon con impaciencia—. Si nos damos prisa, nos costará mucho menos llegar a las montañas Beor.

—Bien, bien. Tu intención está clara —concedió Murtagh—. Sin embargo, antes de obtener mi consentimiento hay que solucionar algo. Estoy seguro de que te has dado cuenta de que cuando estuve en Gil'ead compré provisiones para nosotros y para los caballos. Pero ¿cómo conseguiremos suficiente agua? Las tribus nómadas que viven en el Hadarac suelen esconder sus pozos y sus oasis para que nadie se la robe. Y llevar agua suficiente para más de un día no es práctico. ¡Piensa en todo lo que bebe Saphira! Ella y los caballos consumen más agua de una vez que tú y yo en una semana. A menos que consigas invocar la lluvia cada vez que nos haga falta, no sé cómo vamos a tomar la dirección que propones.

Eragon se sentó en cuclillas, pensativo: invocar la lluvia estaba más allá de sus poderes, y sospechaba que ni siquiera el más poderoso Jinete lo había logrado jamás. Mover toda esa cantidad de aire equivalía a levantar una montaña. Por lo tanto, necesitaba una solución que no lo dejara sin fuerzas.

¿Será posible convertir la arena en agua? Eso solucionaría el problema, siempre que no requiera demasiada energía.

—Tengo una idea —contestó—. Déjame probar un experimento y luego te contestaré.

Eragon se alejó del campamento y Saphira lo siguió de cerca.

¿Qué vas a intentar? —le preguntó.

—No lo sé —murmuró Eragon.

Saphira, ¿podrías cargar con toda el agua que necesitamos?

Ella negó con la enorme cabeza.

No, ni siquiera sería capaz de alzar el vuelo con ese peso, y mucho menos de volar con él.

Qué mala suerte.

Eragon se arrodilló, retiró una piedra del suelo y dejó un hueco en el que cabía un trago de agua. Rellenó la cavidad de arena y la estudió con atención. Faltaba la parte más dura: tenía que convertir de algún modo la arena en agua. *¿Qué palabras debo usar?* Le dio vueltas al asunto y escogió las dos que le ofrecían mayor esperanza. La gélida magia lo recorrió mientras atravesaba la habitual barrera que le presentaba la mente, y ordenó:

—*¡Deloi moi!*

De inmediato, la arena empezó a absorber las fuerzas del muchacho a una velocidad prodigiosa. La mente de Eragon recordó el momento en que Brom le había advertido que ciertas tareas podían consumirle todo el poder y quitarle la vida. El pánico afloró en el pecho de Eragon. Entonces intentó liberarse de la magia, pero no pudo porque estaba unida a él hasta que se completara la tarea, o hasta que él muriera. Sólo podía permanecer inmóvil, cada vez más débil.

Cuando ya estaba casi convencido de que iba a morir allí, arrodillado, la tierra emitió un destello y se metamorfoseó en unas gotas de agua. Aliviado, Eragon se sentó y respiró hondo. Su corazón emitía dolorosos latidos, y el hambre le roía las entrañas.

¿Qué ha pasado? —preguntó Saphira.

Eragon movió la cabeza, aún aturdido por la mengua de su energía, aunque estaba satisfecho por no haber intentado la transmutación de una cantidad mayor.

Esto... esto no funciona —contestó—. *Ni siquiera tengo la energía suficiente para conseguir un pequeño trago.*

Eragon, deberías haber sido más cuidadoso —lo reprendió ella—. *La magia puede producir resultados inesperados cuando se combinan de modos nuevos las palabras antiguas.*

Ya lo sé, pero era lo único que podía hacer para probar mi idea —le contestó Eragon fulminándola con la mirada—. *¡No iba a esperar a que estuviéramos en el desierto!* —Eragon se esforzó por recordar que Saphira sólo pretendía ayudar—. *¿Cómo convertiste la tumba de Brom en diamantes sin matarte? Si apenas soy capaz de manejar un puñado de tierra, mucho menos lo haré con toda esa arena.*

No sé cómo lo logré —afirmó ella con calma—. *Simplemente, ocurrió.*

¿Puedes volver a hacerlo, pero esta vez para obtener agua?

Eragon —dijo ella mirándolo de frente a los ojos—. *Tengo tan poco control de mis habilidades como una araña. Esas cosas ocurren más allá de mi deseo. Brom te contó que a los dragones les ocurren cosas inusuales, y decía la verdad. No te dio ninguna explicación, y yo tampoco la tengo. A veces puedo provocar cambios por puro contacto, casi sin pensarlo, pero otras veces, como ahora mismo, soy tan incapaz como* Nieve de Fuego.

Nunca eres incapaz —dijo él con suavidad apoyándole una mano en el cuello, y así permanecieron en silencio durante largo rato. En esos momentos Eragon recordó la tumba que había cavado para Brom y al anciano que descansaba en ella. Aún podía ver cómo la arena fluía sobre el rostro del cuentacuentos.

—Al menos le dimos un entierro decente —susurró.

Perezosamente, recorrió la arena del suelo con un dedo marcando trazos retorcidos, y como un par de ellos tenían el aspecto de un valle en miniatura, diseñó alrededor unas montañas. Luego cavó con la uña un río a lo largo del valle, y después lo ahondó más porque parecía muy superficial. Añadió unos pocos detalles más y se encontró frente a una reproducción pasable del valle de Palancar. Entonces lo abrumó la nostalgia y barrió el valle de un manotazo.

No quiero hablar de eso, murmuró con rabia evitando las preguntas de Saphira. Cruzó los brazos y fijó una mirada feroz en el suelo. Casi contra su voluntad, los ojos de Eragon regresaron al lugar en que había marcado los trazos. Sorprendido, se puso tenso porque, aunque la tierra estaba seca, las líneas que había dibujado estaban rodeadas de humedad. Por mera curiosidad, escarbó y encontró una capa húmeda a pocos centímetros de la superficie.

—¡Mira esto! —dijo, excitado.

Saphira hincó el morro para ver qué había descubierto.

¿Y de qué nos sirve? Seguro que en el desierto el agua está a tal profundidad que tendríamos que pasar semanas enteras cavando para encontrarla.

Sí —contestó Eragon, encantado—. *Pero si la hay, yo puedo conseguirla. ¡Mira!* —Ahondó el agujero y luego accedió mentalmente a la magia. En vez de tornar la arena en agua, simplemente invocó la humedad que ya estaba en la tierra. Con sólo trazar un minúsculo hilillo, el agua se precipitó en el agujero. Eragon sonrió y bebió un trago: el líquido era fresco y puro, perfecto para beber—. *¿Lo ves? ¡Podemos conseguir tanta como necesitemos!*

Saphira olisqueó el pequeño charco.

Aquí, sí. Pero... ¿y en el desierto? Tal vez no haya suficiente agua en el subsuelo para que la saques a la superficie.

Lo conseguiré —le aseguró Eragon—. *Sólo tengo que provocar que ascienda, y eso es bastante fácil. Mientras lo haga despacio, conservaré las energías. Ni siquiera será problemático si tengo que hacerla subir desde una profundidad de cincuenta pasos. Sobre todo si me ayudas.*

¿Estás seguro? —Saphira lo miró con suspicacia—. *Piensa con cuidado tu respuesta porque si te equivocas nos jugamos la vida.*

Eragon dudó y al fin contestó con firmeza:

Estoy seguro.

Pues ve a contárselo a Murtagh. Yo vigilaré mientras dormís.

Pero has pasado toda la noche despierta, como nosotros —objetó Eragon—. *Tienes que dormir.*

No te preocupes. Soy más fuerte de lo que crees —contestó Saphira con suavidad. Las escamas de la dragona tintinearon cuando se enderezó para adoptar una pose vigilante en dirección hacia el norte, encarada a sus perseguidores. Eragon la abrazó, y ella emitió un profundo murmullo al tiempo que los costados le vibraban—: *Vete.*

Eragon permaneció indeciso y luego, de mala gana, se acercó a Murtagh, quien lo recibió con una pregunta:

—¿Qué? ¿Nos espera el desierto?

—Sí —contestó Eragon.

Se dejó caer sobre la manta y le explicó lo que acababa de descubrir. Al terminar, Eragon se volvió hacia la elfa. La cara de la mujer fue lo último que vio antes de caer dormido.

El río Ramr

Se esforzaron por levantarse pronto, en las horas grises previas al alba. Eragon temblaba por el frío que hacía.

—¿Cómo vamos a transportar a la elfa? —preguntó el muchacho—. No debe seguir montada a lomos de Saphira mucho más tiempo porque las escamas le llagarán la piel y, por otra parte, la dragona no puede llevarla entre las garras porque se cansa mucho y el aterrizaje sería peligroso. Tampoco es recomendable una camilla, pues se haría pedazos mientras cabalgamos, y no quiero que los caballos vayan más despacio por cargar con una persona más.

Murtagh consideró el asunto mientras ensillaba a *Tornac*.

—Si tú montas a Saphira, podemos atar a la elfa a *Nieve de Fuego*, aunque tú también te llagarías.

Tengo la solución —dijo Saphira inesperadamente—. *¿Por qué no la atáis a mi vientre? Me podría mover libremente, y ella iría más segura que en cualquier otro lugar. El único peligro sería que los soldados me tirasen flechas, pero soy capaz de sobrevolarlas fácilmente.*

Como a nadie se le ocurrió una idea mejor, aceptaron enseguida la suya. Eragon plegó por la mitad una de las mantas a lo largo, la aseguró en torno al pequeño cuerpo de la elfa y luego la llevó hasta Saphira. Sacrificaron las mantas y la ropa de repuesto para hacer cuerdas de la extensión necesaria para rodear el contorno de Saphira. Una vez atada, la elfa quedó boca abajo contra el vientre de Saphira, con la cabeza colocada en el hueco entre las patas delanteras de la dragona. Eragon comprobó con rostro crítico el trabajo.

—Me da miedo que las escamas corten las cuerdas.

—Tendremos que revisarlas de vez en cuando para que no se deshilachen —comentó Murtagh.

¿Vamos? —preguntó Saphira. Eragon repitió la pregunta. Los ojos de Murtagh emitían peligrosos destellos, mientras una prieta sonrisa le tensaba los labios. Miró hacia el camino que los había llevado hasta allí, donde se apreciaba ya el humo del campamento de los soldados, y dijo:

—Siempre me han gustado las carreras. ¡Y ahora vamos a emprender una para salvar nuestras vidas!

Murtagh saltó sobre la silla de *Tornac* y abandonó el campamento al trote. Eragon lo siguió de cerca, a lomos de *Nieve de Fuego*, y Saphira alzó el vuelo con la elfa. La dragona volaba raso para evitar que la vieran los soldados y, de ese modo, los tres emprendieron el camino al sudeste, hacia el lejano desierto de Hadarac.

Eragon mantenía la vigilancia sobre sus perseguidores mientras cabalgaba, pero la mente del muchacho volaba una y otra vez hacia la elfa. ¡Una elfa! ¡La había visto de verdad, y estaba con ellos! Se preguntó qué pensaría Roran al respecto y se le ocurrió que si alguna vez regresaba a Carvahall le iba a costar mucho convencer a alguien de que sus aventuras habían sucedido en realidad.

Durante el resto del día, Eragon y Murtagh galoparon a rienda suelta ignorando la incomodidad y la fatiga. Apretaron a sus monturas tanto como pudieron, aunque sin dejarlas exhaustas, y de vez en cuando desmontaban y corrían a pie para que *Tornac* y *Nieve de Fuego* descansaran. Sólo se detuvieron dos veces, y en ambos casos fue para que los caballos pudieran comer y beber.

A pesar de que en esos momentos los guerreros de Gil'ead estaban lejos, Eragon y Murtagh se encontraron ante una nueva situación: cada vez que pasaban por un pueblo o por una ciudad tenían que evitar a sus correspondientes soldados. De algún modo alguien había adelantado la alarma, y en dos ocasiones estuvieron a punto de caer en emboscadas en el sendero, de las que lograron escapar tan sólo porque Saphira olisqueó la presencia de los hombres. Tras el segundo incidente, abandonaron por completo el camino.

La penumbra desdibujó el paisaje cuando el crepúsculo tendió una capa negra por el cielo. Los fugitivos continuaron su viaje sin descanso y cubrieron kilómetros y kilómetros, y cuando ya era muy entrada la noche, la tierra se fue alzando a sus pies para formar pequeñas colinas, punteadas de cactus.

—Hay un pueblo, Bullridge, a unos cuantos kilómetros de aquí, que debemos evitar —indicó Murtagh señalando hacia delante—. Seguro que hay soldados esperándonos, así que deberíamos intentar escabullirnos de ellos mientras todavía sea oscuro.

Al cabo de tres horas, vieron la luz de las antorchas de Bullridge, de un tono amarillo pajizo. Una maraña de soldados patrullaban entre los fuegos de acampada esparcidos por el pueblo, por lo que Eragon y Murtagh desenfundaron sus espadas y desmontaron con cuidado. Guiaron de las riendas a sus caballos para rodear Bullridge, escuchando con atención para no tropezar con algún campamento.

Tras dejar atrás el pueblo, Eragon se relajó un poco. El alba iluminó al fin el cielo con un sonrojo delicado y calentó el aire gélido de la noche. Se detuvieron en la cumbre de una colina para observar lo que los rodeaba: el río Ramr quedaba a su izquierda, pero también a unos ocho kilómetros a la derecha; luego se extendía unos cuantos kilómetros hacia el sur y después trazaba una curva cerrada antes de dirigirse al oeste. En total habían recorrido, aproximadamente, unos ochenta y ocho kilómetros en un día.

Eragon se apoyó en el cuello de *Nieve de Fuego*, satisfecho por la distancia recorrida.

—Busquemos un barranco o una hondonada donde podamos descansar sin que nos molesten —indicó Eragon.

Se detuvieron en un bosquecillo de juníperos y extendieron las mantas en el suelo. Saphira esperó con paciencia mientras liberaban a la elfa de su vientre.

—Yo me encargaré de la primera guardia y os despertaré a media mañana —dijo Murtagh, mientras cruzaba la espada desenvainada sobre las rodillas. Eragon aceptó entre murmullos y se echó la manta sobre los hombros.

La noche los encontró agotados y somnolientos, pero decididos a continuar. Mientras se preparaban para irse, Saphira observó a Eragon y le dijo:

Ésta es la tercera noche desde que os rescatamos de Gil'ead, y la elfa aún no se ha despertado. Estoy preocupada. Además —continuó—, *en todo este tiempo no ha comido ni ha bebido nada, y aunque sé poco sobre los elfos, no creo que esta mujer pueda sobrevivir sin tomar algo de alimento porque está muy delgada.*

—¿Qué sucede? —preguntó Murtagh sobre el lomo de *Tornac*.

—La elfa —contestó Eragon mirándola—. A Saphira le preocupa que no se despierte ni coma nada; y a mí también. Le curé las heridas, al menos en lo superficial, pero no parece que le haya servido de mucho.

—A lo mejor Sombra le deterioró la mente —sugirió Murtagh.

—En ese caso tenemos que ayudarla.

Murtagh se arrodilló junto a la elfa. La examinó intensamente, luego hizo un gesto negativo y se levantó.

—Por lo que se ve, sólo está durmiendo. Parece como si hubiera de bastar una palabra o un contacto para despertarla, pero está sumida en un sueño profundo. Tal vez los elfos puedan autoprovocarse el coma para evitar los dolores de una herida, pero si es así... ¿por qué no le pone fin? Ya no corre peligro.

—¿Y tú crees que lo sabe? —preguntó Eragon en voz baja.

—Habrá que esperar —contestó Murtagh apoyando una mano en un hombro de Eragon—. Ahora nos tenemos que ir si no queremos perder la ventaja que tanto nos ha costado obtener. Ya te ocuparás de ella cuando volvamos a parar.

—Déjame hacer sólo una cosa antes de marchar —dijo Eragon.

Empapó un trapo y luego lo escurrió de tal modo que el agua goteara entre los perfectos labios de la elfa. Repitió la operación varias veces y después pasó la tela por las cejas, lisas y angulosas, de la mujer, sintiendo una extraña sensación protectora.

Se abrieron camino entre las colinas, pero evitaron las cumbres por miedo a que los descubrieran los centinelas. Saphira iba con ellos a ras de suelo por la misma razón. A pesar de lo abultado de su figura, la dragona era sigilosa, pues apenas se oía el rasguido de su cola sobre el suelo, como si fuera una gruesa serpiente azul.

Al fin el cielo se iluminó por el este, pues Aiedail, el lucero de la mañana, apareció cuando llegaban al borde de un profundo acantilado cubierto por montañas de ramas. El agua rugía por debajo al deslizarse sobre las rocas y al colarse entre las ramas.

—¡El Ramr! —exclamó Eragon alzando la voz sobre el ruido.

—¡Sí! —asintió Murtagh—. Hemos de encontrar un lugar para vadearlo sin dificultades.

No hace falta —intervino Saphira—. *Por muy ancho que sea el río, os puedo cruzar yo.*

Eragon alzó la vista y la concentró en el cuerpo azul grisáceo de la dragona.

¿Y los caballos? No los podemos dejar atrás, pero pesan demasiado para ti.

Si vosotros no vais montados y los caballos no se mueven demasiado, estoy segura de que podré cargar con ellos. Si soy capaz de esquivar las flechas con tres personas sobre mi grupa, ¿cómo no voy a transportar a un caballo en línea recta por encima del río?

Te creo, pero será mejor que no lo intentemos, salvo que no nos quede más remedio. Es demasiado peligroso.

No podemos permitirnos el lujo de perder tiempo aquí —aseguró Saphira, y empezó a bajar por el acantilado.

Eragon siguió a la dragona llevando a *Nieve de Fuego* de las riendas. El acantilado llegaba bruscamente a su fin en el Ramr, donde el río corría tenebroso y rápido. Sin embargo, era imposible ver la otra orilla, pues un vaho blanquecino flotaba sobre el agua, como vapor de sangre en invierno. Murtagh tiró una rama a la corriente y vio cómo desaparecía a toda prisa hacia abajo y se hundía en las turbias aguas.

—¿Qué profundidad dirías que tiene? —preguntó Eragon.

—No lo sé —contestó Murtagh con la voz teñida de preocupación—. ¿Te permitiría la magia distinguir hasta dónde llega?

—No lo creo. Habría que iluminar el lugar como una almenara.

Provocando una ráfaga de aire, Saphira alzó el vuelo y sobrevoló el Ramr. Al cabo de un rato se comunicó:

Estoy en la otra orilla. El río tiene algo más de ochocientos metros de anchura. No podíais haber escogido un lugar peor para cruzar; aquí el Ramr traza un recodo y alcanza su parte más ancha.

—¡Más de ochocientos metros! —exclamó Eragon, y le explicó a Murtagh que Saphira se había ofrecido a llevarlos por el aire.

—Prefiero no probarlo, por el bien de los caballos. *Tornac* no está tan acostumbrado como *Nieve de Fuego* a Saphira. Podría entrarle el pánico y terminarían los dos heridos. Por lo tanto, pídele a Saphira que busque algún lugar poco profundo por el que podamos cruzar a nado. Y si no lo hay en un kilómetro a la redonda, tal vez nos pueda cruzar ella sin volar.

Saphira accedió a la petición de Eragon de que buscara un vado. Mientras exploraba, ellos se acuclillaron junto a los caballos y comieron pan seco. Saphira no tardó mucho en volver produciendo susurros con sus aterciopeladas alas en el cielo del amanecer.

El agua es profunda y rápida tanto río arriba como río abajo.

Cuando Murtagh se enteró, propuso:

—Será mejor que cruce yo primero para poder vigilar a los caballos. —Murtagh montó en la silla de Saphira—. Ten cuidado con *Tornac*. Hace muchos años que lo tengo, y no querría que le pasara nada.

A continuación Saphira alzó el vuelo.

Cuando volvió, ya no llevaba a la elfa inconsciente atada al vientre. Eragon guió a *Tornac* junto a la dragona, ignorando los relinchos del caballo, y Saphira se alzó sobre las patas traseras para sostener al caballo con las delanteras por el vientre. Eragon observó las formidables zarpas de la dragona y le gritó:

—¡Espera!

Recolocó la manta de la silla de *Tornac* en torno a la barriga del caballo para proteger su flanco más débil, e indicó por gestos a Saphira que podía continuar.

Tornac resopló de miedo y trató de salir en estampida cuando Saphira se aferró a los flancos del caballo con las zarpas, pero ella lo agarró con fuerza. *Tornac* giraba alocadamente los ojos de un lado a otro, cuyos iris parecía que desaparecían, engullidos por el globo ocular. Eragon trató de calmar mentalmente al caballo, pero el pánico del animal rechazaba el contacto. Antes de que *Tornac* intentara escapar de nuevo, Saphira se elevó en el cielo empujando con tal fuerza con las patas traseras que las zarpas rasgaron las rocas. Batió las alas con furia luchando por alzar aquella enorme carga, y por un momento, pareció que fuera a caer de nuevo al suelo. Luego, de un tirón, alzó el vuelo. *Tornac* chillaba de terror, daba coces y se movía bruscamente produciendo un sonido terrible, como si alguien rascara un metal.

Eragon soltó una maldición y se preguntó si habría alguien suficientemente cerca para oírlo.

Será mejor que te des prisa, Saphira.

Mientras esperaba, prestó atención por si oía ruidos de los posibles soldados y escrutó el oscuro paisaje por si alguna antorcha los delataba. Pronto detectó una línea de jinetes que descendían por una ladera, tan sólo a algo más de cinco kilómetros de distancia.

En cuanto Saphira descendió, Eragon acercó a *Nieve de Fuego* hasta la dragona.

El estúpido animal de Murtagh está histérico. El chico ha tenido que atarlo para evitar que se escapara.

Saphira agarró a *Nieve de Fuego* y se lo llevó, ignorando también las estridentes protestas del animal. Eragon los vio salir y se sintió solo en la noche. Los jinetes ya estaban a poco más de un kilómetro.

Por fin Saphira llegó a por él, y pronto se encontraron de nuevo en tierra firme, con el Ramr detrás de ellos. Después de calmar a los caballos y ajustar las sillas de montar, reanudaron su huida hacia las montañas Beor, al tiempo que los cantos de los pájaros inundaban el ambiente para recibir al nuevo día.

Eragon daba cabezadas incluso mientras cabalgaba y casi no se daba cuenta de que Murtagh iba tan dormido como él. A veces ninguno de los dos guiaba a sus propios caballos, y sólo la vigilancia de Saphira los mantenía en la dirección adecuada.

Al fin la tierra se ablandó y empezó a ceder bajo sus pisadas, lo que los obligó a detenerse. El sol lucía en lo alto, y el río Ramr ya no era más que una línea difusa a espaldas de los viajeros.

Habían llegado al desierto de Hadarac.

El desierto de Hadarac

Una vasta extensión de dunas se alargaba hasta el horizonte, como las olas en el océano, mientras las ráfagas de viento llenaban el aire de arena dorada y rojiza. Escuálidos árboles crecían en los escasos fragmentos de suelo sólido, un suelo que cualquier granjero habría considerado inútil para el cultivo, y a lo lejos se alzaba una línea de peñascos de color violeta. En la imponente desolación casi no se veían animales a excepción de algún que otro pájaro planeando en los céfiros.

—¿Estás seguro de que encontraremos comida para los animales? —preguntó Eragon arrastrando las palabras, ya que la garganta le raspaba a causa del aire, seco y caliente.

—¿Has visto eso? —preguntó Murtagh, y señaló los peñascos—. A su alrededor crece la hierba. Es corta y dura, pero bastará para los caballos.

—Espero que tengas razón —dijo Eragon achinando los ojos para defenderse del sol—. Descansemos un poco antes de continuar. Mi mente va tan lenta como un caracol, y casi no puedo mover las piernas.

Desataron a la elfa del vientre de Saphira, comieron y se tumbaron a la sombra de una duna para echar una cabezada. Mientras Eragon se acomodaba en la arena, la dragona se agachó a su lado y extendió las alas para taparlos.

Qué lugar tan maravilloso —dijo—. *Podría pasar años aquí sin darme cuenta del paso del tiempo.*

Sería un buen lugar para volar —concedió, somnoliento, y cerró los ojos.

No es sólo eso, sino que me siento como si hubiera nacido para este desierto: tiene todo el espacio que necesito, montañas en las que podría posarme y presas camufladas a cuya caza podría dedicar días enteros. ¡Y hace calor! El frío no me molesta, pero este calor me hace sentir viva y llena de energía. —Alzó la cabeza hacia el cielo y, feliz, estiró los músculos.

¿Tanto te gusta? —murmuró Eragon.

Sí.

Pues cuando termine todo, tal vez podamos volver... —Mientras hablaba, cayó en un sueño profundo. Saphira estaba contenta y ronroneó suavemente mientras él y Murtagh dormían.

Era la mañana del cuarto día desde que habían salido de Gil'ead, y ya habían recorrido casi doscientos kilómetros.

Durmieron apenas lo justo para aclarar las mentes y dar descanso a los caballos. No se veía a ningún soldado por retaguardia, pero eso no les llevó a aflojar el paso, pues sabían que el Imperio seguiría buscando hasta que estuvieran más allá del alcance de la vista del rey.

—Algún mensajero habrá llevado a Galbatorix noticias de mi huida —dijo Eragon—, y habrá avisado a los Ra'zac. A estas alturas ya deben de ir tras nuestra pista, por lo tanto deberíamos estar preparados por si llegan en cualquier momento, aunque les costará cierto tiempo atraparnos a pesar de que vuelen.

Y esta vez descubrirán que no es tan fácil atarme con cadenas —dijo Saphira.

—Espero que no puedan seguirnos la pista a partir de Bullridge —comentó Murtagh mientras se rascaba la barbilla—. El Ramr fue muy útil para deshacerse de los perseguidores, y es bastante posible que no vuelvan a encontrar las huellas.

—Siempre nos queda esa esperanza —dijo Eragon al tiempo que se fijaba en la elfa. El estado de la mujer no había cambiado: seguía sin reaccionar a los cuidados del muchacho—. Sin embargo, en este momento no confío mucho en la suerte porque, incluso ahora, mientras hablamos, los Ra'zac podrían estar siguiéndonos el rastro.

Al ponerse el sol llegaron hasta los peñascos que habían avistado aquella misma mañana en la lejanía. Los imponentes riscos de piedra se alzaban ante ellos y proyectaban sus esbeltas sombras, pero no había ninguna duna en más de un kilómetro a la redonda. Cuando Eragon desmontó de *Nieve de Fuego* y pisó la ardiente y cuarteada tierra, el calor le cayó encima como si le hubieran dado un golpe. Tenía la parte trasera del cuello y la cara abrasados por el sol, y la piel caliente, febril.

Tras atar a los caballos donde pudieran mordisquear la hierba, Murtagh encendió una pequeña fogata.

—¿Qué distancia os parece que hemos recorrido? —preguntó Eragon mientras soltaba a la elfa del vientre de Saphira.

—¡No lo sé! —contestó Murtagh con brusquedad. Tenía la piel enrojecida y los ojos inyectados en sangre. Entonces cogió un bote y soltó una maldición—. No hay suficiente agua. Y los caballos han de beber.

Eragon estaba tan irritado como él por el calor y por la sequedad, pero controló su temperamento.

—Trae a los caballos.

Saphira cavó un agujero con las zarpas, y luego Eragon cerró los ojos e invocó el hechizo. Aunque el suelo estaba resquebrajado, había suficiente humedad para que sobrevivieran algunas plantas, y le bastó para llenar varias veces el agujero.

Murtagh iba llenando los odres a medida que el agua se acumulaba en el agujero. Luego se apartó y dejó beber a los caballos. Para satisfacer su sed, Eragon tuvo que extraer agua de lo más profundo de la tierra, con lo que la resistencia del muchacho llegó al límite. Una vez saciados los caballos, le dijo a Saphira:

Si has de beber, hazlo ahora.

Ella alargó el cuello, pasando junto a Eragon, y bebió dos largos tragos, pero ni uno más.

Antes de permitir que la tierra volviera a absorber el agua, Eragon bebió tanta como pudo y luego contempló cómo se deshacían las últimas gotas en la arena. Mantener el agua en la superficie le costaba más de lo que había creído.

Al menos tengo capacidad para conseguirlo, pensó recordando con asombro el esfuerzo que en otros tiempos había supuesto para él levantar un guijarro.

Al día siguiente, cuando se despertaron, hacía mucho frío. A la luz de la mañana, la arena tenía un halo rosado y el cielo brumoso tapaba el horizonte. El estado de ánimo de Murtagh no había mejorado con el sueño, y Eragon se dio cuenta de que también el suyo empeoraba. Mientras desayunaban, preguntó:

—¿Crees que nos falta mucho para abandonar el desierto?

Murtagh lo fulminó con la mirada.

—Estamos cruzando la parte más estrecha, así que supongo que no nos costará más que dos o tres días.

—Pero fíjate hasta dónde hemos llegado ya.

—¡Bien, a lo mejor tardamos menos! En este momento,

lo único que me importa es salir del Hadarac lo más rápido posible. Bastante difícil es nuestra tarea para tener que estar quitándonos el polvo de los ojos continuamente.

Cuando terminaron de comer, Eragon se acercó a la elfa. Permanecía como si estuviera muerta: parecía un cadáver, salvo por la rítmica respiración.

—¿Cuál es tu herida? —susurró Eragon mientras le apartaba un mechón de la cara—. ¿Cómo puedes dormir así y seguir viva?

La imagen de la elfa, atenta y segura de sí misma, en la celda seguía viva en la mente del muchacho. Preocupado, preparó a la mujer para el viaje. Luego ensilló a *Nieve de Fuego* y montó en él.

Al abandonar el campamento, se hizo visible en el horizonte una línea de manchas oscuras, que no se distinguía bien entre la bruma. Murtagh creía que eran colinas lejanas, pero Eragon no estaba convencido, aunque no era capaz de distinguir ningún detalle.

Las tribulaciones de la elfa ocupaban los pensamientos de Eragon. Estaba seguro de que si no la ayudaban de algún modo, moriría, aunque no sabía qué podían hacer. También Saphira estaba preocupada. Ambos pasaron horas hablando del asunto, pero ninguno de los dos sabía lo suficiente de curaciones para solucionar el problema que se les presentaba.

A mediodía hicieron una breve pausa para descansar, y cuando reanudaron el viaje, Eragon se dio cuenta de que la bruma se había ido disipando a lo largo de la mañana, de tal modo que las lejanas manchas estaban más definidas.

Ya no se trataba de bultos sin contorno de un tono violeta azulado, sino más bien de amplios montes cubiertos de bosque, con perfiles delimitados. Por su parte, la atmósfera era blanquecina, como si el halo del desierto se hubiera despejado: parecía que todos los colores se habían desteñido en la franja horizontal de cielo que quedaba por encima de las colinas, y se habían extendido hasta el límite del horizonte.

Eragon, sorprendido, observó con atención, pero cuanto más se esforzaba por entender lo que estaba viendo, más confundido se sentía. Pestañeó y movió la cabeza, creyendo que se trataba de alguna ilusión óptica provocada por el aire del desierto. Sin embargo, cuando volvía a abrir los ojos aquella molesta absurdidad seguía allí. Sin duda, por delante de ellos la blancura invadía la mitad del cielo. Seguro que se trataba de algo terrible. Pero cuando estaba empezando a comentárselo a Murtagh y a Saphira, Eragon entendió de pronto lo que estaba viendo: lo que ellos habían tomado por colinas eran en realidad las faldas de unas montañas gigantescas, que alcanzaban kilómetros de anchura, y salvo por el denso bosque que se extendía en sus partes inferiores, esas montañas estaban cubiertas de nieve y de hielo por completo. Por eso Eragon había creído que el cielo estaba blanqueado. El muchacho echó hacia atrás la cabeza y miró hacia lo alto para buscar las cumbres, pero no se veían: las montañas se alargaban cielo arriba hasta desaparecer de la vista, mientras valles estrechos y recortados con acantilados casi partían las montañas, como profundos desfiladeros. Parecía una especie de pared, dentada y desigual, que unía Alagaësia con los cielos.

¡No se acaban nunca!, pensó, aterrado.

Las historias que se contaban sobre las montañas Beor siempre ponían de relieve su altitud, pero él había desechado aquella información creyendo que se trataba de una licencia imaginativa. En esos momentos, en cambio, se veía forzado a aceptar su veracidad.

Saphira percibió el asombro y la sorpresa de Eragon y siguió la mirada del muchacho. A los pocos segundos la dragona había entendido lo que eran aquellas montañas.

Vuelvo a sentirme como una enana. Comparada con ellas, incluso yo soy pequeña.

Debemos de estar cerca del límite del desierto —dijo Eragon—. *Sólo hemos tardado dos días y ya podemos ver el final, e incluso más allá.*

Saphira dio algunas vueltas trazando espirales sobre las dunas.

Sí, pero si tenemos en cuenta el tamaño de esos montes, puede que estén a casi trescientos kilómetros de aquí. Es difícil calcular distancias con una referencia tan inmensa. ¿No te parece que serían un escondite perfecto para los elfos o para los vardenos?

Allí se puede ocultar algo más que elfos y vardenos —contestó él—. *Podrían habitar ese lugar en secreto naciones enteras a escondidas del Imperio. ¡Imagínate lo que debe de ser vivir con esos gigantes alzados en torno a ti!*

Entonces Eragon guió a *Nieve de Fuego* para acercarse a Murtagh y señaló las montañas con una sonrisa.

—¿Qué? —preguntó Murtagh sin dejar de escudriñar el paisaje.

—Míralo bien —le urgió Eragon.

Murtagh se concentró en el horizonte, pero se encogió de hombros.

—¿Qué? No veo... —La frase murió en los labios del joven y cedió el paso a una expresión boquiabierta de asombro. Murtagh negó con la cabeza y murmuró—: ¡No puede ser! —Entrecerró tanto los ojos que le salieron patas de gallo y negó con la cabeza de nuevo—. Sabía que las montañas Beor eran grandes, pero no que tuvieran este tamaño tan monstruoso.

—Esperemos que los animales que viven ahí no tengan un tamaño proporcional a las montañas —dijo Eragon en tono despreocupado.

—Nos hará bien encontrar una buena sombra y pasar unas cuantas semanas de descanso —afirmó Murtagh sonriendo—. Estoy harto de esta marcha forzada.

—Yo también estoy cansado —admitió Eragon—, pero no quiero parar hasta que se cure la elfa... O hasta que muera.

—No veo por qué le ha de ir bien que sigamos viajando —opinó Murtagh en tono grave—. Le vendría mejor una cama que estar todo el día colgada del vientre de Saphira.

—Quizá... Cuando lleguemos a las montañas, puedo llevarla a Surda; no queda tan lejos. Allí tiene que haber algún sanador que consiga curarla porque, desde luego, nosotros no podemos.

Murtagh se llevó una mano a la frente para proteger los ojos del sol y miró las montañas.

—Ya hablaremos de eso. De momento, nuestra meta es llegar a las Beor. Al menos, una vez allí, a los Ra'zac les costará encontrarnos, y estaremos a salvo del Imperio.

A medida que avanzaba el día, no parecía que las montañas Beor estuvieran más cerca, aunque el paisaje iba cambiando de un modo espectacular: la arena se transformó poco a poco; los granos sueltos de tono rojizo pasaron a ser tierra de un color crema oscuro; en lugar de dunas, se veían fragmentos irregulares de vegetación y surcos profundos por los que en otro tiempo había corrido el agua, y soplaba una brisa fresca que traía consigo un bendito frescor. Los caballos notaron el cambio de clima y avanzaron deprisa con entusiasmo.

Cuando el sol sucumbió a la noche, las faldas de las montañas quedaban apenas a cinco kilómetros. Las manadas de gacelas se trasladaban a saltos por los lustrosos campos de hierba cimbreante, y Eragon observó que Saphira las miraba hambrienta. Así pues, acamparon junto a un arroyo, aliviados por haber abandonado el castigo del desierto de Hadarac.

Un camino revelado

Fatigados y ojerosos, pero luciendo triunfantes sonrisas, se sentaron en torno al fuego y se felicitaron mutuamente. Saphira grajeó de júbilo y los caballos se asustaron. Mientras tanto Eragon miraba fijamente las llamas: estaba orgulloso de haber recorrido casi trescientos cincuenta kilómetros en cinco días, pues incluso para una persona que hubiese podido cambiar de montura con frecuencia, se trataba de un logro impresionante.

Estoy fuera del Imperio, se dijo Eragon.

Era un pensamiento extraño. El muchacho había nacido en el Imperio, había pasado toda la vida bajo la ley de Galbatorix, había perdido a sus amigos más íntimos y a su familia a manos de los siervos del rey, y había estado a punto de perder la vida en más de una ocasión dentro de los dominios del soberano. Pero ahora Eragon era libre, y ni Saphira ni él tendrían que esquivar nunca más a los soldados, ni evitar los pueblos ni ocultar su identidad. Sin embargo, esa percepción le brindaba un sabor agridulce, pues el precio que debía pagar era la pérdida de todo su mundo.

Se quedó contemplando las estrellas en el cielo del ocaso. Aunque la idea de levantar un hogar en la seguridad del aislamiento lo atraía, había presenciado demasiadas atrocidades cometidas en nombre de Galbatorix —del asesinato a la esclavitud— para darle la espalda al Imperio. No sólo le impulsaba ya la idea de vengar la muerte de Brom o la de Garrow, sino que, como Jinete, tenía el deber de ayudar a quienes carecían de fuerzas para enfrentarse a la opresión de Galbatorix.

Tras un suspiro, abandonó sus deliberaciones y observó a la elfa, tumbada junto a Saphira. La luz anaranjada de la fogata daba al rostro de la mujer un tono cálido y proyectaba suaves sombras que se agitaban bajo los pómulos de la elfa. Mientras el muchacho la miraba, poco a poco se le fue ocurriendo una idea.

Eragon era capaz de oír los pensamientos de personas y animales, y de comunicarse con ellos por ese medio si escogía hacerlo así, pero apenas había practicado esa habilidad, excepto con Saphira. Siempre recordaba la advertencia de Brom, según la cual no debía violar la mente de nadie, si no era absolutamente imprescindible. Por lo tanto, había evitado hacerlo, salvo en la única ocasión en que había intentado hurgar en la conciencia de Murtagh.

Ahora, no obstante, se preguntaba si sería capaz de entablar contacto con la elfa a pesar del estado comatoso en que ella se encontraba.

Tal vez por medio de sus recuerdos logre saber por qué permanece en ese estado. Sin embargo, si se recupera, ¿podrá perdonarme la intrusión...? Sea como sea, debo intentarlo. Lleva inconsciente casi una semana.

Sin contarle sus intenciones a Murtagh ni a Saphira, se arrodilló junto a la elfa y le apoyó una palma en la frente.

Eragon cerró los ojos y tendió una red de pensamiento, como un dedo curioso, hacia la mente de la elfa. No le costó encontrarla. Pero no estaba confusa ni llena de dolor, como había esperado, sino lúcida y clara, semejante al tañido de una campana de cristal. De pronto, una gélida daga se clavó en los pensamientos de Eragon y el dolor reventó tras los ojos del muchacho con estallidos de color. Retrocedió ante el ataque, pero se encontró aprisionado por un abrazo férreo, incapaz de emprender la retirada.

Eragon luchó con todas sus fuerzas y recurrió a cualquier tipo de defensa que pudo imaginar, pero la daga volvió a clavársele en la mente. Entonces levantó ante ella con urgencia sus barreras para rechazar el ataque, pero aunque el dolor era menos atroz que en el primer momento, le impedía concentrarse. La elfa aprovechó la oportunidad para aniquilar las defensas del muchacho sin piedad.

Una manta sofocante envolvía a Eragon por todas partes asfixiando sus pensamientos: la fuerza abrumadora se contraía lentamente y le sorbía las fuerzas poco a poco, pero él insistió porque no estaba dispuesto a rendirse.

La elfa apretó sin piedad su cerco un poco más, decidida a extinguirlo como quien sopla una vela. Desesperado, Eragon gritó en el idioma antiguo: *¡Eka aí fricai un Shur'tugal!* ¡Soy un Jinete, tu amigo! El abrazo mortal no se soltó, aunque cesó la presión, y la elfa emitió una sensación de sorpresa.

Al poco sobrevino la suspicacia, pero Eragon sabía que ella terminaría por creerle; en el idioma antiguo no podía mentir. Sin embargo, el hecho de que se hubiera presentado como amigo no significaba a la fuerza que no pretendiera dañarla. Por lo que Eragon le había transmitido a la elfa, ésta sabía que él se consideraba amigo suyo, aunque tal afirmación podía ser cierta para el muchacho, pero no necesariamente para ella.

El idioma antiguo tiene sus limitaciones, pensó Eragon con la esperanza de que la elfa sintiera la suficiente curiosidad para arriesgarse a soltarlo.

Y la sintió. Entonces se alivió la presión, y las barreras de la mente de la mujer cedieron entre dudas. La elfa permitió que sus pensamientos establecieran un leve contacto, como entre dos animales salvajes que se encuentran por primera vez. Un escalofrío recorrió a Eragon. La mente de la elfa era extraña: parecía vasta y poderosa, cargada de los recuerdos de incontables años. Los pensamientos recónditos de la mujer desaparecían de la vista del muchacho, inaccesibles al contacto, porque eran instrumentos propios de otra raza que obligaban a Eragon a apartarse cuando le rozaban la conciencia. Sin embargo, entre todas esas sensaciones, resplandecía la melodía de una belleza, salvaje y hechicera, que ostentaba la identidad de la elfa.

¿Cómo te llamas? —preguntó ella en el idioma antiguo. La voz de la elfa sonaba débil, plena de una silenciosa desesperanza.

Eragon. ¿Y tú?

La conciencia de la elfa se le acercó más todavía invitándole a sumergirse en las cadencias líricas de la sangre de la mujer. Él resistió con esfuerzo la invocación, aunque su corazón ardía por ceder. Por primera vez entendió el legendario atractivo de los elfos: eran criaturas mágicas, libres de las leyes mortales de la tierra, tan distintas de las de los hombres, de igual manera que los dragones eran diferentes de los demás animales.

...Arya. ¿Por qué entablas contacto conmigo de este modo? ¿Sigo siendo cautiva del Imperio?

¡No! ¡Eres libre! —exclamó Eragon. Aunque apenas conocía algunas palabras sueltas del idioma antiguo, consiguió explicar—: *A mí me apresaron en Gil'ead, como a ti, pero escapé y te rescaté. Durante los cinco días posteriores, hemos cruzado el desierto de Hadarac y ahora hemos acampado al pie de las montañas Beor. En todo ese tiempo no te has movido, ni has dicho una sola palabra.*

¡Ah... así que fue en Gil'ead! —La elfa hizo una pausa—. *Sé que alguien curó mis heridas, pero en ese momento no entendí por qué, aunque estaba segura de que era para prepararme para una nueva tortura. Ahora me doy cuenta de que fuiste tú* —luego añadió con suavidad—: *A pesar de eso no me he despertado, lo cual parece asombrarte.*

Sí.

Durante mi cautividad, me administraron un extraño veneno, el skilna bragh, *junto con una droga para anular mis fuerzas. Todas las mañanas me daban el antídoto para el veneno del día anterior, y si me negaba a tomarlo, me obligaban. Sin él, moriré dentro de pocas horas. Por eso vivo en este trance: hace más lento el progreso del* skilna bragh, *pero no lo detiene... Me planteé la posibilidad de despertarme para quitarme la vida y liberarme de Galbatorix, pero decidí no hacerlo con la esperanza de que fueras un aliado.* —Su voz, cada vez más débil, se apagaba.

¿Cuánto tiempo puedes permanecer así? —preguntó Eragon.

Cuatro semanas, pero me temo que ya no me queda mucho. Este letargo no puede alejar la muerte para siempre... Ya la noto en mis venas. Si no recibo el antídoto, sucumbiré al veneno dentro de tres o cuatro días.

¿Dónde se puede encontrar el antídoto?

Sólo existe en dos lugares fuera del Imperio: donde está mi gente y donde viven los vardenos. De todos modos, no se puede llegar a mi hogar a lomos de un dragón.

¿Y los vardenos? Te hubiéramos llevado directamente a ellos, pero no sabemos dónde están.

Te lo diré si me das tu palabra de que nunca revelarás su ubicación a Galbatorix, ni a ninguno de sus siervos. Además, debes jurar que no me has engañado de ningún modo y que no deseas ningún mal para los elfos, ni para los enanos, ni para los vardenos, ni para la raza de los dragones.

Lo que solicitaba Arya habría sido bien sencillo si no hubieran estado hablando en el idioma antiguo, pues Eragon sabía que le pedía juramentos más comprometedores que la vida misma. Una vez suscritos, no podían romperse jamás. Y eso le pesó en la conciencia mientras comprometía su palabra.

Estamos de acuerdo...

Una serie de imágenes de vértigo cruzaron de repente por la mente de Eragon: se encontró cabalgando por la cordillera de las Beor, mientras recorría muchas leguas hacia el este. El muchacho hizo cuanto pudo por recordar la ruta mientras las sierras y las colinas desfilaban ante él. En ese momento se encaminaba hacia el sur, todavía entre las montañas. Luego el escenario cambió de golpe y se metió por un valle, estrecho y retorcido, que desfilaba sinuoso entre las montañas hasta la base de una espumosa cascada que caía hasta un profundo lago.

Las imágenes se detuvieron.

Está lejos —dijo Arya—, *pero no te dejes desanimar por la distancia. Cuando llegues al lago Kóstha-mérna, al final del río Diente de Oso, coge una piedra, golpéala contra el risco que queda junto a la cascada y grita:* Aí vardenos abr du Shur'tugals gata vanta. *Te dejarán pasar. Serás retado, pero no cejes por muy peligroso que parezca.*

¿Qué te han de dar para el veneno? —preguntó Eragon.

La voz de Arya temblaba, pero recuperó las fuerzas.

Diles que me den néctar de túnivor. Ahora me tienes que dejar... porque ya he gastado demasiada energía. No vuelvas a hablar conmigo, a no ser que no queden esperanzas de encontrar a los vardenos. Si eso ocurriera, hay una información que debo compartir contigo para que los vardenos sobrevivan. Adiós, Eragon, Jinete de Dragón... Mi vida está en tus manos.

Arya cortó el contacto. Las corrientes sobrenaturales que habían cruzado las mentes de ambos, como un eco, desaparecieron. Eragon se estremeció al respirar y se esforzó en abrir los ojos. Murtagh y Saphira lo flanqueaban y lo miraban con preocupación.

—¿Estás bien? —preguntó Murtagh—. Llevas casi quince minutos arrodillado.

—¿Ah, sí? —dijo Eragon pestañeando.

Sí, y haciendo muecas como una gárgola torturada —comentó Saphira en tono seco.

Eragon se levantó e hizo gestos de dolor al estirar los músculos acalambrados.

—¡He hablado con Arya! —En el rostro de Murtagh se dibujó una mueca burlona como si quisiera preguntarle si se había vuelto loco. Eragon explicó—: La elfa. Así se llama.

¿Y con qué podemos curarla? —preguntó Saphira, impaciente.

Eragon les contó a toda prisa su conversación con la elfa.

—¿A qué distancia quedan los vardenos? —preguntó Murtagh.

—No estoy seguro del todo —confesó Eragon—. Por lo que me ha mostrado, creo que están todavía más lejos que Gil'ead.

—¿Y se supone que lo hemos de recorrer en tres o cuatro días? —preguntó Murtagh, enfadado—. ¡Llegar hasta aquí nos ha costado cinco largas jornadas! Qué quieres, ¿matar a los caballos? Bastante exhaustos están ya.

—¡Pero hemos de intentarlo, porque si no hacemos nada se morirá! Si es demasiado para los caballos, Saphira puede adelantarse volando con Arya y conmigo; al menos llegaríamos a tiempo hasta los vardenos. Y tú podrías unirte a nosotros unos pocos días después.

Murtagh refunfuñó y se cruzó de brazos.

—Claro. Murtagh, el animal de carga. Murtagh, el guía de caballos. Tendría que haber recordado que últimamente sólo sirvo para eso. ¡Ah, y no olvidemos que todos los soldados del Imperio andan en mi busca porque tú no podías defenderte sólo y tuve que ir a salvarte! Sí, supongo que aun así debo seguir tus instrucciones y llevar los caballos detrás de ti como un buen sirviente.

Eragon estaba asombrado por la repentina malevolencia que había aparecido en la voz de Murtagh.

—Pero ¿qué te ocurre? Te estoy agradecido por lo que hiciste. Sin embargo, ¡no tienes ninguna razón para enfadarte conmigo! Yo no te pedí que me acompañaras ni que me rescataras de Gil'ead. Lo decidiste tú. Yo no te he obligado a hacer nada.

—¡Ah, no; abiertamente, no! ¿Qué otra cosa podía hacer, sino ayudarte contra los Ra'zac? Y luego, en Gil'ead, ¿cómo iba a largarme con la conciencia en paz? El problema contigo —dijo Murtagh dándole un empujón a Eragon en el pecho— es que eres tan indefenso que obligas a que todo el mundo te cuide.

Aunque esas palabras hirieron el orgullo de Eragon, reconoció en ellas una parte de verdad.

—No me toques —rugió.

Murtagh rió con un tinte brusco en la voz.

—Y si no, ¿qué? ¿Me vas a pegar? No serías capaz de golpearle ni a una pared de ladrillos.

Se acercó a Eragon para darle otro empujón, pero éste lo agarró por un brazo y le dio un golpe en el estómago.

—¡He dicho que no me toques!

Murtagh se inclinó y maldijo. Luego soltó un aullido y se lanzó sobre Eragon. Cayeron al suelo en una maraña de brazos y piernas y se pegaron mutuamente. Eragon lanzó una patada a la cadera derecha de Murtagh, pero falló y rozó el fuego, con lo que las centellas y las ascuas ardientes volaron por el aire.

Los dos jóvenes rodaron por el suelo intentando asirse a algo. Eragon consiguió encajar los pies bajo el pecho de Murtagh y le dio una fuerte patada. Murtagh voló boca abajo hacia la cabeza de Eragon y le aterrizó en la espalda con un golpe contundente.

Murtagh quedó sin aliento, pero intentó ponerse en pie y

se dio la vuelta para encararse a Eragon, mientras boqueaba con fuerza. Cargaron de nuevo. Saphira lanzó un coletazo entre los dos, acompañado de un rugido ensordecedor. Eragon la ignoró y trató de saltar por encima de la cola de la dragona, pero una zarpa lo atrapó en el aire y lo soltó de nuevo en el suelo.

¡Basta!

Trató inútilmente de quitarse del pecho la musculosa pata de Saphira y vio que Murtagh también estaba atrapado. Saphira volvió a rugir y chasqueó las mandíbulas. Balanceó la cabeza por encima de Eragon y lo fulminó con la mirada.

¡Tú, mejor que nadie, deberías comportarte! Peleáis como perros hambrientos por un resto de carne. ¿Qué diría Brom?

Eragon sintió que le ardían las mejillas y apartó la mirada. Sabía lo que hubiera dicho Brom. Saphira los mantuvo en el suelo mientras se calmaban y luego se dirigió claramente a Eragon:

Ahora, si no quieres pasar la noche bajo mi zarpa, le preguntarás educadamente a Murtagh qué le preocupa. —Volvió la cabeza hacia Murtagh y lo miró fijamente con sus impasibles ojos azules—. *Y dile que no pienso aguantar insultos de ninguno de los dos.*

¿No nos vas a soltar? —se quejó Eragon.

No.

En contra de su voluntad, Eragon volvió la cabeza hacia Murtagh mientras notaba el sabor de la sangre en la boca. Murtagh evitó su mirada y fijó los ojos en el cielo.

—Bueno, ¿nos va a soltar o no?

—No, mientras no hablemos... Quiere que te pregunte cuál es el verdadero problema —dijo Eragon, avergonzado.

Saphira gruñó una afirmación y mantuvo la vista fija en Murtagh. A éste le resultaba imposible huir de la penetrante mirada de la dragona. Al fin se encogió de hombros y murmuró algo en voz baja. La zarpa de Saphira se apretó en torno al pecho del joven y la cola silbó en el aire. Murtagh le lanzó una mirada rabiosa, pero luego, rechinando, habló en voz alta:

—Ya te lo dije. No quiero ir a donde están los vardenos.

Eragon frunció el entrecejo. ¿Sólo era eso?

—¿No quieres o no puedes?

Murtagh trató de librarse de la zarpa de Saphira a empujones, pero renunció entre maldiciones.

—¡No quiero! —bramó—. Esperarán de mí cosas que no puedo darles.

—¿Les has robado algo?

—¡Ojalá fuera tan sencillo!

Exasperado, Eragon puso los ojos en blanco.

—Entonces, ¿cuál es el problema? ¿Has matado a alguien importante o te has acostado con la mujer que no debías?

—No, el problema fue nacer —dijo Murtagh en tono enigmático.

Murtagh volvió a empujar a Saphira, y esta vez ella los soltó a los dos. Se pusieron de pie bajo la mirada vigilante de la dragona y se sacudieron la arena de la espalda.

—Estás evitando la pregunta —dijo Eragon mientras se tocaba el labio partido.

—¿Y qué? —escupió Murtagh, y se dirigió hacia el borde del campamento pisando muy fuerte, pero al cabo de un momento, susurró—: Las razones de mi situación no importan, pero te puedo decir que los vardenos no me darían la bienvenida ni aunque les llevara la cabeza del rey. Ah, tal vez me reciban con amabilidad y me permitan entrar en su consejo, pero... ¿fiarse de mí? ¡Nunca! Y si llegara en circunstancias poco propicias, como las actuales, quizá me pusieran los grilletes.

—¿Me vas a contar de qué va todo esto? —preguntó Eragon—. Yo también he hecho cosas de las que no me enorgullezco, así que no te voy a juzgar.

Murtagh, con los ojos relucientes, negó lentamente.

—No se trata de eso. No he hecho nada que merezca semejante trato, aunque sería más fácil así porque podría expiar mi culpa. No... mi única maldad, para empezar, es existir. —Calló y dio una temblorosa bocanada—. Mira, mi padre...

Un agudo bufido de Saphira le cortó la palabra repentinamente.

¡Mirad!

Siguieron la mirada de la dragona que enfocaba hacia el oeste. El rostro de Murtagh palideció.

—¡Hay demonios por arriba y por abajo!

A más o menos cinco kilómetros de distancia, en paralelo a la cadena montañosa, se veía una columna de figuras que marchaban hacia el este. La hilera de tropas, formada por cientos de figuras, tenía una longitud de más de un kilómetro, y al avanzar levantaban nubes de polvo, mientras las armas brillaban en la agonizante luz del ocaso. En cabeza iba un portaestandarte que cabalgaba en una cuadriga negra blandiendo un pendón carmesí.

—Es el Imperio —dijo Eragon, agotado—. Nos han encontrado... no sé cómo.

Saphira colocó la cabeza sobre el hombro de Eragon y observó la columna.

—Sí, pero son úrgalos, no hombres —dijo Murtagh.

—¿Cómo lo sabes?

—Esa bandera es el símbolo personal del jefe de un clan de úrgalos —contestó Murtagh señalando el estandarte—. Es un bruto despiadado, proclive a los ataques violentos y a la locura.

—¿Lo conoces?

—Lo vi una vez, por poco tiempo —respondió el joven entrecerrando los ojos—. Aún conservo las cicatrices. Tal vez esos úrgalos no nos busquen a nosotros, pero estoy seguro de que ya nos han visto y nos van a seguir. Su jefe no es de los que dejarían escapar a un dragón, sobre todo si se ha enterado de lo de Gil'ead.

Eragon se apresuró a cubrir el fuego con tierra.

—¡Tenemos que huir! Tú no quieres ir con los vardenos, pero yo he de llevar a Arya hasta ellos antes de que muera. Hagamos un trato: ven conmigo hasta que llegue al lago Kóstha-mérna y luego tomas tu propio camino. —Murtagh dudó, pero Eragon añadió enseguida—: Si te vas ahora, a la vista de la columna, los úrgalos te seguirán. ¿En qué situación quedarías? ¿Tú solo contra ellos?

—Muy bien —contestó Murtagh echando sus alforjas sobre la grupa de *Tornac*—. Pero cuando estemos cerca de los vardenos me iré.

Eragon ardía en deseos de interrogar más a Murtagh, pero no teniendo a los úrgalos tan cerca. De modo que recogió sus cosas y ensilló a *Nieve de Fuego*. Saphira agitó las alas, despegó deprisa y los sobrevoló haciendo círculos. Vigiló a Murtagh y a Eragon mientras abandonaban el campamento.

¿En qué dirección he de volar? —preguntó.

Hacia el este, siguiendo las Beor.

Manteniendo las alas quietas, Saphira evolucionó un poco y se balanceó en el torbellino de aire caliente quedándose suspendida sobre los caballos.

Quisiera saber qué hacen los úrgalos aquí. Tal vez los hayan enviado para atacar a los vardenos.

En ese caso, deberíamos intentar advertirles —dijo Eragon guiando a *Nieve de Fuego* entre obstáculos apenas visibles. A medida que oscurecía, los úrgalos fueron desapareciendo en la penumbra a espaldas de los viajeros.

Un conflicto de voluntades

Cuando se hizo de día, Eragon tenía la mejilla irritada por el roce con la crin de *Nieve de Fuego* y estaba magullado por la pelea con Murtagh. Habían dormido por turnos sin descabalgar en toda la noche, y eso les había permitido distanciarse de las tropas de úrgalos, pero ninguno de ellos estaba seguro de poder conservar la ventaja. Los caballos se hallaban tan exhaustos que parecía que estaban a punto de detenerse, aunque mantenían todavía el paso implacablemente. Las posibilidades de escapar dependían de que los monstruos estuvieran más o menos descansados... y de que los caballos de Eragon y de Murtagh sobrevivieran.

Las montañas Beor proyectaban grandes sombras sobre la tierra robándoles el calor del sol. Hacia el norte se extendía el desierto de Hadarac, una estrecha franja blanca, brillante como la nieve al sol del mediodía.

Tengo que comer —dijo Saphira—. *Han pasado días desde que cacé por última vez, y el hambre me corroe las entrañas. Si me voy ahora mismo, tal vez me dé tiempo de atrapar unos cuantos de esos ciervos saltarines para dar algunos bocados.*

Vete, si tienes que irte, pero deja a Arya aquí —le dijo Eragon sonriendo ante la exageración.

No tardaré.

Eragon desató a la elfa del vientre de la dragona, y la trasladó a la silla de *Nieve de Fuego*. Saphira alzó el vuelo a toda velocidad y desapareció en dirección a las montañas. Eragon iba corriendo detrás de los caballos, lo suficientemente cerca para estar pendiente de que Arya no se cayera; sin embargo, ni él ni Murtagh rompieron el silencio. Tras la aparición de los úrgalos, la pelea del día anterior ya no parecía tener importancia, pero las contusiones estaban a la vista.

Saphira llevó a cabo su matanza en menos de una hora y notificó a Eragon su éxito. Éste se alegró de saber que volvería pronto porque la ausencia de la dragona lo ponía nervioso.

Se pararon junto a una laguna para dar de beber a los caballos. Distraídamente, Eragon arrancó un tallo de hierba y lo hizo girar con rapidez entre los dedos mientras miraba a la elfa, pero el áspero sonido metálico que produce una espada al ser desenvainada lo sacó del ensueño. Aferró instintivamente la empuñadura de *Zar'roc* y se volvió en busca del enemigo: sólo estaba Murtagh, que ya blandía su larga espada. El joven señaló hacia una colina que tenían delante, en la que se veía a un hombre alto, a lomos de un alazán, cubierto con una capa marrón y con una maza en la mano. A su espalda había un grupo de unos veinte hombres a caballo. Nadie se movió.

—¿Pueden ser vardenos? —preguntó Murtagh.

Eragon tensó sigilosamente el arco.

—Según Arya, aún están a muchas leguas. Tal vez sea una patrulla o una expedición de ataque.

—Eso si no son bandidos.

Murtagh montó en *Tornac* de un salto y tensó también el arco.

—¿Y si intentamos escapar? —preguntó Eragon mientras tapaba a Arya con una manta.

Sin duda los hombres la habían visto ya, pero confió en poder disimular que se trataba de una elfa.

—No serviría de nada —dijo Murtagh moviendo la cabeza—. *Tornac* y *Nieve de Fuego* son buenos caballos de batalla, pero están cansados y no valen para hacer carreras. Mira qué caballos llevan ésos: han nacido para correr. Nos atraparían en menos de medio kilómetro. Además, tal vez tengan algo importante que decir. Será mejor que avises a Saphira para que vuelva deprisa.

Eragon ya lo estaba haciendo. Le explicó a la dragona la situación y le advirtió:

No te muestres si no es necesario, pues aunque no estamos en el Imperio, sigo prefiriendo que nadie conozca tu existencia.

Eso no importa —contestó ella—. *Recuerda que la magia te puede proteger cuando fallan la velocidad y la suerte.*

Eragon notó que la dragona alzaba el vuelo y se apresuraba por llegar a donde estaban ellos, sobrevolando a escasa altura.

El grupo de hombres los observaba desde la colina.

Eragon aferró a *Zar'roc* con gesto nervioso. El tacto de la malla metálica de la empuñadura le daba seguridad.

—Si nos amenazan —le dijo a Murtagh en voz baja—, puedo asustarlos y ponerlos en fuga con mi magia. Y si no lo consigo, nos queda Saphira. Me encantaría saber cómo reaccionarán al saber que soy un Jinete. Se han contado tantas historias sobre los poderes que tenían... Tal vez baste con eso para evitar la pelea.

—No cuentes con ello —dijo Murtagh con llaneza—. Si llegamos a luchar, tendremos que matar a bastantes atacantes para convencerlos de que no vale la pena que se esfuercen.

La expresión controlada del rostro de Murtagh no revelaba ninguna emoción.

El hombre del alazán hizo una señal con la maza e indicó a los demás que salieran trotando hacia los dos jóvenes. Los hombres blandían las lanzas en alto y aullaban con fuerza mientras se acercaban. De sus costados pendían las fundas abolladas, y tenían las armas sucias y oxidadas. Cuatro de esos individuos ensayaron sus flechas en dirección a Eragon y a Murtagh.

El cabecilla de la banda giró la maza en el aire y sus secuaces respondieron con aullidos mientras trazaban un círculo salvaje en torno a los muchachos. A Eragon le temblaban los labios y estuvo a punto de lanzarles un estallido de magia, pero se contuvo.

Aún no sabemos qué quieren, se recordó reprimiendo su creciente aprensión.

En cuanto Eragon y Murtagh estuvieron rodeados por completo, el cabecilla tiró de las riendas para detener su caballo, se cruzó de brazos y los examinó con ojo crítico.

—Vaya, éstos están mejor que la escoria que solemos encontrar —afirmó enarcando las cejas—. Al menos esta vez están sanos. Y ni siquiera hemos tenido que tirar una flecha. A Grieg le encantará.

Los hombres se rieron.

Al oír esas palabras, a Eragon le dio un vuelco el corazón. Una sospecha se agitó en la mente del muchacho.

Saphira...

—Bueno, vosotros dos —dijo el cabecilla dirigiéndose a Eragon y a Murtagh—, si tenéis la bondad de soltar las armas, evitaréis que mis hombres os conviertan en aljabas humanas.

Los arqueros exhibieron una sonrisa significativa y los demás volvieron a reír.

El único movimiento de Murtagh fue para reorientar la espada.

—¿Quiénes sois y qué queréis? Somos hombres libres y queremos cruzar estas tierras. No tenéis ningún derecho a detenernos.

—¡Ah, yo tengo todos los derechos! —dijo el individuo en tono despectivo—. En cuanto a quiénes somos... Los esclavos no se dirigen a sus amos en ese tono, salvo que quieran recibir una paliza.

¡Traficantes de esclavos!

Eragon maldijo para sí y recordó vivamente a la gente que había visto en la subasta de Dras-Leona. La rabia hirvió en sus entrañas. Fulminó con la mirada a los hombres que lo rodeaban, con odio y desprecio renovados.

Las arrugas de la cara del cabecilla se acrecentaron.

—¡Soltad las espadas y rendíos!

Los traficantes de esclavos se pusieron tensos y lanzaron gélidas miradas a Eragon y a Murtagh al ver que ninguno de los dos bajaba las armas. Eragon sintió un cosquilleo en la palma de la mano. En ese momento oyó un crujido a su espalda y luego una interjección. Sorprendido, se dio la vuelta.

Uno de los hombres había tirado de la manta que tapaba a Arya y había dejado al descubierto el rostro de la elfa. El bandido boqueó de asombro y gritó:

—¡Torkenbrand! ¡Es una elfa!

Todos se agitaron sorprendidos mientras el cabecilla espoleaba a su caballo para acercarse a *Nieve de Fuego*. Miró a Arya y silbó.

—Bueno, ¿cuánto vale? —preguntó alguien.

Torkenbrand guardó silencio un momento, luego extendió una mano y dijo:

—Como mínimo... Una fortuna inmensa. ¡El Imperio pagaría por ella una montaña de oro!

Los traficantes gritaron excitados y se palmearon las espaldas. Un rugido llenó la mente de Eragon cuando Saphira apareció a lo lejos, en lo alto.

¡Ataca ya! —gritó Eragon—. *Pero si huyen, déjalos escapar.*

Ella plegó las alas de inmediato y se lanzó en picado. Eragon captó la atención de Murtagh con una brusca señal y éste entendió el aviso. Descabalgó al traficante de un codazo en la cara y clavó los talones en los flancos de *Tornac*. Agitando la crin, el caballo de batalla saltó hacia delante, dio una vuelta y se alzó sobre las patas traseras. Murtagh blandió la espada cuando el caballo volvía a posar las patas delanteras y soltaba una coz en la espalda del traficante que él había desmontado. El hombre dio un grito.

Antes de que los asaltantes entendieran lo que estaba pasando, Eragon se apartó como pudo del alboroto, alzó las manos e invocó unas palabras del idioma antiguo. Un globo de fuego de color índigo se alzó en el suelo en medio de la refriega y estalló en un manantial de gotas derretidas que se disiparon como el rocío calentado por el sol. Un segundo después, Saphira cayó del cielo y aterrizó al lado del muchacho. Abrió las mandíbulas para exhibir sus gigantescos colmillos y bramó.

—¡Atrás! —exclamó Eragon por encima del barullo—. ¡Soy un Jinete! —Blandió a *Zar'roc* en lo alto, con su filo rojo resplandeciente bajo el sol, y la apuntó hacia los traficantes de esclavos—: ¡Huid, si queréis conservar la vida!

Los hombres gritaron palabras incoherentes y se atropellaron entre sí en su afán por escapar. En medio de la confusión, una lanza golpeó la frente de Torkenbrand que, aturdido, se tambaleó y cayó al suelo. Los hombres ignoraron a su jefe caído y se alejaron a la carrera, en tropel, lanzando miradas de terror a Saphira.

Torkenbrand se esforzó por ponerse de rodillas. La sangre brotaba de las sienes del individuo y le corría por las mejillas formando una redecilla carmesí. Murtagh desmontó y se acercó a él a grandes zancadas, con la espada en la mano. El traficante alzó débilmente los brazos, como si quisiera protegerse de un golpe. Murtagh lo miró con frialdad y luego le golpeó el cuello con el filo de su espada.

—¡No! —gritó Eragon, pero era demasiado tarde.

El tronco decapitado de Torkenbrand se desplomó entre una nubecilla de polvo y la cabeza cayó con un golpe seco. Eragon se acercó corriendo a Murtagh al tiempo que pronunciaba furiosas palabras.

—¿Se te ha podrido el cerebro? —gritó, furibundo—. ¿Por qué lo has matado?

Murtagh secó el filo de su espada en la espalda del jubón de Torkenbrand. El acero dejó una oscura mancha en la tela.

—No sé por qué te enfadas tanto.

—¡Enfadarme! —estalló Eragon—. ¡Es mucho más que un enfado! ¿No se te ha ocurrido que podíamos dejarlo aquí y seguir nuestro camino? ¡No! En vez de eso, te conviertes en verdugo y le cortas la cabeza. ¡No podía defenderse!

Murtagh parecía perplejo por la ira de Eragon.

—Bueno, no podíamos dejarlo por en medio... Era peligroso. Los demás han huido... Y él, sin caballo, no habría podido ir muy lejos. No quería que los úrgalos lo encontraran y se enteraran de la presencia de la elfa. Por eso he pensado que...

—Pero... ¿tenías que matarlo? —lo interrumpió Eragon.

La dragona olisqueó con aire curioso la cabeza de Torkenbrand, abrió un poco la boca, como si se la fuera a tragar, pero luego se lo pensó mejor y se acercó a Eragon a paso lento.

—Lo único que pretendo es salvar el pellejo —contestó Murtagh—. Ninguna vida ajena me importa más que la mía.

—Pero no te puedes entregar a la violencia gratuita. ¿Qué se ha hecho de tu empatía? —rugió Eragon, al tiempo que se señalaba la cabeza.

—¿Empatía? ¿Empatía? ¿Me puedo permitir sentir empatía por mis enemigos? ¿Debo dudar entre defenderme o no porque podría dañar a otros? Si fuera así, llevaría años muerto. Hay que estar dispuesto a protegerse a uno mismo y a cuanto uno quiere, cueste lo que cueste.

Eragon enfundó a *Zar'roc* con brusquedad y movió la cabeza alocadamente.

—Eres capaz de justificar cualquier atrocidad con tus razonamientos.

—¿Te crees que me divierto? —gritó Murtagh—. Desde el día en que nací, mi vida está amenazada. Todas las horas que he pasado despierto las he dedicado a evitar peligros de cualquier clase. Y no me es fácil conciliar el sueño porque siempre estoy preocupado por si llegaré a ver la luz del alba. Si hubo un tiempo en que estuve a salvo, debió de ser en el vientre de mi madre, aunque ni siquiera fue así. No lo entiendes. Si tú vivieras con este miedo, aprenderías la misma lección que yo: no hay que correr ningún riesgo. —Señaló con un gesto el cuerpo de Torkenbrand—. Él era un riesgo y lo he superado. Me niego a arrepentirme y no pienso mortificarme por lo que ya está hecho.

Eragon pegó su cara a la de Murtagh.

—Aun así, está mal hecho. —Ató a Arya al vientre de Saphira y montó en *Nieve de Fuego*—. ¡Vámonos!

Murtagh tiró de las riendas para que *Tornac* esquivara el cuerpo de Torkenbrand, tumbado boca abajo sobre el polvo ensangrentado.

Cabalgaron a una velocidad que Eragon hubiera creído imposible apenas una semana antes; las leguas desfilaban a su paso como si ellos tuvieran alas en los pies. Torcieron hacia el sur entre dos brazos de las montañas Beor: eran dos sierras como pinzas a punto de cerrarse y sólo un día de viaje separaba las dos puntas. Sin embargo, la distancia parecía aún menor por el tamaño de las montañas. Era como si estuvieran en un valle hecho a la medida de un gigante.

Cuando se detuvieron al fin del día, Eragon y Murtagh cenaron en silencio negándose a apartar la mirada de la comida. Al cabo de un rato Eragon afirmó en tono lacónico:

—Yo me encargo de la primera guardia.

Murtagh asintió y se tumbó sobre sus mantas dándole la espalda.

¿Quieres que hablemos? —preguntó Saphira.

Ahora no —murmuró Eragon—. *Dame tiempo para pensar. Me siento... confundido.*

Ella cortó el contacto mental tras una caricia y un susurro:

Te quiero, pequeño.

Y yo a ti —contestó él.

La dragona se hizo un ovillo al lado de Eragon y le prestó su calor. Él se quedó inmóvil en la oscuridad luchando con su inquietud.

Volando por el valle

Por la mañana Saphira alzó el vuelo con Eragon y con Arya porque el muchacho quería alejarse un rato de Murtagh. Eragon sintió un escalofrío y se ciñó la ropa. Parecía que fuera a nevar. Saphira ascendió perezosamente aprovechando una corriente de aire y preguntó:

¿En qué piensas?

Eragon contempló las montañas Beor, que se alzaban en torno a ellos, pese a que Saphira volaba muy por encima del suelo.

Lo de ayer fue un asesinato, no se puede llamar de otro modo.

Saphira se inclinó hacia la izquierda.

Fue una reacción apresurada y nada reflexiva, pero Murtagh pretendía hacer lo correcto. Los hombres que compran y venden a los demás seres humanos merecen cualquier desgracia que les ocurra. Si no nos hubiéramos comprometido a ayudar a Arya, yo misma perseguiría a todos los traficantes de esclavos y los haría pedazos.

Sí —dijo Eragon, apesadumbrado—, *pero Torkenbrand estaba indefenso. No podía cubrirse ni correr. Un instante más y, probablemente, se habría rendido; sin embargo, Murtagh no le concedió la oportunidad. Si al menos Torkenbrand hubiera podido pelear, no sería tan terrible.*

Eragon, aunque Torkenbrand hubiera luchado, el resultado habría sido el mismo. Sabes tan bien como yo que po-

cos pueden igualar a Murtagh, o a ti, con la espada. Torkenbrand habría muerto igualmente pero, según parece, a ti te hubiera parecido más justo y honroso, a pesar de la desigualdad del duelo.

¡Ya no sé lo que está bien! —admitió Eragon, afligido—. *Ninguna respuesta tiene sentido.*

A veces —dijo Saphira en tono amable—, *no hay respuestas. Aprende lo que puedas de Murtagh en ese aspecto. Luego perdónalo. Y si no puedes perdonar, al menos olvida. Porque él no pretendía causarte ningún mal, por muy brutal que fuera su acción. Aún tienes la cabeza en su sitio, ¿no?*

Eragon frunció el entrecejo y se reacomodó en la silla. Se movió inquieto, como un caballo cuando trata de librarse de una mosca, y mirando por encima de los hombros de Saphira, comprobó la situación de Murtagh. Mientras observaba, le llamó la atención una mancha de color que había a lo lejos, en la misma ruta que habían recorrido.

Los úrgalos habían acampado junto al lecho de un río que ellos mismos habían cruzado el día anterior. A Eragon se le aceleró el corazón. ¿Cómo podía ser que los úrgalos fueran a pie y, sin embargo, les dieran alcance? Saphira también los vio, agitó las alas, las plegó junto al cuerpo y se lanzó en picado cortando el aire.

Creo que no nos han visto —dijo.

Eragon confió en que así fuera. Entrecerró los ojos para protegerlos del aire cuando Saphira amplió el ángulo de descenso.

El jefe del clan los debe de guiar a un ritmo matador —añadió.

Sí, a lo mejor se mueren todos de cansancio.

Al aterrizar, Murtagh preguntó en tono seco:

—¿Qué ocurre ahora?

—Los úrgalos se nos echan encima —contestó Eragon, y señaló hacia el campamento de la columna.

—¿Cuánto nos falta? —preguntó Murtagh, que alzó una mano al cielo calculando las horas que aún quedaban para el ocaso.

—Normalmente... diría que otros cinco días, pero a la velocidad que llevamos, sólo tres. No obstante, si no llegamos mañana, es probable que los úrgalos nos atrapen y seguro que Arya se muere.

—Tal vez dure un día más.

—No podemos contar con eso —objetó Eragon—. Sólo podemos llevarla hasta los vardenos a tiempo si no nos detenemos para nada, y mucho menos para dormir. Es nuestra única posibilidad.

—¿Y cómo esperas lograrlo? —preguntó Murtagh con una risa escéptica—. Ya llevamos varios días sin dormir lo suficiente. Salvo que los Jinetes estéis hechos de una materia distinta que los humanos, estás tan cansado como yo. Hemos recorrido una distancia asombrosa, y los caballos, por si no te has dado cuenta, están a punto de desmayarse. Otro día así, y podríamos morir todos.

Eragon se encogió de hombros.

—Pues así sea. No tenemos otra opción.

Murtagh miró hacia las montañas.

—Podría irme y dejar que tú volaras con Saphira... Eso obligaría a los úrgalos a dividir sus tropas y entonces tendrías más opciones de llegar hasta los vardenos.

—Sería un suicidio —dijo Eragon—. Por alguna razón, esos úrgalos van más deprisa a pie que nosotros a caballo. Te darían caza como a un ciervo. Así, la única manera de librarse de ellos es encontrar el refugio de los vardenos.

A pesar de sus palabras, Eragon no estaba seguro de desear que Murtagh se quedara.

Me cae bien, confesó para sí, *pero ya no sé si eso es bueno.*

—Ya me escaparé más adelante —dijo Murtagh bruscamente—. Cuando lleguemos a donde están los vardenos podré desaparecer por algún valle secundario y encontrar el camino hasta Surda; allí podré esconderme sin llamar demasiado la atención.

—Entonces, ¿te quedas?

—Con o sin sueño, te acompañaré hasta los vardenos.

Con determinación renovada, se esforzaron por distanciarse de los úrgalos, pero sus perseguidores seguían ganándoles terreno. Al caer la noche los monstruos habían acortado la distancia en una tercera parte con respecto a la mañana. Y como la fatiga les socavaba las fuerzas, se turnaban para dormir sobre la montura, y el que permanecía despierto se encargaba de guiar a los caballos en la dirección adecuada.

Eragon dependía totalmente de los recuerdos de Arya para orientarse, pero como la naturaleza de la mente de la elfa le era ajena, a veces se equivocaba de ruta, lo cual les costaba un tiempo precioso. Fueron torciendo gradualmente hacia las laderas de la cadena oriental de montañas para buscar el valle que debía llevarlos hasta los vardenos. No obstante, llegó y pasó la medianoche sin que encontraran el menor rastro.

Cuando volvió a salir el sol, se alegraron al ver que los úrgalos estaban lejos.

—Es el último día —dijo Eragon, con un amplio bostezo—. Si a mediodía no estamos razonablemente cerca de los vardenos, me adelantaré volando con Saphira. Entonces quedarás libre para ir a donde quieras, pero tendrás que llevarte a *Nieve de Fuego* porque yo no podré volver a por él.

—Quizá no sea necesario. Aún puede ser que lleguemos

a tiempo —contestó Murtagh acariciando la empuñadura de su espada.

—Puede ser —dijo Eragon, displicente.

El muchacho se acercó a Arya y le puso una mano en la frente: estaba húmeda y peligrosamente ardorosa. Los ojos de la elfa se agitaban incómodos bajo los párpados, como si la mujer sufriera una pesadilla. Eragon le rozó la frente con un paño húmedo y deseó poder hacer algo más por ella.

A última hora de la mañana, después de rodear una montaña muy grande, Eragon vio un estrecho valle pegado a la ladera contraria, que era tan cerrado que la vista podía pasarlo por alto con facilidad. El río Diente de Oso, mencionado por Arya, fluía desde el valle y luego recorría tranquilamente el terreno. Eragon sonrió aliviado; era el lugar que buscaban.

Miró hacia atrás y se asustó al ver que la distancia entre ellos y los úrgalos se había acortado hasta poco más de cinco kilómetros.

—Si conseguimos meternos por ahí sin que nos vean, tal vez los despistemos —le dijo Eragon a Murtagh señalando el valle.

—Vale la pena probarlo, pero no les ha costado nada seguirnos hasta aquí —repuso Murtagh, que parecía escéptico.

Mientras se acercaban al valle, pasaron bajo las retorcidas ramas del bosque de las Beor: los árboles eran altos, de corteza rugosa, casi negra, con hojas en forma de aguja del mismo color oscuro y nudosas raíces que se alzaban desde el suelo como rodillas peladas; en el suelo abundaban los frutos caídos, grandes como cabezas de caballo; las martas cibelinas, cuyos ojos resplandecían desde los agujeros de los troncos, parloteaban en las copas; y de las retorcidas ramas colgaba una maraña verdosa de espesos matalobos.

El bosque le provocaba una sensación incómoda a Eragon y hacía que se le erizara el vello de la nuca. Había algo hostil en el ambiente, como si los árboles rechazaran la intromisión de los forasteros.

Son muy viejos —dijo Saphira al tiempo que tocaba un árbol con el hocico.

Sí —contestó Eragon—, *pero nada amistosos.*

Cuanto más se adentraban en el bosque, más denso se volvía éste, y por falta de espacio, Saphira tuvo que alzar el vuelo con Arya. No había ningún sendero claro que seguir y la espesa maleza entorpecía el paso de Eragon y de Murtagh. El río Diente de Oso corría al lado de los viajeros e inundaba el espacio con el ruido del barboteo del agua. Una cumbre cercana oscurecía el sol y los sumía en un crepúsculo prematuro.

Al llegar a la entrada del valle, Eragon se dio cuenta de que, aunque parecía un estrecho desfiladero entre las cumbres, en realidad era tan ancho como cualquier valle de las Vertebradas, pero el tamaño gigantesco de las montañas, serradas y sombrías, le daba ese aspecto engañoso. Las cataratas brotaban de las escarpadas laderas y el cielo se convertía en una estrecha franja en lo alto, escondida en gran parte por las nubes grises; una espesa niebla se alzaba desde el suelo, frío y húmedo, y congelaba el aire de tal modo que, cuando ellos respiraban, emitían vaho; los zarzales de fresas salvajes trepaban entre una alfombra de musgo y helechos, luchando por obtener la escasa luz del sol, y de los montones de madera podrida, brotaban hongos rojos y amarillos.

Todo parecía silencioso y tranquilo, pues la pesadez del aire acallaba los sonidos. Saphira aterrizó al lado de los dos jóvenes en un claro cercano, y el aleteo de la dragona sonó extrañamente amortiguado. Saphira ladeó la cabeza para abarcar el terreno con la mirada.

Acabo de pasar junto a una bandada de pájaros negros

y verdes con manchas rojas en las alas. Nunca había visto pájaros así.

En estas montañas todo parece extraño —contestó Eragon—. *¿Te importa que me monte un rato? Quiero echar un vistazo a los úrgalos.*

Claro.

Eragon se volvió hacia Murtagh y le indicó:

—Los vardenos están escondidos al final de este valle. Si nos damos prisa, podríamos llegar antes del anochecer.

Murtagh gruñó con los brazos en jarras.

—¿Y cómo voy a salir de aquí? No veo que este valle se junte con ningún otro y pronto se nos van a echar encima los úrgalos. Necesito una vía de escape.

—No te preocupes por eso —contestó Eragon, impaciente—. El valle es muy largo; seguro que tiene salida más adelante. —Desató a Arya del vientre de Saphira y la montó a lomos de *Nieve de Fuego*—. Vigila a Arya porque voy a volar con Saphira. Nos encontraremos más arriba.

Trepó a la grupa de Saphira y se ató a la silla.

—Ten cuidado —avisó Murtagh, ceñudo, a causa de sus negros pensamientos.

Luego chasqueó la lengua para llamar la atención de los caballos y se volvió a meter enseguida en el bosque.

En cuanto Saphira se elevó hacia el cielo, Eragon le dijo:

¿Crees que puedes alcanzar una de esas cimas? Quizá desde allí podamos distinguir nuestro destino y también un paso para Murtagh. No quiero oír sus quejas todo el camino.

Podemos intentarlo —contestó Saphira—, *pero ahí arriba hará mucho más frío.*

Voy bien abrigado.

Entonces, ¡agárrate!

De repente, Saphira dio un tirón hacia arriba, lo que obligó a Eragon a aferrarse a la silla. Las alas de la dragona batían con fuerza para cargar con el peso del muchacho y con el suyo propio. De ese modo el valle se fue encogiendo hasta convertirse en una línea verde por debajo de ellos mientras el río Diente de Oso brillaba como la plata repujada cuando le daba la luz.

Llegaron a la capa de nubes, donde la humedad congelada saturaba el aire, y allí una manta gris e informe los envolvió y les impidió ver a una distancia mayor que un brazo estirado. Eragon confió en que no chocaran contra nada en las tinieblas. Estiró un brazo para ver qué pasaba y lo agitó en el aire: el agua se le condensaba en la mano, le bajaba por el brazo y le empapaba la manga.

Una confusa masa gris pasó junto a la cabeza del muchacho, y él llegó a distinguir una paloma que aleteaba desesperada. El ave llevaba una cinta blanca en una pata. Saphira atacó al pájaro con la lengua fuera y las fauces abiertas, y la paloma graznó en el momento en que los afilados dientes de la dragona se cerraban de golpe a un pelo escaso de distancia de la cola del ave. Luego ésta se alejó a toda velocidad y desapareció entre la bruma al tiempo que el histérico batir de sus alas se iba apagando.

Cuando sobrepasaron las nubes, las escamas de Saphira se hallaban cubiertas de miles de gotas de agua que reflejaban minúsculos arcos iris y les arrancaban destellos azules. Eragon se movió y sus ropas soltaron hilillos de agua: el muchacho sintió un escalofrío. Ya no veía la tierra, sino sólo bloques de nubes que serpenteaban entre las montañas.

Los árboles cedían terreno a glaciares de gran espesor que brillaban blancos y azulados a la luz del sol. El fulgor de la nieve obligó a Eragon a cerrar los ojos y, aunque intentó abrirlos al cabo de un momento, la luz lo deslumbraba. Irritado, se quedó mirándose los brazos.

¿Cómo lo aguantas? —preguntó a Saphira.

Mis ojos son más fuertes que los tuyos —contestó la dragona.

El aire era glacial, de tal modo que la humedad que había recogido el cabello de Eragon se congeló y le trazó un brillante casco sobre la cabeza. Al mismo tiempo, en torno a las extremidades del muchacho, la camisa y los pantalones se le endurecieron como cáscaras. Por su parte, las escamas de Saphira se volvieron resbalosas con tanto hielo, y el agua se le escarchaba encima de las alas. Nunca habían volado tan alto y, sin embargo, aún faltaban miles de metros para llegar a la cumbre.

El aleteo de Saphira se volvía cada vez más lento y empezaba a costarle respirar. Eragon boqueaba y jadeaba; parecía como si no hubiera suficiente aire. Luchando contra el pánico, se agarró a las púas del cuello de Saphira para mantener el equilibrio.

Tenemos que... irnos de aquí —dijo. Ante los ojos del muchacho flotaban unas manchas rojas—. *No puedo... respirar.*

Como parecía que Saphira no lo oía, repitió el mensaje con más intensidad. De nuevo sin respuesta. Eragon se dio cuenta de que no podía oírlo, y aunque le costaba pensar, se balanceó, le dio un golpe en un costado y gritó:

—¡Bajemos!

El esfuerzo lo dejó aturdido a la vez que se le desvanecía la visión en una oscuridad de torbellinos.

Eragon recuperó la conciencia cuando emergían bajo las nubes y notó que le latían las sienes.

¿Qué ha pasado? —preguntó mientras se recolocaba en la silla y miraba confuso a su alrededor.

Te has desmayado —contestó Saphira.

Empezó a pasarse una mano por el cabello, pero se detuvo al notar las partículas de hielo.

Sí, ya lo sé, pero ¿por qué no me contestabas?

Mi cerebro estaba confuso y tus palabras no tenían sentido. Cuando has perdido la conciencia, he comprendido que estaba pasando algo y he descendido. No he tenido que bajar mucho para entender lo que sucedía.

Suerte que no te has desmayado tú también —dijo Eragon, con una risa nerviosa. Saphira se limitó a agitar la cola. El muchacho miró con añoranza hacia las cumbres, de nuevo tapadas por las nubes—. *Lástima que no pudiéramos posarnos en uno de esos picos... Bueno, ahora ya sabemos que sólo podremos salir volando de este valle por donde entramos. ¿Por qué nos hemos quedado sin aire? ¿Cómo puede ser que abajo sí lo haya y arriba no?*

No lo sé, pero nunca me atreveré otra vez a volar tan cerca del sol. Deberíamos recordar la experiencia. Este descubrimiento puede resultar útil si alguna vez nos tenemos que enfrentar a otro Jinete.

Espero que eso no ocurra nunca —contestó Eragon. *Quedémonos abajo, de momento. Ya he tenido bastantes aventuras por hoy.*

Flotaron en las corrientes de aire suave planeando entre una montaña y la siguiente hasta que Eragon vio que la columna de úrgalos había llegado a la entrada del valle.

¿Por qué van tan deprisa? ¿Y cómo lo aguantan?

Ahora que estamos más cerca —explicó Saphira—, *me doy cuenta de que esos úrgalos son más grandes que los que habíamos visto hasta ahora. Al lado de un hombre alto, le sacarían más de una cabeza. No sé de dónde proceden, pero ha de ser de un lugar muy salvaje para producir semejante clase de brutos.*

Eragon miró fijamente la tierra que se extendía a sus pies, pero no podía ver con tanto detalle como la dragona.

Si siguen a ese ritmo, alcanzarán a Murtagh antes de que encontremos a los vardenos.

No pierdas la esperanza. Tal vez el bosque detenga el

avance de los monstruos... ¿Se los podría detener con magia?

Detenerlos... no. Son demasiados. —Eragon pensó en la fina capa de bruma que se cernía sobre la tierra del valle, y sonrió—. *Pero quizá sea capaz de frenarlos un poco.* —Cerró los ojos, escogió las palabras que necesitaba, miró fijamente la bruma y luego ordenó—: *¡Gath un reisa du rakr!*

Allá abajo se produjo una turbulencia y, desde arriba, parecía que la tierra fluía como un gran río en calma. Una franja de niebla, pesada como el plomo, se cerró frente a los úrgalos y se espesó hasta convertirse en un muro intimidatorio, oscuro como una nube de tormenta. Los úrgalos dudaron, pero siguieron avanzando como un rebaño en estampida que nadie podía detener. A continuación la barrera giró en torno a ellos y ocultó a las primeras filas de monstruos.

La pérdida de fuerzas de Eragon fue repentina y total: el corazón le latía agitado como el de un ave moribunda; boqueó y puso los ojos en blanco. Entonces se esforzó en romper el abrazo del hechizo y en cerrar aquella brecha por la que se le escapaba la vida. Tras un aullido salvaje, se apartó de la magia y quebró el contacto. Hilachas de magia fluían de la mente del muchacho como serpientes decapitadas, que luego abandonaban a regañadientes la conciencia de Eragon agarrándose a los restos de las fuerzas que le quedaban. El muro de niebla se disipó y la bruma se desplomó mansamente sobre el suelo, como una torre de fango derribada. Sin embargo, los úrgalos no habían perdido el paso.

Eragon estaba tendido sobre Saphira, inmóvil y jadeante. Hasta ese momento no recordó lo que le había dicho Brom: «La distancia influye sobre la magia, igual que ocurre cuando se arroja una flecha o una lanza. Si tratas de levantar o mover algo que está a más de un kilómetro, te exigirá mayor energía que si estuviera cerca».

No lo volveré a olvidar, pensó Eragon con tristeza.

Nunca debiste olvidarlo —intervino Saphira en tono admonitorio—. *Primero la arena en Gil'ead y ahora esto. ¿Acaso no prestabas atención a lo que te explicaba Brom? Si sigues así, te matarás.*

Sí prestaba atención —se defendió Eragon rascándose la barbilla—. *Es que ha pasado mucho tiempo, y no he tenido ocasión de recordarlo. Nunca había usado la magia a distancia, de modo que no podía saber que sería tan difícil.*

Otra vez te dará por intentar devolverle la vida a un cadáver. A ver si también olvidas lo que te dijo Brom acerca de eso —gruñó Saphira.

No, me acordaré —dijo Eragon con impaciencia. Saphira voló en picado hacia el suelo buscando a Murtagh y a los caballos. Eragon hubiera querido ayudarla, pero apenas tenía energía suficiente para permanecer sentado.

Saphira aterrizó en un pequeño campo con brusquedad, y Eragon se llevó una sorpresa al ver a los caballos quietos y a Murtagh de rodillas, examinando el suelo. Al ver que Eragon no desmontaba, Murtagh se acercó deprisa y preguntó:

—¿Qué ha sucedido?

Parecía molesto, preocupado y cansado al mismo tiempo.

—He cometido un error —dijo Eragon con sinceridad—. Los úrgalos han entrado en el valle. He intentado confundirlos, pero no he recordado una regla de la magia y lo he pagado caro.

Con cara de pocos amigos, Murtagh señaló hacia atrás con el pulgar.

—Acabo de ver huellas de lobos, pero son tan grandes como mis dos manos juntas y tienen más de dos centímetros de profundidad. Por aquí hay animales que podrían ser peligrosos incluso para ti, Saphira. —Se volvió hacia ella—: Ya sé que no puedes adentrarte en el bosque, pero ¿podrías sobrevolar en círculos por encima de mí y de los caballos? Eso debería bastar para mantener alejadas a las fieras. Si no, quedará tan poco de mí que no se me podrá guisar ni en un dedal.

—¿Estás de buen humor, Murtagh? —preguntó Eragon con una sonrisa fugaz.

Le temblaban los músculos y le costaba concentrarse.

—Humor negro. No tengo otro. —Murtagh se frotó los ojos—. No puedo creer que nos hayan estado siguiendo los mismos úrgalos todo el tiempo. Para seguirnos a ese ritmo tendrían que ser pájaros.

—Saphira dice que son más grandes que los que habíamos visto —señaló Eragon.

Murtagh maldijo y apretó la empuñadura de la espada.

—¡Eso lo aclara todo! Si tienes razón, Saphira, se trata de los kull, la élite de los úrgalos. Tendría que haber adivinado que los habían puesto bajo el mando del jefe del clan. Esos úrgalos no van a caballo porque los animales no soportarían su peso, pues todos miden por lo menos dos metros y medio, y pueden pasar días seguidos corriendo y, a pesar del esfuerzo, estar a punto para la batalla. Hacen falta hasta cinco hombres para matar a cada uno de ellos. No obstante, los kull sólo abandonan sus cuevas para ir a la guerra, así que si han salido tantos será porque esperan una gran matanza.

—¿Podemos mantenernos por delante de ellos?

—Vete a saber —contestó Murtagh—. Son fuertes, decididos, y hay muchos. Es posible que tengamos que enfrentarnos a esos monstruos. Si eso ocurre, espero que los vardenos tengan apostados a sus hombres y puedan ayudarnos. Pese a nuestras habilidades y al apoyo de Saphira, no podríamos superarlos.

Eragon se tambaleó.

—¿Puedes pasarme un poco de pan? Necesito comer. —Murtagh le dio enseguida un pedazo. Estaba seco y duro, pero Eragon lo masticó agradecido. Murtagh escrutó las laderas que cerraban el valle, con mirada de preocupación.

Eragon sabía que estaba buscando una salida—. La encontraremos más adelante.

—Claro —contestó Murtagh con optimismo forzado. Luego se palmeó el muslo y añadió—: Nos tenemos que ir.

—¿Cómo está Arya? —preguntó Eragon.

—Le ha subido la fiebre —afirmó Murtagh encogiéndose de hombros—. Ha estado agitada y dándose vueltas. ¿Qué esperabas? Se va quedando sin fuerzas. Tendrías que llevarla volando hasta los vardenos antes de que el veneno la lastime más.

—No te voy a dejar atrás —insistió Eragon, que recuperaba energías a cada bocado—. Y menos con los úrgalos tan cerca.

Murtagh volvió a encogerse de hombros.

—Como quieras. Pero te advierto que si te quedas conmigo, ella no sobrevivirá.

—No digas eso —pidió Eragon montando en la silla de Saphira—. Ayúdame a salvarla. Aún podemos conseguirlo. Considéralo como un intercambio de vidas: me lo debes a cambio de la muerte de Torkenbrand.

El rostro de Murtagh se crispó al instante.

—No reconozco esa deuda. Tú... —Se detuvo al oír el eco de una corneta que resonaba en el tenebroso bosque—. Ya te contestaré después.

Tomó las riendas y se alejó al trote lanzando una mirada de rabia a Eragon.

Eragon cerró los ojos cuando Saphira alzó el vuelo. Tenía ganas de tumbarse en un blando lecho y olvidar todos sus problemas.

Saphira —dijo al fin, tapándose las orejas con las manos para entrar en calor—, *¿y si llevamos a Arya hasta los vardenos? En cuanto la dejemos a salvo, podemos volver volando a por Murtagh y sacarlo de aquí.*

Los vardenos no te lo permitirían —contestó Saphira—.

Creerían que quizá deseabas volver para informar a los úrgalos acerca de su escondrijo. En realidad no llegamos en las mejores condiciones para ganarnos su confianza, pues querrán saber por qué hemos traído a un batallón completo de los kull hasta sus puertas.

Tendremos que decirles la verdad y esperar que nos crean —dijo Eragon.

¿Y qué haremos si los kull atacan a Murtagh?

¡Pelear con ellos, por supuesto! No pienso dejar que capturen o maten a Murtagh, ni a Arya —contestó Eragon, indignado.

En la respuesta de Saphira hubo un toque de sarcasmo:

¡Qué noble! Mmm, acabaríamos con muchos úrgalos —tú con la magia y la espada, y yo con mis armas de dientes y zarpas—, pero al final sería inútil. Son demasiados... No podemos derrotarlos; nos vencerán.

¿Y entonces? —preguntó él—. *No voy a abandonar ni a Murtagh ni a Arya a su merced.*

Saphira agitó la cola, cuya punta silbaba con fuerza.

Ni yo te pido que lo hagas. En cualquier caso, si atacamos nosotros primero, tal vez obtengamos ventaja.

¿Te has vuelto loca? Nos... —La voz de Eragon se apagó al quedarse reflexionando—. *No podrán hacer nada,* concluyó, sorprendido.

Exacto —dijo Saphira—. *Desde cierta altura, les podemos hacer mucho daño.*

¡Tirémosles rocas! —propuso Eragon—. *Así se desperdigarán.*

Eso si sus cráneos no tienen la dureza suficiente para protegerlos.

Saphira se inclinó hacia la derecha y descendió deprisa hacia el río Diente de Oso. Agarró una roca de tamaño mediano entre sus fuertes garras mientras Eragon atrapaba unas cuantas piedras que le cupieran en las manos. Una vez cargados, Saphira planeó en vuelo silencioso hasta que se encontraron encima del batallón de úrgalos.

¡Ahora! —exclamó Saphira al tiempo que soltaba la roca.

Sonaron crujidos amortiguados cuando los misiles se colaron entre las copas de los árboles del bosque, partiendo las ramas. Al cabo de un segundo los ecos de los aullidos resonaban por el valle.

Eragon sonrió abiertamente cuando oyó que los úrgalos se arrastraban en busca de refugio.

Busquemos más munición —sugirió, mientras se inclinaba para acercarse a Saphira. Ella accedió con un gruñido y volvió hacia el lecho del río.

Suponía un duro trabajo, pero consiguieron frenar el avance de los úrgalos, aunque no podrían detenerlos del todo. Los úrgalos ganaban terreno en el tiempo que Saphira iba en busca de piedras. Pese a ello, los esfuerzos de Eragon y de la dragona permitieron a Murtagh mantenerse por delante de la columna de monstruos que lo perseguían.

El valle se oscureció y fueron pasando las horas. Sin el calor del sol, el arañazo de la bruma se metía silenciosamente en el aire y, a ras de suelo, la niebla se congelaba en los árboles y los ceñía de blancura. Los animales de la noche empezaron a abandonar sus guaridas para observar desde sus sombríos escondrijos a los extraños que allanaban sus dominios.

Eragon seguía examinando las laderas de las montañas en busca de la catarata que debía señalar el fin de su trayecto. Era dolorosamente consciente de que cada minuto que pasara acercaría más a Arya a la muerte.

Más rápido, más rápido —se decía a sí mismo sin dejar de observar a Murtagh desde la altura. Antes de que Saphira recogiese más rocas, le indicó—: *Tomémonos un descanso y vayamos a ver a Arya. Casi ha terminado el día y me da miedo que su vida sea cuestión de horas, si no de minutos.*

La vida de Arya ya está en manos del destino. Escogiste quedarte junto a Murtagh, y es demasiado tarde para cambiar la decisión, así que deja de mortificarte por la elfa... Conseguirás que me piquen las escamas. Lo mejor que podemos hacer ahora es seguir bombardeando a los úrgalos.

Eragon sabía que la dragona tenía razón, aunque las palabras de Saphira no lograban calmarle la ansiedad. Seguía buscando las cataratas, pero una enorme cadena montañosa escondía lo que los esperaba más allá.

La oscuridad más profunda empezó a cubrir el valle, aposentada en los árboles y en las montañas como una nube de tinta. Ni siquiera Saphira, con su agudo oído y su delicado olfato, era capaz de distinguir a los úrgalos en el bosque. Y tampoco podían contar con la ayuda de la luna, pues aún debían pasar horas antes de que se alzara sobre las montañas.

Saphira emprendió una larga y suave curva a la izquierda y planeó en torno a la cadena montañosa. Eragon la percibía vagamente al pasar, pero de pronto forzó la vista al distinguir una fina línea blanca al frente, y se preguntó si aquello podría ser la cascada.

Miró al cielo, en el que brillaban aún las últimas luces del ocaso. Las oscuras siluetas de las montañas se curvaban y formaban un cuenco, cerrándose en torno al valle.

¡El fin del valle no queda lejos! —exclamó señalando hacia las montañas—. *¿Crees que los vardenos saben que estamos llegando? A lo mejor envían hombres a ayudarnos.*

No creo que nos auxilien si no están seguros de si somos amigos o enemigos —dijo Saphira descendiendo bruscamente hasta el suelo—. *Voy a volver con Murtagh porque ahora deberíamos quedarnos con él. Como no puedo ver a los úrgalos, es posible que en cualquier momento se le echen encima, y no nos enteremos.*

Eragon dejó suelta a *Zar'roc* dentro de la funda y se cuestionó si tendría fuerzas suficientes para luchar. Entonces Saphira aterrizó a la izquierda del río Diente de Oso y se agachó, expectante. La cascada resonaba a lo lejos.

Ahí viene Murtagh —dijo.

Eragon aguzó el oído y captó el sonido de los cascos de los caballos. Murtagh, que salió corriendo del bosque con los caballos, los vio, pero no se detuvo.

Eragon se bajó de Saphira y, tambaleándose un poco, echó a correr al ritmo de Murtagh. Saphira se quedó detrás de Eragon y se dirigió hacia el río para poder caminar sin que los árboles la estorbaran. Antes de que Eragon pudiera contarle a Murtagh las últimas noticias, éste comentó:

—He visto que Saphira y tú tirabais piedras. Muy ambicioso. ¿Se han detenido los kull o han dado media vuelta?

—Siguen ahí detrás, pero ya casi hemos llegado al final del valle. ¿Cómo está Arya?

—No ha muerto todavía —contestó Murtagh con brusquedad respirando con breves jadeos. Sus siguientes palabras fueron engañosamente tranquilas, como las de un hombre que escondiera una terrible cólera—: ¿Hay algún otro valle más adelante o un desfiladero por el que me pueda escapar?

Inquieto, Eragon trató de recordar si había visto alguna brecha entre las montañas que los rodeaban. Llevaba un buen rato sin pensar en el dilema de Murtagh.

—Está muy oscuro —empezó a explicar con evasivas, y se agachó para esquivar una rama baja—, o sea que tal vez se me haya escapado algo. Pero... no.

Murtagh soltó una maldición explosiva, detuvo el paso de golpe y tiró de las riendas de los caballos hasta que se detuvieron también.

—¿Me estás diciendo que no puedo ir a ningún otro lugar más que a donde están los vardenos?

—Sí, pero sigue corriendo. ¡Se nos echan encima los úrgalos!

—¡No! —respondió Murtagh, iracundo, y acusó con un dedo a Eragon—. Te advertí que no podía llegar hasta los vardenos, pero tú me pusiste entre la espada y la pared. Eres tú quien conoce los recuerdos de la elfa. ¿Por qué no me dijiste que era un camino sin salida?

Tras aquella descarga, a Eragon se le pusieron los pelos de punta.

—Sólo sabía adónde teníamos que ir, pero no conocía lo que había por el camino. Si decidiste venir, no me culpes a mí.

Murtagh siseó entre dientes al tiempo que se daba la vuelta con furia. Lo único que Eragon podía distinguir era que Murtagh se había quedado como una figura inmóvil e inclinada. Él mismo tenía también los hombros tensos y, a un lado del cuello, le palpitaba una vena. Puso los brazos en jarras y notó cómo crecía su impaciencia.

¿Por qué os habéis parado? —preguntó Saphira, alarmada.

No me distraigas.

—¿Por qué estás peleado con los vardenos? No puede ser una cuestión tan terrible para que la mantengas en secreto incluso ahora. O sea que ¿prefieres enfrentarte a los kull antes que revelarla? ¿Cuántas veces hemos de pasar por esta situación hasta que te fíes de mí?

Hubo un largo silencio.

¡Los úrgalos! —le recordó Saphira con urgencia.

Ya lo sé —repuso Eragon recuperando la calma—. *Pero antes hemos de solucionar esto.*

Rápido, rápido.

—Murtagh —dijo Eragon, muy serio—, si no quieres morir, hemos de llegar hasta donde viven los vardenos. No me dejes caer en sus manos sin saber cómo van a reaccionar ante tu presencia. Bastante peligroso será ya sin que haya sorpresas innecesarias.

Por fin Murtagh se volvió hacia Eragon. La respiración del joven era rápida y agitada, como la de un lobo acorralado. Esperó un poco y luego dijo con voz atormentada:

—Tienes derecho a saberlo: soy... soy el hijo de Morzan, el primero y el último de los Apóstatas.

Entre la espada y la pared

Eragon se quedó sin palabras. La incredulidad le crepitaba en la mente al tratar de rechazar las palabras de Murtagh.

Los Apóstatas nunca tuvieron hijos, y mucho menos Morzan. ¡Morzan! El hombre que traicionó a los Jinetes para entregarlos a Galbatorix y se convirtió en el siervo favorito del rey para el resto de su vida. ¿Podía ser cierto?

Un segundo después a Eragon le llegó el desconcierto de Saphira ante la noticia. La dragona iba aplastando ramas y hojarasca al dirigirse hacia ellos desde el río, enseñando los colmillos y con la cola amenazadoramente alzada.

Prepárate para cualquier cosa —le advirtió Saphira a Eragon—. *Tal vez Murtagh sea capaz de usar la magia.*

—¿Eres el heredero de Morzan? —preguntó Eragon mientras se llevaba la mano hacia *Zar'roc* con disimulo.

¿Qué querrá de mí? ¿De verdad trabajará para el rey?

—¡Yo no lo escogí! —gritó Murtagh con el rostro contraído de angustia. Se arrancó la ropa con gestos de desesperación hasta que consiguió quitarse la túnica y la camisa para mostrar el torso desnudo—. ¡Mira! —pidió, y le enseñó la espalda a Eragon.

Indeciso, éste se acercó y esforzó la vista en la oscuridad: en la piel bronceada y musculosa de Murtagh, se veía una cicatriz blanquecina y rugosa que iba desde el hombro derecho hasta la cadera izquierda; era el testamento de una terrible agonía.

—¿Lo ves? —preguntó Murtagh con amargura. En ese momento el joven hablaba rápido, como si lo aliviara haber revelado por fin su secreto—. Me la hicieron cuando sólo tenía tres años: durante una de las muchas borracheras de Morzan, pasé corriendo por delante de él, y me lanzó su espada. Mi espalda quedó traspasada por la misma arma que ahora llevas tú, el único objeto que yo esperaba recibir en herencia, hasta que Brom lo robó junto al cadáver de mi padre. Supongo que tuve suerte... Había un sanador cerca y evitó mi muerte. Tienes que entender que no amo al Imperio ni al rey. No les debo ninguna lealtad a ellos, pero tampoco pretendo hacerte ningún daño a ti.

Las palabras de Murtagh eran casi una súplica desesperada.

Incómodo, Eragon apartó la mano de la empuñadura de *Zar'roc*.

—Entonces a tu padre... —dijo con voz temblorosa—, lo mató...

—Sí, Brom —contestó Murtagh.

Se volvió a poner la túnica, con expresión distante.

En ese instante el sonido de una trompa a sus espaldas forzó a Eragon a decir:

—¡Vamos, corre conmigo!

Murtagh, mirando fijamente hacia el frente, agitó las riendas de los caballos y los echó a correr con un trote cansino; Arya se balanceaba sobre la silla de *Nieve de Fuego*, y Saphira, cuyas largas patas le permitían seguir el paso con facilidad, se mantenía junto a Eragon.

Por el río caminarías sin estorbos —le dijo él, pues la dragona tenía que abrirse paso a empujones entre una densa red de ramas.

No te voy a dejar con él.

Eragon estaba encantado con la protección de Saphira. *¡El hijo de Morzan!*

—Tu historia es difícil de creer. ¿Cómo sé que no mientes? —le dijo Eragon a Murtagh sin dejar de caminar.

—¿Por qué iba a mentir?

—Podrías estar...

—Ahora no puedo probártelo todo —lo interrumpió enseguida Murtagh—. Conserva tus dudas hasta que lleguemos al territorio de los vardenos. Ellos me reconocerán al instante.

—Hay algo que debo saber —contestó Eragon—. ¿Estás al servicio del Imperio?

—No. Y si lo estuviera, ¿de qué iba a servirme viajar contigo? Si pretendiera capturarte, o matarte, te habría dejado en la prisión.

Murtagh tropezó al saltar por encima de un tronco caído.

—Podrías estar dirigiendo a los úrgalos hasta los vardenos.

—Entonces —dijo Murtagh al instante—, ¿por qué sigo aquí contigo? Ahora ya sé dónde están los vardenos. ¿Por qué razón me iba a entregar a ellos? Si quisiera atacarlos, me daría la vuelta y me sumaría a los úrgalos.

—A lo mejor eres un asesino —dijo llanamente Eragon.

—A lo mejor. Pero eso no puedes saberlo, ¿verdad?

¿Saphira? —preguntó Eragon simplemente.

Si quisiera hacerte daño, podría haberlo hecho mucho antes —respondió ella agitando la cola por encima de la cabeza de Eragon.

Una rama rasguñó el cuello del muchacho, y un hililllo de sangre le corrió por la piel. El sonido de la catarata era cada vez más fuerte.

Quiero que vigiles atentamente a Murtagh cuando lleguemos hasta los vardenos. Podría hacer una locura y no quiero que lo maten por un descuido.

Haré lo que pueda —contestó Saphira que se abría paso entre dos árboles arrancando pedazos de corteza. La trompa volvió a sonar a espaldas de los viajeros. Eragon miró hacia atrás, convencido de que vería emerger a los úrgalos entre la oscuridad. Mientras tanto, la cascada palpitaba tranquilamente frente a ellos ahogando los demás sonidos de la noche.

Al terminarse el bosque, Murtagh hizo parar a los caballos. Estaban en una playa de guijarros justo a la izquierda de la desembocadura del río Diente de Oso, pero el profundo lago Kóstha-mérna, en cuyas aguas titilaba la temblorosa luz de las estrellas, ocupaba toda la anchura del valle y les bloqueaba el camino. Las paredes montañosas reducían el paso en torno al Kóstha-mérna a una estrecha franja de costa a cada lado del lago, apenas de unos pocos palmos de anchura. En el otro extremo del lago, una amplia caída de agua se derramaba por un risco entre restallantes montones de espuma.

—¿Vamos a la catarata? —preguntó Murtagh, tenso.

—Sí.

Eragon se situó a la cabeza y echó a andar por la orilla izquierda del lago. A sus pies, los guijarros estaban húmedos y cubiertos de lodo. Y Saphira tenía que caminar con dos patas por el agua porque apenas cabía entre la escarpada pared del valle y el lago.

Estaban a medio camino de la catarata cuando Murtagh advirtió:

—¡Úrgalos!

Eragon se dio la vuelta con tal rapidez que los guijarros salieron disparados bajo sus talones. Junto a la orilla del Kóstha-mérna, en el mismo lugar que habían ocupado ellos hacía sólo unos segundos, unas abultadas figuras emergían del bosque: los úrgalos se amontonaban junto al lago. Uno de ellos gesticuló hacia Saphira, y los sonidos guturales que emitían aquellos seres se desplazaron por encima del agua. De inmediato, la horda se dividió y avanzó por las dos orillas cortando las vías de escape a Eragon y a Murtagh. No obstante, la estrechez de la orilla obligaba a los gruesos kull a caminar en fila india.

—¡Corred! —gritó Murtagh que desenvainó la espada y azotó los flancos de los caballos.

Saphira despegó sin avisar y se dirigió hacia los úrgalos.

—¡No! —gritó Eragon, y repitió la exclamación mentalmente—. *¡Vuelve!*

Pero Saphira siguió volando sin prestar atención a la súplica del muchacho. Con un esfuerzo atroz, Eragon desvió la mirada y se lanzó hacia delante al tiempo que desenvainaba a *Zar'roc*.

Aullando con fiereza, Saphira se lanzó en picado sobre los úrgalos, que intentaron separarse, pero quedaron atrapados por la ladera de la montaña. La dragona agarró a un kull entre las garras, se llevó por el aire a la criatura, que no cesaba de chillar, y lo atacó con sus colmillos. Poco después, el cuerpo del monstruo, ya silencioso, cayó al lago, pero le faltaba una pierna y un brazo.

Los kull prosiguieron su avance en torno al Kóstha-mérna. Echando humo por las fosas nasales, Saphira volvió a lanzarse contra ellos y se retorció en el aire para defenderse de la nube de flechas negras que le lanzaban. La mayoría de éstas resbalaban al chocar contra las escamas de los flancos de la dragona, pero otras le atravesaron las alas y le arrancaron aullidos.

Eragon sintió punzadas de dolor en los brazos por solidaridad con Saphira, y tuvo que contenerse para no acudir rápidamente en defensa de la dragona. El miedo dominó al muchacho cuando vio que la fila de úrgalos se cerraba en torno a ellos, y trató de acelerar el paso, pero tenía los músculos demasiado cansados y, además, las rocas estaban muy resbaladizas.

Entonces, con un sonoro estallido, Saphira se zambulló

en el Kóstha-mérna. Se sumergió por completo rizando de olas la superficie del lago mientras los úrgalos contemplaban nerviosos el agua que les lamía los pies. Uno de ellos aulló algo indescifrable y hurgó el lago con su lanza.

El agua estalló cuando la cabeza de Saphira salió de las profundidades. Las fauces de la dragona se cerraron en torno a la lanza y la partieron como si fuera una rama; de inmediato, con un tirón brutal, la arrancó de la mano del kull. Sin darle oportunidad de atrapar al úrgalo, los compañeros del monstruo la alancearon y provocaron que le brotara sangre del morro.

Saphira se echó hacia atrás y resopló enfurecida a la vez que golpeaba el agua con la cola. Sin dejar de apuntarla con la lanza, el cabecilla de los kull trató de abrirse paso, pero se detuvo al ver que ella le lanzaba una zarpa hacia las piernas. La hilera de úrgalos se vio obligada a detenerse mientras Saphira mantuviera al jefe acorralado. Por su parte, los kull de la otra orilla se apresuraban hacia la catarata.

Los tengo atrapados —le dijo Saphira a Eragon en tono lacónico—, *pero debes darte prisa porque no podré retenerlos mucho tiempo.*

Los arqueros apuntaban sus flechas contra ella desde la orilla. Eragon se concentró para ir más rápido, pero una piedra cedió bajo su bota y lo hizo caer de cara. El fuerte brazo de Murtagh lo sostuvo, y cogiéndose mutuamente por los antebrazos, gritaron a los caballos para que acelerasen el paso.

Casi habían llegado a la catarata. El ruido era sobrecogedor, como una avalancha. Una pared blanca de agua se derramaba por el acantilado y golpeaba las rocas de la parte inferior con tal furia que la espuma se alzaba por el aire y les empapaba la cara. A unos cuatro metros de la atronadora cortina, la playa se ensanchaba y les dejaba algo de espacio para maniobrar. Saphira rugió cuando una lanza le rozó una pata y se batió en retirada bajo el agua. En ese momento los kull avanzaron a grandes zancadas. Estaban apenas a unos treinta metros.

—¿Qué hacemos ahora? —preguntó Murtagh con frialdad.

—No sé. ¡Déjame pensar! —exclamó Eragon que examinaba los recuerdos de Arya en busca de las últimas instrucciones. Escudriñó el suelo hasta que dio con una piedra del tamaño de una manzana, la cogió y golpeó el risco, junto a la catarata, al mismo tiempo que gritaba: «*¡Aí vardenos abr du Shur'tugals gata vanta!*»

No pasó nada.

Volvió a intentarlo alzando aún más la voz, pero lo único que consiguió fue arañarse la mano. Entonces se giró hacia Murtagh, desesperado:

—Estamos atrapa...

Se quedó con la palabra en la boca al ver que Saphira emergía del lago empapándolos de agua helada. La dragona se plantó en la orilla y se agazapó, dispuesta a pelear.

Los caballos cocearon como salvajes e intentaron salir en estampida. Eragon estableció contacto mental para tratar de calmarlos.

¡Detrás de ti! —exclamó Saphira.

Eragon se dio la vuelta y vio que el úrgalo que iba en cabeza se le echaba encima blandiendo su pesada espada. Desde aquella distancia, el kull era alto como un gigante pequeño, con las piernas y los brazos gruesos como troncos.

Murtagh echó un brazo atrás y sacó la espada a una velocidad increíble. Su larga arma dio una vuelta en el aire, y la punta golpeó al kull en el pecho con un sordo crujido: el gigantesco úrgalo se desplomó con un gorjeo atragantado. Antes de que otro úrgalo pudiera atacar, Murtagh dio un salto y arrancó su espada del cadáver.

Eragon alzó la palma de la mano y gritó: «*¡Jierda theirra*

kálfis!». Tras el acantilado resonaron agudos chasquidos. Una veintena de los úrgalos que atacaban se precipitaron en el Kóstha-mérna aullando y agarrándose las piernas, a través de cuya piel aparecían astillas de huesos. Sin perder el paso, los demás úrgalos avanzaban sobre sus compañeros caídos. Eragon luchó por sobreponerse a la debilidad y posó una mano en Saphira, en busca de apoyo.

Una nube de flechas, invisibles en la oscuridad, pasaron rozándolos y chocaron tras ellos contra el risco. Eragon y Murtagh se agacharon y se taparon la cabeza. Con un pequeño gruñido, Saphira saltó hasta donde se hallaban los jóvenes y los caballos para cubrirlos con la protección de sus flancos blindados. Un coro de chasquidos resonó cuando la siguiente nube de flechas rebotó contra las escamas de la dragona.

—¿Y ahora qué? —gritó Murtagh. Seguían sin encontrar abertura alguna en el risco—. ¡No podemos quedarnos aquí!

Eragon oyó un nuevo gruñido de Saphira cuando una flecha le acertó en el borde del ala y le desgarró la delicada membrana. El muchachó miró a su alrededor alocadamente tratando de comprender por qué no daban resultado las instrucciones de Arya.

—¡No lo sé! ¡Éste era el lugar adonde debíamos llegar!

—¿Por qué no le pides a la elfa que se asegure? —preguntó Murtagh, que soltó la espada, sacó el arco de la alforja de *Tornac* y, con un rápido movimiento, arrancó una flecha que había quedado atrapada entre las púas del lomo de Saphira. Un instante después, un úrgalo caía al agua.

—¿Ahora? ¡Si apenas sobrevive! ¿Cómo quieres que ella encuentre energías para decir algo?

—¡No lo sé! —gritó Murtagh—. Pero será mejor que se te ocurra algo porque no podremos mantener a raya a un ejército entero.

Eragon —gritó Saphira con urgencia.

¡Qué!

¡Estamos en el lado equivocado del lago! He visto los recuerdos de Arya a través de ti y me acabo de dar cuenta de que éste no es el lugar. —La dragona encajó la cabeza en el pecho al notar que una nueva nube de flechas se dirigía hacia ellos. La cola se le agitó de dolor al recibir el impacto—. *¡No puedo seguir así! ¡Me están destrozando!*

Eragon encajó a *Zar'roc* en su funda y exclamó:

—¡Los vardenos están al otro lado del lago! ¡Hemos de cruzar la catarata!

Aterrado, se dio cuenta de que los úrgalos que habían avanzado por la otra orilla del Kóstha-mérna casi habían llegado ya a la cascada.

Murtagh lanzó una rápida mirada hacia la intensa caída de agua que les cortaba el paso.

—Aunque consiguiéramos abrirnos camino, nunca lograremos que los caballos se metan por ahí.

—Los convenceré para que nos sigan —contestó Eragon con brusquedad—. Y Saphira puede llevar a Arya.

Los gritos y los rugidos de los úrgalos hacían resoplar de rabia a *Nieve de Fuego,* mientras la elfa descansaba en su grupa, ajena al peligro.

—Será mejor que morir despedazados —afirmó Murtagh, indiferente.

Con un rápido movimiento, el joven cortó los lazos que mantenían a Arya en la silla de *Nieve de Fuego,* y Eragon agarró a la elfa cuando caía al suelo.

Estoy preparada —dijo Saphira levantándose hasta quedar semiagazapada.

Los úrgalos que se acercaban dudaron, pues no veían claras las intenciones de la dragona.

—¡Ahora! —gritó Eragon.

Él y Murtagh alzaron a Arya sobre Saphira y ataron las

piernas de la elfa con las cintas de la silla de la dragona. En cuanto acabaron, Saphira agitó las alas y salió volando por encima del lago. Los úrgalos que quedaron tras ella rugieron al verla escapar y las flechas rebotaron en el vientre de la dragona. Los kull de la otra orilla aceleraron el paso para llegar a la cascada antes de que ella aterrizase.

Eragon concentró la mente para interponerse en los aterrados pensamientos de los caballos. Por medio del idioma antiguo les dijo que si no se zambullían en la cascada, los úrgalos los matarían y se los comerían. Aunque los animales no entendieron todo lo que el muchacho les decía, el significado de sus palabras era inconfundible.

Nieve de Fuego y *Tornac* cabecearon, pero se lanzaron hacia la atronadora catarata y soltaron un relincho cuando el agua les golpeó en las grupas. Ambos se tambalearon en su esfuerzo por no caer bajo el agua. Murtagh envainó la espada y saltó tras ellos; la cabeza le desapareció bajo espumeantes burbujas antes de volver a emerger, farfullando de rabia.

Los úrgalos estaban justo detrás de Eragon, que oía el crujido de los guijarros bajo los pies de los monstruos. Lanzó un feroz aullido de guerra, saltó detrás de Murtagh y cerró los ojos un segundo antes de que el agua lo golpeara. El tremendo peso de la catarata le cayó en los hombros con tal fuerza que amenazaba con romperle la espalda, a la vez que el estúpido tronar del agua le abrumaba los oídos. Entonces se sintió transportado hacia el fondo, donde el lecho rocoso le rozó las rodillas. Pataleó con todas sus fuerzas y logró salir parcialmente del agua. Aún no había logrado dar una bocanada de aire cuando la cascada volvió a hundirlo en el lago.

Eragon no consiguió ver nada más que un contorno blanco al ondularse la espuma en torno a él. Se esforzó desesperadamente por sacar la cabeza y aliviar sus consumidos pulmones, pero apenas logró subir unos palmos antes de que la avalancha detuviera su ascenso. Presa del pánico, lanzó patadas y manotazos luchando contra el agua. Lastrado por el peso de *Zar'roc* y de su ropa empapada, descendió de nuevo hacia el lecho del lago, incapaz de pronunciar las palabras del idioma antiguo que podían salvarlo.

De pronto, una vigorosa mano lo agarró por la parte trasera de la túnica y lo arrastró por el agua. Su rescatador avanzaba por el lago a brazadas cortas pero rápidas; Eragon confió en que fuera Murtagh en vez de un úrgalo. Por fin salieron a la superficie y se desplomaron en la playa de guijarros. Eragon temblaba violentamente; todo el cuerpo se le agitaba a punto de estallar.

A su derecha se oían los ruidos propios de un combate, y el muchacho se giró esperando el ataque de un úrgalo. Los monstruos de la otra orilla, en la que él mismo había estado hacía escasos segundos, cayeron bajo una fulminante granizada de flechas que partían de las grietas que rasgaban la superficie del acantilado. Montones de úrgalos flotaban ya boca arriba en el lago, atravesados por las saetas, mientras que los kull que permanecían en la misma orilla que Eragon se veían enfrentados al mismo drama. Ningún grupo fue capaz de esconderse, pues sin saberse cómo, habían aparecido innumerables hileras de guerreros detrás de ellos, en el punto en que el lago lamía la ladera de las montañas. Lo único que impidió que el kull más cercano se echara sobre Eragon fue la lluvia de flechas; los invisibles arqueros parecían decididos a mantener a raya a los úrgalos.

Al lado de Eragon, una voz áspera dijo: «*¡Akh Guntéraz dorzâda!* ¿En qué estaban pensando? ¡Te ibas a ahogar!»

Eragon dio un respingo, sorprendido. Quien permanecía a su lado no era Murtagh, sino un hombrecillo diminuto que apenas le llegaba a la altura del codo.

El enano estaba ocupado escurriendo agua de su larga barba trenzada. El hombrecillo era de pecho robusto y llevaba una cota de malla, cortada a la altura de los hombros para dejar a la vista los musculosos brazos; de un ancho cinturón de piel, atado a la cintura, le pendía un hacha de guerra, y sosteniéndose con firmeza sobre la cabeza, lucía un yelmo de hierro, forrado de piel de buey y adornado con un símbolo en el que se veía un martillo rodeado por doce estrellas. Incluso con el yelmo puesto, a duras penas superaba el metro veinte de altura. Miró con nostalgia a los que peleaban y dijo:

—¡Barzul, ojalá pudiera unirme a ellos!

¡Un enano!

Eragon desenvainó a *Zar'roc* y buscó a Saphira y a Murtagh. En el acantilado se habían abierto dos puertas de piedra de unos cuatro metros de grosor, y habían dejado al descubierto un amplio túnel de casi diez metros de altura que se adentraba en las misteriosas profundidades de la montaña. Una hilera de antorchas sin llama flanqueaba el pasadizo con una pálida luz del color del zafiro que se extendía hasta el lago.

Saphira y Murtagh permanecían ante el túnel, rodeados por una desordenada mezcla de hombres y enanos. Junto al codo de Murtagh había un hombre, calvo e imberbe, vestido con ropa de colores púrpura y dorado. Era más alto que todos los demás humanos... y sostenía una daga junto al cuello de Murtagh.

Eragon invocó su poder, pero el hombre de la túnica dijo con voz aguda y peligrosa:

—¡Detente! Si usas la magia, mataré a tu querido amigo, que ha tenido la gentileza de mencionar que eres un Jinete. No te creas que no me daré cuenta si pretendes usarla. No puedes esconderme nada. —Eragon intentó hablar, pero el hombre refunfuñó y apretó más la daga contra el cuello de Murtagh—. ¡De eso, nada! Si hablas o no haces lo que te diga, morirá. Ahora, todos adentro.

Se metió en el túnel llevando a Murtagh consigo y sin apartar la mirada de Eragon.

Saphira, ¿qué puedo hacer? —preguntó Eragon rápidamente, mientras los hombres y los enanos seguían al captor de Murtagh y conducían a los caballos.

Ve con ellos —le aconsejó Saphira—, *y confiemos en conservar la vida.*

También ella entró en el túnel y provocó que los que la rodeaban le echaran nerviosos vistazos. Eragon la siguió de mala gana, consciente de que las miradas de los guerreros se posaban en él. El enano que lo había rescatado caminaba a su lado con una mano en el mango de su hacha de guerra.

Absolutamente agotado, Eragon se tambaleó montaña adentro. Las puertas de piedra bascularon para cerrarse tras ellos, casi sin emitir ni un murmullo. El muchacho miró hacia atrás y vio una pared sin fisuras en el lugar que poco antes ocupaba la abertura. Estaban atrapados en el interior. ¿Significaba eso que estaban a salvo?

A la caza de respuestas

—Por aquí —espetó el hombre calvo.

Dio un paso atrás, sin apartar la daga del cuello de Murtagh, y luego torció a la derecha y desapareció bajo un arco. Los guerreros lo siguieron con cautela concentrando su atención en Eragon y en Saphira. Alguien se llevó a los caballos por otro túnel.

Aturdido por lo que había sucedido, Eragon echó a andar detrás de Murtagh y miró a Saphira para confirmar que Arya seguía atada a su lomo.

¡Tiene que recibir el antídoto!, pensó, desesperado, sabiendo que en ese mismo momento el *skilna bragh* iba cumpliendo su letal propósito en la carne de la elfa.

El muchacho se apresuró a transponer el arco y bajó por un estrecho pasillo tras el hombre calvo, mientras los guerreros seguían apuntándolo con sus armas. Pasaron junto a una escultura de un peculiar animal de grueso plumaje. El pasillo se curvaba bruscamente a la izquierda y luego a la derecha. Entonces se abrió una puerta, y entraron en una habitación vacía, tan grande que Saphira podía moverse por ella con comodidad. Cuando se cerró la puerta, sonó un chasquido hueco y después un estridente crujido al echar el pestillo por el otro lado.

Sujetando a *Zar'roc* bien prieta en la mano, Eragon examinó lentamente el entorno: las paredes, el suelo y el techo eran de un pulido mármol blanco que emitía el reflejo fantasmagórico de las imágenes de cada uno de ellos, como si se tratara de un veteado espejo lechoso, y en cada rincón había una de aquellas extrañas antorchas.

—Hay un herido... —empezó a decir, pero un gesto brusco del calvo lo interrumpió.

—¡No hables! Debe esperar hasta que hayas pasado la prueba. —De un empujón, entregó a Murtagh a uno de los guerreros, quien apuntó un puñal contra el cuello del joven. El hombre calvo dio una suave palmada—. Desprendeos de vuestras armas y pasádmelas por el suelo.

Un enano soltó la espada de Murtagh y la dejó caer con un repique metálico.

Aunque no soportaba desprenderse de *Zar'roc*, Eragon desató la funda y la posó en el suelo. Junto a ella dejó el arco y la aljaba, y a continuación empujó la pila hacia los guerreros.

—Ahora apártate de tu dragón y acércate despacio a mí —ordenó el calvo.

Aturdido, Eragon avanzó. Cuando estuvo a un metro de distancia, el hombre dijo:

—¡Párate ahí! Retira las defensas de tu mente y prepárate para permitirme inspeccionar tus pensamientos y tus recuerdos. Si intentas esconderme algo, tomaré lo que desee a la fuerza... Y eso te enloquecería. Si no te sometes, tu compañero morirá.

—¿Por qué? —preguntó Eragon, aterrado.

—Para asegurarme de que no estás al servicio de Galbatorix y para entender por qué hay cientos de úrgalos aporreando nuestras puertas —gruñó el hombre de la calva, cuyos ojos, muy juntos, iban de lado a lado con astuta velocidad—. Nadie puede entrar en Farthen Dûr sin someterse a la prueba.

—No hay tiempo. ¡Necesitamos un sanador! —protestó Eragon.

—¡Silencio! —rugió el hombre que se estiraba la túnica con sus finos dedos—. Mientras no hayas pasado la prueba tus palabras no significan nada.

—¡Pero se está muriendo! —rebatió Eragon, enfadado, señalando a Arya.

Aunque se encontraban en una situación precaria, no pensaba permitir que pasara nada hasta que alguien se ocupara de Arya.

—¡Eso tendrá que esperar! Nadie va a salir de esta habitación si no descubrimos la verdad de este asunto. Salvo que quieras...

El enano que había salvado a Eragon en el lago dio un salto adelante.

—¿Estás ciego, *egraz carn*? ¿No ves que la que va montada en el dragón es una elfa? Si corre peligro, no podemos retenerla aquí, y si la dejamos morir, Ajihad y el rey nos cortarán la cabeza.

El hombre entrecerró los ojos, lleno de rabia. Al cabo de un instante se relajó y dijo con suavidad:

—Claro, Orik, no queremos que ocurra eso. —Chasqueó los dedos y señaló a Arya—. Bajadla del dragón. —Dos guerreros humanos envainaron sus espadas y se acercaron titubeantes a Saphira, que los miraba fijamente—. ¡Rápido, rápido!

Los hombres desataron a Arya de la silla y la bajaron al suelo. Uno de los dos inspeccionó el rostro de la elfa y luego dijo en tono agudo:

—¡Es Arya, la mensajera de los huevos de dragón!

—¿Qué? —exclamó el calvo. Orik, el enano, abrió los ojos, sorprendido, y el hombre calvo fijó su mirada de acero en Eragon y dijo categóricamente—: Tienes mucho que explicar.

Eragon le devolvió la intensa mirada con toda la determinación que fue capaz de invocar.

—La envenenaron con *skilna bragh* cuando estaba en prisión, y ahora sólo el néctar de túnivor puede salvarla.

El rostro del hombre calvo permanecía inescrutable. Se quedó inmóvil, y tan sólo los labios le temblaban de vez en cuando.

—Muy bien. Llevadla a los sanadores y explicadles lo que necesita. Permaneced con ella hasta que termine la ceremonia. Para entonces, tendré nuevas órdenes que daros. —Los guerreros asintieron bruscamente y se llevaron a Arya de la habitación. Eragon los vio salir y deseó acompañarlos, pero el hombre calvo reclamó de nuevo su atención al decir—: Bueno, basta, ya hemos perdido demasiado tiempo. Prepárate para el examen.

Eragon no quería que aquel ser amenazante se le metiera en la mente y le desnudara los pensamientos y las sensaciones, pero sabía que sería inútil resistirse. Se palpaba una gran tensión en el ambiente. La mirada de Murtagh le ardía en la frente. Al fin, inclinó la cabeza:

—Estoy preparado.

—Bien, pues entonces...

Lo interrumpió la brusca intervención de Orik:

—Será mejor que no le hagas daño, *egraz carn*. Si no, el rey tendrá algo que decirte.

El hombre calvo lo miró irritado y luego se encaró a Eragon con una sonrisilla.

—Sólo si se resiste.

Agachó la cabeza y entonó unas cuantas palabras inaudibles.

El dolor y la sorpresa sacudieron a Eragon, mientras una especie de sonda se le abría paso en la mente. Puso los ojos totalmente en blanco y, en una reacción automática, empezó a levantar barreras en torno a su conciencia. El ataque era increíblemente poderoso.

¡No hagas eso! —exclamó Saphira. Los pensamientos de

la dragona se unieron a los de Eragon y le prestaron fuerzas—. *Estás poniendo a Murtagh en peligro.*

Eragon titubeó, rechinó los dientes y se obligó a retirar el escudo y a exponerse ante la voraz sonda. El hombre calvo emanaba desagrado, y su invasión se intensificó. Sin embargo, la fuerza que provenía de la mente del humano parecía decadente e incompleta: había en ella algo profundamente erróneo.

¡Quiere que me resista! —exclamó Eragon a quien lo sacudía una nueva oleada de dolor, que desapareció al instante, para ser sustituida de inmediato por otra. Saphira hizo cuanto pudo por suprimirla, pero ni siquiera ella podía interceptarla por completo.

Dale lo que quiere —se apresuró a decir—, *pero protege todo lo demás. Te ayudaré. Las fuerzas de ese hombre no pueden competir con las mías; en este mismo momento estoy protegiendo nuestra conversación.*

Entonces, ¿por qué me sigue doliendo?

El dolor es tuyo.

Eragon se encogió cuando la sonda se abrió paso hacia el interior, a la caza de información, como si le atravesaran el cráneo con un clavo. El hombre tomó bruscamente los recuerdos de infancia de Eragon y empezó a escudriñarlos.

Eso no le hace ninguna falta. ¡Sácalo de ahí! —protestó Eragon, indignado.

No puedo hacerlo sin ponerte en peligro. Puedo esconderle cosas, pero debo hacerlo antes de que las vea. Piensa rápido y dime qué quieres ocultar.

Eragon trató de concentrarse a pesar del dolor: revisó a toda prisa sus recuerdos empezando por el momento en que encontró el huevo de Saphira; escondió fragmentos de su conversación con Brom, incluyendo las palabras del idioma antiguo que el anciano le había enseñado; dejó prácticamente intactos los viajes por el valle de Palancar, Yazuac, Daret y

Teirm, pero pidió a Saphira que protegiera los recuerdos que él guardaba de la adivinación de Angela y de *Solembum;* omitió el robo en Teirm, la muerte de Brom, el encarcelamiento en Gil'ead y, finalmente, la revelación de la verdadera identidad de Murtagh.

Eragon quería ocultar también esa parte, pero Saphira se resistió:

Los vardenos tienen derecho a saber a quién refugian bajo su techo, sobre todo si es un hijo de los Apóstatas.

Haz lo que te digo —insistió Eragon con firmeza resistiendo una nueva oleada de dolor—. *No seré yo quien lo descubra, al menos ante este hombre.*

Lo descubrirán en cuanto examinen a Murtagh —le avisó Saphira con sequedad.

Haz lo que te digo.

Una vez quedó escondida la información más importante, Eragon tuvo que esperar a que el hombre calvo terminara su inspección. Era como permanecer sentado mientras le arrancaban las uñas con tenazas oxidadas. Mantuvo el cuerpo completamente inmóvil y las mandíbulas cerradas con firmeza al tiempo que la piel le irradiaba calor y el sudor trazaba una línea cuello abajo. No obstante, el muchacho tenía plena conciencia de cada segundo que pasaba mientras iba corriendo el tiempo.

El hombre se paseó por las experiencias de Eragon con lentitud, como un sarmiento espinoso que se abriera paso hacia el sol: prestó atención a muchas cosas que Eragon consideraba irrelevantes —como su madre, Selena—, y pareció que se detenía a propósito para prolongar el sufrimiento; dedicó mucho tiempo a examinar los recuerdos que Eragon conservaba de los Ra'zac y después pasó a Sombra. El hombre de la calva no empezó a retirarse de la mente de Eragon hasta que hubo analizado exhaustivamente todas las vicisitudes de la vida del muchacho.

La extracción de la sonda fue como si le quitaran una espina clavada. Eragon sufrió una convulsión, se tambaleó y cayó al suelo. Unos vigorosos brazos lo cogieron en el último instante y lo posaron en el frío mármol. Oyó que Orik exclamaba a sus espaldas:

—¡Has ido demasiado lejos! ¡No tenía suficientes fuerzas para soportarlo!

—Vivirá. Con eso basta —contestó secamente el hombre calvo.

Sonó un rabioso gruñido.

—¿Qué has descubierto?

Silencio.

—Bueno, ¿nos podemos fiar o no?

—Él... no es enemigo nuestro. —La respuesta sonó reticente, y sonoros suspiros de alivio recorrieron la habitación.

Eragon abrió los temblorosos párpados y, débilmente, trató de ponerse en pie.

—Despacito —le dijo Orik rodeándolo con uno de sus gruesos brazos para ayudarlo a levantarse.

Eragon se balanceó sin equilibrio y fulminó con la mirada al hombre calvo, a la vez que un leve gruñido resonaba en la garganta de Saphira.

El hombre los ignoró y se volvió hacia Murtagh, que seguía amenazado por el puñal.

—Ahora te toca a ti.

Murtagh se puso tenso e hizo un gesto negativo con la cabeza. Como consecuencia, la punta del puñal trazó un ligero corte en su cuello.

—No.

—Si te niegas, no tendrás nuestra protección.

—Has declarado que Eragon es digno de confianza, de modo que no puedes amenazarme con matarlo para influirme. Y como no puedes hacer eso, ninguna otra cosa que digas me convencerá para abrir mi mente.

Con una mueca de desprecio, el hombre calvo enarcó lo que, de haber tenido algo de pelo, habría sido una ceja.

—¿Y tu propia vida? Eso sí puedo amenazarlo.

—No serviría de nada —contestó Murtagh, testarudo y con tal convicción que parecía imposible dudar de sus palabras.

—¡No tienes elección! —estalló indignado el hombre de la calva.

Dio un paso adelante, apoyó la palma de la mano en la frente de Murtagh y la presionó para mantenerlo inmóvil. Murtagh, que continuaba muy tenso, mostró un rostro duro como el hierro, apretó los puños e infló la musculatura del cuello. El hombre calvo rechinó los dientes con furia, frustrado por la resistencia, y le clavó los dedos sin piedad.

Conocedor de la batalla que se entablaba entre ellos, Eragon se estremeció al compartir el dolor de Murtagh.

¿No puedes ayudarlo? —preguntó a Saphira.

No —contestó ella con suavidad—. *No permite que nadie le entre en la mente.*

Orik frunció el entrecejo mientras contemplaba a los combatientes.

—*Ilf carnz orodüm* —murmuró. Luego se adelantó y gritó—: ¡Basta!

Agarró al hombre calvo por un brazo y lo apartó de Murtagh con una fuerza desproporcionada para su estatura.

El hombre retrocedió a trompicones y se volvió furioso hacia Orik:

—¿Cómo te atreves? —gritó—. Has puesto en duda mi autoridad, has abierto las puertas sin mi permiso y ahora me haces esto. No has demostrado más que insolencia y traición. ¿Crees que ahora tu rey te protegerá?

—¡Tú los habrías dejado morir! —se encabritó Orik—. Si llego a esperar un poco más, los úrgalos los habrían matado. —Señaló a Murtagh, quien intentaba recuperar la respiración jadeando profundamente—. No tenemos ningún derecho a torturarlo para obtener información. Ajihad no lo aprobará. Y menos después de examinar al Jinete y encontrarlo libre de toda culpa. Además, nos han traído a Arya.

—¿Tú le darías permiso para entrar sin examinarlo? ¿O eres tan tonto que permitirías que todos corriéramos ese riesgo? —preguntó el hombre calvo, cuyos salvajes ojos brillaban de rabia mal contenida; parecía a punto de hacer añicos al enano.

—¿Puede usar la magia?

—Eso no es...

—¿Puede usar la magia? —rugió Orik.

Las paredes de la habitación devolvieron el eco de su grave voz. El rostro del hombre de la calva perdió de pronto toda expresión y juntó las manos a la espalda.

—No.

—Entonces, ¿qué temes? No puede escapar, y si nosotros estamos aquí no va a hacer ningún disparate, sobre todo si tus poderes son tan grandes como dices. Pero no me hagas caso a mí; pregúntale a Ajihad qué quiere que hagamos.

El hombre calvo miró fijamente a Orik un momento con rostro indescifrable, luego dirigió la vista hacia el techo y cerró los ojos. Los hombros se le quedaron inmóviles de una forma muy peculiar mientras recitaba algo sin que se le oyera ni una palabra, al mismo tiempo que una profunda tensión le hacía fruncir la pálida piel de los párpados y apretaba los dedos como si estrangulara a un invisible enemigo. Permaneció así durante unos minutos, envuelto en una incomunicación absoluta.

Cuando abrió los ojos, ignoró a Orik y ordenó bruscamente a los guerreros:

—Idos ahora mismo. —Cuando desfilaban por el hueco de la puerta, se dirigió fríamente a Eragon—: Como no he podido completar la prueba, tú y tu... amigo pasaréis aquí la noche. Si intenta salir, morirá.

Tras estas palabras, se dio la vuelta y abandonó ofendido la habitación reluciéndole la calva bajo la luz de la antorcha.

—Gracias —susurró Eragon a Orik.

—Me aseguraré de que os traigan comida —rezongó el enano.

Murmuró una serie de palabras y luego se fue moviendo la cabeza. Una vez más corrieron el pestillo por fuera.

Eragon se sentó. Tenía una extraña sensación de somnolencia tras la excitación del día y la marcha forzada. Le pesaban los párpados. Saphira se instaló junto a él.

Hemos de ser precavidos. Parece que aquí tenemos tantos enemigos como en el Imperio.

Demasiado cansado para hablar, Eragon asintió con la cabeza.

Murtagh, con la mirada gélida y vacía, se apoyó en la pared más lejana y se dejó caer hasta el suelo. Luego se apretó la manga de la camisa contra el corte del cuello para que dejara de sangrar.

—¿Estás bien? —preguntó Eragon. Tembloroso, Murtagh asintió—. ¿Te ha sacado algo?

—No.

—¿Cómo has conseguido impedirle la entrada? Ese hombre es muy fuerte.

—He... He sido bien entrenado. —Había un tono amargo en su voz.

Los envolvió el silencio. Eragon posó la mirada en una de las antorchas que había en un rincón y dejó que sus pensamientos deambularan hasta que dijo bruscamente:

—No les he permitido saber quién eres.

Murtagh parecía aliviado. Hizo una inclinación de cabeza.

—Gracias por no traicionarme.

—No te han reconocido.

—No.

—¿Sigues diciendo que eres el hijo de Morzan?

—Sí —suspiró.

Eragon empezó a hablar, pero se detuvo al notar que un líquido caliente le salpicaba la mano. Bajó la vista y se sorprendió al ver que una gota de sangre oscura le rodaba por la piel: había caído del ala de Saphira.

¡Me había olvidado! ¡Estás herida! —exclamó al tiempo que se levantaba con esfuerzo—. *Será mejor que te cure.*

Ten cuidado. Estando tan cansado, es fácil que te equivoques.

Ya lo sé.

Saphira desplegó un ala y la bajó hasta el suelo. Murtagh observaba mientras Eragon pasaba las manos sobre la cálida membrana azul y decía: «*Waisé heill*» cada vez que encontraba el agujero de una flecha. Por suerte, todas las heridas eran relativamente fáciles de sanar, incluso las que tenía en el hocico.

Una vez completada la tarea, Eragon se recostó en Saphira, respirando con dificultad, pero notó que el corazón de la dragona latía a un ritmo normal.

—Espero que nos traigan comida pronto —dijo Murtagh.

Eragon se encogió de hombros porque estaba demasiado cansado para tener hambre. Se cruzó de brazos y echó de menos la presencia de *Zar'roc* en su costado.

—¿Qué haces aquí?

—¿Qué?

—Si de verdad fueras el hijo de Morzan, Galbatorix no te dejaría deambular libremente por Alagaësia. ¿Cómo te las arreglaste para encontrar tú solo a los Ra'zac? ¿Cómo se explica que yo nunca oyera que los Apóstatas tuvieran hijos? ¿Y qué haces aquí?

Al final, la voz de Eragon casi se alzó en un grito.

Murtagh se pasó una mano por la cara.

—Es una historia muy larga —respondió.

—No hemos de ir a ningún sitio —repuso Eragon.

—Es demasiado tarde para hablar.

—Es probable que mañana no tengamos tiempo.

Murtagh se rodeó las piernas con los brazos, apoyó la barbilla en una rodilla y se balanceó adelante y atrás sin dejar de mirar fijamente el suelo.

—No es un... —empezó, pero se interrumpió—. No quiero parar... así que poneos cómodos porque mi historia nos llevará un buen rato.

Eragon se reacomodó contra un costado de Saphira y asintió. Saphira miraba intensamente a los dos jóvenes.

La primera frase de Murtagh sonó vacilante, pero su voz fue ganando fuerza y confianza a medida que hablaba.

—Hasta donde yo sé, soy el único hijo de los Trece Siervos, también llamados Apóstatas. Tal vez haya otros, pues los Trece tenían la habilidad de esconder lo que les interesaba. Sin embargo, por razones que explicaré más tarde, lo dudo mucho.

»Mis padres se conocieron en una aldea, cuyo nombre nunca supe, cuando mi padre viajaba por mandato del rey. Morzan mostró cierta amabilidad hacia mi madre, lo que sin duda fue una trampa para ganarse su confianza, de modo que cuando se marchó de aquel lugar, ella lo acompañó. Viajaron juntos durante un tiempo y, como suele ocurrir en estos casos, mi madre se enamoró locamente de él. A Morzan le encantó descubrirlo, no sólo porque eso le ofrecía numerosas oportunidades para atormentarla, sino también porque se dio cuenta de las ventajas que representaba tener una sierva que nunca lo traicionaría.

»De esa manera, cuando Morzan volvió a la corte de Galbatorix, mi madre se había convertido en su herramienta más fiable. Se servía de ella para enviar mensajes secretos y le enseñó algunos fundamentos rudimentarios de magia, lo cual le permitía pasar inadvertida y, de vez en cuando, obtener información de la gente. Hizo cuanto pudo para protegerla de los Trece, no por la bondad de sus sentimientos hacia ella, sino porque sabía que los demás la hubieran usado en su contra de haber tenido tal ocasión... Durante tres años las cosas siguieron igual, hasta que mi madre quedó embarazada.

Murtagh hizo una pausa mientras se toqueteaba un mechón de pelo. Después volvió a hablar en tono apocado:

—Mi padre era, como mínimo, un hombre astuto. Sabía que el embarazo representaba un peligro para mi madre y para él, por no mencionar al bebé; o sea, a mí. Así que, en plena noche, la sacó del palacio y la llevó a su castillo. Una vez allí, estableció poderosos hechizos que impedían que nadie entrara en sus tierras, a excepción de unos pocos sirvientes escogidos. De esa forma se mantuvo en secreto el embarazo para todo el mundo, menos para Galbatorix.

»El rey conocía los detalles íntimos de las vidas de los Trece: sus intrigas, sus peleas y, lo más importante, sus pensamientos. Disfrutaba viendo cómo luchaban entre sí y, a menudo, ayudaba a uno u a otro por mera diversión. Pero por alguna razón nunca reveló mi existencia.

»Nací cuando me correspondía, y me entregaron a un ama nodriza para que mi madre pudiera regresar junto a Morzan. Ella no tenía elección. Morzan le permitía visitarme cada pocos meses, pero por lo demás nos mantenía separados. Así pasaron otros tres años, durante los cuales me dio... me hizo la cicatriz de la espalda.

Murtagh pasó un rato pensativo antes de continuar.

—Habría crecido siguiendo esa pauta hasta llegar a la edad adulta, si no hubieran convocado a Morzan para la caza del huevo de Saphira. En cuanto se fue, mi madre, que había quedado relegada, desapareció. Nadie sabe adónde fue, ni por qué. El rey trató de recuperarla, pero sus hombres no encontraron la pista, sin duda gracias a las artimañas de Morzan.

»En la época de mi nacimiento, sólo quedaban vivos cinco de los Trece Apóstatas. Cuando se fue Morzan, el número se había reducido a tres, pero cuando al fin mi padre se enfrentó a Brom en Gil'ead, sólo quedaba él. Los Apóstatas sufrieron muertes de diversa naturaleza: suicidios, emboscadas, abuso de la magia... Pero fue sobre todo por obra de los vardenos. Tengo entendido que el rey sufría una cólera terrible por esas pérdidas.

»En cualquier caso, mi madre regresó antes de que corriera la voz que anunciaba las muertes de Morzan y de los demás. Habían pasado muchos meses desde su desaparición. Tenía la salud maltrecha, como si hubiera sufrido una enfermedad grave, y empeoraba poco a poco. Murió al cabo de una quincena.

—¿Y qué pasó entonces? —preguntó Eragon.

—Me hice mayor —dijo Murtagh con un gesto displicente—. El rey me llevó al palacio y se encargó de mi educación. A parte de eso, me dejaba en paz.

—Entonces, ¿por qué te fuiste?

—Más bien dirás que me escapé —afirmó Murtagh soltando una seca risotada—. Al llegar mi último cumpleaños, cuando alcancé los dieciocho, el rey me convocó a sus aposentos para una cena privada. El mensaje me sorprendió porque yo siempre estaba lejos de la corte y apenas lo había visto algunas veces. Habíamos hablado antes, pero siempre en presencia de algunos nobles que lo escuchaban todo.

»Acepté la oferta, por supuesto, consciente de que hubiera sido poco inteligente negarme. La cena fue suntuosa, pero los ojos negros de Galbatorix no me abandonaron ni un momento. La mirada del rey era desconcertante: parecía que buscara algo escondido en mi cara. Yo no sabía qué hacer y me esforcé cuanto pude por mantener una conversación educada, pero él se negaba a charlar, y pronto abandoné el esfuerzo.

»Cuando terminó la cena, por fin empezó a hablar. Como nunca habéis oído su voz, me resulta difícil haceros entender qué sonido tenía, pero sus palabras resultaban fascinantes, como si una serpiente me susurrara mentiras doradas al oído. Nunca he escuchado a un hombre tan convincente y tan aterrador. Me contó su visión: una fantasía del Imperio tal como la imaginaba. Habría hermosas ciudades construidas por todo el territorio, habitadas por los mejores guerreros, artesanos, músicos y filósofos, y por fin se erradicaría a los úrgalos; el Imperio se expandiría en todas las direcciones hasta alcanzar los cuatro confines de Alagaësia; florecerían la paz y la prosperidad, pero ocurriría algo aún más maravilloso: regresarían los Jinetes para gobernar apaciblemente todos los feudos del rey.

»Cautivado, lo escuché durante lo que debieron de ser horas. Cuando terminó, le pregunté con ansiedad de qué manera pensaba reinstaurar a los Jinetes, pues todo el mundo sabía que no quedaban huevos de dragones. En ese momento Galbatorix se calló y me miró, pensativo. Guardó silencio durante mucho rato, pero al final extendió una mano y preguntó: "¿Aceptas tú, oh, hijo de mi amigo, servirme en el empeño para traer ese paraíso?".

»Aunque yo conocía la historia de cómo habían llegado él y mi padre al poder, el sueño que había pintado para mí resultaba demasiado atractivo, demasiado seductor para ignorarlo. Yo estaba henchido de ardor por cumplir aquella misión y le hice mi más ferviente promesa. Obviamente complacido, Galbatorix me concedió su bendición y luego me despidió: "Te haré llamar cuando se presente la ocasión".

»Pasaron unos cuantos meses antes de que me llamara. Cuando llegó la convocatoria, sentí que recuperaba el viejo entusiasmo. Nos encontramos en privado, igual que lo habíamos hecho anteriormente, pero esta vez no estuvo agradable, ni encantador. Los vardenos acababan de destruir a tres brigadas en el sur, y él estaba en pleno despliegue de ira. Con una voz terrible me encargó que comandara un destacamento de tropas y destruyera Cantos, donde se sabía que se escondían de vez en cuando los rebeldes. Al preguntarle qué debía hacer con el pueblo y cómo sabríamos si eran culpables, gritó: "¡Son todos traidores! ¡Quémalos, empálalos y entierra sus cenizas con estiércol!". Siguió echando pestes, maldiciendo a sus enemigos y describiendo la forma en que azotaría la región de aquellos que le desearan algún mal.

»El tono era muy distinto del que había empleado la vez anterior, y eso hizo que me diera cuenta de que no poseía clemencia ni preveía ganarse la lealtad de su gente, y de que reinaba sólo por medio de la fuerza bruta, guiado únicamente por sus pasiones. Fue en ese momento cuando decidí huir para siempre de él y de Urû'baen.

»En cuanto me libré de su presencia, yo y mi fiel sirviente, Tornac, nos preparamos para la huida. Salimos aquella misma noche, pero Galbatorix había conseguido de algún modo adivinar mis intenciones, pues había soldados apostados ante las puertas, esperándonos. Mi espada se manchó de sangre y brilló bajo la pálida luz de las antorchas. Derrotamos a aquellos hombres, pero Tornac murió en el empeño.

»Solo y abrumado de dolor, corrí en busca de un viejo amigo que me refugió en sus tierras. Mientras permanecía escondido, escuchaba con atención todos los rumores para tratar de predecir los actos de Galbatorix y planificar mi futuro. Durante ese tiempo, me llegaron voces de que habían enviado a los Ra'zac a capturar o a matar a alguien. Como recordaba los planes del rey para los Jinetes, decidí buscar a los Ra'zac y seguirlos, sólo por si acaso realmente descubrían algún dragón. Y así fue como os encontré... No tengo más secretos.

Aún no sabemos si dice la verdad —advirtió Saphira.

Ya lo sé —contestó Eragon—. *Pero ¿por qué iba a mentirnos?*

A lo mejor está loco.

Lo dudo.

Eragon pasó un dedo por las duras escamas de Saphira y contempló cómo se reflejaba en ellas la luz.

—Entonces, ¿por qué no te unes a los vardenos? Tal vez desconfíen de ti al principio, pero una vez demuestres tu lealtad te tratarán con respeto. Además, ¿no son tus aliados, en cierto sentido? Ellos luchan por poner fin al dominio del rey. ¿No es lo mismo que deseas tú?

—¿Te lo tengo que explicar todo con más detalles? —preguntó Murtagh—. No quiero que Galbatorix sepa dónde estoy, lo cual es inevitable si la gente empieza a contar que me he pasado a sus enemigos, cosa que nunca he hecho. Estos... —hizo una pausa, y luego añadió con desprecio— «rebeldes» no sólo quieren destronar al rey, sino también destruir el Imperio... Y yo no quiero que eso ocurra porque sobrevendrían los tumultos y la anarquía. El rey tiene defectos, sí, pero el sistema es sensato. En cuanto a la posibilidad de ganarme el respeto de los vardenos... ¡Ja! En cuanto me delate, me tratarán como a un criminal o algo peor. Y no sólo eso: la suspicacia recaerá también sobre vosotros porque hemos viajado juntos.

Tiene razón —dijo Saphira.

Eragon la ignoró.

—No es tan grave —dijo esforzándose por parecer optimista. Murtagh resopló con sorna y desvió la mirada—. Estoy seguro de que no les...

Las palabras de Eragon quedaron interrumpidas al abrirse la puerta apenas un resquicio por el que cabía una mano. Alguien empujó dos cuencos por la abertura. Detrás apareció una barra de pan y un pedazo de carne cruda. Luego cerraron la puerta.

—¡Por fin! —refunfuñó Murtagh acercándose a la comida.

Lanzó por el aire el trozo de carne hacia Saphira, quien lo atrapó al vuelo y se lo tragó entero. Luego partió en dos el pan, le dio la mitad a Eragon, cogió su cuenco y se retiró a un rincón.

Comieron en silencio. Murtagh engullía la comida.

—Me voy a dormir —anunció.

Soltó el cuenco y no volvió a pronunciar palabra.

—Buenas noches —dijo Eragon.

Se tumbó junto a Saphira, con las manos debajo de la cabeza. Ella curvó su largo cuello en torno a él, como el gato que se rodea con la cola, y recostó la cabeza junto a la del muchacho. Extendió sobre él un ala, como si fuera una tienda azulada, para envolverlo en la oscuridad.

Buenas noches, pequeño.

Una leve sonrisa curvó los labios de Eragon, pero ya estaba dormido.

La gloria de Tronjheim

Eragon se sentó de un salto al captar un rugido junto a su oído. La dragona seguía dormida, pero movía los ojos bajo los párpados y le temblaba el morro como si fuera a gruñir. Eragon sonrió y luego dio un respingo al ver que rugía de nuevo.

Estará soñando —pensó.

La miró durante un rato y después abandonó con cuidado el refugio del ala de Saphira. Se puso en pie y estiró los músculos. Hacía frío, pero la temperatura no era desagradable. Murtagh estaba tumbado boca arriba en el rincón más lejano, con los ojos cerrados.

Cuando Eragon dio unos pasos para rodear a Saphira, Murtagh se movió:

—Buenos días —dijo en voz baja, y se sentó.

—¿Cuánto rato llevas despierto? —preguntó Eragon en voz queda.

—Un poco. Me sorprende que Saphira no te haya despertado antes.

—Estaba tan cansado que habría seguido durmiendo incluso con una tormenta —contestó Eragon con ironía. Se sentó junto a Murtagh y descansó la cabeza en la pared—. ¿Sabes qué hora es?

—No. Aquí dentro es imposible.

—¿Ha venido alguien a vernos?

—Todavía no.

Se quedaron juntos sin moverse ni hablar. Eragon se sentía extrañamente unido a Murtagh.

He llevado siempre la espada de su padre, la que habría sido su... herencia. Nos parecemos en muchas cosas, aunque nuestro aspecto y nuestra educación sean totalmente distintos. Pensó en la cicatriz de Murtagh y sintió un escalofrío. *¿Qué clase de hombre le haría eso a su hijo?*

Saphira levantó la cabeza y pestañeó para despejarse. Luego olisqueó el aire y soltó un gran bostezo curvando la punta de su áspera lengua.

¿Ha pasado algo? —Eragon negó—. *Espero que me den para comer algo más que el aperitivo de ayer. Tengo tanta hambre que me tragaría un rebaño de vacas.*

Te alimentarán bien —le aseguró él.

Más les vale.

La dragona se acercó a la puerta y se tumbó a esperar agitando la cola. Eragon cerró los ojos y disfrutó del descanso. Echó una cabezada, luego se levantó y caminó un poco. Aburrido, examinó una de las antorchas: estaba hecha de una sola pieza de cristal en forma de lágrima, cuyo tamaño doblaba al de un limón, llena de una suave luz azul que no temblaba ni se agitaba. Cuatro finas varillas metálicas envolvían con delicadeza el cristal y se juntaban en la parte superior formando un gancho, y en la inferior se fundían para alargarse en tres gráciles patas. Se trataba de un objeto muy atractivo.

Unas voces que provenían de fuera interrumpieron el examen de Eragon. Se abrió la puerta y entraron una docena de guerreros. El primer hombre contuvo el aliento al ver a Saphira. Los seguían Orik y el hombre de la calva, quien declaró:

—Habéis sido convocados ante Ajihad, señor de los vardenos. Si tenéis que comer, hacedlo al tiempo que caminamos.

Eragon y Murtagh permanecieron juntos y lo miraron con cautela.

—¿Dónde están nuestros caballos? ¿Recuperaré mi espada y mi arco? —preguntó Eragon.

—Os devolverán las armas cuando Ajihad lo considere oportuno, pero no antes —contestó el hombre calvo mirándolo con desprecio—. En cuanto a los caballos, os están esperando en el túnel. ¡Vamos!

Cuando el hombre de la calva se dio la vuelta para salir, Eragon preguntó con rapidez:

—¿Cómo está Arya?

—No lo sé —titubeó el hombre—. Los sanadores siguen con ella. —Abandonó la habitación, acompañado por Orik.

—Tú primero —indicó uno de los guerreros.

Eragon traspuso el umbral, seguido de Saphira y de Murtagh. Caminaron por el pasadizo que habían recorrido la noche anterior y pasaron junto a la estatua del animal de plumas. Cuando llegaron al gigantesco túnel por el que habían entrado en la montaña, el hombre calvo los esperaba junto a Orik, quien sostenía las riendas de *Nieve de Fuego* y de *Tornac*.

—Cabalgaréis en fila india por el centro del túnel —los instruyó el hombre—. Si intentáis ir a cualquier otro sitio, seréis detenidos. —Cuando Eragon quiso montar en Saphira, el hombre calvo gritó—: ¡No! Monta tu caballo en tanto no te diga lo contrario.

Eragon se encogió de hombros y tomó las riendas de *Nieve de Fuego*. Subió a la silla, guió al caballo por delante de Saphira y le dijo a la dragona:

Quédate cerca por si necesito tu ayuda.

Por supuesto —contestó ella.

Murtagh iba montado en *Tornac,* detrás de Saphira. El hombre calvo examinó la corta fila y luego gesticuló a los guerreros, que se dividieron en dos grupos para rodearlos, manteniéndose tan alejados de Saphira como podían. Orik y el calvo se pusieron al frente de la procesión.

Tras repasarlos una vez más con la mirada, el hombre de la calva dio dos palmadas y echó a andar. Eragon presionó levemente a *Nieve de Fuego* con los talones. Todo el grupo se encaminó hacia el corazón de la montaña, y a medida que los cascos de los caballos golpeaban el duro suelo el eco de sus pasos, amplificado en el desértico pasadizo, llenó el túnel. De vez en cuando aparecía alguna puerta o ventana en las lisas paredes, pero siempre estaban cerradas.

Eragon se maravilló por el mero tamaño del túnel, excavado con una habilidad increíble: las paredes, el suelo y el techo estaban construidos con una precisión impecable; las esquinas, al pie de las paredes, formaban ángulos rectos perfectos y, hasta donde él podía ver, el túnel no variaba su dirección ni un centímetro.

Mientras avanzaban, la emoción de Eragon por su inminente encuentro con Ajihad fue creciendo. El líder de los vardenos era una figura misteriosa dentro del Imperio: hacía casi veinte años que había alcanzado el poder y desde entonces libraba una guerra feroz contra el rey Galbatorix, pero nadie sabía de dónde venía ni qué aspecto tenía, y se rumoreaba que era un maestro de la estrategia, un guerrero brutal. Con tal reputación, a Eragon le preocupaba la recepción que fuera a darles. Aun así, saber que Brom se había fiado de los vardenos hasta el extremo de ponerse a su servicio tranquilizaba el miedo del muchacho.

Al ver otra vez a Orik, Eragon se había formulado nuevas preguntas. Obviamente, el túnel era obra de los enanos —nadie más podía cavar con tanta destreza—, pero... ¿éstos formaban parte de los vardenos, o sólo se refugiaban con ellos? Eragon había entendido ya que los vardenos se habían escondido bajo tierra para evitar ser descubiertos, pero ¿y los elfos? ¿Dónde estaban?

Durante casi una hora el hombre calvo los llevó por el túnel sin extraviarse ni torcer en ningún momento.

Habremos recorrido casi un kilómetro y medio, se percató Eragon. *A lo mejor nos llevan al otro lado de la montaña por dentro.*

Al fin una leve luz blanquecina se hizo visible al frente. Eragon achinó los ojos para tratar de descubrir el origen, pero estaba demasiado lejos para concretar ningún detalle. El brillo aumentaba de intensidad a medida que se iban acercando.

Ahora se veían hileras de gruesos pilares de mármol, incrustados de rubíes y amatistas, alineados a lo largo de las paredes y, entre ellos, había muchas antorchas colgadas que inundaban el espacio de un brillo puro; dibujos geométricos realizados en oro refulgían desde las bases de los pilares, como si fueran hilos fundidos, y también había esculpidas cabezas de cuervos que se arqueaban hacia el techo, con los picos abiertos de modo que parecía que estaban a punto de graznar. Al final del pasillo se divisaban dos colosales puertas negras, en las que destacaban unas brillantes líneas plateadas que delimitaban el contorno de una corona de siete puntas tan grande que ocupaba las dos puertas.

El hombre calvo se detuvo y alzó una mano. Después se volvió hacia Eragon:

—Ahora puedes montar tu dragón, pero no intentes alzar el vuelo. Habrá gente mirando, así que recuerda quién eres y cuál es tu situación.

Eragon desmontó de *Nieve de Fuego* y luego trepó a la grupa de Saphira.

Me parece que nos quieren exhibir —le dijo ella cuando el muchacho se instaló en la silla.

Ya veremos. ¡Ojalá tuviera a Zar'roc*!* —contestó al tiempo que se ataba las cintas a las piernas.

Tal vez sea mejor que no lleves la espada de Morzan la primera vez que te vean los vardenos.

Cierto.

—Estoy listo —dijo Eragon poniendo la espalda recta.

—Bien —contestó el hombre calvo.

Él y Orik se retiraron a ambos lados de Saphira y mantuvieron la distancia necesaria para que ella quedara claramente en cabeza.

—Ahora caminad hacia las puertas y, cuando se abran, seguid el camino. Id despacio.

¿Preparada? —preguntó Eragon.

Por supuesto.

Saphira se acercó a las puertas con rítmicos pasos. Las escamas le brillaban bajo la luz y emitían destellos de color que bailaban en los pilares. Eragon respiró hondo para acallar sus nervios.

Sin previo aviso, las puertas se abrieron hacia fuera sobre bisagras invisibles. A medida que se ampliaba el hueco entre ellas, rayos de luz se derramaron por el túnel y cayeron sobre Saphira y sobre Eragon. Momentáneamente cegado, el muchacho pestañeó y entrecerró los ojos. Cuando se adaptaron a la luz, dio un grito ahogado.

Estaban en un cráter volcánico gigantesco. Sus paredes se estrechaban hacia una abertura irregular, tan alta que Eragon no pudo medir la distancia: debían de ser casi veinte kilómetros. Un suave rayo de luz caía por la abertura e iluminaba el centro del cráter, aunque el resto de la cavernosa extensión permanecía en una apagada penumbra.

El otro lado del cráter, de un azul brumoso en la distancia, parecía estar a unos quince kilómetros. Gigantescos bloques de hielo, que medirían decenas de metros de anchura y cientos de metros de longitud, pendían a leguas de altura por encima de ellos como dagas brillantes. Eragon sabía por su propia experiencia en el valle que nadie, ni siquiera Saphira, podía alcanzar aquellas puntas tan altas. Más abajo, en las paredes interiores del cráter, la roca estaba cubierta por oscuras alfombras de musgo y de liquen.

El muchacho bajó la mirada y vio un amplio camino de adoquines que se extendía desde el umbral de la puerta. El camino iba directo hacia el centro del cráter y terminaba en la base de un monte, blanco como la nieve, que brillaba con miles de luces de colores, como una gema sin tallar. Este monte medía apenas una décima parte de la altura del cráter, que se alzaba en torno a él, pero su diminuta apariencia era engañosa, pues por lo menos alcanzaba los mil quinientos metros de altura.

Por largo que fuera, el túnel apenas los había llevado hasta un lado de la pared del cráter. Mientras miraba fijamente, Eragon oyó la profunda voz de Orik:

—Mirad bien, humanos, pues ningún Jinete ha posado sus ojos aquí desde hace casi cien años. La alta cumbre que se alza sobre nosotros es Farthen Dûr, descubierta hace miles de años por el padre de nuestra raza, Korgan, cuando cavaba un túnel para buscar oro. Y en el centro se halla nuestro mayor logro: Tronjheim, la ciudad-montaña construida con el más puro mármol.

Las puertas crujieron al detenerse.

¡Una ciudad!

Entonces Eragon vio a la multitud. Lo que había contemplado hasta entonces le había llamado tanto la atención que no se había fijado en el denso mar de gente, arracimada en torno a la entrada del túnel. Enanos y humanos, apiñados como árboles en un tupido bosque, flanqueaban el camino de adoquines. Eran cientos... miles. Todas las miradas, todos los rostros, se concentraban en Eragon. Y todos guardaban silencio.

Eragon se agarró a la base de una de las púas de Saphira. Vio criaturas con batas sucias, hombres robustos con los nudillos pelados, mujeres con vestidos de andar por casa y enanos fuertes y curtidos que se toqueteaban las barbas. Todos tenían la misma expresión tensa, propia de un animal herido cuando su predador está cerca y no es posible la huida.

Una capa de sudor empezó a cubrir la cara de Eragon, pero no se atrevió a moverse para retirarla.

¿Qué debo hacer? —preguntó, desesperado.

Sonríe, saluda con la mano, ¡cualquier cosa! —contestó Saphira secamente.

Eragon trató de forzar una sonrisa, pero los labios apenas se le entreabrieron. Reunió coraje, alzó una mano y la agitó en un remedo de saludo. Al ver que no pasaba nada, se sonrojó de vergüenza, bajó el brazo y agachó la cabeza.

Una sola aclamación rompió el silencio: alguien dio un aplauso sonoro. Durante un instante la multitud dudó, pero luego un rugido salvaje la sacudió y una oleada de ruidos se estrelló sobre Eragon.

—Muy bien —dijo el hombre calvo desde detrás de él—. Y ahora empieza a caminar.

Aliviado, Eragon se sentó más erecto y, juguetón, preguntó a Saphira:

¿Nos vamos o no?

Ella arqueó el cuello y dio un paso adelante. Al pasar junto a la primera fila de gente, miró a ambos lados y soltó una nubecilla de humo. La multitud se calló y dio un paso atrás, pero luego volvieron a aclamarlos con entusiasmo renovado.

Presumida —la riñó Eragon.

Saphira agitó la cola y lo ignoró. Él miraba fijamente con curiosidad al gentío, apretujado a medida que avanzaban por el camino. Había más enanos que humanos... y muchos lo miraban con resentimiento. Algunos incluso le daban la espalda y se alejaban con rostro pétreo.

Los humanos tenían aspecto de ser gente dura, curtida: los hombres llevaban dagas o cuchillos en el cinto, y muchos de ellos iban armados para la guerra; las mujeres se movían con orgullo, pero parecían ocultar una debilidad profunda, y los escasos niños y bebés miraban a Eragon con los ojos muy abiertos. El muchacho sintió con certeza que aquella gente había pasado por grandes tribulaciones y que harían lo que fuera necesario para defenderse.

Los vardenos habían hallado el escondite perfecto: las paredes de Farthen Dûr eran tan altas que ni siquiera un dragón habría sido capaz de sobrevolarlas ni ningún ejército podría violar la entrada, aunque lograra encontrar las puertas escondidas.

La muchedumbre se cerraba tras ellos dejando mucho espacio libre a Saphira. Gradualmente, la gente se fue callando, pero mantenían la atención fija en Eragon. Éste echó un vistazo hacia atrás y vio que Murtagh cabalgaba muy tieso, con la cara pálida.

Al acercarse a la ciudad-montaña, Eragon vio que el mármol blanco de Tronjheim estaba muy pulido y tenía contornos lisos, como si lo hubieran vertido a raudales en ese lugar. Estaba salpicado de incontables ventanas redondas, enmarcadas con tallas muy elaboradas, de las cuales pendían antorchas de distintos colores que proyectaban su suave brillo en la piedra, pero no se veían torres ni chimeneas. Justo delante de ellos, dos grifos de oro de unos diez metros de altura vigilaban una gigantesca puerta de troncos —retranqueada unos veinte metros sobre la base de Tronjheim—, a la sombra de gruesas columnas que soportaban una bóveda en lo más alto.

Al llegar a la base de Tronjheim, Saphira se detuvo para ver si el hombre de la calva les daba alguna instrucción, pero como no recibieron ninguna, siguió caminando hacia la puerta. Alineados en las paredes, se veían unos pilares acanalados de jaspe rojo como la sangre, entre los que se hallaban inmensas estatuas de criaturas extravagantes, representadas para siempre con exactitud por el cincel del escultor.

La pesada puerta tronó al abrirse ante ellos cuando unas cadenas ocultas empezaron a alzar los colosales troncos. Un pasadizo de cuatro pisos de altura se extendía hacia el centro de Tronjheim. Los tres niveles superiores parecían horadados por hileras de arcos que revelaban túneles grises, cuyas curvas desaparecían en la distancia. Había montones de gente en esos arcos, y todos observaban con intensidad a Eragon y a Saphira. En el nivel inferior, en cambio, los arcos estaban cerrados por robustas puertas. Entre los diferentes pisos pendían elaborados tapices, bordados con figuras heroicas y tumultuosas escenas de guerra.

Cuando Saphira pisó el vestíbulo y empezó a desfilar por él, sonó una aclamación. Eragon alzó la mano y provocó otro rugido de la multitud, aunque muchos enanos no se sumaban al griterío de bienvenida.

El pasillo medía un kilómetro y medio y terminaba en un arco flanqueado por pilares negros de ónice. Circonitas amarillas, cuyo tamaño triplicaba el de un hombre de estatura mediana, remataban las oscuras columnas y lanzaban penetrantes rayos amarillos por el camino. Saphira penetró entre las columnas y luego se detuvo y giró el cuello hacia atrás, con un profundo murmullo en el pecho.

Estaban en una habitación redonda, de unos trescientos metros de diámetro, que se alzaba hasta la cumbre de Tronjheim —unos mil quinientos metros más arriba— y que se estrechaba a medida que ascendía. Las paredes estaban cubiertas de arcos: una hilera por cada nivel de la ciudad-montaña, y en el suelo, de un elegante color cobre rojizo, habían grabado un martillo rodeado de doce estrellas plateadas, como en el yelmo de Orik.

En la habitación confluían cuatro caminos —incluido el que acababan de recorrer—, que dividían Tronjheim en cuartos. Todos los caminos eran idénticos, salvo el que se encontraba frente a Eragon, a cuyos lados se abrían altos arcos para dejar a la vista escaleras descendentes que se reflejaban entre sí, como en un espejo, al curvarse hacia el suelo.

El techo estaba cubierto por un zafiro en forma de estrella de un color rojo, como el del alba, y de tamaño monstruoso. La joya medía veinte metros de diámetro y, al menos, otros tantos de grosor. Habían querido esculpir en su superficie una rosa en pleno apogeo, y el artesano había sido tan diestro que la flor casi parecía real. Un amplio cinturón de antorchas envolvía el contorno del zafiro, que lanzaba una red de franjas de luz rojiza sobre cuanto había debajo. Daba la impresión de que los rayos contenidos en la gema eran como un ojo gigantesco que los miraba desde arriba.

Eragon estaba boquiabierto de asombro. Nada en el mundo le habría preparado para contemplar algo así, pues parecía imposible que Tronjheim hubiera sido erigido por seres mortales. Dudó que ni siquiera Urû'baen pudiera competir con las riquezas y las grandezas que allí se veían. Tronjheim representaba un monumento asombroso al poderío y a la perseverancia de los enanos.

El hombre calvo se plantó delante de Saphira y dijo:

—A partir de aquí, tienes que ir a pie.

Sonó un abucheo entre la multitud cuando habló. Un enano se llevó a *Tornac* y a *Nieve de Fuego*, y Eragon desmontó de Saphira, pero se quedó a su lado mientras el hombre de la calva los guiaba sobre el suelo de color de cobre hacia el camino de la derecha.

Lo recorrieron durante unas decenas de metros y luego entraron en un pasillo más estrecho. Los guardianes permanecieron a su lado pese a la estrechez del espacio. Tras cuatro giros bruscos, llegaron a una enorme puerta de cedro, ennegrecida por el tiempo. El hombre calvo la abrió e hizo entrar a todos, menos a los guardianes.

Ajihad

Eragon entró en un elegante estudio de dos plantas, rodeado de estanterías de cedro. Una escalera de hierro forjado se alzaba hasta un pequeño balcón donde había dos sillas y una mesa de lectura; antorchas de luz blanca colgaban de las paredes y del techo, de modo que en cualquier rincón de la sala se podía leer un libro; el suelo de piedra estaba cubierto por una alfombra oval de complejos dibujos, y al otro lado de la habitación, estaba un hombre de pie tras un escritorio de nogal.

La piel del hombre emitía un brillo del color del ébano engrasado; llevaba el cráneo afeitado, aunque una barba blanca, cuidadosamente recortada, le cubría la barbilla, y lucía bigote; la dureza de sus rasgos le sombreaba la cara, y bajo las cejas, acechaban unos ojos graves e inteligentes; los amplios y fuertes hombros resaltaban todavía más gracias a un ajustado chaleco rojo, bordado con hilo de oro y abrochado sobre una exquisita camisa morada. Se comportaba con gran dignidad y emitía una intensa sensación de autoridad.

Cuando al fin habló, su voz sonó firme y confiada:

—Bienvenidos a Tronjheim, Eragon y Saphira. Soy Ajihad. Sentaos, por favor.

Eragon se dejó caer en un sillón junto a Murtagh, y la dragona se instaló tras ellos con aire protector. Ajihad alzó una mano y chasqueó los dedos. Un hombre apretó el paso desde detrás de la escalera: era idéntico al otro hombre calvo. Eragon miró a los dos con sorpresa y Murtagh se puso tenso.

—Vuestra confusión es comprensible; son hermanos gemelos —dijo Ajihad con una leve sonrisa—. Os diría cómo se llaman, pero no tienen nombre.

Saphira resopló, disgustada. Ajihad la miró un momento y luego se sentó en una silla de respaldo alto, tras el escritorio, al mismo tiempo que los gemelos se retiraban tras la escalera y permanecían juntos. Ajihad juntó los dedos a la vez que contemplaba fijamente a Eragon y a Murtagh, y los estudiaba durante un largo rato sin quitarles la vista de encima.

Incómodo, Eragon se movió en el asiento. Tras lo que pareció durar varios minutos, Ajihad bajó las manos y convocó a los gemelos. Uno de los dos se plantó de inmediato a su lado. Ajihad le susurró algo al oído, y el hombre calvo empalideció de repente y negó con la cabeza vigorosamente. Ajihad frunció el entrecejo y luego asintió, como si se acabara de confirmar algo. Entonces miró a Murtagh y le dijo:

—Al negarte a ser examinado me has puesto en una situación difícil. Se te ha permitido entrar en Farthen Dûr porque los gemelos me aseguran que pueden controlarte y por tus acciones en defensa de Eragon y de Arya. Entiendo que quieras mantener ciertas cosas escondidas en tu mente, pero si sigues así no podremos fiarnos de ti.

—De todos modos, no os fiaríais —dijo Murtagh, desafiante.

El rostro de Ajihad se ensombreció al oír las palabras de Murtagh, y el peligro le brilló en los ojos.

—Aunque hace veintitrés años que esa voz no llega a mis oídos... la conozco. —Guardó un silencio de mal presagio e inspiró profundamente. Los gemelos, que parecían alarmados, juntaron la cabeza y empezaron a murmurar, desesperados—. Entonces provenía de otro hombre, uno que tenía más de bestia que de humano. ¡Levántate!

Murtagh obedeció con cautela repartiendo miradas como dardos entre los gemelos y Ajihad.

—¡Quítate la camisa! —ordenó Ajihad. De un tirón, Murtagh se quitó la túnica—. Ahora, date la vuelta.

Al volverse, la luz cayó sobre la cicatriz de la espalda.

—Murtagh… —murmuró Ajihad.

Orik soltó un gruñido de sorpresa. Sin previo aviso, Ajihad se volvió hacia los gemelos y tronó:

—¿Lo sabíais?

Los gemelos hicieron una reverencia.

—Descubrimos el nombre en la mente de Eragon, pero no sospechamos que este chico fuera hijo de alguien tan poderoso como Morzan. No se nos ocurrió...

—¿Y no me lo dijisteis? —preguntó Ajihad. Levantó una mano para evitar cualquier explicación—. Ya hablaremos de esto. —Se encaró de nuevo a Murtagh—. Antes he de desenmarañar este embrollo. ¿Sigues negándote a pasar la prueba?

—Sí —contestó Murtagh con brusquedad volviendo a ponerse la túnica—. No permitiré que nadie entre en mi mente.

Ajihad se apoyó en el escritorio.

—Eso implicará desagradables consecuencias porque si los gemelos no consiguen certificar que no representas una amenaza, no podremos ofrecerte nuestra confianza, a pesar del apoyo (o tal vez, precisamente, por culpa de ese mismo apoyo) que le has dado a Eragon. Sin dicha verificación, nuestros pobladores, tanto enanos como humanos, te destrozarán si se enteran de tu presencia entre nosotros. De modo que eso me obligará a mantenerte encerrado en todo momento, tanto por nuestra protección como por la tuya. Y el asunto no hará más que empeorar cuando Hrothgar, el rey de los enanos, exija tu custodia. Así pues, no provoques esa situación, que podría evitarse fácilmente.

—No... —Murtagh, testarudo, hizo un gesto negativo—. Aunque cediera, se me trataría como a un leproso o a un paria. Sólo quiero irme de aquí. Si me permites hacerlo pacíficamente, nunca revelaré vuestra ubicación al Imperio.

—¿Y si te capturan y te llevan ante Galbatorix? —quiso saber Ajihad—. Extraerá todos los secretos de tu mente, por fuerte que seas. Y si fueras capaz de resistir, ¿cómo sabemos que no te unirás a él en el futuro? No puedo correr ese riesgo.

—¿Me vais a conservar como prisionero para siempre? —preguntó Murtagh poniéndose tenso.

—No —contestó Ajihad—. Sólo hasta que permitas que te examinemos. Si decidimos que eres de fiar, los gemelos desalojarán de tu mente toda noción de la ubicación de Farthen Dûr antes de que te vayas. No correremos el riesgo de que esos recuerdos caigan en manos de Galbatorix. ¿Qué me dices, Murtagh? Decídete rápido, o escogeremos nosotros el camino.

Vamos, cede, suplicó Eragon en silencio, preocupado por la seguridad de Murtagh. *No merece la pena pelear.*

Murtagh habló por fin con palabras lentas y claras:

—Mi mente es el único refugio que no me han robado. Otros hombres intentaron allanarlo anteriormente, pero he aprendido a defenderlo con vigor, pues sólo estoy a salvo con mis pensamientos más profundos. Me habéis pedido lo único que no puedo dar, y mucho menos a esos dos —señaló a los gemelos—. Haced conmigo lo que queráis: antes de exponerme a su invasión, que se me lleve la muerte.

La admiración brilló en los ojos de Ajihad.

—No me sorprende tu elección, aunque confiaba en que tomarías la contraria... ¡Guardias! —La puerta de cedro se abrió de golpe, y entraron los guerreros con las armas a punto. Ajihad señaló a Murtagh y ordenó—: Llevadlo a una habitación sin ventanas y reforzad la puerta. Poned seis hombres en la entrada para que no pase nadie hasta que yo vaya a verlo. Tampoco habléis con él.

Los guerreros rodearon a Murtagh mirándolo con suspicacia. Cuando abandonaban el estudio, Eragon captó la mirada de Murtagh y movió los labios para decir: «Lo siento». Murtagh se encogió de hombros y luego miró hacia delante con decisión. Desapareció con los demás hombres por el camino mientras el sonido de sus pisadas se desvanecía en el silencio.

Ajihad volvió a hablar con brusquedad:

—Quiero que abandone esta habitación todo el mundo menos Eragon y Saphira. ¡Ahora!

Los gemelos se fueron haciendo reverencias, pero Orik dijo:

—Señor, el rey querrá saber lo de Murtagh. Y queda pendiente el asunto de mi insubordinación...

Ajihad frunció el entrecejo y luego agitó una mano en el aire.

—Yo mismo se lo diré a Hrothgar. En cuanto a tus acciones... Espera fuera hasta que te llame. Y no dejes que se alejen los gemelos porque tampoco he terminado con ellos.

—Muy bien —contestó Orik agachando la cabeza.

Cerró la puerta con un golpe contundente.

Tras un largo silencio, Ajihad se recostó en el asiento con un suspiro de cansancio. Se pasó una mano por la cara y miró hacia el techo. Eragon esperó impaciente a que hablara, pero como no decía nada, estalló:

—¿Arya está bien?

Ajihad bajó la mirada para posarla en él y respondió con gravedad:

—No... Sin embargo, los sanadores me dicen que se recuperará. Han estado toda la noche intentando curarla, pero el veneno le ha pasado una factura terrible. Si no llega a ser por ti no se habría salvado. Mereces el agradecimiento más profundo de los vardenos por eso.

Eragon relajó los hombros, aliviado. Por primera vez sintió que había merecido la pena el esfuerzo hecho para huir de Gil'ead.

—Bueno, ¿y ahora qué? —preguntó.

—Necesito que me cuentes cómo encontraste a Saphira y todo lo que ha ocurrido desde entonces —dijo Ajihad uniendo los dedos en una cúpula—. Conozco parte de esa historia por el mensaje que nos envió Brom, y otras partes de ella gracias a los gemelos. Pero quiero oírlo de tu boca, sobre todo lo que concierne a la muerte de Brom.

Eragon se resistía a compartir sus experiencias con un extraño, pero Ajihad tuvo paciencia.

Vamos —lo urgía Saphira amablemente.

Eragon se movió, inquieto, en el asiento, pero empezó a contar su historia. Al principio se sentía incómodo, aunque se fue tranquilizando a medida que avanzaba en el relato. Saphira lo ayudaba a recordar con claridad por medio de algún comentario puntual. Ajihad escuchó todo el rato con atención.

Eragon habló durante horas seguidas deteniéndose a menudo en su narración. Habló a Ajihad de Teirm, aunque se calló las adivinanzas de Angela, y contó cómo Brom y él habían encontrado a los Ra'zac. Incluso explicó sus sueños sobre Arya. Cuando llegó a Gil'ead y mencionó a Sombra, Ajihad endureció el rostro y se echó hacia atrás en el asiento con los ojos velados.

Una vez terminada la historia, Eragon guardó silencio y reflexionó sobre todo lo que había ocurrido. Ajihad se levantó, juntó las manos tras la espalda y, con aire ausente, estudió uno de los estantes. Al cabo de un rato regresó a su escritorio.

—La muerte de Brom es una pérdida terrible. Era muy buen amigo mío y un poderoso aliado de los vardenos. Nos salvó muchas veces de la destrucción gracias a su valor e inteligencia. Incluso ahora, tras desaparecer, nos ha proporcionado lo único que puede garantizar nuestro triunfo: tú.

—Pero ¿qué logros puedes esperar de mí? —preguntó Eragon.

—Te lo explicaré con detalle —contestó Ajihad—, pero antes debo encargarme de asuntos más urgentes. La noticia de la alianza entre los úrgalos y el Imperio es extremadamente seria. Si Galbatorix está reuniendo un ejército de úrgalos para destruirnos, los vardenos lo tendremos difícil para sobrevivir, aunque muchos gocemos de la protección de Farthen Dûr. El mero hecho de que un Jinete, aunque sea uno tan malvado como Galbatorix, se plantee un pacto con esa clase de monstruos, es prueba suficiente de su locura. Me da escalofríos pensar qué les habrá prometido a cambio de su veleidosa lealtad. Y luego está Sombra. ¿Puedes describirlo?

Eragon asintió:

—Era alto, delgado y muy pálido, con los ojos y el pelo colorados. Vestía totalmente de negro.

—¿Y su espada? ¿La viste? —preguntó Ajihad con intensidad—. ¿Tenía una fina hendidura que recorría la larga hoja?

—Sí —repuso Eragon, sorprendido—. ¿Cómo lo sabes?

—Porque yo mismo se la hice cuando intentaba arrancarle el corazón —dijo Ajihad con una triste sonrisa —. El Sombra se llama Durza y es uno de los demonios más malvados y astutos que jamás hayan asolado esta tierra. Es el siervo perfecto para Galbatorix y un enemigo peligroso para nosotros. Dices que lo matasteis. ¿Cómo ocurrió?

Eragon lo recordó con viveza.

—Murtagh le disparó dos veces. La primera flecha le dio en un hombro, la segunda le acertó entre los ojos.

—Me lo temía —dijo Ajihad, ceñudo—. No lo matasteis porque sólo se puede destruir a los Sombra clavándoles una estaca en el corazón. Cualquier otro medio hace que se desvanezcan y luego vuelven a aparecer en otro lugar en forma de espíritus. Es un proceso desagradable, pero Durza sobrevivirá y regresará más fuerte que nunca.

Un tenso silencio se instaló entre ellos, como una nube de mal presagio. Luego Ajihad afirmó:

—Eres un enigma, Eragon, un dilema que nadie sabe cómo resolver. Todo el mundo está enterado de lo que quieren los vardenos, o los úrgalos, o incluso Galbatorix, pero nadie sabe qué quieres tú. Y eso te convierte en un peligro, sobre todo para Galbatorix. Te teme porque no sabe qué vas a hacer en el futuro.

—¿Y los vardenos no me temen? —preguntó Eragon en voz baja.

—No —contestó cuidadosamente Ajihad—. Tenemos esperanzas puestas en ti. Pero si esas esperanzas resultan defraudadas, entonces sí te temeremos. —Eragon bajó la mirada—. Tienes que entender la naturaleza inusual de tu situación. Hay facciones preocupadas porque sirvas sólo a sus intereses, y desde el momento en que entraste en Farthen Dûr, las influencias y los poderes de cada una de ellas empezaron a tirar de ti.

—¿Incluidos los tuyos? —preguntó Eragon.

Ajihad contuvo la risa, aunque su mirada era seria.

—Incluidos los míos. Deberías saber ciertas cosas: por ejemplo, cómo apareció el huevo de Saphira en las Vertebradas. ¿Te contó Brom lo que hicimos con el huevo de la dragona cuando él lo trajo aquí?

—No —respondió Eragon mirando a Saphira.

Ella pestañeó y le sacó la lengua.

Antes de empezar a hablar, Ajihad tamborileó sobre el escritorio.

—La primera vez que Brom trajo el huevo a los vardenos, todo el mundo estaba profundamente interesado en el destino de ese huevo, pues habíamos creído que los dragones estaban exterminados. A los enanos sólo les preocupaba que el futuro Jinete fuera un aliado, aunque algunos de ellos se oponían a la idea de que volviera a existir un nuevo Jinete. Por su parte, los elfos y los vardenos tenían un enfoque más personal. La razón era bien simple: a lo largo de la historia, todos los Jinetes han sido humanos o elfos, en especial elfos, pero nunca ha habido un enano que fuera Jinete.

»Debido a las traiciones de Galbatorix, los elfos eran reticentes a permitir que los vardenos manejaran el huevo por miedo a que el dragón que llevaba dentro escogiera a un humano que tuviera una inestabilidad parecida a la del rey. La situación planteaba todo un reto, pues ambas partes querían al Jinete para sí. Por su parte, los enanos no hacían más que agravar el problema, pues discutían obstinadamente tanto con los elfos como con nosotros cada vez que se presentaba la ocasión. La tensión aumentó, y en poco tiempo algunos pronunciaron amenazas que más tarde lamentarían. Entonces fue cuando Brom sugirió un pacto que permitía salvar el honor a todas las partes.

»Propuso que los vardenos tuvieran el huevo durante un año, y que al año siguiente lo guardaran los elfos. En cada lugar, los niños desfilarían ante él, y los responsables del huevo esperarían para ver si el dragón salía del cascarón. Si no era así, se lo entregarían de nuevo al otro grupo. Pero si el dragón eclosionaba, entonces empezaría de inmediato la formación del nuevo Jinete. Durante el primer año, el Jinete, fuera varón o hembra, sería instruido aquí por el propio Brom, y luego sería entregado a los elfos para que terminara su formación con ellos.

»Los elfos aceptaron el plan con desconfianza... pero con la condición de que si Brom moría antes de que el dragón naciera, quedarían libres para formar ellos al nuevo Jinete sin interferencias. El acuerdo les era favorable, pues al fin y al cabo todos sabíamos que era más probable que el dragón escogiera a un elfo, pero proporcionó a todas las partes la debida apariencia de igualdad.

Ajihad detuvo su charla con una mirada pesimista en los expresivos ojos. Las sombras le hundían el rostro bajo los pómulos, y éstos le sobresalían.

—Se esperaba que ese nuevo Jinete uniera mejor nuestras dos razas. Esperamos durante más de un decenio, pero el huevo no prendía. El asunto fue desocupando nuestras mentes, y ya casi nunca pensábamos en ello, salvo para lamentar la incapacidad del huevo.

»Pero el año pasado tuvimos una pérdida terrible: Arya y el huevo desaparecieron cuando iban de Tronjheim a la ciudad élfica de Osilon. Los primeros en descubrir que habían desaparecido fueron los elfos. Encontraron el corcel de la joven y a sus guardianes acuchillados en Du Weldenvarden, y vieron a un grupo de úrgalos masacrados en la cercanía. Pero Arya y el huevo no estaban. Cuando me llegó la noticia, temí que los úrgalos los hubieran apresado y pronto conocieran la ubicación de Farthen Dûr y de la capital de los elfos, Ellesméra, donde vive su reina, Islanzadi. Ahora entiendo que trabajaban para el Imperio, lo cual era aún peor.

»No sabremos qué ocurrió exactamente en ese ataque hasta que Arya se despierte, pero he deducido algunos detalles de lo que me has contado. —El chaleco de Ajihad crujió cuando apoyó los codos en el escritorio—. El ataque tuvo que ser rápido y decidido, pues de otro modo Arya hubiera escapado. Sin previo aviso, y careciendo de un lugar donde esconderse, sólo podía hacer una cosa: usar la magia para transportar el huevo a otro lugar.

—¿Puede usar la magia? —preguntó Eragon.

Arya había mencionado que le habían suministrado una droga para suprimir sus poderes. Eragon quería confirmar que se refería a la magia y le hubiera gustado saber si podría enseñarle más palabras del idioma antiguo.

—En efecto, ésa fue una de las razones por las que resultó elegida para cuidar del huevo. En cualquier caso, Arya no pudo devolvérnoslo porque estaba demasiado lejos. Y el reino de los elfos está protegido por barreras arcanas que impiden que nada cruce sus fronteras por medio de la magia. Ella debió de pensar en Brom y, en su desesperación, envió el huevo a Carvahall. Como no había tenido tiempo de prepararse, no me sorprende que fallara por cierto margen. Según me cuentan los gemelos, se trata de un arte que no es muy preciso.

—¿Por qué estaba más cerca del valle de Palancar que de los vardenos? —preguntó Eragon—. ¿Dónde viven realmente los elfos? ¿Dónde está esa... Ellesméra?

La aguda mirada de Ajihad se clavó en Eragon mientras consideraba la pregunta.

—No te contestaré a la ligera, porque los elfos guardan ese dato con mucho celo. Pero deberías saberlo, y lo hago como muestra de confianza. Sus ciudades quedan muy al norte, en lo más profundo del infinito bosque de Du Weldenvarden. Desde los tiempos de los Jinetes, nadie, ni enano ni humano, ha merecido tanta amistad de los elfos como para permitírsele caminar por sus senderos de hojarasca. Ni siquiera yo sé cómo encontrar Ellesméra. En cuanto a Osilon... teniendo en cuenta dónde desapareció Arya sospecho que queda cerca del límite occidental de Du Weldenvarden, hacia Carvahall. Sé que harías muchas más preguntas, pero debes tener paciencia y esperar a que termine.

Ajihad ordenó sus recuerdos y empezó a hablar de nuevo a un ritmo más rápido:

—Cuando desapareció Arya, los elfos retiraron su apoyo a los vardenos. La reina Islanzadi estaba especialmente furiosa y rechazó cualquier contacto con nosotros. En consecuencia, aunque recibí el mensaje de Brom, los elfos siguen ignorando tu existencia y la de Saphira... Sin sus provisiones para sostener a mis tropas lo hemos pasado bastante mal durante los últimos meses en nuestras escaramuzas con el Imperio.

»Tras el regreso de Arya y tu aparición, espero que la hostilidad de la reina amaine. El hecho de que rescataras a Arya nos supondrá una gran ayuda ante ella. Tu formación, de todos modos, representará un problema tanto para los vardenos como para los elfos. Es obvio que Brom tuvo la oportunidad de formarte, pero necesitamos saber hasta dónde llegó. Por esa razón, deberás pasar un examen para determinar el alcance de tus habilidades. Además, los elfos querrán que termines tu formación con ellos, aunque no estoy seguro de que haya tiempo para eso.

—¿Por qué no? —preguntó Eragon.

—Por varias razones. La más importante, tus noticias sobre los úrgalos —dijo Ajihad desviando la mirada hacia Saphira—. Mira, Eragon, los vardenos estamos en una situación extremadamente delicada: por un lado, hemos de satisfacer los deseos de los elfos si queremos conservarlos como aliados y, al mismo tiempo, no podemos molestar a los enanos si queremos refugiarnos en Tronjheim.

—¿Los enanos no forman parte de los vardenos? —preguntó Eragon.

—En cierto sentido, sí —respondió Ajihad después de un momento de duda—. Nos permiten vivir aquí y nos ayudan en la lucha contra el Imperio, pero sólo son leales a su rey. No tengo ningún poder sobre ellos, salvo el que me concede Hrothgar, e incluso él mismo tiene problemas a menudo con los clanes de enanos. Los trece clanes están al servicio de Hrothgar, pero cada uno de sus jefes tiene un enorme poder; son ellos quienes escogen al sucesor cuando muere el rey. Hrothgar comparte nuestra causa, pero muchos de los jefes de clan no lo hacen. Así que el rey no se puede permitir el lujo de molestarlos innecesariamente para no perder el apoyo de su pueblo, de modo que sus acciones en defensa nuestra se han visto seriamente menguadas.

—Y esos jefes de clan —preguntó Eragon—, ¿también están en mi contra?

—Me temo que más todavía —contestó Ajihad en tono cansino—. Existió una gran enemistad entre enanos y dragones. Antes de que llegaran los elfos y trajeran la paz, los dragones tenían la costumbre de comerse los rebaños de los enanos y robarles el oro, y los enanos tardan mucho en olvidar las ofensas del pasado. Desde luego, nunca aceptaron del todo a los Jinetes ni les permitieron patrullar por su reino. El hecho de que Galbatorix alcanzara el poder no hizo sino convencer a muchos enanos de que sería mejor no volver a relacionarse jamás con Jinetes ni con dragones.

Las últimas palabras estaban dirigidas a Saphira.

Lentamente, Eragon preguntó:

—¿Por qué no sabe Galbatorix dónde están Farthen Dûr y Ellesméra? Sin duda los Jinetes se lo contarían cuando le informaban.

—Se lo dijeron, sí, pero no se lo mostraron. Una cosa es saber que Farthen Dûr está en estas montañas y otra muy distinta, encontrarla. Cuando murió el dragón de Galbatorix, no lo habían llevado a ninguno de los dos lugares. Luego, por supuesto, los Jinetes ya no se fiaron de él. Intentó sacarles la información a diversos Jinetes cuando él se sublevó, pero ellos prefirieron morir antes que contárselo. Por lo que respecta a los enanos, nunca ha conseguido capturar vivo a ninguno, aunque eso sólo es cuestión de tiempo.

—Entonces, ¿por qué no se limita a armar a su ejército y marchar por Du Weldenvarden hasta que encuentre Ellesméra? —preguntó Eragon.

—Porque los elfos aún tienen el poder suficiente para

oponerle resistencia —contestó Ajihad—. No se atreve a medir sus fuerzas contra ellos, por lo menos todavía no. Pero su brujería maldita aumenta de fuerza cada año. Con otro Jinete a su lado sería imparable, de modo que sigue intentando que prenda uno de los dos huevos que tiene en su poder, pero de momento no lo ha conseguido.

—¿Cómo puede ser que su poder aumente? —Eragon estaba atónito—. La fuerza de su cuerpo limita sus habilidades y no puede seguir aumentado siempre.

—No lo sabemos —dijo Ajihad encogiendo los amplios hombros—, y los elfos tampoco. Sólo nos queda esperar que algún día lo destruya uno de sus propios hechizos. —Metió una mano por debajo del chaleco y sacó con gesto sombrío un pedazo de pergamino maltrecho—. ¿Sabes qué es esto? —preguntó, al tiempo que lo depositaba sobre la mesa.

Eragon se inclinó hacia delante y lo examinó: unas líneas de letras negras, escritas con tinta en un lenguaje extraño, ocupaban el papel. Amplias secciones del texto estaban tapadas por gotas de sangre, y uno de los lados del papel estaba chamuscado. Eragon hizo un gesto negativo:

—No, no lo sé.

—Se lo quitamos al jefe del batallón de úrgalos que destruimos anoche. Nos costó doce hombres, pero se sacrificaron para que pudieras ponerte a salvo. La escritura es una invención del rey, un código que usa para comunicarse con sus siervos. Me costó un buen rato, pero conseguí descifrar su significado, al menos en la parte legible. Dice lo siguiente:

> «...vigilante de la entrada de Ithrö Zhâda dejará entrar al portador y a sus adláteres. Se les dará cobijo con los demás de su clase y por... pero sólo si dos facciones evitan luchar. Detentarán el mando Tarok, Gashz, Durza, Ushnark el Poderoso.»

—«Ushnark» es Galbatorix. Significa «padre» en la lengua de los úrgalos, una afectación que le complace.

> «Averiguar para qué sirven y... Los infantes y... serán mantenidos aparte. No se distribuirán armas hasta que... para la marcha.»

—A partir de ahí no se puede leer nada más, salvo un par de palabras vagas —explicó Ajihad.

—¿Dónde está Ithrö Zhâda? Nunca lo había oído.

—Yo tampoco —confirmó Ajihad—, lo cual me hace sospechar que Galbatorix ha cambiado el nombre a algún lugar para su propio interés. Después de descifrar este texto, me pregunté qué hacían cientos de úrgalos en las montañas Beor, donde los viste tú, y adónde iban. El pergamino menciona a «los demás de su clase», o sea que supongo que en su destino los esperaban más úrgalos. Sólo hay una razón para que el rey reúna tal cantidad de gente: armar un ejército bastardo de humanos y de monstruos para destruirnos.

»De momento, no se puede hacer más que esperar y observar, pues sin más información no podemos saber dónde está Ithrö Zhâda. Por lo pronto, aún no han descubierto Farthen Dûr, de modo que conservamos la esperanza. Los únicos úrgalos que la han visto murieron anoche.

—¿Cómo supiste que veníamos? —preguntó Eragon—. Uno de los gemelos nos esperaba y tenía lista una emboscada para los kull.

El muchacho se dio cuenta de que Saphira escuchaba con atención. Aunque la dragona se mantenía aparte, Eragon sabía que más adelante ella tendría cosas que decirle.

—Hay centinelas apostados en la entrada del valle por el que llegasteis, a ambos lados del río Diente de Oso. Ellos nos enviaron una paloma para avisarnos —explicó Ajihad.

Eragon se preguntó si sería el mismo pájaro que Saphira había intentado comerse.

—Cuando Arya y el huevo desaparecieron, ¿se lo comunicasteis a Brom? Me dijo que no sabía nada de los vardenos.

—Intentamos avisarle —respondió Ajihad—, pero sospecho que el Imperio interceptó a nuestros emisarios y los mató. ¿Por qué otra razón habrían ido los Ra'zac a Carvahall? Luego, como Brom iba viajando contigo, no hubo modo de establecer contacto con él. Cuando tuve noticias de él por medio de un mensajero de Teirm, supuso un alivio para mí. No me sorprendió que acudiera a Jeod; eran viejos amigos. Y Jeod pudo enviarnos un mensajero con facilidad porque se dedica a hacernos llegar provisiones a escondidas por Surda.

»Todo este asunto ha provocado algunas preguntas importantes: ¿cómo sabía el Imperio dónde debía tender la emboscada a Arya y, más adelante, a nuestros mensajeros de Carvahall? y ¿cómo se ha enterado Galbatorix de qué mercaderes ayudan a los vardenos? El negocio de Jeod quedó virtualmente destruido cuando tú te fuiste, igual que los de otros mercaderes que nos apoyan, pues cada vez que uno de sus barcos se hace a la mar, desaparece. Así que, como los enanos no nos pueden conseguir todo lo que necesitamos, los vardenos tenemos una carencia desesperada de provisiones. Me temo que hay un traidor, o varios, entre nosotros, a pesar de nuestro esfuerzo por escrutar las mentes de la gente en busca de trampas.

Eragon se concentró en sus pensamientos y ponderó todo lo que había aprendido. Ajihad esperó tranquilamente hasta que volviera a hablar, sin que le molestara el silencio. Por primera vez desde el hallazgo del huevo de Saphira, Eragon sintió que entendía lo que ocurría en torno a él. Al fin sabía de dónde había salido la dragona y lo que el futuro podía depararle.

—¿Qué quieres de mí? —preguntó el muchacho.

—¿A qué te refieres?

—Es decir, ¿qué se espera de mí en Tronjheim? Sé que los elfos y tú tenéis planes para mí, pero ¿qué pasará si no me gustan? —Un tinte de dureza le tomó la voz—. Estoy dispuesto a luchar cuando haga falta, a revelarme cuando se presente la ocasión, a llorar donde se presente el dolor, a morir si me llega la hora... pero no dejaré que nadie me use en contra de mi voluntad. —Hizo una pausa para que sus palabras calaran más hondo—. Los Jinetes de antaño impartían justicia por encima de los líderes de su tiempo. No reclamo esa prerrogativa, pues dudo que la gente la aceptara después de haber pasado generaciones enteras sin que se la impusieran, y mucho menos si viniera de alguien tan joven como yo. Pero tengo algún poder y lo utilizaré como crea conveniente. Lo que quiero saber es cómo planeas usarme. Luego decidiré si estoy de acuerdo o no.

Ajihad lo miró con ironía.

—Si no fueras quien eres y si estuvieras ante otro líder, lo más probable es que este insolente discurso te hubiera costado la vida. ¿Qué te hace pensar que voy a exponer mis planes sólo porque tú lo exijas? —Eragon se sonrojó, pero no desvió la mirada—. De todos modos, tienes razón. Tu posición te otorga el privilegio de decir esas cosas, y no puedes evitar el aspecto político de la situación, pues de un modo u otro, te va a influir. Tengo tan pocas ganas como tú de verte convertido en peón de algún grupo o propósito, por lo que debes conservar tu libertad, pues en ella radica tu verdadero poder: la capacidad de elegir sin depender de ningún líder, ni de rey alguno. Mi propia autoridad sobre ti será limitada, pero creo que será para bien. Lo más difícil será asegurarse de que quienes manejan el poder te incluyan en sus deliberaciones.

»Además, a pesar de tus protestas, nuestro pueblo tiene ciertas expectativas puestas en ti: te van a plantear sus problemas, por menores que parezcan, y exigirán que los resuelvas. —Ajihad se inclinó hacia Eragon con una seriedad mortal en la voz—. Habrá casos en que el futuro de alguien quedará en tus manos... Bastará una palabra tuya para enviarlos directamente a la felicidad o a la desgracia. Las mujeres jóvenes querrán saber tu opinión acerca de con quién deben casarse, e incluso muchas te querrán por marido, y los ancianos te preguntarán si sus hijos merecen una herencia. Tendrás que ser amable y sabio para todos, pues pondrán en ti su confianza, pero no hables por hablar y sin pensar, pues tus palabras tendrán un impacto mucho mayor de lo que te imaginas.

Ajihad se recostó en la silla, con los ojos entrecerrados.

—La carga del liderazgo consiste en ser responsable del bienestar de aquellos que dependen de ti. Yo la he soportado desde que me escogieron para gobernar a los vardenos y ahora debes hacerlo también tú. Pero ten cuidado porque no toleraré ninguna injusticia bajo mi mando. Y no te preocupes por tu juventud ni por tu inexperiencia; pronto pasarán.

A Eragon le incomodaba la idea de que el pueblo le pidiera consejo.

—Aún no me has dicho qué debo hacer aquí.

—De momento, nada. Has recorrido más de setecientos kilómetros en ocho días, una hazaña para estar orgulloso. Estoy seguro de que apreciarás el descanso. Cuando te hayas recuperado, comprobaremos tu eficacia con las armas y con la magia. Después... Bueno, te explicaré tus opciones y tendrás que decidir cuál escoges.

—¿Y qué vais a hacer con Murtagh? —preguntó Eragon con mordacidad.

El rostro de Ajihad se ensombreció. Buscó con una mano bajo el escritorio y sacó a *Zar'roc*. La pulida funda de la espada brilló bajo la luz. Ajihad le pasó una mano por encima y la detuvo sobre el sello grabado.

—Él se quedará aquí hasta que permita que los gemelos le escruten la mente.

—No puedes encarcelarlo —protestó Eragon—. ¡No ha cometido ningún delito!

—No podemos dejarlo en libertad sin estar seguros de que no va a actuar contra nosotros. Tanto si es inocente como si no, potencialmente es tan peligroso para nosotros como su padre —respondió Ajihad con cierta tristeza.

Eragon se dio cuenta de que no había modo de convencerlo y de que su preocupación era legítima.

—¿Cómo pudiste reconocer su voz?

—Conocí a su padre —fue la breve respuesta de Ajihad que tocó la empuñadura de *Zar'roc*—. ¡Ojalá Brom me hubiera dicho que se había quedado la espada de Morzan! Te sugiero que no la lleves por dentro de Farthen Dûr. Aquí mucha gente recuerda con odio los tiempos de Morzan, sobre todo los enanos.

—No lo olvidaré —prometió Eragon.

Ajihad le pasó a *Zar'roc*.

—Ahora que lo recuerdo, tengo el anillo de Brom porque nos lo envió para confirmar su identidad. Lo conservaba para cuando él volviera a Tronjheim, pero ya que ha muerto, supongo que te pertenece e imagino que él habría deseado que lo llevaras.

Abrió un cajón del escritorio y sacó el anillo.

Eragon lo aceptó con veneración. El símbolo tallado en la faz del zafiro era idéntico al tatuaje del hombro de Arya. Eragon se lo puso en el dedo índice y admiró cómo captaba la luz.

—Es... un honor —dijo.

Ajihad asintió con gravedad. Luego empujó la silla hacia atrás y se levantó. Mirando a Saphira, se dirigió a ella con la voz henchida de poder:

—No creas que me he olvidado de ti, oh, poderosa dragona. Todo lo que he dicho es tan útil para ti como para Eragon, e incluso era más importante que lo oyeras tú, pues sobre ti recae la tarea de cuidar de él en estos tiempos de peligro. No subestimes tu poder ni flaquees a su lado, pues sin ti está destinado a fracasar.

Saphira agachó la cabeza hasta que los ojos le quedaron a la misma altura que los de Ajihad, y lo miró fijamente desde sus rasgadas pupilas negras. Se examinaron mutuamente en silencio, sin que ninguno de los dos pestañeara. Ajihad fue el primero en moverse. Bajó los ojos y dijo con suavidad:

—Es todo un privilegio haberte conocido.

Se las arreglará —dijo Saphira, respetuosamente, y giró el cuello para mirar a Eragon—. *Dile que tanto él como Tronjheim me han impresionado. El Imperio hace bien en temerlo. Hazle saber, de todos modos, que si él hubiese decidido matarte, yo habría destruido Tronjheim y a él lo habría destrozado con mis colmillos.*

Eragon titubeó, sorprendido por el veneno que había en la voz de la dragona, pero al fin transmitió el mensaje. Ajihad miró a Saphira con seriedad:

—No esperaba menos de alguien tan noble, aunque dudo que hubieses podido superar a los gemelos.

¡Bah! —resopló Saphira con desprecio.

Como sabía a qué se refería, Eragon dijo:

—En ese caso, deben de ser más fuertes de lo que parece. Creo que se verían gravemente consternados si hubieran de enfrentarse a la ira de un dragón. Tal vez los dos juntos lograran derrotarme, pero a Saphira no. Deberías saber que el dragón de un Jinete redobla la fuerza de su magia mucho más allá de lo que podría alcanzar un mago normal. Brom siempre fue más débil que yo por eso mismo. Creo que, tras la larga ausencia de los Jinetes, los gemelos han puesto demasiada fe en su propio poder.

Ajihad parecía preocupado.

—Brom era considerado como uno de nuestros hechiceros más poderosos. Sólo los elfos lo superaban. Si lo que dices es cierto, tendremos que reconsiderar muchas cosas. —Dedicó una reverencia a Saphira—. En cualquier caso, me alegro de que no haya hecho falta lastimaros.

Saphira devolvió el gesto agachando la cabeza.

Ajihad se estiró con aire señorial y llamó:

—¡Orik! —El enano entró corriendo en la habitación y se plantó ante el escritorio con los brazos cruzados. Ajihad lo miró irritado con el entrecejo fruncido—. Me has creado muchos problemas, Orik. He tenido que aguantar toda la mañana que uno de los gemelos se quejara de tu insubordinación. No cesarán hasta que seas castigado y, por desgracia, tienen razón. Es un asunto muy serio, y no lo puedo pasar por alto. Es necesario que cuentes tu versión.

Orik lanzó una rápida mirada a Eragon, pero el rostro del enano no reveló ninguna emoción. Habló rápido y en tono brusco.

—Los kull casi habían rodeado el Kóstha-mérna y lanzaban flechas al dragón, a Eragon y a Murtagh, pero los gemelos no hacían nada por impedirlo. Como unos... se negaron a abrir las puertas, aunque todos oíamos a Eragon gritar la contraseña desde el otro lado de la cascada, y se negaron también a intervenir cuando vimos que Eragon no salía del agua. Quizá me equivoqué, pero no podía dejar morir a un Jinete.

—Yo no tenía fuerzas para salir del agua —explicó Eragon—. Si no me llega a sacar él, habría muerto.

Ajihad lo miró y luego, en tono serio, preguntó a Orik:

—Y después, ¿por qué te enfrentaste a ellos?

Orik alzó el mentón, desafiante.

—No tenían ningún derecho a meterse a la fuerza en la mente de Murtagh. Aunque, si llego a saber quién era, no me habría opuesto.

—No, hiciste lo que debías, pero todo sería más sencillo si no hubiera sido así. No tenemos por qué forzar nuestra entrada en la mente de los demás, quienesquiera que sean. —Ajihad se pasó un dedo por la densa barba—. Tus actos han sido honrosos, pero no deja de ser cierto que desobedeciste una orden directa de un superior. Eso siempre se ha castigado con la muerte.

Orik tensó la espalda.

—¡No puedes matarlo por eso! ¡Lo único que hizo fue ayudarme!

—Tú no debes interferir —contestó Ajihad con gravedad—. Orik ha transgredido la ley y debe sufrir las consecuencias. —Eragon empezó a discutir de nuevo, pero Ajihad alzó una mano para que se callara—. De todos modos tienes razón: la sentencia será mitigada por las circunstancias. A partir de este momento, Orik, quedas apartado del servicio en activo y se te prohíbe participar en ninguna actividad militar bajo mi mando. ¿Lo entiendes?

El rostro de Orik se ensombreció, pero tan sólo parecía confundido. Asintió con firmeza:

—Sí.

—Además, al quedar libre de tus ocupaciones habituales, te nombro guía de Eragon y de Saphira mientras dure su estancia entre nosotros. Asegúrate de que disfruten de todas las comodidades y servicios que podemos ofrecerles. Saphira se instalará encima de Isidar Mithrim y Eragon puede escoger aposento donde quiera. Cuando se haya recuperado de su viaje, llévalo a los campos de entrenamiento. Allá lo estarán esperando —dijo Ajihad, con un centelleo de diversión en la mirada.

Orik hizo una amplia reverencia.

—Entendido.

—Muy bien, os podéis ir. Cuando salgáis, haced que entren los gemelos.

Eragon también hizo una reverencia y cuando estaba a punto de salir, se detuvo para preguntar:

—¿Dónde puedo encontrar a Arya? Me gustaría verla.

—No está permitido visitarla. Tendrás que esperar hasta que vaya ella a verte.

Ajihad clavó la mirada en el escritorio, en un claro gesto de despedida.

Bendito sea Argetlam, el niño

Al llegar al pasillo, Eragon estiró los músculos, pues se sentía tenso por el largo rato que había pasado sentado. A sus espaldas, los gemelos entraron en el estudio de Ajihad y cerraron la puerta.

—Lamento que tengas problemas por mí —se excusó Eragon dirigiéndose a Orik.

—No te preocupes —contestó el enano mesándose la barba—. Ajihad me ha dado justo lo que quería.

A Eragon le sorprendió el comentario.

—¿Qué quieres decir? —preguntó—. No puedes entrenarte ni pelear y estás obligado a hacerme de guardián. ¿Cómo puede ser eso lo que querías?

—Ajihad es un buen líder —repuso Orik mirando a Eragon con tranquilidad—. Él sabe cómo hacer cumplir la ley sin dejar de ser justo. He recibido el castigo de su autoridad, pero también soy súbdito de Hrothgar. De modo que, bajo la ley del monarca, sigo siendo libre de hacer lo que quiera.

Eragon tomó nota de que no sería inteligente olvidar la doble lealtad de Orik ni la naturaleza bicéfala del poder dentro de Tronjheim.

—Entonces Ajihad te acaba de otorgar una posición de poder, ¿no?

Orik soltó una profunda carcajada.

—Efectivamente, y lo ha hecho de tal manera que los gemelos no pueden protestar. Seguro que eso los irritará.

Ajihad es muy astuto, vaya que sí. Vamos, compañero, seguro que estás hambriento. Y hemos de instalar a tu dragón.

Saphira resopló.

—Se llama Saphira —dijo Eragon.

—Perdón —se disculpó Orik, y le dedicó una breve reverencia—. Me aseguraré de recordarlo a partir de ahora.

Tomó una antorcha de color naranja de la pared y los llevó pasillo adelante.

—¿Hay alguien más que sepa usar la magia en Farthen Dûr? —preguntó Eragon.

Al muchacho le costaba cierto esfuerzo seguir los ágiles pasos del enano al tiempo que sostenía a *Zar'roc* con cuidado para tapar con el brazo el símbolo de la funda.

—No muchos —contestó Orik encogiéndose de hombros, bajo la cota de malla, con un movimiento rápido—. Y los pocos que la conocen apenas pueden hacer más que curar rasguños leves. Hacía falta tanta potencia para sanar a Arya que ha habido que reunirlos a todos.

—Salvo a los gemelos.

—*Oeí* —gruñó Orik—. De todas formas, a la elfa no le habría servido de nada su ayuda. Las artes de los gemelos no son curativas, sino que el talento que tienen consiste en tramar y conspirar en busca de poder, en detrimento de los demás. Deynor, el predecesor de Ajihad, les permitió unirse a los vardenos porque necesitaba su apoyo... No te puedes enfrentar al Imperio sin hechiceros capaces de desempeñarse en el campo de batalla. Son una pareja desagradable, pero resultan útiles.

Entraron en uno de los cuatro túneles principales que dividían Tronjheim. Grupos de enanos y de humanos lo recorrían, y el eco de sus voces resonaba con fuerza sobre el pulido suelo. Las conversaciones se detuvieron de golpe al ver a Saphira; todas las miradas se concentraban en ella. Orik ignoró a los espectadores y torció a la izquierda para dirigirse hacia una de las lejanas puertas de Tronjheim.

—¿Adónde vamos? —preguntó Eragon.

—Vamos a salir de estos pasillos para que Saphira pueda subir volando a la dragonera que hay por encima de Isidar Mithrim, la Rosa Estrellada. Como la dragonera no tiene techo porque el punto más alto de Tronjheim, como el de Farthen Dûr, queda abierto hasta el cielo, ella, o sea tú, Saphira, podrás volar directamente hasta allí. Es donde solían alojarse los Jinetes cuando visitaban Tronjheim.

—¿Y sin techo no resulta frío y húmedo?

—No —contestó Orik—. Farthen Dûr nos protege de los elementos. Allí no llega la lluvia ni la nieve. Además, en las paredes de la dragonera hay cuevas de mármol para los dragones, y en ellas tienen el refugio necesario. Sólo hay que temer las estalactitas; en más de una ocasión, al caer han acuchillado a algún caballo.

Está bien, está bien —le aseguró Saphira—. *Una cueva de mármol parece más segura que cualquier otro lugar en que haya estado.*

A lo mejor... ¿Crees que Murtagh estará bien?

Tengo la sensación de que Ajihad es un hombre honrado. No creo que hagan daño a Murtagh, a no ser que intente escapar.

Eragon se cruzó de brazos, incapaz de seguir hablando. Le abrumaba el cambio de circunstancias desde el día anterior. Su descabellada huida de Gil'ead había terminado por fin, pero se sentía preparado físicamente para seguir corriendo y cabalgando.

—¿Dónde están nuestros caballos?

—En los establos, cerca de la puerta. Los visitaremos antes de marcharnos de Tronjheim.

Para salir de la ciudad usaron la misma puerta por la que habían entrado. Los grifos de oro brillaban al reflejar los coloreados haces luminosos que les enviaban montones de antorchas, puesto que durante la conversación entre Eragon y Ajihad, el sol se había desplazado y la claridad ya no entraba en Farthen Dûr por la abertura del cráter. Sin aquellos puntos de luz, el interior de la montaña hueca quedaba sumido en una negrura aterciopelada, y la única luz provenía de Tronjheim, que relucía en la penumbra. El fulgor de la ciudad-montaña bastaba para iluminar el suelo a decenas de metros de distancia.

Orik señaló la bóveda blanca de Tronjheim.

—Ahí arriba te espera carne fresca y agua pura de montaña —le dijo a Saphira—. Te puedes quedar en alguna de las cuevas. Cuando hayas escogido, te prepararán un lecho, y luego nadie te molestará.

—Creía que iríamos juntos. No quiero que nos separemos —protestó Eragon.

—Jinete Eragon, haré cuanto sea necesario por tu comodidad —le dijo Orik volviéndose hacia él—, pero sería mejor que Saphira esperase en la dragonera mientras tú comes. Los túneles que van hasta las salas de banquetes no tienen la amplitud suficiente para que pueda acompañarnos.

—¿Por qué no me subes la comida a la dragonera?

—Porque —contestó Orik con expresión reservada— la comida se prepara aquí abajo, y el camino hasta arriba es muy largo. No obstante, si quieres, podemos enviar a un sirviente con tu comida a la dragonera. Tardará un rato, pero así podrías comer con Saphira.

Lo dice de verdad, pensó Eragon, sorprendido por todo lo que estaban dispuestos a hacer por él. Pero por la manera de hablar de Orik, se preguntó si el enano lo estaba sometiendo a una prueba.

Estoy agotada —dijo Saphira—. *Y esa dragonera tiene*

buen aspecto. Ve a comer y luego vienes a verme. Nos sentará bien eso de descansar juntos sin temor a los animales salvajes o a los soldados porque hemos pasado demasiado tiempo sufriendo las penalidades del camino.

Eragon la miró pensativo y al fin dijo a Orik:

—Comeré abajo.

El enano sonrió, aparentemente satisfecho. Eragon desató la silla de Saphira para que pudiera tumbarse con más comodidad.

¿Te quieres llevar a Zar'roc*?*

Sí —respondió ella cogiendo la espada y la silla entre las zarpas—. *Pero conserva el arco. Está bien que nos fiemos de esta gente, pero no hasta el extremo de la estupidez.*

Ya lo sé —contestó él, inquieto.

Con un potente salto, Saphira abandonó el suelo y se elevó por el aire en calma. En la oscuridad sólo se oía el batir regular de las alas de la dragona. En cuanto desapareció por encima del punto más alto de Tronjheim, Orik soltó un profundo suspiro.

—¡Ah, muchacho, menuda bendición! Siento un anhelo repentino de estar al aire libre y subir a las cumbres, y añoro la emoción de cazar como un halcón. Sin embargo, estoy mejor con los pies en el suelo. O, mejor aún, bajo el suelo.

Dio una sonora palmada.

—Olvidaba mis obligaciones como anfitrión. Sé que no has comido nada desde la penosa cena que se avinieron a darte los gemelos, de modo que vamos a buscar a los cocineros para pedirles un poco de carne y pan.

Eragon siguió al enano de regreso hacia el interior de Tronjheim, pasando por un laberinto de corredores, hasta que llegaron a una amplia sala repleta de hileras de mesas de piedra por cuya altura se notaba que los enanos comían en ellas. Detrás de un largo mostrador, el fuego refulgía dentro de los hornos de esteatita.

Orik habló en un idioma extraño con un enano robusto, de tez rubicunda, y éste les dio de inmediato unas bandejas de piedra, llenas de setas y pescado humeantes. Luego Orik llevó a Eragon por una escalera hasta llegar a un pequeño hueco excavado en la pared exterior de Tronjheim, donde se sentaron con las piernas cruzadas. Sin decir palabra, Eragon se concentró en la comida.

Una vez terminaron lo que había en las bandejas, Orik suspiró contento y sacó una pipa de tubo largo. La encendió y dijo:

—Una buena comilona, aunque habría hecho falta un buen trago de aguamiel para bajarla.

Eragon echó un vistazo a la tierra que se veía por debajo de donde se encontraban.

—¿Se cultiva algo en Farthen Dûr?

—No. La luz del sol apenas da para musgo, setas y moho. Tronjheim no puede sobrevivir sin las provisiones de los valles contiguos, razón por la que muchos de nosotros preferimos vivir en otros lugares de las montañas Beor.

—Entonces, ¿hay otras ciudades de enanos?

—No tantas como nos gustaría, pero Tronjheim es la más grande. —Orik recostó el peso del cuerpo en un codo y dio una profunda calada a la pipa—. No te has dado cuenta porque sólo has visto los niveles inferiores, pero la mayor parte de Tronjheim está deshabitada. Cuanto más arriba, más vacía. Hay pisos enteros en los que hace siglos que no entra nadie. La mayoría de los enanos prefieren vivir por debajo de Tronjheim y de Farthen Dûr, en las cavernas y en los pasadizos que recorren la roca. Durante siglos hemos ido cavando extensos túneles bajo las montañas Beor, de manera que se puede caminar de un extremo a otro de la cadena montañosa sin poner un solo pie en la superficie.

—Parece un desperdicio tener tanto espacio sin usar en Tronjheim —comentó Eragon.

Orik asintió.

—Hay quien defiende la necesidad de abandonar este lugar porque nos limita mucho los recursos, pero Tronjheim cumple una tarea de mucho valor.

—¿Cuál?

—En épocas de infortunio puede alojar a toda nuestra nación. Sólo ha habido tres épocas de nuestra historia en las que nos hemos visto forzados hasta ese extremo, pero en cada una de esas ocasiones nos ha salvado de una destrucción segura y definitiva. Por eso la mantenemos siempre guarnecida y a punto para el uso.

—Nunca había visto nada tan espléndido —admitió Eragon.

Orik sonrió sin soltar la pipa.

—Me alegro de que te lo parezca porque ha costado generaciones enteras construir Tronjheim, y eso que vivimos muchos más años que los humanos. Desgraciadamente, por culpa del maldito Imperio, son pocos los foráneos que pueden admirar su esplendor.

—¿Cuántos vardenos viven aquí?

—¿Enanos o humanos?

—Humanos. Quiero saber cuántos han huido del Imperio.

Orik exhaló una larga bocanada de humo que se enroscó lentamente en torno a su cabeza.

—Aquí habrá unos cuatro mil de los tuyos. Pero no es un buen indicador para lo que quieres saber. Aquí sólo vienen los que quieren luchar. Los demás están en Surda, bajo la protección del rey Orrin.

¿Tan pocos?, pensó Eragon con sensación de desánimo. El ejército del rey, por sí solo, llegaba a los dieciséis mil cuando se completaba la leva, sin contar a los úrgalos.

—¿Y por qué no pelea Orrin contra el Imperio? —preguntó.

—Si demostrara abiertamente su hostilidad —explicó Orik—, Galbatorix lo aplastaría. Tal como están las cosas, éste refrena la destrucción porque considera Surda como una amenaza menor, lo cual es un error. Los vardenos conseguimos la mayor parte de nuestras armas y provisiones gracias a la ayuda de Orrin. Sin él, no podríamos ofrecer resistencia al Imperio.

»No te desanimes por la cantidad de humanos que hay en Tronjheim. Hay muchos enanos, muchos más de los que has visto, y todos lucharán cuando llegue la hora. Orrin también nos ha prometido tropas para cuando nos enfrentemos a Galbatorix. Incluso los elfos han comprometido su ayuda.

Distraídamente, Eragon contactó con la mente de Saphira y se la encontró devorando con fruición una pierna de venado. Entonces se fijó una vez más en el martillo y en las estrellas grabados en el yelmo de Orik

—¿Qué significan esas imágenes? Las he visto también en el suelo de Tronjheim.

Orik se quitó el yelmo de hierro y pasó uno de sus burdos dedos por el grabado.

—Es el símbolo de mi clan. Somos los *ingietum*, trabajadores del metal y maestros de la herrería. El martillo y las estrellas están grabados en el suelo de Tronjheim porque eran el emblema personal de Korgan, nuestro fundador. Representa un clan dirigente, rodeado por los otros doce. El rey Hrothgar es también el *dûrgrimst ingietum* y ha aportado a nuestra casa mucha gloria y mucho honor.

Cuando fueron a devolver las bandejas al cocinero, pasaron junto a un enano por el pasillo. Éste se detuvo ante Eragon, hizo una reverencia y dijo con mucho respeto:

—*Argetlam*.

Eragon titubeó en busca de respuesta, sonrojado e incómodo, pero también extrañamente complacido por el gesto. Nadie le había hecho nunca una reverencia.

—¿Qué ha dicho? —preguntó acercándose a Orik, que se encogió de hombros, avergonzado.

—Es una palabra élfica que se usaba para referirse a los Jinetes. Significa «mano de plata». —Eragon se miró la mano enguantada y pensó en la *gedwëy ignasia* que le blanqueaba la palma—. ¿Quieres volver con Saphira?

—¿Hay algún lugar donde pueda darme antes un baño? Hace mucho tiempo que no me quito la mugre del camino. Además, tengo la camisa ensangrentada y rasgada, y apesta. Me gustaría cambiármela, pero no tengo dinero para comprar otra. ¿Puedo trabajar en algo para pagarla?

—¿Pretendes ofender la hospitalidad de Hrothgar, Eragon? —preguntó Orik—. Mientras estés en Tronjheim, no tienes que comprar nada. Lo pagarás de otra manera. De eso se encargarán Ajihad y Hrothgar. Ven. Te enseñaré dónde puedes lavarte y luego te traeré una camisa.

Bajó con Eragon una larga escalera hasta que llegaron muy por debajo de Tronjheim. Allí los pasadizos se convertían en túneles y Eragon se vio obligado a agacharse, pues apenas alcanzaban poco más de metro y medio de altura. En ese lugar todas las antorchas eran rojas.

—Es para que no te ciegue la luz cuando entras o sales de una caverna oscura —explicó Orik.

Entraron en una sala vacía con una pequeña puerta al otro lado, que Orik señaló.

—Ahí están los baños, donde encontrarás también cepillos y jabón. Deja tu ropa aquí. Cuando salgas, te habré traído ropa nueva.

Eragon le dio las gracias y se empezó a desnudar. Bajo tierra, la soledad resultaba opresiva, sobre todo por la escasa altura del techo de roca. Se desnudó deprisa y, congelado de frío, traspuso la puerta para encontrarse sumido en la oscuridad total. Avanzó despacio hasta que tocó el agua caliente con los pies y luego entró en ella.

El baño era de agua salada, pero estaba en calma y era relajante. Al principio temió que la corriente lo alejara de la puerta y lo llevara a aguas profundas, pero al avanzar se dio cuenta de que el agua apenas le llegaba a la cintura. Tanteó la resbalosa pared hasta que encontró el jabón y los cepillos, y luego se frotó a fondo. Después se mantuvo a flote con los ojos cerrados y disfrutó del calor.

Cuando al fin salió goteando y se dirigió a la habitación iluminada, encontró una toalla, una camisa de delicado lino y unos calzones. La talla le sentaba razonablemente bien. Satisfecho, echó a andar por el túnel.

Orik lo esperaba, pipa en mano. Subieron la escalera hacia Tronjheim y luego salieron de la ciudad-montaña. Eragon miró hacia la cumbre y llamó a Saphira con la mente. Cuando ella descendió volando de la dragonera, preguntó:

—¿Cómo os comunicáis con los que están en la parte alta de Tronjheim?

—Ese problema lo solucionamos hace mucho tiempo —repuso Orik riendo—. No te has dado cuenta, pero detrás de los arcos abiertos que señalan cada nivel hay una escalera continua que sube en espiral en torno al muro central de Tronjheim. Esa escalera llega hasta la dragonera, por encima de Isidar Mithrim, y la llamamos Vol Turin, la Escalera Infinita. En caso de emergencia, es demasiado lento subir o bajar por ella, y tampoco resulta cómoda para el uso cotidiano, así que lo que hacemos es usar antorchas de destellos para enviarnos mensajes. También hay otra manera, aunque apenas se usa: cuando se construyó la Vol Turin, se excavó a su lado un pulido surco, que funciona como si fuera un tobogán gigante, tan alto como la montaña.

Eragon hizo una mueca para mostrar una sonrisa.

—¿Es peligroso?

—Ni se te ocurra probarlo. El tobogán se construyó para los enanos y es demasiado estrecho para un hombre. Si resbalaras, caerías en la escalera y chocarías con los arcos, o tal vez incluso te precipitarías al vacío.

Saphira aterrizó a tiro de lanza, con un rumor seco de escamas. Mientras saludaba a Eragon, salieron humanos y enanos a raudales de Tronjheim y la rodearon entre murmullos de interés. Eragon, incómodo, contempló la creciente multitud.

—Será mejor que os vayáis —dijo Orik al tiempo que lo empujaba—. Nos encontraremos junto a esta puerta mañana por la mañana. ¡Aquí os espero!

—¿Cómo sabré que se ha hecho de día? —gritó Eragon.

—Me encargaré de que os despierten. ¡Marchaos!

Sin protestar, Eragon se coló entre el grupo de gente apiñada que rodeaba a Saphira y se montó en la grupa de la dragona.

Sin darles tiempo a despegar, una anciana dio un paso adelante y agarró a Eragon por un pie con todas sus fuerzas. Él intentó liberarse, pero la mano de la mujer era como un grillete de hierro en torno al tobillo del muchacho; no había manera de quebrar aquel tenaz agarrón. La mujer de ojos grises —rodeados por las arrugas de toda una vida, que se le plegaban en surcos tan largos que le llegaban hasta las hundidas mejillas— fijó en él una mirada ardiente. En el brazo izquierdo de la anciana descansaba un bulto andrajoso.

Asustado, Eragon preguntó:

—¿Qué quiere?

La mujer inclinó el brazo, y un trozo de tela del bulto se deslizó y dejó al descubierto el rostro de un bebé. Ronca y desesperada, la mujer dijo:

—Esta niña no tiene padres. Aparte de mí, no hay quien cuide de ella, y yo estoy muy débil. Bendícela con tu poder, Argetlam. ¡Concédele la buenaventura!

Eragon miró a Orik en busca de ayuda, pero el enano se limitó a devolverle la mirada con expresión cautelosa. La pequeña muchedumbre guardó silencio en espera de la respuesta del muchacho, al tiempo que la mujer lo seguía observando fijamente.

—¡Bendícela, Argetlam, bendícela! —le insistía la anciana.

Eragon nunca había bendecido a nadie. Ese tipo de acción no era algo que se tomara a la ligera en Alagaësia, pues una bendición podía torcerse fácilmente y convertirse en maldición, sobre todo si se pronunciaba con intenciones aviesas o con falta de convicción.

¿Me atrevo a asumir esa responsabilidad?, se preguntó.

—Bendícela, Argetlam, bendícela.

De pronto, se decidió y buscó qué frase o expresión usar. No se le ocurría nada hasta que, inspirado, pensó en el idioma antiguo. Sería una bendición verdadera, pronunciada por alguien poderoso con las palabras de poder.

Se inclinó y se quitó el guante de la mano derecha. Apoyó la palma en la frente del bebé y entonó:

Atra gülai un ilian tauthr ono un atra ono waisé skölir frá rauthr.

Las palabras lo dejaron inesperadamente débil, como si acabara de usar la magia. Volvió a ponerse el guante lentamente y dijo a la mujer:

—Es todo lo que puedo hacer por ella. Si hay palabras que puedan prevenir el infortunio, serán las que acabo de decir.

—Gracias, Argetlam —susurró la mujer con una leve reverencia.

Empezó a tapar de nuevo a la criatura, pero en ese momento Saphira resopló y movió el cuello para situar la cabeza sobre el bebé. La mujer se quedó inmóvil y contuvo la respiración. Saphira bajó el hocico, rozó a la niña entre los ojos con la punta de la lengua y luego se apartó con suavidad.

Un murmullo se extendió entre la muchedumbre, pues en la frente de la niña, justo donde la había tocado Saphira, apareció un fragmento de piel con forma de estrella, tan blanca y plateada como la *gedwëy ignasia* de Eragon. La mujer lanzó una mirada febril a Saphira, con una gratitud silenciosa en los ojos.

Saphira alzó el vuelo de inmediato azotando a los asombrados espectadores con el viento que desplazaban sus poderosos aletazos. Al ver que se alejaba del suelo, Eragon respiró hondo y se abrazó con fuerza al cuello de la dragona.

¿Qué has hecho? —le preguntó suavemente.

Le he dado esperanza. Y tú le has dado un futuro.

Pese a la presencia de Saphira, la soledad se apoderó de las entrañas de Eragon. Le era tan ajeno aquel entorno... Por primera vez tomó conciencia exacta de lo lejos que estaba de su hogar, un hogar destruido, pero aún dueño del corazón del muchacho.

¿En qué me he convertido, Saphira? —preguntó—. *Apenas hace un año que soy adulto y, sin embargo, ya he departido con el líder de los vardenos, he sido perseguido por Galbatorix, he viajado con el hijo de Morzan... ¡y ahora me piden bendiciones! ¿Puedo ofrecerle a la gente alguna sabiduría que no posean ya? ¿Puedo plantearme algún desafío que no sea más apropiado para un ejército? ¡Es una locura! Tendría que estar de vuelta en Carvahall con Roran.*

Saphira se tomó su tiempo antes de contestar, pero cuando al fin lo hizo, sus palabras fueron amables.

Un embrión, eso es lo que eres. Un embrión que lucha por pertenecer al mundo. Tal vez yo tenga menos años que tú, pero en mis pensamientos soy anciana. No te preocupes por esas cosas. Busca la paz dondequiera que estés y en aquello que seas. La gente suele saber lo que debe hacerse, y tú sólo debes mostrarles el camino: ésa es la sabiduría. En cuanto a los desafíos, ningún ejército podría haber concedido una bendición como la que has dado tú.

Pero si no ha tenido importancia —protestó Eragon—. *Una nimiedad.*

No, de eso nada. Lo que has visto era el principio de otra historia, otra leyenda. ¿Crees que esa criatura se contentará con ser tabernera o granjera, con la marca del dragón en la frente y tus palabras prendidas sobre ella? Subestimas nuestro poder y el del destino.

Es abrumador. —Eragon agachó la cabeza—. *Me siento como si viviera en un mundo imaginario, en un sueño en el que todo es posible. Ya sé que ocurren cosas asombrosas, pero siempre les ocurren a los demás, siempre en tiempos y lugares lejanos. Sin embargo, yo encontré tu huevo, tuve a un Jinete por tutor, me batí en duelo con un Sombra... No son actos propios del chico granjero que soy... o que fui. Algo me está cambiando.*

Lo que te da forma es tu wyrd —dijo Saphira—. *Cada era necesita su icono; tal vez te haya correspondido esa tarea. No se nombra primer Jinete a un chico granjero sin una razón. Tu nombre fue el principio, y ahora tú eres la continuación. O el fin.*

Vaya —dijo Eragon—, *es como hablar con adivinanzas... Pero si todo está predeterminado, ¿significan algo nuestras elecciones? ¿O acaso debemos limitarnos a aceptar el destino?*

Eragon, yo te escogí desde dentro del huevo —contestó Saphira con firmeza—. *Se te ha concedido una oportunidad por la que muchos darían la vida. ¿Eso te hace desgraciado? Despeja de tu mente esos pensamientos porque no tienen respuesta ni te van a hacer más feliz.*

Cierto —contestó él con melancolía—. *Y sin embargo, siguen rebotando dentro de mi cerebro.*

Todo ha sido muy... agitado... desde que murió Brom, y también ha sido incómodo para mí —reconoció Saphira. A

Eragon le extrañó ese comentario, pues ella casi nunca parecía inquietarse.

Ya volaban por encima de Tronjheim. Eragon miró hacia abajo por la abertura del punto más alto y vio el suelo de la dragonera: Isidar Mithrim, el gran zafiro estrellado. Sabía que debajo no había más que la gran cámara central de Tronjheim. Saphira emprendió un silencioso planeo para descender. Pasó por encima del borde y aterrizó en Isidar Mithrim con un contundente golpe de zarpas.

¿No lo vas a rayar? —preguntó Eragon.

No creo. No es una gema ordinaria.

Eragon bajó de la grupa de Saphira y poco a poco giró en redondo para empaparse de aquella vista tan inusual. Estaban en una sala redonda, sin techo, que mediría unos dieciocho metros de altura y otros tantos de diámetro. En las paredes se alineaban las bocas de las cuevas, cuyos tamaños iban desde el de algunas grutas, apenas mayores que el de un hombre, hasta cavernas abiertas y grandes como casas. En las paredes de mármol había lustrosos travesaños para que la gente pudiera alcanzar las cuevas más altas. Una arcada enorme señalaba la salida de la dragonera.

Eragon examinó la gran gema que se extendía bajo sus pies y cedió al impulso de tumbarse en ella. Apretó la mejilla contra el frío zafiro e intentó ver a través de él: se percibían líneas distorsionadas y manchas temblorosas de color que brillaban por dentro de la piedra preciosa, pero su grosor impedía discernir con claridad el suelo de la cámara, que quedaba a unos mil quinientos metros más abajo.

¿Tendré que dormir alejado de ti?

No, hay una cama para ti en mi cueva —contestó Saphira moviendo la enorme cabeza—. *Ven a verla.*

La dragona se dio la vuelta y, sin abrir las alas, dio un salto de seis metros para aterrizar en una cueva de tamaño mediano. Él trepó tras ella.

La cueva era de un tono marrón oscuro por dentro y más profunda de lo que Eragon se había imaginado. Las paredes, burdamente esculpidas, parecían una formación natural. Cerca de la pared del fondo, había un grueso colchón lo suficientemente grande para que Saphira se acurrucara en él, y a su lado habían montado una cama contra la pared. La única luz de la caverna provenía de una antorcha roja con un dispositivo que permitía apagarla.

Me gusta —dijo Eragon—. *Da sensación de seguridad.*

Sí. —Saphira se acurrucó en el colchón y observó a Eragon. Él suspiró y se dejó caer en su cama, invadido por el cansancio.

Saphira, no has hablado mucho desde que llegamos. ¿Qué piensas de Tronjheim y de Ajihad?

Ya veremos... Parece, Eragon, que nos hemos involucrado en un tipo de guerra distinto, en el que las espadas y las zarpas no sirven para nada, mientras que el efecto de estos medios puede conseguirse gracias a las palabras y a las alianzas. Sin embargo, los gemelos no nos aprecian, de modo que haríamos bien en estar atentos a cualquier engaño que intenten prepararnos. Tampoco hay muchos enanos que se fíen de nosotros, y los elfos no querían un Jinete humano, así que también habrá oposición por parte de ambas razas. Lo mejor que podemos hacer es identificar a quienes detenten el poder y llevarnos bien con ellos. Y, además, lo más rápido posible.

¿Te parece que será posible conservar la independencia con respecto a los diferentes líderes?

Ella movió las alas en busca de una posición más cómoda.

Ajihad apoya nuestra libertad, pero tal vez no logremos sobrevivir sin comprometer nuestra lealtad a un grupo u otro. En cualquier caso, pronto lo sabremos.

Raíz de mandrágora y lengua de tritón

Cuando Eragon se despertó tenía las mantas arrebujadas bajo el cuerpo, pero aun así sentía calor. Saphira estaba dormida en su colchón y respiraba de forma regular.

Por primera vez desde la llegada a Farthen Dûr, Eragon se sentía seguro y esperanzado. Estaba abrigado, bien alimentado y había conseguido dormir tanto como quería. La tensión disminuía en su interior; una tensión que se había ido acumulando desde la muerte de Brom, o incluso antes, desde su partida del valle de Palancar.

Ya no he de tener miedo. Pero ¿qué le sucederá a Murtagh?

Por mucha hospitalidad que le ofrecieran los vardenos, Eragon no podía aceptarla sabiendo que, con o sin mala intención, había provocado el encarcelamiento de Murtagh. Tenía que resolver esa situación de algún modo.

Recorrió con la mirada el basto techo de la cueva a la vez que pensaba en Arya. Se burló de sí mismo por soñar despierto y ladeó la cabeza para asomarse a la dragonera. Había un gato sentado en la entrada de la cueva, lamiéndose una pata. El gato lo miró, y Eragon vio el brillo de unos rasgados ojos rojos.

¿Solembum? —preguntó, incrédulo.

Por supuesto. —El hombre gato agitó su gruesa melena, soltó un lánguido bostezo y mostró los largos colmillos. Se estiró y, abandonando la cueva de un salto, aterrizó con un ruido sordo en Isidar Mithrim, unos seis metros más abajo—. *¿Vienes?*

Eragon miró a Saphira, que ya se había despertado y observaba al muchacho sin moverse.

Ve. Yo estoy bien —murmuró.

Solembum lo esperaba bajo el arco que llevaba al resto de Tronjheim.

En cuanto los pies de Eragon se posaron sobre Isidar Mithrim, el hombre gato se dio la vuelta, produciendo un ruidito con las garras, y desapareció por el arco. Eragon echó a correr tras él frotándose la cara para sacudirse el sueño. Pasó bajo el arco y se encontró ante el inicio de Vol Turin, la Escalera Infinita. Como desde allí no se podía ir a ningún otro sitio, bajó al nivel inferior.

Eragon se paró ante una arcada que se curvaba suavemente a la derecha y rodeaba la cámara central de Tronjheim. Entre las esbeltas columnas que sostenían los arcos, Eragon vio los destellos de Isidar Mithrim por encima de su cabeza, así como la lejana base de la ciudad-montaña. La circunferencia de la cámara central aumentaba de tamaño en cada nivel sucesivo de arriba abajo. La escalera se abría camino por el suelo de la arcada hacia un nivel inferior, idéntico a aquél, y descendía a través de montones de otras arcadas hasta que desaparecía en la distancia. El tobogán de descenso iba paralelo al borde exterior de la escalera, y en la parte superior de Vol Turin había una serie de cuadrados de piel para deslizarse sobre ellos. A la derecha de Eragon, un pasillo polvoriento llevaba a las salas y a los apartamentos de aquel nivel. *Solembum* descendió por el pasillo sin hacer ruido, agitando la cola.

Espera —dijo Eragon.

Intentó atrapar a *Solembum*, pero sólo logró verlo fugazmente entre los pasillos abandonados. Poco después, al doblar una esquina, vio que el hombre gato se detenía ante una puerta y maullaba. Como si tuviera voluntad propia, la puerta se abrió hacia dentro. *Solembum* entró, y se cerró la puerta. Eragon se plantó perplejo ante ella y levantó una mano para llamar, pero la puerta se abrió de nuevo sin darle tiempo a hacerlo, y por la abertura se esparció una cálida luz. Tras un instante de indecisión, entró.

Se encontraba en una *suite* de dos habitaciones, de color terroso, lujosamente decorada con esculturas de madera y plantas trepadoras. El ambiente era agradable, fresco y húmedo. Había luminosas antorchas colgadas de las paredes y del techo, pero una serie de misteriosos objetos se amontonaban en el suelo y oscurecían los rincones. En la habitación más lejana había una gran cama con dosel, del que aún pendían más plantas.

En el centro de la habitación principal, sentada en un lujoso sillón de piel, estaba Angela, la bruja y adivina, que ostentaba una sonrisa resplandeciente.

—¿Qué haces aquí? —exclamó Eragon.

Angela entrelazó las manos sobre el regazo.

—Bueno, ¿qué tal si te sientas en el suelo, y te lo cuento? Te ofrecería una silla, si no fuera porque estoy sentada en la única que hay.

Entre tanto se acomodaba entre dos frascos de burbujeantes pociones verdes de olor acre, a Eragon le bullían las preguntas en la mente.

—¡Bien, bien! —exclamó Angela inclinándose hacia él—. Entonces eres un Jinete. Ya me lo parecía a mí, pero no lo di por cierto hasta ayer. Estoy segura de que *Solembum* lo sabía, aunque nunca me lo había dicho. Tendría que habérmelo imaginado en cuanto mencionaste a Brom. Saphira... Me gusta el nombre. Es apropiado para una dragona.

—Brom está muerto —explicó bruscamente Eragon—. Lo mataron los Ra'zac.

Angela quedó desconcertada y se retorció un mechón de su espesa cabellera rizada.

—Lo siento. De verdad —dijo suavemente.

—Pero no te sorprende, ¿verdad? —repuso Eragon sonriendo con amargura—. Al fin y al cabo habías adivinado su muerte.

—Yo no sabía quién iba a morir —aclaró ella—. Pero no... no me sorprende. Coincidí una o dos veces con Brom. No le hacía gracia mi actitud «frívola» con respecto a la magia, más bien le irritaba.

—En Teirm te reíste de su destino y dijiste que era como una broma. ¿Por qué?

El rostro de Angela se tensó momentáneamente.

—Visto desde el presente, fue de bastante mal gusto, pero yo entonces no sabía lo que le iba a pasar. ¿Cómo te lo explicaría...? Brom estaba maldito, en cierto sentido: en su *wyrda* constaba que fracasaría en todos sus empeños, menos en uno, aunque no fuera por culpa suya. Fue escogido como Jinete, pero mataron a su dragón, y amó a una mujer, pero su amor le trajo la desgracia. Y doy por hecho que fue elegido para cuidarte y formarte, pero al final también fracasó en eso. Su único triunfo fue matar a Morzan, y no podría haber hecho un bien más importante que ése.

—Brom nunca me habló de ninguna mujer —respondió Eragon.

Angela se encogió de hombros como si no le importara.

—Se lo oí contar a alguien que no podía mentir. Bien, ¡dejemos de hablar de eso! La vida sigue y no deberíamos inquietar a los muertos con nuestras preocupaciones.

Recogió unos juncos del suelo y empezó a trenzarlos hábilmente dando por terminado el asunto. Eragon titubeó, pero terminó por ceder.

—De acuerdo. Bueno, ¿cómo es que estás en Tronjheim y no en Teirm?

—¡Ah, por fin una pregunta interesante! —exclamó Angela—. Después de oír de nuevo el nombre de Brom durante tu visita, percibí que el pasado retornaba a Alagaësia. Como la gente murmuraba que el Imperio perseguía a un Jinete, me imaginé que el huevo de dragón de los vardenos debía de haber prendido, así que cerré el negocio y me dispuse a averiguar algo más.

—¿Conocías la existencia del huevo?

—Por supuesto. No soy idiota. Llevo por aquí mucho más tiempo del que tú crees, y pasan muy pocas cosas sin que yo me entere. —Hizo una pausa y se concentró en lo que estaba tejiendo—. En cualquier caso, sabía que yo tenía que llegar hasta los vardenos lo antes posible. Ya casi llevo un mes aquí, aunque este sitio no me gusta mucho. Es demasiado húmedo para mi gusto, y además, en Farthen Dûr todo el mundo es demasiado serio y aristócrata. Total, todos están condenados probablemente a una muerte trágica. —Soltó un largo suspiro, con expresión burlona—. Y los enanos sólo son una panda de bobos supersticiosos, encantados de pasarse la vida excavando las rocas. El único aspecto redentor de este lugar son todos los hongos y las setas que crecen dentro de Farthen Dûr.

—Entonces, ¿por qué te quedas? —preguntó Eragon sonriendo.

—Porque me gusta estar allí donde suceda algo importante —contestó Angela alzando altiva la cabeza—. Además, si me hubiera quedado en Teirm, *Solembum* se hubiera ido sin mí, y me lo paso bien con él. Pero cuéntame, ¿qué aventuras te han ocurrido desde la última vez que hablamos?

Durante una hora Eragon resumió sus experiencias de los últimos dos meses y medio. Angela lo escuchaba en silencio, pero cuando mencionó a Murtagh saltó, indignada:

—¡Murtagh!

—Me ha contado quién es —añadió Eragon asintiendo—. Pero déjame terminar la historia antes de emitir ningún juicio.

El muchacho siguió con el relato. Cuando hubo terminado, Angela se recostó pensativa en la silla y abandonó los juncos. Sin previo aviso, *Solembum* saltó de su escondite y cayó en el regazo de Angela, donde se acurrucó y se quedó mirando a Eragon con altanería.

Angela acarició al hombre gato.

—Es fascinante: Galbatorix aliado con los úrgalos y Murtagh por fin al descubierto... Te advertiría que tengas cuidado con ese chico, pero parece obvio que eres consciente del peligro.

—Murtagh ha sido un amigo inquebrantable y un permanente aliado —dijo Eragon con firmeza.

—Ten cuidado de todos modos. —Angela hizo una pausa, y luego añadió con desdén—: Y después está el asunto de Sombra, o sea, Durza. Creo que en estos momentos es la mayor amenaza para los vardenos, aparte de Galbatorix. Odio a los Sombra porque practican la magia más impura después de la nigromancia. Me encantaría arrancarle el corazón con una simple horquilla y dárselo de comer a los cerdos.

Su repentina vehemencia impresionó a Eragon.

—No lo entiendo. Brom me dijo que los Sombra eran brujos que, para conseguir lo que deseaban, se servían de los espíritus. ¿Qué hay de malvado en eso?

—Nada. Los brujos normales sólo son eso, normales. Ni mejores ni peores que los demás, pero usan su fuerza mágica para controlar a los espíritus y el poder de éstos. Los Sombra, en cambio, renuncian a ese control en busca de un poder mayor y permiten que sean los espíritus quienes controlen sus cuerpos. Por desgracia, los únicos que ambicionan poseer a los humanos son los espíritus más perversos, quienes, después de haber penetrado en ellos, jamás los abandonan. Esa posesión puede darse por accidente si un brujo invoca a un espíritu más fuerte que él. El problema es que, una vez que ha sido creado un Sombra, es terriblemente difícil matarlo. Doy por hecho que sabes que sólo dos personas, el elfo Laetri y el Jinete Irnstad, han sobrevivido a ese desafío.

—He oído algunas historias. —Entonces Eragon señaló la habitación—. Pero dime, ¿por qué vives tan arriba en Tronjheim? ¿No te resulta incómodo estar tan aislada? ¿Y cómo subiste aquí todo esto?

Angela echó la cabeza hacia atrás y soltó una risa irónica.

—¿Quieres que te diga la verdad? Me estoy escondiendo. Cuando llegué a Tronjheim, tuve unos pocos días de paz hasta que los guardianes que me habían dejado entrar en Farthen Dûr empezaron a contar quién era. A partir de entonces, todos los magos que hay por aquí, pese a que apenas merecen tal apelativo, empezaron a agobiarme para que me uniera a sus grupos secretos, y especialmente los gemelos drajl que lo controlan todo. Al final amenacé con convertirlos en sapos, perdón, en ranas, pero como eso no los detenía me escabullí en plena noche. No es tan difícil como te imaginas, sobre todo para alguien con mis habilidades.

—¿Tuviste que abrir tu mente a los gemelos para que te permitieran entrar en Farthen Dûr? —preguntó Eragon—. A mí me obligaron a dejarles revisar mis recuerdos.

Un gélido destello asomó en la mirada de Angela.

—Los gemelos no se atreverían a hurgar en mí por miedo a lo que podría hacerles. Es evidente que les encantaría, pero saben que terminarían destrozados por el esfuerzo farfullando tonterías. Llevo mucho tiempo viniendo aquí, antes incluso de que los vardenos empezaran a examinar la mente de los demás... y no van a empezar conmigo a estas alturas. —Echó un vistazo a la otra habitación y dijo—: Bueno, ha sido una charla muy esclarecedora, pero ahora me temo que debo irme. Mi pócima de raíz de mandrágora y lengua de tritón está a punto de hervir y reclama mi atención. Vuelve cuando tengas tiempo. Y por favor, no le digas a nadie que estoy aquí porque no me gustaría nada tener que mudarme otra vez. Me... irritaría mucho. Y tú no quieres verme irritada, ¿verdad?

—Te guardaré el secreto —le aseguró Eragon al tiempo que se levantaba.

Solembum saltó del regazo de Angela cuando ésta se ponía en pie.

—¡Bien dicho! —exclamó la bruja.

Eragon se despidió y abandonó la habitación. *Solembum* lo guió de vuelta a la dragonera y luego se despidió con un coletazo para seguir merodeando a su aire.

El salón del rey de la montaña

Un enano esperaba a Eragon en la dragonera. Tras hacer una reverencia y murmurar «Argetlam», el enano se dirigió a él con un acento muy cerrado:

—Bien. Despierto. Knurla Orik te espera.

Se despidió con una nueva reverencia y se escabulló. Saphira abandonó la cueva de un salto y aterrizó junto a Eragon. Llevaba a *Zar'roc* entre las zarpas.

¿Para qué llevas eso? —preguntó Eragon con el entrecejo fruncido.

Llévala —contestó la dragona ladeando la cabeza—. *Eres un Jinete y deberías llevar tu espada. Puede que* Zar'roc *tenga una historia sangrienta, pero eso no tiene por qué condicionar tus actos. Fórjale una historia nueva y llévala con orgullo.*

¿Estás segura? Acuérdate del consejo de Ajihad.

Saphira resopló y echó una vaharada de humo por las fosas nasales.

Llévala, Eragon. Si quieres mantenerte por encima de las fuerzas que abundan por aquí, no dejes que la desaprobación de los demás dicte tus actos.

Como quieras —aceptó Eragon con reticencia, y se abrochó la espada al cinto.

Trepó a lomos de la dragona, y Saphira abandonó Tronjheim volando. Había ya suficiente luz en Farthen Dûr para que la masa de las paredes del cráter resultara visible a casi ocho kilómetros de distancia en todas direcciones. Mientras descendían en espiral hacia la base de la ciudad-montaña, Eragon contó a Saphira su encuentro con Angela.

En cuanto aterrizaron junto a una de las puertas de Tronjheim, Orik llegó corriendo a su lado.

—Hrothgar, mi rey, quiere veros a los dos. Desmonta deprisa. Debemos apresurarnos.

Eragon trotó tras el enano para entrar en Tronjheim, pero Saphira mantuvo el paso cómodamente junto a ellos. Ignorando las miradas de la gente en el vertiginoso corredor, Eragon preguntó:

—¿Dónde nos vamos a encontrar con Hrothgar?

—En el salón del trono, que se halla debajo de la ciudad —contestó Orik sin aminorar el paso—. Será una audiencia privada, un acto de *otho*... O sea, de fe. No hace falta que te dirijas a él de ninguna manera especial, pero debes hablarle con respeto. Hrothgar se enfada con facilidad, aunque es inteligente y sabe adentrarse en las profundidades de la mente de los hombres, así que piensa bien antes de hablar.

Tras entrar en la cámara central de Tronjheim, Orik los guió por una de las dos escaleras descendentes que flanqueaban la sala que tenían enfrente. Empezaron a bajar por la escalera de la derecha, que se curvaba suavemente hacia el interior hasta encararse de nuevo en la misma dirección por la que habían llegado hasta allí. La otra escalera se fundía con la primera para formar una amplia cascada de escalones en penumbra que terminaban, unos treinta metros más abajo, ante dos puertas de granito, sobre las que estaba esculpida una corona de siete puntas que ocupaba la superficie de ambas.

A cada lado de la entrada había siete enanos de guardia que llevaban bruñidos azadones y cinturones con gemas incrustadas. Cuando Eragon, Orik y Saphira se acercaron, los enanos golpearon el suelo con los mangos de los azadones dando lugar a un estruendoso sonido que ascendió escaleras arriba. Las puertas se abrieron hacia dentro.

Ante ellos había un oscuro salón, cuya distancia podía cubrirse con un buen tiro de flecha. La sala del trono era una cueva natural donde las estalagmitas y las estalactitas —todas ellas más gruesas que un hombre— se alineaban en las paredes. Algunas antorchas sueltas proyectaban una lúgubre luz, y se veía que el suelo de color marrón era liso y parecía pulido. Al otro lado del salón se hallaba un trono negro, con una figura inmóvil sentada en él.

—El rey os espera —anunció Orik haciendo una reverencia.

Eragon apoyó una mano en el lomo de Saphira, y los dos siguieron andando hacia el trono. Las puertas se cerraron tras ellos dejándolos solos con el rey en el penumbroso salón.

Mientras avanzaban, el eco de sus pasos resonaba por la estancia. En los huecos entre las estalagmitas y las estalactitas había grandes estatuas, cada una de las cuales representaba a un rey de los enanos coronado y sentado en un trono, cuyos ojos ciegos miraban solemnes hacia la lejanía y cuyos rostros, surcados de arrugas, adoptaban fieras expresiones. Bajo los pies de cada escultura, había un nombre grabado con runas.

Eragon y Saphira caminaron con solemnidad entre las dos filas de los monarcas de antaño, pasaron ante más de cuarenta estatuas y ante huecos vacíos y oscuros, dispuestos para los reyes del futuro, y se detuvieron ante Hrothgar al llegar al final del salón.

El rey de los enanos permanecía sentado como una estatua en un trono elevado, esculpido en una pieza entera de mármol negro. Era macizo, austero y estaba cincelado con una precisión rigurosa. Aquel trono emanaba una fuerza que se remontaba a tiempos antiguos, a aquellos en que los enanos dominaban Alagaësia sin oposición alguna de elfos ni de humanos. En lugar de corona, Hrothgar llevaba en la cabeza un yelmo de oro con rubíes y diamantes; tenía el rostro severo, avejentado y tallado por sus muchos años de experiencia; bajo la curtida frente le relucían dos ojos profundos, pétreos y penetrantes; una cota de malla cubría su poderoso pecho; llevaba la barba blanca encajada bajo el cinturón y sostenía en el regazo un tremendo martillo de guerra, en cuya cabeza aparecía grabado en relieve el símbolo del clan de Orik.

Eragon hizo una torpe reverencia y se arrodilló, pero Saphira permaneció erguida. El rey se movió un poco, como si se despertara de un largo sueño, y tronó:

—Levántate, Jinete. No hace falta que me rindas tributo. —Eragon se levantó y se encontró con los impenetrables ojos de Hrothgar. El rey lo inspeccionó con su dura mirada y dijo en tono gutural—: *Âz knurl deimi lanok.* Ten cuidado, la roca cambia... Es un viejo refrán que tenemos. Y hoy en día la roca cambia muy rápido, desde luego. —Tocó distraídamente el martillo—. No he podido reunirme antes contigo, como Ajihad, porque me he visto obligado a enfrentarme a mis enemigos entre los clanes. Me exigían que te negara el refugio y te expulsara de Farthen Dûr. Me ha costado mucho esfuerzo convencerlos de lo contrario.

—Gracias —contestó Eragon—. No imaginaba que mi llegada fuera a causar tantos conflictos.

El rey aceptó su agradecimiento. Luego alzó una deformada mano y señaló.

—Mira hacia allí, Jinete Eragon, donde descansan mis antecesores en sus tronos esculpidos. Hay cuarenta y uno, y yo soy el siguiente. Cuando abandone este mundo y pase al cuidado de los dioses, mi *hírna* se sumará a sus filas. La primera estatua representa a mi antepasado Korgan que forjó esta maza, llamada *Volund.* Durante ocho milenios, desde el amanecer de nuestra raza, los enanos hemos reinado en Farthen Dûr. Somos los huesos de la tierra, más antiguos que los nobles elfos y los salvajes dragones.

Saphira hizo un pequeño movimiento.

Hrothgar se inclinó hacia delante y volvió a hablar con voz grave y profunda:

—Soy viejo, humano, incluso según los cálculos de los enanos soy lo bastante viejo para haber visto a los Jinetes en la plenitud de su fugaz gloria y para haber hablado con su último líder, Vrael, que me rindió tributo entre estas mismas paredes. Son pocos los vivos que pueden decir lo mismo. Recuerdo a los Jinetes y cómo se entremetieron en nuestros asuntos. Pero también recuerdo que mantuvieron una paz que nos permitía recorrer ilesos el camino entre Tronjheim y Narda.

»Y ahora te presentas ante mí... Una vieja tradición recuperada. Dime, y hazlo con sinceridad, ¿por qué has venido a Farthen Dûr? Conozco los sucesos que te llevaron a abandonar el Imperio, pero ¿cuál es tu intención?

—De momento, Saphira y yo sólo queremos recuperarnos en Tronjheim —respondió Eragon—. No hemos venido a causar ningún problema, sino a refugiarnos de los peligros que hemos afrontado durante muchos meses. Acaso Ajihad nos envíe con los elfos, pero entre tanto no ocurra eso, no tenemos ninguna voluntad de irnos.

—Entonces, ¿fue solamente la búsqueda de seguridad lo que os trajo aquí? —preguntó Hrothgar—. ¿Sólo queréis vivir en este lugar y olvidar vuestros problemas con el Imperio?

Eragon negó con la cabeza, pues su orgullo rechazaba tal afirmación.

—Si Ajihad os ha hablado de mi pasado, debéis de saber que he vivido suficientes agravios para que luche contra el Imperio hasta que éste no sea más que un montón de cenizas desperdigadas. Sin embargo, por encima de todo, deseo ayudar a quienes no pueden huir de Galbatorix, incluido mi primo. Tengo la fuerza necesaria para ello, de modo que debo hacerlo.

El rey pareció satisfecho por la respuesta. Entonces se volvió hacia Saphira y preguntó:

—Dragón, ¿qué piensas tú al respecto? ¿Cuál fue tu razón para venir?

Saphira alzó un labio para gruñir.

Dile que tengo sed de sangre enemiga y que espero con afán el día en que cabalguemos para combatir contra Galbatorix. No siento amor ni piedad por los traidores y destructores de huevos de dragón como ese falso rey. Él me retuvo durante un siglo e incluso ahora conserva a dos de mis hermanos, a quienes deseo liberar siempre que sea posible. Y dile a Hrothgar que te considero preparado para la tarea.

Eragon reaccionó ante las palabras de Saphira con una mueca, pero las transmitió cumplidamente. Hrothgar alzó una comisura en un atisbo de sonrisa inexorable, pero las arrugas se le acentuaron.

—Veo que los dragones no han cambiado con el paso de los siglos. —Tamborileó sobre el trono con los nudillos—. ¿Sabes por qué tallaron este asiento con una forma tan llana y angulosa? Lo hicieron para que nadie se acomodara en él. Yo no lo he hecho y renunciaré a él cuando llegue el momento. ¿Qué hace falta para recordarte tus obligaciones, Eragon? Si cae el Imperio, ¿ocuparás el lugar de Galbatorix y reclamarás su reinado?

—No tengo afán de llevar la corona ni de mandar —contestó Eragon, preocupado—. Ser un Jinete ya es suficiente responsabilidad. No, no ocuparía el trono de Urû'baen... a no ser que no haya nadie competente dispuesto a hacerlo.

Hrothgar le advirtió con severidad:

—Sin duda serías un rey más benigno que Galbatorix,

pero ninguna raza debería tener un líder que no envejezca o que no abandone el trono. El tiempo de los Jinetes ha pasado, Eragon, y nunca volverán a alzarse ni siquiera si los otros dos huevos de dragón, en poder de Galbatorix, prenden. —Miró hacia el costado de Eragon y una sombra de preocupación le cruzó por la cara—. Veo que llevas la espada del enemigo; ya me habían contado que viajas con el hijo de uno de los Apóstatas. No me complace ver esa arma. —Extendió una mano—. Me gustaría examinarla.

Eragon desenfundó a *Zar'roc* y se la entregó al rey por la empuñadura. Hrothgar cogió la espada y revisó con mirada experta la hoja rojiza. El filo captó la luz de una antorcha y la reflejó nítidamente. El rey de los enanos probó la punta en la palma de una mano y dijo:

—Un filo forjado con maestría. Los elfos no suelen hacer espadas, pues prefieren arcos y lanzas, pero cuando las forjan logran resultados inimitables. No obstante, es una espada desventurada; no me gusta verla en mi reino. Llévala, sin embargo, si así lo deseas. Tal vez haya cambiado su suerte. —Le devolvió a *Zar'roc,* y Eragon la envainó—. ¿Os ha resultado útil mi sobrino durante vuestra estancia?

—¿Quién?

Hrothgar enarcó una poblada ceja.

—Orik, el hijo de mi hermana menor. Presta servicio a las órdenes de Ajihad para demostrar mi apoyo a los vardenos, aunque parece que lo han devuelto a mi mando. Me agradó saber que lo defendiste con tus palabras.

Eragon entendió que lo que decía el rey era otra señal de *otho...* —de fe— por parte de Hrothgar.

—No podría pedir un guía mejor.

—Eso está bien —contestó el rey, claramente complacido—. Por desgracia, no puedo seguir hablando mucho contigo. Me esperan mis consejeros, pues debo encargarme de ciertos asuntos. Sin embargo, te diré lo siguiente: si deseas obtener el apoyo de los enanos dentro de mi reino, antes deberás lograr su aprobación. Tenemos mucha memoria y no tomamos decisiones precipitadas. Las palabras no decidirán nada, sólo las obras.

—Lo tendré presente —dijo Eragon haciendo una nueva reverencia.

Hrothgar asintió con gesto majestuoso.

—Entonces, puedes irte.

Eragon se dio la vuelta con Saphira y los dos echaron a andar por el salón del rey de la montaña. Orik los esperaba al otro lado de las puertas de piedra con una expresión de ansiedad en el rostro. Se unió a ellos cuando iniciaban el ascenso para regresar a la cámara central de Tronjheim.

—¿Ha ido todo bien? ¿Os ha recibido favorablemente?

—Creo que sí. Pero tu rey es cauto —dijo Eragon.

—Por eso ha sobrevivido tanto tiempo.

No me gustaría nada que Hrothgar se enfadara con nosotros —dijo Saphira.

No, a mí tampoco —corroboró Eragon mirándola—. *No estoy seguro de lo que habrá pensado de ti... Parece que no le gustan los dragones, aunque no lo haya dicho a las claras.*

Saphira parecía encontrarlo gracioso.

Hace muy bien, sobre todo porque no me llega ni a la altura de las rodillas.

En el centro de Tronjheim, bajo los destellos de Isidar Mithrim, Orik les dijo:

—Vuestra bendición de ayer ha removido a los vardenos como si alguien le hubiera dado la vuelta a una colmena. La criatura tocada por Saphira ha sido aclamada como héroe del futuro, y ella y su protectora se alojan en las mejores habitaciones. Todo el mundo habla de vuestro «milagro», de tal manera que todas las madres humanas parecen empeñadas en encontraros y en obtener lo mismo para sus hijos.

Alarmado, Eragon echó un vistazo furtivo alrededor.

—¿Qué podemos hacer?

—¿Aparte de retractaros de lo que habéis hecho? —preguntó Orik en tono seco—. Manteneos fuera de la vista siempre que sea posible. Nadie puede entrar en la dragonera, así que allí no os molestarán.

Eragon no quería regresar todavía a la dragonera. El día apenas había comenzado, y quería explorar Tronjheim con Saphira. Ahora que habían abandonado el Imperio no tenían por qué estar separados. Pero tampoco quería llamar la atención, lo cual resultaba difícil al lado de la dragona.

Saphira, ¿qué quieres hacer?

Ella se encaró a él y le rozó el brazo con las escamas.

Volveré a la dragonera. Hay alguien allí a quien quiero ver. Paséate todo lo que quieras.

De acuerdo —contestó él—, *pero ¿a quién quieres ver?*

Saphira se limitó a guiñarle uno de sus enormes ojos, antes de seguir caminando por uno de los túneles principales de Tronjheim.

Eragon explicó a Orik adónde iba la dragona y luego dijo:

—Me apetece desayunar, y después me interesaría ver algo más de Tronjheim. Es un lugar increíble. No quiero ir a la zona de entrenamiento hasta mañana, porque aún no me he recuperado del todo.

Orik asintió; cuando hacía ese movimiento, la barbilla le llegaba al pecho.

—En ese caso, ¿te gustaría visitar la biblioteca de Tronjheim? Es bastante antigua y conserva pergaminos muy valiosos. Tal vez te parezca interesante leer una historia de Alagaësia que no haya sido manipulada por Galbatorix.

Eragon sintió una punzada de aflicción al recordar a Brom cuando le enseñaba a leer, y se preguntó si aún conservaría esa habilidad, pues llevaba mucho tiempo sin ver una palabra escrita.

—Sí, vamos.

—Muy bien.

Después de comer algo, Orik guió a Eragon por una miríada de pasillos hasta su destino. Al llegar al arco de entrada de la biblioteca, el muchacho lo traspuso con reverencia. La sala le hizo pensar en un bosque: hileras de gráciles columnatas se ramificaban hacia el techo, oscuro y con nervaduras, hasta una altura de cinco pisos. Entre las columnas había estanterías de mármol negro unidas por la parte trasera, mientras que las paredes, separadas por estrechos pasillos a los que se llegaba por tres escaleras de caracol, estaban cubiertas por tiras de pergaminos. En torno a las paredes, a intervalos regulares, había pares de bancos encarados, y entre ellos, unas mesas pequeñas, cuyas bases penetraban en el suelo sin fisuras.

En aquella sala había una infinidad de libros y de pergaminos.

—Ésta es la verdadera herencia de nuestra raza —dijo Orik—. Aquí se conservan las escrituras de los mejores reyes y estudiosos de los enanos, desde la antigüedad hasta el presente. Y también se hallan las canciones y las historias compuestas por nuestros artistas. Tal vez esta biblioteca sea la posesión más preciada. Sin embargo, no todas las obras son nuestras, pues también hay textos humanos. Vuestra raza vive poco tiempo, pero es prolífica. En cambio tenemos muy poca cosa de los elfos, casi nada, puesto que guardan sus secretos con mucho celo.

—¿Cuánto rato puedo quedarme? —preguntó Eragon acercándose a las estanterías.

—Tanto como quieras. Si tienes alguna pregunta, ven a buscarme.

Eragon revolvió encantado entre los volúmenes y sacó con ilusión aquellos que tenían títulos o cubiertas interesantes. Sorprendentemente, los enanos usaban las mismas runas que los humanos para escribir. Lo desanimó un poco lo difícil que le resultaba leer tras tantos meses de falta de práctica. Pasaba de libro a libro abriéndose camino lentamente en las profundidades de la vasta biblioteca. Al final se sumergió en una traducción de los poemas de Dóndar, el décimo rey de los enanos.

Mientras revisaba los elegantes versos, unos pasos desconocidos se acercaron a él desde detrás de la estantería. Le asustó el sonido, pero luego se riñó a sí mismo por ser tan tonto... No podía ser que estuviera sólo en la biblioteca. Aun así, guardó el libro silenciosamente y se alejó de allí, con todos los sentidos atentos al peligro. Había sufrido demasiadas emboscadas para ignorar aquella sensación. Oyó los pasos de nuevo, pero ahora correspondían a dos pares de pies. Inquieto, se metió deprisa por un hueco al tiempo que trataba de recordar dónde se había sentado Orik. Dobló una esquina y echó a andar, pero se encontró cara a cara con los gemelos.

Éstos estaban juntos, hombro con hombro, con una expresión vacía en los idénticos rostros, y lo taladraban con los ojos negros de serpiente. Las manos, escondidas entre los pliegues de sus túnicas de color violeta, se agitaban levemente. Los dos hicieron una reverencia, pero el gesto resultó insolente y desdeñoso.

—Te estábamos buscando —dijo uno de ellos.

Su voz guardaba un desagradable parecido con la de los Ra'zac.

—¿Para qué? —preguntó Eragon conteniendo un escalofrío. A continuación estableció contacto mental con Saphira, y ella se sumó a los pensamientos del muchacho de inmediato.

—Desde que te reuniste con Ajihad queríamos... pedirte perdón por nuestros actos. —Aquellas palabras suponían una burla, pero lo habían dicho de tal modo que Eragon no podía retarlos—. Hemos venido a rendirte homenaje.

De nuevo hicieron una reverencia, y Eragon se sonrojó de rabia.

¡Ten cuidado! —advirtió Saphira.

Eragon contuvo la creciente ira. No podía permitirse que aquel enfrentamiento lo irritara. Se le ocurrió una idea y, con una pequeña sonrisa, respondió:

—No, soy yo quien os rinde homenaje. Sin vuestra aprobación nunca hubiera podido entrar en Farthen Dûr.

Les devolvió la reverencia y se aseguró de que fuera lo más insultante posible.

Hubo un atisbo de irritación por parte de los gemelos, pero conservaron la sonrisa y dijeron:

—Nos honra que alguien tan... importante como tú tenga tan alta opinión de nosotros. Quedamos en deuda por tus amables palabras.

Ahora le tocó a Eragon irritarse.

—Lo recordaré cuando tenga alguna necesidad.

Saphira se entremetió con brusquedad en los pensamientos de Eragon.

Te estás pasando. No digas nada de lo que puedas arrepentirte. Recordarán cada palabra que puedan usar en tu contra.

¡Bastante difícil me resulta sin tus comentarios! —protestó Eragon. Ella se retiró después de dar un gruñido de exasperación.

Cuando los gemelos se acercaron más a él, los bajos de sus túnicas rozaron suavemente el suelo. Sus voces se hicieron más agradables.

—También te buscábamos por otra razón, Jinete: los pocos conocedores de la magia que vivimos en Tronjheim hemos formado un grupo. Nos llamamos Du Vrangr Gata, o sea...

—El Camino Errante, ya lo sé —los interrumpió Eragon recordando lo que le había contado Angela al respecto.

—Tu conocimiento del idioma antiguo es impresionante —dijo con suavidad uno de los gemelos—. Como íbamos diciendo, Du Vrangr Gata se ha enterado de tus poderosos logros, y hemos venido a invitarte a formar parte del grupo. Sería un honor para nosotros tener un miembro de tu talla. Y supongo que también podríamos ayudarte.

—¿Cómo?

—Nosotros dos hemos acumulado mucha experiencia en asuntos de magia —respondió el otro gemelo—. Podríamos guiarte... enseñarte hechizos que hemos descubierto y algunas palabras de poder. Nada nos gustaría más que contribuir, aunque sea con una pequeña ayuda, en tu camino hacia la gloria. No hace falta que nos lo pagues de ningún modo, pero nos satisfaría si consideraras oportuno compartir algo de tu sabiduría.

El rostro de Eragon se endureció cuando se dio cuenta de lo que le proponían.

—¿Me habéis tomado por tonto? —preguntó con severidad—. ¡No me convertiré en vuestro aprendiz para que podáis aprender las palabras que me enseñó Brom! ¡Qué rabia debió de daros no poder robarlas de mi mente!

Los gemelos abandonaron de repente las falsas sonrisas.

—¡No juegues con nosotros, muchacho! Seremos nosotros quienes pongamos a prueba tus habilidades con la magia. Y eso puede llegar a ser muy desagradable. Recuerda que basta con equivocarse de hechizo para matar a alguien. Tal vez seas un Jinete, pero entre los dos somos más fuertes que tú.

Eragon mantuvo un rostro inexpresivo, aunque sentía dolorosas contracciones en el estómago.

—Tendré en cuenta vuestra propuesta, pero tal vez...

—Entonces esperaremos tu respuesta hasta mañana. Asegúrate de que sea la correcta.

Le dirigieron una fría sonrisa y se adentraron en la biblioteca.

No pienso unirme a Du Vrangr Gata, hagan lo que hagan —protestó Eragon

Tendrías que hablar con Angela —dijo Saphira—. *Ella ya se enfrentó a los gemelos y quizá pueda estar presente cuando te examinen. A lo mejor así no te hacen ningún daño.*

Buena idea.

Eragon caminó entre las estanterías hasta que encontró a Orik sentado en un banco, ocupado en pulir su hacha de guerra.

—Quisiera volver a la dragonera.

El enano encajó el mango del hacha en un lazo de cuero que llevaba en el cinturón y luego escoltó a Eragon hasta la puerta, donde lo esperaba Saphira. Muchas personas se apiñaban en torno a ella, pero Eragon, ignorando a la gente, montó a lomos de Saphira y se escaparon hacia el cielo.

Hay que resolver este problema enseguida. No puedes dejar que te intimiden los gemelos —dijo Saphira cuando aterrizaron en Isidar Mithrim.

Ya lo sé. Pero espero evitar que se enfaden porque serían peligrosos como enemigos. —Desmontó deprisa, con una mano apoyada en *Zar'roc*.

Tú también lo eres. Pero ¿acaso los prefieres como aliados?

La verdad es que no. Mañana les diré que no quiero ser miembro de Du Vrangr Gata.

Eragon dejó a Saphira en su cueva y se paseó por la dragonera. Quería ver a Angela, pero no recordaba cómo llegar a su escondrijo y no tenía a *Solembum* para que lo guiara. Recorrió los pasillos desiertos con la esperanza de encontrarse con Angela por casualidad.

Cuando se cansó de ver habitaciones vacías y paredes grises interminables, volvió sobre sus pasos. Ya se acercaba a la dragonera cuando oyó que alguien hablaba dentro de la sala. Se detuvo y prestó atención, pero la clara voz guardó silencio.

Saphira, ¿quién hay ahí?

Es una mujer... Tiene aires de mando. La distraeré mientras entras.

Eragon aflojó la espada dentro de la funda.

Orik dijo que no dejarían entrar a nadie en la dragonera, ¿cómo puede ser? —Calmó sus nervios y luego entró, con una mano en la espada.

Había una mujer en el centro de la sala mirando con curiosidad a Saphira, que acababa de asomar la cabeza por la boca de la cueva. La joven aparentaba unos diecisiete años. El zafiro estrellado desparramaba sobre ella una luz rosada, acentuándole en la piel el mismo tono de la de Ajihad. El vestido de terciopelo que llevaba, de elegante corte, era de color burdeos, y de la cintura le colgaba una funda de cuero, gastada por el uso, que guardaba una daga con joyas incrustadas.

Eragon cruzó los brazos en espera de que la mujer se diera cuenta de su presencia. Ella siguió mirando a Saphira y después hizo una reverencia cortés y preguntó:

—Por favor, ¿podrías decirme dónde está el Jinete Eragon?

A Saphira le destellaron los ojos de regocijo.

—Estoy aquí —dijo Eragon con una leve sonrisa.

La joven se dio la vuelta para encararse a él al tiempo que una de sus manos volaba hacia la daga. Tenía un rostro sorprendente, con ojos almendrados, labios gruesos y pómulos redondos. Se relajó y volvió a hacer una reverencia.

—Soy Nasuada —se presentó.

—Parece obvio que ya sabes quién soy yo —repuso Eragon con una inclinación de cabeza—. ¿Qué quieres?

Nasuada sonrió, encantadora.

—Me envía mi padre, Ajihad, con un mensaje. ¿Quieres oírlo?

A Eragon no le había parecido que el líder de los vardenos fuera proclive al matrimonio ni a la paternidad, por lo que se preguntó quién sería la madre de Nasuada. Tenía que haber sido una mujer muy poco común para atraer el interés de Ajihad.

—Sí, me encantaría.

Nasuada echó la cabeza hacia atrás y recitó:

—Está contento de que te vaya todo bien, pero te sugiere que tengas cuidado con actos como la bendición de ayer porque crean más problemas de los que solucionan. Además, te urge a proceder con las pruebas en cuanto puedas... Necesita conocer el alcance de tus aptitudes antes de hablar con los elfos.

—¿Has escalado hasta aquí sólo para decirme eso? —preguntó Eragon pensando en la longitud del ascenso de Vol Turin.

—No. He usado el sistema de poleas que sirve para llevar provisiones a los niveles superiores. Podríamos haber enviado el mensaje por medio de señales, pero decidí venir yo misma y conocerte en persona.

—¿Te quieres sentar? —preguntó Eragon, que señaló hacia la cueva de Saphira.

—No, me están esperando —respondió Nasuada con una leve risa—. También deberías saber que mi padre ha decretado que puedes visitar a Murtagh, si así lo deseas. —Una expresión sombría recorrió los rasgos de la joven, tan suaves hasta entonces—. He conocido a Murtagh antes... Está ansioso por hablar contigo. Se siente muy solo; deberías visitarlo.

A continuación dio a Eragon las indicaciones necesarias para llegar a la celda de Murtagh. El muchacho le agradeció la información y luego preguntó:

—¿Y Arya? ¿Está mejor? ¿Puedo verla? Orik no ha podido contarme demasiado.

—Arya se está recuperando con mucha rapidez, como

todos los elfos —repuso Nasuada sonriendo con malicia—. Nadie puede verla, salvo mi padre, Hrothgar y los sanadores. Han pasado mucho tiempo con ella para averiguar todo lo que ocurrió mientras estuvo presa. —Entornó los ojos para mirar a Saphira—. Ahora me tengo que ir. ¿Quieres que le comunique algo a Ajihad de tu parte?

—No, salvo mi deseo de ver a Arya. Y transmítele mi agradecimiento por su hospitalidad.

—Le haré llegar tus palabras directamente. Adiós, Jinete Eragon. Espero que volvamos a vernos pronto.

Se despidió con una reverencia y abandonó la dragonera con la cabeza muy erguida.

Si ha ascendido todo Tronjheim sólo para conocerme, con o sin poleas, este encuentro no consistía tan sólo en una charla —comentó Eragon.

Así es —dijo Saphira al tiempo que volvía a meter la cabeza dentro de la cueva.

Eragon subió para llegar al lado de Saphira y se llevó una sorpresa al ver a *Solembum* acurrucado en el hueco de la base del cuello de la dragona. El hombre gato ronroneaba profundamente y agitaba la cola, moteada con manchas negras. Los dos se quedaron mirando con insolencia a Eragon, como si le preguntaran: «¿Qué ocurre?»

Eragon movió la cabeza y se rió descontrolado.

Saphira, ¿era a Solembum *a quien querías ver?*

Ambos pestañearon y le contestaron:

Sí.

Era pura curiosidad —dijo él sintiendo un burbujeo de regocijo por dentro. Tenía sentido que se hicieran amigos; eran dos criaturas de la magia, con personalidades parecidas. Suspiró para liberarse de la tensión del día y se desató a *Zar'roc* de la cintura—. Solembum, *¿sabes dónde está Angela? No la encuentro y necesito su consejo.*

Solembum estiró las patas contra las escamas de Saphira.

Anda por algún lugar de Tronjheim.

¿Cuándo volverá?

Pronto.

¿Muy pronto? —preguntó con impaciencia—. *Necesito hablar con ella hoy.*

No tan pronto.

El hombre gato se negó a decir nada más pese a las persistentes preguntas de Eragon que se rindió y se acostó, apoyado en Saphira. El ronroneo de *Solembum* repicaba por encima de la cabeza del muchacho.

Mañana tengo que ir a ver a Murtagh, pensó a la vez que tocaba el anillo de Brom.

La prueba de Arya

A la mañana de su tercer día en Tronjheim, Eragon saltó de la cama fresco y enérgico. Se ató a *Zar'roc* a la cintura y se colgó del hombro el arco y la aljaba, cargada a medias de flechas. Tras un placentero vuelo hasta el interior de Farthen Dûr con Saphira, se reunió con Knurla Orik ante una de las cuatro puertas principales de Tronjheim y le preguntó por Nasuada.

—Una muchacha especial —contestó Orik que echó una mirada de desaprobación a *Zar'roc*—. Se dedica por completo a su padre y se pasa todo el tiempo ayudándolo. Creo que hace más por él que lo que él mismo sabe... A veces ha llegado a neutralizar a los enemigos de Ajihad sin que él llegara a enterarse de la intervención de su hija.

—¿Quién es su madre?

—Eso no lo sé. Ajihad estaba solo cuando trajo a Nasuada a Farthen Dûr, de recién nacida. Nunca ha explicado de dónde venía.

Así que ella también se crió sin madre. Eragon se deshizo de ese pensamiento.

—Estoy impaciente. Me irá bien ejercitar los músculos. ¿Adónde tengo que ir para esas pruebas de Ajihad?

Orik señaló hacia Farthen Dûr.

—El campo de entrenamiento queda a unos tres cuartos de kilómetro de Tronjheim, aunque no se ve desde aquí porque está detrás de la ciudad-montaña.

Yo también voy —afirmó Saphira.

Eragon se lo dijo a Orik, y éste se mesó la barba.

—Tal vez no sea buena idea. En el campo de entrenamiento habrá mucha gente, y podríais llamar la atención.

¡Yo voy! —gruñó con fuerza Saphira. Y se terminó la discusión.

El alborotado ruido de la lucha les llegó desde el campo: el sonoro entrechocar de los aceros, el contundente zumbido de las flechas al clavarse en dianas acolchadas, los crujidos y los chasquidos de las varas de madera y los gritos de los hombres en el simulacro de batalla. Era un ruido confuso, pero cada grupo tenía su propio ritmo.

La mayor parte del campo de entrenamiento estaba ocupada por un compacto grupo de soldados de a pie que luchaban con escudos y hachas, casi tan grandes como ellos mismos, y hacían la instrucción en formación de grupo. Junto a ellos, había cientos de guerreros que practicaban individualmente, armados con espadas, mazos, lanzas, palos, varas, mayales, escudos de todas las formas y tamaños e, incluso, Eragon distinguió a alguien con un tridente. Casi todos los guerreros llevaban armaduras, por lo general cota de malla y yelmo, pues la armadura completa no era tan habitual. Había tantos enanos como humanos, aunque más bien se mantenían separados entre ellos. Tras los guerreros, una amplia fila de arqueros disparaba sin parar a unos muñecos hechos con sacos grises.

Antes de que Eragon tuviera tiempo de pensar qué esperaban que hiciera, un hombre barbado, con la cabeza y los macizos hombros cubiertos por una toca de malla, se acercó a ellos. Llevaba el resto del cuerpo protegido por una burda piel de buey que aún conservaba el pelaje, mientras que una espada gigantesca, casi tan grande como Eragon, pendía de la amplia espalda del hombre. Repasó con una rápida mirada a

Saphira y a Eragon, como si evaluara el peligro que podían representar, y les habló con tono malhumorado:

—Knurla Orik. Llevabas mucho tiempo sin venir. Ya no tengo con quién entrenarme.

Orik sonrió.

—*Oeí*, eso te pasa porque los dejas a todos heridos de la cabeza a los pies con tu monstruosa espada.

—A todos, menos a ti —corrigió el otro.

—Porque soy más rápido que un gigante como tú.

—Soy Fredric —dijo el hombre volviendo a mirar a Eragon—. Me han pedido que averigüe qué sabes hacer. ¿Eres muy fuerte?

—Lo suficiente —contestó Eragon—. Para pelear con las armas de la magia, hay que serlo.

Fredric movió la cabeza, y la toca tintineó como un saco de monedas.

—La magia no tiene nada que ver con lo que hacemos aquí. Salvo que hayas luchado en el ejército, dudo que ninguna pelea en la que hayas participado durase más de cinco minutos. Lo que nos preocupa es saber cómo aguantarás en una batalla que dure horas seguidas, o incluso semanas si se trata de un asedio. ¿Sabes usar alguna arma, aparte de la espada y del arco?

Eragon reflexionó antes de contestar.

—Sólo los puños.

—¡Buena respuesta! —se rió Fredric—. Bueno, empezaremos con el arco, a ver cómo lo haces. Luego, cuando se despeje un poco el campo, probaremos...

El hombre se interrumpió de repente y miró más allá de Eragon, frunciendo el entrecejo con gesto de enfado.

Los gemelos llegaron a grandes zancadas; la palidez de las calvas les destacaba entre el color violeta de las túnicas. Orik murmuró algo en su propio idioma al tiempo que sacaba el hacha de guerra del cinturón.

—Os dije que os mantuvierais alejados de la zona de entrenamiento —dijo Fredric dando un paso adelante, amenazador.

Ante el tamaño gigantesco de Fredric, los gemelos parecían frágiles, pero a pesar de todo lo miraron con arrogancia.

—Ajihad nos ha ordenado que comprobemos la eficacia de Eragon con la magia antes de que lo agotes haciéndole dar golpes a un pedazo de metal.

—¿No lo puede comprobar nadie más? —repuso Fredric echando chispas por los ojos.

—No hay nadie que tenga suficiente poder —contestaron con desdén los gemelos.

Saphira soltó un profundo retumbo y los fulminó con la mirada. Después echó una línea de humo por las fosas nasales, pero no le hicieron caso.

—Ven con nosotros —ordenaron los gemelos, y echaron a andar hacia un rincón vacío del campo.

Eragon se encogió de hombros y los siguió con Saphira. A sus espaldas, oyó que Fredric le decía a Orik:

—Tendremos que detenerlos antes de que lleguen demasiado lejos.

—Ya lo sé —contestó Orik en voz baja—, pero no puedo volver a interferir. Hrothgar me dejó claro que no podrá protegerme si vuelve a suceder.

Eragon reprimió su creciente aprensión. Podía ser que los gemelos conocieran más técnicas y palabras... Sin embargo, recordó que Brom le había dicho que los Jinetes tenían más fuerza para la magia que los humanos ordinarios. ¿Bastaría eso para resistir a la fuerza combinada de los gemelos?

No te preocupes tanto; yo te ayudaré —le dijo Saphira—. *Nosotros también somos dos.*

Eragon le tocó una pata suavemente, aliviado por las palabras de la dragona. Entonces los gemelos miraron a Eragon y preguntaron:

—¿Cuál es tu respuesta, Eragon?

Él desdeñó la expresión de sorpresa del rostro de ambos y contestó llanamente:

—No.

Marcadas arrugas aparecieron en las comisuras de los gemelos. Se dieron la vuelta, de modo que miraban de reojo a Eragon y, doblando la cintura, dibujaron un largo pentagrama en el suelo. Después se plantaron en medio del dibujo y hablaron con severidad:

—Empezamos ya. Intentarás completar las tareas que te asignemos... Eso es todo.

Uno de los gemelos rebuscó entre su túnica, sacó una piedra pulida del tamaño del puño de Eragon y la dejó en el suelo.

—Levántala hasta la altura de los ojos.

Eso es bastante fácil —comentó Eragon a Saphira—. *¡Stenr reisa!*

La piedra tembló y luego se alzó suavemente. Cuando hubo subido apenas un palmo, una inesperada resistencia la retuvo en el aire, mientras una sonrisa asomaba a la boca de los gemelos. Iracundo, Eragon los miró: ¡intentaban hacerle fallar! Si se agotaba tan pronto le resultaría imposible completar las tareas más duras. Era obvio que los dos hermanos confiaban en que la suma de sus fuerzas bastaría para cansarlo fácilmente.

Pero no estoy solo —gruñó Eragon para sí mismo—. *¡Ahora, Saphira!*

La mente de la dragona se fundió con la suya, y la piedra dio una sacudida en el aire para detenerse temblando a la altura de la vista. Los gemelos entrecerraron los ojos con crueldad.

—Muy... bien —concedieron entre dientes. El despliegue de magia parecía poner nervioso a Fredric—. Ahora, mueve la piedra en círculo.

De nuevo Eragon luchó contra los esfuerzos de los gemelos para detenerlo y de nuevo —ante el obvio enfado de ambos— venció. La complejidad y la dificultad de los ejercicios fue aumentando rápidamente hasta que Eragon tuvo que empezar a escoger con mucho cuidado las palabras que usaba. Los gemelos ofrecieron severa resistencia en cada prueba, aunque nunca se les notó el esfuerzo en el rostro.

Eragon sólo conseguía sobreponerse gracias a la ayuda de Saphira. En una pausa entre dos tareas, el muchacho le preguntó:

¿Por qué siguen con la prueba? Nuestras habilidades están claras desde que inspeccionaron mi mente. —Ella ladeó la cabeza, pensativa—. *¿Sabes una cosa?* —dijo él con tristeza, cuando al fin lo entendió—. *Están aprovechando la ocasión para averiguar qué palabras conozco del idioma antiguo y quizá quieran aprender alguna.*

Entonces habla en voz baja para que no te oigan y usa las palabras más simples que puedas.

A partir de ese momento, Eragon usó sólo un puñado de palabras básicas para completar lo que le encomendaban. Pero para encontrar la manera de obtener el mismo rendimiento que le hubieran proporcionado las frases largas hubo de apurar el ingenio hasta el límite. Obtuvo como recompensa la frustración que retorcía la cara de los gemelos cada vez que los derrotaba. Por mucho que lo intentaran, no conseguían obligarlo a usar más palabras del idioma antiguo.

Pasó más de una hora, pero los gemelos no mostraban intención alguna de parar. Eragon tenía calor y sed, pero se resistía a pedir un receso; estaba dispuesto a seguir si ellos aguantaban. Hubo muchas pruebas: manipular agua, provocar fuego, ejercicios de criptovisión, mover rocas por el aire, endurecer cuero, congelar objetos, controlar el vuelo de una flecha y curar rasguños. Tenía curiosidad por saber cuánto tardarían los gemelos en quedarse sin ideas.

Al fin los dos hermanos alzaron las manos y dijeron:

—Sólo queda una cosa por hacer. Es bastante sencilla. Cualquiera que sea competente utilizando la magia la encontraría fácil. —Uno de ellos se quitó de un dedo un anillo de plata y se lo pasó a Eragon con aires de petulancia—. Invoca la esencia de la plata.

Eragon se quedó mirando confuso el anillo. ¿Qué se suponía que debía hacer? ¿La esencia de la plata? ¿Qué era eso? ¿Y cómo se invocaba? Saphira no tenía ni idea, y los gemelos no estaban dispuestos a ayudarlo. No había aprendido el nombre de la plata en el idioma antiguo, aunque sabía que debía formar parte de la palabra *argetlam*. Desesperado, combinó la única palabra que podía dar resultado: *ethgrí* —invocar— con *arget*.

Se puso muy tieso, reunió toda la fuerza que le quedaba y abrió los labios para pronunciar la invocación. De pronto, una voz clara y vibrante hendió el aire.

—¡Detente!

La palabra se derramó sobre Eragon como agua fría: era una voz extrañamente familiar, como una melodía que sólo se recuerda a medias. Con el vello de la nuca erizado, Eragon se volvió lentamente hacia donde provenía la voz.

Detrás de ellos había una figura solitaria: Arya. Una cinta de cuero, atada sobre la frente, sujetaba la voluminosa melena negra de la elfa, que le caía sobre los hombros en una lustrosa cascada; de la cadera le colgaba una estilizada espada, y llevaba un arco a la espalda; un vestido de cuero, negro y liso, cubría su bien proporcionada figura, pero constituía una triste vestimenta para una mujer tan hermosa; era más alta que la mayoría de los hombres, aunque tenía un porte perfectamente equilibrado y relajado, y en su cara no había ningún rastro de los terribles abusos que había sufrido.

Los furiosos ojos de color esmeralda de Arya se concentraron en los gemelos, que habían empalidecido de miedo. Ella se acercó con pasos silenciosos y habló en tono suave pero amenazante:

—¡Vergüenza! Debería daros vergüenza pedirle lo que sólo un maestro puede hacer. Vergüenza usar esos métodos. Vergüenza haberle dicho a Ajihad que no conocíais las habilidades de Eragon. Él es competente. ¡Marchaos de inmediato!

Arya frunció el entrecejo de tal modo que daba miedo, puesto que se le habían juntado las cejas en forma de «V» como si fueran relámpagos, y señaló el anillo que Eragon sostenía en la mano.

—*¡Arget!* —exclamó como un trueno.

La plata resplandeció, y una copia fantasmagórica del anillo se materializó al lado de éste. Ambos eran idénticos, pero el que acababa de materializarse parecía más puro y brillaba como si estuviera al rojo vivo. Al verlo, los gemelos se dieron la vuelta y salieron corriendo, con las túnicas ondeando frenéticamente. El anillo sin esencia se desvaneció en la mano de Eragon y dejó tras de sí el aro de plata. Knurla Orik y Fredric seguían en sus puestos observando a Arya con cautela. Saphira se agachó, preparada para entrar en acción.

La elfa los repasó a todos con la mirada hasta que sus rasgados ojos se detuvieron en Eragon. Luego se giró y caminó hacia el centro del campo. Los guerreros dejaron de entrenarse y la contemplaron asombrados. Al cabo de unos momentos todos los presentes en el campo guardaban silencio, abrumados por la presencia de la mujer.

Eragon se sentía empujado inexorablemente por su propia fascinación, y cuando Saphira le habló, él no hizo caso de los comentarios de la dragona. Enseguida se formó un gran círculo en torno a Arya, quien, mirando sólo a Eragon, proclamó:

—Reclamo el derecho a la prueba de armas. ¡Desenfunda tu espada!

¡Me está retando a duelo!

Sí, pero no para hacerte daño —contestó lentamente Saphira, y le dio un empujón con el morro—. *Ve y hazlo lo mejor que puedas. Yo estaré observando.*

Eragon avanzó con reticencia. No quería enfrentarse a esa prueba después de agotarse al practicar la magia y con tanta gente mirando. Además, Arya no podía estar en buena forma para el entrenamiento, pues sólo habían pasado dos días desde que le habían dado el néctar de túnivor.

Golpearé con suavidad para no hacerle daño, decidió.

Se encararon desde los extremos opuestos del círculo formado por los guerreros. Arya desenvainó la espada con la mano izquierda. El arma era más fina que la de Eragon, pero igual de larga y afilada. Él sacó a *Zar'roc* de la bruñida funda y mantuvo la hoja rojiza a un costado, apuntada hacia el suelo. La elfa y el humano permanecieron inmóviles un momento vigilándose mutuamente. A Eragon le pasó por la mente el recuerdo de que así habían empezado muchas peleas con Brom.

El muchacho avanzó un poco con precaución. Desdibujándose por el movimiento, Arya saltó hacia él y le lanzó un tajo a las costillas. Eragon esquivó el ataque por puro reflejo, y las espadas se cruzaron entre una lluvia de chispas. *Zar'roc* quedó desplazada a un lado, como si fuera una simple mosca. Sin embargo, la elfa no aprovechó la brecha, sino que giró hacia la derecha, cortando el aire con la melena, y golpeó por el otro lado. Eragon contuvo el golpe a duras penas y se tambaleó hacia atrás desesperadamente, aturdido por la fiereza y la velocidad de Arya.

Eragon recordó tardíamente que Brom le había advertido que hasta el más débil elfo podía batir con facilidad a un humano. De modo que tenía tantas posibilidades de derrotar a Arya como a Durza. Ella volvió a atacar apuntándole a la cabeza, y Eragon se agachó por debajo de la hoja, afilada como una navaja. Pero, entonces... ¿por qué jugaba con él? Durante unos segundos estuvo demasiado ocupado rechazando los ataques de Arya, pero luego cayó en la cuenta:

Quiere averiguar si soy competente.

Después de entender la intención de la elfa, Eragon inició la serie de ataques más complicados que conocía. Pasaba de una pose a la siguiente, combinándolas y modificándolas temerariamente de todas las maneras posibles. Ella le imitaba las acciones con elegancia y sin esfuerzo.

Implicados en una danza feroz, sólo las espadas al buscarse encadenaban y separaban los cuerpos de ambos. En algunos momentos casi llegaban a tocarse, y apenas un cabello separaba las tensas epidermis de los dos jóvenes, pero luego la inercia del giro los separaba, y se apartaban un segundo para volver a juntarse de nuevo. Las sinuosas formas de Arya y Eragon se entrelazaban como volutas giratorias de humo llevadas por el viento.

Eragon nunca pudo recordar cuánto tiempo estuvieron luchando, puesto que el duelo iba más allá del tiempo, constituido tan sólo por acción y reacción. Cada vez le pesaba más *Zar'roc* y sentía un ardor tremendo en el brazo a cada golpe. Al fin, cuando el muchacho hizo un movimiento hacia delante, Arya se echó a un lado con agilidad y le rozó la mandíbula con la punta de la espada a una velocidad sobrenatural.

Eragon, a quien le temblaban los músculos de agotamiento, se quedó paralizado al notar que el gélido metal le tocaba la piel. Entonces oyó un difuso berrido de Saphira y un escandaloso vitoreo de los soldados que los rodeaban. Arya bajó la espada y la enfundó.

—Has aprobado —dijo en voz baja, en medio del estruendo.

Aturdido, Eragon se puso en pie lentamente. Fredric estaba a su lado y le palmeaba la espalda con entusiasmo.

—¡Qué increíble manejo de la espada! Hasta yo he aprendido algún movimiento nuevo al veros pelear a los dos. Y la elfa... ¡Asombroso!

Pero he perdido yo —protestó en silencio.

Orik alabó su exhibición con una amplia sonrisa, pero Eragon sólo pudo fijarse en Arya, que permanecía sola y callada. Ella hizo un gesto muy leve con un dedo, apenas un temblor, hacia un montículo que había a más de un kilómetro del campo de entrenamiento, luego se dio la vuelta y se alejó. La multitud se deshacía ante ella. A su paso, el silencio se apoderaba de hombres y enanos.

Eragon se volvió hacia Orik.

—Me tengo que ir. Pronto volveré a la dragonera.

Con un gesto ágil, enfundó a *Zar'roc* y montó en Saphira. Ella alzó el vuelo sobre el campo de entrenamiento, que se convirtió en un mar de rostros levantados para mirarla.

Mientras volaban hacia el montículo, Eragon vio que Arya corría por debajo con precisas y ágiles zancadas.

Te gusta su figura, ¿verdad? —comentó Saphira.

Sí —admitió él, sonrojándose.

Es cierto que la cara de la elfa tiene más personalidad que la de la mayoría de los humanos —dijo la dragona con cierto desdén—, *pero es alargada, como la de un caballo, y en conjunto esa joven no tiene buen tipo.*

¡Eh! ¡Estás celosa! —dijo Eragon mirando a Saphira con asombro.

Imposible. Nunca tengo celos —contestó ella, ofendida.

Ahora, sí. ¡Admítelo!

¡No lo estoy! —repuso Saphira cerrando las fauces con un sonoro chasquido.

Eragon sonrió y movió la cabeza, pero dejó pasar la negativa. Saphira aterrizó pesadamente en el montículo y le dio un empujón a su jinete con brusquedad. Él desmontó de un salto, sin el menor comentario.

Arya estaba un poco más atrás. Eragon nunca había visto a nadie correr tan deprisa con aquellas zancadas tan ligeras. Al llegar arriba del montículo, la elfa mantenía la respiración regular y tranquila. Eragon sintió de pronto que se le atragantaba la lengua y desvió la mirada. Ella pasó por delante de él y se dirigió a Saphira.

—*Skulblaka, eka celöbra ono un mulabra ono un onr shur'tugal né haina. Atra nosu waisé fricai.*

Eragon no reconoció la mayoría de las palabras, pero parecía obvio que Saphira entendía el mensaje. Movió las alas y miró a Arya con curiosidad. Luego la dragona asintió y soltó un ronroneo profundo, y Arya sonrió.

—Me alegro de que te hayas recuperado —dijo Eragon—. No sabíamos si sobrevivirías o no.

—Por eso he venido hoy —repuso Arya, ya de cara a él. Su intensa voz sonaba exótica, con marcado acento. Hablaba con claridad, con un leve trino, como si fuera a cantar.

—Tengo una deuda que debe saldarse. Me salvaste la vida, y eso no se puede olvidar.

—No... No fue nada —dijo Eragon mascando las palabras porque incluso al pronunciarlas sabía que no eran ciertas. Vergonzoso, cambió de tema—. ¿Cómo fuiste a parar a Gil'ead?

El dolor asomó al rostro de Arya, que dejó la mirada perdida en la distancia.

—Caminemos —propuso la elfa.

Descendieron del montículo y echaron a andar hacia Farthen Dûr. Eragon respetó el silencio de Arya mientras caminaban. Saphira iba en silencio detrás de ellos. Al fin Arya alzó la cabeza y, con la gracia de los de su raza, dijo:

—Me ha dicho Ajihad que estabas presente cuando apareció el huevo de Saphira.

—Sí.

Por primera vez, Eragon pensó en la energía que debía de haberle exigido a la elfa transportar el huevo a través de las docenas de leguas que separaban Du Weldenvarden y las Vertebradas. El mero intento implicaba cortejar el desastre, si no la muerte.

Las siguientes palabras de Arya fueron graves:

—Entonces has de saber lo que te voy a decir: en el momento en que sostuviste el huevo en tus manos, Durza me capturó. —La amargura y el dolor tiñeron la voz de Arya—. Él era quien dirigía a los úrgalos que emboscaron y asesinaron a mis compañeros, Faolin y Glenwing. Por alguna razón sabía dónde esperarnos y no tuvimos ningún aviso. Me drogaron y me llevaron a Gil'ead. Allí Galbatorix encargó a Durza que averiguase dónde había enviado yo el huevo, más todo lo que sabía de Ellesméra. —Volvió a clavar en la distancia una gélida mirada, con la boca prieta—. Lo intentó sin éxito durante meses. Sus métodos eran... duros. Cuando fracasó la tortura, ordenó a sus soldados que hicieran conmigo lo que quisieran. Por suerte, conservaba la fuerza suficiente para penetrar en sus mentes e incapacitarlos. Al fin Galbatorix ordenó que me llevaran a Urû'baen. Cuando me enteré, me invadió el terror, pues tanto mi mente como mi cuerpo estaban muy débiles y no tenía fuerzas para resistirme. Si no llega a ser por ti, al cabo de una semana hubiera estado ante Galbatorix.

Eragon sintió un escalofrío en su interior. Era asombroso que la elfa hubiera sobrevivido a todo eso. Aún conservaba en la memoria el recuerdo de las heridas de Arya. Entonces preguntó con suavidad:

—¿Por qué me cuentas todo esto?

—Para que sepas de qué me salvaste. No creas que voy a ignorar tu hazaña.

Eragon agachó la cabeza con humildad.

—¿Qué vas a hacer ahora? ¿Volver a Ellesméra?

—No, todavía no. Aquí hay mucho que hacer. No puedo abandonar a los vardenos, pues Ajihad necesita mi ayuda. Hoy te he visto pasar la prueba de magia y de armas. Brom te enseñó bien, así que estás preparado para proseguir la formación.

—¿Quieres decir que debo ir a Ellesméra?

—Sí.

Eragon sintió un atisbo de irritación. ¿Acaso él y Saphira no tenían nada que decir al respecto?

—¿Cuándo?

—Aún se tiene que decidir, pero pasarán unas cuantas semanas.

Al menos nos conceden ese tiempo, pensó Eragon. Saphira le comentó algo y él, a su vez, preguntó a Arya:

—¿Qué querían los gemelos que hiciera?

Los perfectos labios de Arya hicieron una mueca de disgusto.

—Algo que ni siquiera ellos podrían lograr. Con el idioma antiguo se puede pronunciar el nombre de un objeto e invocar su verdadera forma. Cuesta años de trabajo y mucha disciplina, pero se obtiene, como recompensa, el control absoluto del objeto. Por eso mantenemos oculto nuestro verdadero nombre, porque si lo supiera alguien que tuviera el corazón malvado, podría dominarnos por completo.

—Qué raro —dijo Eragon al cabo de un rato—. Antes de que me capturasen en Gil'ead, tuve visiones tuyas en sueños. Era como si fuera capaz de invocar tu imagen, como pude hacer más adelante, pero siempre mientras dormía.

Arya apretó los labios, pensativa.

—En algunos momentos yo sentía como si hubiera una presencia que me miraba, pero a menudo estaba confusa y febril. Nunca he sabido de nadie, ni siquiera en los cuentos tradicionales o en las leyendas, que pudiera invocar la imagen de alguien en sueños.

—Ni yo mismo lo entiendo —dijo Eragon mirándose las manos al tiempo que hacía rodar el anillo de Brom en el dedo—. ¿Qué significa el tatuaje que llevas en el hombro? No pretendía verlo, pero cuando te curé las heridas... no pude evitarlo. Es igual que el símbolo de este anillo.

—¿Tienes un anillo con el *yawë*? —preguntó Arya bruscamente.

—Sí. Era de Brom. ¿Lo ves?

Eragon le mostró el anillo. Arya examinó el zafiro y le dijo:

—Éste es un obsequio que sólo se da a los más apreciados amigos de los elfos. De hecho, tiene tanto valor que no se usa desde hace siglos. O eso creía yo. No sabía que la reina Islanzadi tuviera tan alta opinión de Brom.

—Entonces yo no debería llevarlo —dijo Eragon, temeroso de haber sido demasiado presuntuoso.

—No, quédatelo. Te protegerá si te encuentras con mi gente por casualidad, y tal vez te sirva para ganarte el favor de la reina, pero no le digas a nadie lo de mi tatuaje. No debe revelarse.

—Muy bien.

Le encantaba hablar con Arya y deseaba que la conversación pudiera durar más. Cuando se separaron, deambuló por Farthen Dûr charlando con Saphira. Pese a su insistencia, ella se negó a contarle lo que le había dicho Arya. Finalmente, se puso a pensar en Murtagh y luego en el consejo de Nasuada.

Voy a comer algo y después iré a verlo —decidió—. *¿Me esperarás para que pueda volver contigo a la dragonera?*

Sí, te espero. Vete —dijo Saphira.

Con una sonrisa de agradecimiento, Eragon salió corriendo hacia Tronjheim, comió algo en un oscuro rincón de una cocina y luego siguió las instrucciones de Nasuada para llegar hasta una pequeña puerta gris vigilada por un hombre y por un enano. Cuando pidió permiso para entrar, el enano golpeó tres veces la puerta y luego descorrió el cerrojo.

—Da un grito cuando quieras salir —dijo el hombre con una sonrisa amistosa.

La celda estaba cálida y bien iluminada; había una jofaina en un rincón, y un escritorio, equipado con plumas y tinta, en otro; en el techo había esculpidas numerosas figuras lacadas, y una lujosa alfombra cubría el suelo. Murtagh estaba tumbado en una cama maciza, leyendo un pergamino. Alzó la mirada, sorprendido, y exclamó con alegría:

—¡Eragon! ¡Esperaba tu visita!

—¿Cómo te...? O sea, creía...

—Creías que estaba encerrado en una ratonera comiendo galletas —dijo Murtagh que se levantó con una sonrisa—. De hecho, yo también lo esperaba, pero Ajihad me deja disfrutar de todo esto con tal de que no le dé problemas. Y me traen grandes comilonas, además de lo que quiera de la biblioteca. Como no tenga cuidado me voy a convertir en un erudito regordete.

Eragon se rió y luego, con una sonrisa de curiosidad, se sentó al lado de Murtagh.

—Pero ¿no estás enfadado? Al fin y al cabo sigues preso.

—¡Oh, al principio sí lo estaba! —contestó Murtagh encogiéndose de hombros—. Pero cuanto más lo pensaba, más me daba cuenta de que en realidad es el mejor sitio posible para mí. Incluso si Ajihad me concediera la libertad, me quedaría en mi habitación casi todo el tiempo.

—Pero ¿por qué?

—Lo sabes de sobra. Nadie se sentiría cómodo a mi lado,

conociendo mi verdadera identidad, y siempre habría alguien incapaz de evitar las miradas y las palabras nada amistosas. Bueno, basta. Tengo ganas de saber qué hay de nuevo. Ven, cuéntame.

Eragon le contó los sucesos de los dos últimos días, incluido el encuentro con los gemelos en la biblioteca. Cuando hubo terminado, Murtagh se echó hacia atrás, pensativo.

—Sospecho —dijo— que Arya es más importante de lo que creíamos los dos. Fíjate en lo que has descubierto: es hábil con la espada, poderosa con la magia y, sobre todo, fue escogida para cuidar del huevo de Saphira. No puede ser una persona del montón, y mucho menos entre los elfos. —Eragon estuvo de acuerdo, y Murtagh, mirando al techo, añadió—: ¿Sabes qué te digo? Este encierro me parece extrañamente pacífico. Por una vez en la vida no he de temer nada. Ya sé que debería estar... Pero este lugar tiene algo que me calma. Eso de dormir bien también ayuda.

—Ya te entiendo —contestó Eragon, irónico, y buscó un punto más blando en la cama—. Nasuada me dijo que te había venido a ver. ¿Dijo algo interesante?

Murtagh miró a lo lejos e hizo un gesto negativo.

—No, sólo quería conocerme. ¿Verdad que tiene aspecto de princesa? ¡Y esa forma de moverse! La primera vez que entró por esa puerta creí que era una de las grandes damas de la corte de Galbatorix. Allí había visto a las esposas de algunos duques y condes que, comparadas con ella, más bien parecían destinadas a vivir como los cerdos que a pertenecer a la nobleza.

Eragon escuchó los halagos de Murtagh con creciente aprensión.

Tal vez no sea nada —se recordó—. *Estás sacando conclusiones precipitadas.*

Sin embargo, el presentimiento que había tenido no lo abandonaba. Para intentar ahuyentarlo, preguntó:

—¿Cuánto tiempo vas a permanecer encerrado, Murtagh? No te puedes esconder para siempre.

Murtagh se encogió de hombros, despreocupado, pero tras sus palabras se escondía un gran peso en su interior.

—Por ahora me contento con quedarme aquí y descansar. No hay ninguna razón para que vaya a buscar refugio a otra parte ni para someterme al examen de los gemelos. Seguro que al final me hartaré, pero por ahora... me doy por satisfecho.

Crecen las sombras

Saphira despertó a Eragon con un brusco golpe de hocico y le hizo un rasguño con la dura mandíbula.

—¡Ay! —exclamó Eragon al tiempo que se sentaba.

La cueva estaba a oscuras, salvo por un leve halo que emanaba de la antorcha tapada. Fuera, en la dragonera, Isidar Mithrim brillaba con mil colores distintos, iluminada por un cinturón de antorchas.

En la entrada de la cueva, un enano inquieto se retorcía las manos.

—¡Tienes que venir, Argetlam! Gran problema. Te ha convocado Ajihad. ¡No hay tiempo!

—¿Qué pasa? —preguntó Eragon.

El enano se limitó a mover la cabeza, balanceando la barba.

—¡Tienes que venir! ¡*Carkna bragha!* ¡Ahora mismo!

Eragon se echó a *Zar'roc* al cinto, cogió el arco y las flechas y ató la silla a Saphira.

Pues menuda noche de descanso —se quejó ésta agachándose para que Eragon pudiera subir a la grupa. Él bostezó mientras la dragona despegaba.

Orik los esperaba con una severa expresión en el rostro cuando aterrizaron ante las puertas de Tronjheim.

—Venid, los demás os esperan.

Los guió por Tronjheim hasta el estudio de Ajihad. Por el camino Eragon lo acosó a preguntas, pero Orik se limitaba a contestar:

—No sé lo suficiente. Espera hasta que oigas a Ajihad.

Un par de fornidos guardianes abrieron la gran puerta del estudio. Ajihad estaba de pie tras el escritorio estudiando un mapa con el semblante sombrío. También estaban Arya y un hombre de brazos enjutos. Ajihad alzó la mirada.

—Bien, ya estás aquí, Eragon. Te presento a Jörmundur, mi subalterno en el mando.

Se saludaron y luego concentraron la atención en Ajihad.

—Os he despertado a los cinco porque corremos todos un grave peligro. Hace una media hora ha llegado corriendo un enano por un túnel abandonado que pasa por debajo de Tronjheim. Estaba ensangrentado y casi hablaba de forma incoherente, pero ha conservado la conciencia suficiente para explicar a los enanos qué era lo que le perseguía: un ejército de úrgalos. Tal vez estén a un día de marcha.

La impresión llenó de silencio el estudio. Luego Jörmundur estalló en maldiciones y empezó a hacer preguntas al mismo tiempo que Orik. Ajihad alzó las manos.

—¡Callad! Hay algo más: los úrgalos no se acercan avanzando por los caminos normales, sino bajo tierra. Están en los túneles... Nos van a atacar desde abajo.

Eragon alzó la voz entre el barullo que se produjo a continuación:

—¿Por qué no se han enterado antes los enanos? ¿Cómo han descubierto los túneles los úrgalos?

—¡Suerte tenemos de habernos enterado ahora! —exclamó Orik. Todos dejaron de hablar para escucharlo—. Hay cientos de túneles que atraviesan las montañas Beor, deshabitados desde que se excavaron. Sólo los recorren unos pocos excéntricos que no quieren mantener contacto con nadie. Bien podría haber ocurrido que no recibiéramos ningún aviso.

Ajihad señaló el mapa y Eragon se acercó. Se veía la mitad sur de Alagaësia, pero a diferencia del mapa que tenía Eragon, éste mostraba con todo detalle la cadena montañosa de las Beor entera. El dedo de Ajihad señalaba la sección que bordeaba la frontera oriental de Surda.

—El enano —les informó— afirma que venía de aquí.

—¡Orthíad! —exclamó Orik. Ante la sorprendida pregunta de Jörmundur, explicó—: Es una antigua residencia de los enanos que se abandonó cuando se terminó de construir Tronjheim. En otros tiempos fue la mayor de nuestras ciudades, pero hace siglos que nadie vive allí.

—Y es tan antigua que algunos de sus túneles podrían haberse derrumbado —intervino Ajihad—; por eso creemos que los descubrieron desde la superficie. Sospecho que ahora Orthíad se llama Ithrö Zhâda. Se supone que la columna de úrgalos que persiguió a Eragon y a Saphira iba hacia allí, y estoy seguro de que llevan todo el año emigrando hacia esa zona. Desde Ithrö Zhâda pueden viajar a cualquier lugar de las montañas Beor, y de ese modo tienen el poder de destruir a la vez a los vardenos y a los enanos.

Jörmundur se inclinó sobre el mapa y lo revisó con atención.

—Deberíamos saber cuántos úrgalos hay y si las tropas de Galbatorix van con ellos, porque no podemos preparar la defensa sin saber de qué tamaño es su ejército.

—No estamos seguros de ninguna de las dos cosas —contestó Ajihad, pesaroso—, pero nuestra supervivencia depende de la segunda cuestión. Si Galbatorix ha unido sus hombres a las tropas de úrgalos, no tenemos la menor oportunidad. Pero si no lo ha hecho porque aún no quiere que se conozca su alianza con ellos, o por cualquier otra razón, tal vez podamos ganar. Tenemos tan poco tiempo que ni Orrin ni los elfos nos pueden ayudar. A pesar de todo, he enviado mensajeros a los dos con noticias de nuestras tribulaciones.

Al menos, si caemos, no los cogerán por sorpresa. —Se pasó una mano por la frente, negra como el carbón—. Ya he hablado con Hrothgar y hemos decidido cómo actuar: nuestra única esperanza consiste en contener a los úrgalos en tres de los túneles más grandes y canalizarlos hacia Farthen Dûr, de tal manera que no lleguen a Tronjheim como una plaga de langostas.

»Eragon, Arya: os necesito para que ayudéis a los enanos a hundir los otros túneles, pues es una tarea demasiado ardua para los medios ordinarios. Dos grupos de enanos trabajan ya en ello: uno fuera de Tronjheim; el otro, por debajo. Eragon, tú trabajarás con el grupo del exterior, y tú, Arya, irás con el de los subterráneos. Orik te guiará hacia ellos.

—¿Y por qué no hundir todos los túneles, en vez de dejar intactos los más grandes? —preguntó Eragon.

—Porque eso obligaría a los úrgalos a despejar los escombros y luego podrían tomar una dirección que no nos interesara —explicó Orik—. Además, si nos quedamos incomunicados, ellos podrían atacar otras ciudades de enanos y no llegaríamos a tiempo para ayudarlos.

—Además, hay otra razón —intervino Ajihad—. Hrothgar me ha advertido que Tronjheim se apoya en una densa red de túneles y si se debilita una cantidad demasiado importante de ellos, algunas secciones se hundirían por su propio peso. Así que no podemos correr ese riesgo.

Jörmundur escuchó atentamente y luego preguntó:

—Entonces, ¿no habrá lucha dentro de Tronjheim? Has dicho que canalizaríamos a los úrgalos hacia fuera de la ciudad, o sea, hacia Farthen Dûr.

—Eso es —respondió enseguida Ajihad—. No podemos defender todo el perímetro de Tronjheim porque es demasiado grande para nuestras fuerzas. Por eso sellaremos los pasillos y las puertas que llevan a la ciudad. Eso obligará a los úrgalos a salir a los llanos que rodean Tronjheim, donde nuestros ejércitos tendrán mucho espacio para maniobrar. Como los úrgalos tienen acceso a los túneles, no podemos arriesgarnos a que dure mucho la batalla. Mientras sigan aquí correremos el constante peligro de que se abran camino hacia Tronjheim por el subsuelo. Si eso ocurre, quedaremos atrapados y atacados a la vez desde dentro y desde fuera. Hemos de evitar que los úrgalos conquisten Tronjheim porque si la hacen suya, dudo mucho que tengamos fuerzas suficientes para echarlos.

—¿Y qué pasa con nuestras familias? —preguntó Jörmundur—. No permitiré que los úrgalos asesinen a mi mujer y a mi hijo.

Las arrugas del rostro de Ajihad se acentuaron.

—Estamos evacuando a las mujeres y a los niños hacia los valles de alrededor. Si caemos derrotados, tienen guías que los llevarán hasta Surda. Vistas las circunstancias, es todo lo que puedo hacer.

Jörmundur se esforzó por disimular su alivio.

—Señor, ¿Nasuada también se va?

—Sí, aunque a disgusto. —Todas las miradas estaban fijas en Ajihad cuando tensó la espalda y anunció—: Los úrgalos llegarán en cuestión de horas. Sabemos que son muchos, pero tenemos la obligación de defender Farthen Dûr. El fracaso implicaría la caída de los enanos, la muerte de los vardenos y, en última instancia, la derrota de Surda y de los elfos. Es una batalla que no podemos perder. Ahora, ¡id y cumplid con vuestras tareas! Jörmundur, prepara a los hombres para la lucha.

Salieron del estudio y se separaron: Jörmundur se fue a los cuarteles, Orik y Arya a la escalera que bajaba hacia el subsuelo, y Eragon y Saphira se fueron por uno de los cuatro salones principales de Tronjheim. Pese a que era una hora temprana, la ciudad-montaña hervía como un hormiguero. La gente corría, gritaba mensajes y acarreaba fardos con sus pertenencias.

Eragon ya había luchado y había matado antes, pero la batalla que tenía por delante le provocaba pinchadas de terror en el pecho. Nunca había tenido la ocasión de imaginar previamente una pelea. Ahora sí podía hacerlo, y eso acrecentaba su miedo. Se sentía seguro cuando debía enfrentarse a unos pocos oponentes, pues se veía capaz de derrotar a tres o cuatro úrgalos con la ayuda de *Zar'roc* y de la magia, pero en un enfrentamiento tan amplio podía ocurrir cualquier cosa.

Salieron de Tronjheim y buscaron a los enanos que esperaban su ayuda. Sin la luz del sol ni la de la luna, el interior de Farthen Dûr quedaba negro como la hulla, con la única excepción del brillo de las antorchas del cráter, que se movían dando sacudidas.

Tal vez estén al otro lado de Tronjheim —sugirió Saphira. Eragon se mostró de acuerdo y montó en la grupa de la dragona.

Planearon sobre Tronjheim hasta que divisaron un grupo de antorchas. Saphira se dirigió hacia ellas y en apenas un suspiro aterrizó junto a un grupo de enanos sorprendidos, ocupados en cavar con sus piquetas. Eragon les explicó de inmediato por qué estaba allí. Entonces un enano de nariz afilada le dijo:

—Justo debajo de nosotros, a unos cuatro metros, hay un túnel. Apreciaremos cualquier ayuda que puedas darnos.

—Si despejáis la zona que queda encima del túnel, veré qué puedo hacer.

El enano de la nariz afilada parecía dudar, pero ordenó a los excavadores que se retirasen.

Respirando lentamente, Eragon se preparó para usar la magia. Cabía la posibilidad de retirar toda la tierra del túnel, pero necesitaba conservar sus energías para más adelante. En vez de eso, intentaría hundirlo aplicando la fuerza sobre las secciones más débiles del techo.

—*Trysta deloi* —susurró, y envió sus tentáculos de poder hacia el subsuelo.

Casi de inmediato encontraron la roca. Eragon la ignoró y buscó más abajo, hasta que percibió el hueco vacío del túnel. Entonces empezó a buscar grietas en la roca. Cuando encontraba una, la empujaba para que se hiciera más larga y ancha. Era una tarea extenuante, pero no mucho más de lo que hubiera supuesto partir la piedra a mano. Sin embargo, no parecía obtener ningún progreso visible, y los impacientes enanos se daban cuenta.

Eragon perseveró y no tardó en obtener la recompensa de un sonoro crujido que llegó claramente a la superficie. Se oyó un chirrido persistente, y luego la tierra se deslizó hacia abajo, como el agua al desaparecer por un desagüe, dejando tras de sí un agujero de casi siete metros de diámetro.

Mientras los enanos, encantados, taponaban la boca con los escombros, el de la nariz afilada llevó a Eragon al siguiente túnel. Éste era más difícil de hundir, pero el muchacho logró repetir la gesta. Al cabo de unas pocas horas, había hundido media docena de túneles por todo Farthen Dûr con la ayuda de Saphira.

Mientras trabajaban, la luz asomó por el pequeño parche de cielo que tenían encima. No era suficiente para que se viera nada, pero aumentó la confianza de Eragon. Éste se volvió hacia las ruinas amontonadas del último túnel y miró el paisaje con interés.

Un éxodo masivo de mujeres y niños, acompañados por los vardenos ancianos, salía de Tronhjeim como un arroyo. Iban cargados con provisiones, ropas y otras pertenencias, y los acompañaba un pequeño grupo de guerreros, formado sobre todo por muchachos y hombres mayores.

Sin embargo, la mayor actividad se daba en la base de Tronjheim, donde se reunían los ejércitos de enanos y vardenos, divididos en tres batallones. Cada sección llevaba un estandarte vardeno: un dragón que sostenía una rosa sobre una espada que apuntaba hacia un campo de color violeta.

Los hombres permanecían en silencio, con los puños apretados y con las cabelleras sueltas ondeando bajo los yelmos. Muchos guerreros tenían tan sólo una espada y un escudo, pero había algunas filas donde los soldados llevaban picas y lanzas. En la retaguardia, los arqueros probaban sus arcos.

Los enanos iban pertrechados con sus pesados ropajes de batalla: llevaban túnicas de malla metálica bruñida hasta las rodillas y sostenían con el brazo izquierdo gruesos escudos redondos en los que estaban grabadas las divisas de sus clanes; portaban al cinto espadas cortas enfundadas, y en la mano derecha sostenían hachas de guerra o azadones; se cubrían las piernas con mallas de extraordinaria finura y usaban cascos de hierro y botas forradas de latón.

Una pequeña figura se separó del batallón más lejano y se apresuró hacia Eragon y Saphira. Era Orik, pertrechado como los demás enanos.

—Ajihad quiere que os unáis al ejército —dijo— porque ya no quedan túneles por hundir. Tenéis comida preparada para los dos.

Eragon y Saphira acompañaron a Orik a una tienda de campaña en la que encontraron pan y agua para Eragon y un montón de carne seca para Saphira. Comieron sin quejarse; era mejor que pasar hambre.

Cuando terminaron, Orik les dijo que esperasen y desapareció entre las filas de su batallón. Volvió con una hilera de enanos cargados con un montón de grandes planchas blindadas. Orik levantó una sección de ellas y se la pasó a Eragon.

—¿Qué es? preguntó éste tocando el metal pulido.

La armadura tenía un complejo grabado y unas filigranas de oro; medía más de dos centímetros de grosor en algunos trozos y pesaba mucho. Ningún hombre podría luchar bajo aquel peso. Además, había demasiadas piezas para una sola persona.

—Un regalo de Hrothgar —dijo Orik, que parecía encantado—. Ha permanecido tanto tiempo entre otros tesoros que casi la habíamos olvidado. Fue forjada en otra era, antes de la caída de los Jinetes.

—Pero ¿para qué sirve? —preguntó Eragon.

—¡Vaya, es una armadura de dragón, por supuesto! No creerás que los dragones iban a la batalla sin protección. Los juegos completos de estas armaduras son muy escasos porque se tardaba mucho en forjarlos y porque los dragones nunca dejaban de crecer. De todos modos, Saphira aún no se ha desarrollado del todo, así que debería caberle razonablemente bien.

¡Una armadura de dragón! —Mientras Saphira olisqueaba una de las piezas, Eragon le preguntó—: *¿Qué te parece?*

Probémosla —contestó ella con un fiero brillo en los ojos.

Tras muchos esfuerzos, Eragon y Orik dieron un paso atrás para admirar el resultado. Todo el cuello de Saphira, salvo las púas del espinazo, estaba cubierto por escamas triangulares de planchas superpuestas; el vientre y el pecho quedaban protegidos por las piezas más gruesas, mientras que las más ligeras iban en la cola; las patas y el lomo estaban cubiertos por completo, pero las alas le quedaban libres, y sobre la cabeza, la dragona llevaba una sola plancha moldeada, que dejaba libre la mandíbula inferior para que pudiera morder y masticar. Saphira probó el movimiento del cuello, y la armadura se flexionó suavemente.

Seré un poco más lenta, pero servirá para detener las flechas. ¿Qué aspecto tengo?

Muy intimidante —contestó Eragon, pensativo. A Saphira le gustó.

Orik recogió los trozos que quedaban por el suelo.

—También he traído tu armadura, aunque hubo que buscar mucho para encontrar tu talla. Casi nunca forjamos armaduras para hombres ni para elfos. No sé para quién se hizo ésta, pero no se ha usado nunca y debería quedarte bien.

Eragon se pasó por la cabeza una rígida cota de malla, con forro de cuero, que le llegaba hasta las rodillas, como una falda. Le pesaba mucho en los hombros y tintineaba al moverse, pero al atarse el cinto de *Zar'roc* por encima, consiguió que la malla no se balanceara. Le pusieron un casquete de cuero en la cabeza, encima una toca de malla, y aún encima de ésta, un yelmo de oro y plata. Le ataron con cintas unas planchas a los antebrazos, y unas protecciones en las pantorrillas. Asimismo le entregaron unos guantes revestidos de malla. Por último, Orik le dio un amplio escudo en el que estaba representado un roble.

Sabedor de que lo que acababan de darle a él y a Saphira valía una fortuna, Eragon hizo una reverencia y dijo:

—Gracias por estos regalos. Los dones de Hrothgar son muy apreciados.

—No des las gracias todavía —dijo Orik con una carcajada—. Espera a que la armadura te salve la vida.

Los guerreros que los rodeaban emprendieron la marcha. Los tres batallones se estaban situando en distintas partes de Farthen Dûr. Como no estaba seguro de lo que debía hacer, Eragon miró a Orik. Éste se encogió de hombros y dijo:

—Supongo que deberíamos acompañarlos.

Siguieron tras uno de los batallones, que se dirigía hacia la pared del cráter. Eragon preguntó por los úrgalos, pero Orik sólo sabía que se habían apostado unos exploradores en los túneles subterráneos y que aún no habían visto ni oído nada.

El batallón se detuvo ante uno de los túneles hundidos donde los enanos habían apilado los escombros de tal modo que resultara fácil escalarlos desde dentro.

Éste debe de ser uno de los lugares por los que obligarán a salir a los úrgalos —señaló Saphira.

Había cientos de antorchas fijadas en pértigas, clavadas en tierra, que desprendían un gran chorro de luz, brillante como el sol del atardecer. Unos cuantos fuegos resplandecían junto a la boca del túnel y sobre ellos ardía la brea en los calderos. Eragon reprimió un acceso de náusea y apartó la mirada. Era una forma terrible de matar, incluso a los úrgalos.

Estaban clavando en el suelo hileras de troncos afilados por el extremo externo para disponer de una barrera espinosa entre el batallón y el túnel. Como Eragon vio una oportunidad de ayudar, se unió al grupo de hombres que excavaban trincheras entre los troncos, y Saphira también ayudó cavando tierra con sus gigantescas zarpas. Durante el trabajo, Orik los abandonó para supervisar la construcción de una barricada para proteger a los arqueros. Cada vez que le pasaban la bota de vino, Eragon bebía agradecido, y tras terminar las trincheras y llenarlas de estacas puntiagudas, Eragon y Saphira descansaron.

Ambos estaban sentados uno al lado del otro cuando Orik regresó. El enano se enjugó la frente.

—Todos los hombres y los enanos están en el campo de batalla. Tronjheim está aislada. Hrothgar ha tomado el mando del batallón que queda a nuestra izquierda, y Ajihad dirige el que está más adelante.

—¿Y quién manda en éste?

—Jörmundur.

Orik se sentó con un gruñido y dejó su hacha de guerra en el suelo.

Saphira dio un ligero empujón a Eragon.

Mira.

Él apretó la mano en torno a *Zar'roc* al ver que Murtagh, cubierto con un yelmo y armado con un escudo de enano y una espada pequeña, se acercaba con *Tornac*.

Orik echó una maldición y se levantó de un salto, pero Murtagh le dijo enseguida:

—No pasa nada. Me ha soltado Ajihad.

—¿Y por qué ha hecho eso? —preguntó Orik.

Murtagh sonrió con ironía.

—Ha dicho que era una oportunidad para demostrar mis buenas intenciones. Al parecer, no cree que pueda hacer demasiado daño aunque me pusiera en contra de los vardenos.

Eragon le dio la bienvenida con un gesto y soltó la empuñadura. Murtagh era un luchador excelente y despiadado: exactamente lo que Eragon necesitaba a su lado durante la batalla.

—¿Cómo sabemos que no mientes? —preguntó Orik.

—Porque lo digo yo —anunció una voz firme.

Ajihad, armado para la batalla con un peto y una espada de empuñadura de marfil, llegó a grandes zancadas hasta donde estaban ellos. Apoyó su fuerte mano en el hombro de Eragon y se lo llevó aparte para que los demás no pudieran oírlos. Entonces echó un vistazo a la armadura de Eragon.

—Bien, veo que Orik te ha pertrechado.

—Sí, sí... Quisiera saber si alguien ha visto algo en los túneles.

—Nada. —Ajihad se apoyó en la espada—. Escucha, uno de los gemelos se queda en Tronjheim. Él vigilará la batalla desde la dragonera y me pasará información por medio de su hermano. Como sé que puedes hablar con la mente, necesito que le cuentes a los gemelos cualquier cosa extraña, cualquiera, que veas mientras luchas. Además, te daré órdenes por medio de ellos. ¿Lo entiendes?

La idea de verse involucrado con los gemelos repugnó a Eragon, pero entendió que era necesario.

—Sí.

Ajihad siguió hablando tras una pausa:

—No eres un soldado de infantería, ni de caballería, ni ninguna otra clase de soldado de los que suelo comandar. Tal vez durante la batalla se demuestre lo contrario, pero de momento creo que Saphira y tú estaréis más seguros en tierra. Por el aire seríais un blanco fácil para los arqueros de los úrgalos. ¿Vas a pelear montado en Saphira?

Eragon nunca había combatido montado, y mucho menos en Saphira.

—No estoy seguro de lo que voy a hacer. Si monto en Saphira, quedo tan alto que sólo puedo enfrentarme a un kull.

—Me temo que habrá muchos kull —contestó Ajihad, que se puso tenso y desclavó la espada del suelo—. El único consejo que puedo darte es que evites los riesgos innecesarios porque los vardenos no se pueden permitir el lujo de perderte.

Acto seguido se dio la vuelta y se fue.

Eragon regresó donde estaban Orik y Murtagh y se agachó junto a Saphira, con el escudo apoyado en las rodillas. Esperaron los cuatro en silencio, igual que los centenares de soldados que los esperaban. La luz que entraba por la abertura de Farthen Dûr iba disminuyendo a medida que el sol se escurría muy despacio más allá del borde del cráter.

Eragon se dio la vuelta para supervisar la acampada y se quedó paralizado, con el corazón en un puño: a unos diez metros estaba Arya, sentada con el arco en el regazo. Aunque sabía que no era razonable, él había esperado que se fuera de Farthen Dûr con las demás mujeres. Preocupado, se le acercó deprisa.

—¿Vas a luchar?

—Hago lo que debo hacer —contestó Arya con calma.

—¡Pero es demasiado peligroso!

El rostro de Arya se ensombreció.

—No pretendas protegerme, humano. Los elfos enseñan a luchar tanto a sus hombres como a sus mujeres. No soy una de esas indefensas mujercillas humanas que huyen en cuanto hay peligro. Me encargaron la tarea de proteger el huevo de Saphira... y fracasé. Mi *breoal* está en deshonra y aún sería mayor la vergüenza si no cuidara de ti y de Saphira en este campo de batalla. Olvidas que soy más ducha con la magia que ninguno de los presentes, incluido tú. Si viene Sombra, ¿quién va a derrotarlo, si no lo hago yo? ¿Alguien más tiene ese derecho?

Eragon la miró indeciso, consciente de que ella tenía razón por mucha rabia que le diese.

—Entonces, cuídate. —Por pura desesperación, añadió en el idioma antiguo—: *Wiol pömnuria ilian.* Por mi propia felicidad.

Arya desvío la mirada, incómoda, al tiempo que el flequillo le tapaba un poco la cara. Pasó una mano por su bruñido arco y luego murmuró:

—Estar aquí es mi *wyrda*. La deuda se debe pagar.

Eragon se retiró bruscamente para volver con Saphira. Murtagh lo miró con curiosidad.

—¿Qué ha dicho?

—Nada.

Enfrascados en sus pensamientos, los defensores se hundieron en un lúgubre silencio a medida que pasaban las horas. El cráter de Farthen Dûr quedó de nuevo sumido en la oscuridad, salvo por el brillo sanguinolento de las antorchas y por los fuegos que calentaban la brea. Eragon alternaba su tiempo entre el examen miope de los eslabones de su cota de malla y el espionaje a Arya; Orik pasaba la piedra de afilar una y otra vez por su hacha —el chirrido de la piedra sobre el metal era irritante— e iba revisando el filo periódicamente a la vez que lo acariciaba, y Murtagh dejó vagar la mirada en la distancia.

De vez en cuando algún mensajero cruzaba corriendo el campamento y los soldados se alzaban de un salto. Sin embargo, siempre resultaba ser una falsa alarma. Los hombres y los enanos estaban inquietos, y a menudo se oían voces enfadadas. Lo peor de Farthen Dûr era la falta de viento: el aire estaba en suspenso, inmóvil. Y ni siquiera se renovaba cuando se calentaba, se volvía ardiente o se llenaba de humo.

Al acercarse la noche, el campo de batalla quedó sumido en la quietud, silencioso como la muerte. Los músculos de los hombres estaban tensos por la espera. Eragon miraba hacia la oscuridad sintiendo los párpados pesados, pero se obligaba a moverse para permanecer despierto e intentaba concentrarse en medio del estupor.

—Es tarde. Deberíamos dormir —dijo Orik al fin—. Si ocurre algo, los demás nos despertarán.

Murtagh refunfuñó, pero Eragon estaba demasiado cansado para protestar. Se acurrucó contra Saphira y usó el escudo como almohada. Al cerrar los ojos vio que Arya permanecía despierta y los vigilaba.

Tuvo pesadillas confusas y molestas, llenas de bestias con cuernos y amenazas invisibles. Una voz le preguntaba una y otra vez: «¿Estás preparado?». Pero él nunca contestaba. Acosado por esas visiones, su sueño fue superficial e incómodo hasta que algo le tocó el brazo. Eragón se despertó con un sobresalto.

Batalla bajo el suelo de Farthen Dûr

—Ha empezado —dijo Arya con expresión apenada.

Las tropas del campamento estaban alertas, con las armas a punto. Orik trazó un círculo con el brazo que sostenía el hacha para asegurarse de que disponía de suficiente espacio. Arya sacó una flecha y la sostuvo, dispuesta para disparar.

—Hace pocos minutos ha salido un explorador corriendo del túnel —explicó Murtagh a Eragon—. Llegan los úrgalos.

Miraron juntos hacia la oscura boca del túnel entre las prietas filas de hombres y las afiladas estacas. Pasó lentamente un minuto, luego otro... y otro. Sin apartar los ojos del túnel, Eragon montó en la silla de Saphira, con el agradable peso de *Zar'roc* en la mano. A su lado, Murtagh montó en *Tornac*. Entonces un hombre gritó:

—¡Los estoy oyendo!

Los guerreros se pusieron tensos y apretaron las empuñaduras de sus armas. Nadie se movía... Nadie respiraba. En algún lugar relinchó un caballo.

Los agudos gritos de los úrgalos hendían el aire a la vez que sus oscuras figuras emergían a borbotones por la boca del túnel. En respuesta a una orden, los calderos de brea se inclinaron hacia un lado derramando el líquido ardiente en la hambrienta garganta del túnel. Los monstruos aullaron de dolor y agitaron los brazos en el aire. Alguien lanzó una tea en dirección a la brea burbujeante y en la entrada del túnel se alzó una columna anaranjada de llamas grasientas que envolvió a los úrgalos en un infierno. Mareado, Eragon miró hacia los otros dos batallones, al otro lado de Farthen Dûr, y vio fuegos similares. Enfundó a *Zar'roc* y tensó el arco.

Pronto llegaron más úrgalos para apisonar la brea y treparon sobre los cuerpos de sus hermanos calcinados para salir del agujero. Como se apelotonaban, ofrecían un sólido muro a hombres y enanos. Detrás de la empalizada que Orik había contribuido a construir, la primera hilera de arqueros tensó los arcos y disparó. Eragon y Arya sumaron sus flechas al mortífero enjambre y contemplaron cómo las saetas se colaban en las filas de los úrgalos.

La hilera de monstruos se tambaleó y amenazó con romperse, pero se cubrieron con los escudos y capearon el ataque. Los arqueros volvieron a disparar, aunque los úrgalos seguían brotando hacia la superficie a un ritmo feroz.

Eragon se desanimó al ver cuántos eran. ¿Tendrían que matarlos a todos? Parecía tarea de locos. El único estímulo era que no veía a las tropas de Galbatorix con los monstruos. Al menos, todavía no.

El ejército enemigo formaba una sólida masa de cuerpos que parecía extenderse sin fin, y entre los monstruos se alzaban andrajosos y sombríos estandartes. Mientras el eco de Farthen Dûr repetía las notas fúnebres que emitían las trompas de guerra, el grupo de úrgalos al completo cargó con salvajes gritos de guerra.

Se lanzaron contra las hileras de estacas que quedaron cubiertas de sangre y cuerpos inmóviles a medida que la vanguardia chocaba contra los postes. Una nube de flechas negras sobrevoló la barrera para llegar hasta los defensores, que permanecían agachados. Eragon se escondió bajo el escudo y Saphira se tapó la cabeza. Las flechas repicaban contra la armadura de la dragona sin herirla.

Frustrados momentáneamente por las empalizadas, los úrgalos se arremolinaron confundidos, al tiempo que los vardenos permanecían juntos a la espera del siguiente ataque. Tras una pausa, se elevaron de nuevo los gritos de guerra cuando los úrgalos se lanzaron hacia delante. El asalto era desesperado. El ímpetu llevó a los monstruos a superar las estacas, donde una línea de lanceros los acosó con la intención de repeler el ataque. Los lanceros aguantaron un poco, pero no había manera de detener la ominosa marea de úrgalos que los arrollaba.

Se rompieron las primeras líneas defensivas, y los que iban en cabeza de ambos ejércitos chocaron por primera vez. Hombres y enanos se abalanzaron con un rugido ensordecedor. Saphira también rugió y saltó hacia la lucha, lanzándose en picado sobre el torbellino de ruido y confusión.

Saphira, cuyos dientes eran tan letales como cualquier espada y su cola una maza gigantesca, desgarró a un úrgalo con las mandíbulas y las garras. Desde la grupa de la dragona, Eragon detuvo el golpe de martillo de un jefe úrgalo para proteger las vulnerables alas de Saphira. Parecía que el filo rojizo de *Zar'roc* brillaba de placer cuando se tiñó de sangre en toda su longitud.

Por el rabillo del ojo, Eragon vio que Orik segaba cuellos de úrgalos con sus poderosos hachazos. A su lado estaba Murtagh, montado en *Tornac,* con la cara desfigurada por el cruel rugido que emitía a la vez que blandía con rabia la espada, capaz de atravesar cualquier defensa. En ese momento Saphira dio una vuelta y Eragon vio que Arya saltaba por encima del cuerpo inerte de un enemigo.

Un úrgalo derribó a un enano herido y lanzó un tajo hacia la pata derecha delantera de Saphira, aunque la espada patinó sobre la armadura con un estallido de centellas. Eragon le golpeó en la cabeza, pero *Zar'roc* se enganchó entre los cuernos de la bestia y se le resbaló de la mano. El muchacho soltó una maldición, abandonó a Saphira de un salto, se lanzó contra el úrgalo y le aplastó la cara con el escudo. A continuación arrancó a *Zar'roc* de entre los cuernos y se agachó al ver que lo atacaba otro úrgalo.

¡Saphira, te necesito! —gritó.

La marea de la batalla los había separado. De pronto, un kull se plantó ante él de un salto, con el mazo a punto para golpearlo. Como no podía defenderse a tiempo con el escudo, Eragon pronunció:

—*¡Jierda!*

La cabeza del kull se retorció hacia atrás y el cuello se partió con un crujido agudo. Otros cuatro úrgalos sucumbieron a los sedientos ataques de *Zar'roc,* hasta que Murtagh cabalgó para unirse a Eragon y entre los dos hicieron retroceder a los monstruos.

—¡Vamos! —gritó Murtagh.

Se inclinó desde la grupa de *Tornac* y agarró a Eragon para ayudarlo a montar. Después se apresuraron para llegar junto a Saphira, que estaba perdida entre una masa de enemigos. Doce úrgalos, armados con lanzas, la habían rodeado y la aguijoneaban con sus armas, de tal manera que la sangre de la dragona salpicaba el suelo. Cada vez que Saphira se abalanzaba sobre un úrgalo, se unían todos y le apuntaban a los ojos, obligándola a retirarse. Ella intentó arrancarles las lanzas con las garras, pero los monstruos saltaron hacia atrás y la esquivaron.

La visión de la sangre de Saphira encolerizó a Eragon. Saltó de *Tornac* con un grito salvaje y clavó la espada en el pecho del úrgalo más cercano, sin reparar esfuerzos en su intento desesperado de ayudar a la dragona. El ataque del muchacho provocó la distracción necesaria para que ella se liberase. Saphira envió a volar a un úrgalo de una patada y luego se precipitó hacia Eragon que se agarró a una de las púas del cuello de la dragona y volvió a montar en la silla. Murtagh alzó la mano y cargó contra otro grupo de úrgalos.

Como si obedeciera a un acuerdo tácito, Saphira alzó el

vuelo y se elevó sobre los ejércitos que luchaban buscando una tregua entre la locura. Eragon respiraba tembloroso y tenía los músculos tensos, preparados para repeler el siguiente ataque, mientras que cada fibra de su cuerpo temblaba de energía, haciéndole sentir más vivo que nunca.

Saphira dio una vuelta lo suficientemente larga para recuperar las fuerzas y descendió hacia los úrgalos, planeando sobre el suelo para que no la detectaran. Se acercó a los monstruos por detrás, hacia la zona en que sus arqueros estaban reunidos.

Antes de que los úrgalos se dieran cuenta de lo que estaba ocurriendo, Eragon segó las cabezas de dos arqueros y Saphira les arrancó las tripas a otros tres. Volvió a despegar entre los rugidos de alarma y pronto se encontró a una distancia inalcanzable para las flechas.

Repitieron la táctica con otro flanco del ejército enemigo. El sigilo y la velocidad de Saphira, combinados con la escasez de luz, imposibilitaba que los úrgalos adivinaran por dónde llegaría el siguiente ataque. Durante el tiempo que Saphira se mantenía en el aire, Eragon usaba el arco, pero pronto se le acabaron las flechas. Al poco rato no le quedaba en la aljaba más que la magia y quería reservarla hasta que la necesitara desesperadamente.

Gracias a los vuelos de Saphira sobre los combatientes, Eragon conoció de forma privilegiada la marcha de la batalla. Se luchaba en tres frentes distintos en Farthen Dûr: uno junto a cada túnel abierto. Los úrgalos tenían la desventaja de que sus fuerzas estaban dispersas y, además, les era imposible sacar a todas sus tropas a la vez del interior de los túneles. Aun así, los vardenos y los enanos no podían evitar el avance de los monstruos y, poco a poco, se iban retirando hacia Tronjheim. Los defensores parecían insignificantes contra las masas de úrgalos, cuyo número seguía aumentando a medida que salían de los túneles.

Los úrgalos se habían organizado bajo diversos estandartes, cada uno de los cuales representaba a un clan, pero no estaba claro quién comandaba a todos ellos. Los clanes no se prestaban atención entre sí, como si recibieran órdenes de algún otro lado. Eragon quería saber quién mandaba para que él y Saphira pudieran matarlo.

El muchacho recordó las órdenes de Ajihad y empezó a suministrar información a los gemelos. Les interesó lo que les dijo sobre la aparente falta de liderazgo entre los úrgalos, y lo interrogaron a fondo. El intercambio fue tranquilo, aunque breve.

Tienes órdenes de ayudar a Hrothgar —le dijeron los gemelos—. *La batalla le va mal.*

Entendido —contestó Eragon.

Saphira voló rápidamente hacia los enanos sitiados y pasó a poca altura por encima de Hrothgar. Revestido con su armadura dorada, el rey se mantenía al frente de un pequeño grupo de los suyos blandiendo a *Volund,* el martillo de sus antepasados. Al alzar la cabeza para mirar a la dragona, la luz de la antorcha brilló en la barba blanca de Hrothgar, y los ojos le emitieron destellos de admiración.

Saphira aterrizó junto a los enanos y se encaró hacia los úrgalos que se acercaban. Incluso el más valiente de los kull retrocedía ante la ferocidad de la dragona, lo que permitió que los enanos avanzaran. Eragon se esforzaba por conservar a salvo a Saphira, cuyo flanco izquierdo estaba protegido por los enanos, aunque por delante y por el lado derecho hervía un mar de enemigos. Eragon no tuvo piedad con ellos y aprovechó cualquier ventaja que se le presentó, recurriendo a la magia cuando *Zar'roc* no le servía. Una espada rebotó en el escudo del muchacho y lo abolló, y además, le lastimó el hombro. Prescindiendo del dolor, le partió el cráneo a un úrgalo y lo convirtió en una mezcla de sesos, metal y huesos.

Hrothgar asombraba a Eragon, pues —pese a ser un anciano, tanto según el criterio de los hombres como el de los enanos— no mermaban sus fuerzas en la batalla. Ningún úrgalo, ni siquiera un kull, podía plantarse ante el rey de los enanos, o ante sus guardias, y conservar la vida. Cada vez que *Volund* golpeaba, sonaba el *gong* de la muerte para un nuevo enemigo. Cuando una lanza derribó a uno de los guerreros de Hrothgar, éste la cogió y, con una fuerza pasmosa, la lanzó de vuelta contra su dueño, a unos veinte metros. Ese heroísmo envalentonó a Eragon para asumir riesgos aún mayores, con la intención de emular al esforzado rey.

Eragon arremetió contra un kull gigantesco, que estaba demasiado lejos, y estuvo a punto de caer de la silla de Saphira. Sin darle tiempo a recuperarse, el kull se coló entre las defensas de la dragona y lo atacó con la espada. El golpe alcanzó a Eragon en el yelmo, lo impulsó hacia atrás y le hizo perder la visión momentáneamente al tiempo que le retumbaban los oídos.

Aturdido, quiso ponerse en pie, pero el kull ya estaba a punto para el siguiente golpe. Cuando el brazo del monstruo empezaba a descender, una delgada cuchilla de acero brotó de pronto de su pecho. El monstruo soltó un aullido y se desplomó. En su lugar apareció Angela.

La bruja llevaba una larga capa roja sobre una excéntrica armadura, que tenía pequeños trozos de esmaltes negros y verdes, y sujetaba una extraña arma que debía manejarse con las dos manos: un largo eje de madera con una hoja de espada a cada lado. Angela guiñó un ojo con malicia a Eragon y desapareció, volteando su doble espada como un salvaje. Justo detrás de ella iba *Solembum*, que había adoptado la forma de un joven de melena enmarañada. Portaba una daga, pequeña y negra, y mostraba su afilada dentadura en una mueca feroz.

Atontado aún por el golpe recibido, Eragon consiguió

instalarse en la silla de Saphira, y ésta se elevó de un salto y sobrevoló las alturas para darle tiempo a recuperarse. El muchacho supervisó los llanos de Farthen Dûr y, para su desánimo, comprobó que las tres batallas iban mal. Ni Ajihad, ni Jörmundur, ni Hrothgar lograban detener a los úrgalos. Sencillamente, eran demasiados.

Eragon se planteó a cuántos úrgalos podría matar de un solo golpe con la magia. Como conocía bastante bien sus límites, sabía que, si intentaba matar a una cantidad excesiva de ellos, probablemente sería un suicidio... pero tal vez ése fuera el precio de la victoria.

La lucha se alargaba infinitamente, hora tras hora. Los vardenos y los enanos estaban exhaustos, pero los úrgalos seguían como nuevos porque iban recibiendo refuerzos.

Para Eragon era una pesadilla. Aunque él y Saphira luchaban al límite de sus fuerzas, siempre aparecía un úrgalo para ocupar el lugar del que acababan de matar. Al muchacho le dolía todo el cuerpo, sobre todo la cabeza, pues cada vez que recurría a la magia perdía un poco más de energía. Saphira se hallaba en mejores condiciones, aunque tenía las alas sembradas de pequeñas heridas.

En un momento en que estaba esquivando un golpe, los gemelos contactaron urgentemente con él.

Se oye mucho ruido por debajo de Tronjheim. ¡Parece que los úrgalos intentan excavar una salida por dentro de la ciudad! Necesitamos que Arya y tú vayáis a derribar cualquier túnel que excaven.

Eragon se deshizo de su oponente clavándole la espada. *Enseguida vamos.*

Buscó a Arya y la vio rodeada de un grupo de úrgalos. Saphira se abrió paso deprisa hacia la elfa, dejando tras de sí una estela de cadáveres amontonados. Eragon extendió un brazo y le dijo:

—¡Monta!

Arya saltó sin dudar a lomos de Saphira. Se agarró con el brazo derecho a la cintura de Eragon y sostuvo con el otro su espada ensangrentada. Cuando Saphira se agachaba para despegar, un úrgalo llegó a la carrera aullando, alzó su hacha y la golpeó en el pecho.

Saphira rugió de dolor y fue dando tumbos hacia delante cuando ya sus zarpas perdían contacto con el suelo. Con las alas abiertas de par en par, intentó evitar el choque, giró brutalmente a un lado y se rascó la punta del ala derecha con el suelo. Desde abajo, el úrgalo echó el brazo hacia atrás para lanzar el hacha, pero Arya alzó una palma, gritó y una bola de energía de color esmeralda salió volando de la mano de la elfa y mató al úrgalo. Con un colosal empujón de hombros, Saphira recuperó el equilibrio y se alzó a duras penas sobre las cabezas de los guerreros. Por fin se alejó del campo de batalla con potentes aletazos, entre jadeos.

¿Estás bien? —preguntó Eragon, preocupado. No lograba ver dónde la habían golpeado.

Sobreviviré —contestó ella con gravedad—, *pero las piezas frontales de la armadura se han aplastado entre sí. Me duele el pecho y me cuesta moverme.*

¿Puedes subirnos hasta la dragonera?

...Ya veremos.

Eragon le explicó a Arya el estado de Saphira.

—Me quedaré a ayudar a Saphira cuando aterricemos —ofreció—. Cuando le haya soltado la armadura, me reuniré contigo.

—Gracias —dijo él.

A Saphira le costaba mucho volar y planeaba siempre que podía. Cuando llegaron a la dragonera, aterrizó pesadamente sobre Isidar Mithrim, donde se suponía que estarían los gemelos, vigilando la batalla, pero estaba vacío. Eragon saltó al suelo y se estremeció de dolor al ver el daño que había causado el úrgalo. Cuatro de las placas metálicas que cubrían el pecho de Saphira habían quedado aplastadas y le impedían moverse y respirar.

—Que vaya bien —le dijo.

Le apoyó la mano en un costado y luego salió corriendo hacia los arcos.

Sin embargo, se detuvo y maldijo porque se hallaba en la parte más alta de Vol Turin, la Escalera Infinita. La preocupación por Saphira le había impedido pensar cómo llegaría a la base de Tronjheim, por donde se infiltraban los úrgalos. Y como no había tiempo para bajar a pie, miró el estrecho surco que bajaba a la derecha de la escalera, se agarró a uno de los almohadones de cuero y se lanzó por él.

El tobogán de piedra era suave como la madera lacada, y Eragon, al deslizarse con el cuero debajo, alcanzó casi al instante una velocidad de vértigo; los costados se difuminaban y la curvatura del tobogán lo lanzaba hacia la pared. Eragon iba tumbado por completo para bajar más deprisa, de modo que el aire volaba sobre su yelmo y lo hacía vibrar como una veleta en plena tempestad. El surco era demasiado estrecho para él y estuvo peligrosamente a punto de salir despedido, pero si mantenía las piernas y los brazos quietos no correría peligro.

Aunque el descenso fue veloz, le costó casi diez minutos llegar abajo. Como el tobogán se volvía recto al final, Eragon recorrió media sala deslizándose sobre el suelo cobrizo.

Cuando al fin se detuvo estaba tan mareado que no podía caminar. Al primer intento de ponerse en pie le sobrevinieron las náuseas, de modo que se agachó con la cabeza entre las manos y esperó hasta que el mundo dejara de dar vueltas. Cuando se sintió mejor, se alzó débilmente y miró a su alrededor.

La gran cámara estaba desierta por completo y el silencio era inquietante. La luz rosada llegaba desde Isidar Mithrim, en lo alto. Eragon titubeó. ¿Adónde se suponía que debía ir?

Trató de entablar contacto mental con los gemelos. Nada. El muchacho se quedó paralizado al oír los sonoros golpes que recorrían Tronjheim.

Una explosión rasgó el aire, y un largo bloque del suelo de la cámara se combó y saltó diez metros por el aire. Cuando volvió a caer, salieron volando las astillas de roca. Eragon se tambaleó hacia atrás, aturdido, aferrando la empuñadura de *Zar'roc,* mientras los retorcidos cuerpos de los úrgalos salían trepando por el agujero del suelo.

Eragón dudó. ¿Debía huir? ¿O debía quedarse y tratar de cerrar aquel túnel? Pero aunque consiguiera sellarlo antes de que lo atacaran los úrgalos, ¿qué pasaría si entraban en Tronjheim por otro lado? No podría descubrir todos los agujeros a tiempo para evitar la toma de la ciudad-montaña.

Pero si corro hasta una de las puertas de Tronjheim y la abro, los vardenos podrán reconquistar la ciudad sin tener que sitiarla.

Sin darle tiempo a decidirse, un hombre alto y cubierto por entero por una armadura negra salió del túnel y lo miró directamente.

Era Durza.

Sombra sostenía su pálida espada, marcada con la hendidura hecha por Ajihad, y en el otro brazo descansaba un escudo negro y redondo con un emblema carmesí; llevaba prolijos adornos en el yelmo, como un general, y se cubría con una larga capa de piel de serpiente. La locura, propia de quien goza del poder y se halla en la situación idónea para usarlo, le ardía en los ojos de color granate.

Eragon sabía que no tenía la velocidad ni la fuerza necesarias para huir del enemigo que tenía delante. Avisó de inmediato a Saphira, aunque sabía que a la dragona le resultaría imposible rescatarlo. Se quedó agachado y repasó de inmediato las lecciones de Brom acerca de la lucha contra enemigos que también manipulaban la magia, pero no resultó estimulante. Además, Ajihad le había explicado que sólo se podía destruir a un Sombra si se le atravesaba el corazón.

Durza lo miró con desprecio y dijo:

—*¡Kaz jtierl trazhid! Otrag bagh.*

Los úrgalos miraron a Eragon con suspicacia y formaron un círculo en torno al perímetro de la sala. Durza se acercó lentamente a Eragon con expresión triunfal.

—Bueno, mi joven Jinete, volvemos a encontrarnos. Escaparte de mí en Gil'ead fue una tontería. Al final sólo servirá para empeorar las cosas para ti.

—Nunca me atraparás vivo —gruñó Eragon.

—¿Ah, no? —preguntó Sombra, con una ceja enarcada, mientras la luz del zafiro estrellado le daba un tono espectral a la piel—. No veo a tu amigo Murtagh para ayudarte, así que ahora no puedes pararme. ¡Nadie puede!

El miedo alanceó a Eragon.

¿Cómo sabe lo de Murtagh? Adoptando el mayor desdén posible en la voz, se mofó:

—¿Qué tal te sentó la flecha?

—Eso me lo cobraré en sangre —contestó Durza tensando el rostro momentáneamente—. Ahora dime dónde se esconde tu dragón.

—Jamás.

—¡Entonces te lo sacaré a la fuerza! —exclamó Durza, crispado.

La espada del ser silbó en el aire, y cuando Eragon detuvo la hoja con su escudo, una sonda mental se le clavó profundamente en los pensamientos. Mientras el muchacho luchaba por proteger su conciencia, empujó a Durza hacia atrás y lanzó su propio ataque mental.

Eragon luchó con todas sus fuerzas contra las férreas defensas que rodeaban la mente de Durza, pero sin éxito, y blandió a *Zar'roc,* con la intención de sorprenderlo con la guardia baja. No obstante, Sombra esquivó el golpe sin esfuerzo y luego devolvió el ataque a la velocidad del rayo.

La punta de la espada de Durza alcanzó las costillas de Eragon, rasgó la cota de malla y lo dejó sin aliento. Sin embargo, la cota de malla resbaló, y el filo no se clavó en el costado del muchacho apenas por el grosor de un alambre. Aquella distracción era lo que necesitaba Durza para colarse en la mente de Eragon y empezar a controlarla.

—¡No! —gritó Eragon.

Y se lanzó contra Sombra con la cara contraída al mismo tiempo que forcejeaba con él y le tironeaba el brazo que sostenía la espada. Durza intentó cortar la mano de Eragon, pero la llevaba protegida por el guante de malla, y el filo resbaló hacia abajo. Cuando Eragon le dio una patada en la pierna, Durza rugió, dio un empujón circular con el escudo y tiró a Eragon al suelo. El Jinete notó el sabor de la sangre en la boca y sintió un pálpito en el cuello. Sin hacer caso de sus heridas, rodó y lanzó su escudo contra Durza. Pese a la superior velocidad de Sombra, el pesado escudo del muchacho lo golpeó en la cadera. Mientras Sombra se tambaleaba, Eragon le golpeó también el antebrazo con *Zar'roc*, y un hilo de sangre corrió por el brazo de Durza.

Eragon atacó a Sombra con la mente y se le coló entre las debilitadas defensas. De pronto, el muchacho se vio envuelto por un fluir de imágenes que recorrieron deprisa su conciencia...

Durza, de niño, viviendo como un nómada con sus padres en desiertas llanuras. La tribu los abandonó y acusó a su padre de incumplir un juramento. Pero entonces Sombra no se llamaba Durza, sino Carsaib: ése era el nombre que canturreaba su madre cuando lo peinaba...

Sombra daba tumbos salvajes con el rostro contorsionado de dolor, mientras Eragon intentaba controlar el torrente de recuerdos, pero su fuerza era abrumadora.

Llorando de pie en una colina, ante las tumbas de sus padres, porque los hombres no lo habían matado también a él. Luego se daba la vuelta y se alejaba a trompicones hacia el desierto...

Durza se encaró a Eragon: un odio terrible fluía por los ojos de color granate de Sombra. Eragon estaba postrado con una rodilla en el suelo, casi de pie, luchando por mantener la mente cerrada.

Cómo lo miraba el anciano cuando vio por primera vez a Carsaib, casi muerto en una duna. Los días que tardó en recuperarse y el miedo que experimentó al descubrir que su rescatador era un brujo. Cómo le había suplicado que le enseñara el control de los espíritus. Cómo había accedido finalmente Haeg, que lo llamaba «rata del desierto».

Eragon ya estaba de pie. Durza cargó con la espada alzada... La furia le hizo olvidarse del escudo.

Los días que pasaron bajo un sol abrasador, siempre atentos a los lagartos que cazaban para comer. Cómo iba creciendo su poder, llenándolo de orgullo y de confianza. Las semanas que dedicó a cuidar a su maestro tras un hechizo fracasado. Su alegría cuando Haeg se recuperó.

No había tiempo para reaccionar... Demasiado poco tiempo...

Los bandidos que atacaron en plena noche y mataron a Haeg. La rabia que sintió Carsaib... los espíritus que invocó para vengarse. Pero los espíritus eran más fuertes de lo que esperaba. Se volvieron contra él y le poseyeron la mente y el cuerpo. Sus gritos. Era... ¡Soy Durza!

La espada golpeó con todo su peso la espalda de Eragon y le cortó la cota de malla y la piel. Atravesado por el dolor, gritó y cayó de rodillas. La agonía le hizo doblar el cuerpo y le anuló cualquier pensamiento. Se balanceó, apenas consciente, goteando sangre desde la nuca, al mismo tiempo que Durza le dijo algo que no alcanzó a oír.

Presa de la angustia, Eragon alzó a los cielos la mirada y rompió a llorar. Todo había fracasado: los vardenos y los enanos estaban destruidos; él mismo había sido derrotado; Saphira se entregaría por el bien del muchacho —como ya lo había hecho antes— y volverían a capturar a Arya, o tal vez la matarían. ¿Por qué había terminado así? ¿Qué clase de justicia era ésa? Todo para nada.

Al mirar Eragon hacia Isidar Mithrim, tan lejana a la tortura que él estaba sufriendo, un resplandor estalló en los ojos del muchacho y lo cegó. Un segundo después un tronido ensordecedor recorrió la estancia. Luego se le aclaró la vista y boqueó, incrédulo.

El zafiro estrellado se había hecho añicos: un círculo en expansión de gigantescos fragmentos con forma de dagas caían a plomo hacia el distante suelo rozando las paredes con las brillantes astillas, y por el centro de la cámara, cayendo en picado con la cabeza por delante, avanzaba Saphira. Llevaba las fauces abiertas, y de ellas brotaba una gran lengua de fuego de un amarillo brillante teñido de azul. Montada a la grupa, iba Arya, cuyo cabello se mecía salvaje. La elfa tenía el brazo alzado, y la palma de la mano le brillaba con una nube de magia verde.

El tiempo pareció detenerse cuando Eragon vio que Durza alzaba la cabeza hacia el techo. Primero la sorpresa y luego la rabia contorsionaron el rostro de Sombra. Con un gesto despectivo y desafiante, alzó la mano y señaló a Saphira, a la vez que se le formaba en los labios una palabra.

En el interior de Eragon creció de pronto una reserva escondida de fuerzas, desenterrada de lo más profundo de su ser. Curvó los dedos sobre la empuñadura de su espada, sobrevoló la barrera que le atenazaba la mente y se aferró a la magia. Todo su dolor y su rabia se concentraron en una palabra:

—*¡Brisingr!*

Zar'roc destelló una luz sangrienta, recorrida por gélidas llamas...

Eragon saltó hacia delante...

Y atravesó el corazón de Durza.

Sombra miró sorprendido la hoja de la espada, que le salía por el pecho. Tenía la boca abierta, pero en vez de palabras emitía un aullido espectral. La espada se le cayó de los dedos sin fuerza, y él se agarró a *Zar'roc* como si quisiera desencajarla, pero la tenía firmemente atravesada en el cuerpo.

Entonces la piel de Durza se volvió transparente, aunque debajo no había carne ni huesos, sino manchones de oscuridad oscilante que latían y le partían la piel mientras él aullaba aún más fuerte. Tras un último grito, la piel se le rasgó de la cabeza a los pies y liberó la oscuridad, que se dividió en tres entidades que se filtraron por las paredes de Tronjheim para salir de Farthen Dûr. Sombra había desaparecido.

Despojado de fuerzas, Eragon cayó con los brazos abiertos. Por encima de él, Saphira y Arya habían llegado casi al suelo, y parecía que fueran a atravesarlo con los mortíferos restos de Isidar Mithrim. Cuando Eragon perdió la visión, le pareció que Saphira, Arya y los miles de fragmentos flotantes... dejaban de caer y que todo quedaba inmóvil en el aire.

El sabio doliente

Algunos fragmentos de los recuerdos de Sombra seguían recorriendo a Eragon. Un torbellino de emociones y sucesos tenebrosos lo inundaba y le imposibilitaba pensar. Sumergido en la vorágine, no sabía quién era, ni dónde estaba. Se sentía demasiado débil para librarse de la presencia que le nublaba la mente. Imágenes violentas y crueles del pasado de Durza estallaban tras los ojos de Eragon y le arrancaban del espíritu gritos angustiados por esas sangrientas visiones.

Un montón de cadáveres se alzaba ante él... inocentes asesinados por orden de Sombra. Vio aún más muertos —pueblos enteros— que habían perdido la vida bajo la propia espada del brujo o bajo la acción de su palabra. No había modo de escapar de la matanza que lo rodeaba. Temblaba como la llama de una vela, incapaz de soportar la marea del mal, y rogó que alguien lo sacara de la pesadilla, pero no había quien pudiera guiarlo. Si al menos pudiera recordar quién se suponía que era: niño u hombre, héroe o villano, Sombra o Jinete... todo se mezclaba en un frenesí desprovisto de significado. Estaba perdido por completo y sin remedio en la turbulenta confusión.

De pronto, un grupo de recuerdos propios estalló en la tétrica nube proyectada por la malévola mente de Sombra...

Todo lo ocurrido desde que encontró el huevo de Saphira se le apareció bajo la fría luz de la revelación: sus logros y sus fracasos aparecían por igual. Había perdido muchas cosas queridas, pero el destino le había concedido dones extraños y grandiosos; por primera vez, estaba orgulloso de ser simplemente quien era. Como si respondiera a ese breve instante de seguridad, la asfixiante negrura de Sombra lo asaltó de nuevo. La identidad de Eragon se perdió en el vacío al mismo tiempo que la incertidumbre y el miedo consumían sus percepciones. ¿Quién era él para creer que podía desafiar a los poderes de Alagaësia y sobrevivir al intento?

Al principio luchó débilmente contra los siniestros pensamientos de Sombra, y luego cada vez con más fuerza. Susurró palabras del idioma antiguo y descubrió que le proporcionaban la energía suficiente para soportar la penumbra que le nublaba la mente. Aunque le flaqueaban las defensas peligrosamente, poco a poco empezó a reunir su desmembrada conciencia formando una pequeña coraza brillante alrededor de su identidad. Más allá de la mente, era consciente de un dolor tan grande que amenazaba con aniquilarle la vida entera, pero algo —o alguien— parecía mantenerlo a salvo.

Aún estaba demasiado débil para que la mente se le despejara por completo, pero conservaba la suficiente lucidez para examinar sus experiencias desde la época de Carvahall. ¿Adónde iría ahora? ¿Quién iba a mostrarle el camino? Sin Brom, nadie podía guiarlo, ni enseñarle.

Ven a mí.

Dio un respingo al sentir el contacto de otra conciencia tan vasta y poderosa que sentía su presencia como si una montaña se alzara ante él, y se dio cuenta de que era esa mente la que le bloqueaba el dolor. La música recorría aquella mente, igual que la de Arya: acordes profundos de un dorado ambarino que vibraban con una melancolía magistral.

Al fin se atrevió a preguntar:

¿Quién...? ¿Quién eres?

Alguien que puede ayudarte. —Con un atisbo de pensamiento silencioso, algo retiró la influencia de Sombra, como si fuera una molesta telaraña. Liberado de aquel peso obsesivo, Eragon permitió que su propia mente se le expandiera hasta alcanzar una barrera que no podía superar—. *Te he protegido tanto como he podido, pero estás tan lejos que apenas consigo que el dolor no te vuelva loco.*

De nuevo—: *¿Quién eres tú para hacer eso?*

Sonó un murmullo grave:

Soy Osthato Chetowä, el sabio doliente. Y Togira Ikonoka, el lisiado que está ileso. Ven a mí, Eragon; tengo respuestas para todas tus preguntas. No estarás a salvo hasta que me encuentres.

Pero ¿cómo voy a encontrarte si no sé dónde estás? —preguntó, desesperanzado.

Confía en Arya y ve con ella a Ellesméra. Allí estaré. He esperado muchas estaciones, así que no pierdas más tiempo porque pronto podría ser demasiado tarde... Eres más grande de lo que crees, Eragon. Piensa en lo que has hecho y alégrate porque has librado a la tierra de un gran mal y has alcanzado un logro al que nadie más podía enfrentarse. Muchos están en deuda contigo.

El extraño tenía razón; había logrado algo digno de honores y de reconocimiento. Cualesquiera que fuesen sus tribulaciones en el futuro, ya no sería tan sólo un peón en el juego del poder porque había trascendido esa condición y ya era algo distinto, algo superior. Se había convertido en lo que deseaba Ajihad: una autoridad que ya no dependía de ningún rey ni de ningún líder.

Al llegar a esa conclusión, percibió la aprobación.

Vas aprendiendo —dijo el sabio doliente acercándose a él. Entonces una visión pasó del sabio a Eragon: un estallido de color floreció en la mente del muchacho y se concretó en una figura encorvada, vestida de blanco, de pie ante un acantilado de piedra, abrasado por el sol—. *Ahora tienes que descansar, Eragon. Cuando te despiertes, no hables con nadie de mí* —dijo amablemente la figura que tenía la cara oscurecida por un nimbo plateado—. *Recuerda, tienes que ir con los elfos. Ahora, duerme...* —Alzó una mano en actitud de bendecirlo, y la paz se apoderó de Eragon.

El último pensamiento de Eragon fue que Brom habría estado orgulloso de él.

—Despiértate —ordenó la voz—. Despiértate, Eragon. Ya has dormido demasiado.

Se agitó en contra de su voluntad, resistiéndose a escuchar. La calidez que lo rodeaba era tan reconfortante que no quería abandonarla. Pero la voz sonó de nuevo:

—¡Levántate, Argetlam! ¡Te necesitamos!

A regañadientes, se obligó a abrir los ojos y se encontró en una cama grande, envuelto en suaves sábanas. Angela estaba sentada a su lado en una silla y lo miraba atentamente a la cara.

—¿Cómo te encuentras? —le preguntó.

Desorientado y confuso, recorrió la pequeña habitación con la mirada.

—No... No lo sé —contestó. Sentía la boca seca y amarga.

—Entonces, no te muevas. Has de conservar las fuerzas —dijo Angela.

Ella le pasó una mano por el rizado cabello, y Eragon vio que Angela seguía llevando la armadura de trocitos de esmaltes. ¿Por qué? En ese momento le sobrevino un ataque de tos a Eragon y se quedó mareado, aturdido y con todo el cuerpo dolorido. Fruto de la fiebre, sentía las extremidades pesadas. Angela alzó del suelo un cuerno dorado y lo acercó a los labios de Eragon.

—Toma, bebe.

La fría aguamiel bajó por la garganta del muchacho y lo refrescó. Luego el calor se esparció por su estómago y le subió hasta las mejillas. Sin embargo, volvió a toser, lo cual empeoró la punzada que sentía en la cabeza.

¿Cómo he venido a parar aquí? Había una batalla... estábamos perdiendo... Luego Durza y...

—¡Saphira! —exclamó, sentándose de golpe, pero se recostó de nuevo porque le daba vueltas la cabeza y, mareado, entrecerró los ojos—. ¿Qué le ha pasado a Saphira? ¿Está bien? Los úrgalos ganaban... Ella iba cayendo. ¡Y Arya!

—Están vivos —le aseguró Angela— y esperando que te despiertes. ¿Quieres verlos?

Asintió débilmente. Angela se levantó y abrió la puerta de par en par. Entraron Arya y Murtagh. Tras ellos, Saphira asomó la cabeza en la habitación, pues su cuerpo era demasiado grande para pasar por la puerta. Emitió un profundo ronroneo; le vibraba el pecho y los ojos lanzaban destellos.

Eragon sonrió y acarició los pensamientos de la dragona con alivio y gratitud.

Cuánto me alegro de ver que estás bien, pequeño —dijo ella con ternura.

Y tú también. Pero ¿cómo...?

Los demás te lo quieren contar, así que les voy a dejar que lo hagan.

¡Echabas fuego por la boca! ¡Te vi!

Sí —contestó ella, orgullosa.

Aún confuso, Eragon le dedicó una débil sonrisa y luego miró a Arya y a Murtagh. Los dos llevaban vendas: Arya en un brazo, Murtagh en la cabeza. Éste sonrió abiertamente:

—Ya era hora de que te levantaras. Llevamos horas sentados en el salón.

—¿Qué... qué ha pasado? —preguntó Eragon.

Arya parecía triste. En cambio, Murtagh graznó:

—¡Hemos ganado! ¡Ha sido increíble! Cuando los espíritus de Sombra, suponiendo que fueran espíritus, sobrevolaron Farthen Dûr, los úrgalos dejaron de luchar para mirar cómo desaparecían. Fue como si en ese momento se libraran de un hechizo porque, a partir de entonces, los clanes se pusieron de repente a luchar entre sí, y su ejército se desintegró en pocos minutos. ¡Luego los derrotamos!

—¿Están todos muertos? —preguntó Eragon.

—No, muchos escaparon hacia los túneles —respondió Murtagh—. Los vardenos y los enanos se están ocupando de revisarlos en estos momentos, pero les va a costar un tiempo. Yo los ayudé hasta que un úrgalo me dio un golpe en la cabeza y me enviaron aquí.

—¿No te van a encerrar otra vez?

—Eso ya no le importa a nadie —contestó Murtagh con una severa expresión—. Murieron muchos vardenos y muchos enanos; los supervivientes están ocupados intentando recuperarse de la batalla. Pero al menos tú tienes razones para estar contento. ¡Eres un héroe! Todo el mundo habla de cómo mataste a Durza. Si no llega a ser por ti habríamos perdido.

A Eragon le inquietaban esas palabras, pero las apartó de la mente para reconsiderarlas más adelante.

—¿Dónde estaban los gemelos? No se hallaban donde se suponía, y por lo tanto no logré contactar con ellos. Necesitaba su ayuda.

—No lo sé, pero me han contado que lucharon con mucho arrojo para echar a un grupo de úrgalos que se había colado en Tronjheim por otro lado. Probablemente, estarían demasiado ocupados para hablar contigo.

Por alguna razón, a Eragon no le pareció la respuesta adecuada, pero no consiguió determinar por qué. Entonces se volvió hacia Arya. Los grandes y brillantes ojos de la elfa habían estado todo el rato fijos en él.

—¿Cómo puede ser que no os estrellarais? Saphira y tú ibais... —Se le debilitaba la voz.

—Cuando avisaste a Saphira de la aparición de Durza, yo aún estaba intentando quitarle la armadura estropeada —contestó Arya despacio—. Cuando lo logré, era demasiado tarde para bajar por Vol Turin, pues te habrían capturado antes de que llegara abajo. Además, Durza te habría matado antes de permitir que yo te rescatara. —Su voz se tiñó de pesar—: Así que hice lo único que podía para distraerlo: rompí el zafiro estrellado.

Y yo la llevé hasta abajo —añadió Saphira.

Eragon se esforzaba por entenderlo todo mientras otro ataque de aturdimiento le obligaba a cerrar los ojos.

—Pero ¿por qué no nos golpeó ningún fragmento?

—Porque yo no lo permití. Cuando ya casi estábamos en el suelo los mantuve quietos en el aire y luego los bajé hasta el suelo lentamente. Si no, se habrían partido en miles de añicos y te habrían matado —afirmó Arya con sencillez.

Las palabras de la elfa delataban el poder que atesoraba.

—Sí, y a ti también te podría haber matado —añadió Angela con amargura—. He necesitado de todos mis dones para manteneros vivos a los dos.

Un pálpito de incomodidad, tan intenso como la punzada que sentía en la cabeza, recorrió a Eragon. *Mi espalda...* Pero allí no tenía ninguna venda.

—¿Cuánto tiempo llevo en este lugar? —preguntó con inquietud.

—Sólo un día y medio —contestó Angela—. Has tenido suerte de que yo estuviera por aquí. De otro modo habrías tardado semanas en curarte... suponiendo que estuvieras vivo. —Asustado, Eragon apartó las sábanas que le cubrían el torso y giró un brazo para tocarse la espalda. Angela lo cogió con su manita por la muñeca, con una mirada de preocupación—. Eragon... has de entender que mis poderes no son como los de Arya o como los tuyos, sino que dependen del uso de hierbas y de pociones. Mis capacidades tienen un límite, sobre todo al ser tan larga la...

Eragon se soltó de un tirón y llevó la mano hacia atrás tanteando con los dedos: la piel de los hombros estaba suave y cálida, intacta, y los recios músculos se flexionaban bajo las yemas de sus dedos a medida que iba moviendo la mano. La deslizó hacia la base del cuello y se sorprendió al notar un bulto duro, de más de un centímetro de anchura. Lo siguió por la espalda con un horror creciente. El golpe de Durza le había dejado una cicatriz gigantesca y retorcida que iba del hombro derecho a la cadera izquierda.

Con el rostro apenado, Arya murmuró:

—Has pagado un precio terrible por tus logros, Eragon, asesino de Sombra.

Murtagh soltó una brusca risotada:

—Sí, ahora eres igual que yo.

Invadido por el desánimo, Eragon cerró los ojos. Estaba desfigurado. Entonces recordó algo de cuando estaba inconsciente... una figura de blanco que lo ayudaba. Un lisiado que estaba ileso: Togira Ikonoka. Él le había dicho:

Piensa en lo que has hecho y alégrate porque has librado a la tierra de un gran mal y has alcanzado un logro al que nadie más podía enfrentarse. Muchos están en deuda contigo... Ven a mí, Eragon; tengo respuestas para todas tus preguntas.

Una ligera sensación de paz y de satisfacción consoló a Eragon.

Iré.

Apéndice

El idioma antiguo

Nota: Como Eragon todavía no ha alcanzado la maestría del idioma antiguo, sus palabras y comentarios no se han transcrito literalmente para ahorrar a los lectores su gramática atroz. Las citas de otros personajes, en cambio, permanecen intactas.

Aí varden abr du Shur'tugals gata vanta: Un guardián de los Jinetes reclama paso

Aiedail: el lucero matutino

Arget: plata

Argetlam: Mano de Plata

Atra gülai un ilian tauthr ono un atra ono waisé skölir frá rauthr: Que la suerte y la felicidad te acompañen y te protejan de la desgracia.

¡Böetq istalri!: ¡Que se prenda fuego!

Breoal: familia, hogar

Brisingr: fuego

¡Deloi moi!: ¡Tierra, cambia!

Delois: planta de hojas verdes y flores de color violeta

Domia abr Wyrda: *El predominio del destino* (libro)

Dras: ciudad

Draumr kópa: fijar la imagen

¡Du grind huildr!: ¡Mantened la puerta abierta!

Du Silbena Datia: *Las brumas susurrantes* (poema cantado)

Du Súndavar Freohr: muerte a los Sombra
Du Vrangr Gata: El Camino Errante
Du Weldenvarden: El Bosque Guardián
Edoc'sil: Inconquistable
Eitha: ve, márchate
¡Eka aí fricai un Shur'tugal!: ¡Soy un Jinete, tu amigo!
Ethgrí: invocar
Fethrblaka, eka weohnata néiat haina ono. Blaka eom iet lam: Pájaro, no te lastimaré. Pósate en mi mano.
Garjzla: luz
¡Gath un reisa du rakr!: ¡Que la niebla se espese y se alce!
Gedwëy ignasia: palma reluciente
¡Gëuloth du knífr!: ¡Protege el filo!
Helgrind: las Puertas Tenebrosas
Iet: mi (posesivo, uso informal)

Jierda: quebrar, golpear
¡Jierda theirra kalfis!: ¡Que se quiebren las pantorrillas!
¡Manin! ¡Wyrda! ¡Hugin!: ¡Recuerdo! ¡Destino! ¡Pensamiento!
¡Moi stenr!: ¡Piedra, cambia!
¡Nagz reisa!: ¡Álzate, manta!
Osthato Chetowä: el sabio doliente
Pömnuria: mi (posesivo, ceremonioso)
Ristvak'baen: Lugar de la Pena (*baen*, tanto aquí como en Urû'baen, la capital del Imperio, es una expresión de gran tristeza y dolor.)
Shur'tugal: Jinete de Dragón
Skulblaka, eka celöbra ono un mulabra ono un onr Shur'tugal né haina. Atra nosu waisé fricai: Dragón, te respeto y no pretendo ningún mal para ti, ni para tu Jinete. Seamos amigos.
Slytha: dormir
¡Stenr reisa!: ¡Álzate, piedra!

Thrysta: atacar, reducir
Thyrsta deloi: derrumbar la tierra
¡Thverr stenr un atra eka hórna!: ¡Atraviesa la piedra y déjame oír!
Togira Ikonoka: el lisiado que está ileso
Tuatha du orothrim: reducir la sabiduría del tonto (categoría de formación de los Jinetes)
Varden: los vigilantes
Vöndr: un palo delgado y recto
¡Waisé heill!: ¡Cúrate!
Wiol pömnuria ilian: Por mi propia felicidad
Wyrda: destino
Yawë: un lazo de confianza

El idioma de los enanos

¡Akh Guntéraz dorzâda!: ¡Por la adoración a Guntéra!
Âz knurl deimi lanok: Ten cuidado, la roca cambia...
Barzul: una maldición, un mal fario
¡Carkna bragha!: ¡Gran peligro!
Dûrgrimst: clan (literalmente, lo que nosotros entendemos por hogar)
Egraz carn: el hombre calvo
Farthen Dûr: Nuestro Padre
Hírna: retrato, estatua
Ilf carnz orodüm: es una obligación; lo manda el destino
Ingietum: forjadores, herreros
Isidar Mithrim: zafiro estrellado
Knurl: piedra, roca
Knurla: enano (literalmente, el que está hecho de piedra)
Kóstha-mérna: Laguna del Pie (un lago)
Oeí: sí, afirmativo
Otho: fe
Sheilven: cobardes
Tronjheim: Yelmo de los Gigantes
Vol Turin: La Escalera Infinita

El idioma de los úrgalos

Drajl: huevos de gusanos
Ithrö Zhâda (Orthíad): Condena de los Rebeldes
¡Kaz jtierl trazhid! Otrag bagh: ¡No ataquéis! Rodeadlo.
Ushnark: padre

Agradecimientos

Yo creé a Eragon, pero su éxito es el resultado de los esfuerzos entusiastas de amigos, familiares, seguidores, bibliotecarios, profesores, estudiantes, directores de escuelas, distribuidores, libreros, y mucha más gente. Ojalá pudiera mencionar a todos los que me ayudaron, pero la lista sería muy, muy larga. Vosotros sabéis quiénes sois, y os doy las gracias.

Eragon se publicó por primera vez a principios de 2002 en la editorial de mis padres, Paolini International LLC. Ya habían sacado tres libros, de modo que resultaba natural hacer lo mismo con Eragon. Sabíamos que mi novela atraería a una gran variedad de lectores; nuestro reto consistía en hacer correr la voz.

Durante 2002 y principios de 2003, viajé por Estados Unidos para participar en unas 130 firmas de libros y presentaciones en colegios, librerías y bibliotecas. Mi madre y yo preparamos todos los eventos. Al principio tenía sólo una o dos presentaciones cada mes, pero a medida que nos volvimos más eficaces con la organización, nuestra gira casera se expandió de tal modo que al final estaba prácticamente de continuo en la carretera.

Conocí a miles de personas maravillosas, muchas de las cuales se convirtieron en leales seguidores y amigos. Uno de esos seguidores es Michelle Frey, que ahora es mi editora en la colección juvenil de Knopf Books, tras acercarse a mí con una oferta para contratar *Eragon*. Huelga decir que me encantó que Knopf se interesara por mi libro.

De manera que hay dos grupos de gente que merece mi agradecimiento. El primero me ayudó para la producción de la edición de Paolini International LLC, mientras que el segundo es responsable de la edición de Knopf.

Éstos son los espíritus valerosos que contribuyeron a hacer posible la existencia de *Eragon*:

La banda original: mi madre por su delicado rotulador rojo y su maravillosa ayuda con las comas, dos puntos, puntos y comas y demás bestias variadas; mi padre por su brillante trabajo de edición, por todo el tiempo que dedicó a poner en fila mis pensamientos vagos y caprichosos, a darle forma al libro y diseñar la portada, y a escuchar toda esa cantidad de presentaciones; la abuela Shirley por ayudarme a crear un principio y un final satisfactorios; mi hermana por su ayuda con la trama, el buen humor con que aceptó ser descrita como la herborista en *Eragon* y las largas horas que dedicó a manipular en Photoshop el ojo de Saphira que aparecía en la portada; Kathy Tyers por aportarme los medios para emprender una reescritura brutal —y muy necesaria— de los tres primeros capítulos; John Taliaferro por sus consejos y su crítica formidable; un seguidor llamado Tornado —Eugene Walker—, que atrapó una buena cantidad de erratas; y Donna Overall por su amor por la historia, sus consejos respecto a la edición y el formato y su buen ojo para todo lo que tiene que ver con las elipsis, los guiones, líneas viudas y huérfanas, espaciado de letras y puntos aparte. Si existen los jinetes de dragones en la vida real, ella lo es: acude sin el menor egoísmo al rescate de los escritores perdidos en la Ciénaga de las Comas. Doy gracias a mi familia por apoyarme con tanto entusiasmo... y por leer esta saga más veces de las que se podría pedir a cualquier persona en sus cabales.

La nueva banda: Michelle Frey que no sólo puso en la historia el suficiente amor para arriesgarse con una fantasía épica escrita por un adolescente, sino que consiguió además agilizar el ritmo de *Eragon* con su sabia edición; mi agente, Simon Lipskar, que ayudó a encontrar el mejor hogar para *Eragon*; Chip Gibson y Beverly Horowitz por su maravillosa oferta; Lawrence Levy por su buen humor y sus consejos legales; Judith Aut, maga doctorada en publicidad; Daisy Kline por la asombrosa campaña de marketing; Isabel Warren-Lynch, que diseñó la preciosa sobrecubierta, el interior y el mapa; John Jude Palencar, que hizo el dibujo de la cubierta (de hecho, le puse su nombre al valle de Palancar mucho antes de que él trabajara con Eragon); Artie Bennett, decano de la corrección y único hombre vivo capaz de entender la diferencia entre *scry it y scry on it*; y todo el equipo de Knopf que ha hecho posible esta aventura.

Por último, un agradecimiento muy especial a mis personajes, que soportan con valor los peligros a los que les obligo a enfrentarse, y sin quienes no tendría una historia que contar.

¡Mantened las espadas afiladas!

Christopher Paolini

Índice

Prólogo: Sombra de temor 9
El descubrimiento 15
El valle de Palancar 19
Cuentos de dragones 32
Un regalo del destino 52
El despertar 55
Té para dos 66
Un nombre poderoso 78
Un futuro molinero 82
Forasteros en Carvahall 85
Un golpe del destino 95
La fatalidad de la inocencia 101
El acecho de la muerte 109
La locura de la vida 120
La espada de un Jinete 122
La silla de montar 142
Therinsford 146
El rugido del trueno y el destello del relámpago 161
Una revelación en Yazuac 168
Las advertencias 176
La magia es lo más sencillo que hay 186
Daret 197
A través del ojo de un dragón 208
Una canción para el camino 218
El sabor de Teirm 223
Un viejo amigo 231
La bruja y el hombre gato 255

Sobre lecturas y conspiraciones 270
Ladrones en el castillo. 273
Un costoso error 284
La imagen de la perfección 300
El señor de la espada 307
El fango de Dras-Leona. 315
El rastro del aceite 320
Los adoradores de Helgrind 326
La venganza de los Ra'zac. 337
Murtagh. 341
El legado de un Jinete 348
La tumba de diamante. 354
La captura en Gil'ead 363
Du Súndavar Freohr 374
La lucha contra las sombras 383
Un guerrero y un sanador 396
Agua de arena 406
El río Ramr 415
El desierto de Hadarac. 424
Un camino revelado 432
Un conflicto de voluntades 444
Volando por el valle 453
Entre la espada y la pared 473
A la caza de respuestas 486
La gloria de Tronjheim 504
Ajihad 515
Bendito sea Argetlam, el niño 538
Raíz de mandrágora y lengua de tritón 554
El salón del rey de la montaña 562
La prueba de Arya. 580
Crecen las sombras 598
Batalla bajo el suelo de Farthen Dûr 613
El sabio doliente 629
Apéndice 637

Este libro utiliza el tipo Aldus, que toma su nombre
del vanguardista impresor del Renacimiento
italiano Aldus Manutius. Hermann Zapf
diseñó el tipo Aldus para la imprenta
Stempel en 1954, como una réplica
más ligera y elegante del
popular tipo
Palatino

* * *

* *

*

Eragon se acabó de imprimir
en un día de verano de 2006,
en los talleres de Egedsa
calle Rois de Corella, 12-16
Sabadell
(Barcelona)

* * *

* *